AS FILHAS DA VILA DOS TECIDOS

O Arqueiro

GERALDO JORDÃO PEREIRA (1938-2008) começou sua carreira aos 17 anos, quando foi trabalhar com seu pai, o célebre editor José Olympio, publicando obras marcantes como *O menino do dedo verde*, de Maurice Druon, e *Minha vida*, de Charles Chaplin.

Em 1976, fundou a Editora Salamandra com o propósito de formar uma nova geração de leitores e acabou criando um dos catálogos infantis mais premiados do Brasil. Em 1992, fugindo de sua linha editorial, lançou *Muitas vidas, muitos mestres*, de Brian Weiss, livro que deu origem à Editora Sextante.

Fã de histórias de suspense, Geraldo descobriu *O Código Da Vinci* antes mesmo de ele ser lançado nos Estados Unidos. A aposta em ficção, que não era o foco da Sextante, foi certeira: o título se transformou em um dos maiores fenômenos editoriais de todos os tempos.

Mas não foi só aos livros que se dedicou. Com seu desejo de ajudar o próximo, Geraldo desenvolveu diversos projetos sociais que se tornaram sua grande paixão.

Com a missão de publicar histórias empolgantes, tornar os livros cada vez mais acessíveis e despertar o amor pela leitura, a Editora Arqueiro é uma homenagem a esta figura extraordinária, capaz de enxergar mais além, mirar nas coisas verdadeiramente importantes e não perder o idealismo e a esperança diante dos desafios e contratempos da vida.

ANNE JACOBS

As FILHAS da
VILA DOS TECIDOS

LIVRO 2

Título original: *Die Töchter der Tuchvilla*

Copyright © 2015 por Blanvalet Verlag
Trecho de *Das Erbe der Tuchvilla* © 2016 por Blanvalet Verlag
Copyright da tradução © 2023 por Editora Arqueiro Ltda.

Blanvalet Verlag é uma divisão da Penguin Random House Verlagsgruppe GmbH, Munique, Alemanha. Direitos negociados com a agência literária Ute Körner.

Todos os direitos reservados. Nenhuma parte deste livro pode ser utilizada ou reproduzida sob quaisquer meios existentes sem autorização por escrito dos editores.

tradução: Gabriel Perez
preparo de originais: Dafne Skarbek
revisão: Suelen Lopes e Taís Monteiro
diagramação: Guilherme Lima e Natali Nabekura
capa: Penguin Random House Grupo Editorial
imagens de capa: Arcangel | Shutterstock | Trevillion
adaptação de capa: Rodrigo Rodrigues
impressão e acabamento: Lis Gráfica e Editora Ltda.

CIP-BRASIL. CATALOGAÇÃO NA PUBLICAÇÃO
SINDICATO NACIONAL DOS EDITORES DE LIVROS, RJ

J18f

    Jacobs, Anne, 1941-
       As filhas da Vila dos Tecidos / Anne Jacobs ; tradução Gabriel Perez. - 1. ed. - São Paulo : Arqueiro, 2023.
       512 p. ; 23 cm. (A Vila dos Tecidos ; 2)

    Tradução de: Die töchter der tuchvilla
    Sequência de: A vila dos tecidos
    Continua com: O legado da vila dos tecidos
    ISBN 978-65-5565-572-8

    1. Ficção alemã. I. Perez, Gabriel. II. Título. III. Série.

23-86139   CDD: 833
                            CDU: 82-3(430)

Gabriela Faray Ferreira Lopes - Bibliotecária - CRB-7/6643

Todos os direitos reservados, no Brasil, por
Editora Arqueiro Ltda.
Rua Artur de Azevedo, 1.767 – Conj. 177 – Pinheiros
05404-014 – São Paulo – SP
Tel.: (11) 2894-4987
E-mail: atendimento@editoraarqueiro.com.br
www.editoraarqueiro.com.br

Parte I

Fevereiro de 1916 a janeiro de 1917

I

O crepúsculo caía em tons cinzentos sobre o bairro industrial de Augsburgo. Luzes brilhavam aqui e ali nas fábricas que ainda produziam apesar da escassez de matéria-prima, mas a maioria permanecia às escuras. Com o final do turno, um grupo de homens e mulheres de mais idade saiu da fábrica de tecidos dos Melzers, alguns deles com a gola puxada para cima e trajando gorro ou lenço na cabeça, a fim de se proteger da chuva forte. A água descia gorgolejante pelas ruas de paralelepípedo, e quem não tinha mais os bons calçados dos tempos de paz precisava usar os de sola de madeira, que deixavam os pés encharcados.

Na mansão de tijolos vermelhos da família do industrial, Paul estava na janela da sala de jantar contemplando a silhueta negra da cidade, que se fundia cada vez mais com o crepúsculo. Por fim, fechou a cortina com um longo suspiro.

– Venha se sentar, Paul! E tome uma bebida! – bradou seu pai.

Por causa do bloqueio marítimo dos malditos ingleses, o uísque escocês havia se tornado uma preciosidade. Johann Melzer pegou dois copos na cristaleira e verteu o líquido aromático, dourado como mel.

Paul fitou os copos e a garrafa de relance e balançou a cabeça.

– Depois, pai. Quando houver motivo para isso. Deus permita que tenhamos algum.

Ao ouvir o som de passos apressados, Paul correu em direção à porta. Era a camareira Auguste, mais rechonchuda do que nunca, com as bochechas rosadas e a touca desalinhada sobre os cabelos despenteados. Ela trazia uma cesta com toalhas brancas amassadas.

– Nada ainda?

– Infelizmente não, Sr. Melzer. Vai demorar um pouquinho.

A moça fez uma reverência e correu até a escada de serviço para levar os panos à lavanderia.

– Mas já faz dez horas, Auguste! – exclamou Paul. – Isso é normal? Está tudo bem com Marie?

Auguste se deteve e lhe assegurou, sorrindo, que cada parto transcorria à sua própria maneira. Enquanto algumas mulheres davam à luz em cinco minutos, outras sofriam dias de agonia.

Paul assentiu, aflito. Auguste devia saber o que dizia – a mulher tivera dois filhos e sempre agradecia a bondade dos patrões por lhe permitirem continuar no serviço.

Gritos contidos de dor vinham do andar de cima. Aturdido, Paul deu alguns passos até a escada e parou, impotente. Sua mãe fora enérgica ao expulsá-lo do quarto quando a parteira chegou. Marie também havia pedido que ele descesse. O pai, Johann Melzer, continuava adoentado desde o derrame, e Paul deveria cuidar dele. Era uma desculpa, os dois sabiam muito bem, mas ele não queria discutir com a esposa, ainda mais com Marie naquele estado, então apenas saiu em silêncio, resignado.

– O que está fazendo aí parado no corredor? – gritou o pai. – Parto é assunto de mulher. Quando a hora chegar, elas vão nos avisar. Beba logo!

Paul se sentou obedientemente à mesa e sorveu o conteúdo do copo. O uísque ardeu como fogo em seu estômago, e ele lembrou que desde o café não havia comido nada. Por volta das oito da manhã, Marie sentira uma leve fisgada nas costas; os dois fizeram piada sobre as constantes pontadas que a acometiam durante a gravidez, e Paul, aliviado, fora andando até a fábrica. Pouco antes do intervalo do almoço, a mãe ligara da mansão para avisar que Marie estava tendo contrações e que a parteira havia sido chamada. Não era preciso se preocupar, tranquilizara Alicia, pois tudo estava transcorrendo normalmente.

– Quando sua mãe teve você, 27 anos atrás – disse o pai, fitando o copo de uísque, pensativo –, eu fiquei no escritório da fábrica fazendo contas. Porque, nessas horas, o homem precisa se ocupar para não enlouquecer.

Paul fez que sim com a cabeça, mas continuou atento a qualquer barulho no corredor – aos passos da camareira, que acabara de se dirigir ao segundo andar, às batidas do velho carrilhão, à voz de sua mãe instruindo Else a trazer lençóis limpos do roupeiro.

– Você era do tamanho de um leitão – continuou o pai, sorrindo, enquanto completava o copo do filho. – Alicia passou uma noite de cão. Quase que você mata a sua mãe.

Não eram as palavras mais apropriadas para aplacar a ansiedade de Paul, o pai logo percebeu.

– Pare de se preocupar. As mulheres que consideramos frágeis são muito mais fortes do que parecem. – Depois de tomar um gole generoso, resmungou, acionando a campainha dos serviçais: – A que horas sai esse jantar? Já passou das seis. O caos se instaurou aqui hoje?

Após insistentes toques, apareceu Hanna, a ajudante de cozinha, uma garota de cabelos escuros, um pouco tímida e que gozava da proteção especial de Marie. No que dependesse de Alicia, ela já teria sido demitida há muito tempo, por não se adequar ao trabalho e quebrar mais louças do que qualquer antecessora.

– O jantar, senhor – disse ela.

A jovem equilibrava duas bandejas com sanduíches: pão escuro, patê de fígado, queijo cremoso com *kümmel* – o saboroso cominho holandês, mais adocicado – e a conserva que Marie fizera com os pepinos da horta no outono anterior. Carne, embutidos e banha haviam se tornado itens escassos, porque só era possível obtê-los com o cartão de racionamento. Quem quisesse se refestelar com certas iguarias, ou até mesmo chocolate, precisava ter os contatos certos e os meios necessários. A casa dos Melzers se mantinha fiel ao kaiser e decidira cumprir com suas obrigações patrióticas, que, naqueles tempos difíceis, incluíam renunciar a determinados luxos.

– Por que demorou tanto, Hanna? O que a cozinheira está fazendo lá embaixo?

Hanna dispôs com pressa os pratos na mesa, deixando cair sem querer dois pães com patê e um pepino em conserva na toalha branca. Com as próprias mãos, a jovem catou os itens fugitivos e colocou-os de volta nas travessas. Paul ergueu as sobrancelhas com um suspiro. Era inútil chamar sua atenção. Tudo que lhe era dito entrava por um ouvido e saía pelo outro. Diferente de Humbert, o criado da mansão que executava seu trabalho com perfeição, mas fora convocado recentemente para a guerra. Pobre rapaz, era certo que não levava muito jeito como soldado.

– Foi culpa minha – disse Hanna, inocentemente se acusando. – A Sra. Brunnenmayer já estava com os pratos prontos e eu os levei para cima junto com os outros. Só depois percebi que eram dos senhores.

Ficou claro então que a cozinheira estava focada em alimentar as senhoras no andar de cima. Sobretudo a parteira gozava de um apetite abençoado e já bebia seu terceiro caneco de cerveja. E, para completar, as senhoras Elisabeth von Hagemann e Kitty Bräuer haviam anunciado a intenção de jantar na casa.

Paul esperou Hanna sair e balançou a cabeça, aborrecido. Kitty e Elisabeth, suas irmãs. Como se não houvesse mulheres suficientes zanzando ali!

– Cozinheira! – gritou alguém lá de cima. – Uma xícara de café! Mas feito com grãos de verdade, não essa coisa que parece água suja!

Devia ser a parteira. Paul sequer havia visto seu rosto. A julgar pela voz, a mulher parecia ser uma pessoa de fibra e bastante decidida.

– Essa aí sabe se impor – comentou o pai, em tom depreciativo. – Lembra aquela enfermeira que Alicia contratou dois anos atrás. Como era mesmo o nome dela? Ottilie. Aquela lá podia comandar até um regimento de cavalaria.

A campainha da porta soou no andar de baixo. Uma, duas vezes. Assim como as batidas da aldrava de ferro fundido, golpeando incessantemente a pequena placa metálica da porta.

– Kitty... – disse Johann Melzer com um sorriso. – Só pode ser Kitty.

– Já vai! Já vai! – exclamou Hanna, cuja voz estridente cruzava sem esforço os três andares. – Mas que dia! Virgem Santa, que dia!

Paul se levantou, sobressaltado, para ir até o átrio. Se poucos momentos antes a visita de Kitty lhe parecera enfadonha, naquele instante ficou feliz com sua chegada. Nada era mais desesperador do que se ver obrigado a ficar sentado ali, esperando. A alegria contagiante da irmã o manteria distraído e afastaria suas preocupações.

Da escada que levava ao átrio era possível escutar a voz alterada de Kitty. Casada havia apenas um ano com o banqueiro Alfons Bräuer, em poucos meses ela também teria um bebê, o que ainda era quase imperceptível. A moça parecia esguia e delicada como sempre. Só depois de reparar bem, Paul constatou uma discreta protuberância sob o vestido largo.

– Meu Deus, Hanna! Como você é lenta! Nos deixou esperando debaixo desse sereno. Esse tempo horroroso está matando as pessoas. Ah, coitados dos nossos soldados lutando na França e na Rússia... Devem estar congelando... Tomara que não peguem um resfriado. Elisabeth, por favor, tire esse chapéu. Você fica horrorosa. Sua sogra tem um péssimo gosto, aliás. Hanna, me traga umas pantufas, aquelas com detalhe em seda. O bebê já nasceu? Não? Graças a Deus, já temia ter perdido tudo...

As irmãs haviam chegado sem motorista, provavelmente com Elisabeth ao volante, pois Kitty até então não manifestara a intenção de aprender a dirigir. Isso tampouco era necessário, uma vez que o banco dos Bräuers dispunha de vários automóveis e um chofer. Kitty já se livrara do sobretudo, do chapéu e das luvas, mas Elisabeth continuava diante do espelho oval, fitando a própria imagem com ar ofendido.

Apesar de sua inocência, Kitty podia ser bastante cruel, pensou Paul. E apressou-se em dizer:

– Pois eu acho que você fica linda com esse chapéu. Ele te deixa...

Mas foi incapaz de prosseguir, porque Kitty o atacou com abraços e beijos nas bochechas, dizendo "coitadinho do meu irmãozinho Paul".

– Sei bem como sofrem os futuros pais – continuou ela com um sorriso.
– Pois é, eles cumprem com sua obrigação e depois são dispensáveis. O que vem a partir de agora é assunto nosso, não é, Lisa? Pois o que um pai vai fazer com um recém-nascido? Dar de mamar? Dar comida? Colocar para dormir? Eles não servem para nada agora...

– Calma lá, irmãzinha! – exclamou Paul, sorrindo. – Quem é que vai garantir que mãe e filho tenham comida e um teto?

– Está certo – disse ela, dando de ombros e soltando o irmão para calçar as delicadas pantufas que Hanna lhe trouxera. – Mas isso não é o bastante, maninho. Sabia que na África há comunidades que fazem um corte bem fundo na perna dos futuros pais e depois jogam sal? Pois parece muito razoável que os homens também possam sentir um pouquinho das dores do parto...

– Razoável? Para mim isso é uma barbárie!

– Ah, não seja tão covarde, Paul! – disse ela, bem-humorada. – Mas fique tranquilo, essas tradições ainda não viraram moda por aqui. Cadê a mamãe? Está lá em cima com Marie? Vocês chamaram aquela parteira horrível? A Sra. Koberin? Ela fez o parto da minha amiga Dorothea. E imagine só, Paul, a mulher estava caindo de bêbada quando o bebê veio ao mundo. Por um fio ela não deixou a criança cair no chão...

Paul sentiu um calafrio. A única coisa que desejava era que sua mãe tivesse escolhido alguém que entendesse do ofício. Enquanto sua cabeça dava voltas sobre o assunto, a espevitada Kitty já se ocupava com outros.

– Você vem ou não, Elisabeth? Meu Deus, com esse chapéu você parece um granadeiro, furioso e disposto a qualquer coisa. Hanna? Onde você se meteu? Tem notícias do Humbert? Ele está bem? Tem escrito com frequência? Não? Ah, que triste. Venha, Elisabeth. Temos que ir logo ver Marie. O que ela vai pensar se souber que estamos aqui sem dar a mínima para ela?

– Não sei se Marie vai ter tempo para você agora... – interveio Paul, mas Kitty subiu agilmente as escadas, apesar da gravidez.

– Olá, papai! – exclamou ela no corredor, seguindo para o andar onde ficavam os aposentos.

Paul não era capaz de adivinhar o que acontecia lá, mas supôs que Kitty conseguira abrir caminho até o centro de toda a ação. O que a ele, na qualidade de futuro pai, havia sido negado.

– Como está o papai? – perguntou Elisabeth, que por fim decidira se livrar do sobretudo e do chapéu. – Tomara que toda essa confusão não seja demais para ele.

– Não acho que ele esteja se importando muito. Você quer ir lá fortalecer o time das mulheres ou prefere fazer companhia a mim e a ele?

– Vou ficar aqui embaixo. Tem uma coisa que quero conversar com ele.

Paul sentiu um alívio enorme ao ver que pelo menos Elisabeth permanecera com eles na sala de jantar. Kitty já se colocava no encalço da parteira. Ah, meu Deus! Quando aquilo tudo ia acabar? Pensar em Marie passando por todo aquele tormento era insuportável. Afinal, não era ele o responsável? Também não havia gerado aquela criança?

– Por que essa cara de quem comeu e não gostou? – questionou Elisabeth, sorrindo. – Trate de ficar feliz, Paul. Você vai ser pai!

– E você vai ser tia, Lisa – completou ele, sem empolgação.

Na sala de jantar, Johann Melzer abrira o jornal *Augsburger Neuesten Nachrichten* para atualizar-se sobre o transcorrer da guerra. Caso os relatos entusiasmados fossem verdadeiros, a Rússia estava praticamente derrotada e em breve seria a vez dos franceses. Entretanto, já se contava o terceiro ano de conflito, e Melzer, apesar de muito fiel ao kaiser, mantinha-se realista e, portanto, cético. O entusiasmo que tomara a todos no início da guerra desvanecera fazia algum tempo.

– Papai! Não me diga que está bebendo – repreendeu Elisabeth. – Você sabe muito bem que o Dr. Greiner proibiu o álcool!

– Bobagem! – revidou ele, contrariado.

Havia muito tempo que os moradores da Vila dos Tecidos aceitaram que ele era um paciente voluntarioso. Até Alicia desistira de importuná-lo com regras e advertências. Já Elisabeth não podia evitar repreendê-lo. Pelo menos alguém ali precisava cuidar da saúde do pai.

– O que o senhor tenente está escrevendo sobre a guerra no lado ocidental? – perguntou o Sr. Melzer para se esquivar de mais censuras.

Elisabeth estava casada com o major Klaus von Hagemann havia um ano. O casamento fora celebrado às pressas poucos dias antes do início da guerra, pois ele iria participar da batalha do Marne com seu regimento de cavalaria. No começo de 1915, tanto Marie e Paul quanto Kitty e Alfons Bräuer se casaram.

– Hoje mesmo chegou uma mensagem de Klaus – respondeu Elisabeth, procurando o postal na bolsa. – Ele está com o regimento na Antuérpia, mas, pelo que parece, em breve receberão ordem de rumar para o sul. Aonde, exatamente, é óbvio que não pode dizer...

– Para o sul, pois bem... – resmungou o Sr. Melzer. – E, no mais, está tudo bem com você?

Elisabeth enrubesceu diante do olhar atento do pai. Seu marido tirara folga em outubro do ano anterior e já cumprira de maneira mais que satisfatória com suas obrigações conjugais. Ah, como ela ansiava por engravidar... Mas, até o momento, fora em vão. As fastidiosas regras mensais teimavam em vir, sempre severa e pontualmente, acompanhadas das regulares cólicas e dores de cabeça.

– Estou bem, papai. Obrigada por perguntar...

Paul empurrou o prato na direção dela, indicando que se servisse. Ele, por sua vez, não era capaz de engolir um só pedaço.

Para Elisabeth foi impossível resistir ao gorduroso patê de fígado. Meu Deus, o estado de Paul... Claro, Marie tampouco devia estar às mil maravilhas, mas pelo menos estava parindo, enquanto Kitty, por sua vez, gestava seu bebê. Só para ela a graça da maternidade continuava sendo negada. Mas já era de se esperar. Kitty era a agraciada pelo sol, a criatura com o destino de ouro, a elfa terna. Aquela que recebia de mão beijada tudo o que desejava. Literalmente. Elisabeth precisou de toda sua força para não se entregar à autocomiseração. Mas estava decidida, a seu modo, a cumprir com suas obrigações patrióticas para com o kaiser.

– Sabe, papai? – começou ela com um sorriso, enquanto Paul se dirigia ao corredor. – Acredito que, considerando nossa posição social e o espaço que temos na mansão, não temos outra opção. Klaus me disse com todas as letras que não entendia suas hesitações, afinal, é nosso dever para com o país...

– Do que você está falando? – indagou o Sr. Melzer, cético. – Não me venha com ideias malucas de transformar nossa casa em hospital de campanha. Pode tirar o cavalinho da chuva, Elisabeth!

Ela esperava a resposta negativa, mas não se deixou intimidar. Alicia já concordara parcialmente com seu plano, afinal de contas, a Sra. Von Sontheim havia cedido sua casa para os mesmos fins, e os pais de sua melhor amiga, Dorothea, tinham seguido o exemplo. Claro que era apenas para os oficiais, pois ninguém tinha a intenção de abrigar em suas instalações qualquer proletário sem educação.

– Lá embaixo no átrio haveria espaço para pelo menos dez camas, e poderíamos transformar a lavanderia em uma sala de operaç...

– Não!

Para ratificar sua resposta, Johann Melzer agarrou a garrafa de uísque e se serviu de uma dose generosa. Em seguida, explicou que no átrio havia uma corrente de vento, o que certamente não seria saudável para os acamados. Além do mais, a luz era insuficiente e todos que chegassem à casa teriam que desviar dos leitos, afinal, o local era área de passagem na mansão.

– Você está se esquecendo, papai, de que há uma segunda entrada no jardim, pela varanda. E a corrente de vento pode ser resolvida com algumas cortinas grossas. Eu acho o átrio mais do que adequado: é espaçoso, ventilado e de fácil acesso pela área de serviço...

Johann Melzer virou a bebida, colocando o copo vazio sobre a mesa com um movimento rápido. E concluiu:

– Enquanto eu mandar nesta casa, um disparate desses não vai acontecer. Já temos bocas suficientes para alimentar e preocupações aos montes na fábrica!

Elisabeth já ia abrindo a boca para contestar, mas o pai prosseguiu, alterado:

– Não sei como vou pagar meus funcionários e nem mesmo se terei ocupação para eles. Nós já não temos algodão desde o começo da guerra, agora a lã está escassa também e minhas máquinas não servem para fiar cânhamo. Pode parar com essas maluquices, senão eu...

Um alvoroço teve início no corredor. A voz exaltada de Kitty, portas batendo no andar de cima, Else correndo com o cesto repleto de toalhas. Com horror, Elisabeth fitava os lençóis manchados de sangue.

– É uma menina, irmãozinho! - exclamou Kitty lá de cima. – Linda e pequenina. Ah, meu Deus! Ela é tão minúscula, com seus bracinhos e mãozinhas. Tem até dedinhos e unhas. A parteira a entregou a Auguste para o banho...

Paul subiu as escadas correndo, na esperança de finalmente ver Marie, mas no meio do caminho Kitty o deteve com um abraço, chorando de felicidade.

– Deixe-me passar, Kitty... – clamou ele, impaciente, tentando se desvencilhar da irmã.

– Calma, calma... – respondeu Kitty, soluçando e tomando-o pelos braços com força. – Espere um pouco, só o tempo de ela tomar um banho. Aí você vai poder abraçar sua filha, limpa e prontinha. Ah, irmãozinho. Ela é um encanto. E Marie foi tão forte. Duvido que eu tenha essa força. Duvido! Augsburgo inteira vai escutar meus gritos se eu tiver que suportar semelhante martírio...

Elisabeth deu um suspiro aborrecido na soleira entre a sala de jantar e o corredor. Marie tinha que parir justo naquela hora! Ela tinha uma infinidade de bons argumentos na manga, que certamente encurralariam o pai, mas ele se levantou e se dirigiu apressado ao corredor.

– É menina – disse ele, contrariado. – Pois é, mas o importante é que mãe e filha estão com saúde.

Ele abriu espaço para Auguste passar com o berço de madeira no qual Paul e suas duas irmãs dormiram no passado. O móvel pertencia à casa dos Von Maydorns, o lado pomerano da família, e já devia ter embalado o sono de muitos bebês da aristocracia.

– Marie! – chamou Paul do corredor. – Marie, minha querida. Você está bem? Deixem-me vê-la de uma vez por todas! – implorou.

– Digam para ele esperar – instruiu a parteira em tom imponente.

– Essa mulher é um horror – comentou Kitty, indignada. – Quando chegar minha vez, vou querer distância dessa megera. Parece que é dona da mansão. Veja só, até mamãe teve que obedecê-la...

A contragosto, Elisabeth decidiu deixar a sala de jantar para participar do evento. Inclusive porque tinha imensa curiosidade pela recém-nascida. Uma menina! Marie devia estar encantada. Já o pai recebera a notícia com decepção. Ele queria um menino, capaz de assumir a fábrica no futuro...

No andar de cima, escutavam-se cochichos. Paul e Kitty estavam parados junto à escada, com semblante contrariado. *Que estranho*, pensou Elisabeth. Teria acontecido algo com Marie? Será que tinha perdido muito sangue? Será que morreria de fraqueza?

Elisabeth sentiu uma forte palpitação no peito e precisou segurar-se ao corrimão enquanto subia a escada. Oh, céus. Talvez Marie merecesse alguns graus de febre, mas partir daquele mundo já era demais!

Naquele momento, a porta do quarto se abriu e Alicia saiu. Parecia totalmente fora de si, coitada. O rosto vermelho, a blusa repleta de manchas úmidas e as mãos tremendo ao ajeitar as mechas do cabelo desgrenhado atrás da orelha.

– Paul, meu querido Paul...
– Pelo amor de Deus, mamãe! O que aconteceu?

Com a voz falhando, ele correu na direção dela.

– Não... não dá para acreditar – falou Alicia, soluçando. – Você tem um filho.

Ninguém entendeu, muito menos Elisabeth. Em um momento era uma filha e, logo depois, um filho. A parteira estava embriagada? Incapaz de distinguir um menino de uma menina?

– Um f-filho? – gaguejou Paul. – Então não é menina? É menino? E como está Marie?

Alicia recostou-se na parede, fechou os olhos por um momento e colocou o dorso da mão sobre a testa quente. Ela sorria.

– Sua mulher teve gêmeos, Paul. Uma menina e um menino. E como Marie está? Bem, agora mesmo parecia ótima...

Elisabeth estava imóvel no meio da escada. Seus temores se transformaram em um arroubo de raiva. Gêmeos! Inacreditável! Para algumas pessoas, toda glória era pouco. E ainda por cima estava esbanjando saúde. Então soou o grasnido de um recém-nascido, bastante fraco e contido, como se a pobre criatura precisasse fazer um tremendo esforço para produzir som. De repente o coração de Elisabeth amoleceu e um sentimento de imensa ternura a dominou. Os bebês deviam ser realmente minúsculos, uma vez que vinham dividindo o ventre da mãe.

Finalmente apareceu a parteira, uma mulher robusta com mechas grisalhas e as bochechas marcadas por pequenas veias avermelhadas. Ela vestia um avental recém-engomado que provavelmente tinha acabado de amarrar por cima do vestido preto. Em seus braços vigorosos, carregava dois pacotinhos brancos. Os bebês estavam envoltos em toalhas, com apenas a cabecinha à mostra. Paul observava os filhos com a testa franzida e o olhar incrédulo.

– Eles... eles são saudáveis, não são? – perguntou à parteira.

– Mas é claro que são!

– Eu só estava p-perguntando... – gaguejou Paul.

Não parecia exatamente um pai orgulhoso parado, examinando os bebês. O rosto dos pequenos lembrava uma careta, os olhos dois tracinhos finos, o nariz com pequenos buraquinhos... Só a boca era grande. Um deles choramingava, indefeso, produzindo ruídos abafados peculiares.

– Qual dos dois é o menino? – inquiriu Johann Melzer, que também havia se levantado.

– O chorão. Nasceu com menos peso que a irmã, mas já decidido a reclamar do estado em que o mundo se encontra.

A parteira sorriu. Pelo menos ela parecia satisfeita com o resultado de seus esforços. Quando Paul passou apressado por ela em direção ao quarto, a mulher não fez qualquer objeção.

– Marie! – chamou Paul. – Minha pobre e doce esposa. Como sofreu! Você está bem? Como são lindos nossos filhos... *Nossos* filhos...

– Gostou deles? – perguntou Marie com uma risadinha suave. – Dois de uma vez. Veja só que prático.

– Marie... – sussurrou Paul, transbordando ternura.

Elisabeth não conseguiu escutar o que ele disse em seguida. Certamente o assunto não era destinado a ouvidos curiosos.

Ela sentiu o nó na garganta aumentar. Oh, céus, quanta comoção. E como ela desejava que Klaus um dia lhe dirigisse tais palavras de carinho e gratidão. Elisabeth foi abraçar a mãe, e então percebeu que ela estava chorando.

– Já sabe o nome dos bebês? – perguntou a parteira.

– Claro – respondeu Alicia, acariciando as costas da filha.

– A menina se chamará Dorothea e o rapaz, Leopold.

– Dodo e Leo! – exclamou Kitty, entusiasmada. – Papaizinho, você precisa abrir as garrafas de espumante. Pode deixar que eu encho as taças. Ah, se nosso Humbert estivesse conosco... Ninguém servia com tanta destreza quanto ele. Vamos, vamos... Aqueles dois ainda vão ficar um bom tempo cochichando ali dentro...

Todos seguiram até o salão vermelho e chamaram Else para subir com as taças enquanto o Sr. Melzer descia ao porão para buscar o espumante. Naquele dia de alegria, os funcionários também mereciam brindar à prole dos Melzers. Kitty encheu as taças e Alicia mandou chamar Hanna e a cozinheira. Else levou uma bandeja ao quarto para que os felizardos pais e, em seguida, Auguste e a parteira pudessem desfrutar da bebida.

– Um brinde aos recém-nascidos! – exclamou Johann Melzer. – Que os santos anjos de Deus os guardem, assim como protegem nossa pátria amada e nosso kaiser...

Brindaram por Dodo e Leo, pela jovem mãe, pelos pais de primeira viagem e, obviamente, pelo kaiser. A cozinheira, Fanny Brunnenmayer, explicou que havia muito tempo já sabia que a senhora esperava gêmeos pela grossura de suas pernas. Hanna, por sua vez, quis saber se poderia futuramente levar as crianças para passear de carrinho, o que lhe foi prometido, contanto que estivesse acompanhada por uma babá, que ainda precisava ser contratada.

– Há tempos não me sinto tão contente e aliviada – confessou Alicia com os olhos brilhando, após toda aquela comoção e também pelo efeito da meia tacinha de espumante, quando a família ficou novamente a sós. – Parece até que os velhos tempos estão de volta. Quando ainda éramos jovens, com nossos filhos ainda pequenos. Você se lembra, Johann? As risadas alegres no átrio... As confusões que eles aprontavam no parque, deixando o jardineiro desesperado...

Johann Melzer bebera apenas um golinho de seu espumante. Ele deixou a taça na mesa para abraçar sua mulher, um gesto que há muito se tornara incomum entre eles. Elisabeth viu a mãe fechar os olhos, sorrindo, e apoiar a bochecha quente no ombro do marido.

– Bem-aventurados aqueles que podem se recordar de felicidades passadas – sussurrou ele. – É uma riqueza que ninguém consegue nos tirar.

2

— Por que tanta demora? – indagou Else, repreendendo Hanna. – Já estou esperando há uns quinze minutos embaixo desta chuva! Se não conseguirmos comprar o peixe e a linguiça, vou contar para a senhora de quem foi a culpa.

Else estava de mau humor e não tinha o menor pudor de descarregar sua raiva em Hanna. Assim era Else, supostamente calada e discreta. Nunca se atrevia a cantar de galo para cima de Auguste, que sabia se defender muito bem, nem para cima da enérgica cozinheira. E agia com pura devoção perante os senhores. Mas Hanna, já tão criticada e castigada, era um verdadeiro saco de pancadas da criada.

A menina carregava pela alça uma grande cesta com um saco de linho cru em seu interior, na esperança de pechinchar algumas batatas também.

– Eu tive que lavar a louça e buscar um balde de carvão – disse Hanna, que esperava Else com um chapéu e um sobretudo sob o pórtico da entrada.

Na verdade, não poderia estar ali, pois os funcionários deviam usar as entradas laterais de serviço. Mas imagine ficar embaixo daquela chuva? Não se via uma só gota em sua roupa.

– Que tempo horrível – resmungou Else ao deixar seu abrigo para se juntar a Hanna na caminhada. – Não para um segundo sequer, muito me admira eu não ter me resfriado. Ande direito, Hanna. Está respingando minha saia. Será que não consegue fazer nada certo? Nem caminhar você sabe. Cuidado, a cesta vai...

A mulher deu um grito. Abriu os braços com um gesto estranho e cambaleou para a frente. O vento arrancara um galho seco da velha castanheira e o depositara em seu caminho, fazendo-a tropeçar. Para completar a desgraça, ela pisou em uma poça, molhando o sapato furado.

– Tenha cuidado, Else – disse Hanna em tom sério, para disfarçar seu contentamento. – Tem um galho seco no caminho.

Else ficou furiosíssima! Era óbvio que Hanna não tinha a menor culpa pelo acidente, mas, pelo visto, sempre encontravam um motivo para insultá-la. Por falar muito alto. Por sua falta de jeito. Por haver quebrado uma das refinadas e caras taças de champanhe enquanto lavava a louça na noite anterior.

Ao cruzarem o parque em direção à rua, Hanna levou inúmeras broncas. Mas a jovem pouco se importou, pois só conseguia pensar em quão nojento devia ser ter que andar com o sapato encharcado. Além disso, a bainha da saia de Else também ficou bastante molhada com o incidente.

Ao chegar à rua, ela avistou ao longe, por entre as muitas fábricas, galpões e campos de macieiras, o topo pontiagudo do Portão de Jakob. Naquela chuva fina, as casas e torres da cidade tinham um aspecto cinzento e pouco convidativo. Hanna ajeitou o lenço que usava como proteção na cabeça. Não adiantou muito, pois o chuvisco penetrava facilmente no tecido. Infelizmente, Else tinha razão sobre aquele ponto.

– E dar esse desgosto à senhora... Justo ontem, no dia em que se tornou mãe.

Como Else falava asneiras. Decerto a jovem Sra. Melzer pouco se importava se havia onze ou doze taças de champanhe. E, de qualquer maneira, ela sempre se colocava ao lado de Hanna. O marido também. Fora ele quem lhe levara ao hospital na ocasião daquele terrível acidente. Era um homem bom. Muito diferente do pai, um sujeito ranzinza que ficava intimidando os funcionários. O senhor diretor demonstrava respeito apenas pela cozinheira, a Sra. Brunnenmayer. A mulher era especial por conhecer todos os segredos da gastronomia. Ainda que pudesse ser bastante severa em suas reprimendas, falava com sinceridade, sem jamais se envolver em fofocas. Ao contrário de Else e Auguste, essa sim uma bruxa. Era preciso ter cuidado, sobretudo agora que seu marido, Gustav, estava no campo de batalha. Antes da convocação, Auguste era totalmente diferente. Alegre, às vezes até bondosa. Mas depois disso se transformara em um monstro.

Após cruzar o Portão de Jakob, Else e Hanna chegaram à cidade e olharam com inveja um jovem casal embarcar em uma limusine que logo partiu. Que sorte não ter que se encharcar com aquela chuva. Já não havia muitos carros particulares em circulação, pois o combustível era destinado principalmente ao Exército. Contudo, alguns ricaços, como o banqueiro Bräuer, conseguiam encontrar gasolina. Ainda assim, toda a riqueza do jovem Sr. Bräuer em nada o ajudara: ele precisou ir para o front, como todos os outros.

Na Maximilianstraße, havia um posto de distribuição de batatas. Uma longa fila se formara ali em frente, composta sobretudo por mulheres, mas também por crianças, homens mais velhos e inválidos de guerra. Os deliciosos tubérculos aguardavam em sacos dentro de um caminhão, enquanto dois homens uniformizados pesavam as batatas na balança colocada sobre uma caixa de madeira.

– Tem muito pouco – calculou Else. – Você precisa dizer que somos dez pessoas, entre elas uma mãe que deu à luz ontem. Tome aqui o dinheiro. E ai de você se te enganarem!

Else tomou o cesto de compras, colocou o saco nas mãos da menina e a empurrou em direção à fila. Obediente, Hanna se posicionou no final, tendo a deprimente sensação de estar esperando na chuva à toa. Havia mais de trinta pessoas na frente, e bem nesse momento uma velhinha se acotovelou entre os demais. A mulher tremia tanto que ninguém teve coragem de expulsá-la. Com inveja, Hanna acompanhou Else com os olhos. Estava entrando com a cesta na padaria para provavelmente comprar pão fresco e talvez até alguns pãezinhos. Logo ela tentaria buscar leite e manteiga, mas possivelmente lhe dariam de novo aquela "gordura alimentar artificial" nojenta que a Sra. Brunnenmayer tanto odiava.

– Veja só essa gentalha preguiçosa – comentou uma mulher usando um sobretudo azul de lã, em lugar mais avançado na fila. – Só ficam ali sentados jogando conversa fora em vez de trabalhar.

Hanna olhou curiosa para onde o indicador da senhora apontava. Trabalhadores fazendo melhorias no pavimento da rua. Figuras cobertas de água vestindo farrapos, algumas das quais sem sequer um chapéu protegendo os cabelos encharcados. Prisioneiros de guerra sendo vigiados por dois homens uniformizados da reserva.

– Estão no intervalo – disse um jovem.

Era um homem pálido e comprido. Entretanto, ao caminhar bambeava de maneira peculiar por conta da prótese que tinha na perna direita.

– São uns pobres-diabos, isso sim. Não fizeram nada além de lutar por sua pátria no front.

– Russos imundos – insistiu a mulher de sobretudo de lã. – Piolhentos e descarados. Vejam como esses sujeitos encaram as mulheres. Cuidado com eles, menina!

Ela se dirigia a Hanna, que fitava com olhos arregalados e compadecidos os homens exauridos. Os tais prisioneiros de guerra não lhe pareciam perigosos, mas quase mortos de fome e, com certeza, doentes de saudade de casa. Que maluquice essa história de guerra. No começo, todos estavam empolgadíssimos. "Vamos acabar com esses franceses. No Natal estaremos de volta", diziam. A jovem Sra. Melzer e as cunhadas haviam ido à estação e ela, Else e Hanna levaram cestas com sanduíches e bolo para distribuir aos soldados que embarcariam nos longos trens rumo ao leste. Acenavam, fosse com as mãos ou com bandeirolas, em completo êxtase. Pelo kaiser. Pela nossa pátria alemã. Nas escolas, as aulas haviam sido interrompidas, o que agradou bastante a Hanna. Dois de seus irmãos alistaram-se voluntariamente e estavam repletos de orgulho ao serem aceitos e receberem a farda militar. Ainda era o primeiro ano de guerra quando ambos faleceram, o mais velho de febre e o mais novo em algum lugar da França, em um rio chamado Somme. Nunca chegara a conhecer Paris, apesar de ter prometido enviar um cartão-postal a Hanna tão logo entrassem vitoriosos na capital francesa.

Mas agora, no terceiro ano de guerra, Hanna entendera há muito tempo que haviam sido enganados. Não estariam de volta no Natal. O conflito se esgueirava pela terra como um espírito maligno, devorando tudo o que conseguisse. Pão e peixe, homens e crianças, dinheiro, cavalos, gasolina, sabão, leite e manteiga. E parecia nunca se dar por satisfeito. Já estavam recolhendo roupas velhas, metal, borracha, caroços de fruta e papel. Até mesmo cabelos de mulher eram cobiçados. Só faltava arrancar-lhes a alma, isso se ainda a tivessem.

– Sonhando acordada, menina? – disse o rapaz com a prótese na perna. – Já está quase na sua vez.

Com um susto, Hanna constatou que de fato não havia esperado em vão. O homem pesou um quilo de batatas e fez um gesto convidativo.

– São 24 fênigues.

– Mas eu preciso de mais batatas – respondeu Hanna. – São dez pessoas na casa, entre elas uma mãe que pariu gêmeos ontem...

Gritos de raiva e risadas vieram da fila atrás dela, enquanto alguém afirmava ter seis crianças famintas em casa e pais idosos.

– Gêmeos?! – exclamou um gozador. – Eu tenho quíntuplos!

– E eu, cêntuplos...

– Silêncio! – vociferou o homem junto à balança, claramente cansado e com os braços doendo. – Um quilo. Quem achar ruim fica sem. Pronto.

As batatas que rolavam no saco de Hanna eram minúsculas. Duas para cada um na casa, estimou.

Ela foi afastada com um empurrão. O próximo da fila recebeu seu quilo de batatas e, passando rapidamente o olhar pelo caminhão, Hanna constatou que restavam poucos sacos. Else brigaria com ela novamente, sendo que não era culpa sua não ter conseguido mais. Indecisa, a jovem se deteve, pensando em voltar para o final da fila. Talvez o homem não a reconhecesse e lhe desse mais um quilo. Então percebeu que alguém a fitava. O olhar era persistente, vindo de estranhos olhos escuros. Era um dos prisioneiros de guerra que voltava ao trabalho, um rapaz delgado, bastante pálido, com a primeira penugem escura crescendo no queixo e nas bochechas. O homem estava em pé, com as pernas abertas e encarando-a. Ele sorriu para Hanna por um brevíssimo momento, até que alguém empurrou seu ombro e ele pegou a picareta para quebrar o pavimento. Trabalhou um pouco, golpeando com fúria os paralelepípedos, e Hanna admirou-se que alguém que com certeza mal recebia comida pudesse ter tanta força.

Um russo, pensou ela. Mas um russo bonito. Apesar de provavelmente piolhento.

– Mas ora, vejam só! – gritou uma voz feminina mais que familiar. – Está de olho nos homens, é? Que garotinha é essa que eu criei! Não me diga que está sofisticada demais para cumprimentar a própria mãe?

Hanna se virou e percebeu, indignada, que a mãe tinha o rosto vermelho e o chapéu quase caindo. Já estaria bêbada àquela hora da manhã?

– Bom dia, mamãe. Veio comprar batatas também?

Uma nuvem pestilenta com fedor de álcool a envolveu e confirmou sua suspeita. Como muitos outros, Grete Weber fora demitida da fábrica no ano anterior e desde então sua vida ia ladeira abaixo.

– Batatas? – grunhiu a mãe, em seguida soltando uma gargalhada rouca. – E de onde eu vou tirar dinheiro para comprar batatas? Você sabe que não tenho mais salário, garota. Seu patrão, o jovem Sr. Melzer, me demitiu. Após mais de dez anos trabalhando na fiadeira com diligência e lealdade, ele me colocou no olho da rua...

Hanna se calou. Por experiência própria, sabia que era inútil contradizer a mãe, por mais que ela estivesse tecendo um rosário inteiro de mentiras. "Dez anos trabalhando na fiadeira com diligência e lealdade", essa era boa. Se ao menos não gritasse tanto, não ficariam todos sabendo o quanto estava caindo de bêbada. Onde será que conseguia dinheiro para aguardente? O pai estava no front e os dois irmãos mais novos tinham ido morar com uma tia distante em Böblingen.

– Você é meu único apoio, minha Hanna – confessou a chorosa tecelã, agarrando o braço da filha. – Todos se foram. Corrompidos. Mortos. Me deixaram sozinha. Morrendo de fome e frio...

– Sinto muito, mamãe. Quando receber meu salário, posso lhe dar um pouco de dinheiro. Mas só no fim do mês...

– O que você está dizendo? O fim do mês foi agora. Está querendo mentir para mim, Hanna? Mentir para sua própria mãe? Que lhe estendeu a mão no pior momento...

O apertão da mãe foi tão forte que Hanna cerrou os dentes para não gritar. Ela tentava se desvencilhar, mas Grete tinha uma força surpreendente apesar da embriaguez.

– Primeiro me dê o dinheiro... – esbravejou ela, sacudindo a filha. – Passe para cá! Quer matar sua mãe de fome, sua pirralha ingrata. Mas veja só os sapatos dela. E um lenço de ótima lã. Mas a mãe que ande em farrapos...

– Você vai gastar tudo com aguardente... – interrompeu Hanna, tentando desesperadamente se soltar.

– Como ousa? – vociferou Grete, raivosa. – Como diz isso para sua própria mãe? Pois tome isso!

A violência da bofetada pegou Hanna de surpresa. A mãe criara quatro rapazes e uma menina, e sabia bater. Ela recuou com um grito de susto, deixando o saco de batatas cair no chão. Apesar de ter sido ágil para se abaixar, a mãe foi mais rápida e lhe tomou os víveres da mão.

– Vou ficar com isso por enquanto, e amanhã passo na mansão para buscar o dinheiro...

– Não! – gritou Hanna, tentando recuperar o saco. – As batatas não são minhas. São dos patrões. Devolva!

Foi inútil. Grete já havia fugido para o outro lado da rua, e bem naquele momento passou uma carroça carregada com barris de cerveja. Por um triz Hanna não se chocou contra o velho cavalo.

– Você é cega e surda, menina? – repreendeu o cocheiro, furioso. – Mulher nunca presta atenção em nada.

Obviamente a mãe já havia desaparecido entre as casas quando a carroça finalmente liberou o caminho. E, mesmo que Hanna conseguisse alcançá-la, Grete certamente não lhe daria o saco por livre e espontânea vontade, e a tentativa acabaria em pancadaria.

Ela vai trocar as batatas por aguardente. Vai entrar no primeiro bar e negociar, pensou Hanna, angustiada.

Que horrível era ter uma mãe daquela. Hanna torcia que Else não tivesse tomado conhecimento daquela cena, do contrário ela espalharia na cozinha que a garota vinha de uma família difícil e que precisava se cuidar para não ir parar lá de novo. Na verdade, a mãe de fato fora muito trabalhadora. Havia se passado muito tempo, mas Hanna se lembrava bem. Naquela época, era o pai que estava sempre bêbado espancando todos na casa. Várias vezes Grete se colocara diante dos filhos, recebendo os golpes em seu próprio corpo. A mãe ainda ganhava dinheiro como costureira e os irmãos estavam na escola. Mas, pouco depois, ela começou a beber e parou de cumprir com suas obrigações na fábrica. No final, o jovem Sr. Melzer só a mantivera no trabalho por pura compaixão, deixando que ela executasse tarefas mais simples...

Hanna tentou pensar em uma maneira de contornar aquela situação. Olhou para o caminhão e constatou que ali só restavam sacos vazios. Os homens guardaram a grande balança na caixa, a colocaram no caminhão e entraram na cabine do motorista. Com um ronco do motor, o veículo se pôs lentamente em movimento e as pessoas, que ainda esperavam conseguir algumas batatas, tiveram que abrir espaço para não serem atropeladas. *Melhor assim*, pensou Hanna. Pelo menos ela poderia dizer a Else que não conseguira nada e que a espera na fila fora em vão. O único inconveniente era que o dinheiro também havia sumido. O valor de 24 fênigues não era baixo. Seria possível comprar pão de centeio com a quantia. Ou dois ovos. Ou um litro de leite...

Ela se virou e considerou se não era melhor ir até a leiteria procurar Else. Ainda poderia se abrigar por alguns momentos da chuva que se tornara mais forte; seu lenço estava encharcado, e a água escorria por sua nuca. Justo quando havia decidido sair dali, percebeu novamente aqueles desconhecidos olhos escuros. O prisioneiro russo estava curvado, as mãos sobre a picareta e a cabeça voltada para ela. Ele a fitou com um misto de incompreensão e compaixão e a seguiu com os olhos até que Hanna entrasse na loja, voltando ao trabalho apenas após receber uma ordem furiosa aos gritos.

Era só o que me faltava, pensou Hanna. *Provavelmente ele está pensando que uma ladra roubou as batatas de mim. Que bom ele não saber que a ladra é minha própria mãe. E o que me importa o que esse russo pensa de mim? Eu não deveria estar nem aí. Mas que impertinente esse sujeito me olhando o tempo todo! Seria melhor mandá-lo logo de volta para a Rússia. Ele que vá encarar as moças de lá.*

Ela estava prestes a abrir a porta da leiteria quando viu a velha Else saindo do açougue. Else já passava dos quarenta, e se deteve no passeio em frente à loja, sorrindo com inocência como fazia quando conversava com pessoas de classe superior. De fato, naquele instante uma mulher com roupas escuras e um chapéu antiquadíssimo saiu da loja. De onde conhecia aquele chapéu? Claro, era o da Srta. Schmalzler, que antes ocupava o cargo de governanta na mansão. Seis meses antes, a senhora a "emprestara" a sua filha Kitty para organizar a casa e treinar os funcionários. Auguste contara que na bela mansão na cidade dos Bräuers estava tudo de "cabeça para baixo". Os empregados permitiam-se liberdades impressionantes enquanto a senhora pintava quadros e golpeava blocos de mármore com martelo e cinzel em vez de ocupar-se da casa.

A Srta. Schmalzler era de fato a pessoa certa para tal tarefa. Hanna não nutria especial apreço por ela, mas precisava admitir que Eleonore Schmalzler tinha olhos atentos e procurava ser justa. Ela, por sua vez, tinha pouquíssima consideração por Hanna e, como dissera meses atrás, acreditava que a menina nunca se tornaria uma empregada confiável. Talvez tivesse razão.

Hanna ficou parada observando a Srta. Schmalzler abrir o guarda-chuva preto, sob o qual se pôs a conversar com Else. Provavelmente estava perguntando sobre os últimos acontecimentos da Vila dos Tecidos. Else com certeza falaria da desastrada ajudante de cozinha, que quebrara uma das refinadas taças de champanhe. Hanna deu um suspiro e enxugou as gotas de chuva do rosto. Fazia frio e a água se infiltrava pela roupa. Quanto tempo mais as duas iam ficar tagarelando? Será que Else não ligava para os pés encharcados?

Pelo menos parecia estar de bom humor. Após se despedir da Srta. Schmalzler com uma reverência e vir na direção de Hanna com o cesto abastecido, ainda havia um vislumbre de sorriso em seu rosto. Parecia bastante satisfeita em espalhar a fofoca.

– Você está aí – disse ela, como se estivesse procurando a menina há tempos. – Onde estão as batatas?

Com toda sua criatividade, Hanna explicou que havia esperado na fila, mas bem na sua vez o homem dissera que as batatas haviam acabado. Que azar.

Else continuava bem-humorada. Balançou a cabeça e perguntou se Hanna não tentara forçar passagem. Afinal de contas, a menina não era boba nem nada.

– Estavam prestando muita atenção. Um menino tentou furar fila e levou uma bela de uma bofetada de uma mulher.

– Nossa! – exclamou Else, acrescentando que a fome transformava as pessoas em animais selvagens e entregando a pesada cesta para Hanna. – Cubra isso com o saco, ninguém precisa saber que teremos pãezinhos hoje.

Tudo estava perdido. O saco sumira. A mãe de Hanna o havia levado. Só faltava Else perguntar pelo dinheiro.

– Eu... Eu dei o saco...

Atônita, Else se deteve. Aquilo era um completo absurdo. A menina dando coisas que pertenciam aos patrões!

– Deu o saco? Você está maluca?

Alerta de perigo. Hanna precisou inventar algo muito engenhoso para sair ilesa da situação.

– Dei o saco para um pobre inválido – explicou Hanna, piscando com ar triste. – Ele estava ajoelhado perto do armazém tremendo de frio. O homem não tinha as pernas, Else. Só dois cotocos. Dei o saco vazio para que pudesse colocar sobre os ombros.

A história era quase tão comovente como a de São Martinho dividindo a capa com o mendigo. Else, entretanto, parecia cética. Quando se tratava de contar mentiras, a imaginação de Hanna era inesgotável. Seus olhos procuraram sem sucesso o mendigo junto ao armazém, onde havia apenas uma moça com uma criança ofertando cartões-postais coloridos do front.

– E aonde foi seu mendigo?

– Deve ter ido embora...

– Andando com os cotocos? Não me faça rir! Sua mentirosa. Quando chegar em casa, vai levar uma bronca. Uma boa surra é o que você merece...

A mentira realmente não foi das melhores, Hanna teve que admitir. Mesmo que houvesse, de fato, inválidos capazes de andar com os membros amputados, a história toda era fantasiosa demais. Desanimada, ela seguiu Else, que caminhava com passos enérgicos em direção ao Portão de Jakob, absorta em um silêncio ameaçador.

Certamente a castigariam de novo e descontariam algo de seu salário, sendo que ainda precisaria tirar de suas parcas economias os 24 fênigues que, com sorte, Else só lhe pediria na mansão. Mas Hanna estava disposta a aceitar todos os aborrecimentos e castigos possíveis, contanto que ninguém soubesse o que acontecera de verdade. Ela se envergonhava demais da mãe.

– E nem pense que vai ter pãozinho para você – prosseguiu Else. – São para os patrões e, mesmo se sobrar algum, a preferência é dos outros!

Hanna calou-se. O que deveria dizer? Ela já sentira o cheiro dos deliciosos pãezinhos dourados vindo do saco de papel. Que perfume! Farinha branca, um pouco de leite, sal e levedura. Fofos e deliciosos. Muito diferentes do pão escuro de centeio, duro como pedra e que – assim dissera a cozinheira – eram adulterados com aparas de madeira.

– Pois cada um tem o que merece – acrescentou Else, com malícia. A mulher parecia adorar ter um motivo para acabar com Hanna.

Quanta maldade, pensou Hanna, amargurada. *Que injusto! Eu não fiz nada de errado!*

Repentinamente, sua mão esquerda pareceu ter vida própria e se enfiou no saco de papel, retirando um pãozinho redondo. Fora um ato criminoso, um delito contra o kaiser e a pátria. Mas Hanna não pôde evitar. Ela manteve o pão escondido sob o lenço até passarem pelo canteiro de obras. Ali, sua mão agilmente passou a iguaria assada para outro dono.

Foi tudo muito rápido, e só duas pessoas tomaram ciência: a ajudante de cozinha Hanna Weber e o jovem russo, que apressadamente escondeu o presente sob a jaqueta.

3

A secretária Ottilie Lüders já havia batido duas vezes na porta do escritório de Paul, perguntando se o jovem diretor desejava que ela fosse buscar mais lenha. Paul recusara com um sorriso, alegando não ser do tipo friorento. Os galpões da fábrica onde trabalhavam as operadoras de máquina tampouco estavam sendo aquecidos. A Srta. Lüders conteve um suspiro e, sem que tivesse lhe sido pedido, colocou na mesa dele uma xícara daquela bebida que imitava café. Pois, afinal, todo mundo precisava de algo quente naquela fria e escura manhã de inverno.

– Que simpático de sua parte, Srta. Lüders!

Paul se recostou na cadeira para examinar com olhar crítico seu desenho.

– Quem dera o pai de Marie ainda estivesse vivo... Jakob Burkard teria projetado essa máquina com os pés nas costas.

Paul balançou a cabeça, pegou uma borracha para fazer uma correção e desenhou por alguns instantes um triângulo com a ajuda da régua, acenando satisfeito em seguida. Ele não era um gênio como o pobre Burkard fora, mas pelo menos era pragmático e não se saía mal como homem de negócios. Paul pediria que chamassem Bernd Gundermann na fiação para dar uma olhada no desenho. Gundermann se mudara havia alguns anos de Düsseldorf, onde trabalhara na empresa Jagenberg, que naquela época já fabricava fibras de papel. Os imensos rolos de papel eram cortados em tiras de dois a quatro milímetros de largura, coladas e enroladas em fios que serviriam para a confecção de tecidos. Em sua maior parte resultavam em tecidos grosseiros, utilizados para sacos, alças ou correias de tração, mas, se fossem um pouco mais bem-acabados, poderiam ser utilizados como tecidos para roupas também. Obviamente, tal produto têxtil era desconfortável, difícil de lavar e se desfazia por completo sob uma chuva persistente. Mas face à catastrófica falta de matérias-primas, a produção de fibras de papel possuía ampla aceitação no mercado. A existência da fábrica de tecidos dos Melzers estava por um fio. Se ao menos conseguissem entrar no ramo dessas novas fibras...

Uma suave batida à porta do escritório interrompeu seus pensamentos.
– Paul?

Uma sensação desagradável o tomou. Por que o pai estava batendo? Normalmente ele irrompia em sua sala sempre que lhe aprazia.

– Sim, pai! Quer que eu vá aí?

– Não, não...

A porta estremeceu um pouco, e então se abriu por completo para Johann Melzer entrar. Desde o derrame de dois anos antes, ele emagrecera, seus cabelos se tornaram grisalhos e as mãos se moviam com inquietação constante. Ele parecia ter dificuldade em assimilar a decadência da fábrica no último ano. No início da guerra, os negócios iam bastante bem com a fabricação de tecidos de algodão e lã para os uniformes. A empresa cumpria uma função militar importante e, por esse motivo, o jovem diretor Paul Melzer fora poupado da convocação para o front...

– Chegou uma carta para você, Paul.

Melzer foi até o filho, colocou o envelope na mesa sob a luz da luminária e então recuou. Paul averiguou o remetente: Divisão Local do Poder Judiciário de Augsburgo. Algo dentro dele se recusava a crer em tal golpe do destino. Por que justo naquele momento? Quando estava tão feliz com o nascimento dos filhos e cheio de planos e esperanças?

– Quando isso chegou? – perguntou, aproximando o envelope da luz para examinar o selo.

Era impossível a carta ter chegado naquele dia, pois era pouco mais de oito horas, e o carteiro só passava na fábrica por volta das nove.

– Anteontem – respondeu o pai com a voz abafada. – No calor dos acontecimentos, eu me esqueci totalmente de lhe dizer.

Uma olhada rápida no rosto impassível do pai fez Paul duvidar da veracidade daquelas palavras, mas preferiu não falar nada. Ele então agarrou o abridor de cartas de prata e, com um gesto preciso, abriu o envelope, retirando o documento. Por um momento, alimentou a esperança de que aquilo se tratasse apenas de alguma solicitação das autoridades com respeito aos funcionários da fábrica. Contudo, antes mesmo de desdobrar o papel, as palavras "convocação militar" escritas em destaque encheram seus olhos. De maneira curta e grossa, comunicavam-lhe que ele deveria se apresentar quarta-feira, nove de novembro, para o treinamento. Era o fim de seu status especial como diretor da fábrica de tecidos. E a ninguém mais importava o fato de que se tornara pai há dois dias, tendo que deixar sozinhos mulher e filhos.

O silêncio imperou na sala; nem ele nem o pai se dignaram a proferir os comentários que normalmente eram feitos ao receber tal notícia.

De qualquer forma, era mais que justo que todos cumprissem com suas obrigações com a pátria. Não que ele estivesse contente por defender a pátria e o kaiser enquanto Marie ficava sozinha com os gêmeos, mas se acovardar naquele momento, considerando que tantos sacrificavam a vida pela nação, era uma vergonha.

– Amanhã – murmurou Paul, com certo humor duvidoso. – Ainda bem que você me entregou a carta a tempo, hein?

O pai acenou com a cabeça e deu meia-volta, dirigindo-se até a janela para observar o pátio da fábrica vazio, iluminado por quatro lâmpadas elétricas. O dia já raiava, e em breve as luzes seriam desligadas.

– Liguei para o médico, o Dr. Greiner. Você pode ir conversar com ele hoje à tarde.

Paul deu um suspiro aborrecido. Que tipo de artimanha estavam planejando pelas suas costas?

– Em que isso vai ajudar?

– Ele pode atestar que você sofre do coração. Ou de algo nos pulmões. O suficiente para não ter que ir para o front. Precisamos de você, Paul.

Ele balançou a cabeça. Não, se fosse mandado para a guerra, então que fosse de verdade. Não fugiria como um covarde. Além disso, a posição do exército alemão não era tão ruim; apesar de na França, conforme diziam, a situação estar um pouco estagnada, a Rússia estava à beira de capitular.

– Pelo menos é o que dizem as notícias – comentou Johann Melzer com uma entonação estranha.

Paul dobrou a convocação militar e a colocou dentro do envelope, guardando o documento no bolso do casaco. Era aquilo mesmo e não tinha jeito. A partir daquele momento, lhe cabia dar o melhor de si. Ele não era o único. Milhares e milhares de rapazes em toda Europa estavam seguindo o mesmo caminho, e por que justo ele deveria ser poupado?

– Vou fazer meu trabalho até a hora do almoço, pai – disse com uma tranquilidade que nem mesmo ele entendeu. – Quero passar a tarde e a noite com minha mulher e meus filhos.

Johann Melzer fez que sim com a cabeça, demonstrando entendê-lo perfeitamente.

– Não se preocupe, meu filho. Não vai ser difícil manter as coisas aqui funcionando. Muito pelo contrário, para mim será como uma fonte da juventude, estou até ansioso para começar.

– Vou providenciar a montagem da máquina de cortar papel, pai. Seguindo essas plantas. E também uma fiadeira especial que possa enrolar as tiras de papel em fios. Veja, vai ficar assim...

Paul sabia muito bem que o pai detestava aqueles "panos ridículos feitos com saco de mercado". Fio de verdade era feito com lã, seda, algodão ou linho, nunca com papel ou celulose. Johann Melzer não iria se rebaixar ao ponto de tecer essas imitações baratas de tecido, que se desfaziam só com a força do olhar. Segundo constava, Bremen recebera vários carregamentos com algodão vindo das colônias. Mas aqueles desgraçados lá de cima ficavam com toda a matéria-prima para processá-la em suas fábricas.

– Vamos ver...

– Se a guerra persistir, essa é a única saída, pai.

Paul estava decidido a não deixar pontas soltas. Assim que o pai saísse do escritório, ele chamaria a Srta. Lüders para ditar várias cartas. Tratava-se de solicitações de orçamento de papel e talvez celulose também, de maneira a conseguir o material a preços módicos.

Ottilie Lüders estenografou com a precisão de sempre, datilografou as cartas e as deixou prontas para o envio.

– Quer que eu coloque tudo na mesa de seu pai? – perguntou ela.

A Srta. Lüders era muito atenta. Estava claro que já sabia que no dia seguinte Paul não estaria lá. Provavelmente fora a outra secretária, a Srta. Hoffmann, que ficou escutando atrás da porta, pois aquilo não era do feitio de Ottilie Lüders. As duas haviam tido que aceitar a redução de salário, como quase todos os outros funcionários da fábrica. Era por eles que Paul mais sofria ao ter que abandonar seu cargo. Ele era responsável por aquelas pessoas, precisava conseguir pedidos, encontrar novas maneiras para poder dar-lhes trabalho e pão. Àquela altura, empregavam praticamente apenas mulheres; os poucos homens da fábrica eram ou muito velhos ou inaptos para a guerra. Eram elas que sustentavam suas famílias, e muitas se tornaram viúvas, enquanto outras sequer sabiam o que acontecera com os maridos. Nada de notícias ou cartas – estavam desaparecidos.

Ele evitou seguir pensando. Paul amava Marie – os dois tinham se casado havia apenas um ano –, e Deus protegeria a ele e a sua jovem família.

Em seguida, Paul mandou chamar Bernd Gundermann para mostrar as plantas técnicas. O funcionário, entretanto, não era exatamente um tipo brilhante e mal conseguia se lembrar das grandes máquinas da Jagenberg. Talvez pudesse até se recordar de algo se as visse montadas, mas um desenho não lhe servia de nada. Contudo, ele respondeu prontamente às perguntas de Paul e saiu do escritório mancando. Gundermann perdera todos os dedos do pé direito em um acidente e fora, portanto, liberado do serviço militar. Além disso, o homem já tinha quase cinquenta anos.

Pouco antes do meio-dia, Paul arrumou sua escrivaninha, deixou algumas instruções ao pai e despediu-se da Srta. Lüders e da Srta. Hoffmann. As mulheres estavam com cara de enterro, mas se mantiveram fortes ao apertarem sua mão. Só quando estava descendo a escada, ouviu as duas soluçarem. Já no pátio, se aproximaram dois funcionários do setor de contas, junto com Mittermayer e Huntzinger da fiação, para o saudarem também com um aperto de mão. E então algumas mulheres que na tecelagem tingiam os últimos cobertores de lã à mão. Parado na portaria estava o velho Gruber, com lágrimas escorrendo pelo rosto avermelhado. Impressionante como a rádio fofoca funcionava a toda na fábrica. E o quanto todos gostavam dele. Apesar das demissões e reduções de salário que ele se vira obrigado a colocar em prática.

Paul foi caminhando até a mansão, pouco se importando com a chuva fina e o vento gélido que queria arrancar o chapéu de sua cabeça. Por um lado, o carinho dos funcionários o deixara comovido, mas, por outro, ele se sentia angustiado com tais despedidas emocionadas. Afinal de contas, sua intenção era retornar o mais rápido possível. São e salvo. Precisavam dele ali.

Marie o esperava no átrio e correu em sua direção quando ele entrou. Que linda ela estava, tão corada... Havia uma ternura diferente nos olhos da esposa. Ele a tomou em seus braços.

– Você está bem, meu amor? Hoje está mais bonita do que nunca.

Ela se manteve em silêncio e o abraçou, deixando que sentisse seu corpo, mais exuberante e maternal.

– Papai me contou hoje cedo, Paul. É duro, ainda mais agora. Mas temos que aceitar a vontade de Deus.

Ele a segurou forte, contente por ela ter se mantido serena, do contrário nem ele seria capaz de conter as lágrimas. Sentir assim o que estava prestes a perder. Ter sua mulher amada tão próxima ao coração, sabendo que não voltaria a vê-la por um bom tempo, talvez nunca mais.

– Vamos subir, querida – sussurrou ele. – Quero ficar alguns minutos a sós com você.

De mãos dadas, os dois subiram a escada, cruzaram furtivamente o corredor como dois ladrões e seguiram até o segundo andar.

Paul abriu a porta do quarto de Kitty, que estava vazio desde seu casamento, fazendo as vezes de quarto de hóspedes. Exaustos pela subida rápida, Marie sentou-se no sofá azul-claro de Kitty e Paul se acomodou ao seu lado. Em silêncio, ele a abraçou e beijou, sem conseguir parar, como se fosse possível dar-lhe naquele instante todo o carinho que sentia por ela. No andar de baixo, Alicia chamou Auguste para perguntar se o senhor diretor e o filho já haviam chegado. Ela não entendeu o que a criada respondeu, mas tampouco importava.

– Estou tão orgulhoso de você, Marie – sussurrou em seu ouvido. – Por como você é forte. E se mantém firme. Acredite, sinto um turbilhão dentro de mim, estou lutando contra o destino e o que mais queria era poder ficar com você...

– Quando você soube? – perguntou ela.

– Há pouco mais de uma hora...

– Eles esconderam isso de nós...

Paul percebeu um tom de acusação e balançou a cabeça.

– Eles fizeram isso por nós, Marie. Não estou com raiva do papai por isso.

– É... Acho que você tem razão...

Com certa preocupação, percebeu que Marie franzira as sobrancelhas escuras, o que sempre fazia quando algo não lhe agradava. Ela não gostava dos métodos autoritários de seu pai e já havia lhe confrontado várias vezes, com Paul tendo que intermediar os conflitos entre os dois. A partir daquele dia, Marie não poderia mais contar com o apoio do marido, e a Paul restava torcer para que ela fosse inteligente o bastante para não desafiar o pai.

– Papai está tão feliz com os netos, Marie. Você não podia ter lhe dado alegria maior.

– Eu? – indagou ela, lançando um olhar malicioso. – Acho que você também teve sua participação.

– Isso é verdade.

– Ainda que sua contribuição tenha sido ínfima.

– Também não foi tão pequena assim, querida...

– Muito pequena...

Com o polegar e o indicador, ela indicou uma distância que não ultrapassava o tamanho de uma cabeça de alfinete. Ele inclinou a cabeça e franziu a testa.

– Pequena, porém certeira – enalteceu ele.

– Foi como colocar água em um copo.

Como era abusada, sua doce esposa. Até naquele momento, ela o fazia rir. Estava praticamente obrigando-o a pegá-la nos braços como castigo, beijando-a e apertando-a tão forte até que pedisse clemência.

– Qual é o tamanho da minha contribuição mesmo? – perguntou ele, quando ela gemeu, dizendo que estava quase sufocando.

– Considerável, querido.

– Considerável? Isso é muito pouco!

– Paul, pare... Estou ficando mesmo sem ar... Paul... Amado... Pai dos meus filhos...

Ela tentou desvencilhar-se, pressionou as mãos contra o peito dele para afastá-lo, sem êxito. Paul amava esse jogo, sua rebelde Marie, sua abusada, doce, esperta e às vezes incrivelmente ridícula esposa. Quantas vezes os dois já haviam deixado a mais completa desordem no quarto, de maneira que tiveram que arrumar no dia seguinte para não dar motivos à falação de Else e Auguste.

– Diga ou não solto você... – provocou ele, ofegante, e a agarrou com mais força.

– Sua participação é imensa, meu amado. Infinita. Do tamanho do oceano e do mundo inteiro... Está bom agora? Ou quer que mencione Deus também?

– Não seria ruim.

– Não duvido...

Ela passou o dedo sobre a penugem de sua nuca e ele estremeceu, pois aquele toque gentil o excitava ao máximo. Que perverso o destino, que já não lhe permitia noites de amor com sua Marie e ainda o mandava ao front, justo agora que ela estava no puerpério. Apenas lhe restaria a lembrança, e ele já intuía que sua imaginação lhe traria felicidade e, ao mesmo tempo, dor.

– Ah, Paul... – murmurou ela junto a seu ombro. – Como somos tolos e ridículos. Dois jovens se abraçando com desejo neste momento em que deveríamos ser sensatos. Dizer coisas importantes um ao outro. Não esquecer nada do que ainda queremos falar. Agora e... para o futuro.

– O que você quer me dizer, minha esperta Marie?

Paul pensou ter escutado um soluço, mas ao olhá-la ela estava sorrindo.

– Que eu amo você... infinitamente... e incondicionalmente... pelo tempo em que eu viver...

– É a coisa mais importante e inteligente que você já me disse, querida.

Ela quis contestá-lo, mas ele não permitiu que o interrompesse.

– E veja só, Marie, sinto exatamente o mesmo.

– Então vamos deixar assim, meu amor.

Os dois se abraçaram, quietos. Fecharam os olhos e escutaram o silêncio do quarto vazio. Não havia o tique-taque de relógios, todos os ruídos estavam abafados e o tempo cessara. Naqueles breves minutos, nos quais a respiração dos dois seguia o mesmo ritmo e seus corações batiam na mesma cadência, parecia impossível que pudessem se perder um do outro.

– Senhor? Está aí dentro?

As batidas de Else romperam a feliz atemporalidade, trazendo-os de volta à realidade dos fatos.

– A senhora mandou avisar que a mesa já está posta – acrescentou ela.

Paul flagrou o olhar aborrecido de Marie e, com ternura, colocou o dedo nos lábios da esposa.

– Obrigado, Else. Já estamos descendo...

Os pais já estavam sentados à mesa. Johann Melzer franziu a testa ao vê-los entrar, e a mãe sorriu, compreensiva e tomada por pena.

– Sopa de cevada? – perguntou Paul, fingindo entusiasmo ao desdobrar o guardanapo. – Tem até bolinho de mocotó. Bom apetite.

Todos agradeceram e Alicia tomou a concha da mão de Else para servir os pratos. A mãe sabia que ele percebera que ela estivera chorando. Os funcionários estavam igualmente a par da situação – o que se notava pela expressão fúnebre de Else e o fato de que a Sra. Brunnenmayer preparara o prato favorito dele. Desde criança, Paul gostava de bolinhos de mocotó.

– Kitty avisou que passará aqui – anunciou Alicia. – E Elisabeth também virá. Espero que não seja um problema para vocês.

Marie dirigiu um olhar animador e disse que ficaria muito feliz por vê-las. Principalmente Kitty, que sempre trazia consigo alvoroço e alegria.

– A cozinheira fez bolo e disse que hoje vai ter até salada de arenque.

Comentaram sobre como a Sra. Brunnenmayer se provara uma verdadeira maga, conseguindo preparar as mais deliciosas iguarias com os poucos ingredientes que ainda restavam. Após Else servir o prato principal – porco assado com purê de maçã e *knödel*, uma bola feita de massa de pão, farinha e especiarias –, um silêncio estranho se instaurou. Escutou-se o ruído dos talheres sobre a louça, Johann Melzer ergueu a taça de vinho e, sem dizer uma palavra, brindaram. Por fim, Alicia pigarreou.

– Já colocamos algumas coisas na mala, Paul. Coisas que você talvez precise. Depois de comer, dê uma olhada se não esquecemos nada.

– Obrigado, mamãe.

Não houve entusiasmo com o assado de porco preparado com tanto carinho. Paul engolia lentamente, mas serviu-se de outra porção, mais para não fazer desfeita à Sra. Brunnenmayer. No dia seguinte, àquela mesma hora, se sentariam à mesa sem ele. Por que deveriam ter privilégios com relação a outras famílias? O pai de Serafina, amiga de Elisabeth, coronel Von Sontheim, falecera duas semanas antes, assim como um de seus irmãos e todos os três filhos do diretor Wiesler. Hermann Kochendorf, da prefeitura, também fora convocado. Pelo que falavam, ele estava gravemente ferido, internado em um hospital de campanha na Bélgica, e seu dinheiro em nada podia ajudá-lo. O advogado Dr. Grünling vinha lutando em algum lugar na Rússia e não havia qualquer notícia sua, o que sempre era um mau sinal. E, da mesma forma, tantos outros jovens, que dois anos antes ainda dançavam com alegria e cortejavam a encantadora Kitty Melzer no baile da Vila dos Tecidos, agora jaziam por aí na terra inimiga. Seus pais nem sequer sabiam onde eles estavam enterrados.

– Conseguiram saber algo sobre Humbert? – perguntou Paul, cujo ânimo só piorava com o silêncio.

– Ah, sim! – exclamou Marie. – Esqueci completamente. Você não vai acreditar, Paul, ele escreveu uma carta para a Sra. Brunnenmayer do front. Está nas linhas de abastecimento na Bélgica, escovando cavalos e arrumando os estábulos.

Todos riram com a ideia. O criado Humbert era a frescura em pessoa, só em ver uma aranha ele ficava histérico, suas roupas estavam sempre impecavelmente limpas, os sapatos recém-engraxados. Arrumar estábulos certamente não era uma tarefa prazerosa para ele.

– É um rapaz esquisito mesmo – comentou Johann Melzer. – Mas vai tomar jeito, não tenho dúvida.

Paul sentiu um alívio quando o almoço terminou. Nem mesmo o pudim de baunilha com calda de framboesa lhe deu apetite – a atmosfera à mesa era simplesmente asfixiante. Se ao menos Kitty estivesse ali. A tarde e parte da noite ele teria que passar com seus pais e as irmãs. Só então poderia finalmente estar a sós com Marie. Com ela e com os dois pequenos.

– O que a parteira falou? – perguntou Alicia, no corredor.

– No momento ele está bem – respondeu Marie. – Mas está muito pequeno. Precisa mamar de qualquer jeito.

– Já estou procurando uma ama de leite. Amanhã entrevistarei três moças...

Repentinamente Paul foi acometido pelo medo de que seu filho pudesse morrer. O bebê, pelo visto, não comia. Como poderia sobreviver assim? Por que a mãe só conseguira a ama para o dia seguinte? O pequeno não teria que se alimentar imediatamente? E por que Marie não lhe dava o peito? Com um gesto vigoroso, ele abriu a porta do salão vermelho, onde Else lhes havia servido café de verdade, e subiu a escada que conduzia aos aposentos.

– Marie?

Ele subia depressa. No caminho, se deparou com Auguste, que àquela altura já se transformara em babá. Na noite anterior, haviam deixado as crianças sob seus cuidados e não tiveram qualquer problema.

– Está tudo bem, senhor – disse ela, insinuando uma reverência. – A senhora está dando o peito, é melhor não incomodá-la agora.

– O que houve com o menino? Ele está mamando agora?

– Alguma hora ele terá que mamar...

A resposta não o tranquilizou, mas percebeu que havia pouco que pudesse fazer e desceu novamente. No corredor, o pai esperava por ele e o puxou para dentro do escritório, onde toda sorte de coisas estava disposta sobre o sofá. Roupas de baixo, meias, sobretudo, uma lanterna com vários conjuntos de bateria, um colete grosso, uma faca com corrente, uma caixinha com itens para costura e botões de reserva, uma arma, açúcar, chocolate, pantufas quentes, luvas...

– Se faltar algo, podemos enviar para você – disse o pai.

Paul observou as coisas e entendeu que, dali em diante, teria que carregar nas costas todas as suas posses. Era o fim das estufas aquecidas, da cama macia e dos banhos diários. A partir do dia seguinte, não valeria muito além do mais subalterno de seus funcionários, pois não tinha patente e era um simples soldado. Estranhamente, até gostava da ideia de suportar privações, marchar dias a fio, trinta, cinquenta quilômetros por dia – a capacidade de marchar do exército alemão era temida. Seria difícil, ele conheceria seus limites e teria que superá-los, mas estava indo ao front para proteger a pátria e a família. Esse era o pensamento que ele precisaria manter durante as chuvas de projéteis e as privações, ajudando-o a encontrar sentido em suas ações e na guerra. Um período de provações o aguardava. Quando voltasse – e ele iria voltar –, Paul seria outro homem.

Escutou-se a voz agitada de Kitty no corredor. E depois a de Elisabeth, contrariada com algo, e, contendo as duas, Alicia, sempre se esforçando para apaziguar as brigas das filhas.

– Não me aborreça com seus sermões, Lisa – vociferou Kitty. – Não me importa o que seu estimado comandante e marido escreveu. Vitória, vitória, vitória... Sempre essa vitória! E onde ela está, a tal da vitória? Coisa nenhuma. É tudo mentira, bobagem...

– Como você pode ser assim, tão pouco patriota, Kitty? Isso é traição ao kaiser e à nação, um escárnio com todos os nossos valentes heróis que têm as vidas ceifadas em campo de batalha! A vitória está a um passo, foi o que Klaus escreveu. E ele sabe o que está dizendo...

– Por favor, Elisabeth! – interrompeu Alicia. – Não se exalte. Justo hoje vocês vão brigar?

– Ah, agora sou eu a culpada de novo. Claro, já deveria ter imaginado.

Paul viu um sorriso se esboçar no rosto do pai. Apesar de quase nunca admitir, ele amava o jeito espontâneo de Kitty.

– Não estou nem aí se vamos perder ou ganhar – berrou Kitty. – O que queremos com a França? Eu, pelo menos, não preciso de nada disso. Da Rússia imunda, precisamos menos ainda. E as colônias, no que depender de mim, podem dar para quem quiser. Só quero que deixem Paul aqui conosco. Afinal, já me tiraram meu Alfons, seria o mínimo deixar que Paul ficasse. E pare de revirar os olhos, Lisa. Já me calei, mamãe. Como prometi, estou calada. Como um ratinho, contido e quieto.

Ela se interrompeu, mas prosseguiu logo depois:

– Você tem um lenço para mim, Lisa? Devo ter perdido o meu em algum lugar...

Alicia conduziu as duas ao jardim de inverno, onde comeriam bolo com café. Paul olhou o relógio de bolso; já eram quatro da tarde. Restavam-lhe quinze horas. Por que o tempo passava tão devagar? Todas aquelas conversas, despedidas, a obrigação de manter a compostura, fingir otimismo – como tudo aquilo era cansativo. Ele se lembrou de quando se despediram de alguns de seus amigos da juventude que se alistaram voluntariamente pelo período de um ano. Foi logo no começo da guerra, todos estavam repletos de entusiasmo e mal esperavam para marchar rumo ao inimigo. Dois de seus colegas de escola foram declarados inaptos por questões físicas – ah, eles ficaram furiosíssimos. Os demais celebraram o início do serviço militar com um passeio noturno muito bem regado, marchando pelas ruas de Augsburgo, segurando tochas e cantando a altos brados "Die Wacht am Rhein". Paul estava entre eles e, tomado pelo ébrio entusiasmo geral, lamentou o fato de não ir à guerra junto com os colegas.

– Paul!

– Por favor, Kitty – repreendeu Alicia. – Combinamos de manter a tranquilidade...

Mas era tarde demais, os sentimentos de Kitty foram mais fortes que todas as promessas e boas resoluções. Mal Paul apareceu no jardim de inverno, ela se jogou em seus braços, soluçando.

– Não vou soltá-lo. Vou me segurar em você, irmãozinho. Vão ter que me arrancar se quiserem levar você...

– Não chore, Kitty – sussurrou ele em seu ouvido. – Pense no bebê em seu ventre. Eu volto, irmãzinha.

Paul teve que lhe emprestar o lenço e esperou pacientemente ela assoar o nariz e secar as lágrimas. Então ele a conduziu a uma das poltronas de vime e Kitty se sentou, exausta. Marie surgiu com um vestido solto de algodão branco com rendas e um xale de lã sobre os ombros. Seu semblante era de serenidade.

– Está tudo bem com os pequenos? – perguntou ele.

– As mães de primeira viagem costumam se preocupar demais – respondeu Alicia no lugar de Marie. – Estão ótimos, Paul.

As horas se arrastavam em passos de tartaruga. Comer bolo, tomar café, escutar os tratados de Elisabeth sobre a iminente vitória da pátria amada, suportar o olhar de cachorrinho abandonado de Kitty, o sorriso de Marie que abrigava tanta preocupação e tristeza... O otimismo do pai em poder voltar a comprar algodão das colônias em breve, o rosto pálido de Alicia, sua compostura exemplar, seu esforço em não preocupá-lo ainda mais... Por volta das cinco horas, chegou o velho Sibelius Grundig, dono de um ateliê fotográfico na Maximilianstraße. Alicia mandara chamá-lo para tirar uma foto de família como lembrança e, assim, todos se posicionaram conforme as instruções do fotógrafo, Paul entre a mãe e Marie, Kitty grudada no pai, Elisabeth do outro lado, com uma expressão de quem dizia: estou sobrando aqui.

Ao cair da noite, a Srta. Schmalzler passou para uma rápida visita, apertou a mão de Paul e desejou-lhe as bênçãos do Senhor. Ela viera da Pomerânia como camareira da então jovem Alicia von Maydorn, tornando-se depois a governanta da casa enquanto via as três crianças crescerem. Paul sempre fora seu favorito.

Após o jantar – será que estavam querendo matá-lo de tanto comer? –, Paul pediu para enfim passar as horas que lhe restavam com a esposa e os bebês. Ninguém contestou, as irmãs lhe deram um beijo de despedida e Kitty o fez prometer que enviaria notícias pelo menos três vezes na semana.

Já passava das oito horas da noite quando ele finalmente entrou no quarto para ver Marie. Ela, que já havia ido se deitar, sentou-se sobre as almofadas e o fitou com um semblante sério.

– Venha para a cama, meu amor.

Ele tirou os sapatos e o casaco, se enfiou sob o edredom ao lado dela, a abraçou e sentiu seu cheiro já familiar. Seu cabelo, o aroma de lavanda da camisola, sua pele macia e a pequena cavidade na base de seu pescoço que ele tanto gostava de tocar com os lábios. Não, não seria uma noite de amor – impossível, ela dera à luz dois dias antes. Mas segurá-la, sentir a força tranquila que residia naquele delicado corpo, aquilo era tudo pelo que ele mais ansiara ao longo do dia.

– Quero que fiquemos assim, Marie – sussurrou ele. – Para sempre. Eu e você, juntinhos. Com nada que possa nos separar...

Uma voz quase inaudível veio do quarto contíguo. Os lábios de Marie procuraram os dele, e os dois trocaram beijos, se entregaram por completo. Paul lamentou infinitamente não poderem consumar o ato. Como o corpo dela mudara. Até pouco tempo atrás, ela possuía uma magreza de menina, mas se convertera em uma Vênus.

– Você é tão linda, meu amor. Estou louco de desejo...

Ele buscou os botões da camisola para poder pelo menos acariciar seus seios. Mas antes mesmo que ele começasse a desabotoá-la, Marie segurou sua mão.

– Espere, amor...

– O que houve?

Ela o afastou e sentou-se, procurando escutar os ruídos do cômodo ao lado.

– Auguste não está com os bebês?

– Está.

Ainda há pouco ele passara um tempo admirando sua prole. Tão pequenininhos! Duas cabecinhas, duas boconas, quatro mãozinhas. O de gorrinho azul era o menino. Leopold, já apelidado de Leo.

– Pelo menos não está rugindo como um leão – ironizou ele, tentando puxá-la para si novamente.

Mas Marie se desvencilhou e ficou em pé.

– Melhor dar uma olhada... Já venho.

– Sim, claro.

E então caminhou ágil e leve como uma pluma e fechou a porta com a nobre intenção de não o incomodar. Contudo, o que ele mais queria naquele momento era justamente estar com ela.

Por um momento, Paul se manteve sentado na cama esperando. No outro cômodo, os suaves grunhidos persistiam. Os esforços maternais de Marie deveriam estar tendo pouco êxito. Finalmente, ele se levantou com um suspiro, vestiu um pijama, foi ao banheiro e voltou ao quarto. A cama do casal seguia vazia.

– Marie?

Não houve resposta. Impaciente, Paul girou a maçaneta do aposento contíguo e abriu a porta o mais silenciosamente possível. Ali estava sua doce Marie, sua amada, sua forte e maravilhosa esposa, sentada em uma cadeira com o seio direito desvelado, tentando introduzir o mamilo rosado na boca do pequenino de gorro azul-claro.

– Acho que está morto de fome – disse ela, preocupada. – Mas ele não sabe mamar.

Aquela imagem provocou uma mistura de sensações em Paul. Claro que ele estava feliz por ter um filho. E uma filha – que, dormindo satisfeita no berço, parecia ser mais esperta que o irmão. Mas ter que dividir o doce corpo e os belos seios de Marie com sua cria causava um sentimento estranho. Como homem, só lhe restava se acostumar à ideia. Ainda mais naquela situação, quando tinha apenas mais algumas horas ao lado de sua amada.

– Mas por que Auguste não vem dar de mamar? Ela também tem um bebê.

Marie estava nervosa. O pequeno Leo simplesmente não sugava seu peito e gritava desesperado, sem saber como se alimentar. A resposta saiu com a devida impaciência:

– Você acha que vou deixar Auguste dar de mamar aos meus filhos, Paul? Isso é obrigação minha. Mamãe vai ter que entender.

Embora não partilhasse da mesma opinião, ele se calou. Era uma pena que sua última noite juntos estivesse transcorrendo de maneira tão diferente da imaginada. Poucas vezes antes ele vira Marie tão distante. Mas, claro, ele entendia. O parto cansativo, a convocação para o front e, para completar, as preocupações com o filho. Ele decidiu ter paciência e retirou-se para o quarto do casal. Com frio, ele se ajeitou embaixo do edredom. O quarto estava gelado, pois era aquecido apenas indiretamente pela chaminé do salão vermelho do andar de baixo.

Que mimado que eu sou, pensou ele. *No futuro não haverá nem edredom nem chaminé quentinha. Pelo que falam, nos abrigos e nas trincheiras tem no máximo um colchão de palha. Isso quando não se dorme no chão duro.*

– Assim a senhora não vai conseguir nada – disse Auguste no quarto ao lado. – A senhora precisa segurar firme o mamilo com a mão e colocá-lo dentro da boca. Isso! Para o menino sentir o gosto do que vai tomar. Veja só. Agora ele agarrou, esse travesso...

Graças a Deus, pensou Paul, aliviado, embora o teor da conversa entre as mulheres não o agradasse. Marie não sentia dor quando o menino "agarrava" seu delicado seio? Pois é, ele ainda tinha muito o que aprender como pai. Se ao menos lhe fosse concedido tempo para isso... Paul pegou o relógio de bolso que colocara sobre a mesa. Já eram quase dez horas. Às seis teria que acordar. Por volta das sete sairia de casa. O pai prometera levá-lo de carro até o posto de alistamento, mas ele recusara. Seria um papel ridículo desembarcar de um carro como um fidalgo diante dos companheiros. Ele estava indo servir à pátria como qualquer outro.

Marie estava de ótimo humor quando voltou. Ela se desculpou pela resposta ríspida, aconchegando-se junto ao marido, e acariciou suas bochechas e nuca.

– Você está tão próximo – sussurrou ela. – Não consigo acreditar que ficarei sem você. Vou pensar em você todas as noites, meu amor. Por mais que esteja a quilômetros de distância, vou sentir seu corpo e ouvir sua voz...

Ele estava profundamente comovido. Tudo estava bem. O menino estava mamando e cresceria. Marie o esperaria. Talvez Klaus von Hagemann tivesse razão: a vitória estava próxima, e em poucos meses seria o fim da guerra. As mãos de Marie acariciavam seu corpo com delicadeza e Paul se entregou aos seus toques, que o excitavam e redimiam. Como era sensual sua doce esposa. Já durante a gravidez ela fizera coisas sobre as quais não se ousava falar em público, pois tinham medo de prejudicar o bebê caso se amassem da maneira convencional.

– Marie, Marie... – sussurrava ele com desejo.

Ela se deteve. Novamente se ouviu, vindo do outro lado, aquela voz fina.

– O que foi agora?

– Já venho, já venho...

Como o vento, ela saltou da cama, desapareceu no quarto contíguo e ficou mais uma eternidade longe. Pelo jeito, depois de descobrir de onde vinha a comida, Leo quis mais. Paul se virou de barriga para cima e tentou conter o rancor que crescia contra o próprio filho.

Quando Marie voltou, sua paixão já estava arrefecida. Eles se deram as mãos e conversaram. Ela deveria ajudar seu pai com a fábrica. A produção de fibras de papel seria a salvação da empresa, e ela deveria convencê-lo disso. Ela era a única a quem Johann Melzer escutava. Marie, por sua vez, pediu ao marido que não bancasse o herói. Mas que tampouco fosse um covarde. Ele deveria ser astuto e ficar na média. Ele sorriu e concordou com a promessa. Três vezes mais a voz baixinha e impertinente incomodou e chegou a acordá-los. Paul tinha a impressão de que a gritaria do filho se tornava cada vez mais alta e intensa. Mas Marie lhe disse que daquela vez era a irmãzinha que também queria o que lhe era de direito.

Rosto com rosto, os dois dormiram a última hora, deram as mãos, sonharam o mesmo sonho. No frio da manhã, a campainha estridente do despertador os lançou de volta à realidade, abrupta e árida. Separação. Tristeza. Talvez trazendo até mesmo a morte.

– Fique aí deitada, querida – murmurou Paul. – Vou odiar ter que me despedir de você no átrio ou na porta de casa.

O quarto ainda estava escuro, e eles não se enxergaram ao trocarem o último beijo. Salgado pelas lágrimas dela.

4

— Os russos vivem como uns bichos – disse Auguste. – Eles dormem com ursos dançarinos na mesma cama.

Ela pressionava o pesado ferro de passar sobre o lençol branco, mas o linho teimava em não ficar liso. Não era de se admirar, pois o forno da cozinha que usara para aquecer o ferro não estava mais que morno. Carvão e lenha estavam escassos.

– Eles dormem com ursos? – perguntou Hanna, cética. – Você está inventando isso, Auguste.

– Então pergunte a Grete von Wieslers, ela que me contou – respondeu Auguste, defendendo-se. – O noivo dela, Hansl, veio a Augsburgo quando tirou licença. E ele esteve na Rússia.

A Sra. Brunnenmayer franziu o rosto largo e riu com deboche. Claro, claro... o velho Hansl. Aquele ali sempre gostou de inventar uma história.

Ela ergueu a xícara e tomou o chá de hortelã. Estremecendo, resmungou que não conseguia mais suportar aquela bebida fedorenta.

– Quando a guerra terminar, a primeira coisa que vou tomar é uma xícara de café recém-moído! – comentou ela. – Nada dessas invencionices de raiz ou cereais torrados. Café puro e do bom! Uma colher bem cheia por xícara!

Else revirou os olhos e esfregou com força o cabo prateado da colher de servir. Limpar prata era uma tarefa interminável. Bastava terminar os açucareiros e os bules para constatar que ainda restavam os talheres e as travessas. Mas não deixava de ser um trabalho fácil, que permitia ficar sentado e fofocar, algo muito mais agradável do que bater tapetes ou carregar carvão.

– Não é certo alimentar esses desejos, Sra. Brunnenmayer – disse Else, fazendo biquinho. – Devemos suportar nossas privações com alegria para apoiar nossos soldados no front.

– Qual a serventia para aqueles coitados no front que eu esteja bebendo raiz torrada? – contestou Fanny Brunnenmayer, aborrecida.

– Tem razão – opinou Auguste enquanto retornava com o ferro até o fogão. – E dizem que na França nossos soldados ganham café moído na hora, salmão e lagosta.

– Isso depois de comer lama com piolho na Rússia – disse a cozinheira, de mau humor. – Coloque logo mais dois pedaços de lenha aí, Auguste. Senão vai ficar até amanhã passando roupa.

Auguste se abaixou depressa para obedecer a cozinheira. Enquanto a Srta. Schmalzler não estivesse na mansão, a última palavra era de Fanny, o que incluía as decisões sobre os cada vez mais escassos suprimentos. Else esfregou os dedos já dormentes quando o fogo da estufa começou a crepitar e Hanna se serviu de uma xícara de chá quente de hortelã. No ano anterior, elas mesmas haviam colhido e secado as ervas do bosque, pois, como se dizia, chá de hortelã revigorava o organismo e limpava os pulmões.

– E o que mais Hansl falou sobre os russos? – indagou Hanna, curiosa. – Ele já teve contato, já conversou com algum russo?

Os russos não dormiam com ursos, ela tinha certeza. Aquilo com certeza fora história para boi dormir de Hansl.

– É claro que teve contato – respondeu ela. – O contato de uma boa bala no meio do peito.

Ela riu sem piedade e testou com o indicador se o ferro já estava quente. Escutou-se um chiado quando tocou o metal.

– Estou perguntando o que mais Hansl sabe deles – insistiu Hanna. – Como eles vivem. O que comem. Essas coisas...

– Mas vejam só – observou Else, levantando os óculos que estava usando para limpar a prata. – Parece que os russos não saem da sua cabeça, hein? Ficou no meio da rua encarando aqueles maltrapilhos. Você é podre, Hanna.

– Não é verdade! – rebateu Hanna, defendendo-se. – Só fiquei com pena deles. Por isso fiquei olhando...

A contestação causou risos de desprezo vindos de Else e Auguste, enquanto a Sra. Brunnenmayer, como de costume, se absteve.

– Cuidado para onde olha, daqui a pouco vai arranjar um filho russo – advertiu Auguste.

– Já tem até as regras – completou Else. – Está prontinha para engravidar. É mais rápido do que você pensa.

Hanna enrubesceu e abaixou a cabeça sobre a caneca de chá, lamentando haver contado a Else sobre seus sangramentos. Mas naquele dia de outono ela chegou a pensar que estava morrendo, tamanho o susto que levara com a mancha de sangue na roupa de baixo.

– E você deve saber bem quão rápido é, não? – disse a Sra. Brunnenmayer com maledicência.

A cozinheira sempre se irritava vendo como as duas mulheres pegavam no pé da pobre Hanna. Else ergueu o queixo e cerrou os lábios finos. Ela se mantivera virgem com orgulho, por mais que naqueles dias já não se desse tanto valor a isso como antigamente. Não era do tipo de Auguste, que se deixava engravidar para coagir um homem ao casamento. Empregadas que quisessem subir na carreira e provar-se leal aos patrões permaneciam solteiras, sempre fora assim. Eleonore Schmalzler, a governanta, seguia esse destino. Apenas Auguste, aquela raposa astuta, conseguira fisgar um marido, ter dois filhos e ainda manter o cargo. Hanna achava que era muita injustiça. Mas não dizia nada. Era preciso ter cuidado, pois Auguste sabia se defender.

– Se você quer mesmo saber, Hanna – falou Auguste enquanto passava as toalhas –, os russos são antes de tudo uns imundos, foi o que Hansl contou. Quando você entra nas cidadezinhas deles, a lama vai até os joelhos. É assim que eles gostam. E as mulheres usam uns vestidos estranhos, ficam parecendo aquelas capinhas de bule. Hansl disse também que elas usam pouca coisa por baixo. É que ele já se deitou com uma russa em cima de um forno...

Para Fanny Brunnenmayer aquilo era o fim da picada. Como assim, se deitar sobre o forno? No máximo seria possível se sentar, e mesmo assim queimaria os fundilhos. Hansl devia ter contado aquela história com uma garrafa de licor de genciana na mão.

Auguste não se dava por vencida. E a cozinheira não podia redarguir, afinal não conhecia os costumes russos.

– Hansl disse que os fornos na Rússia são de alvenaria, grandes e largos, como os das padarias daqui. E de noite, quando apagam o fogo, continuam quentes, e a família inteira dorme em cima deles. Os cachorros e os gatos também. Na Rússia é assim, Hanna...

– Em cima do forno... – disse Else, às risadinhas. – Que nem pão. E com gato e cachorro. Credo!

Auguste parou de passar a roupa e levantou a cabeça. Else e a Sra. Brunnenmayer não escutaram nada, mas Hanna, que tinha ouvidos apurados, ouviu o choro de um bebê.

– Lá vai a senhora de novo – comentou Auguste, erguendo as sobrancelhas. – Dispensou todas as amas de leite e quis, ela própria, amamentar os filhos. Vamos ver o quanto aguenta. Dá o peito de quatro em quatro horas, às vezes até mais. Dia e noite. Deus do céu, que bom que só tive um filho.

– Ai, só espero que não morram de fome, os bichinhos – disse a cozinheira, compadecida. – Para dois bebês, tinham que chamar duas amas. É o que eu penso. Mas a jovem senhora não escuta ninguém...

– Logo, logo ela toma juízo – opinou Auguste, dobrando os lençóis.

Ela se manteve imóvel por um momento, olhando insistentemente para a campainha na parede, pois acreditava que a chamariam a qualquer momento. Como nada aconteceu, deu de ombros e estendeu a próxima peça de roupa. Comentou então que era triste ver como a jovem senhora enfrentava a sogra. A mulher àquela altura já não decidia nada na casa, tudo tinha que ser conforme a vontade do jovem casal Melzer. E Alicia aceitava, por ser uma pessoa serena que não gostava de briga.

Hanna esfregava energicamente o açucareiro de prata. Estava furiosa com Auguste, que não fazia outra coisa além de espalhar mentiras. A jovem Sra. Melzer, que antigamente se sentava com eles na cozinha, era uma boa patroa. Ela, que devia a Marie seu trabalho na mansão, sabia disso melhor que ninguém.

– A jovem Sra. Melzer com certeza está muito triste porque o marido agora também foi para a guerra – disse ela.

– E daí? – perguntou Auguste levianamente. – Por que ele deveria estar melhor que nós? Meu Gustav foi tirado de mim logo no início da guerra e, pouco depois, o pobre Humbert também precisou ir.

– Ah, o Humbert! – exclamou Else. – Leia logo para a gente o que ele escreveu, Sra. Brunnenmayer. Não entendo por que a senhora fica fazendo tanto segredo.

Com um gesto, a cozinheira fez que não e explicou que a carta estava dirigida a ela e não era da conta de mais ninguém. Além do mais, já encaminhara os cumprimentos dele a todos.

– É no estábulo que ele está dormindo? – perguntou Else com deboche.
– E limpando a lama do pelo dos cavalos. Coitado. Mas deveria ficar feliz. Ele poderia estar nas trincheiras.

– Ele está na França? Ou na Bélgica? Ou será que na Rússia? – inquiriu Auguste, curiosa.

Mas a Sra. Brunnenmayer não deu confiança. Ele estava na Bélgica, como ela já dissera há tempos. E assunto encerrado.

Fez-se silêncio. O fogareiro crepitou um pouco mais. Hanna tomava o chá morno com açúcar quando seu estômago eternamente faminto rugiu, o que a deixou constrangidíssima. Óbvio que lhe esfregariam na cara a história do pãozinho roubado mais uma vez; aquilo acontecia no mínimo duas vezes por dia e assim continuaria até que fosse uma velha caquética. Mas, por sorte, Auguste começou a contar que Marie recebera cinco longas cartas do marido. Ele também escrevera duas vezes à mãe e apenas uma às irmãs, o que deixara a Sra. Kitty Bräuer fora do sério.

– Aquela lá é uma chata – completou Else. – Por acaso acha que o irmão não tem mais o que fazer além de enviar cartas?

– Provavelmente acha – disse Auguste, dobrando a última peça de roupa. – E olha que deve receber inúmeras cartas do marido. Quisera eu que meu Gustav me escrevesse tanto assim. Ele no máximo me envia um cartão-postal.

Ela colocou o ferro sobre a base de latão e anunciou que estava indo. Já passava das sete e seu expediente se encerrara há tempos. Desde seu casamento com o neto do velho jardineiro, Auguste morava no casebre que ficava no meio do parque do terreno da vila. Naqueles dias de inverno, quando não havia muito serviço, o jardineiro tomava conta de seus dois filhos enquanto ela trabalhava na mansão. No verão, haviam permitido várias vezes que ela levasse a pequena Liesel e o menino à mansão, pois a senhora se divertia muito com as crianças. Contudo, após o nascimento dos próprios netos, Alicia achava melhor que Auguste deixasse sua prole no casebre.

Pouco depois de Auguste ter vestido o sobretudo e amarrado na cabeça o lenço para se proteger da chuva fina, alguém bateu à porta da área de serviço.

– Vejam só quem apareceu! – exclamou ela ao abrir a porta. – Está com saudades, Maria? Entre, você está ensopada...

Maria Jordan tinha sido praticamente engolida pela capa de chuva cinza com capuz pontudo. Pingando sem parar, a mulher se deteve no corredor em frente à cozinha, desabotoou e retirou a peça impermeável com cuidado para pendurá-la em um dos ganchos da parede.

– Por São Pedro, que tempo é esse? – lamentou-se. – O parque está um verdadeiro pântano. Tive que vir saltando as poças o caminho todo. Tinham que tapar aquilo com areia e cascalho. Mas se não tem homens...

– Com certeza – opinou Auguste. – Quando meu Gustav ainda estava aqui, não se via uma só poça lá fora. E o que você traz de bom, Maria? Está com as suas cartas aí?

Maria ergueu as finas sobrancelhas e lembrou-se de que naquela manhã muito por acaso guardara as cartas na bolsa. Ela aproveitara seu dia de folga para visitar uma conhecida e pretendia dar um passeio pela cidade. Mas, como estava chovendo canivete, era impossível.

Jordan era uma mulher esmirrada. Hanna achava que seu rosto tinha um aspecto envelhecido, embora tivesse só quarenta e poucos anos. Seus cabelos castanhos estavam presos em um penteado alto. Auguste certa vez afirmara que sob os cachos amontoados e inabaláveis devia haver algum tipo de enchimento – fato que nunca fora comprovado. Maria Jordan ocupara outrora o cargo de camareira na Vila dos Tecidos, mas, após o casamento de Elisabeth Melzer com Klaus von Hagemann, ela pedira para ser transferida para a casa dos jovens patrões, e Elisabeth aceitara.

Os funcionários se apertaram, abrindo para a visita um espaço próximo ao fogão ainda com a brasa acesa. Auguste voltou a se juntar aos demais, para ficar mais uns quinze minutinhos. Maria Jordan era sempre fonte de fofocas interessantes e, além disso, estava com aquelas cartas.

– Está de folga, é? E mesmo assim veio aqui, Maria? – perguntou Else, sorrindo. – Justo hoje que vai ter apresentação de coristas e uma porção de filmes românticos passando na cidade. Você não tem vontade de cair na vida noturna de Augsburgo?

Maria Jordan fitou Else com um olhar antipático e ignorou a pergunta. Pensativa, ela colocou açúcar no chá morno de hortelã servido por Hanna e perguntou como quem não queria nada se todos já haviam jantado.

– Está com fome?

Auguste olhou para a Sra. Brunnenmayer, a responsável pelos víveres. Mas a cozinheira não era exatamente uma grande amiga de Jordan.

– Por acaso a senhorita camareira é tão sovina que nem vai a um restaurante em seu dia livre? – perguntou a cozinheira com malícia.

Jordan respondeu que naqueles tempos as tabernas não serviam nada além de nabo com cevada, salvo se o cliente pertencesse às classes mais abastadas da cidade. Em tais casos, era possível comer até mesmo pernil de vitela, desde que se pagassem os preços mais que inacessíveis para uma pobre empregada.

– Vamos, arrume alguma coisa aí para ela, cozinheira – interveio Auguste. – Maria vai ler as cartas, não vai?

– Se não tiver outro jeito...

Maria gostava que solicitassem seu dom mediúnico. Assim, ninguém poderia acusá-la de importunar os outros com as previsões que fazia. Com frequência ela também afirmava ter sonhos que – pelo menos do seu ponto de vista – sempre se realizavam.

– Para mim ninguém precisa ler carta nenhuma – disse Fanny Brunnenmayer entre os dentes. – É tudo uma mentirada de marca maior.

– Pois eu queria saber meu futuro! – exclamou Hanna, ansiosa e com os olhos arregalados.

Else também expressou interesse, assim como Auguste. Já a cozinheira levantou-se contrariada e se dirigiu à despensa bufando. Hanna escutou o tilintar de seu chaveiro, ou seja, ela fora buscar algo no armário protegido por grades. Ao voltar, a Sra. Brunnenmayer trazia um pequeno prato de madeira com uma pontinha de morcela, um naco de queijo e duas fatias de pão de centeio guarnecido com um pepino em conserva.

– Pegue!

Ela colocou um prato diante da recém-chegada e se sentou de novo. Ao bater o olho no chouriço, Maria Jordan pediu mostarda. Quando Hanna foi buscá-la na estante, Auguste prontamente forneceu uma faca.

– Muito obrigada, cozinheira.

Maria não se atirou no prato como uma morta de fome. Ela comeu lenta e prazerosamente, fazendo algumas pausas, e tomou o chá de hortelã. Além disso, absteve-se de comentar que o chouriço estava duro como uma pedra e o queijo, com uma ponta mofada.

– Se vocês soubessem como a Sra. Elisabeth é valente – disse ela. – E tudo que tem que aguentar da família. Jesus, Maria e José!

Ela observou as presentes e constatou satisfeita que todas estavam atentas às suas palavras. Então contou o quanto era difícil testemunhar todo aquele sofrimento. As perguntas mordazes da sogra. Ver a irmã mais nova e a cunhada, Marie Melzer, todas com seu dever conjugal cumprido...

– Por que ela não engravida? – perguntou Auguste. – Ah, meu Deus.

Deve haver alguma simpatia para isso. Não é você que sempre tem um remedinho para todos os males?

Jordan lançou a Auguste um olhar de advertência. Hanna escutara que, anos atrás, ela lhe oferecera um remedinho para a gravidez – e Auguste recusara.

– É óbvio que dei meus conselhos. Fiz chá uma ou duas vezes. Mas nada adiantou. Pode ser que nem seja nada com ela, mas com o senhor major Von Hagemann.

Auguste deu uma risada histérica, fazendo com que todos os olhares se dirigissem a ela. A empregada fingiu um engasgo, tossiu e sorveu um generoso gole do chá de hortelã.

– Lá na Áustria, no Danúbio... – disse a Sra. Brunnenmayer, assumindo a palavra. – Bem, dizem que lá tem uma gruta de pedra calcária. Quando a mulher não consegue ter filhos, ela tem que entrar e mergulhar nua em um lago com água congelante. Daí, segundo contam, ela engravida...

Hanna escutava a história com olhos arregalados. Mergulhar nua? Mas à meia-noite dentro da gruta devia ser tão escuro que ninguém veria nada...

Auguste bufou e Else reagiu com uma risada estridente. Ah, céus. Fanny Brunnenmayer tinha cada uma!

– Engravida, claro! – disse Auguste, ofegando enquanto enxugava as lágrimas de tanto rir. – E vai saber de quem!

– Com certeza do fantasma da gruta.

– E como ele é? Um gnomo corcunda de barba longa e perna torta?

– Ele há de ter algo torto mesmo – disse Auguste, às risadinhas. – Só não sei se é a perna...

– Talvez seja jovem e bonitão. Um homem de porte, com um tremendo...

– Chega! – bradou a cozinheira.

– ... com um tremendo casaco de pele – completou Auguste, fingindo seriedade. – Porque com certeza deve fazer muito frio lá na gruta.

Jordan colocou na boca o último pedacinho de queijo, mastigou pensativa e engoliu a comida com um gole do chá de hortelã.

– É para eu tirar as cartas ou não?

– Claro que é! – exclamou Else.

Auguste também se colocou a postos, perguntando sobretudo quando seu Gustav finalmente voltaria. E se ainda estava vivo. Hanna não disse nada, mas estava nítido em seu rosto que queria dar uma espiadinha no próprio futuro.

– Vinte fênigues – exigiu Jordan com altivez.

– O quê? – disse Auguste. – Agora que já encheu a pança aqui com a gente, vai querer cobrar?

Else também achou um abuso. A Sra. Brunnenmayer manteve-se em silêncio, ela conhecia Jordan e certamente já contava com aquilo. Uma gananciosa, essa Maria Jordan, era o que sempre dizia a cozinheira. Segundo boatos, a mulher tinha uma fortuna escondida embaixo do colchão.

– Eu lhe pago – disse Hanna repentinamente. – Se a senhora puder mesmo ver meu futuro, eu lhe pago.

– E você tem isso tudo? – perguntou Jordan, desconfiada.

– Vou pegar. Já venho.

Hanna subiu apressada pela escada de serviço até o terceiro andar, onde ficavam os quartos dos empregados. Descontando-se o dinheiro do pãozinho e alguns gastos com botões, um par de meias de lã e um carretel de linha branca, lhe restavam 38 fênigues. Vinte fênigues era muito. Mas se a mãe cumprisse sua ameaça e aparecesse na mansão a qualquer momento, ela teria que entregar todo seu dinheiro de qualquer forma.

Com o rosto vermelho e os cabelos esvoaçantes, Hanna entrou na cozinha e estendeu a mão para Jordan. Ali estavam as moedas.

– Dez, doze, treze, quinze... vinte – conferiu Maria Jordan, ignorando os olhares furiosos das demais. – Muito bem, Hanna. Pode me dar o dinheiro...

A garota estava prestes a deixar as moedas caírem na palma da mão de Jordan quando um violento soco retumbou na mesa da cozinha, fazendo a tampa do bule tremer.

– Espere! – bradou a cozinheira. – Primeiro a mercadoria, depois o pagamento. Coloque os fênigues aí em cima da mesa para nós vermos, Hanna. E pode começar, Jordan.

– Quem a chamou na conversa, Fanny? – sibilou Jordan.

Não houve resposta, mas ela tampouco ousou tomar para si as moedas. Por fim, deu um longo suspiro para demonstrar que se sentia injustiçada. Entretanto, como boa cristã, Maria Jordan era capaz de perdoar seus algozes. Sob os olhares curiosos de todas as presentes, a mulher abriu a bolsa, vasculhou o conteúdo e sacou um bolo de cartas de baralho presas por um elástico.

– Baralho francês – desdenhou a cozinheira.

Jordan não fez caso. Pediu que aproximassem a lamparina e desligassem a luz elétrica do teto. Então ergueu um lenço verde de seda para colocá-lo sobre a lâmpada a óleo. Imediatamente a cozinha ficou imersa na iluminação soturna.

– Silêncio absoluto – exigiu. – Nada de falação. Preciso me concentrar.

Auguste afastou a caneca pela metade e espanou com a mão algumas migalhas para abrir espaço para as cartas. Jordan soltou o elástico, estalou as cartas com os dedos e estendeu o baralho para Hanna.

– Embaralhe.

Hanna não era exatamente uma jogadora experiente. Enquanto embaralhava, as cartas deslizavam de sua mão, de maneira que ela precisava recolhê-las e recomeçar. A garota as misturava com fervor, esperando assim chamar a atenção dos espíritos do futuro.

– Já basta. Pode me devolver.

Em seguida, Jordan começou a distribuir sobre a mesa as cartas viradas para baixo, uma ao lado da outra, sempre seis por fileira. Quando terminou, ela levantou a cabeça e fitou Hanna atentamente.

– Você tem alguma pergunta específica?

Seja lá o que Hanna quisesse saber sobre seu futuro, ali na cozinha, rodeada por tantos olhares atentos, ela jamais revelaria.

– Qualquer coisa – respondeu ela, com as feições iluminadas que entregavam sua mentira. – Tudo o que der para ver.

Maria Jordan devia estar pensando no pagamento e contou as cartas. A cada sete, virou uma e, ao chegar na última fileira, recomeçou desde cima.

– Valete de espadas... é um caminho breve. Rei de copas... Jesus amado, e agora o nove. Um, dois, três, quatro, cinco, seis... Rainha de ouros. E agora um nove de copas...

Todas acompanhavam fascinadas o indicador de Jordan, iluminado em tons de verde, saltando de carta em carta e produzindo um ruído a cada toque. Sempre que virava uma carta, ela primeiro mantinha a mão direita sobre ela e esperava um momento até expô-la aos olhares das mulheres.

– É muito grave? – perguntou Hanna, assustada.

– É grave – disse Jordan em tom sombrio. – Um homem virá, jovem, de cabelos negros e sem escrúpulos. Causará muito sofrimento, Hanna. Vejo você chorando. É desgraça o que ele vem trazendo...

O dedo esverdeado apontava para o valete de espadas, um rapaz belo, de bigode chamativo, cabelo castanho-escuro na altura do pescoço e simpáticos olhos no mesmo tom. Era ele quem a faria sofrer?

– O nove. – Jordan suspirou. – Ah, este maldito nove. Você estará sozinha, pobre menina. Ninguém a ajudará. Ele a deixará e você chorará por esse homem...

– Pare de falar essas besteiras para a moça! – rosnou a cozinheira.

– Shhh – sibilou Auguste, irritada.

– Se você me incomodar, terei que encerrar a sessão – disse Jordan, contrariada. Ela olhou a Sra. Brunnenmayer de soslaio. – E sem devolução do valor pago.

– Continue – implorou Hanna. – Por favor! O rapaz não voltará jamais?

Jordan recomeçou a contagem, virou uma carta aqui e ali, e aparentou intuir seu significado oculto.

– É uma mulher... uma mulher poderosa que fará valer sua influência. Ela o cativará. Vejo um vínculo fatal surgindo. O rapaz desaparece... E aqui o ás de paus... A desgraça. Talvez a morte...

Hanna foi tomada por um calafrio e observava Jordan hipnotizada. Ela insistia em tocar a dama de ouros com a unha, em seguida deslizou por entre o ás de paus e o nove de espadas para, finalmente, deter-se no rei de copas...

– Mas no final o amor vencerá – concluiu ela, antes de recostar-se exausta na cadeira. – Depois da tempestade vem a bonança. O sofrimento dará lugar à alegria, acompanhada de fartura...

– Amém! – exclamou a cozinheira.

– Foi o que você falou para mim – constatou Auguste, encarando Jordan com olhar desconfiado.

– Sim, e daí? Você por acaso não está feliz com seu Gustav?

– Estou...

Else, por sua vez, comentou que Jordan dois anos antes lhe profetizara o grande amor de sua vida, que até o momento não se manifestara.

– Logo, logo acontece, Else. Um belo dia o amor também baterá à sua porta...

Maria Jordan reuniu as cartas e as atou com o elástico. Em seguida, puxou as moedas com a mão direita até o canto da mesa, onde caíram em sua palma esquerda. Por fim, removeu o pano verde de seda da lamparina e a cozinha ressurgiu em sua costumeira iluminação noturna.

– Muito obrigada pela agradável companhia e tenham todas uma boa noite de descanso.

Croix, 5 de março de 1916

Minha amada Marie,

Obrigado por sua carta de 24 de fevereiro, que me deu novas forças e esperança após uma série de dias terríveis. Era mesmo necessário que esta maldita guerra existisse para eu descobrir estas cartas tão maravilhosas e cheias de carinho que minha amada é capaz de escrever? Hoje em dia, vivo ansioso pela próxima correspondência e me esforço para responder-lhe à altura.

Nos últimos dias, conseguimos avançar na França ocupada e agora montamos base em uma fábrica de biscoitos desativada. Descanso faz-se necessário, principalmente para nossos fiéis cavalos, que emagreceram de forma assustadora. Teve dias em que eles nos carregaram de manhã até a noite sem comer ou beber nada. E quem vai em cima deles tampouco está em situação melhor: não é fácil conseguir comida e bebida, e é uma crueldade tirar dos pobres camponeses seu último pedaço de pão. O que nunca falta no regimento é vinho. Espumante e vinho tinto correm como água e são consumidos em abundância. Aprendemos a apreciar o álcool, ele espanta o clima tenso, substitui a comida e renova as forças.

Até agora fizemos poucas fogueiras. Os francs-tireurs, *ou seja, franco-atiradores, são perigosos. Eles se escondem e miram em nossas patrulhas. À nossa volta não há nada além de destruição, aldeias incendiadas, casas metralhadas e celeiros vazios. Nosso regimento deixou e continua deixando um rastro significativo neste país. Duas semanas atrás eu acreditava, como soldado e súdito leal, ser preciso defender nosso kaiser. Mas de lá para cá, toda essa ira e destruição em um país ocupado me causam repulsa.*

Mas olhemos adiante, minha amada, vamos crer que falta pouco para que possamos nos abraçar. Escreva-me sempre que puder, aproveite cada minuto livre para esboçar algumas palavras no papel e enviá-las para mim. Quando leio suas cartas, sua letra tão bela e cheia de personalidade, sinto como se a visse diante de mim, como se pudesse escutar sua voz. Amo quando você inclina a cabeça e me fita com seu olhar atravessado. Amo seu sorriso. A leveza do seu caminhar. Seus pés pequeninos e muito mais coisas sobre as quais não ouso escrever aqui, mas que povoam todos os meus sonhos.

*Um milhão de beijos,
Paul*

Augsburgo, 10 de março de 1916

Meu amor,

Para um soldado obediente de nosso kaiser, até que você escreve coisas bastante atrevidas. O que meus pés pequeninos e meu olhar atravessado – como você diz – estão fazendo em uma carta do regimento do Reich? Espero que ninguém as abra e veja essa quantidade de absurdos. Eu morreria de vergonha.

Por que você não nos conta se as muitas encomendas que lhe enviamos já chegaram ou se foram extraviadas no meio do caminho? São baterias, capas de chuva, roupa de baixo, espuma de barbear, alfinetes de segurança, meias e vários desenhos que fiz para você. Além de caixas de biscoito e geleia. Diga-nos se tudo chegou, meu amor, pois estamos tentando evitar que você se alimente só de vinho tinto e espumante.

Aqui anda tudo como de costume, nossos pequenos chorões estão mamando avidamente e crescendo a olhos vistos. Nesse meio-tempo, os dois ocuparam seu lugar na nossa cama e só vão sair de lá quando você, meu amado, voltar para nós. Não encontrei outra solução para a solidão, essa sensação maçante e vaga ao amanhecer que, no limiar entre sonho e vigília, vem me anunciar: você vai acordar sozinha, ele está longe, infinitamente longe, na terra do inimigo, e só Deus sabe quando voltará.

Peço-lhe encarecidamente para ter cuidado e prudência com sua vida, não ir atrás do perigo e jamais agir de maneira irrefletida. É uma tristeza sem fim toda desgraça e destruição que esta guerra está causando a tantas pessoas, sejam franceses, sérvios, russos ou alemães. Tome cuidado com os franco-atiradores e por favor não beba tanto vinho tinto. É importante manter o juízo, meu querido, pois quero tê-lo de volta são e salvo.

Eu amo você e penso em nós dia e noite. Sei que vai rir, mas tenho certeza de que meus pensamentos têm força suficiente para chegar aí e protegê-lo de todo o mal.

Quando fecho os olhos, eu ouço sua voz e sinto seus lábios me tocarem milhares de vezes. Meu coração está cheio de ternura, que guardo só para você quando voltarmos a nos ver.

Beijos e abraços,
Marie

5

Alicia Melzer mexeu pela terceira vez o café matinal, encostou a xícara nos lábios e deu o primeiro gole. Era só se acostumar àquela imitação de café; com disciplina se conseguia tudo e, além disso, a beberagem era até mais saudável. Em particular para Johann, que padecia de pressão alta e fora expressamente aconselhado pelo médico, Dr. Greiner, a cortar o café de verdade. Ela olhou para o relógio de ágata sobre o peitoril da janela e deu um suspiro. Já eram sete e meia. Se fosse como antes, "seus dois homens", Johann e Paul, estariam sentados à mesa do café, pedindo-lhe que colocasse manteiga e geleia em seus pães e discutindo avidamente sobre máquinas, pedidos, entregas ou pessoal. Contudo, desde que seu único filho, seu Paul, lhe fora tirado em nome do kaiser e da pátria, ela se habituara a esperar diante da mesa posta até quase as oito. Johann, o homem que outrora vivia para a fábrica, que não raramente se trancava em seu escritório fazendo contas até tarde da noite, se tornara negligente. Às vezes saía para a fábrica de tecidos às oito e meia, às vezes só às dez. O marido nunca comentava como as coisas iam por lá ou se ainda havia serviço, mas como os galpões permaneciam totalmente escuros durante a noite, Alicia temia o pior.

Else entrou na sala de jantar trazendo uma pilha de cartas sobre uma bandeja de prata.

– Correspondência, senhora...

– Obrigada, Else. Minha nora já acordou?

Com semblante preocupado, a empregada negou. A Sra. Marie Melzer, contou, ainda dormia. O senhor, por sua vez, já havia pedido roupa limpa e uma camisa engomada. Auguste as levara e ele a reprendera energicamente porque ela havia levado as meias erradas. Else então comentou:

– Mas claro, Auguste não passa de uma criada, ela não é camareira. Não se pode exigir que faça o trabalho de Humbert. Além do mais, não é a pessoa mais adequada para vestir um homem adulto.

Acenando com a cabeça, Alicia sinalizou ter entendido suas queixas e se ocupou da correspondência. Ela procurou apressada a pilha de envelopes, retirou duas cartas de campanha e constatou decepcionada que nenhuma tinha a letra de Paul. Uma delas era endereçada à Srta. Katharina Melzer. Que estranho. Kitty era casada há mais de um ano com Alfons Bräuer e morava em uma pequena vila na cidade, propriedade dos Bräuers. Alicia não conhecia nem a letra, tampouco o nome do remetente e, dando de ombros, deixou a carta de lado. Nos próximos dias, Kitty certamente iria visitá-las e poderia recolher sua correspondência. A segunda carta era de Gustav Bliefert, destinada à esposa. Que bom que ele finalmente escrevera. A coitada da Auguste já estava preocupada. Mas, como se sabia, Gustav não nascera com o dom da escrita; redigir uma carta lhe custava muito suor e esforço. Com um sorriso, ela recolocou as cartas de campanha no lugar para se dedicar ao restante da correspondência.

Ao escutar os passos do marido no corredor, Alicia apurou os ouvidos, pensativa. Ele caminhava lentamente, com o andar um tanto irregular, pois desde o derrame sua perna esquerda ficava dormente com frequência. Por vezes ele se detev e, após bufar e pigarrear, retomou o passo.

– Bom dia, Johann.

– Bom dia.

Ele encostou em seus ombros ao passar e os acariciou por um momento. Em seguida, estendeu a mão para pegar o jornal. Alicia encheu sua xícara de café, completou com leite e açúcar e mexeu.

– Como foi a noite? Conseguiu dormir?

– Bastante – respondeu ele, por trás do jornal. – Chegou alguma carta de Paul?

– Infelizmente, não... Mas os Manzingers nos chamaram para uma visita. E a Sra. Von Sontheim dará uma palestra no clube beneficente.

Johann Melzer soltou um suspiro de desprezo e perguntou por Marie. Por que ela nunca mais tomara café da manhã à mesa com os sogros?

– Você sabe por quê. Ela precisa acordar várias vezes durante a noite para dar de mamar aos pequenos. Devíamos contratar uma babá sem falta...

Johann Melzer afastou o jornal e segurou sua xícara. O gosto de mofo da imitação de café não foi capaz de aplacar sua irritação, muito pelo contrário. Respondeu que não precisavam de babá, mas de uma ama de leite, que também poderia assumir a função de babá. Por que Marie encasquetara de amamentar dois bebês ao mesmo tempo? Pálida e com os olhos fundos, a nora se tornara um fiapo de mulher.

– Por que você não cuida disso? É obrigação sua como sogra.

Alicia manteve a serenidade, apesar de não concordar com as acusações.

– Eu tentei, Johann. Mas Marie recusou todas as minhas sugestões.

– Porque ela é uma cabeça-dura – resmungou ele. – Vou conversar com ela. Não sou como Paul, que cede por qualquer coisa.

Alicia imaginou horrorizada a iminente briga em família. Até então, Paul sempre respaldara sua jovem esposa quando Johann se opunha ao comportamento dela. Daquele dia em diante, o papel de apaziguadora caberia a Alicia. Ela pensava na melhor maneira de distrair o marido da vontade de brigar. As cartas abertas e já lidas atraíram seu olhar.

– Sábado que vem a Sra. Von Sontheim vai dar uma palestra, Johann. Seria bom se você me acompanhasse...

Verbalizou a proposta com naturalidade. Era bem de seu feitio: comentar algo de passagem enquanto espalhava manteiga e geleia de morango no pão de centeio do marido.

Johann Melzer já se colocara outra vez diante do jornal que alardeava as vitórias e conquistas do exército alemão. Em Verdun, na França, a coragem e capacidade dos regimentos alemães triunfavam. Os franceses caíram em uma emboscada que fizera até o último de seus homens "se esvair em sangue". "Esvair em sangue", que expressão forte. Então era aquilo a verdadeira guerra? Aniquilação do oponente até o último dos homens? Teriam sido todos inocentes quando acreditaram que os soldados alemães precisariam apenas tomar Paris para derrotar a França? E como estava Paul, que há duas boas semanas se encontrava no país?

– A Sra. Von Sontheim é uma mulher muito forte – prosseguiu Alicia. – O coronel faleceu em batalha, um de seus filhos também, e mesmo assim ela deixou montarem um hospital de cam...

– Não me venha com isso de novo, Alicia – esbravejou Johann.

Ele amassou o jornal e, para o espanto da esposa, o jogou no chão.

– Na casa que eu construí não haverá hospital de campanha!

Ele bateu com tanta força no tampo da mesa que a louça estremeceu. Alicia ficou paralisada com a faca de manteiga na mão.

– Por favor, Johann – murmurou ela. – Não se exalte, não há motivo para isso. Ninguém vai montar um hospital de campanha à sua revelia na Vila dos Tecidos. Apesar de...

Ela lhe lançou um olhar de preocupação, pois o acesso de raiva deveria ter feito a pressão do marido subir. Por outro lado, uma vez começada a frase, seria ridículo não terminá-la.

– Apesar de que eu às vezes penso como seria ótimo se soubéssemos que nosso Paul pode contar com pessoas prestativas para lhe dar abrigo e cuidados, mesmo no estrangeiro...

– O que isso tem a ver com o assunto? – disse Melzer, entre os dentes. – Paul não é idiota. Ele sabe se cuidar e voltará são e salvo.

– Deus o protegerá, Johann.

Ela colocou o pão com geleia no prato e encheu a xícara de café. O silêncio dominava a sala de jantar. Johann recolheu o jornal do chão, desamassou o papel e mergulhou em um artigo sobre os últimos acontecimentos da guerra.

Ele está com medo, pensou Alicia, angustiada. *Ele teme encarar a verdade. E se recusa a ver os feridos, os pobres rapazes com braços ou pés amputados.*

Sentiu um alívio quando a porta se abriu, revelando Marie, que descia para o café da manhã.

– Bom dia a todos! Está pensativa, mamãe? É você aí atrás desse jornal amassado, papai?

Marie usava seu vestido matutino, com os cabelos presos em uma trança displicente e as pantufas azul-claras que ganhara de presente de Kitty. Sua alegria pareceu um pouco forçada para Alicia. Marie perdera peso e seus belos olhos escuros apresentavam as mesmas olheiras de antes, quando a ajudante de cozinha Marie Hofgartner apareceu na casa pela primeira vez. A vida da moça mudara por completo na Vila dos Tecidos: ela havia exorcizado os fantasmas do passado e dirimido as injustiças cometidas contra seus pais. E, ainda assim, com valentia e integridade a moça conquistara todos os corações, a começar pelo de seu filho, Paul. De maneira que a velha dívida dera lugar a um grande amor.

– Arrá! – disse Johann Melzer com ironia, fechando o jornal. – Finalmente! Já estava achando que tinha ido à guerra escondida.

Marie sorriu, sentou-se em seu lugar, puxou o guardanapo de pano do anel prateado e estendeu a xícara a Alicia, para que lhe servisse café. Com um olhar rápido para a correspondência, constatou que não chegara nada para ela. Se houvesse alguma carta de Paul enviada do front, a sogra teria separado.

– À guerra? Meu Deus, isso é a última coisa em que eu pensaria. Já tenho trabalho suficiente aqui no front dos bebês... Obrigada, Alicia. Um pouco de leite, por favor. Sem açúcar.

Johann Melzer acompanhou seus gestos com as sobrancelhas erguidas e comentou que só levantara tal hipótese porque a nora quase nunca dava o ar da graça. Ou ela se esquecera que passara a fazer parte da família?

– Johann! Por favor... – advertiu Alicia. – Marie já tem muito o que fazer com os dois bebês.

Marie se manteve tranquila. Ela tomou um generoso gole e serviu-se de pão, manteiga e do aromático presunto defumado da Pomerânia, que a cozinheira havia cortado em fatias finíssimas para que rendessem o máximo possível.

– Sem problemas, mamãe. Papai tem razão. É uma vergonha como tenho negligenciado vocês. Sinto muito.

– Está vendo só? – acrescentou ele.

– Mas em algumas semanas tudo será diferente – prosseguiu Marie. – Auguste me disse que, depois de dois meses, seus filhos já dormiam a noite inteira sem acordar.

Johann não se impressionou com a informação e acrescentou que se Marie pretendia manter aquele ritmo por mais seis semanas, era melhor a casa já se preparar para sua passagem para outro mundo. Será que ela ainda não se olhara no espelho?

– Johann, você está passando dos limites! Marie, não lhe dê ouvidos. Ele está de mau humor hoje.

– Não se meta, Alicia! – advertiu ele em tom ameaçador. – Estou tendo uma conversa com minha nora e dispenso observações de sua parte!

Com dificuldade, Alicia manteve a compostura. Nunca havia sido rechaçada de tal maneira por Johann. Aquilo não era apenas doloroso – era uma completa afronta. Ah, mas havia tempos ela vinha percebendo o quanto ele se afastara. Ele não a amava mais, com isso ela já se resignara. Mas que nem sequer a respeitasse era insuportável.

– Se é assim, então é melhor deixar vocês a sós.

Sua mão tremia quando largou o guardanapo sobre a mesa. Ela se levantou lentamente, empurrou a cadeira e saiu. Johann Melzer fez um gesto impotente com o braço, como se quisesse detê-la, mas não teve êxito.

– Mamãe! – chamou Marie. – Mamãe, espere. Não o leve a sério. Papai não queria dizer isso. Estamos todos nervosos e sensíveis, é culpa dessa guerra...

Levantou-se apressada para alcançar a sogra, mas a voz enérgica de Johann a impediu.

– Quero conversar com você, Marie. Sente-se e me escute!

Marie hesitou por um momento, mas decidiu ficar, até porque o rosto de Johann Melzer estava vermelho de raiva e ela temia que ele sofresse outro derrame.

– É uma pena que esta conversa já tenha que começar com briga – observou ela, ao tomar o assento. – Mas pode falar, estou ouvindo.

Com paciência, Marie deixou que ele falasse, mesmo já sabendo o que Johann queria dizer. Uma ama de leite. Ela precisava de ajuda. Seus filhos não se alimentavam o bastante. E ela mais parecia um espantalho...

Quando terminou, ele se deteve, esgotado, e quis tomar mais um gole de café, mas percebeu que a xícara estava vazia. Marie pegou o bule para servir-lhe mais, mas seu gesto foi recebido com um olhar hostil.

– Espero que você resolva de uma vez por todas aceitar uma ama de leite!

Marie sorriu indulgentemente e prometeu que pensaria a respeito. Entretanto, sua estratégia de ganhar tempo não surtiu efeito.

– Você já teve tempo o bastante para pensar, Marie – insistiu o sogro.

Naquele momento, surgiram os já familiares choros e grunhidos vindos do quarto das crianças. Os ouvidos treinados de Marie reconheceram imediatamente as duas vozes; o pequeno Leo acordara primeiro e interrompera o sono da irmã.

– Sinto muito, papai – disse ela, levantando-se para subir. – Você está ouvindo, seus netos precisam de mim.

– Nada disso! Primeiro quero sua resposta. Sem mais delongas.

Marie viu que a pressão dele subia. Rosto, pescoço e orelhas estavam todos vermelhos. Por outro lado, não era possível acatar qualquer vontade daquele homem teimoso apenas para poupar sua saúde.

– Escute... – disse Marie, voltando-se para o sogro. – Não quero uma ama de leite. Vou amamentar meus filhos e ponto-final!

Johann Melzer ficou imóvel observando a porta ser fechada pela nora. O que era aquilo? Ponto-final? Ela se recusara e o estava afrontando.

– Só podia ser mesmo filha de Louise Hofgartner. Obcecada e teimosa como a mãe. Mesmo se exaurindo...

Ele foi tomado pela ira. Johann Melzer não permitiria que Marie destruísse a si mesma e aos netos. Levantou-se e foi mancando até a porta, mas teve que se escorar na cômoda, pois justo naquele momento sua perna esquerda havia perdido a sensibilidade.

– Amanhã mesmo contrataremos a ama de leite – berrou ele em direção ao corredor. – Queira a Sra. Marie Melzer ou não!

Else, que vinha trazendo a bandeja vazia até a sala de jantar, se deteve horrorizada com uma expressão de desespero, como se a fúria do patrão se dirigisse a ela.

– Desculpe, senhor diretor – sussurrou. – Chegou visita.

– Visita? – disse ele entre os dentes. – Seja quem for, estou na fábrica. Meu sobretudo. O chapéu. As polainas...

– Perfeitamente, Sr. Melzer. Sua filha Katharina está no átrio.

Ele estava prestes a passar por Else, mas parou e respirou fundo. Kitty! Havia um único dia no qual ela não aparecesse na mansão? Pelo visto, ela não se sentia em casa na Vila dos Bräuers, menos ainda após Alfons ter sido convocado para o front. Mas não era ruim que ela estivesse lá, talvez a filha lhe pudesse ser útil.

– Papaizinho? Onde estão todos? Cadê mamãe?

Ela vestia um casaco azul-claro largo sobre a longa saia de corte reto que lhe chegava até os tornozelos. Quem não soubesse que estava grávida jamais o imaginaria.

– Ah, a senhora do banqueiro Bräuer – gracejou o pai, sabendo que Kitty não suportava tal alcunha.

– Ah, papai! Mal cheguei e já vem me aborrecer. Não sou senhora de banqueiro nenhum, não entendo nada de dinheiro e câmbio. Isso é a seara de Alfons. Ah, coitado. A última carta dele soou péssima. Acho que está passando por algo horrível. Sobrou algo do café da manhã, papaizinho? Eu e meu bebê estamos caindo de fome. Estamos vindo agora do Dr. Greiner.

Ela o abraçou e o beijou nas bochechas, comentou que o pai estava quente e precisava de repouso imediato. Em seguida, perguntou pela mãe.

– Está no quarto? Não me diga que está doente.

– Não, não. Está um pouco enjoada, só isso. Vamos até a sala de jantar, Kitty. Acho que ainda temos presunto e manteiga, talvez café também. Queria trocar umas palavrinhas com você sobre Marie.

Kitty deixou-se conduzir e, no caminho, contou que o Dr. Greiner auscultara o coração de seu bebê.

– Ele colocou o estetoscópio na minha barriga e ouviu as batidas do coraçãozinho. Que coisa maravilhosa, ter uma vida crescendo dentro de mim. A criança será igual ao avô. Estou sentindo, papai – disse ela, divertida, empilhando três fatias de presunto no pão. – Pois escute só. Todas as manhãs, às sete em ponto, esse pestinha começa a rolar na minha barriga. Deve ser admirador do pai da ginástica, Friedrich Ludwig Jahn, e não dispensa os exercícios matinais.

Ela deu uma mordida e prosseguiu:

– Paul escreveu? Não? Infelizmente também não recebi nada dele... Mamãe já lhe disse que o vestido verde não cabe mais em mim? Uma catástrofe! Daqui a pouco terei que me enrolar em um lençol porque todas as minhas roupas estão ficando apertadas. Vou saquear o armário de Marie...

Melzer rendeu-se à verborragia da filha. Já estava acostumado e, além do mais, apreciava sua vivacidade, mesmo sabendo que era inútil responder suas perguntas. A filha saltava de um assunto a outro com imensa rapidez. Mas, após a menção a Marie, o pai quis aproveitar a deixa.

– Exato, Marie. Estou muito preocupado com ela, Kitty. Já reparou como está pálida e magra?

Kitty o fitou com olhos atentos, mas não respondeu, pois ainda mastigava seu pão com presunto e pepino em conserva. Limitou-se a acenar com a cabeça, engoliu e continuou comendo. Johann Melzer desfiou todos seus descontentamentos com Marie e lembrou que a própria mãe de Kitty, Alicia, encarregara uma ama para amamentar os três filhos além de uma babá. Enquanto isso, Kitty se serviu generosamente, bebeu uma xícara de café, provou a geleia de morango e a passou com fartura sobre um pedaço de pão de centeio. Por fim, limpou a boca e as mãos com um guardanapo e, com um suspiro, recostou-se na cadeira.

– Sabe, papaizinho – disse ela enquanto o olhava com ar divertido. – É melhor deixar esses assuntos a critério de Marie. Eu, por exemplo, não quero amamentar nem trocar fraldas. Já Marie é diferente. Essa carta é para mim? Parece que sim. Quem é? Simon Treiber. Talvez um conhecido de Alfons?

Ela limpou a faca no guardanapo e abriu a correspondência. Com a testa franzida, Kitty correu os olhos pelas linhas pouco espaçadas e enfiou o papel de volta no envelope.

– Sabe, papaizinho, queria lhe perguntar algo. Aqui entre nós. E, por favor, não diga a Elisabeth de maneira alguma o que conversarmos aqui. Você me promete? Sim? Tem que prometer, senão não direi uma só palavra...

– Queria que você tivesse uma conversa séria com Marie – disse ele, insistindo em sua estratégia.

Mas foi em vão. Kitty seria imprestável como aliada, ele deveria ter imaginado.

– O assunto é o seguinte, papaizinho – prosseguiu ela, abaixando a voz e olhando para a porta, pois pensava ter escutado um ruído. – Ontem à tarde Elisabeth foi me visitar. Lanchamos juntas e conversamos sobre todos os assuntos. Principalmente sobre essa atriz e dançarina sobre quem Augsburgo inteira está falando. Ela está com um programa patriótico e usa um figurino incrivelmente provocativo. Pois bem. Falamos de tudo um pouco e enquanto Elisabeth se arrumava para ir embora, ela me perguntou... Nossa, eu não pude acreditar. Ela perguntou se...

Contrariando seu costume, Johann Melzer escutou a filha com grande atenção. Então acenou em concordância.

– Ela perguntou se você podia lhe emprestar dinheiro, não é?

Os olhos azuis de Kitty o fitaram com impotência. Sim, foi exatamente o que acontecera. E, obviamente, ela dera algo à irmã. Não muito, apenas duzentos marcos que encontrara em seu porta-joias. Mas que constrangimento horrível! Elisabeth a fizera jurar de pés juntos que não contaria a ninguém.

– Mas, afinal de contas, você é meu papaizinho, e com você não tenho segredos. Menos ainda se for por uma besteira de dinheiro.

– Você não lhe perguntou para que ela queria o dinheiro?

Elisabeth explicara que a renda do marido havia diminuído com a guerra; como em sua fazenda faltava mão de obra masculina, as colheitas foram modestas e não havia excedente.

– Ela disse que me devolveria tudo assim que a guerra acabasse... Sabe, pai, não estou nada preocupada pelo dinheiro, minha única preocupação é meus sogros ficarem sabendo de algo. O velho diretor Bräuer é um sovina de marca maior, não se permite sequer um terno novo e comenta sempre que o filho gasta muito com a casa. Sem contar os demais desejos da "jovem esposa", como mobília extravagante, vestidos caros, sapatos, bolsas, chapéus, luvas de renda e joias.

Johann Melzer respirou fundo para aplacar a iminente angústia. Sua suposição estava certa, os Von Hagemanns estavam falidos. Por isso que, no final das contas, aquele rapaz volúvel, o ex-tenente e atual major Von Hagemann, pedira a mão de sua filha Elisabeth. Havia o interesse em aproveitar-se do renome dos Melzers, afluente família de magnatas da indústria e que, ademais, estava ligada ao banco dos Bräuers, para conseguir crédito por mais algum tempo. Contudo, a crise àquela altura já esgotara todas as reservas dos credores. O major Von Hagemann até poderia seguir colecionando condecorações e alardeando sua patente no exército do kaiser, mas as propriedades que a família outrora possuía próximo a Brandenburgo tinham sido alienadas há tempos. Elisabeth já pedira dinheiro a Alicia duas vezes, e a mãe não tivera coragem de desapontá-la.

– Você não deveria continuar emprestando dinheiro a sua irmã – disse ele.

– Foi o que pensei, papai. Mas o que posso fazer se Lisa me pede? Afinal de contas, ela é minha irmã e... Ai, eu morro de pena.

Quem diria, pensou ele, quase rindo. Em outros tempos, suas filhas se engalfinhavam como duas guerreiras, trocavam arranhões e mordidas e arrancavam os cabelos. Mas isso fora há dois anos. Desde então, muita coisa acontecera.

– Se Lisa está passando por dificuldades financeiras, ela precisa se abrir conosco, sua família, para que possamos aconselhá-la – disse ele em tom decisivo. – Ela é nossa filha, assim como você e Paul. Estamos ao seu lado. A única coisa que não gosto são esses segredinhos.

Kitty assentiu com a cabeça e pareceu aliviada. Exato, era aquilo que esperava do pai. Palavras claras. Ele assumira a responsabilidade, Lisa deveria confiar nele.

– Sabe de uma coisa, papaizinho? – disse ela com tom bajulador, inclinando a cabeça. – Vou conversar com Marie. De mulher para mulher, entende? Apesar de não ser assunto meu o que ela faz lá em cima...

Ele sorriu satisfeito. Assim era a pequena Kitty. Uma travessa. Enrolava para lá e para cá, mas no fundo sabia bem o que o pai esperava dela.

– Até porque... imagine só, a esposa de Paul Melzer dando de mamar aos filhos como uma camponesa. E olha que podemos perfeitamente contratar uma ama de leite e uma babá, não é, papaizinho?

– Justamente – confirmou ele sem muita confiança.

Os negócios dos Melzers não iam bem. Se ele já não tivesse colocado quantias de seu próprio bolso na empresa, ela já estaria arruinada. Sem matéria-prima, sem produção. A raiva subiu-lhe à cabeça quando voltou a pensar na fortuna que as fábricas de aço e maquinário estavam faturando agora que se transformaram em fábricas de canhões e munição. Ele conseguira um pedido recentemente, o que pelo menos assegurava o trabalho de suas funcionárias por mais algumas semanas. As mulheres teriam que limpar cartuchos de granada para reutilização. Um trabalho miserável e sujo, porém melhor que não ter salário.

– Vou lá trabalhar – disse Johann, levantando-se com dificuldade. – Antes que a Srta. Lüders comece a colocar as asinhas de fora.

Kitty se levantou com um salto e ajudou o pai até que sua perna esquerda voltasse a obedecer.

– Pode pegar meu carro. Meu sogro tirou Ludwig da aposentadoria. Ele é um excelente chofer! Fica felicíssimo de dirigir o carro novo.

Afirmando que a gasolina estava muito escassa para ser desperdiçada com bobagens, o pai recusou a oferta. Muito em breve não haveria mais combustível para uso pessoal. Seria bom dar um pequeno passeio a pé.

Kitty balançou a cabeça e permaneceu na sala. Após comer a última pequena fatia de presunto, ela pensou em subir para encontrar Marie, mas então lembrou-se da correspondência. *Ah, meu Deus. Aquela carta estranha do tal de – como era mesmo o nome? Simon Treiber.* Ela se agachou para pegar a carta que havia caído no tapete, tentando fisgar o envelope sob a cadeira, e se encantou com o movimento do bebê em sua barriga.

– Calma, calma – sussurrou ela enquanto acariciava a protuberância que sua roupa ocultava tão bem. – Está tudo certo, meu pequenino. Mamãe também faz ginástica às vezes.

Ofegante, ela se levantou e voltou a sentar-se na cadeira para finalmente ler a carta. Que letra mais desenhada. Fora um homem quem escrevera aquilo? Parecia muito mais uma escrita feminina, com tantas curvas e pequenos círculos no lugar dos pingos dos "i".

Prezada Srta. Katharina Melzer,

Escrevo em nome de um rapaz aqui no hospital de campanha que me pediu de coração que lhe entregasse esta mensagem. Não quero iludi-la, ele não está bem. É justamente por esse motivo que estou atendendo seu pedido, pois não é meu costume escrever cartas aos parentes dos feridos sob meus cuidados...

Paul! Seu irmão! Ele estava em um hospital de campanha em... Ela procurou o envelope que jogara displicentemente sobre a mesa. O que estava escrito nele? Antuérpia. Como assim, Antuérpia? Ele não estava na França? Ela sentiu uma forte fisgada nas têmporas, as batidas de seu coração faziam seu corpo inteiro estremecer. Ah, gravidez idiota! Antes ela não conhecia tais sensações. Mas o que escrevera o homem? Ele não está bem... Ah, meu Deus!

E se não se tratasse de Paul, mas de Alfons? O homem terno e bonachão com quem ela se casara meses antes sem amá-lo de verdade e que, ao tornar-se pai de seu filho, vinha ganhando cada vez mais sua confiança. Entretanto, se pudesse escolher, ela preferiria que Alfons, e não seu Paul, estivesse no hospital de campanha. Não seu irmão. Por favor, seu irmão, não.

Foi necessário algum tempo para que ela recuperasse o fôlego. O bebê sentira seu nervosismo e se mexia em seu ventre.

A pedido de meu paciente, não revelarei seu nome, mas acredito que ao ler as linhas abaixo será possível reconhecer quem lhe envia esta mensagem. Estas são suas palavras:

Minha amada Kitty. Dia e noite meus pensamentos giram ao seu redor e não há nada que eu queria mais que pedir-lhe perdão. Arranquei você do seio de sua família sem poder oferecer-lhe um lar, uma vida adequada. Fui covarde em hesitar levá-la ao altar, me submeti às vontades de meus pais, sacrificando sua felicidade e a minha também. Um sacrifício que se provou sem sentido. Se é a vontade de Deus me le-

var deste mundo, não estarei em situação pior que meus companheiros e não tenho o direito de me opor...

Kitty abaixou a carta. Sua mão tremia tanto que ela não era capaz de continuar a leitura. Não, não era Paul. Graças a Deus. Tampouco Alfons. Era outro. Ela acreditava já ter esquecido Gérard Duchamps há muito tempo. A fuga precipitada, a emocionante vida em Paris, trocando frequentemente de hotel e endereço para não serem descobertos. As tórridas noites de amor, todas as loucuras, a paixão, o ardor... Ele estava morrendo. Seu amado jazia em um hospital de campanha na Antuérpia, gravemente ferido, com a morte diante dos olhos. E – aquilo era o pior – pensava nela. Gérard não esquecera o amor que Kitty um dia sentira por ele.

Uma lágrima caiu sobre o papel e, logo depois, a segunda. A palavra "altar" começou a aumentar, os contornos das letras borraram e, ao mover o papel, as lágrimas escorreram, deixando duas trilhas azuis irregulares por entre as linhas. Por que ele estava fazendo aquilo? Por que precisava dela naquela situação? Qual era sua intenção?

Ela piscou, enxugou o rosto úmido com o dorso da mão e procurou um lenço no bolso. Por que sempre esquecia de trazê-lo?

Estimada Srta. Melzer, mesmo sem conhecê-la, me atrevo a transmitir--lhe o pedido sincero de meu paciente. Ele espera algumas breves linhas suas, a certeza de que a senhorita o perdoou lhe daria um grande alívio.

Decerto, é decisão unicamente sua conceder-lhe seu desejo ou calar-se. Entretanto, se a senhorita, assim como eu, lidasse diariamente com o sofrimento e a morte de inúmeros jovens, talvez entendesse que o orgulho e as convenções de nada valem nos tempos atuais.

Espero que a senhorita perdoe minha sinceridade.

Meus sinceros cumprimentos
Simone Treiber
Enfermeira voluntária no hospital de campanha de Antuérpia

Foi necessário olhar duas vezes para entender. Não se tratava de Simon, mas sim Simone Treiber. A carta fora escrita por uma enfermeira.

Umas breves linhas, pensou ela, e sentiu os chutes do bebê em sua barriga, como se pretendesse opor-se à intenção da mãe. Aos soluços, ela recostou-se na cadeira, observando o teto da sala de jantar, a roseta de estuco em cujo centro pendia o lustre de bronze. Quem poderia censurar-lhe por enviar algumas breves palavras a Gérard? A tal Simone Treiber não tinha razão? Não era mesmo ridículo, diante da morte que se aproximava, temer convenções arbitrárias? Mas... Não seria injusto com Alfons? Afinal de contas, Gérard fora seu amante. Eles fugiram para Paris, onde viveram juntos. Ah, ela teria se casado com ele, mesmo sem o consentimento dos pais, mas Gérard se acovardara, nunca lhe pedira a mão e, assim, ela o deixara... Que amor selvagem, louco e apaixonado havia sido o deles. Era melhor não recordar. Não, ela amava Alfons, ele era seu porto seguro, um amante carinhoso e, ademais, inteligente e terno. Ele seria um bom pai...

Kitty estremeceu quando Else entrou com a bandeja para retirar a louça do café da manhã.

– Está tudo bem, Sra. Bräuer?

Com um sorriso forçado, ela explicou que a carta de uma boa amiga a emocionara. Dobrou o papel e o guardou dentro do envelope no bolso.

– Sua mãe pediu para a senhora subir um instante. Infelizmente, ela está com uma leve enxaqueca e sua visita certamente a alegrará muito.

Naquela terrível situação, a última coisa de que precisava era uma conversa com a mãe. Havia apenas uma pessoa que poderia ajudá-la, alguém em quem ela confiava cegamente.

– Obrigada, Else...

Kitty saiu correndo da sala de jantar, subiu as escadas e bateu à porta do quarto de Marie. Não foi a amiga quem abriu, e sim Auguste.

– Preciso falar com minha cunhada agora mesmo...

Ouviram-se choros e a voz nervosa de Marie dizendo a Auguste que não podia atender, não naquele momento.

– Em uma hora, senhora – informou Auguste, compassiva, e voltou a fechar a porta.

Foi como uma bofetada para Kitty. Em uma hora? O que Marie estava pensando? Ela precisava de sua cunhada. Imediatamente. Marie não tinha o direito de decidir cuidar de dois bebês completamente sozinha!

6

— *Eh, messieurs les soldats...* O café está pronto... *Levez-vous...* Levantem! Uma luz oscilante riscou o chão de palha, tocou brevemente os homens que dormiam no chão e assustou os vários camundongos cinzentos que, como pequenos torpedos, dispersaram-se em busca de refúgio.

– Estamos indo... – disse Hans Woltinger entre os dentes. – *On arrive...*

Humbert estava em posição fetal, com os braços cruzados e as pernas encolhidas. Ele não se moveu e, como em todas aquelas malditas manhãs, esperou que simplesmente se esquecessem dele. Por que ele não podia simplesmente virar um monte de feno? Ou transformar-se em um daqueles rastelos de madeira que pendiam das paredes, tão tranquilos e alheios a todos os acontecimentos da guerra?

– Pulgas do inferno – praguejou Julius Kerner, e pigarreou em alto e bom som. – Só querem saber de mim. Meu sangue é doce, vão me comer vivo.

Do outro lado, onde o quarto homem havia preparado seu catre, ouviu-se um gemido discreto. Era o pequeno Jakob Timmermann, que no dia anterior recebera um coice violento de um dos cavalos enquanto raspava o casco traseiro esquerdo do animal. Apesar de haver se esquivado rapidamente, a besta decrépita atingira sua canela. Humbert levara um susto terrível, fazendo com que o balde d'água caísse no chão, o que lhe garantira um bom sermão de quase meia hora do suboficial Krüger.

– Tudo bem, Timmermann? – perguntou Hans Woltinger.

O alto e musculoso Hans era mais velho que os outros três e em sua vida civil fora professor em uma escola do interior. Talvez por isso pensasse que podia dar ordens aos demais. Humbert tinha horror dele. Mas não tanto quanto tinha de Julius Kerner, um sujeito nojento. Ao mastigar, o homem não fechava a boca, produzindo bolhas de saliva e deixando à mostra a comida sendo triturada por seus pequenos dentes bastante separados.

– Está muito inchado – informou Timmermann. – Mas pelo menos consigo pisar. Droga, animal maldito.

O gemido se intensificou. Provavelmente ele estava de pé, tentando apoiar o peso do corpo na perna. Do outro lado, Woltinger riscou um fósforo, e o brilho amarelado da lamparina do estábulo aumentou na escuridão. O feno, com o qual improvisavam seus catres, as vigas do teto escurecidas pelo tempo e nas quais pendiam teias de aranha – tudo ficou visível. Pelas gretas das tábuas sob seus pés subia o cheiro quente do curral, localizado no andar inferior. Não havia nada mais repulsivo que aquele fedor viscoso de esterco que aderia a tudo, tudo mesmo: às roupas, aos cabelos, à pele. Humbert tinha certeza de que o hálito deles também fedia a esterco fresco, e começou a sentir asco de si mesmo.

– Vamos, pequeno. Levante-se. Não queremos problemas por sua causa!

Um chute motivador em seu traseiro o fez estremecer. Por um instante, contemplou a luz trêmula da lamparina que Woltinger segurava acima dele e, com a vista ofuscada, fechou os olhos.

– Não esqueça a manta de montaria...

Era impossível retomar o mergulho na escuridão suave de seu sono, o único refúgio que lhe restava naquele inferno na Terra. Precisava levantar. Sair da postura curvada que o protegia e expor-se ao frio úmido e ao escrutínio impiedoso de seus supostos "companheiros". Ele devia se apressar, do contrário Woltinger desceria com a lamparina e Humbert teria que procurar no escuro a escada que levava ao curral. Uma tarefa que poderia ser fatal, pois era fácil pisar em falso na abertura do chão e cair. Humbert sentou-se, tirou a manta de montaria dos ombros, a sacudiu rapidamente e a enrolou. Tossindo, reparou como o feno estava empoeirado. Uma camada cinza cobria tudo ali.

No curral logo abaixo, seus companheiros urinavam com vigorosos jatos, do mesmo modo que faziam os homens das famílias camponesas na Bélgica. Provavelmente, no inverno, as mulheres também se aliviavam entre as cinco vacas malhadas, mas eram mais discretas e nunca o faziam quando havia soldados alemães por perto. A ilustre invenção do vaso sanitário era desconhecida naquela fazenda. Humbert se escondeu em um canto, de costas para os outros homens e as vacas, e abriu a braguilha. Ele já acreditava que ali seria deixado em paz, mas pouco antes de terminar, sentiu uma batidinha no ombro direito e acabou molhando as calças.

– Está com a geleia de morango aí? – perguntou Kerner. – E a manteiga?
– A manteiga acabou.
– Já acabou? Que horror! Ei, Jakob. Você não recebeu uma encomenda ontem? Veio manteiga?
– Manteiga, não. Mas veio salsicha. E pasta de anchova.
– Pasta de anchova. Que nojo!

Humbert ajeitou a roupa apressado. A geleia estava no bolso do casaco; a Sra. Brunnenmayer a envasara em uma lata. Ah, Fanny Brunnenmayer... Se não fosse por ela, sempre escrevendo-lhe cartas e mandando seus pacotes, ele já teria se enforcado na primeira viga que encontrasse. Ou pelo menos tentado... Não, ele provavelmente não faria aquilo. Em Wijnegem, dois sabotadores belgas haviam se enforcado e ficaram com um aspecto horrível. Com o rosto azul e a língua para fora.

Os quatro soldados alemães caminharam entre o excremento de vaca na direção do cômodo da família camponesa onde o café lhes havia sido preparado. Só depois Humbert fora se dar conta de que aquelas pessoas tinham apenas um quarto, e era ali que comiam, dormiam, se amavam, nasciam e morriam. As galinhas abriam caminho entre seus pés, o velho gato dormia em uma caixa ao lado do fogão e um cachorro marrom desgrenhado espreitava sob a mesa, na esperança de algumas migalhas. Todos sentavam-se amontoados – a família era grande. Pai, mãe, duas filhas mais velhas e três ainda mocinhas, dois meninos – um com doze, outro com cinco anos – e mais a raspa do tacho: uma doce menina loira de dois anos de idade. Todos tinham rostos arredondados e cabelos claros e lisos. Eram pessoas bondosas, que receberam com gentileza a ocupação alemã e se sentavam à mesa junto com os soldados inimigos como se fossem seus próprios filhos. Havia café com leite e pão, um pouco de manteiga, e a geleia, salsicha ou demais incrementos eram providenciados pelos próprios soldados, que sempre colocavam na mesa tudo o que recebiam de casa. Ainda que a imundície e o fedor do curral que contaminava toda a casa causassem incômodo, Humbert achava as refeições satisfatórias. Bastava ignorar que ninguém ali comia de garfo e faca e que todos lambiam os dedos descaradamente, faziam barulho ao mastigar, arrotavam e sorviam toscamente o café. Mas o verdadeiro horror só vinha depois. Pouco antes das sete – a pontualidade alemã era temida em todas as partes –, era preciso apresentar-se na cavalariça. Havia várias, pois muitas das edificações do lugar foram convertidas para tal fim. A cavalariça onde Humbert e seus companheiros estavam alocados fora a sala de aula da escola local. Chegava-se ali caminhando sob chuva e vento, e quem possuísse uma capa de chuva, como Jakob Timmermann e Hans Woltinger, era poupado das intempéries. Já Humbert e Julius Kerner quase sempre se apresentavam ensopados na cavalariça. Mesmo assim, eles poderiam se julgar sortudos por trabalharem em um lugar seco, pois, ao redor, o terreno estava completamente alagado, com a água chegando até o terrapleno da estrada.

O suboficial Krüger já esperava por eles no estábulo. Era um homem careca, com bigode em tons ruivos e uma personalidade pedante e abjeta. Humbert era seu alvo favorito.

– O mordomo está pedindo arrego? Pois trate de ir se apressando, ou vai fazer vinte flexões aqui mesmo no cocô do cavalo...

Humbert nunca havia lidado com equinos. Aqueles animais grandes lhe causaram medo no início, mas pouco a pouco foi percebendo que, apesar de toda sua força, eram incrivelmente obedientes. Àquela altura, ele já os considerava companheiros de sofrimento, inocentes criaturas obrigadas a caminhar sob chuva de balas, destroçadas por granadas e que terminavam abandonadas na sarjeta sem entender por que lhes submetiam a tudo aquilo. Por sorte, os cavalos ali estavam em boas condições. Alguns haviam sido expropriados dos camponeses belgas e pouco se prestavam à montaria. A maioria, contudo, servia bem como cavalgadura e por isso precisavam de movimento tanto quanto de água e comida.

Os homens trabalhavam até quase as oito horas, ocupando-se com a alimentação e limpeza do estábulo e dos animais. O suboficial, por sua vez, fazia rondas constantes e sempre encontrava um motivo para reclamar do serviço. Além de Humbert, Jakob Timmermann, com seu rosto esguio, era outro "queridinho" de Krüger. Ele o odiava, sobretudo porque antes da guerra o jovem estudara filosofia e, certa vez, havia deixado cair do bolso da jaqueta um exemplar de *Fausto*, de Goethe. Aos olhos do suboficial, Jakob era um intelectual, um sabichão que precisava aprender que rapazes como ele eram a verdadeira escória do regimento.

– Olhe só! É isso que você chama de escovar? É uma porcaria, isso sim.

Krüger deu uma palmada na garupa do capão castanho e uma nuvem de poeira fina se ergueu, deixando Jakob em maus lençóis. Mas ele de fato não tinha culpa. Julius Kerner escovara o capão no dia anterior, mas o companheiro, ao contrário de Humbert, sabia engambelar a todos, safando-se sempre com um sorriso submisso e respondendo aos altos brados a cada ordem que lhe davam com: "Afirmativo, senhor suboficial!"

Apesar da perna dolorida e do estrume de cavalo, o infeliz Jakob teve que realizar alguns "exercícios". Krüger era um ser vil e perverso. Humbert sentiu uma vontade insana de empurrar o suboficial no carrinho cheio de excremento, e pôs-se a imaginar a cena com deleite. Pensou em Krüger gritando e caindo sobre o estrume. Na égua assustada pisando sobre ele. Na boca aberta do superior preenchida com sujidades equinas. Que maravilha! Infelizmente, Humbert era muito covarde para fazer algo do tipo. As consequências seriam detenção ou algo pior, e pagar um preço tão alto por poucos minutos de prazer estava fora de questão.

– Encele – ordenou Krüger, vestindo a capa de chuva.

Ao olharem pela janela imunda da antiga sala de aula, constataram que ainda chovia a cântaros. Os homens cavalgaram em formação pela trilha enlameada por meia hora. Quando todos, inclusive aqueles que usavam capa de chuva, já estavam completamente ensopados, a chuva cedeu. Com o brilho do sol e os bosques de pinheiros como pano de fundo, o gramado reluzia em tons escuros enquanto a colheita de inverno brotava com cores claras nos campos. A tal de Bélgica era um país bonito, um país rico. Passaram por antigos palacetes, por imponentes castelos e por parques que se estendiam ao longo de toda a planície. Foi um afago no coração de Humbert observar aquelas edificações. Ali havia cultura, sensibilidade estética, tradição e luxo, uma existência organizada, caracterizada pelo respeito e boa educação – coisas que ele tanto amava e pelas quais vivia. Era reconfortante ver que aquilo ainda existia em um mundo que saía cada vez mais do prumo.

Ele fora convocado logo no início da guerra para levar suprimentos à França. O horror que sentira ao ver as cidades devastadas ainda se encontrava latente em todos os membros de seu corpo. O barulho das granadas à distância, o som de quando eram lançadas, um chiado que subia de tom até transformar-se em um estampido e o segundo som, o impacto. Certa vez, o abrigo onde se encontravam fora atingido, ceifando a vida de cinco de seus companheiros. Ele só se salvara porque estava escondido em uma cova fazendo suas necessidades. Quando os mortos foram enterrados, o homem simplesmente desmaiara. Quanto mais perto chegava do front, mais desmaios tinha, chegando ao ponto de cair inconsciente só de escutar o ruído de um avião se aproximando. Seus companheiros o enchiam de socos e pontapés por acreditar que se tratava de fingimento. Humbert nada sentia na hora, mas ao recobrar a consciência o rapaz se curvava de dor. Por fim, ele fora declarado inapto para o front e enviado à Bélgica para servir no país ocupado.

– Isso é maneira de montar o cavalo? Parece um joão-bobo. Coluna ereta, coxas rentes. Trotar. Vamos, vamos...

Voltando à cavalariça, era preciso secar os animais, alimentá-los, dar-lhes água e limpar seus cascos... Em seguida, esfregar rapidamente os próprios sapatos e o uniforme, limpar as armas dentro do possível e apresentar-se ao meio-dia para a chamada. Tudo isso para escutar gritos pela calça manchada ou o botão ausente que o cavalo havia comido.

Exaustos, eles retornavam à fazenda com o uniforme úmido e as meias molhadas. Almoço. Aquela gente tinha boa vontade e recebia comida das tropas, mas não sabia cozinhar. Carne de porco enlatada com chucrute, batatas, banha, linguiça defumada e queijo – tudo revirado, uma gororoba de cor marrom que produzia um som característico ao ser servida no prato. Julius Kerner, operário de uma fábrica em Colônia, devorava tudo avidamente às colheradas, e igualmente o professor Hans Woltinger, que comia como um animal. Jakob Timmermann, por sua vez, sentado ao lado de Humbert, parecia o próprio Cristo crucificado.

– Está doendo?

– Bastante. Acho que pegou no osso.

– Peça para levarem você ao médico. Três semanas no hospital de campanha. Ficar lá deitado confortavelmente na cama, sonhando. Ou lendo...

Timmermann sorriu. Ele não queria fazer corpo mole enquanto seus companheiros lutavam pela pátria. Esquivar-se não era para ele. A pátria o chamara e ele cumpriria seu papel.

– Aleijado você não será de muita serventia para a pátria. Melhor curar-se primeiro.

Timmermann deu apenas algumas colheradas e passou o prato para Kerner, que o olhou com espanto e engoliu sua porção extra.

– Só mais alguns dias e tudo ficará bem. Consigo andar, não deve ter quebrado nada. Não quero estar no hospital de campanha quando vocês chegarem a Verdun.

A colher caiu da mão de Humbert e uma porção da massa marrom-clara caiu sobre o banco. O cão lançou-se sobre ela.

– Chegar a... Verdun? – disse ele em voz baixa.

– Não está sabendo? Ah, é... Ontem à noite, quando estávamos tomando aquele vinho francês, você já estava dormindo... Por enquanto é só um boato. Mas esses boatos quase sempre são verdadeiros.

Humbert sentiu o estômago revirar, querendo expulsar a comida. Ele se levantou apressado, quase tropeçou no cachorro, abriu a porta e correu sob a chuva até o monte de esterco. O cão devorou com avidez seu vômito.

Tremendo de frio, ele permaneceu um tempo sob a cobertura de telhas da casa, com pavor nos olhos. Havia passado um transporte de feridos a caminho do hospital de campanha da Antuérpia, e Humbert lançara um olhar breve através de uma das janelas. Os homens estavam mais mortos que vivos, com a cabeça enfaixada ou cotocos envoltos por ataduras onde antes houvera um braço.

Em Verdun ocorreria a batalha decisiva que levaria à vitória, o suboficial Krüger dissera em certa ocasião. Uma vez tomada a base de Verdun, seria o fim da guerra.

Humbert não acreditava mais naquela conversa. Quantas e quantas vezes ele já havia escutado falarem sobre batalhas decisivas, ataques surpresa; sobre os ingleses que derrotariam com um sopro, os franceses que eram covardes ou os russos que não sabiam lutar. Humbert vivenciara as explosões de granadas que abriam crateras no solo e aniquilavam homens e animais. E ele nem sequer estivera no front propriamente dito. Julius Kerner, aquele monstro, lhe contara sobre as trincheiras onde os soldados conviviam com camundongos e ratazanas na sujeira. Desde que percebera o quanto Humbert era afetado por tais descrições detalhadas, Kerner passou a torturá-lo quase todas as noites com seus relatos enquanto descansavam acompanhados por vinho e cigarro. A comida era rato frito por causa dos suprimentos que não chegavam. Às vezes havia rato cru também, quando a lenha acabava... Jakob Timmermann dizia que era tudo invenção e que Humbert não devia dar ouvidos àquilo, mas só a ideia de conviver com roedores em um buraco apertado o deixava a ponto de desmaiar.

Ele respirou fundo, puxou o ar úmido e olhou por cima da mureta em direção aos campos imersos na névoa da chuva fina. Após o almoço havia uma pequena pausa de descanso. À uma e meia da tarde, retornavam ao trabalho no estábulo e, em seguida, aos exercícios de marcha – uma tortura, na qual se podia sentir todos os ossos do corpo. Às quatro, as provisões eram entregues, as correspondências chegavam e, novamente, o serviço no estábulo era retomado. Por fim, quem não estivesse em seu dia de sorte precisava ainda ficar de guarda enquanto os demais tinham o resto do dia livre para conversar, beber cerveja ou vinho, jogar baralho, escrever cartas...

De repente ele percebeu que aquela vida primitiva e monótona que tanto odiava era um privilégio. Um lugar seguro, distante das trincheiras e das granadas, um refúgio da morte e da desgraça. Mas era o fim. A guerra, a verdadeira guerra, o alcançaria.

Um rato-d'água cinzento se atreveu a sair de um buraco e correr até a compostagem. Humbert conseguiu ver seu pelo lustroso e eriçado, as patinhas, o longo rabo pelado. O animal escavou um pouco, roeu um pedaço de carvão despedaçado e desapareceu como um relâmpago quando abriram a porta do cômodo.

– E aí? – perguntou Woltinger, detendo-se por um instante ao lado de Humbert para observá-lo atentamente. – Indigestão? Está com diarreia também? Se não melhorar, vá logo ao médico. Não vá passar para a gente, seja lá o que você tem. Disenteria, ou algo do tipo... Não vai ser bom para ninguém.

Ele continuou fitando Humbert e, na ausência de uma resposta, deu-lhe um tapinha no peito.

– Entendeu, Sedlmayer? Ou está com febre também?

Antes que Humbert pudesse impedi-lo, a mão pesada de Woltinger já examinava sua testa. Seus dedos eram longos e secos, com unhas amareladas, possível resultado de algum fungo persistente.

– Não estou com febre – disse Humbert para se esquivar. – É que eu não suporto esse ensopado cheio de gordura. Só isso.

Woltinger franziu o cenho. Era evidente que o rapaz não lhe agradava.

– Você é muito fresco mesmo – resmungou ele.

Achava que Humbert se comportava como uma criancinha. Principalmente na hora do banho, quando se recusava a abaixar as calças na presença dos demais.

– Então trate de melhorar para voltar ao estábulo!

Não houve reação de sua parte. Woltinger não tinha qualquer autoridade, era um simples soldado, tal como ele. Quando os três companheiros passaram ao seu lado, ele se manteve quieto, dando um sorriso amistoso apenas para Jakob, como se dissesse: "Não se preocupe, está tudo bem comigo." Jakob Timmermann sorriu de volta e foi mancando atrás dos demais até o estábulo. Será que ele seria enviado a Verdun com aquela perna? Tomara que não.

Sentindo uma fraqueza repentina, Humbert apoiou-se no muro e sentou-se apressado. Foi quase um desmaio, mas ele conseguiu evitar. Permaneceu sentado ofegante e, ao perceber que os fundilhos da calça estavam úmidos e frios pela terra molhada, levantou-se lentamente. A porta do cômodo se abriu com um rangido, uma das meninas cruzou o pátio com um balde na mão e lançou a sujeira em montes de terra enquanto o observava.

– *Vous êtes malade?* Doente? – perguntou, compadecida.

– Só estou com uma tonteira...

Com o dedo indicador, ele desenhou espirais no ar, e ela acenou com a cabeça mostrando compreensão.

– *Un café?* Vai melhorar a...

Ela também fez espirais com o dedo, balançando o balde já vazio no qual ainda restava um pouco de líquido marrom.

– Não, obrigado... *Merci*... Vou dormir...

Ele uniu as palmas das mãos e as colocou sob a bochecha direita. A menina assentiu com um sorriso expressivo. Seus olhos azuis eram imensos, os cílios loiros quase invisíveis.

– Durma bem – desejou ela, virando-se com um gesto travesso para voltar para dentro de casa.

A chuva apertou e a água jorrava pelo beiral do telhado. Diante da casa formaram-se poças que chegavam até os sapatos de Humbert. Indeciso, ele caminhou junto à parede da casa, dobrou a esquina onde havia um pequeno depósito e pensou se não era melhor entrar. Lá dentro, viu um velhíssimo carrinho de mão feito de madeira, pilhas de cestas e sacos, ancinhos, forquilhas, pás e uma vassoura de palha bem gasta... Talvez pudesse se esconder por baixo daqueles sacos, manter-se imóvel como um pedaço de madeira e ficar por ali até que ninguém mais o procurasse. O que fariam se ele simplesmente sumisse? Evaporasse?

Ele seria encontrado e punido. Atos como esse podiam levá-lo à prisão por deserção ou, inclusive, à morte. Humbert contornou o depósito e contemplou a horta, rodeada por uma pequena mureta. As cebolinhas exibiam atrevidamente seus brotos verdes sobre a terra molhada, pouco se importando que a geada pudesse voltar. Seguiu caminhando, o pé se chocou com um pedaço de madeira e ele tropeçou. Viu que se tratava de uma escada de madeira, inclinada e junto à parede da casa, que conduzia a uma portinhola abaixo do telhado. Um pombal? A porta era muito grande para esse fim, e ele até então só vira galinhas, patos e melros por ali, nunca pombos. Atentamente, olhou a sua volta, e a rua estava deserta. Apenas na curva que conduzia ao vilarejo vizinho distinguiu um grupo de cocheiros e duas carroças carregadas. Estavam bem distantes para representarem perigo. Ele subiu os escorregadios degraus da escada e tentou abrir a portinhola, o que conseguiu sem dificuldade, apesar da farpa de madeira que se cravou em sua mão, mas que removeu com facilidade. Por trás da porta reinava uma penumbra cinzenta. Grandes asas escuras se moveram de um lado para o outro; o cheiro era de poeira, excrementos de rato e algum grão.

O sótão. Não devia ser muito alto, mas na parte central cabia um homem agachado. O vento penetrava pela fresta entre as paredes e o telhado; o aspecto era um tanto quanto sinistro, mas pelo menos estava seco. O que era armazenado ali dentro? Cereais? Talvez conservas de frutas, banha, ervilhas secas, purê de ameixa? Decidiu entrar para averiguar. Não para roubar nada, só para ver mesmo. Foi preciso engatinhar após fechar apressadamente a porta para não ser descoberto. *Por que estou fazendo isso?*, pensou enquanto esperava os olhos se acostumarem à penumbra. Havia sacos com grãos sem moer, talvez aveia ou centeio. No meio do pequeno armazém encontrou uma curiosa estrutura de madeira sobre a qual balançavam uma infinidade de panos grandes e pequenos. Ao aproximar-se cuidadosamente, agachado, constatou que se tratava de roupa limpa pendurada ali para secar. Lençóis e camisas, ceroulas femininas antigas, ornadas com rendas, como usadas no século anterior. Dois corpetes imponentes faltando os cordões, várias camisolas, uma saia preta de lã rígida com a bainha já desfiando...

Engatinhando, Humbert rodeou várias vezes o varal, analisou tudo sem pressa, sentiu o vento que atravessou o sótão, levantando as pontas do lençol.

Parecem asas enormes, pensou. *Asas para ir aos ares e sair dali voando...*

Ele tocou a saia de lã, arrancou-a do varal e examinou a peça, constatando que precisaria de um cinto. No lado de fora, a chuva golpeava o telhado, escorria e caía no pátio, acumulando-se em poças. Humbert tirou o casaco do uniforme, a camisa, a calça e até a roupa de baixo. A camisa branca de linho estava gelada e ainda um pouco úmida, e ele sentiu um calafrio quando o tecido tocou seu corpo. Em seguida, vestiu a ceroula e amarrou-a na altura da cintura. Sobre ela, duas anáguas de linha e a saia preta de lã, que prendeu com os cordões dos corpetes que também estavam secando. Não encontrou nada para a parte de cima, mas colocou sobre os ombros um xale largo de lã e na cabeça uma touca vermelho-escura com duas tiras enrugadas que amarrou sob o queixo. As meias de lã eram muito pequenas, e ele também precisou calçar os próprios sapatos, não os tamancos de madeira como as crianças camponesas usavam.

Após enrolar o uniforme, colocou-o atrás dos sacos de grãos. E então desceu cuidadosamente a escada, tendo dificuldade para não pisar na saia e segurar o xale durante a descida.

Pulou o muro do jardim e chegou à rua. A entrada do vilarejo era à direita, onde havia a estrada que levava à Antuérpia. À esquerda, uma estreita trilha que seguia um córrego conduzia ao pasto e desaparecia em um bosque de pinheiros. Calculou que demoraria umas três horas a pé até chegar à mansão que vira no dia anterior enquanto cavalgava. Era insano pensar que alguém o acolheria lá. Era muito mais provável que o entregassem aos ocupantes alemães. Mas o que ele tinha a perder?

7

Pela janela de seu escritório, Johann Melzer observava as mulheres reunidas no pátio da fábrica. Era possível escutar os gritos até o terceiro andar, mesmo com a janela fechada.

– Queremos pão, não promessas vazias!
– Nossa paciência acabou!
– Exigimos o salário integral!

As porta-vozes eram sempre as mesmas, ele já as conhecia há anos. Sempre as havia tratado com indulgência por serem boas funcionárias, mas sua vontade naquele momento era colocá-las na rua. Por que elas abriam a boca? Não estavam na mesma situação que tantos outros que suportavam suas privações calados? De onde ele deveria tirar o dinheiro que exigiam? A fábrica estava parada – sem produção, sem vendas, sem receita, sem salários.

– Enquanto eles se enchem de porco assado e torta de creme lá na mansão, nossos filhos morrem de fome diante de nossos olhos...

Aquilo era um exagero sem limites. A Sra. Fanny Brunnenmayer havia, de fato, preparado um bolo no aniversário de Alicia: um bolo minúsculo, coberto com uma fina camada de natas. Torta de creme uma ova, aquilo era praticamente só massa com geleia. E só comiam porco assado em fatias finíssimas. Duas por pessoa. E acompanhado por *knödel* de semolina, que tinha um sabor muito suspeito de serragem.

– Sinto muitíssimo, senhor diretor... Elas não param. O senhor sabe bem que...

A Srta. Hoffmann tinha entreaberto a porta do escritório. Havia tanta angústia nos olhos trêmulos por trás das lentes dos óculos que ele sentiu vontade de rir. Provavelmente, a Srta. Lüders já fugira para a sala de Paul.

– Eu sei, Srta. Hoffmann. Pode ir tranquila, vou dar um jeito...

Ela assentiu aliviada e enfatizou que tudo aquilo era extremamente desagradável.

– Mas que desgraça o jovem Sr. Melzer estar no front – comentou ela. – Ele sempre teve jeito para resolver esses problemas com os funcionários...

Ela se interrompeu ao perceber que aquela conversa a colocaria em maus lençóis e apressou-se em dizer que tanto a Srta. Lüders quanto sua humilde pessoa estavam ao dispor do senhor diretor na sala ao lado, e que se fosse necessário bastava chamá-las.

Um barulho veio da escada e a mulher saiu rapidamente. Melzer sentou-se à sua larga mesa e empilhou os papéis espalhados sobre ela. Não eram muitos, apenas alguns balanços, dois pedidos menores, contas, várias petições.

– Onde estão as secretárias? – bradou uma voz feminina. – Em vez de se unirem a nós, as finas donzelas se esconderam!

– Não estão conosco. São umas filhinhas de papai!

Fez-se silêncio por um momento. Melzer escutou sussurros e pensou no que dizer. Por mais atrevidas que fossem, elas não ousariam simplesmente entrar em sua sala.

– Vamos logo...

– Ele não morde.

– Vá na frente, você é a falante do grupo.

– Calem a boca. Deixa que eu vou.

Melzer se preparou. Nada de concessões; aquilo só levaria a mais exigências. E nada de promessas também. Ele não era um monstro: fazia o que podia e procurava ajudar. Não toleraria insultos. E muito menos intimidações.

Batidas à porta. No começo, bem mais hesitantes do que ele esperava, e depois mais fortes. Ele esperou até que os golpes se tornassem altos demais para serem ignorados.

– A porta está aberta, minhas senhoras! – exclamou.

A maçaneta se moveu. A porta deve ter lhes parecido estranhamente pesada, uma vez que era dupla e ainda continha forro. As mulheres surgiram na soleira. Malvestidas. Algumas com tamancos, outras nem sequer usavam um sobretudo para se proteger do frio do início do ano. Com olhares medrosos, desconfiados, furiosos ou determinados, encararam aquele homem de cabelo branco entrincheirado atrás de sua mesa. A primeira que ousou dar um passo até o centro da sala foi Magda Schreiner, uma mulher fraca e nariguda, com lábios finos e queixo saliente, o que lhe conferia uma aparência de passarinho.

– Estamos aqui para fazer algumas exigências.

Melzer esperou. Normalmente, seu silêncio as intimidava. Elas ficavam mais inseguras e começavam a se contradizer, de maneira que era fácil livrar-se delas.

– O senhor sabe muito bem do que se trata – disse a delicada Erna Bichelmayer, abrindo caminho e situando-se diante da porta.

Erna era sua melhor auxiliar de máquina, rápida como uma doninha, obtendo sempre os melhores resultados. Seu marido, Tobias Bichelmayer, fora convocado no início do ano anterior. Melzer sabia que a família tinha quatro, talvez cinco filhos. O mais velho começara como contínuo na fábrica. Há algum tempo, quando ainda existia serviço para todos...

– Posso imaginar do que se trata, minhas senhoras. Mas temo que não há muito o que eu possa fazer...

– Poupe suas desculpas – disse Magda. – Não somos senhoras. Somos mulheres e mães lutando pelos seus direitos.

– Exigimos apenas o que nos foi prometido! – exclamou uma jovem ao fundo.

Ela usava um lenço na cabeça e parecia não ter nem vinte anos.

Melzer demorou um pouco para reconhecê-la: Lisbeth Gebauer! O que ela fizera com o cabelo? Um magnífico cabelo castanho-claro. Ela o teria cortado para vender? Aquela ideia lhe causava um estranho pesar. Mais até que o fato de saber que os Gebauers passavam fome e sequer podiam comprar carvão para a estufa.

– O senhor prometeu pagar o salário integral às famílias dos funcionários convocados para o front...

Ela tinha razão. De fato, em agosto de 1914, Melzer anunciara que o faria. Naquela época, quando ainda se pensava que a guerra duraria apenas alguns meses, muitas empresas fizeram tais promessas e os jornais as divulgavam para registrar aquelas convicções patrióticas. Alguns espertos foram cautelosos e prometeram apenas sessenta por cento do salário, e outros mais espertos ainda se abstiveram totalmente de qualquer comprometimento. Por um grande infortúnio, esses últimos estavam certos: àquela altura, apenas as siderúrgicas e outras fábricas de insumos para a guerra eram capazes de pagar salários, mas isso porque contavam com prisioneiros de guerra para substituir aqueles que estavam no front como soldados, defendendo a pátria.

– Só queremos o que nos foi prometido!

– Não temos mais o que comer. Não há leite. Nem pão. As batatas que recebemos estão podres...

– Minha mãe morreu semana passada. De fome.

Ele deixou que ralhassem, gesticulassem, soltassem sua raiva, procurando manter a serenidade. Por que estavam tão nervosas? Elas não estavam em melhor situação que os demais que foram demitidos? Por acaso não era bom que ele volta e meia conseguisse pelo menos alguns pedidos menores? Limpar cartuchos de metal não era um trabalho agradável, mas seria pior ficar na rua mendigando.

– Queremos nossos direitos! – grunhiu Magda. – O dinheiro que cabe a nossos maridos e que o senhor prometeu. Todos leram no jornal...

Seu semblante petrificou. Se fossem outros tempos, ele já teria enxotado aquela atrevida dali aos gritos. Mas, desde o derrame, Johann Melzer não era o mesmo. De fato era uma pena Paul não estar presente. Seu filho tinha talento para encontrar as palavras certas e o tom adequado para lidar com os funcionários. Habilidade que infelizmente faltava a ele.

– É verdade, saiu no jornal – disse ele, para colocar fim à gritaria. – Mas se as senhoras leram bem, devem ter reparado na palavra "provisoriamente"...

– Ele está querendo se esquivar – sussurrou Lisbeth Gebauer para Erna Bichelmayer, que estava ao seu lado.

– Os capitalistas sempre sacam uma carta da manga...

– Não falem assim, ele vai se enfurecer...

Arrá, disse Melzer para si mesmo. *Então Erna Bichelmayer é socialista. Essa corja imunda se aproveita das privações da pátria e ainda seduz minhas funcionárias!*

– Mesmo se eu quisesse – disse em voz alta e levantou-se da cadeira para ser escutado melhor. – Bem, mesmo se eu quisesse não poderia pagar os salários de seus maridos. Porque não tenho dinheiro.

– Não... Não acreditamos nisso!

Naquele momento, ele sentiu vontade de gritar. Contudo, limitou-se a lançar um olhar de ódio a Erna, que havia proferido tal frase. Ela era uma de suas funcionárias mais antigas, uma mulher espichada e ossuda que já passava dos quarenta. Melzer jamais teria pensado que justo ela, que se mantivera leal à fábrica por tantos anos, pudesse ser tão audaz.

– Já viram os galpões? – esbravejou ele. – Por acaso tem alguma máquina operando? Ah, agora vocês ficam quietas! Não há lã, não há algodão. E mesmo se eu tivesse matéria-prima, quase não há carvão para mover as máquinas a vapor!

– Por que o senhor não faz tecido de papel? – perguntou uma das mulheres.

Melzer ignorou a pergunta e prosseguiu explicando que, a duras penas, ele tentava manter pelo menos alguns poucos empregos. Elas por acaso já tinham olhado ao redor? Como estava em Göggingen? E na tecelagem e fiação Pfersee? E na fábrica têxtil Bemberg AG? Por toda parte, apenas galpões vazios. Quem quisesse ganhar dinheiro deveria encontrar uma vaga nas fábricas de maquinário. Na Epple & Buxbaum, por exemplo. Lá se ganhava por produção...

Ele sabia muito bem que eram palavras vazias, pois as fábricas de maquinário não empregavam funcionárias. Após ter soltado sua fúria e sentir que seus batimentos se acalmavam, ele foi tomado por pena daquelas mulheres. Elas não o estavam procurando por atrevimento, mas por necessidade. E as malditas ideias socialistas enchiam suas cabeças!

– Dias melhores virão – falou, tentando acalmá-las. – Quando ganharmos a guerra, vamos sangrar os perdedores e recuperar todas nossas perdas.

Elas se calaram. Por entre os lábios de Magda Schreiner era possível ver que lhe faltava um dente incisivo. Erna Bichelmayer tossiu e inspirou pelo nariz sonoramente. Ninguém ousava dizer o que pensava, mas Melzer sabia o que se passava: e se, Deus o livre, o Império Alemão perdesse a guerra? O que aconteceria a seguir?

– Estamos todos nas mãos de Deus – prosseguiu ele. – No que depender de mim, quero dar-lhes empregos e não demitirei ninguém. É tudo que posso fazer. Sinto muito.

Sem saber o que dizer, as mulheres tinham o olhar perdido. A ira que as havia impelido até ali desaparecera no ar. Quem poderia saber se o diretor estava mentindo ou dizendo a verdade? Só tinham certeza de uma coisa: as máquinas nos galpões de fato estavam paradas.

Indecisas e alternando o peso do corpo entre um pé e outro, elas se entreolharam e, por fim, a mais velha de todas, Lisbeth Gebauer, teve coragem de responder algo.

– Que tal um abono? O preço do pão subiu de novo.

Ele franziu a testa, descrente, pois sabia que haviam oficialmente fixado um teto de preço. Embora não quisesse brigar, ele prometera a si mesmo não fazer concessões ou dar qualquer tipo de esmola. Do contrário, elas apareceriam ali todos os dias com as mãos estendidas.

– Semana que vem vocês não terão redução de jornada. Chegarão mochilas e mantas de montaria para limpar e remendar.

Não era nenhuma notícia excelente, mas pelo menos havia a perspectiva do salário integral. Elas teriam que se conformar com aquilo. Lentamente, as mulheres saíram. Primeiro as mais cautelosas, que estavam atrás, sentindo-se aliviadas por não terem se exposto. A última a deixar o escritório foi Lisbeth Gebauer. Ela acenou com a cabeça para Melzer e sussurrou:

– Não nos leve a mal. É muito difícil ver nossos filhos chorando de fome.

Ele gostava da moça e se viu prestes a sacar a carteira e dar-lhe alguns marcos, mas não o fez. Por precaução. Do contrário, teria que fazer o mesmo com todas. Melzer se propôs a falar com Alicia. Talvez algo pudesse ser feito através da diretora Wiesler e da associação beneficente. Conforme ele ficara sabendo, Rudolf Gebauer morrera havia algumas semanas na Rússia e Lisbeth tinha dois filhos pequenos.

Quando as funcionárias finalmente se foram pela escada, as duas secretárias tiveram coragem de voltar aos seus postos na antessala. A Srta. Hoffmann olhou pela fresta da porta e perguntou, preocupada, se estava tudo bem.

– Quer que eu prepare um chá, senhor diretor?
– Um café! E bem forte!
– Perfeitamente, senhor diretor. Agora mesmo.

Depois de tal cena, ele precisava mesmo de um café forte, feito de cereal torrado ou não, tanto fazia. Alicia, sua esposa eternamente preocupada com sua saúde, não ficaria sabendo, pois quase nunca ia à fábrica. Já Paul teria erguido as sobrancelhas com desaprovação diante do pedido, mas não diria nada.

Ele foi até a janela para observar o que se passava no pátio. A reunião de mulheres ainda não se dissipara, elas continuavam lá, perto da entrada, e pareciam discutir acaloradamente. Que diabos estava acontecendo de novo? Aquela ali discursando era Erna Bichelmayer? Claro. Era preciso tomar cuidado com ela, a mulher exercia má influência sobre as demais. O vento agitava com força suas saias; algumas sequer vestiam sobretudo para se proteger do frio, apenas xales de lã sobre os ombros, que com a chuva logo ficaram encharcados. Era bem provável que a maioria calçasse sapatos com solas de madeira, a julgar pelo barulho que escutara vindo da escada...

Interrompeu seus pensamentos, abriu bem as cortinas e aguçou a vista. Aquela ali era... Não, não podia ser, ele devia estar enganado! Mas a jovem vestindo um elegante sobretudo cinza-claro parecia muitíssimo com sua nora, Marie. Era difícil distinguir seu rosto por causa do chapéu que usava, atado com um lenço largo de seda. Contudo, a maneira de andar, tão ligeira e ao mesmo tempo decidida, a postura ereta, porém flexível... só podia ser ela.

Marie, que há seis semanas não fazia outra coisa além de cuidar dos gêmeos.

O que a levara até a fábrica? Uma má notícia? Paul? Não, isso não. Alicia teria ligado para ele, pedindo-lhe que fosse à mansão...

Então o que era?

Contrariado, Melzer viu a nora entre as funcionárias, conversando com as mulheres. Claro, para ela era fácil. Poucos anos atrás, ela fora operária em uma fábrica, ainda que por apenas seis meses, antes de fugir. A orgulhosa filhinha de Louise Hofgartner não era do tipo que passava dez horas por dia sentada a uma máquina de costura.

O que ela estaria falando com aquelas mulheres? Sua maneira descontraída de lidar com os problemas não lhe agradava em nada, mas tratava-se da esposa de seu filho, Paul, que dirigia a fábrica junto com ele. As funcionárias deveriam chamá-la de "Sra. Melzer", mas ele duvidava que o fizessem.

– Seu café, senhor diretor. Tão forte que parece piche.

Sem nem mesmo se virar para Ottilie Lüders, ele disse:

– Pode levar.

– Mas... o senhor acabou de...

A Srta. Lüders já fora mais sagaz. Ele rosnou algo entre os dentes e ordenou-lhe que fizesse sua nora entrar assim que aparecesse na antessala. Quanto ao café, ela poderia dar à Srta. Hoffmann.

– Sua nora... Ah, sim... Claro, senhor diretor.

Finalmente a mulher caiu em si. Ottilie Lüders – sempre discreta e acima de tudo preocupada com o bem-estar de seu chefe – sumiu junto com a xícara de café. Melzer a imaginou na antessala gesticulando para a Srta. Hoffmann, tratando de deixá-la a par da situação. Não encontrou Marie em nenhuma parte. A nora desaparecera na entrada do prédio da administração. As operárias, por sua vez, finalmente se dirigiam ao portão da fábrica, e o porteiro as deixou sair.

– Senhor diretor?

O tom de voz de Marie foi sereno, mas ao mesmo tempo irônico. Ao entrar no escritório, ela o chamou de "senhor diretor" outra vez. Na mansão, há tempos ela lhe chamava pelo primeiro nome ou até mesmo de "papai". Após o casamento com o filho, Melzer aceitara a forma de tratamento com hesitação, só o fazendo porque fora Alicia quem pedira que a nora a chamasse de "mamãe". Ele não podia ficar para trás.

– Minha digníssima nora – rebateu ele, antes de ir em sua direção para ajudá-la com o sobretudo. – Mas que honra tê-la em meu humilde escritório.

Ela soltou o cachecol de seda, tirou o chapéu e passou rapidamente os dedos pelo cabelo preso, ajeitando uma mecha rebelde. O passeio ao ar fresco lhe fizera bem, suas bochechas estavam rosadas e seu rosto tinha uma expressão alegre e resoluta.

– Esse cheirinho de café de verdade está tentador.

Melzer evitou seu olhar e afirmou que as secretárias deviam estar fazendo café.

– Sente-se, Marie – pediu ele, desviando do assunto. – Sente-se ao meu lado e vamos conversar. Estou muito feliz com sua visita à fábrica. Auguste está com as crianças?

Eles tomaram assento no jogo de poltronas e Marie lhe contou que enfim estava decidida a contratar uma ama de leite. Auguste já andava muito atarefada com os próprios filhos e aparecia apenas por poucas horas na mansão. Hanna, por sua vez, se provara uma talentosa babá e muito em breve a Srta. Schmalzler voltaria.

– Pois muito bem.

Ele cruzou as pernas e tentou disfarçar a alegria que sentia com o novo rumo dos acontecimentos. Por fim aquela donzela teimosa tomara juízo!

– O que significa que terei mais tempo para a família – disse Marie com um sorriso. – E também para os assuntos da fábrica.

– Pois muito bem – repetiu ele, sem entender exatamente o que ela queria dizer com a última frase. – Você não quer um café?

Marie o olhou com graça e respondeu que não poderia negar um cafezinho. Mas só se ele a acompanhasse.

Arrá, pensou ele e deu um sorriso. *Ela tem algo em mente e quer me manter de bom humor, essa espertalhona. Bom, não custa nada escutá-la.*

Chamou a Srta. Hoffmann e pediu dois cafés. Extrafortes.

– Perfeitamente, senhor diretor. Biscoitos também?

A Srta. Lüders trouxera biscoitos de aveia feitos por ela. Um gesto simpático, se não fosse tão má cozinheira.

– Que amável. Sim, por favor – respondeu dele, apesar disso.

Nesse meio-tempo, Marie se levantara e circulava pelo cômodo. Observou as lombadas dos arquivos nas estantes, aproximou-se de sua mesa como quem não queria nada e pegou o primeiro papel da pilha de documentos. Um aviso do ministério da guerra com duas encomendas "importantes para o conflito". A restauração de duas mil cestas para armamentos e limpeza de oitenta sacos de cartuchos.

– As operárias lá no pátio compartilharam comigo suas aflições – contou ela, devolvendo a folha à pilha de papéis. – O salário que recebem não é suficiente para o básico.

– Por acaso você quer virar porta-voz das minhas funcionárias?

Era um aborrecimento escutar aquelas coisas que ele há muito já sabia, mas que em nada podia mudar. Como se já não lhe bastasse ver a fábrica, pela qual tanto trabalhara, à beira do abismo. Seu projeto de vida, toda sua força e seu amor investidos naqueles galpões, naquela união vibrante e barulhenta entre homens e máquinas.

– Ah, papai! – exclamou Marie, contrariada. – Você sabe muito bem o que quero dizer. Precisamos fazer algo para colocar a fábrica de tecidos dos Melzers de volta nos eixos. Só assim a situação das funcionárias poderá melhorar.

A vontade dele foi rir, se ela não tivesse dito de maneira tão séria. Ah, meu Deus, por acaso todas as mulheres de Augsburgo haviam combinado atacá-lo naquele dia? Primeiro as operárias e depois aquela menina inocente que aparentemente acreditava ser capaz de lhe ensinar algo. Por um momento, desejou que Marie estivesse no quarto das crianças, ocupando-se dos gêmeos.

Por sorte, a Srta. Hoffmann surgiu naquele momento com duas xícaras de café e um prato cheio de biscoitos redondos. Assim, pelo menos ele teria tempo de se preparar com calma para todas as bobagens que certamente escutaria.

– Paul me pergunta em quase todas as cartas se você finalmente viu os desenhos dele. As máquinas que ele projetou.

Melzer já sabia bem o quanto Paul fazia questão daquele disparate. Ele também recebera suas cartas. Embora tivesse escrito de próprio punho apenas algumas breves saudações e sua assinatura e deixado o resto da resposta a cargo de Alicia.

– Máquinas? – perguntou ele, na esperança de que Marie não tivesse ideia do que se tratava. – Que máquinas?

Infelizmente seu plano não funcionou. Ele esperava deixá-la insegura e hesitante com detalhes técnicos, mas Marie provou ser filha de seu pai. Embora o genial inventor Jakob Burkard estivesse morto há tempos e Marie nunca o houvesse conhecido, era como se o tino para máquinas fosse genético entre os Burkards. As *selfactor* e as máquinas de fiação por anéis de seu antigo sócio estavam muito além da concorrência, pois Burkard as havia projetado com alguns detalhes mantidos sob o mais absoluto segredo industrial.

– Não finja que não sabe do que se trata, papai – censurou ela. – Paul projetou uma fiadeira que pode transformar tiras de papel em fios. Com esses fios, podemos fabricar tecidos.

Ela sabia até mesmo que a Claviez AG em Adorf vinha produzindo essas imitações de tecido para a guerra. Na região Palatinado Renano, a fábrica produzia dez toneladas de fios de papel por dia. Fabricavam-se materiais para os hospitais de campanha, lonas para barracas e carros, máscaras antigás para os cavalos, solas de botas, cordas, além de uniformes e roupas de baixo.

– As máquinas de tecer estão paradas, papai! Se pudermos produzir fios de papel, a produção volta. Na Claviez estão trabalhando em três turnos, não há ninguém sem serviço.

Melzer a escutou, mal-humorado, sem entender como a nora tomara conhecimento dessas coisas. Através de Paul? O pobre rapaz certamente não tinha muita oportunidade para se inteirar da situação econômica das fábricas da Claviez. Ao que tudo indicava, ele estava na França.

– Como eu sei? Por Bernd Gundermann, ele tem parentes em Düsseldorf que trabalham na Jagenberg. Estão fabricando fios de papel também e todos por lá já sabem como andam os negócios da concorrência no Palatinado.

A ideia de conversar com o operário Gundermann fora certamente obra de Paul. E, pelo visto, o filho lhe explicara nos mínimos detalhes tudo sobre seus maravilhosos projetos. E, o mais surpreendente: ela entendera. A filha de Jakob Burkard assimilara cada particularidade, como as peças daquelas malditas máquinas se articulavam e como, caso necessário, seria possível fazê-las funcionar com força hidráulica. Ou seja, sem as máquinas a vapor que no momento careciam de carvão.

– A fábrica de papel de Augsburgo é aqui perto, papai. Não gastaremos praticamente nada com transporte. E poderemos tingir os tecidos também. Você não está entendendo? Só precisamos encontrar alguém que monte as máquinas conforme os projetos de Paul.

Ele sentiu o sangue lhe subir às têmporas. Esse ataque era infinitamente mais agressivo do que aquele do qual ele recentemente se esquivara com êxito. O que significavam vinte operárias raivosas comparadas com aquela jovem de olhos brilhantes e bochechas rosadas sentada diante dele, relatando suas ambições? Trabalhar em três turnos. Ninguém sem emprego. Contribuir para a vitória da pátria alemã. Ousar novos caminhos, pensar no futuro. Dar roupas e sapatos ao povo. Ataduras aos feridos.

– Você não acha horrível ver todas as máquinas da fábrica paradas? Antigamente mal se podia suportar o barulho aqui, e agora impera um silêncio absoluto. Se começássemos com a produção de fios de papel...

Ele ergueu as mãos em um gesto defensivo e sentiu o coração acelerar. Teria sido melhor não haver tomado aquele café.

– Você está subestimando o risco – revidou ele. – Teríamos que mandar construir máquinas caras que ninguém sabe se funcionam. E se Paul tiver cometido um erro? E se os fios forem de má qualidade e não tivermos compradores? E se esses fios de papel quebrarem nossas boas máquinas de tecer? Além do mais, para engrenar nessa produção precisamos de técnicos, homens que entendam disso. Só com operárias é impossível entrar nisso!

– Meu Deus do céu! – exclamou Marie, levantando os braços. – O que você está esperando? Por acaso acha que vai cair algodão do céu? Que Jesus vai descer das nuvens trazendo dez vagões de lã crua?

– Estou avisando, Marie! – gritou ele, furioso. – Não se meta em coisas das quais não tem ideia!

Energicamente, ela colocou a xícara de café e o pires sobre a mesinha e o fitou aborrecida.

– Você deveria pensar a respeito, papai. Para o bem de todos nós.

– O assunto está decidido e encerrado. A fábrica dos Melzers nunca vai fabricar imitações de tecidos!

– Então prefere não produzir nada e nos matar de fome?

– Chega, Marie. Já escutei você e expliquei meus argumentos. Minha decisão é irrevogável.

Sem dizer uma palavra, ela se levantou, pegou o sobretudo do cabideiro e o vestiu. Melzer fez uma débil menção de ajudá-la, como ditavam as boas maneiras, mas a nora foi mais rápida. Ela deu meia-volta, colocou o chapéu e atou o lenço de seda.

– Nos vemos à noite.

Marie se dirigiu calada à saída, mas dessa vez ele fora mais rápido e abriu a porta para ela com um gesto agressivo. Se a jovem pensava que conseguiria algo bancando a superior, estava enganada. Ele se manteria inflexível. Nada de imitações de tecido em sua fábrica!

Quando estava quase do lado de fora, ela se virou. Seu semblante estava mais terno, ainda que bastante reprovador.

– Ah, sim. E quanto aos operários... Eles seriam dispensados do serviço militar. Vão até mesmo buscá-los no front para trabalharem na fábrica. Também poderiam devolver nosso Paul...

E fechou a porta, deixando-o sozinho para resmungar.

8

Courtrai, 12 de abril de 1916

Minha querida Elisabeth,

Após dias de trem, chegamos aqui. Prosseguiremos na direção norte, onde faremos recuarem os ingleses, que há meses vêm tentando deixar-nos isolados da pátria alemã. Lá embaixo, em Verdun, o jogo em breve vai virar; os franceses se renderão ante o nosso ataque. Espero ser convocado para lá, para participar do grande momento quando a base de Verdun passar às mãos alemãs.

Meus pensamentos estão sempre em ti, minha amada esposa. Tu és meu bom anjo, que me guia e protege. Mantenho a fotografia de nosso casamento sempre junto de mim. Quando for possível, mande algum dinheiro, pois preciso comprar meias e roupa de baixo. Além disso, meu relógio infelizmente sofreu danos e vou precisar de um novo. Tu sabes, meu amor, que um relógio em bom funcionamento é de absoluta necessidade para um oficial. Duzentos, ou melhor, trezentos marcos devem bastar. Uma lixa de unha e sabonete de rosas também seriam muito bem-vindos. Além de uma lanterna com baterias, cigarros, chocolate e um bom canivete. Amanhã provavelmente já estaremos perto do litoral. Minha próxima carta te enviarei de lá. Meus cumprimentos a seus pais, sua cunhada Marie e sua irmã Kitty.

Um abraço de amor sincero,
Klaus

Elisabeth leu a carta duas vezes, como lhe era de costume, detendo o olhar sobre palavras como "Meus pensamentos estão sempre em ti" ou

"Tu és meu bom anjo". Não, a criatividade não era um dom de seu Klaus. Em sua última carta, ele escrevera "Tu és meu espírito bom" e lhe garantira sentir muita saudade, dia e noite. Desta vez, entretanto, não falava de saudade, mas lhe enviava um "abraço de amor sincero". Enfim. Ele estava certamente preocupado com sua tropa e não tinha tempo para pensar em frases mais elaboradas.

Ela dobrou o papel e abriu a gaveta da pequena escrivaninha que mandara trazer da casa dos pais para seu apartamento na cidade. Bem na frente, viam-se dois montes com as cartas de campanha do marido, ordenadas por data e presas por uma fita de seda cor-de-rosa. Ela soltou a fita do monte menor, colocou a carta recém-lida por cima e tratou de dar um laço bonito. Com certeza ela guardaria aqueles documentos por toda a vida, como lembrança da longa separação nos duros tempos da guerra, e um dia – se Deus permitisse – seus filhos leriam as missivas em ato de devoção. Talvez algum dia ela ainda viesse a copiar todas aquelas cartas na bela caderneta que Kitty recentemente lhe dera de presente. Era encadernada em couro verde com as bordas douradas. Deve ter lhe custado uma pequena fortuna. Mas, no final das contas, Kitty se casara com Alfons Bräuer, único herdeiro do banco Bräuer & Sohn; para ela, dinheiro não tinha importância.

Elisabeth, por sua vez, se casara por amor. Lutara e sofrera por seu Klaus von Hagemann. E, quando ele se apaixonara por sua irmã Kitty, ela temeu que o houvesse perdido para sempre. Afinal, ele não era o único: quase todos os homens se enamoravam de sua irmã mais nova. Mas, graças a Deus, eram águas passadas. Kitty, aquela criaturinha leviana, se tornara mulher de família, e Klaus tomara juízo a tempo e optara por uma esposa que lhe seria uma parceira fiel e sincera. Klaus sabia apreciar tais características em sua escolhida, Elisabeth tinha certeza. Seu marido, é claro, não deixava de ser um homem muito bem-apessoado e havia farreado bastante na juventude. Pois, como diziam, era "uma questão de honra". Paul também não "deixara nenhuma experiência passar" em seus tempos de estudante em Munique. E Klaus tratara sua jovem esposa com o respeito e cuidado necessários na noite de núpcias; Elisabeth não tinha motivos para queixar-se. Talvez – mas isso devia ser efeito das descrições histriônicas e possivelmente inventadas de Kitty – faltasse ao marido um pouco de paixão. Não importava: ele lhe assegurara que tinha aquela união como sagrada. Daquele momento em diante, ele pertenceria a ela e a mais ninguém.

A lembrança daquela jura de amor pronunciada no leito conjugal a preencheu com uma cálida sensação de felicidade. Ela fechou a gaveta e levantou-se para colocar um pouco mais de carvão, mas constatou que o balde estava vazio.

– Maria?

Jordan estava no cômodo ao lado, atarefada com as costuras, e não se apressou em atender ao chamado.

– Senhora?

Elisabeth notou que a ponta do nariz de Maria Jordan estava quase branca. Pelo visto, tampouco no quarto de costura havia carvão.

– Veja na cozinha se há algo nesta casa que possamos queimar.

Jordan fez cara de ofendida, possivelmente por crer que não era sua incumbência, mas de Gertie. A empregada, porém, estava de folga, e a cozinheira já estava prestes a sair, a caminho de seu segundo emprego em um restaurante.

– Se amanhã não tiver carvão suficiente na cozinha, a cozinheira vai embora de novo – comentou Jordan dando de ombros, como se pouco se importasse. – Pelo menos foi o que ela me disse.

Elisabeth entendeu perfeitamente a acusação velada e sentiu raiva daquela pessoa pérfida que já lhe tirara tanto dinheiro com remedinhos inúteis contra infertilidade. Ela já espantara três empregadas. Contudo, não podiam demitir Jordan, pois a mulher também era uma camareira qualificada que vinha servindo à família há anos. Se os tempos não estivessem tão difíceis, ela ao menos conseguiria empregar mais gente. Elisabeth não podia pagar bons salários, só a alimentação dos funcionários já lhe era custosa. Mas por sorte, naqueles tempos, havia muitos dispostos a trabalhar apenas por comida e teto.

– Pode pegar um balde de carvão na cozinha. Amanhã ou depois deve chegar mais.

Jordan empinou o nariz, mas decidiu executar a ordem sem contestações. A própria mulher já estava congelando enquanto consertava as roupas da senhora.

Dando um suspiro, Elisabeth abriu um pouco as cortinas para ver o jardim. Já era abril e, na verdade, não deveriam precisar aquecer o apartamento. Mas fazia frio ali, principalmente de noite, e ela estava acostumada aos quartos aquecidos da mansão. Pois sim, ela imaginara que algumas coisas em seu casamento seriam diferentes. Sobretudo a situação financeira, que Klaus não expusera antes de se casarem. Sempre se falava das propriedades em Brandemburgo, mas àquela altura ela já sabia que os sogros não tinham renda nenhuma. Os dois viviam do salário do major Klaus von Hagemann e, pelo que se via, deixavam escorrer pelos dedos o dinheiro que recebiam do filho. Sempre encontravam novos pretextos para pedir "emprestados" novos montantes à nora. Se não era uma dívida que precisava ser liquidada, era uma conta do médico, ou queriam comprar títulos de guerra para apoiar a pátria. Klaus, igualmente, tinha suas demandas. Estava sempre precisando de equipamentos e pedia em quase todas as cartas que ela lhe enviasse algum dinheiro. Elisabeth, que até então nunca passara qualquer privação na vida, frequentemente se perguntava como pagaria o aluguel e a comida do dia a dia. Além disso, a cozinheira não recebia o salário há dois meses, e Jordan contava quatro meses de atraso.

A porta se abriu e Maria Jordan surgiu na soleira. Seu olhar era de acusação, e na mão trazia um balde de latão preenchido até a metade com carvão.

– Mais do que isso não temos. Quer que eu acenda a estufa?

Elisabeth sabia que Jordan fazia com imenso sacrifício aquele trabalho que considerava indigno de suas qualificações. Na Vila dos Tecidos, eram sempre as ajudantes de cozinha que acendiam as estufas. Mas, afinal de contas, fora por livre e espontânea vontade que Jordan os acompanhara ao apartamento novo, praticamente implorando para ser levada. Ela não suportava ver que Marie, outrora uma mera ajudante de cozinha e logo promovida a camareira, tivesse se tornado a jovem senhora.

– Pode esquentar o outro quarto para não ficar com os dedos congelando – decidiu Elisabeth. – Vou sair agora.

Jordan mostrou-se muito satisfeita com a solução e apressou-se em buscar o sobretudo, o chapéu e os sapatos para a senhora.

– Caso minha sogra apareça, ficarei até a noite na Vila dos Tecidos.

– Perfeitamente.

– E amanhã à tarde vou a uma reunião do clube beneficente.

– Darei o recado. Posso servir café?

– Não. Se não tiver outro jeito, ofereça chá de hortelã. E aqueles biscoitinhos que a cozinheira acabou de fazer.

– Infelizmente acabaram, senhora.

– Então só o chá mesmo.

Maria Jordan assentiu, solícita. Nesse sentido, Elisabeth podia confiar plenamente que ela de maneira alguma permitiria que Riccarda von Hagemann permanecesse mais que o necessário no apartamento e, menos ainda, que esperasse a nora até a noite. Ela, desde o início, expressara sua forte antipatia pela sogra de Elisabeth.

Apesar do deslumbrante sol de abril, um vento gélido fez Elisabeth levantar a larga gola do sobretudo. Se estivessem no ano anterior, ela teria tomado o bonde elétrico até a Frauentorstraße, mas o serviço já fora interrompido. Melhor assim, pois Elisabeth não teria dinheiro para a passagem. E que sorte o carro do carvão não ter passado ainda. Na verdade, aquele apartamento na Bismarckstraße estava muito além de seu orçamento. Ela o visitara com a mãe: um respeitável imóvel de quatro cômodos no último andar, com pé-direito alto e lareiras de alvenaria em estilo antigo. Havia também uma ampla varanda com jardim, uma câmara no porão e dois quartos de empregados no sótão. Alicia se entusiasmara imensamente com a localização tranquila e a luz que entrava pelos janelões. No princípio, ninguém na família teria imaginado que Elisabeth em breve teria dificuldade em pagar o aluguel. Os Von Hagemanns certamente já deviam sabê-lo, mas se calaram solenemente. Provavelmente tinham suposto que a filha do magnata da indústria têxtil Johann Melzer arcaria com todas as despesas dali em diante.

Ela desviou de um mendigo sentado na calçada, que olhava o sol com indiferença, a mão estendida. Pobre rapaz, já não tinha pernas, apenas dois cotos. Que guerra infeliz! Se Klaus ao menos já estivesse de volta, são e salvo em seu país!

Kitty morava em uma mansão na Frauentorstraße em estilo neorromano, projetada por um arquiteto. Uma construção bastante extravagante do tipo enxaimel, com pequenas marquises e rodeada por um bem-cuidado jardim. Era uma das propriedades que o banco Bräuer & Sohn adquirira ao longo dos anos; como, exatamente, Elisabeth preferia não saber. Contudo, conforme se dizia, o Bräuer & Sohn permanecia uma instituição com liquidez, enquanto outros bancos do Império Alemão já não iam bem das pernas.

Caminhou rápido demais e chegou ofegante à porta talhada da casa. Uma jovem criada a abriu com um sorriso amistoso. Que criaturinha simpática era a jovem Mizzi – e parecia entender do serviço. Certamente era obra da Srta. Schmalzler.

– Bom dia, Sra. Von Hagemann. Posso ajudá-la com o sobretudo? A Sra. Katharina já havia perguntado pela irmã hoje.

Elisabeth retirou o sobretudo e o chapéu. Embora um tanto quanto tagarela, a menina tinha um sorriso tão radiante que era como se houvessem acendido a luz.

– A senhora tem andado muito inquieta nos últimos dias. Mas hoje a cunhada veio visitá-la, estão tomando chá juntas.

– Ah... A Srta. Bräuer está aqui?

Elisabeth tinha um apreço especial por Tilly Bräuer. Desajeitada, assim como o irmão Alfons, ela não configurava um exemplo de beleza, mas não deixava de ser uma pessoa sincera e amorosa. Entretanto, sua visita naquele momento era desfavorável para Lisa, pois pretendia pedir dinheiro à irmã.

– A Srta. Bräuer não. Quem está aqui é a Sra. Melzer.

Surpreendida, ela se deteve na entrada da sala de visitas. Marie? A moça estava falando de Marie?

– Queira esperar dois segundos. Vou avisar que a senhora chegou.

Passando por várias esculturas inacabadas, a jovem correu até a porta do salão, de onde surgia a voz vibrante de Kitty.

– Como pode ser tão desconfiada, Marie? Tão... tão fria! Não entendo como uma pessoa possa ser tão sem coração. Não se esqueça que ele...

Ela se interrompeu quando a criada entrou.

– O que houve, Mizzi?

– A Sra. Von Hagemann chegou...

O anúncio foi seguido por um suspiro de alívio.

– Que sorte, agora terei reforços! – disse Kitty. – Elisabeth é uma alma sensível e certamente me apoiará.

E seguiu comentando que Marie, por sua vez, havia mudado muito, praticamente não tinha tempo para a família, e agora...

Ah, céus, pensou Elisabeth, tentando forçar um sorriso para cumprimentar as duas. *Estão brigando e terei que fazer o papel de juíza.*

– Que surpresa! – exclamou ao se aproximar. – Marie saiu da clausura. Fico feliz. Mas vocês não vão querer brigar justo agora, não é?

As duas estavam sentadas nas poltronas descobertas por Kitty em algum antiquário caro e reunidas em um jogo de gosto duvidoso para os padrões de Elisabeth. Duas cadeiras estilo Luís XV com entalhes dourados dispostas ao lado de uma banqueta de cerejeira com refinados braços sinuosos, vinda da Inglaterra. Havia também um cadeirão mexicano de vime que mais se assemelhava a um trono, com seu suntuoso encosto, e uma cadeira de balanço em bambu bastante instável. A joia da coroa era um divã com estofado em veludo vermelho-escuro, sobre o qual Kitty colocara várias almofadas coloridas de seda.

– Mas não estamos brigando, Elisabeth – disse Marie, acomodada em uma das pequenas poltronas francesas com uma carta na mão.

– Não, não estamos brigando – interveio Kitty, apressada. – Como você pode pensar algo assim, Lisa?! Estamos com uma pequena divergência de opiniões, só isso. Marie é sempre cuidadosa, está tentando evitar que eu faça uma besteira e acabe me comprometendo. Você quer chá ou café, Lisa? Ah, já sei que é do grupo do café. Mizzi? Mizzi! Ah, Deus. Onde essa menina se meteu de novo? Ah, você está aí.

Sobre a mesinha de marchetaria havia um serviço russo de chá, combinando com uma travessa preenchida até a borda com biscoitos finos. Cheirava a chá inglês (o preferido de Kitty), bolinhos de baunilha, biscoitos amanteigados e bombons de rum.

Elisabeth, que não confiava naquelas poltronas antigas, afastou as almofadas e sentou-se no divã. Como Kitty estava agitada! Ou era impressão sua? Na verdade, a irmã sempre fora um tanto exaltada, mas naquele dia tinha manchas vermelhas nas bochechas, ainda que seu rosto normalmente fosse bastante pálido. E, em seu estado, ela tinha que se sentar logo naquela cadeira de balanço ridícula?

– Essa menina aprende rápido – comentou Kitty após Mizzi sair para cumprir sua tarefa de trazer-lhes o café. – Morri de pena vendo o quanto a Srta. Schmalzler a atormentava. Dizia que era preguiçosa, que vivia na cozinha de conversa com o chofer, que não tinha noção de como lidar com tecidos finos e tapeçaria de verdade. Bem, a parte do chofer talvez fosse verdade, mas já faz meses que convocaram nosso Kilian ao front. Sabe lá Deus por onde ele anda e se ainda está vivo. Teve notícias de Klaus, Lisa? Sim? Deus seja louvado. Alfons há mais de uma semana não me escreve. Ah, coitado! Ele é tão generoso, tudo que eu envio, ele compartilha com os companheiros.

Ela inspirou fundo, dando tempo para Elisabeth perguntar pelo irmão.

– Recebemos uma carta há uma semana – disse Marie, séria. – E desde então nada mais. Ele escreveu para você, Elisabeth?

Balançando a cabeça, Lisa respondeu que não. Aliás, era por isso que estava perguntando. Há três semanas não chegavam notícias.

– O que são três semanas? – opinou Kitty. – Além do mais, não é sempre que podem enviar cartas. Quando estão em alguma missão militar secreta, eles ficam semanas sem qualquer contato.

– Tem razão – admitiu Marie. – Precisamos ser pacientes. Está sendo muito difícil, principalmente para mamãe.

Kitty comentou que a mãe andava com uma aparência péssima. Não era de se admirar, pois o pai vinha sendo muito grosseiro com ela. Marie por acaso já reparara a indiferença com a qual ele tratava a esposa?

– Há quanto tempo estão casados, afinal? – indagou, pensando em voz alta. – Quase trinta anos. E onde foi parar o amor? O carinho? O respeito mútuo?

Elisabeth observou que os casamentos às vezes precisavam resistir a crises e tempos difíceis. E que essas fases serviam para unir ainda mais os casais.

A irmã não parecia convencida, mas estava pouco disposta a debater. Em vez disso, deu um longo suspiro e fez um gesto para que Mizzi servisse o café à irmã.

– Pegue uns bombons de rum, Lisa – ofereceu Kitty em tom conspiratório. – Marie não gosta, porque diz que têm gosto de aguardente. Ha, ha. Ela não sabe o que é bom. Rum não é aguardente, Marie. Rum é a brisa quente dos trópicos, é a pitadinha doce com gosto de palmeiras e cana-de-açúcar...

Ela estendeu a Elisabeth a travessa com os doces e pegou para si um biscoito amanteigado. Enquanto mastigava, lançou o olhar à carta que Marie deixara dobrada sobre a mesa.

– Sabe, Lisa, gosto muitíssimo de nossa Marie. Ela já foi minha mais amada e fiel confidente na mansão, e agora que está casada com meu irmão e deu à luz dois lindos e fofos melequentos, eu a amo ainda mais. Apesar disso...

Inclinou-se para a frente e pegou a carta sobre a mesa, arfou pelo esforço e, enquanto se balançava vigorosamente na cadeira, acariciou a barriga.

– Está chutando? – perguntou Marie, sorrindo. – Bom sinal!

– Ah, sim – respondeu Kitty às risadinhas. – Este aqui vai ser marinheiro com certeza. Porque estou sempre me balançando nesta cadeira. Mas diga-me, Marie...

Elisabeth forçou um sorriso compreensivo enquanto Kitty enchia a cunhada de perguntas sobre os últimos meses, se ela também sentia aquelas fisgadas de manhã e a repentina dor nas costas, que desaparecia do nada.

– Não mesmo – respondeu Marie. – Eu só tive inchaço nas pernas e dor nos pés.

– Que estranho – opinou Kitty, e deu impulso com o pé para se balançar um pouco mais. – Minhas pernas estão normais. Mas quando como muito, sinto uma queimação horrível no estômago.

– Acho melhor não colocar medo em Elisabeth – comentou Marie.

– Imagine... – disse Elisabeth, dispensando a preocupação. – Podem continuar conversando, não me incomoda em absoluto. Pelo contrário, está bastante interessante.

Na realidade, tanto a conversa fiada sobre dores da gravidez quanto a consideração de Marie lhe davam nos nervos. Além disso, na presença de Marie ela teria vergonha de pedir ajuda à irmã.

Kitty sentiu seu incômodo e se apressou em mudar de assunto.

– Estávamos falando desta carta, não é? A situação é toda... bastante íntima, mas como você é minha única irmã, Lisa... Não, não ficarei de segredos com você. Até porque preciso de seu conselho. Não faça essa cara, minha amiga Marie. Quero saber o que Lisa pensa. Só então poderei tomar minha decisão.

Abriu a carta, olhou para Marie como se lhe pedisse perdão e entregou o papel a Lisa.

Elisabeth demorou um pouco para entender. Uma tal de Simone Treiber, aparentemente enfermeira, pedia a Kitty que escrevesse a um de seus pacientes. O paciente em questão era... Gérard Duchamps. Inacreditável! Eles esperavam nunca mais ouvir falar daquele homem que fugira com Kitty para Paris e quase empurrara a família para um abismo social. Além de todo o sofrimento dos pais, o escândalo por muito pouco não inviabilizara sua união com Klaus von Hagemann.

– O que você quer saber? – perguntou ela com ar de indiferença, colocando a carta sobre uma das almofadas a seu lado.

Enquanto lia a mensagem, a irmã a observara com grande expectativa. Mas naquele momento seu semblante era de decepção. Aparentemente Lisa fora incapaz de entender a imensa tragédia relatada naquelas linhas.

– O que faria no meu lugar?

– Nada.

Kitty olhou para Marie em busca de ajuda e viu que a cunhada a olhava com empatia. Ela ergueu os ombros, como se estivesse se desculpando por ter a mesma opinião de Lisa.

– Mas... ele pode morrer – balbuciou Kitty, chorosa. – É a última coisa que está me pedindo. Talvez, inclusive, já esteja morto há tempos.

– Bom, nesse caso uma carta seria mesmo desnecessária – comentou Elisabeth.

– Como vocês podem ser tão... desalmadas? Por acaso o cristianismo não nos ensina o perdão? Ah, tenho certeza de que Jesus teria me aconselhado a escrever para Gérard. Nossa Senhora igualmente teria...

Elisabeth revirou os olhos. Era óbvio que Kitty não pararia de dizer asneiras. Marie, por sua vez, levou a sério o argumento de Kitty.

– Sabe de uma coisa, Kitty? Fale com o monsenhor Leutwien a respeito. Ele é um homem inteligente e já nos ajudou muito. É importante tomar sua decisão com a consciência tranquila.

– Não há o que decidir, Marie! – exclamou Elisabeth. – E quem é essa tal de Simone Treiber? Alguém a conhece? Supostamente, uma enfermeira enviando uma mensagem de um certo Gérard Duchamps. Que supostamente está esperando uma resposta. Alguém por acaso imaginou que isso tudo pode ser mentira?

Os olhos azuis de Kitty se arregalaram e o horror se estampou em seu rosto pálido.

– Não, não pensei nisso – murmurou ela. – Como pode haver pessoas que falsifiquem cartas assim? Justo nos tempos de hoje, com tantos jovens infelizes nos hospitais de campanha? Por que alguém faria isso?

Elisabeth deu de ombros e explicou que Simone Treiber poderia ser uma vigarista que tentaria chantagear a família Melzer com uma carta comprometedora escrita de próprio punho por Kitty.

– O quêêê? – bradou ela, indignada. – Você está louca, Lisa! Marie, diga-lhe por favor que está louca. A quem poderia interessar o fato de eu escrever algumas linhas ao pobre Gérard para perdoá-lo?

– A seu marido, por exemplo – disse Elisabeth categoricamente. – Alfons não gostaria nada de saber que você anda escrevendo cartas para seu antigo amante.

Kitty deu uma risada histérica e começou a balançar sua cadeira com ímpeto. Alfons com certeza não teria nada contra. Ele era um homem inteligente e compreensivo. Ao contrário de sua irmã.

– Além disso, seria possível que a carta caísse em mãos erradas – prosseguiu Elisabeth. – Os detalhes sobre sua infeliz aventura com aquele francês poderiam arruinar a boa reputação dos Melzers. E também dos Bräuers.

– Diga algo, Marie. Por favor! – implorou Kitty, desesperada. – Diga que Lisa está falando besteiras.

Marie pigarreou, aparentemente pensando em como resolver aquele conflito de maneira satisfatória para todas.

– Admito que essa ideia também me passou pela cabeça – confessou, olhando para Elisabeth. – Estive pensando exatamente nisso que você acabou de mencionar, Lisa. Mas cheguei à conclusão de que um golpe dessa natureza seria bastante improvável. Para mim, o problema é outro.

Ainda se balançando na cadeira, Kitty mantinha os olhos fechados. Estaria se recusando a escutar por não ter recebido o apoio esperado de nenhuma de suas conselheiras? Para Elisabeth estava claro o quanto Kitty queria escrever para seu Gérard.

– E se sua resposta encorajar esse Gérard Duchamps a voltar a contatá-la? Afinal, é perfeitamente possível que ele se recupere. O que nós, aliás, obviamente desejamos...

Kitty lançou um breve olhar a Marie, sem dizer nada. Elisabeth sorveu o conteúdo de sua xícara, desfrutando do forte sabor do café de verdade. Ela se controlou, talvez fosse melhor não ser tão dura com a irmã. Ah, como era injusto não poder comprar café há meses enquanto Kitty tinha à disposição não só café, mas também chá e todas as delícias possíveis. Sem contar o agradável calor da pequena estufa a carvão.

– Caso, de fato, queira responder essa carta – prosseguiu Marie –, é importantíssimo mencionar que agora está em um casamento feliz, esperando um filho de seu marido...

Ela estremeceu quando Kitty soltou um grito agudo e penetrante. A jovem mantinha os olhos fechados, os dedos cravados nos braços da cadeira, as pernas esticadas e os pés dobrados. Sua voz tinha uma frequência que fez os vidros da cristaleira vibrarem.

– Você ficou maluca, Kitty! – vociferou Elisabeth. – Pare com essa estupidez. Ah, meu Deus. Você não mudou nada. Se não fazem todas suas vontades, ela fica histérica.

Marie se levantara de sobressalto e olhava Kitty horrorizada. Naquele momento, a porta se abriu e o rosto apavorado de Eleonore Schmalzler surgiu. Atrás dela, vinha a criada Mizzi, esticando o pescoço para verificar o que acontecia no salão.

Marie se aproximou correndo de Kitty, tomou sua mão e acariciou sua testa.

– Está com dor? Diga onde está doendo. Aqui? Ou aqui?

Kitty permaneceu alguns instantes em sua postura de tensão, então abriu os olhos e soltou os dedos dos braços da cadeira. Ela arfava.

– É... é uma dor horrível. Marie, Marie, não vá embora. Acho que vou morrer.

Petrificada, Elisabeth a observava sentada no divã e sentiu-se impotente e supérflua. Marie apalpou a barriga de Kitty, esfregou suas têmporas, os braços, disse uma besteira ou outra para tranquilizá-la e, sussurrando, pediu à Srta. Schmalzler que chamasse a parteira o mais rápido possível.

– Mas não aquela mulher horrível... aquela Sra. Koberin... não a quero aqui – disse Kitty.

– Acalme-se, Kitty. É só por precaução. Talvez nem precise. Ainda não é a hora, certo?

– Não, não. – Kitty gemeu.

Ela começou a respirar rápido e com força. Mas logo prosseguiu, dizendo que ainda faltavam pelo menos quatro semanas. Talvez mais.

– É tudo culpa desses bombons de rum estúpidos, Marie. Meu Deus, que alívio. Já estava pensando que o bebê viria agora. Mas isso é impos...

A contração seguinte a tomou de assalto e ela voltou a gritar. Elisabeth nunca imaginara que Kitty fosse capaz de produzir tais sons.

– Grite com força, Kitty – instruiu Marie, segurando sua mão. – Ajuda um pouco. Fique tranquila. A parteira já vai chegar.

Kitty berrou até as dores cederem, então afirmou que se tratava apenas de seu estômago embrulhado e, por fim, voltou a chorar. Marie a convenceu a levantar-se da cadeira de balanço e ir para a cama. A cunhada, entretanto, não lhe deu ouvidos, alegando que não estava doente e que aquilo não passava de um mal-estar na barriga. Aceitou deitar-se no divã, mas só até melhorar.

Finalmente Elisabeth saiu de seu estupor e ajudou Marie a levantar a queixosa Kitty da cadeira de balanço, deitando-a no divã em seguida.

– Coloque a manta por baixo – disse Marie. – E vamos tirar essas almofadas.

– Estou enjoada... – murmurou Kitty, lamuriando-se. – Acho que vou...

A saia de Elisabeth recebeu uma pequena porção dos bombons de rum e dos biscoitos amanteigados que Kitty vomitara, mas pouco se importou. Ela já não estava excluída e sentindo-se inútil, mas agindo ativamente. Colocou uma almofada sob a cabeça da irmã e tirou-lhe os sapatos apertados. Massageou sua barriga, acariciou suas bochechas e limpou seu rosto com um pano úmido.

– Quando a parteira vai chegar? – perguntou Marie em voz baixa.

– Mandei o criado Ludwig buscá-la de carro, senhora. Chegará logo, logo. A cozinheira está preparando chá e água quente. Deixei separada uma pilha de toalhas na sala de visitas.

– Muito amável, Srta. Schmalzler – sussurrou Marie.

Elisabeth não arredaria pé dali. Após finalmente sentir-se capaz de fazer algo útil, não sairia do lado de Kitty. Ela trouxe as toalhas brancas, deu chá para a irmã beber, massageou suas costas, proferiu palavras de apoio.

– Lisa, não consigo mais. Não quero ter filhos. Não quero mais. Não estou aguentando... Aaaaaah!

– Você está quase conseguindo, Kitty. Pense em como Alfons ficará feliz. Será um rapazinho lindo...

– Está começando de novo. Quando é que isso vai acabar? Por que não sai de uma vez?

– Logo, logo, Kitty. Não demorará muito. Essas contrações...

Uma hora depois, chegou a parteira, reclamando irritadíssima ao ver que a parturiente não estava na cama, como ditavam as boas práticas. Jogada em um sofá! Onde já se vira semelhante coisa?

– Pare de resmungar e faça seu trabalho – vociferou Elisabeth.

Marie teve que intervir para as duas não se agarrarem pelos cabelos, pois a Sra. Koberin não estava acostumada a ser contrariada. Mas quando o bebê finalmente nasceu, Elisabeth estendeu a mão à parteira e se entendeu perfeitamente com ela.

– Forte e saudável – informou a mulher, segurando pelos pés a esganiçada criaturinha, vermelha como um camarão. – Tem que dar banho com cuidado para não entrar água na boca nem no nariz. Mais toalhas. Jornais. A placenta...

Era admirável a destreza com a qual aquela senhora executava seu trabalho. Ela levantara a saia de Kitty até a altura da barriga, sacara suas roupas de baixo e lhe apalpara o ventre com as mãos experientes. E então enfiou os dedos, sentiu a cabeça do bebê e ajudou aquele pequeno ser a libertar-se de seu escuro cativeiro. Tudo fora feito de maneira tranquila e assertiva enquanto Elisabeth se mantinha ao seu lado, fascinada e perplexa, cumprindo todas as suas ordens sem hesitação.

Ela banhou o bebê na bacia que fora separada para aquele fim e sentiu a vida nova em suas mãos. Como ele esperneava e lutava, como se esforçava para firmar sua existência sozinho, sem a proteção do ventre materno. Marie, por sua vez, já havia voltado para casa fazia tempo, pois seus filhos precisavam dela. Naquele ínterim, chegara Alicia para assistir a filha.

– Uma menina – disse Alicia com ternura. – Você teve uma filha, Kitty!

A jovem jazia no divã com o rosto rosado, brincalhona e satisfeitíssima por haver finalmente conseguido trazer seu bebê ao mundo.

– O quê? Uma menina? – questionou ela. – Coloquem dentro de novo. Quero um menino!

Augsburgo, 10 de abril de 1916

Querido Paul,

Não entendo você e estou furiosa. Então era tudo hipocrisia? Suas cartas de amor? As saudades de mim e de nossos filhos? A preocupação com a fábrica? Bem, pelo visto há coisas mais importantes para você. Coisas ridículas como orgulho e companheirismo entre os soldados. Você diz que precisa cumprir suas obrigações para com a pátria. Mas pode cumpri-las aqui em Augsburgo também, como diretor de uma fábrica que produz tecidos de papel para equipar nossos soldados com roupas e outros itens necessários.

O que estou pedindo de mais? Apenas que você procure seu superior e lhe apresente sua requisição. O resto podemos resolver daqui, mas é importante que nossa petição receba apoio de diversas partes para que tenhamos sucesso.

Bem, por enquanto papai continua irresoluto, mas vai acabar cedendo, eu sei. Seu pai é muito inteligente para não enxergar que temos razão. Adaptar a fábrica para a produção de tecidos de papel vai salvá-la e, além disso, ajudará a trazer você, meu teimoso marido, de volta à nossa casa. Não pense que me cansarei, quero você aqui, meu amado, e farei de tudo para conseguir isso. Portanto, faça-me o favor de não continuar se opondo.

Enfim... Foi necessário descarregar minha raiva. Agora volto a ser a Marie alegre e travessa de sempre, sua apaixonada amante e inteligente esposa. A mãe dos seus lindos bebês chorões, que já há alguns dias estão sob os cuidados da ama de leite. Ela se chama Rosa Knickbein, uma mulher bastante decidida e, a meu ver, de total confiança, que eu e mamãe selecionamos entre uma série de candidatas.

Escreva-me em breve, meu querido, e perdoe minha raiva, que não é nada mais que fruto de meu amor por você. Peço-lhe de coração que reconsidere sua recusa. Mais que isso não posso exigir, pois a decisão depende unicamente de você.

Com amor,
Marie

Norte da França, 15 de abril de 1916

Minha amada Marie,

Sua última carta me tocou profundamente e só tenho um único desejo: que você me perdoe. Nestes tempos difíceis, não deve haver rancor entre nós. Ainda que nossas esperanças e opiniões não coincidam, tudo o que espero é sua amorosa compreensão.

Grande parte de nossos desentendimentos se devem a eu não ter tido tempo nas últimas semanas de escrever-lhe uma carta explicando minha decisão. Dias a fio estivemos preparando as armas, mas sem dar um tiro sequer. Ontem os inimigos franceses e ingleses se aproximaram repentinamente de nossa base, superando-nos em número com folga. Artilharia pesada, metralhadoras e um sem-fim de soldados de infantaria contra uma pequena divisão de cavalaria! Foi o inferno, mas a ordem era clara e sucinta: "Manter a posição". O que fizemos, até que não foi mais possível se não quiséssemos ser aniquilados. Batemos em retirada sob o fogo da infantaria, cruzando um vilarejo onde disparavam contra nós de dentro das casas; os estilhaços e as metralhadoras retumbavam em nossos ouvidos como trovões. E então chegou a outra ordem: "Alto! Meia-volta! Volver!" Demos meia-volta, avançando sob uma chuva de balas em direção a um matagal e lá buscamos refúgio. Cinco de meus companheiros e sete cavalos pagaram com a vida por essa emboscada. Mas conseguimos salvar nossos quatro canhões de artilharia.

Como posso explicar-lhe o que sinto face ao que estou vivendo? Já aceitei em parte, pois horrorizar-me diariamente com tudo isso me deixaria louco. Uma noite você está sentado com um companheiro, falando sobre sua casa, mostrando fotos. E na manhã seguinte a pessoa está morta no mato, com o crânio arrebentado por balas. Nunca em minha vida testemunhei tamanha sensação de comunidade, um companheirismo tão estreito entre homens, pois resistimos à morte dia após dia, hora após hora. Compartilhamos refúgio e comida, vinho e tabaco, bem como o medo de morrer e a esperança absurda de sair ileso de todo este horror. E agora tenho que me acovardar e voltar para a segurança de casa? E deixar meus companheiros sozinhos nesta desgraça? Não posso!

Não quero ser injusto, minha querida. Faça o que for preciso. Se o destino assim o quiser, você terá êxito e eu voltarei. Da minha parte, não posso contribuir com nada.

A saudade que sinto de você permanece intocada, assim como meu amor sincero. Não, não sou hipócrita, meu amor, você deveria saber disso. Escreva-me em breve dizendo que me perdoa e que ainda me ama, mesmo que por vezes seu Paul seja um cabeça-dura.

Beijos e abraços,
Paul

9

— Ai! Um forte chute na canela arrancou Humbert da suave escuridão de seu sono. Gemendo de dor, ele puxou a perna para perto do corpo e a segurou com as mãos. Alguém abrira a porta de madeira do depósito e seus olhos foram ofuscados pela luz. Com intensidade, o sol da manhã incidiu em diagonal sobre o caos de uma miríade de maquinários e, infelizmente, também sobre o lugar que ele escolhera como cama na noite anterior.

– *Meisje... vagebond...*

Não entendeu nada do que o homem balbuciou. Forçando os olhos contra a luz, ele só era capaz de distinguir os contornos do sujeito. Usava um casaco largo sobre uma capa, andava um pouco curvado e tinha as pernas tortas. Era um velho. Talvez fosse o jardineiro. Ou apenas algum criado contratado para cuidar do parque.

Humbert se sentou e logo percebeu que ainda vestia a saia e a touca. O velho pensava que ele era uma mulher, talvez uma mendiga. Não dissera algo parecido com vagabundear?

– Não... não... – disse Humbert, ajeitando a saia de lã sobre as ceroulas femininas. – Vagabundo, não. Trabalho. Procuro trabalho.

O velho parecia não compreender uma palavra sequer – o que não era de se admirar, pois o homem era belga e provavelmente não falava alemão. Será que falava francês, como os camponeses que deram abrigo a Humbert e seus companheiros?

– *Français?* – perguntou Humbert com cautela. – *Parler... Travailler...*

Não se lembrou de mais nada, só sabia algumas frases truncadas, a maioria aprendida durante a guerra. O homem de casaco de lã deu dois passos em sua direção e se agachou para examiná-lo melhor. Arrastando-se, Humbert recuou rapidamente para sair de seu alcance, mas se chocou contra vários utensílios de jardinagem apoiados na parede. Uma pá caiu com um forte estrondo, seguida por uma segunda, que raspou no cabo de uma foice, fazendo com que ela igualmente se soltasse do gancho. Humbert se lançou agilmente para o lado enquanto o velho deu um salto para trás, tropeçando em uma pilha de cestas, mas conseguindo esquivar-se da lâmina curvada da ferramenta.

Agora sim estraguei tudo, pensou Humbert. *Melhor sair daqui antes que esse velho me dê uma surra.*

Ele se levantou e calculou a distância até o homem, que tratava de recolher a foice do chão. Humbert aproveitou que ele estava abaixado para desviar e correr para fora, mas se esquecera da longa e volumosa saia que estava usando. O homem a agarrou com suas mãos fortes, arrancou-lhe a peça de roupa e o pegou pela cintura.

– ... *meisje*...

Um rosto largo com a barba branca por fazer lhe sorriu, revelando dois dentes podres e um hálito fétido que penetrou o nariz sensível de Humbert.

– Me solte! – gritou, dando golpes no ar.

O ancião disse algo, deu uma risada obscena, agarrou-o com mais força e puxou a saia de lã. Humbert perdeu o equilíbrio e caiu, batendo com as costas em algum objeto rígido, mas não sentiu dor, só um nojo indescritível. O velho lançou-se sobre ele, grunhiu e, enquanto ria, abriu-lhe a camisa para buscar com os dedos grosseiros algo que não existia. Resmungou e colocou a mão sob a saia para sentir as pernas da suposta garota. Então, finalmente, Humbert conseguiu agarrar os cabelos de seu agressor. Enquanto o homem gritava furioso, Humbert levantou as pernas e cravou-lhe os joelhos na barriga. Com um berro, o homem caiu para trás. Os insultos e grosserias proferidos pelo velho eram ininteligíveis, mas foram altos o suficiente para atrair os outros moradores da propriedade.

– Juul?

– *Wie is daar?* Juul!

Humbert levantou-se e saiu para o jardim, carregando a saia. Buscou abrigo atrás de um arbusto de zimbro para prender a maldita peça de roupa. O cordão do corpete que a mantinha presa havia afrouxado; para prendê-la bem, ele precisou primeiramente soltar o nó, o que foi um suplício. A camisa também estava com um rasgo no decote e o xale se perdera no calor do confronto.

– *Hoi!*

Olhou assustado à sua volta e constatou que estava sendo observado. Perto do arbusto, viu duas moças com roupas de camponesas que haviam deixado suas leiteiras metálicas no pasto e acompanhavam seus esforços com espanto. Imediatamente entendeu que sua imagem, de saia rasgada e touca enterrada na cabeça, devia ser bastante bizarra. Ele se escondeu apressado atrás do arbusto e escutou uma sonora gargalhada. *Que desgraça*, pensou, horrorizado. *Que vergonha*. Ele ajeitou a touca patética, prendeu a saia da maneira que pôde e refletiu sobre o que fazer. Precisava se proteger daquele velho – provavelmente o homem o mataria se pudesse. Já as mulheres lhe pareceram boa gente, inclusive riram da situação, não demonstraram medo. O que haveria naqueles recipientes metálicos? Leite, com certeza. Leite fresco e cremoso de vaca. Onde havia leite, havia manteiga. E queijo. Talvez também pão e frango assado? Apesar do susto, notou que seu estômago roncava. Desde o dia anterior não colocava nada na barriga.

Do seu esconderijo, escutou o velho lamentando e praguejando entre as vozes agudas das mulheres. Elas perguntavam, ficavam admiradas e riam. O que ele estaria lhes contando? Que tentara estuprar uma mendiga que buscara refúgio na cabana do jardim? Com certeza não. Certamente distorceria a história, assumiria o papel do velho inocente atacado pelas costas por aquela andarilha sem-vergonha.

Humbert se manteve quieto enquanto escutava a conversa, tremendo de frio com aquela roupa rasgada e perguntando-se se era melhor fugir dali ou partir para o ataque. O estômago vazio decidiu por ele. Ajeitou a camisa, a touca e a saia, deixando a proteção do zimbro e indo em direção às vozes.

O velho muito provavelmente já havia mostrado às moças as marcas do conflito na cabana, pois os três cercaram a porta. A menor das mulheres foi a primeira a avistá-lo e apontou em sua direção, enquanto a outra, assustada, levou a mão à boca. Ele já imaginava... Naquele pouco tempo, o velho libertino com certeza já fizera sua caveira, retratando-o como uma maluca assassina, e agora as duas estavam com medo.

– Olá?

Humbert procurou dar à sua voz um tom agudo e amedrontado, obtendo excelente resultado. A insegurança das mulheres era perceptível. Elas trocavam olhares e palavras incompreensíveis. Até que as belgas campestres eram bastante bonitas. Um pouco rechonchudas, o narizinho pequeno, lábios carnudos e frescas como cerejas. Não conseguiu ver os cabelos por causa do lenço que tinham na cabeça. O velho balbuciou algo, mas elas não prestaram atenção.

– Por favor... *Please... S'il vous plaît...* Estou procurando... trabalho. *Travailler...* Sei trabalhar bem... *Bon travail...*

O velho canalha fazia gestos para afugentá-lo e berrou algo incompreensível. Provavelmente advertindo-lhe que fosse embora. Já as moças pareciam indecisas. A maior balançou a cabeça e riu.

– *Hoe hot jij?*

Ele não entendeu o que ela dizia e permaneceu quieto, com olhar suplicante. O que ela perguntara? Talvez quisesse saber quem era.

– Humb... – disse ele, detendo-se antes de se delatar. – Berta... Meu nome é Berta... Berthe...

Cochicharam entre si enquanto gesticulavam às risadinhas, até que a maior lhe acenou.

– *Viens... Tu parles français? N'aie pas peur... Viens...*

Ele teria atendido ao chamado com prazer, mas entre as duas estava o velho com o casaco amassado pelo confronto e um semblante nada pacífico.

– Ele quer me bater... – murmurou Humbert.

Por fim, elas pareceram entender que sua língua materna era o alemão. O rosto do velho se fechou ainda mais enquanto as mulheres se entreolhavam intrigadas. Uma alemã. Com aquelas roupas tão estranhas. E andando sozinha pela região, dormindo em casebres desconhecidos.

Agora vão achar que sou uma espiã, pensou Humbert, desesperado. *E por que não? O que eu esperava? Que me contratassem como mordomo?*

– Vem – chamou a menor. – Fome, né? Temos comida... Vem!

As duas se dirigiram ao ponto onde haviam deixado as leiteiras, conferiram se ele as acompanhava e prosseguiram. Humbert as seguiu. Ele estava tão faminto que era impossível ser precavido. Tudo correria bem. Eram mulheres simpáticas e inofensivas, provavelmente funcionárias do palácio, criadas, assim como ele. Por que colegas de profissão não se entenderiam?

Olhou algumas vezes para trás, com medo de que o velho o seguisse para atacá-lo pelas costas, mas seu algoz permanecera no casebre do jardim.

Examinando de perto, o palácio não era tão imponente como a imagem que tinha na lembrança. Quando passara por ele, a construção de três alas lhe pareceu impecavelmente branca e de proporções praticamente perfeitas. Mas naquele momento não pôde deixar de notar o reboco solto da parte de baixo e as janelas com os vidros quebrados, cobertas com papelão. Atravessaram a porta da entrada de serviço e ela rangeu nas dobradiças, deformada pela umidade.

Contudo, ele foi recebido por um aroma tão maravilhoso que fez com que se esquecesse de tudo. Café e biscoitos frescos de aveia, caramelo, amêndoas, passas... Já estava tonto de fome, com água na boca. Contemplou várias mulheres inclinadas sobre a mesa, enrolando e dando forma a uma massa amarelada. Elas usavam lenços na cabeça e seus rostos estavam vermelhos pelo esforço. No centro da mesa, havia várias fôrmas pretas de latão com roscas e *bretzel*, pães trançados e rolinhos de massa.

Quando entrou, todas levantaram a cabeça para observá-lo. Começaram a fazer perguntas, gargalharam e balançaram a cabeça; algumas criticavam e apaziguavam, outras cochichavam às risadinhas e se cutucavam nos ombros.

Ele tinha experiência com mulheres na cozinha. Elas podiam ser fofoqueiras e traiçoeiras, mas, perante desconhecidos, sempre mantinham a compostura. O que fariam com ele?

– Sente-se... ali... Cuidado! A farinha...

Elas sabiam falar alemão, mas só quando queriam. Conduziram-no por entre as mulheres que sovavam a massa até a cabeceira da comprida mesa, indicaram um lugar no banco e lhe serviram uma xícara, acompanhada por um prato de bolinhos de passas recém-assados e manteiga amarela e gordurosa.

– *Mange... Tu as faim, hein?* Você está com fome, Berthe...

Ele não entendeu por que as mulheres voltaram às risadinhas, mas pouco lhe importava. Deu uma mordida no bolinho fresco, mastigou, sentiu seu sabor e tomou um generoso gole do café com leite. Gemeu de prazer. Passou manteiga no bolinho mordido, mastigou, engoliu e sentiu o naco de massa descer até o estômago. Sua avidez pelo próximo pedaço era monstruosa. Uma vez aplacada a primeira sensação de fome, percebeu que as mulheres não paravam de encará-lo, debochavam dele e cochichavam toda sorte de coisas, seguramente não destinadas a seus ouvidos. Ele lhes deu um sorriso amistoso, levou a caneca à boca e continuou comendo. Engoliu vários bolinhos de passas, em seguida duas fatias de pão com manteiga e presunto, um grande pedaço de queijo, um doce espumoso feito de creme, açúcar, suspiro e baunilha, um verdadeiro manjar dos deuses. Que mulheres mais encantadoras. Todas eram troncudas, com bracinhos curtos e rosto arredondado. Frescas como maçãzinhas maduras, elas rodeavam a mesa, umas sentadas, outras em pé; algumas andavam pela cozinha carregando jarras e bules ou atiçando a chama do forno. Ele se espreguiçou com gosto, chegou a notar um volume na barriga. Mesmo querendo, não conseguia comer mais nada. Uma sesta seria muito bem-vinda. Será que permitiriam que ele se esticasse um pouco no banco ao lado do fogão? A única coisa que teria que fazer era enxotar o gato preto para tomar seu lugar.

– Obrigada – disse ele. – *Merci beaucoup*. Tanta comida boa... Muito obrigada...

Elas lhe acenaram, contentes por ver que estava satisfeito, e depois trocaram olhares maliciosos. Tinham algo em mente, mas Humbert estava muito cansado para se preocupar. Aquele lugar lhe despertava tanta alegria, além de lembranças da Vila dos Tecidos. Das noites em que todos sentavam juntos na cozinha, fofocando e comendo. Da cozinheira, Fanny Brunnenmayer. A boa alma a quem tinha como uma mãe. Que lhe enviava presentes... Que dali em diante provavelmente seriam devolvidos com o aviso de que o soldado Humbert Sedlmayer estava desaparecido. Pobre Fanny. Ele precisava encontrar uma maneira de lhe enviar uma mensagem... Mas com cuidado.

– Está satisfeita? – indagou uma das ajudantes de cozinha.

Era uma das mulheres mais bonitas ali, com seus grandes olhos azuis e covinhas nas bochechas. Por baixo do lenço, era possível notar pequenos cachos em tons ruivos.

– Satisfeita – confirmou ele, acenando com a cabeça. – Muito obrigada. Estava quase morrendo de fome...

– Você quer trabalhar?

Arrá, pensou. *Não são burras e vão me fazer pagar pela comida com trabalho. E por que não? Devem estar felizes comigo e talvez eu possa ficar.*

– Trabalhar – respondeu em tom resoluto. – Sim. *Travailler. Beaucoup travailler.*

– O que você saber fazer?

Algo no olhar da mulher o deixava intrigado. Era como se tivesse segundas intenções que, a muito custo, ocultava. Humbert olhou à sua volta e percebeu que todas acompanhavam o interrogatório com expectativa. A não ser por duas garotas que carregavam baldes de lata pesados do outro lado do cômodo, todas as outras estavam reunidas ao seu redor.

– Muita coisa – afirmou ele. – Lavar louça, pegar água, botar a mesa, limpar legumes, fazer a cama...

Evitou mencionar tarefas desagradáveis, como tirar poeira e limpar o assoalho. Ele tampouco gostava de bater tapetes e menos ainda de limpar estufas.

– Muito bem – disse ela. – Só trabalho bonito. Nada de sujeira, né?

Estavam fazendo-o de palhaço? Ele se apressou em dizer que faria todo tipo de serviço.

– Para os trabalhos bonitos você infelizmente está muito sujinha, Berthe...

– Muito... muito sujinha – gaguejou ele, sem entender.

– Por isso primeiro vamos limpar você.

Duas matronas corpulentas o agarraram por baixo do braço. Ele espernou, tentando se desvencilhar, mas foi inútil. Sob as alegres gargalhadas das outras mulheres, elas conduziram a rebelde Berthe até a lavanderia. Uma névoa cálida preenchia o recinto: haviam enchido uma pequena banheira com água fervente, e agora vertiam água fria para alcançar a temperatura agradável para o banho.

– Vamos, vamos. Estamos entre mulheres...

– Não! Me soltem! Me solte, sua bruxa! Socorro!

Com algumas tentativas desesperadas, ele tentou escapar daquelas mulheres sorridentes e debochadas, mas foi em vão. Arrancaram-lhe a saia, depois a camisa. Os sapatos voaram para longe enquanto ele tentava fugir e, por fim, perdeu a touca. No final das contas, só havia uma saída: dar um salto corajoso para dentro da tina. Agachado e manso, ensaboou o corpo, mas se negou terminantemente a tirar a ceroula de mulher.

Como aquelas moças eram traiçoeiras. Caipiras, mas era preciso ter cuidado com elas. Pelo menos, ao verem que ele estava na banheira como uma galinha encurralada, demonstraram um lado simpático.

– *Comme tu es jolie, ma petite...*

– Mas que menina mais linda e graciosa você é...

– Fique quieta. Pegue isso para o cabelo. Para ficar com cheiro de rosas, Berthe...

Elas lhe esfregaram toda sorte de essências, lavaram sua cabeça, esfregaram seus ombros, o peito, as costas, e quando um dedo foi buscando algo na água, Humbert protestou.

– Ela está com vergonha... *La pucelle*... A virgem donzela.

– Logo, logo ela aprende. Tolinha...

O mundo era mesmo uma loucura. Ali estava ele, sentado sob a espuma da tina, sendo apalpado por delicados dedos femininos, enquanto os homens lutavam e morriam nas trincheiras, granadas explodiam, homens e animais sangravam até a morte na lama. Só podia ser um sonho, um pesadelo absurdo no qual se misturavam coisas que não se encaixavam.

Elas até que se compadeceram dele. Sob a proteção de uma grande toalha de banho, Humbert conseguiu sair da água e livrar-se da ceroula molhada de maneira sutil. Aquelas velhas raposas haviam lhe deixado algumas roupas de mulher à disposição, inclusive um corpete duro e antiquado, roupa de baixo rendada, meias de lã e um chapéu que mais parecia uma touca de dormir. Sem ter outra escolha, ele vestiu as peças, recusando apenas o corpete. A saia e a blusa de linho, por sua vez, lhe caíram como uma luva. E os tamancos de madeira não se revelaram tão desafiadores como temia.

Por fim, cessaram os deboches e risadinhas e elas o deixaram em paz para voltar ao trabalho. Algumas usavam a água do banho para lavar o chão, enquanto outras tiravam do forno os biscoitos já prontos. A bela moça de cachinhos ruivos desaparecera, provavelmente para ocupar-se de algo com os patrões. Então uma mulher mais velha lhe entregou uma cesta e lhe pediu em flamengo, francês e um alemão quase incompreensível que trouxesse lenha para o fogão.

– Onde está?

Gesticulando com os braços, ela sinalizou para que fosse pela direita do pátio e depois virasse novamente à direita; encontraria lenha lá. A cesta estava totalmente imunda. Não precisavam ter dado banho nele, se ia fazer aquele serviço.

Bem ou mal, ao que parecia, pelo menos por ora as mulheres o tinham aceitado. Caso se comportasse bem, os senhores poderiam mantê-lo como criada. Não era exatamente divertido andar com aquelas roupas, até porque todas ali decerto já haviam notado que não era mulher. Ele estava em suas mãos. Elas o tinham encurralado como um frango na gaiola, à mercê de sua piedade.

Não importava. Qualquer coisa era melhor que estar entre ratos na imundície das trincheiras enquanto granadas explodiam ao seu redor.

Os raios de sol ofuscaram sua vista. Entre os paralelepípedos do pátio, era possível ver brotos de dentes-de-leão e mato, poças brilhando e, sob um plátano, um carro militar estacionado. Humbert teve que contornar a ala do edifício para chegar ao parque pela direita. Ali estava, como indicado, a lenha escorada no muro de uma pequena edícula. Antes de encher a cesta, olhou rapidamente ao redor, temendo que o velho repulsivo pudesse surgir novamente. Mas não havia ninguém. Os arbustos farfalhavam com melros, que saltitavam sobre a folhagem seca. Um esquilo cruzou o caminho como uma lança e desapareceu por entre os galhos finos de uma faia. Ele encheu a cesta de troncos e ergueu-a sobre os ombros para voltar à cozinha.

Já havia chegado ao pátio interno de paralelepípedos e colocado sua carga no chão para abrir a porta da entrada de serviço quando a desgraça veio ao seu encontro. Um homem saíra pela entrada principal do palácio e vinha descendo a escada. Um oficial. Um oficial alemão. Um major.

Por instinto, Humbert fez algo que havia dois anos inocularam em seu sangue: uma saudação.

O major se deteve, atônito, encarando a mulher que o saudara como um soldado alemão. Ele estreitou os olhos e aproximou-se alguns passos.

– Devo ter ficado louco – disse Klaus von Hagemann. – Mas esse é o... Humbert!

10

Alicia serviu o café e passou a Marie o pequeno bule com creme. Cheirava como nos tempos de paz: forte e aromático. O diretor Wiesler havia conseguido um saco de café verde para eles, que a cozinheira torrava em porções em uma panela no fogo.

– Dodo está melhor? – perguntou Alicia.

Há duas noites a pequena não dava paz, gritando com frequência, além de estar um pouco febril.

– Desde ontem à noite ela está mais tranquila – informou Marie. – Espero que já tenha passado. Hoje cedo ela mamou bastante e me pareceu muito satisfeita.

Alicia assentiu enquanto seus dedos corriam a pilha de correspondência que Else lhe trouxera. Marie baixou o olhar para a geleia de morango que passava no pão e misturou o café com o creme. Todas as manhãs, o mesmo ritual: a esperança, a busca apressada e, em seguida, a mais profunda decepção. As tentativas cada vez mais infrutíferas de se consolarem. Paciência. Confiança. Deus colocará sua mão protetora sobre Paul. Talvez fosse aquele o motivo de Johann Melzer há tempos ter voltado a acordar cedo e, antes mesmo da chegada do correio, já se encontrar na fábrica.

– Não tem nada – constatou Alicia em voz baixa, após examinar pela segunda vez a pilha. – Já é a quarta semana...

Marie procurou dissimular seu crescente desespero e comentou que o advogado, o Dr. Grünling, voltara da Rússia e já estava a caminho de casa. Foi o que lhe contara Rosa, cuja irmã trabalhava como criada para os pais de Grünling. Rosa Knickbein era a nova ama, uma mulher resoluta, que sabia impor aos demais funcionários sua condição especial na Vila dos Tecidos e que vez ou outra entrava em conflito com a cozinheira.

– Que bom.

Alicia suspirou, acrescentando que esperava que o pobre Dr. Grünling se encontrasse são e salvo.

O filho mais velho dos Wieslers havia voltado também, mas já à beira da morte, tendo falecido de tifo alguns dias depois. Aquela terrível doença era transmitida por piolhos, por isso era importante que os soldados diariamente procurassem os parasitas nos colegas.

Ela se calou quando ouviu batidas na porta. A ama surgiu de avental branco e uma pequena touca sobre os cabelos loiros. Seu rosto, com o nariz um pouquinho grande demais e as fartas sobrancelhas, expressava determinação.

– Os dois já estão satisfeitos e, inclusive, bastante agitados, senhora. Sugiro que tentemos um primeiro passeio com eles pelo parque.

– Não está muito cedo para Dodo? – interveio Alicia, preocupada. – A pequena ficou dois dias com febre.

A ama replicou afirmando que ar fresco nunca fizera mal a criança alguma. Muito mais perigoso era ficar no calor da estufa, no quarto que cheirava a mofo. Aquilo sim podia prejudicar seus pulmões.

– Aqui em casa não há nada que possa ter "cheiro de mofo" – repreendeu Alicia, franzindo a testa. – Mas eu sou só a avó, quem decide é Marie.

Marie se animou com a proposta da ama, que prometia grandes mudanças nas próximas semanas. Já era maio, e a primavera coloria o parque de verde, aparentemente até mais do que antes. Mas isso também poderia ser pelo fato de que o jardineiro não estava lá para cortar os arbustos e as árvores. O avô de Gustav Bliefert às vezes era visto por ali com enxada e tesoura, mas não se entendia bem com aquelas ramagens tão exuberantes. Ele plantara apenas algumas fileiras de amores-perfeitos intercalados por resilientes marias-sem-vergonha e, no jardim do redondel em frente à casa, resplandeciam narcisos amarelos e tulipas vermelhas.

– Em meia hora, Rosa. Eu levo Dodo e você pode ir empurrando o primogênito.

Rosa assentiu satisfeita e correu para preparar seus protegidos para o primeiro passeio. Elisabeth escutou-a chamando Auguste, que recebeu a tarefa de levar ao átrio os dois carrinhos de bebê e bater as almofadas. Auguste respondeu de má vontade: o jeito decidido da ama a irritava com certa frequência.

– Amanhã talvez tenhamos um monte de cartas aqui na mesa – disse

Marie, tratando de animar um pouco a sogra. – Você sabe que a correspondência às vezes fica presa em algum lugar e depois entregam tudo junto...

As duas evitaram abordar outras possibilidades, inclusive a notificação de óbito trazida por um bom amigo ou de maneira bem sucinta pelo correio. Quantas cartas assim já não haviam sido entregues...

Parecendo reconhecer a boa intenção da nora, Alicia acenou com a cabeça e deu um suspiro.

– Sim, vamos acreditar nisso. Deus permita que chegue uma nova mensagem. Mas você ouviu que o pobre Humbert está desaparecido? Else me contou hoje cedo, ficou sabendo pela Sra. Brunnenmayer. A coitada estava com os olhos marejados.

– Cruzes – comentou Marie. – E sempre pensávamos que justo Humbert conseguiria dar um jeitinho por lá. Mas, bem, estar desaparecido não quer dizer que ele...

– Claro que não.

– Você não quer vir passear com os pequenos, mamãe? Lá fora no parque está tudo tão primaveril, Bliefert até plantou jacintos, azuis e rosas.

Alicia sorriu, parecendo por um momento inclinada a aceitar o convite, mas logo explicou que prometera visitar Kitty.

– Ela continua um pouco apática. Já devia ter previsto isso, Marie. Kitty tem tendência à melancolia, por isso que, por certo tempo, a levávamos ao Dr. Schleicher.

De fato, logo após o feliz nascimento de sua filha, Kitty ficara muito agitada e alegre. Elisabeth contara que as duas conversaram por horas naquela noite, com Kitty fazendo piadas e dizendo todo tipo de disparates. Em seguida, fez com que a irmã lhe contasse coisas "de antigamente", do tempo em que Kitty ainda era pequena e tinha um monte de perguntas que Elisabeth só era capaz de responder em parte. E de quando aprendeu a andar. Qual era sua comida favorita. Se ela gostava de tomar banho...

Mas já na manhã seguinte, a Srta. Schmalzler ligara para a Vila dos Tecidos e para Elisabeth em busca de ajuda, pois a jovem Sra. Bräuer estava na cama aos prantos, afirmando que queria morrer ali mesmo. Chamaram um médico, que lhe receitara um calmante. Em seguida, dormiu até quase o fim da tarde e acordou bastante confusa, mas sem chorar, apenas pedindo para ver o filho. Quando lhe contaram que ela dera à luz uma menina, Kitty se enfureceu e acusou a Srta. Schmalzler de ser falsa e mentirosa. De lá para cá, seu estado vinha melhorando dia após dia; ela afinal recobrara a razão e pegara a filha várias vezes no colo. Com a irmã Elisabeth, que a acompanhava todos os dias até o início da noite, ela comentara que a pequena se chamaria Henriette e já até recebera a primeira visita dos sogros e da cunhada. Dizia-se que o diretor Bräuer ficara fascinado pela neta e que Tilly chorara de emoção ao receber o convite de Kitty para ser madrinha da pequena Henriette. A menina fora batizada por monsenhor Leutwien na própria casa, assim como ele fizera com os gêmeos de Marie. Não era o momento de organizar grandes festas de batizado, pois os pais dos pequenos estavam na guerra.

Ouviram-se gritinhos no átrio. Marie reconheceu a voz de seu filho Leo, cujo choro era mais forte e agudo que o da irmã. A grande diferença entre os dois era que ele tomava ar por mais tempo entre um grito e outro. Ela deixou o guardanapo sobre a mesa e tomou o último gole de café.

– Então dê um abraço em Kitty por mim – disse.

Enquanto levantava da cadeira, Marie pousou a mão sobre o ombro de Alicia por um momento. Um toque que transmitia não só carinho, mas também confiança, e que a sogra recebeu com um sorriso.

– Que sorte imensa ter os pequenos – disse ela em voz baixa. – Enquanto crianças nascerem e crescerem, nosso mundo não estará tão perdido. Não é?

– Sim, mamãe – respondeu Marie.

Ela teve vontade de abraçá-la. Sentia que a sogra precisava de tal consolo, mas não se atreveu. A afeição espontânea com que Kitty e Elisabeth tratavam os pais era pouco familiar para Marie. No orfanato onde crescera, ela aprendera a ser cuidadosa com as demonstrações de afeto, a não confiar em ninguém e a depender unicamente de si mesma. Por mais que soubesse que os Melzers a haviam aceitado de peito aberto, não conseguia superar aquelas reservas adquiridas com o tempo.

– Nos vemos no almoço – disse antes de descer para o grande átrio da mansão, onde Auguste e Rosa já esperavam por ela.

Os bebês estavam em seus carrinhos de rodas altas, embrulhados em cobertas e almofadinhas de plumas, com gorrinhos de tricô e, para completar, com as minúsculas luvas feitas por Kitty.

– Minha nossa! – exclamou Marie, rindo. – Parece que estamos indo para a Sibéria.

– Imaginei que seria bom usar essas luvinhas lindas pelo menos uma vez antes de ficarem pequenas demais – justificou Rosa, balançando o carrinho de Dodo.

A bebê balbuciava algo em voz baixa. Leo chorava de cansaço; suas pálpebras pareciam pesadas e ele tentava levar à boca a mãozinha protegida pela luva. O gosto da lã de crochê pouco lhe apeteceu, e ele cuspiu e se babou até que seus olhos se fecharam.

– Amanhã você pode trazer Maxl e Liesel – disse Marie para Auguste. – Aliás, cadê eles? Não os vejo há semanas.

Auguste assentiu, satisfeita. A criada temia que seus dois filhos não fossem mais desejados na mansão após a chegada dos bebês dos patrões.

– Estavam na cozinha, senhora. Para não incomodarem. Liesel já corre como uma ratinha pela casa, mas Maxl é preguiçoso e quer tudo na mão.

Ela abriu a imponente porta da mansão e a luz dourada do sol de primavera penetrou no recinto. O canteiro com flores coloridas reluzia no lado de fora e, atrás dele, estendiam-se os galhos verde-limão dos plátanos, que havia muito já deviam ter sido podados.

– Sra. Melzer! – chamou alguém. – Senhora!

Else cruzou o átrio com uma pressa que não lhe era característica. Era óbvio que algo ruim acontecera. Marie sentiu no ato um calafrio percorrer seu corpo. *Não*, pensou. *Meu Deus! Que não seja... Paul...*

– O que aconteceu, Else?

Else se deteve diante de Marie, de repente insegura se a notícia era de fato tão importante para interromper o passeio da Sra. Melzer com os bebês.

– Algo horrível, senhora. Uma mulher veio aqui dizendo que a mãe de Hanna morreu.

Era injusto sentir-se aliviada, mas foi o que aconteceu. Marie conhecia a mãe de Hanna. A mulher outrora trabalhara na fábrica, mas fora demitida. A pobre menina era obrigada a entregar todo seu sacrificado salário à mãe alcoólatra, mas mesmo assim sempre havia sido muito apegada à mulher.

– Deus do céu! – exclamou Marie. – Como isso aconteceu?

– Ninguém sabe, senhora. Ao que parece, foi o álcool mesmo...

Claramente gostaria de acrescentar algo, porém se calou, provavelmente ao lembrar que não era adequado falar mal de gente morta.

– Hanna está na cozinha aos prantos. Porque a mulher disse que ela precisa se encarregar da falecida, que não pode ficar ali jogada.

Marie acenou para que Auguste se aproximasse e decidiu que o primeiro passeio dos filhos seria sem a presença da mãe. Hanna era mais importante naquele momento. Desde o acidente na fábrica, Marie cuidara daquela menina, lhe conseguira o trabalho na Vila dos Tecidos e sempre estivera ao seu lado, apesar de todas as queixas sobre a falta de jeito dela. Não poderia deixá-la desamparada naquela pesarosa situação.

– Melhor levantar a capota do carrinho – instruiu a Auguste. – Acho que o vento está frio.

Em seguida, Marie foi com Else até a cozinha. Na verdade, cozinha e área de serviço eram tabu entre os patrões, por serem considerados território dos funcionários. Mas Marie já trabalhara ali, conhecia bem aquelas dependências, e não hesitou em entrar.

– Hanna! Pobrezinha. Que notícia horrível!

Hanna estava sentada em um banco ao lado do fogão, sendo consolada pela cozinheira. Ao escutar a voz da jovem Sra. Melzer, ela levantou a cabeça e sorriu entre lágrimas.

– Marie! – disse ela, logo interrompendo-se assustada com a mão sobre a boca. – Perdão... Quis dizer "senhora". Desculpe, estou tão nervosa.

Marie acenou para a Sra. Brunnenmayer e foi em direção a Hanna para abraçá-la. Chegava a ser estranho como lhe era natural dar carinho àquela pobre moça, ao contrário do que se passava com Alicia.

– Ela... disse... disse que... – balbuciou Hanna entre soluços. Depois assoou o nariz. – Que eu tenho que buscá-la.

Marie acariciava suas costas e sentiu-se aliviada quando a Sra. Brunnenmayer apareceu com um lenço, pois ela não tinha nenhum no momento.

– Limpe o nariz, Hanna... Assim... E diga-me. Onde sua mãe mora?

– No bairro de Proviantbach.

– Muito bem. Então vamos juntas. Pegue seu casaco e ponha sapatos fechados.

A cozinheira comentou com rabugice que gostaria de acompanhá-las, mas precisava preparar o almoço. E que se a senhora saísse com Hanna agora, Else teria que ajudá-la na cozinha, pois haviam recebido cebolas e cenouras e Hanna ainda não descascara as batatas.

– Diga a Else que sou eu que estou pedindo. Não é tarefa dela, mas tivemos este imprevisto...

O bairro de Proviantbach não era longe da fábrica de tecidos dos Melzers. No pequeno assentamento, havia prédios alugados a operários da indústria têxtil. Os apartamentos daqueles caixotes de tijolos com janelas pequenas eram apertados e consistiam em sua maioria apenas de quarto e sala, mas possuíam todo o necessário: vaso sanitário, aquecimento, banheira, cozinha. Johann Melzer mandara construir alguns edifícios a mais no bairro para disponibilizar moradia digna e acessível aos seus funcionários. Antes da guerra, haviam inclusive aberto alguns comércios no local, como padarias, leiterias e açougues. Além disso, a fábrica subsidiava piscinas e creches para os filhos de seus funcionários. A moradia era atrelada ao trabalho na fábrica e apenas os operários podiam alugá-las; por isso, Marie se admirou que a mãe de Hanna continuasse morando ali. Ela não havia sido demitida? Àquela altura, no entanto, tal destino já era comum a quase todos os trabalhadores da indústria têxtil – provavelmente ninguém mais se perguntava quem de fato tinha o direito de viver ali.

Ao cruzar o parque da Vila dos Tecidos, Marie viu por entre as árvores Auguste e Rosa caminhando por uma trilha de terra enquanto empurravam os carrinhos e jogavam conversa fora. *Pelo menos elas se suportam*, pensou Marie.

Hanna estava lhe contando sobre a mulher que encontrara na cozinha da mansão de manhã cedo. Tratava-se de uma vizinha da mãe. Hanna a conhecia bem porque ela sempre aparecia na casa da amiga quando havia aguardente ou cerveja. As duas bebiam juntas e se divertiam.

– A Sra. Schuster falou umas coisas horríveis. O que Else e a Sra. Brunnenmayer vão pensar de mim? Disse que eu não cuidei de minha mãe, que a deixei apodrecer sozinha. E olha que anteontem eu havia lhe dado cinco marcos. Era tudo o que eu tinha e ela me prometeu que compraria comida e não só cerveja.

Marie tentava acalmar a menina. Fosse lá o que tivesse acontecido, Hanna não tinha culpa. Era triste, mas sua mãe era doente, por isso bebia tanto. Ninguém teria podido ajudá-la...

– Não devia ter dado dinheiro a ela – lamentou Hanna, totalmente confusa. – Ela com certeza comprou aguardente com a porcaria do dinheiro. Cerveja sempre lhe descia bem, mas a aguardente era sua inimiga. Ah, se eu tivesse dado só um marco ou cinquenta fênigues ela ainda estaria viva.

Marie conhecia os bairros pobres de Augsburgo onde a fome, a criminalidade e a prostituição faziam parte do dia a dia. Já as vilas operárias, um pouco mais afastadas da cidade, eram diferentes. Quem conseguia um apartamento por ali estava bem de vida, pois lá reinavam a ordem e a discrição. Como era possível que a mãe de Hanna houvesse sucumbido ao álcool? Até onde sabia, o controle era rígido: maridos violentos, bêbados e socialistas não eram tolerados nos bairros dos funcionários.

No entanto, ao caminhar entre os cinzentos blocos de vários andares, Marie percebeu que muita coisa mudara por ali. Mulheres de várias idades, que naquele momento deveriam estar na fábrica, perambulavam pelas ruelas fofocando ou brigando entre si. Nos pequenos jardins dos operários já brotavam ervas aromáticas e as primeiras verduras; aqui e ali viam-se mulheres removendo pragas. Não havia galinhas antes também? Naquele dia não havia nenhuma à vista. Crianças em roupas imundas e esfarrapadas gritavam, choravam e brincavam nas poças. Entre elas corria um cachorro esquálido que provavelmente há tempos não recebia comida. Em frente à porta de uma casa havia um grupo de moças e rapazes reunidos que olharam com timidez aquela mulher tão bem-vestida acompanhada pela filha da tecelã.

Quantos anos aqueles meninos deviam ter? Dezesseis? Com 17 anos se tornariam soldados. Apesar de tudo, sempre havia aqueles que aguardavam ansiosos por aquele momento.

– É aqui, senhora.

Hanna se deteve diante de um daqueles blocos cinzentos de apartamentos alugados e, indecisa, alternava entre apoiar o peso do corpo em uma perna e na outra.

– A senhora quer mesmo entrar também? É... é muito feio lá dentro. Antigamente, quando meus irmãos ainda moravam aqui, minha mãe mantinha tudo limpo, ainda havia camas. Mas agora...

– Não tenho frescura, Hanna. Vamos.

O estreito corredor do térreo estava impregnado com um penetrante cheiro de fumaça das estufas. Elas subiram as escadas. No primeiro andar havia uma porta entreaberta e pela fresta viram um idoso sentado à mesa, comendo sopa com ávidas colheradas. Ao passarem por ele, o homem começou a tossir e uma mulher o acudiu, tirando-lhe a sopa e a colher.

– Aí está você! – gritou uma mulher para Hanna. – Com certeza ela está desde ontem lá em cima e ninguém percebeu. Leve-a embora logo, não é possível uma coisa dessas!

– Não se preocupe, vamos cuidar de tudo – respondeu Marie.

Subiram mais um lance de escada, com os degraus mais estreitos e que, pelo visto, não era varrido há tempos. A mãe de Hanna morava em um dos quatro pequenos apartamentos no último andar do prédio.

– Hanna, minha menina!

Ao ouvirem aquela estridente voz feminina, Marie e Hanna ficaram paralisadas de susto na escada.

– Suba, menina. Não tenha medo, está divertido aqui em cima. Dez mil diabinhos vermelhos acenando para nós por entre as tábuas do assoalho.

– É a Sra. Schuster – sussurrou Hanna, constrangida. – Bebeu de novo.

Marie supôs que a vizinha já tivesse se servido das provisões da mãe de Hanna. Que horror aquilo tudo. Uma morrera pelo álcool e a outra não tinha ocupação a não ser embebedar-se. Ela agarrou a mão de Hanna e subiu corajosamente o último degrau. Na penumbra do corredor, mal se podia enxergar a Sra. Schuster. Distinguiam-se o cabelo solto e desgrenhado, a mão segurando uma garrafa, o xale quase caindo dos ombros. Pior ainda era o cheiro de roupa guardada e aguardente barata.

– Você trouxe uma donzela elegante! – grunhiu a mulher, que cambaleava tanto que Marie temeu que ela tombasse ali mesmo. – Uma donzela... elegante... lá da Vila... dos Tecidos. Beba um golinho, Hanna. É da sua mãe. Ela... não vai precisar mais. Já bebeu tudo... tudinho. Agora está satisfeita.

Por um momento, passou pela cabeça de Marie que tudo aquilo pudesse ser um equívoco ridículo. Talvez a mãe de Hanna estivesse apenas curando-se da bebedeira e a maluca da Sra. Schuster, embriagada como estava, acreditara que ela estava morta. Contudo, a vizinha afastou-se alguns passos e deu um chute na porta, que se abriu rangendo enquanto a mulher se apoiava em uma coluna de madeira para não cair.

– Ali está ela – sussurrou a Sra. Schuster. – Está ali desde ontem à noite e não quer acordar. Foi muita aguardente, estou lhes dizendo. Muita aguardente mesmo...

Ela levou a garrafa à boca, deu um gole generoso e, então, suas pernas cederam, levando-a ao chão da entrada. A mulher permaneceu ali sentada e retorcida, ainda agarrada à garrafa e com os olhos vítreos voltados para a penumbra, como se estivesse vendo algo muito estranho.

Marie e Hanna tiveram que passar por cima dela para entrar no apartamento da mãe da menina. Não havia muito o que ver ali: alguns farrapos jogados no chão e, ao lado da pequena estufa, restos de uma cadeira que alguém despedaçara, provavelmente para usá-la como lenha.

A mãe de Hanna jazia no minúsculo quarto que mais parecia um depósito, com uma janela pequena que pouco favorecia a entrada de luz. Não havia cama – provavelmente ela tivera o mesmo destino dos demais móveis. O corpo inerte estava sobre uma colcha velha, de lado e com os braços cruzados sobre a barriga. O rosto amarelado e macilento e o nariz pontudo não deixavam nenhuma dúvida de que Grete Weber morrera naquela noite.

Marie colocou o braço sobre o ombro de Hanna e quis puxá-la para junto de si, mas a menina estava petrificada, com os olhos voltados para a defunta, como se não pudesse crer no que estava vendo.

– Sua mãe não está mais aqui, Hanna – disse Marie em voz baixa. – O que você está vendo é só a casca que ela deixou. Mas sua alma está pura e livre, foi com a alma que ela sempre amou você e seus irmãos. E essa alma imortal de sua mãe agora está a caminho do céu.

Hanna não esboçava qualquer reação. Desesperada, Marie buscava palavras para tornar aquela visão da morte mais suportável. Mas não foi necessário.

– Temos... temos que deitá-la direito – sussurrou Hanna. – Ela tem que ficar de barriga para cima, com as mãos dobradas. Não é?

– Exato, vamos fazer isso, Hanna.

Para Marie foi um sacrifício aproximar-se da falecida e tocá-la. Hanna, por sua vez, não demonstrou qualquer aflição e entrelaçou os dedos da mãe, penteou seus cabelos revoltos e fechou-lhe os olhos. A menina agiu com cuidado e prudência, algo que raramente empregava em suas demais tarefas.

– Vou contratar os serviços de uma funerária, Hanna – informou Marie. – Sua mãe terá um caixão e vamos providenciar um túmulo no cemitério.

Hanna assentiu, provavelmente sem ter ideia de que aquilo custava uma quantia que ela jamais poderia pagar. Mas Marie pensou em sua própria mãe, que fora enterrada praticamente como indigente, e decidiu poupar Hanna daquela dor.

Ao sair da casa, elas trancaram a porta e Marie guardou a chave. No corredor, encontraram a Sra. Schuster, que continuava sentada no chão com as costas apoiadas no pilar e a cabeça apoiada no peito. Ela dormia, mas mantinha a mão firmemente agarrada à garrafa de aguardente. Do andar de baixo vinham o choro de uma criança, a voz furiosa de uma mulher mais velha e o som de um objeto rígido batendo contra a parede.

Do lado de fora, o céu já estava encoberto e um vento fresco soprava pelas vielas do bairro, fazendo ondular a água das poças. Já era meio-dia e sentia-se por toda parte o cheiro de sopa de batata, que se misturava com nabos para fazer render. As crianças haviam sumido; apenas o cachorro marrom permanecia sentado em frente a uma porta roendo um pedaço de madeira. Marie e Hanna se apressaram em sair dali.

Se por aqui já está essa miséria, pensou Marie, angustiada, *imagine nos bairros humildes da cidade.*

Bem, havia as refeições servidas pela igreja, assim como as organizações de mulheres patriotas que distribuíam comida. Entretanto, o padre Leutwien dissera em sua última visita à mansão que doenças e epidemias estavam dizimando aquelas pobres almas. A fome e o frio as deixaram tão debilitadas que velhos e crianças morriam por um simples resfriado.

Quando passaram pela fábrica de tecidos dos Melzers, a sirene do meio-dia soou. Marie se irritou, pois sabia que havia um único galpão produzindo. Só cerca de meia dúzia de funcionárias trabalhava limpando cartuchos de projéteis, para serem reaproveitados. Ao que tudo indicava, Johann Melzer não movera uma só palha para iniciar a produção têxtil em papel. Paul desenhara os projetos em vão; seu pai era incapaz de abdicar de seus princípios. Em sua fábrica não seriam produzidas imitações de tecidos, lá só seria feito algodão ou lã de boa qualidade. Era isso ou nada.

– É verdade que a alma da minha mãe vai para o céu? – perguntou Hanna.

– Tenho certeza de que sim – afirmou Marie com convicção.

– E ela pode me ver lá de cima?

Marie se sentiu angustiada ao ver que a menina a fitava com esperança. O que ela deveria dizer? Hanna tinha quinze anos e já não era criança.

– Ninguém sabe ao certo, Hanna. Mas se você acreditar com toda sua força, assim será.

Hanna acenou com a cabeça e olhou pensativa para o céu, onde o vento levava as nuvens brancas e acinzentadas.

– Não sei se vou querer isso sempre – disse ela, franzindo a testa. – Só às vezes... Para ela não se esquecer de mim.

11

Nunca antes Alicia ousara comunicar ao marido uma decisão irrevogável. Entretanto, naquele dia lindo de maio, com os caminhos e o parque imersos em luz verdejante, ela o fez. "Já basta", era o que dizia seu semblante. Ela era uma Von Maydorn, descendente de uma família nobre cujos filhos haviam servido ao Império Alemão de maneira gloriosa.

– É a minha vontade e ponto-final, Johann.

Furioso, Melzer jogara o jornal no chão quando ela começara, ainda no início do café da manhã, com aquela ideia ridícula. Não, não e não. Ele não permitiria que estabelecessem um hospital de campanha em sua casa, e as mulheres da mansão – ou seja, sua esposa e a filha Elisabeth – teriam que aceitar isso de uma vez por todas. Mas, ao levantar-se sobressaltado da cadeira para sair da sala de jantar, Alicia se pôs diante dele. Inacreditável. Sua mulher estava bloqueando a porta! Ele teria que empurrá-la para poder passar.

– O que significa isso, Alicia? Quer fazer uma cena diante dos funcionários? Você acha que vale a pena?

Ele estava diante da esposa, meio furioso, meio inseguro, e não ousou desviar dela ou tocá-la.

– Se vai ou não acontecer uma cena aqui depende inteiramente de você, Johann. Eu estou completamente calma – disse ela de cabeça erguida, embora o discreto tremular de sua voz denunciasse o contrário. – Já está decidido, vamos montar um hospital de campanha na mansão. Já informei os órgãos responsáveis.

Os olhos do homem vagaram pela sala e voltaram-se finalmente para a esposa. Ele sentiu o rosto ficar vermelho. O médico havia proibido que se exaltasse.

– Esta casa é minha – disse ele em tom neutro, quase sem mover os lábios. – O que acontece aqui é decisão minha!

– Engano seu, Johann. Esta casa também é minha, pois sou sua esposa. Não quero nada mais que seguir os mandamentos da caridade e do amor ao próximo. Não entendo como alguém pode se esquivar dessas obrigações!

Ele finalmente se mexeu. Ergueu os braços, em seguida levou as mãos até a nuca e berrou.

– Então as piedosas mulheres desta casa resolveram se unir contra mim? Você e sua filha Elisabeth! Estão as duas mancomunadas. E sabe quem está por trás dessa história? Sabe? Você ainda não entendeu? Nosso distintíssimo genro Klaus von Hagemann veio com essa ideia absurda. Porque ele quer bancar o garoto prodígio para seus superiores, aquele lambe-botas ambicioso.

Alicia piscava, perplexa. Aquela opinião era totalmente nova para ela. Mas se negou a ceder. Parecia determinada a impor sua vontade, independentemente do que Johann dissesse.

– Não estou aqui para discutir com você – disse ela, baixando a voz. – Só estou lhe comunicando minha decisão. E desta vez espero que a aceite!

Ele continuava com as mãos na nuca, parecendo paralisado naquela posição ridícula. O que estava acontecendo com sua mulher? Por que tanta teimosia? Aquilo beirava a rebelião. As ideologias socialistas. Mulheres indo às ruas exigindo direito de voto. Esposas enfrentando seus maridos, negando-se a obedecer ao senhor da casa...

– Se seu filho pudesse vê-la agora... – sibilou ele. – Ele se envergonharia da mãe que tem!

Dizer algo assim era golpe baixo, Johann sabia muito bem. Alicia forçou uma breve gargalhada estridente.

– Paul? – disse ela, voltando a rir. – Ele seria o primeiro a concordar comigo. Mas está no front, e há seis semanas não manda notícias.

– Você por acaso está querendo me acusar de algo?

Os dois sabiam a resposta, ainda que nunca tivessem trocado uma só palavra a respeito. Ele deveria ter mandado trazer Paul a Augsburgo para a produção de produtos importantes para a guerra; mão de obra especializada poderia conseguir dispensa do serviço militar. O fato de ele nunca ter se dignado a sequer tentar era difícil de aceitar não apenas para Marie, mas também para Alicia.

– Isso você terá que resolver consigo mesmo, Johann! E com sua consciência!

Aquelas palavras duras o feriram. Pior ainda, lhe partiram o coração. Ele abaixou os braços e balançou a cabeça, impotente. O que estava acontecendo? Não bastava o mundo inteiro à sua volta estar saindo dos eixos? Aquela maldita guerra tinha que se instalar na mansão também?

– Então não nos resta mais nada a dizer, exceto que eu proíbo você de transformar minha casa em hospital de campanha! E se, ainda assim, quiser me contrariar, você se verá diante de minha enérgica resistência.

Por fim, ele deu dois passos na direção de Alicia, preparado para empurrá-la para o lado caso ela continuasse teimando em impedir sua passagem. Mas Alicia se esquivou e o deixou sair. Ele não percebeu que, após ter batido a porta da sala, a esposa deixou-se cair em uma cadeira e cobriu o rosto com as mãos.

– Auguste!

Onde ela havia se metido? Johann desceu apressado para o átrio, decidido a pegar ele mesmo o chapéu e a bengala. Constatou que Auguste já estava na entrada, abrindo a porta para uma visita recém-chegada.

Elisabeth! Justo ela. Por não estar com disposição para mais uma briga, ele agarrou a bengala e cumprimentou a filha de passagem, acenando a cabeça.

– Papai! – exclamou ela. – Que bom que encontrei você.

Arrá, pensou ele. *O segundo ataque na mesma manhã.*

– Estou sem tempo, Lisa. Vá ver sua mãe, ela não está de bom humor.

Ele forçou passagem e já estava descendo os degraus de arenito que conduziam ao pátio quando escutou os passos apressados da filha.

– Papai! Espere. Não fuja.

Contrariado, Johann Melzer se deteve e voltou a afirmar que estava com pressa. O que a filha queria com ele?

A expressão de preocupação dela lhe causou pena. Pobre Lisa, sempre fora uma azarada e, para completar, se casara com aquele distinto borra-botas, que só queria seu dote. No final das contas, era tudo culpa dele: era o pai e não devia ter dado a mão da filha.

– Você e mamãe brigaram?

– Não é assunto seu, Lisa.

Para seu horror, a filha se debulhou em lágrimas. Não queria de forma alguma que ele e Alicia tivessem tanto desgosto por causa daquela maldita história do hospital de campanha. Havia sido ideia sua, só queria poder fazer algo pelos desventurados feridos.

– Mas não a esse preço, papai – disse ela, soluçando. – Fico com tanto medo por sua saúde, você não pode se exaltar. Não, vamos esquecer isso. Vou falar com mamãe. Nada de hospital de campanha na mansão.

Foi demais para ele. Não só por aquela enxurrada de lágrimas, mas também por sua renúncia. Quando a filha o abraçou e pressionou seu paletó com o rosto molhado, ele sentiu uma impotência e uma comoção indescritíveis.

– Vamos, vamos, Lisa. Não precisa de tanto drama... O que Auguste vai pensar de você?

Ela fungou e procurou um lenço na bolsa. Era estranho que, entre todas as coisas que as mulheres carregassem para lá e para cá, raramente houvesse um lenço limpo. Ele tirou o seu do bolso esquerdo do paletó, onde sempre o guardava, e o ofereceu à filha. Como antigamente, quando ela era pequena.

– Tome... enxugue o rosto, Lisa. Você não pode ver sua mãe desse jeito.

– Vocês não vão brigar, não é? – perguntou ela enquanto limpava as bochechas. – Acabou essa história idiota, papai. De uma vez por todas.

Com um longo suspiro, ele tentou se livrar de todos os pensamentos que o atormentavam.

– Não entendo por que estão todos me tachando de mau cristão e traidor da pátria. Isso me machuca muito. Posso não ser nenhum santo, mas tampouco sou um monstro.

– Ah, papai. Você sabe o quanto amamos você.

Novamente a filha tinha os olhos marejados e parecia que ia recomeçar a chorar. Ele se deu por vencido. Não o deixariam em paz e, antes que tivesse que se submeter àquela guerra diária de nervos, preferiu ceder.

– Tenho serviço na fábrica – disse ele entre os dentes. – Quando voltar para o almoço, quero saber exatamente quais são os planos de vocês. Além disso, aguardo um informe detalhado com tudo o que você e sua mãe já fizeram a respeito.

E então foi embora dali o mais rápido que a perna manca lhe permitiu, dirigindo-se à saída do parque e deixando a filha sozinha. Sua intenção era lançá-la em uma nuvem de incerteza, que considerava bastante merecida.

Após meia hora de caminhada, ele atravessou o portão da fábrica e saudou o porteiro com o usual "Bom dia, Gruber!". Já tinha em mente uma imagem concreta do hospital de campanha na Vila dos Tecidos. Mais tarde em seu escritório, Johann Melzer desenhou a distribuição dos espaços e onde ergueriam as divisórias. Ele ligou para as autoridades militares, negociou leitos, colchões, roupa de cama e camisolas para os pacientes. E foi informado de que quase não havia ataduras de algodão, apenas de tecido de papel.

– Estou sabendo – rosnou Melzer e desligou.

Elisabeth ficara para o almoço, o que o deixou aliviado, pois Marie andava meio quieta e o semblante de Alicia permanecia inalterado. A esposa explicou que estava com enxaqueca, deu poucas colheradas na sopa de arroz e, após a sobremesa de compota de ameixa, retirou-se para seus aposentos. Naquele ínterim, ela deixara na mesa do escritório uma pasta na qual se encontrava, além de inúmeras anotações sobre o projeto do hospital de campanha, um formulário intitulado "Questionário do Comitê Nacional para a Assistência de Doentes de Guerra". Quinze perguntas para serem respondidas sobre a acessibilidade do hospital em questão, bem como sobre o edifício, o alojamento, os espaços e os médicos e enfermeiros.

– De repente, nem vão querer instalá-lo aqui na mansão – profetizou Johann Melzer.

Mas Elisabeth já havia sondado o terreno. As autoridades militares locais agradeceriam se pudessem contar com um hospital de campanha, ainda que menor, a cargo da sociedade beneficente. Até porque o parque da Vila dos Tecidos ofereceria aos convalescentes a oportunidade de passeio em ambiente tranquilo e ar puro. Por isso que haviam sugerido tratar justamente ali os pacientes em vias de sarar.

Melzer assentiu, contente. Os planos pareciam satisfatórios. Preferia convalescentes a recém-feridos ou casos sem esperança. Era ridículo, mas ele não podia ver sangue e tampouco queria ter que escutar os gritos dos moribundos.

Dois dias depois, apareceu na Vila dos Tecidos o carpinteiro Gottfried Waser com seus dois aprendizes. Foi tirar as medidas das divisórias do átrio. Uma antessala de várias portas foi erguida em torno da entrada para evitar que se chegasse diretamente à enfermaria a partir do pátio. A estrutura tomava quase toda a parte posterior do átrio e era iluminada pela grande porta de vidro do alpendre. No verão, a porta seria aberta para levar alguns leitos para fora. A lavanderia foi transformada em sala de tratamento e outras três dependências de empregados se converteram em quartos individuais para os oficiais. Como os patrões já não podiam acessar o primeiro andar vindo pelo átrio, como faziam antes, era necessário vir pelo parque, subindo a escada que conduzia ao jardim de inverno.

Passados alguns dias, Alicia esquecera sua postura rígida. Estava totalmente diferente, ocupando-se com a mobília dos três quartos para oficiais e negociando com a cozinheira, pouco satisfeita com o aumento do volume de trabalho. Além disso, já havia selecionado – entre a horda de voluntárias – as assistentes que pareciam mais aptas às tarefas. Elisabeth ficou encarregada dos enfermeiros, conforme as orientações do Dr. Greiner, que no início assumira sozinho o tratamento dos pacientes. Mais adiante, um jovem médico passaria a auxiliá-lo.

No térreo da mansão, dias e dias se passaram martelando e serrando, xingando e reclamando, limpando com trapos úmidos, esfregando e polindo. Auguste, Hanna e Else levaram mesas de cabeceira, cadeiras e cômodas para os quartos dos oficiais; colocaram tapetes, instalaram cortinas. Camas foram entregues e montadas: vinte delas enviadas pelas autoridades militares, outras trinta compradas por Melzer. Chegaram ainda doações fornecidas pelas senhoras da associação beneficente: roupas de cama e camisolas, toalhas, tigelas e penicos esmaltados. A reforma mais cara foi a instalação de um banheiro com várias pias e latrina separada.

– Meu Deus, veja o que fizeram com nosso lindo átrio! – exclamou Kitty enquanto Elisabeth a conduzia orgulhosa pela instalação já pronta. – Está horrível. Parece um orfanato! E essas grades nas camas? Vocês amarram os pobres visitantes?

– Você só fala besteira, Kitty!

Por mais que Elisabeth conhecesse bem a irmã, suas críticas injustas a ofendiam após tanto trabalho.

– Calma, só estava comentando – respondeu Kitty, defendendo-se. Ela deu de ombros e passou a mão pelo metal das camas, pintado de branco. – É que dizem que alguns perderam a razão. Andam por aí perdidos, rasgam as roupas e ficam mexendo as orelhas.

– Pensei que você tivesse alguma contribuição para nosso projeto – interveio Elisabeth, aborrecida. – Uma doação em dinheiro, por exemplo. Ou nesses casos você precisa perguntar antes aos seus sogros?

– Não, não – disse Kitty, sorrindo. – No meu porta-joias, que você conhece muito bem, sempre aparecem umas quantias que eu posso usar como quiser. E o que Marie acha desta bagunça toda? Deve ser bem desagradável descer com os carrinhos pela escada do jardim de inverno quando leva as crianças para passear. Ah, Lisa! Sabia que minha Henni riu hoje de novo? A risada dela é tão meiga que o avô fica doido. Acho que ela nem reconheceria mais a tia... Você só vive às voltas com essa porcaria de hospital de campanha.

– Muito obrigada, Kitty. Você tem um talento nato para acabar com meu humor.

Kitty riu constrangida e pediu que Lisa não a levasse a sério. Além do mais, ela tinha uma notícia boa para a irmã.

– Tilly cismou que quer cuidar de soldados doentes. Será que vocês podem tentar alocá-la aqui? Ela é uma graça, um pouco bobinha e meio sem talento, mas uma graça.

– Acho que podemos dar um jeito. Diga-lhe para procurar a mamãe, ela vai dar um jeito.

Duas semanas depois – já era junho –, apareceu um enviado do Ministério da Guerra para vistoriar o hospital. Ele se queixou do aquecimento fraco do lugar, exigiu a aquisição de doze toucas e aventais brancos para as assistentes de enfermaria e perguntou à cozinheira se ela tinha condições de preparar refeições apropriadas para os enfermos. Fanny Brunnenmayer ajeitou a postura e respondeu que, devido à momentânea escassez de alimentos, havia meses não cozinhava outra coisa. Com a resposta, o enviado respeitosamente a chamou de "uma mulher resoluta" e permitiu imediatamente o funcionamento do "hospital de reserva".

Os primeiros pacientes foram trazidos em um caminhão militar: dois soldados acamados pela inalação de gás tóxico, além de um tenente e um sargento com disenteria e mais cinco oficiais com ferimentos por bala em distintas partes do corpo. O hospital de campanha entrou em funcionamento e o térreo da Vila dos Tecidos foi preenchido por uma agitação pouco usual. Nada funcionava como Elisabeth e Alicia haviam imaginado. As auxiliares de enfermagem revelaram-se em sua grande maioria pouco aptas; o médico solicitava remédios que não estavam disponíveis; faltavam armários para os pertences dos pacientes e, sobretudo, latrinas, pois só dispunham de uma. Os pacientes também causavam transtornos: nem todos se mostravam gratos pelos cuidados voluntários. Os oficiais brigaram pelos quartos individuais, sendo que dois deles, já em vias de melhora, fumavam cigarro e se embebedavam com aguardente que seus preocupados pais lhes enviavam. Após três dias de caos, Elisabeth convocou uma reunião de gestão de crise na sala de jantar, à qual compareceram também o Dr. Greiner e Tilly Bräuer – a única auxiliar de enfermagem que restara. Assim como o irmão, à primeira vista ela parecia atrapalhada e tímida, mas tão logo tinha uma tarefa diante de si, a moça provava ter mãos habilidosas e a cabeça no lugar.

O Dr. Greiner parecia cansado e extremamente insatisfeito. Ele já avisara que queria deixar o hospital por ser muito velho para aquele serviço. Com ar sério, começou a ler em voz alta uma lista que anotara em seu bloco com as coisas que, a seu ver, precisavam ser mudadas imediatamente. A começar por aquelas meninas que só corriam para lá e para cá como galinhas assustadas e que tinham ataques histéricos ao ver um homem nu. Aquilo lhe dava nos nervos: era difícil trabalhar com auxiliares assim. Faltavam mulheres experientes e com conhecimentos sólidos, que soubessem agir. Faltava uma organização robusta das tarefas de rotina, como dar banho nos pacientes, esvaziar os penicos, trocar ataduras e roupa de cama, distribuir comida, limpar o chão e assim por diante. Além do mais, precisavam de alguém que impusesse respeito e colocasse aqueles tenentes presunçosos em seus devidos lugares. E, ainda, precisavam arranjar o quanto antes: éter, álcool puro, comprimidos de carvão, ataduras, tesouras boas, pinças, diversos instrumentos cirúrgicos...

Alicia escutou com atenção a listagem, endossando-a com comentários pontuais enquanto Elisabeth cochichava com Tilly.

– Diga a ela que estamos pedindo de coração. Precisamos disso urgentemente.

Quando Tilly se levantou para sair, o médico a olhou contrariado por cima de seu bloco.

– Se as senhoras não estão interessadas nos meus comentários, então lhes peço autorização para me retirar. Sou um homem velho e não tenho problemas em deixar este serviço para os mais jov...

– Por favor, Dr. Greiner. Preparamos um lanche.

– Bem, neste caso...

Tilly retornou à sala de jantar com um sorriso constrangido. Atrás dela vinha Marie. Sua expressão era contida como sempre, mas quem a conhecia sabia o quanto estava contrariada por acatar o pedido de Tilly de juntar-se à reunião.

– Espero que não seja um incômodo, Marie.

– Tudo bem, mamãe. Boa tarde, doutor. Admiro seu excelente trabalho.

O Dr. Greiner sorriu envaidecido e, ao ver que Else servia uma bandeja com sanduíches e uma garrafa de vinho, seu humor se elevou mais alguns níveis. Fazia-se um grande esforço para servir à pátria, tratava-se de um trabalho abençoado. Era necessário apenas superar alguns obstáculos de natureza organizacional.

Marie percebeu o olhar esperançoso de Tilly e compreendeu que havia sido levada ali pois o hospital de campanha estava em crise. Na verdade, Alicia e Elisabeth bem que mereciam encarar a situação. Elas haviam insistido naquilo sem avaliar as consequências e agora as dificuldades surgiam. Marie deu um discreto suspiro. Não lhe restaria outra saída a não ser ajudar.

– Bem... – disse ela, tentando parecer simpática para o Dr. Greiner e erguendo a taça para brindar. – Imagino que em breve seu jovem colega virá para ajudá-lo.

– É o que espero – respondeu ele, antes de levar a taça aos lábios. – Pois minha humilde pessoa está totalmente sobrecarregada com tanto serviço.

Alicia e Elisabeth prenderam a respiração.

– Meu querido e respeitado amigo – prosseguiu Marie. – Todos sabemos o quanto esse trabalho pesa sobre seus ombros. Acredite, tenho observado e admirado muito o senhor nos últimos dias. E justamente por isso, querido doutor, peço-lhe de coração que não nos abandone neste momento.

– Eu falei isso? – replicou ele entre os dentes. – Só quis deixar claro que não podemos continuar dessa forma.

– Então vamos decidir juntos como prosseguir. Conseguiremos fazer este hospital de campanha funcionar ou não me chamo Marie!

– Excelente, minhas senhoras! – exclamou ele, tomando mais um bom gole do vinho. – Excelente mesmo. Estou aberto a propostas.

Ficou decidido que na próxima seleção de enfermeiras fariam questão de que as moças tivessem habilidades, prática e postura firme. De preferência mulheres casadas. E até que fosse contratado pessoal suficiente, Marie ajudaria todos os dias por algumas horas. Hanna também foi considerada apta para a tarefa.

– É melhor nem perguntar a Else – opinou Elisabeth, querendo ser útil.

– Else? Ah, não – respondeu Alicia. – Melhor até chamar Auguste.

– Além disso, sugiro trazer a Srta. Schmalzler de volta à mansão – disse Marie. – Acredito que ela tenha autoridade suficiente para proibir esses oficiais de fumarem na enfermaria.

– Excelente! – concordou Elisabeth.

O Dr. Greiner também comentou que, em sua opinião, a Srta. Schmalzler seria capaz de tirar um copo de uísque até mesmo das mãos de um general.

– Eleonore Schmalzler é ótima ideia – disse Alicia. – Até porque ela já me pediu várias vezes para voltar. E, admito, estou com saudades.

Apenas Tilly fez um gesto de desaprovação com a cabeça e observou que Kitty ficaria muito contrariada. Sem a Srta. Schmalzler no comando, a casa na Frauentorstraße ficaria de cabeça para baixo.

– Bem – disse Alicia com hesitação –, sem dúvida é responsabilidade minha que Kitty ainda não tenha aprendido a administrar uma casa. Vou ajudá-la a contratar uma governanta adequada.

Em seguida, discutiram sobre a compra de algumas cadeiras de rodas e Elisabeth disse que pediria uma maca ao hospital da cidade. Alicia prometeu encaminhar ao médico da tropa a lista com os medicamentos e instrumentos que faltavam. Mandaria Else à farmácia no dia seguinte para buscar as coisas mais importantes.

– Minhas senhoras! – exclamou o médico, erguendo sua taça e olhando com satisfação o grupo através dos óculos.

– Quero agradecer-lhes pelo agradável fim de tarde. Acredito que demos um passo importante para cumprir a grandiosa missão que nos propusemos. Com força e coragem, nós também queremos ser úteis à nossa pátria e aliviar o sofrimento imposto a nossos corajosos soldados em prol da defesa da nação.

A última frase desse discurso soou patética, pensou Marie. Entretanto, todos o olharam com seriedade enquanto bebiam em silêncio. O médico então se despediu e lamentou não poder levar a Srta. Bräuer e a jovem Sra. Von Hagemann em casa, inclusive porque ele, como médico, possuía um carro em perfeitas condições. Mas Elisabeth e Tilly trabalhariam no turno da noite. Elas o acompanharam até o térreo e, de lá, se dirigiram à cozinha, que em certas ocasiões fazia as vezes de sala de descanso das enfermeiras.

Alicia estava de ótimo humor quando subiu com Marie para o segundo andar. Como ela estava feliz por aquele fim de tarde tão agradável! De fato, ela temia que o médico se demitisse. Tudo estaria arruinado. Mas dali em diante seria possível olhar para o futuro com esperança. E ela sabia bem a quem deveria agradecer.

Augsburgo, 5 de maio de 1916

Paul, meu querido Paul,

Estamos há semanas sem notícias suas. Seja lá onde você estiver, não consigo tirá-lo dos meus pensamentos. Sou insistente e sei que enquanto eu lhe enviar minha força e minha vontade de tê-lo aqui, um bom espírito estará à sua volta protegendo-o.

É tudo o que posso fazer. Talvez seja bastante coisa, ou talvez seja ridiculamente pouco. Sou mulher, não posso subir em um cavalo e ir cavalgando até a França para procurar você. Não posso mergulhar em uma trincheira para dar-lhe cobertura e infelizmente não aprendi a pilotar um avião como Elly Beinhorn. Ah, como odeio toda essa impotência. Ficar apenas parada esperando. Manter o controle, estar sempre alegre e sobretudo consolar mamãe. Papai vive ensimesmado, não fala sobre seus medos.

Estou enviando-lhe dois desenhos em que nossos pequenos aparecem. Como são lindos, dormindo com seus sorrisinhos abençoados. Ninguém poderia imaginar que também são capazes de realizar os mais furiosos concertos de choro. Ah, que pena você não poder vivenciar isso. A cada dia, a cada hora, eles aprendem algo novo. Riem, tentam agarrar os bloquinhos coloridos de montar e já podem comer um pouco de papinha. Mas – que milagre – há noites em que consigo dormir tranquilamente, porque nenhum dos lindos pestinhas me acorda.

Paul, meu amado, espero poder trazê-lo de volta do front em breve. Não, ainda não desisti da ideia. Mas até lá quero cumprir com minhas obrigações de mãe e nora, e espero em breve poder ajudar papai na fábrica.

Que os anjos de Deus protejam você, meu querido. Meus pensamentos estão com você. Eu estou com você, agora e sempre.

Te amo.
Marie

12

— Se eu soubesse que seria assim – disse a ama de leite, mergulhando a colher na sopa –, não teria aceitado a vaga de maneira alguma.

Os funcionários estavam sentados à mesa da cozinha almoçando o de sempre: sopa de batata, que agora vinha enriquecida com salsa e cebolinha colhidas no jardim. Quem tinha a sorte de encontrar um ínfimo pedaço de carne o engolia rapidamente para não despertar a inveja dos demais.

– Nós já suspeitávamos – opinou Auguste. – Há tempos vinham falando de um hospital de campanha na Vila dos Tecidos. Mas o que podíamos ter feito? Os patrões decidem, nós obedecemos.

Tomada pelo deleite, Else mastigava o pão que mergulhara na sopa. Cada um desenvolvera seus métodos para aplacar a fome com o pouco que tinham. Auguste comia primeiro a sopa e depois o pão, Hanna o esfarelava na sopa e Rosa colocava a fatia no bolso do avental para comer depois.

– Dois pacientes estão com disenteria – disse Rosa, nervosa. – Vai saber se tem alguém ali com tifo ou pneumonia. E isso com duas crianças pequenas na casa. Lavo minhas mãos. Já falei com a senhora, se os pequenos pegarem algo e morrerem, não poderei evitar.

– Você deveria lavar as mãos com sabão – observou Hanna. – Nós temos que lavar sempre. Ordens do Dr. Moebius. Ele é bastante rígido conosco.

Auguste deu uma risadinha boba e limpou o prato de sopa com o pão.

– É rigoroso, mas veja bem... Ele pode ser rigoroso, porque tem um sorriso tão bonito...

– Você gosta dele, é? – perguntou Else, enrubescendo.

– E por que não? – revidou Auguste com inocência. – É um rapaz bonito. E jovem ainda por cima. Só tenho visto velhos e aleijados por aqui.

– Você está esperando ter algo com ele? – perguntou Rosa com um sorriso travesso.

O rosto de Else ficou ainda mais vermelho, e ela abaixou a cabeça. Hanna franziu a testa. A tal Rosa era mesmo abusada, mas Auguste merecia. Além da Sra. Brunnenmayer, ninguém nunca tentara responder-lhe à altura. Hanna muito menos: ela carecia de talento com as palavras.

– Pois eu lhe digo o que estou esperando – revidou Auguste com um olhar hostil para Rosa. – Meu Gustav, é ele quem estou esperando. Penso nele dia e noite.

– E enquanto pensa, não tira os olhos do Dr. Moebius, não é? – completou Rosa. – Eu vi você ontem babando por ele.

– Ora, vejam só! – comentou Else, enciumada.

Auguste ajeitou-se no banco e cruzou os braços. Babando? Como a Srta. Knickbein era capaz de pensar uma coisa daquelas?

– Estava no jardim de inverno e vi os dois na varanda. Você estava conversando com o Dr. Moebius, devorando o homem com os olhos.

– E daí? – perguntou Auguste, dando de ombros. – A senhora havia me pedido que levasse café aos médicos. Só estava perguntando se o Dr. Moebius tomava café puro ou com leite e açúcar.

Rosa e Else riram com descrença enquanto a mal-humorada cozinheira resmungava que aquilo ali estava virando um galinheiro, com as fêmeas brigando pelo galo.

– E o que você estava fazendo lá em cima no jardim de inverno? Espionando os outros em vez de cuidar do seu serviço?

– Caladas! – sussurrou a cozinheira, apontando para a porta que conduzia à antessala e, de lá, ao átrio. – A Srta. Schmalzler está vindo.

Auguste engoliu o que estava prestes a dizer e Rosa se calou para não contrariar a governanta. A Srta. Schmalzler tinha cerca de setenta anos e estava na mansão há mais de quarenta. Sua autoridade se baseava em um profundo conhecimento da natureza humana e em seu senso de justiça. Até mesmo Rosa, que estava convencida de ocupar um cargo especial na casa, submetia-se voluntariamente às ordens da governanta.

– Uma refeição abençoada para todos!

As funcionárias acenaram com a cabeça e devolveram a gentileza. Hanna se levantou rapidamente para trazer a cesta de pães enquanto a cozinheira enchia o prato de sopa da governanta.

– Comam tranquilas. É uma vergonha que o trabalho do hospital não lhes deixe tempo nem para almoçar.

A governanta emagrecera e sua pele estava mais clara, quase branca.

Especialmente em volta do pescoço, haviam se formado rugas que a gola rendada da blusa preta era incapaz de cobrir. Além disso, ela passara a usar óculos que pendiam em um cordão sobre seu busto de maneira que estivessem sempre à mão.

– Está bem, Sra. Brunnenmayer... Obrigada, já tem o suficiente. Dê a Hanna uma colherada a mais, a menina ainda está em crescimento.

Balançando a cabeça, a cozinheira levou a concha parcialmente cheia de volta à sopeira. Pela porta de trás da cozinha, era possível ouvir uma conversa alegre entre duas enfermeiras. Hanna se levantou para trazer mais quatro pratos e colheres para as funcionárias que se uniriam ao grupo para o almoço: primeiro a dupla que já estava ali, depois as outras duas. Auguste já servira os médicos, que comiam na pequena sala de tratamento, entre pomadas, ataduras e todo tipo de instrumentos brilhantes.

– Amanhã chegarão mais dez pacientes – observou a Srta. Schmalzler. – Por outro lado, o tenente Von Dornfeld voltará para casa e em alguns dias o cabo Sonntag e o jovem Maler também receberão alta.

– Tenente Von Dornfeld... esse é aquele loiro de bigodinho que no outro dia estava perdido no parque, não é? – comentou Rosa. – Um rapaz animado, mas meio desorientado. Estava indo direto para o casebre do jardineiro e foi um esforço mostrar-lhe a direção correta.

Auguste notou que a ama a encarava e teve que morder os lábios para não deixar escapar nenhum comentário furioso. Rosa era uma alma pérfida, não restavam dúvidas.

A Srta. Schmalzler explicou que, até onde sabia, o tenente Von Dornfeld estava noivo e nas próximas semanas levaria sua futura esposa ao altar. Esperava-se que a guerra terminasse em breve – com um desfecho vitorioso para o kaiser –, para que os rapazes recém-recuperados não tivessem que retornar às trincheiras.

– Tem cada história trágica que ouvimos por aí – disse ela. – Sobretudo quando estão com febre é que decidem lavar a alma.

Hanna pensou no jovem tenente perambulando pelo parque. Era evidente que ele queria se livrar de suas angústias com Auguste no casebre do jardineiro. Não, os homens eram criaturas instintivas, perigosas. Assim como seu pai, que sempre espancara a ela e aos irmãos. Assim como os próprios irmãos, que a tratavam tão mal; inclusive os dois menores. Mas o pior eram os homens que a mãe às vezes levava para casa. Embora ficassem apenas uma noite e fossem embora logo pela manhã, eram sujeitos boçais. Quando tinha onze anos, um deles a prensara contra a parede, mas a mãe interveio como uma fera e ele a soltou. Veio-lhe à cabeça o jovem prisioneiro de guerra com os brilhantes olhos escuros. Certamente ele não era diferente dos outros homens. Ganancioso, rude, talvez pudesse tornar-se agressivo e violento também. Claro que podia, afinal era russo. Mas também havia algo de terno em seus olhos, como uma mão macia que acaricia e consola. Ela lhe dera um pãozinho de sal. Um pãozinho roubado. Ele ainda se lembraria disso?

– Dez novos pacientes? – questionou Else, indignada. – Enfim, espero que não venha nenhum com tifo. Ou varíola. Parece que tem uns com cólera, foi o que ouvi.

– Isso é conversa fiada, Else – disse a governanta, contrariando-a. – Infelizmente deve haver casos de tifo e disenteria também. Varíola e cólera, não. Mas, por outro lado, deve ter pneumonias e pleurites sérias, queimaduras e aquelas feridas horríveis causadas por estilhaços de granada.

Ela deu um suspiro, afastou o prato e comentou que naqueles tempos difíceis era necessário cada um dar o melhor de si para apoiar o Império Alemão. Ela sabia muito bem que todos os funcionários da vila cumpriam uma carga de trabalho maior que a usual, incluindo ela.

– Estou orgulhosa de vocês, meus queridos, pois vejo que todos estão se mostrando dignos da tradição desta casa.

Naquele meio-tempo, duas das enfermeiras haviam se acomodado à mesa para comer a sopa. Ao chegarem, as mulheres as cumprimentaram com a cabeça, mas não mantiveram contato e sentaram-se um pouco afastadas das empregadas.

– Você ouviu quando ele disse que na verdade queria ser pianista? Mas logo ficou fascinado pela medicina – disse a enfermeira mais jovem, uma mulher ruiva com o rosto sardento; a outra era pálida, com cabelo cor de palha e olhos azuis esbugalhados.

– Não. Sério? Eu já estava pensando mesmo que ele era artista. Você viu as mãos dele?

– Mãos de artista. Com dedos finos e longos. E a pele tão lisa...

Não era difícil adivinhar de quem estavam falando. Do Dr. Greiner não poderia ser. Hanna viu Auguste bater no ombro de Else, que acompanhava boquiaberta a conversa das enfermeiras.

– Está fazendo o que aí sentada? Ao trabalho!

A roupa no varal já estava seca. Era preciso passar lençóis, fronhas e camisolas e enrolar um sem-fim de ataduras para que pudessem ser reutilizadas. A cozinheira levantou a cuba com água quente do fogão e a verteu em uma bacia para lavar a louça enquanto Hanna empilhava os pratos usados para levá-los à pia. A Srta. Schmalzler também estava a ponto de se levantar para ir ao hospital e averiguar se estava tudo em ordem quando uma visita surpresa surgiu na cozinha.

– Maria Jordan? Nossa. Tudo bem? – disse a cozinheira, um tanto admirada. – Está de folga de novo? Você esteve aqui quarta-feira passada.

– Boa tarde a todos – disse Jordan, quase tímida. – Olá, Srta. Schmalzler. Que bom que está de volta à mansão.

– Ah, Srta. Jordan. Que amável visita. Sim, também estou muito contente. A pessoa se apega tanto aos patrões e depois fica difícil trabalhar por muito tempo em outro lugar.

– Com certeza. E falo por mim também.

Era nítido que a governanta não tinha tempo e tampouco vontade para jogar conversa fora. Ela ofereceu o assento a Maria Jordan e saiu apressada.

– Quer um prato de sopa? – ofereceu a cozinheira.

– Se for possível... – disse Jordan com humildade.

A Sra. Brunnenmayer pegou um dos pratos recém-lavados, secou-o com o avental e serviu uma concha de sopa.

– É sopa de batata mesmo, carne só tem aos domingos – observou ela enquanto colocava o prato diante da camareira.

– Muito obrigada, Sra. Brunnenmayer.

Ela devorou a sopa, faminta. Quase engasgou, e raspou o fundo do prato.

– Não se cozinha mais nada na casa dos Von Hagemanns? Deve ser porque a Sra. Von Hagemann fica mais na Vila dos Tecidos que na própria casa.

Sem fazer ruído, Maria expulsou o ar que tragara ao comer. Os sonoros arrotos, como os expelidos pelo jardineiro ou pela cozinheira, lhe causavam um nojo profundo.

– E quem cozinharia? – disse ela, dando um suspiro. – A cozinheira se demitiu há semanas. Estou sozinha com a criada.

– Nossa! Mas você podia cozinhar algo mesmo assim. Uma sopa. Ou batata assada com ovo.

Ela deu uma risada breve, porém sonora, como se a cozinheira tivesse feito uma piada de mau gosto. Sopa? Batatas? Ovos, talvez? Não, não havia nada disso na casa dos Von Hagemanns. Apenas alguns pedaços de pão velho, flocos de aveia e restos de sêmola. O que fazer com aquilo?

– Há semanas a senhora não se encarrega de nós. Ela faz as refeições na vila, diz que montou o hospital aqui e precisam dela. E quando chega em casa de noite, já está esgotada e não quer conversa com ninguém.

– Mas o dinheiro para os gastos da casa ela tem que dar à criada.

– Nem um fênigue. Há três meses. Nada. Pagamos tudo do próprio bolso.

– Virgem Santa! – exclamou a Sra. Brunnenmayer. – E olha que eu sempre pensei que Elisabeth Melzer fosse uma boa dona de casa. Quando o senhor diretor estava entre a vida e a morte no hospital e a Sra. Alicia ficou com ele, foi Elisabeth quem cuidou da mansão. E fez isso muito bem.

Maria Jordan olhou com desconfiança as enfermeiras que trocavam de turno. As duas mulheres sentadas e que estavam sendo servidas por Hanna eram uns bons anos mais velhas que as demais. Elas lhe davam medo por sua robustez quase tosca. Definitivamente não eram da alta sociedade, mas sim trabalhadoras, com mãos largas e vermelhas, e braços musculosos de fazer inveja a qualquer homem.

– A jovem Sra. Von Hagemann está no mundo da lua – comentou ela, virando-se para a cozinheira. – Se continuar assim, vai se afundar nas próprias dívidas.

A Sra. Brunnenmayer ficou em silêncio. Já circulavam boatos de que os nobres Von Hagemanns estavam endividados até o pescoço. Mas ela não fazia ideia de que a situação era tão grave assim.

– Nós duas já nos conhecemos há tanto tempo... – disse Maria Jordan com um sorriso bajulador. – Por anos, até décadas, dividimos a mesa, ajudamos uma a outra aqui na mansão...

– Vivíamos brigando, isso sim. E não foi pouco...

Jordan moveu as mãos sobre a mesa, como se estivesse alisando a roupa, e admitiu sempre ter nutrido um afeto pela cozinheira.

– Só briga quem ama. É o que dizem por aí. É bem o nosso caso, Sra. Brunnenmayer.

A cozinheira se afastou para um lado e se agachou para colocar um pedaço de lenha na estufa. Logo chegariam Auguste e Hanna para passar a roupa branca e o fogão precisaria estar quente para aquecer o ferro.

– A situação é que eu gostaria de voltar à Vila dos Tecidos – confessou Jordan, antes de soltar um suspiro angustiado. – E agradeceria se a senhora intercedesse em meu favor.

A cozinheira abrira a tampa do fogão para colocar três pedaços de madeira e, após ajeitar a lenha com um gancho de ferro, voltou a fechá-la. Lentamente, a mulher devolveu o gancho ao seu lugar e revidou:

– Você saiu da mansão por vontade própria. O que eu poderia dizer?

Pela janela, Maria Jordan viu Else passando com um cesto repleto de roupas.

– Há quatro meses não recebo salário – disse em voz baixa. – Estou lendo cartas, vendo o futuro das pessoas em tudo que é canto, e é com isso que compro minha comida e a de Gertie, a criada. E quando a jovem Sra. Von Hagemann toma o café da manhã em casa, ela come o pão que eu pago do próprio bolso. É assim que estamos. E Deus sabe o carinho que tenho pela família Melzer...

– Que história horrível – comentou a Sra. Brunnenmayer.

Enquanto a porta da cozinha se abria e Else passava com o cesto de roupas, a mulher acrescentou que tal situação era uma vergonha para a família e algo teria que acontecer antes que aquilo virasse um escândalo.

– Procure a Srta. Schmalzler – aconselhou ela.

Maria Jordan assentiu, preocupada. Sim, aquela devia ser a melhor solução. E se a governanta negasse, ainda seria possível tentar uma solução com a Sra. Alicia Melzer. Um dia, ela a tivera em mais alta consideração. No passado, antes de Marie intrometer-se. Marie, a moça do orfanato que se tornara a jovem Sra. Melzer. Tais coisas aconteciam na vida. Mas ela, Maria Jordan, já perdera tudo o que tinha e, no final das contas, conseguira se salvar com o bom emprego de camareira. Conseguiria se salvar mais uma vez da pobreza e da sarjeta.

– Veja só! Maria Jordan! – exclamou Else, surpresa, e deixou o cesto sobre a mesa. – Veio ler cartas? Pagaria um marco inteirinho se você lesse meu futuro hoje.

A oferta inesperada deixou Maria Jordan perplexa, mas, para seu pesar, ela não poderia aceitá-la de maneira alguma. Eleonore Schmalzler não via com bons olhos suas adivinhações e chegara a proibir a camareira de trazer "seus paganismos" para a casa. Por sorte, Else não insistiu e começou a enrolar as ataduras lavadas, explicando com um brilho nos olhos que estava apressada, pois o Dr. Moebius já perguntara pelas bandagens. Nesse momento, surgiu Auguste, carregando nos braços Liesel, com seus dois aninhos e cachos loiros, e Maxl. Jordan avisou que daria um passeio no parque.

– Só cuidado para não assustar os pacientes – advertiu Auguste. – Os oficiais saem para passear de tarde, para fumar escondidos.

Foi necessário desviar do caminho habitual para chegar ao alpendre pelo parque, onde Jordan supôs que encontraria a Srta. Schmalzler. Isso porque haviam plantado uma horta generosa onde cresciam alfaces, rabanetes, ervas aromáticas, cebolas e cenouras e, se não lhe falhava a vista, havia ervilhas e vagens também. O velho Bliefert varria as estreitas trilhas entre os canteiros com uma vassoura de palha que parecia ter sido confeccionada por ele próprio. O homem acenou e ela devolveu o cumprimento. *Pelo menos o jardineiro ainda me trata bem*, pensou animada. Como pudera ser tão idiota a ponto de abandonar seu emprego seguro na mansão? Só por não suportar obedecer à moça que outrora estivera muito abaixo de sua posição e que rapidamente se tornara patroa. Entre os exuberantes arbustos, flagrou de fato dois rapazes percorrendo lentamente o caminho marcado com terra. Um deles vestia uniforme e estava com o braço direito enfaixado; o outro usava camisa e calça e tinha um curativo ao redor da cabeça. Ambos fumavam.

Maria Jordan deu a volta em um imponente zimbro e avistou o alpendre. Que visão mais triste! No lugar onde em tempos mais alegres se tomava café em família e se faziam festas à luz de tochas, havia agora três leitos de hospital com pacientes imóveis. Outros estavam sentados em poltronas de vime conversando, a maioria deles com ataduras e descalços. Uma jovem enfermeira conduzia um paciente sobre o gramado enquanto lhe dizia qualquer coisa e o homem estendia as mãos para apalpar os galhos de uma faia. Provavelmente perdera a visão.

Com a devida calma, ela se aproximou do alpendre, acenou amistosamente com a cabeça para as enfermeiras, surpreendidas por sua presença, e perguntou pela Srta. Schmalzler.

– Na sala de tratamento. Está em reunião com os médicos. Você é conhecida dela?

Pediram-lhe que se sentasse e a aguardasse. Maria Jordan não teve outra saída a não ser seguir a orientação. A espera sob o sol escaldante pareceu uma eternidade, e ela agradeceu imensamente quando um dos pacientes, um homem troncudo de meia-idade, lhe ofereceu um copo d'água.

– Coloque a cadeira na sombra – sugeriu ele, sorrindo. – Está bem quente hoje...

O homem se apresentou como Sebastian Winkler, outrora professor em uma cidadezinha perto de Nuremberg. Seu pé direito tivera que ser amputado por causa de uma escoriação inofensiva que passara desapercebida, mas então inflamara, fazendo com que o pé inchasse e doesse de uma maneira atroz. Sepse. Por um triz não fora tarde demais para a perna.

– Também é possível perder a vida sem a ajuda do inimigo – disse, balançando a cabeça. – Apenas por um descuido idiota.

Ele encheu a boca para falar do hospital de campanha. Os médicos eram excelentes e davam tudo de si, sobretudo o mais jovem, Dr. Moebius. Igualmente dignas de reconhecimento eram as enfermeiras, que apesar de trabalharem voluntariamente e não terem formação na área da saúde, faziam seu serviço com muita diligência e amor. A jovem Von Hagemann, por exemplo, chegou a emprestar-lhe livros da biblioteca da casa, pois ele era um leitor voraz. Chegou a perguntar se a interlocutora por acaso conhecia os romances de Theodor Storm.

Maria Jordan negou. A conversa era cansativa para ela, sobretudo porque não podia tirar os olhos da porta da sala de tratamento para não perder de vista Eleonore Schmalzler. Mas, como sempre acontecia, justo quando a governanta surgiu com os dois médicos, Jordan estava distraída olhando para o jardim de inverno. Ali viu uma pessoa de nariz comprido e boca pequena olhando curiosa para o alpendre. Nunca vira aquela mulher; será que haviam contratado uma nova camareira?

– Srta. Jordan! Estava me esperando?

Sua mente ficou em branco por causa do susto. Todos os argumentos inteligentes que formulara, as desculpas, os eufemismos, as expressões elaboradas – não sobrou nada.

– Sim... estava. Eu... eu a estava esperando, Srta. Schmalzler – disse ela, hesitante. – É porque eu...

Maria Jordan levantou-se e aproximou-se da governanta, pois nenhum dos presentes precisava inteirar-se de suas dificuldades. Ela gaguejou como uma menina, com a sensação de que o sol derretera seu cérebro.

– Entendo – respondeu Eleonore Schmalzler por fim, e virou-se para uma das enfermeiras que havia lhe feito uma pergunta.

– Pode trocar a roupa de cama dos três leitos. E ajude o tenente a fazer as malas.

– Ele quer se despedir da senhorita.

– Já vou.

Maria Jordan continuava esperando na mesma posição, já temendo que a governanta tivesse se esquecido dela.

– Não posso recomendá-la como camareira, Srta. Jordan – disse ela. – Mas posso interceder para que a contratem como costureira. Provisoriamente.

– Seria... seria muito amável de sua parte!

13

Humbert sentiu vontade de enfiar a cabeça em um buraco. Bem fundo. Como pôde ser tão estúpido? Fazer uma saudação militar ao major. E ainda por cima com pompa, como haviam lhe ensinado.

– É isso mesmo – disse o major Von Hagemann o encarando. – Humbert. Ou deveria chamá-lo de Humbertine?

Ele tinha um sorriso peculiar, que Humbert jamais vira na Vila dos Tecidos. Um sorriso ardiloso. Pervertido. Sardônico. Humbert pensou se não seria mais sensato recolher a saia e sair correndo o mais rápido que as pernas lhe permitissem. Mas hesitou demais e permaneceu ali, parado como um dois de paus.

– O que está fazendo aqui, hein?

O major continuava sorrindo enquanto o analisava de cima a baixo, parecendo desejar arrancar a touca daquela "moça". Mas não o fez. Alguém poderia vê-lo da janela do palácio e tirar conclusões equivocadas.

Humbert decidiu contar a verdade. Ele nunca tivera muito apreço por aquele tal Klaus von Hagemann, mas tratava-se de um parente dos Melzers. Talvez o homem demonstrasse clemência pelos laços que o uniam à Vila dos Tecidos.

– Eu... eu entrei em crise, senhor major. Perdi totalmente o juízo. Estavam querendo nos mandar para o front. Para as trincheiras... Sendo que eu desmaio só de escutar a explosão das granadas.

Com toda a tranquilidade, Von Hagemann ouviu o homem gaguejar enquanto observava as janelas do primeiro andar como se procurasse algo. Ou alguém.

– ... não é culpa minha, senhor major. Apenas acontece. É o barulho. Aquele estrondo, os disparos. Aquele som abafado quando o projétil detona na terra. As explosões... Eu simplesmente apago. Os companheiros precisavam me carregar. No começo, achavam que eu tinha morrido...

O major encontrara o que buscava, pois um sorriso triunfal surgiu em seu rosto. Ele passou a mão no gorro e, inclinando levemente a cabeça, cumprimentou alguém, não de maneira automática e militar, mas com carinho e charme. Uma saudação masculina evidentemente destinada a uma donzela.

– ... quase me mataram de tanto soco, senhor major. Pensaram que eu estava fingindo. Mas não era o caso. É que simplesmente não sirvo para lutar... Sou muito sensível... Sobretudo com os ratos, não os suporto.

A pessoa que aparecera à janela provavelmente se retirara, pois o sorriso encantador do major se transformou em uma expressão de desdém.

– Então temos aqui um desertor, não é?

Que palavra horrível. Humbert sabia que deserções eram punidas com pena de morte. No cadafalso. Ou um tiro na nuca. Ponto-final.

– Não, não, senhor major! – exclamou, exaltado. – Já disse, eu estava fora de mim. Não sei no que estava pensando quando coloquei essas roupas.

– Ah, não me diga – disse Von Hagemann em tom irônico. – Pensei que essa ideia de andar por aí vestido de mulher já lhe ocorria há tempos.

De novo aquele sorriso maldoso, perverso e sardônico. Quem era afinal aquela pessoa em quem Humbert estava confiando?

– Perdão, senhor major, mas nunca pensei nisso antes. Juro. Não sou o que talvez esteja pensando.

Irritado, Von Hagemann ergueu as sobrancelhas, mas preferiu não insistir no assunto. Havia outra pergunta que lhe era muito mais interessante.

– Há quanto tempo você está aqui?

– Desde ontem à noite, senhor major. Mas só perceberam hoje de manhã.

O olhar do major ficou mais penetrante, como se quisesse transpassar Humbert. Chegava a causar medo.

– E os patrões? Por acaso a condessa contratou você?

– Não, não, senhor major. Até agora nem vi a cara dos patrões.

– Mas com os empregados já andou conversando, não?

– Com as moças na cozinha.

Von Hagemann franziu a testa, olhou rápido para a janela e ordenou com voz baixa:

– Venha comigo. Ao meu carro. E sem escândalo, entendeu?

Humbert tinha a estranha sensação de haver cometido um erro fatal, mas não percebia onde estava a armadilha. Ele não tinha chance: para o bem ou para o mal, estava nas mãos daquele homem.

– Espere – sussurrou o major de maneira autoritária. – Fique aí parado. Finja que está me contando algo.

Três mulheres saíram por uma porta lateral e se dirigiram ao pátio carregando tapetes enrolados e um batedor de palha. A bela moça de grandes olhos azuis e cachinhos ruivos não estava ali? Cochichando às risadinhas, elas passaram pelos dois, fizeram uma reverência ao major alemão, que reagiu com desinteresse, e seguiram por um caminho de paralelepípedos que conduzia aos fundos do palácio. Provavelmente havia um gramado para estender roupas e bater tapetes lá.

– Ande. Vamos, vamos! Entre por trás e deite-se aí. Rápido. Bem ali embaixo. E tire essa touca ridícula.

Humbert obedeceu às instruções sussurradas. Por duas vezes, o motor recusou-se a arrancar, funcionando somente na terceira tentativa. Von Hagemann tinha uma maneira agressiva de dirigir. O carro sacolejava em zigue-zague, respingando água na carroceria sempre que passava por uma poça. Humbert era arremessado violentamente por entre caixas e embrulhos. Foram várias tentativas malsucedidas de desatar o nó da touca até que ele enfim arrebentou o cordão e simplesmente a arrancou. Uma estranha sensação de alívio o tomou. Algum tempo depois, arriscou olhar pela janela. O veículo seguia junto a um rio, uma torrente larga de tons barrentos que em alguns pontos invadia as margens e inundava a rua.

Humbert vislumbrou duas barcas que avançavam com esforço pelas águas sujas e, à distância, uma vela, provavelmente de um barco de pesca. No mais, a paisagem era monótona: pastos e campos, algumas vacas e, no outro lado do rio, um vilarejo. Telhados vermelhos e cinza e, ao centro, a torre de uma igreja. Quando o sol aparecia entre as nuvens, seus raios refletiam no caudal amarronzado como se ali flutuassem cacos de vidro. Humbert via apenas a nuca e os ombros do major; arrastou-se um pouco para o lado e avistou também as mãos do homem ao volante. Ele usava luvas marrons de couro. Então flagrou o olhar colérico do major no retrovisor e escutou sua voz furiosa. Não foi possível distinguir suas palavras devido ao barulho do motor, mas, por precaução, ele voltou a se deitar.

A viagem não durou muito. Pouco depois, o carro saltou sobre o meio-fio e Von Hagemann freou com tanta violência que Humbert escorregou entre os assentos.

– Ei! Onde você se meteu? Maldição!

– Aqui... aqui, senhor major.

A duras penas, Humbert se ajeitou atrás de uma caixa de papelão e Von Hagemann lhe explicou que temia que ele tivesse saltado do carro no meio do caminho. Nesse caso, não restaria outra solução a não ser dar-lhe um tiro imediatamente.

– Saia – ordenou Von Hagemann. – Mas seja rápido. Vestido desse jeito, você vai ser a piada do dia.

Humbert descobriu, horrorizado, que o veículo sem capota estava cercado por soldados. Rostos atônitos, debochados, descrentes, dedos apontados para ele. Risadas escandalosas – inicialmente toleradas pelo major e, logo em seguida, reprovadas.

– Ao salão. E fechem a porta com trinco.

– Positivo, senhor major!

Após caminharem pela lama, chegaram a uma edificação baixa que, pelo cheiro, parecia tratar-se de um grande curral. Atrás dele vinha um sargento com dois soldados, apontando fuzis para suas costas. Na penumbra do recinto, distinguiu rapidamente uma vaca malhada e também bezerros amarrados. Ele foi violentamente rodeado pelo fedor de esterco, algo que nunca fora capaz de suportar.

– Deixem o homem aí. É um palhaço! – disse alguém.

Logo em seguida tudo desapareceu em uma espiral que o levou sem clemência à escuridão. Ele conhecia aquilo, já sabia havia tempos que não fazia sentido lutar contra os desmaios. Era preciso simplesmente se deixar ir, afundar-se no chão e esperar que essa sina maldosa o trouxesse de volta àquele mundo que decidira torturá-lo eternamente.

Quando abriu os olhos depois de seu sono profundo, avistou um raio dourado de luz rodeado por inúmeras criaturinhas que dançavam animadas como elfos. Ele contemplou por alguns instantes aquela cena estimulante, os pontinhos delicados que subiam e desciam, seus círculos vibrantes, o deslizar ligeiro... até que percebeu tratar-se de uma nuvem de mosquitos movendo-se contra a luz da janela do curral. Com cuidado, ele se sentou, esfregou a testa, olhou ao redor e pouco a pouco recobrou a consciência. Haviam trancado Humbert naquele recinto: ele era um desertor e provavelmente seria enforcado.

Contemplou os insetos dançarinos. Aqueles mosquitinhos viviam pouco, a maioria deles provavelmente morreria naquele dia mesmo. Mas não faziam ideia disso, não sentiam medo do iminente e inevitável fim. Eram criaturas invejáveis. Ele tentou imaginar-se pendurado na forca, o peso do corpo quebrando seu pescoço. Era rápido, a maioria nem sequer agonizava e, após uma breve luta, pendia tranquila com os braços e pernas inertes. Ele já havia visto duas vezes, de longe, rebeldes franceses e belgas serem executados, com a cabeça coberta com panos. Também havia mulheres. Suas saias balançavam ao vento e ele se lembrava das pernas e dos sapatos grosseiros.

Escutava-se o ruído metálico das correntes das vacas. Ele massageou o ombro dolorido, descobriu um galo na nuca e viu que seu indicador direito sangrava. De onde provinham essas feridas, já não sabia, mas não era nada fora do comum. Não era a primeira vez que desmaiava. A sala onde o mantinham preso era estreita, com chão de terra batida. Há tempos tinham caiado as paredes, mas o revestimento descascava em todas as partes, revelando tijolos vermelhos, pregos enferrujados e um gancho. Em um canto, avistou um balde de lata e preferiu não pensar na finalidade do objeto. Em vez disso, ergueu os joelhos, abraçou-os e observou o raio de luz que penetrava no recinto. O feixe iluminado entrava pelo vidro quebrado de uma janela do estábulo e formava na parede uma sombra distorcida em forma de cruz. Humbert contemplava a projeção que foi se tornando cada vez mais imprecisa até começar a tremular. O céu já ia ficando nublado, em breve a noite cairia. Àquela altura, os mosquitos já haviam encerrado seu baile frenético; deviam ter notado a existência de alimento nas proximidades. Por um momento, ocupou-se em dar uma morte prematura àquelas sanguessugas aladas.

Quando já estava quase escuro e Humbert começava a congelar, ele escutou um barulho de motor. A porta do automóvel se fechou, uma voz ordenou algo rapidamente e outra respondeu de pronto:

– Sim, senhor major.

Ele mal teve tempo de se levantar quando escutou o barulho do trinco e a porta se abrindo. O major Von Hagemann trazia do estábulo uma lamparina, que ergueu para melhor iluminar o recinto. O fedor fresco de vaca o acompanhou na entrada.

– Descansou bem? – perguntou o major, de mau humor, e colocou a lamparina no chão ao lado de Humbert.

– Não estava dormindo, senhor major. Eu desmaiei.

Von Hagemann bufou com desdém. Será que Humbert tinha regras também, como as mulheres? E sofria de enxaqueca? Aquilo ali era o front, não um salão de beleza.

Ele fechou a porta e fitou o antigo criado dos Melzers de cima a baixo.

— Mas que desastre! Um rapaz forte, ágil, saudável, atento... Poderia prestar bons serviços à Sua Majestade, o kaiser. Mas não. O senhor é sensível demais, desmaia com as explosões. Um covarde que foge com saia de mulher enquanto outros dão a vida pela pátria. Que nojo!

A cusparada atingiu o pé esquerdo de Humbert. Só naquele momento reparou que seus tamancos tinham desaparecido e que estava de meias. Não importava. Uma rebeldia contestadora crescia dentro dele. Que mal faria ao exército do kaiser que alguém como ele, que de todo modo não servia para a batalha, fugisse? Por que morrer por aquilo? Não prejudicara ninguém!

O major mordeu os lábios e ficou em silêncio, com o olhar perdido. Humbert esperava enquanto ouvia o martelar do próprio pulso, notando os segundos se transformarem em minutos. Começou a sentir uma esperança débil. Von Hagemann tinha dificuldade para aplicar o castigo que o desertor Humbert Sedlmayer merecia. Talvez por medo de causar problemas familiares? A ideia era absurda. Como os Melzers tomariam conhecimento de seu destino?

— Escute bem, rapaz! — bradou o major.

Humbert estremeceu. Aquela ordem vinha em tom autoritário e veemente.

— Às ordens, senhor major.

— Quero saber qual é sua unidade. O momento da fuga. As circunstâncias. Você havia bebido? Estava doente? Com febre ou algo assim?

Embora pudesse ser sonhador, Humbert não era estúpido. Ele entendeu rapidamente.

— Eu tinha vomitado, sim. Também estava com febre. Tudo girava. E também via coisas que não existiam.

— Alucinações, é? Pensando que estava frente a frente com o inimigo?

Humbert garantiu ter visto uniformes franceses. E russos também, de farda verde. Os soldados russos tinham barbas congeladas pelo frio. E lhe apontavam lança-granadas; ele pensou que precisava se lançar contra eles.

Von Hagemann escutou o relato, deu um breve sorriso e pediu que não exagerasse. Mas aquilo poderia perfeitamente ser um delírio febril. Havia muitas doenças que causavam febre por ali, transmitidas pelos malditos mosquitos.

– Se eu tentar salvar sua pele, é só porque acredito que Sua Majestade, o kaiser, precisa de todo e qualquer soldado nesta guerra.

Nervoso, Humbert engoliu em seco e assentiu várias vezes. Repentinamente lhe pareceu que a guerra pelo kaiser e pela pátria era digna de todo o esforço do mundo. Não importava onde lutaria. Até mesmo nas trincheiras. Qualquer coisa era melhor que o pano na cabeça e a corda no pescoço.

– Eu... lhe serei eternamente grato, senhor major Von Hagemann. Eu... nunca me esquecerei disso...

O major estreitou os olhos para distinguir seu semblante contra a luz da lamparina.

– Deixe o agradecimento para depois. Quando a situação estiver resolvida. Se tudo correr bem, espero a mais absoluta discrição de sua parte. Certo?

Humbert assentiu mais uma vez. Evidente que manteria segredo. Era de seu próprio interesse. Mas sobretudo, claro, para não deixar o senhor major em maus lençóis.

– Discrição absoluta, Humbert – repetiu Von Hagemann com voz abafada. – Tanto agora como depois. Entendeu?

– Entendi perfeitamente, senhor major.

Satisfeito, Von Hagemann acenou com a cabeça. Ele deixou a lamparina, desejou-lhe uma "agradável noite" e saiu. Após o trinco se mover novamente, os passos se afastaram e Humbert ouviu a partida do motor do carro.

A madrugada causou grande inquietação. Humbert andou de um lado para o outro em sua prisão, recostou-se na parede e agachou-se diante da porta para escutar as bufadas e o ruído metálico das correntes das vacas. Em algum lugar distante soavam os sinos de uma torre de igreja, mas o vento levava as batidas, e ele mal pôde reconhecer que horas eram. Por volta do amanhecer, quando o primeiro feixe de luz entrou pela janela, Humbert estava tão cansado que adormeceu.

– Ei, preguiçosa! Acabou a soneca matinal!

O já habitual chute na canela arrancou-o do sono. Primeiro ele sentiu a dor na perna, então um forte beliscão no ombro e, por fim, percebeu que a cabeça doía e um zumbido no ouvido o atormentava. Humbert piscou e se viu diante de um soldado que lhe deu um sorriso debochado e lhe jogou uma trouxa.

– Vá se lavar e se vestir. Depois apresente-se ao major. Ande, ande.

– Me lavar? – gemeu Humbert.

– Água e sabão já estão vindo. A senhora necessita de perfume e uma lixa de unhas também?

Entregaram-lhe um balde com água de poço e um pedaço de sabão duro, e ele logo ficou sozinho. A alegria de Humbert foi imensa; teria sido mesmo vergonhoso livrar-se das vestes de mulher diante daqueles sujeitos. Ele se levantou com esforço e arrancou as roupas sujas e rasgadas. O uniforme que haviam levado era um pouco grande, por isso foi necessário apertar bastante o cinto, mas a jaqueta lhe vestiu razoavelmente bem. As botas, por sua vez, eram do tamanho correto, como se tivessem sido feitas sob medida, e o quepe era aceitável. Balançando a cabeça, ele pensou no uniforme que dois dias antes enrolara e escondera no sótão.

Humbert teve que jogar a água do banho fora e um soldado guardou o sabão. Em seguida, colocaram leiteiras cheias em um carrinho de mão. Era preciso apressar-se. A próxima fazenda, onde os senhores oficiais esperavam o leite para o café da manhã, ficava a três quilômetros dali. Ele levou o carrinho pelo caminho acidentado. Os recipientes metálicos batiam uns contra os outros, e desatolar as rodas de madeira que volta e meia afundavam nos lamaçais era um esforço adicional. Sua cabeça latejava, o ombro doía, mas ele cumpriu sua tarefa em silêncio sem chamar atenção.

– Descansar... minha vez – disse finalmente um dos companheiros quando a fazenda já estava ao alcance da vista. – Quando chegarmos ao alojamento, vá ver o oficial médico. Para fazer um curativo nesse dedo.

O cabo de madeira do carrinho tinha manchas vermelhas. O dedo mindinho de Humbert estava com a pele levantada e sangrava.

– Nem tinha percebido – disse ele, admirado.

– Pode facilmente virar uma sepse.

Aqueles rapazes não eram más pessoas, no fim das contas. Rudes, sim, mas não pessoas ruins. Podiam fazer piadas de mau-gosto, mas logo demonstravam empatia e estendiam a mão quando alguém precisava. Humbert seguia atrás do carrinho, aliviado por não ter mais que carregá-lo, escutando a conversa dos demais.

– Mas não a velha, aquela ali já está mais para lá do que para cá.

– A velha, não. A nova. Brandl Josef a viu, porque o major o levou ao palácio. Vai dar uma boa noiva. Brandl também gostou dela.

– O que ele está pensando? Uma condessa. Aristocrática. Cheia dos babados e apertada em um espartilho.

– E daí? Por baixo de todas aquelas rendas e babados ela é igual a qualquer outra.

– Ela está noiva de um francês, Brandl Josef que disse. Contaram para ele no dia em que esteve na cozinha e as criadas lhe deram comida.

– Esse Brandl Josef nasceu virado para a lua... come do bom e do melhor na cozinha do palácio enquanto temos que nos contentar com sopa de ervilha.

– A condessa está noiva enquanto fica de casinho com o major? Essas belgas são todas prostitutas.

– O noivo não passa de um francês. Daí foi praticamente questão de honra para nosso major sondar o terreno inimigo...

A piada gerou sonoras gargalhadas. Eles pareciam ter se esquecido completamente de Humbert. Quando o carrinho atolou outra vez na lama e ele ajudou a levantá-lo, enfim perceberam sua presença, sem, no entanto, dirigir-lhe a palavra. Foi um alívio, pois ele precisava primeiro assimilar o que acabara de escutar. Então Von Hagemann tinha um caso com a jovem condessa do palácio? Ele entendera direito? Bem, estavam em guerra e muitos não levavam exatamente à risca o compromisso matrimonial, menos ainda em terreno inimigo. E por que levariam? Se no dia seguinte qualquer um poderia estar jogado na lama se esvaindo em sangue... Humbert não era moralista, mas o incomodava em particular que, naquele caso, a mulher traída fosse justo Elisabeth, uma Melzer de nascimento e membro da família de seus patrões. Por mais que há pouco ele estivesse imensamente agradecido, sentiu uma raiva repentina do major. As conversas dos companheiros que se seguiram giraram em torno de Von Hagemann e pouco serviram para aplacar a indignação que sentia. O major era um "maldito mulherengo". Um hedonista. Não se contentava com qualquer camponesa, queria a cereja do bolo. Discutiram acaloradamente se o major preferia as loiras ou as morenas, e por fim concordaram que a cor do cabelo não era decisiva em suas escolhas. As mulheres tinham que ser belas e jovens, magras e um tanto pueris. Era das novinhas que ele gostava.

Pouco antes de entrarem no pátio, um dos companheiros se virou e perguntou a Humbert:

– Por acaso ele te...?

As outras palavras foram abafadas pelos latidos furiosos do cachorro da fazenda. Uma camponesa saiu do estábulo e pegou duas leiteiras do carrinho para levá-las até a casa. Um tenente surgiu, vindo de algum canto afastado do pátio, onde provavelmente se encontrava a latrina. Ele ajeitou o cinto sobre a farda enquanto se aproximava caminhando pelos paralelepípedos cobertos de grama. Os soldados levaram as mãos ao quepe e bateram continência.

– Apresentem-se com as armas e mochilas em meia hora. Vamos seguir em marcha.

– Positivo, senhor tenente. Aonde vamos?

– Para Bruxelas. Depois para o sul, soldado Sedlmayer!

Apesar do susto, Humbert se manteve firme como haviam lhe ensinado. O tenente lhe indicou com o polegar para que fosse até a casa da fazenda.

– Apresente-se ao major.

– Positivo, senhor tenente.

Von Hagemann, que, segundo tomara ciência, era major e *mulherengo*, estava sentado com dois outros oficiais à comprida mesa da propriedade. Entre pratos e canecas de café, os militares haviam estendido mapas e analisavam as rotas indicadas. A ordem de marcha não devia ser de todo inesperada, mas decerto os surpreendera naquela manhã. Provavelmente chegara por telefone: haviam disposto cabos telefônicos em todo o território ocupado, pois não confiavam nas linhas existentes.

Von Hagemann ergueu a cabeça quando Humbert entrou, mas permaneceu com o semblante inalterado.

– Soldado Sedlmayer, a partir de agora está alocado na minha unidade de oficiais. Suba e a criada vai lhe mostrar meu alojamento. Limpe as botas e escove a farda. Depois empacote tudo.

– Positivo, senhor major.

Humbert se proibiu de pensar em seu possível destino. Nada que prestasse viria disso. Ele havia caminhado em círculos como um louco e, naquele momento, voltava ao ponto de partida. Seu único consolo era não estar sozinho.

A primeira parte do caminho foi por trem, os oficiais em seus assentos acolchoados, a tropa amontoada em vagões de carga. A partir de Neuchâtel seguiram a pé, sob o céu escuro e a chuva torrencial, por entre campos e pequenos bosques nos quais brotos surgiam nos galhos. À distância, Humbert distinguiu um zumbido abafado e estrondos que logo se transformaram nos já conhecidos ruídos bélicos. O *puf* contido do disparo da granada, o chiado do projétil voando e então o impacto, primeiramente o *plop* do contato com o solo e, por fim, a explosão. Sob a luz do crepúsculo, ele pôde ver o brilho do fogo, uma chama amarelo-avermelhada, a breve luz, o desvanecer. Permaneceram, uns rentes aos outros, agachados no abrigo até a manhã seguinte. A maioria deles calada, poucos dormindo e alguns embriagando-se. Von Hagemann, o médico e os dois tenentes, todos deitados sobre palha molhada, não conseguiram alojar-se de maneira muito melhor que a tropa. O major ofereceu cigarros – inclusive a Humbert.

– Amanhã o negócio vai ficar sério, Sedlmayer. Aí você poderá mostrar se é um homem ou uma garotinha.

Humbert acendeu seu cigarro com o isqueiro do major. Como quase nunca fumava, tossiu.

Ao amanhecer, a paisagem diante deles era seca e inóspita, como se estivessem na lua ou em um deserto distante. Os canhões haviam se calado por um momento, mas quando os homens começaram a marchar, o inimigo parecia ter despertado. As explosões e os estrondos subiram de tom, os projéteis rasgavam crateras no chão. Com o nascer do sol, o major distribuiu o pessoal. Eles se dispersaram, procuraram várias maneiras de se embrenhar no complexo labirinto escavado para evitarem aglomerações desnecessárias. Humbert vinha correndo atrás do major, quase entorpecido pelas explosões, chiados e sibilos, sentindo a terra mole e úmida sob as botas, vendo diante de si a superfície desértica e acidentada, repleta de crateras, com esqueletos pretos de algum arvoredo queimado aqui e ali; mais atrás, havia restos de muros impossíveis de identificar. O fedor de terra molhada, fogo e morte putrefata era bestial.

– Abaixe-se! – gritou alguém agarrando-lhe pelo colarinho e jogando-o no chão.

Ele se viu de quatro, novamente em um corredor estreito com tábuas nas laterais e tapumes de madeira sobre o chão. A trincheira. Comparado com o horror na escura paisagem lunar do lado de fora, aquele buraco de terra lhe pareceu um refúgio.

– Quase dizimou você – esbravejou Von Hagemann. – Ande. Mova-se. Nossa posição é mais à frente.

Foi avançando, trôpego, passando por soldados imundos, depósitos de munição, caixas com comida, companheiros dormindo, homens seminus procurando piolhos nas fardas. A terra tremia com cada impacto, seus ouvidos estouravam, fuzis matraqueavam. A morte era onipresente e ia ao seu lado como uma sombra.

Contudo, o mais curioso de tudo era o fato de Humbert não ter desmaiado.

14

Já era a terceira blusa que Kitty experimentava, mas aquela delicada peça de seda azul-clara com mangas bufantes e pregas tampouco lhe agradara. Como eram cafonas aquelas roupas! Qualquer secretária andava por aí usando saia e blusa. Mas também não conseguia decidir-se por um vestido, sobretudo porque após o parto praticamente todos os que tinha ficavam muito apertados. Mais na parte dos seios que na barriga. Na verdade, Kitty nunca tivera a intenção de amamentar, até porque não era nenhuma vaca leiteira; além disso, o drama que Marie fizera com aquela história lhe parecia simplesmente ridículo. Contudo – e para seu pesar –, pouco após dar à luz, ela produzia tanto leite que nenhum dos remédios que o médico lhe dera surtiu efeito. Se delegasse a amamentação, provavelmente iria explodir. Suspirando, ela alisou a blusa azul-clara e se olhou no espelho da parede. Era desesperador – com aquelas dobrinhas sob o corpete mais parecia uma matrona. Mas era preciso espremer-se naquele trapo para que o leite que escorresse não manchasse a roupa.

– Nunca mais vou ter filhos – disse ela. – Como uma mulher pode achar bonito inchar feito um balão e ser mordida e sugada três vezes por dia?

Furiosa, arremessou a inocente blusa sobre o tapete e tirou outra do cabide. Fora costurada por Marie. Pelo menos aquela peça de algodão e chiffon amarelo-claro talvez vestisse bem.

– A senhora me chamou?

Mizzi, que na verdade fora contratada como criada, colocou a cabeça na fresta da porta. Em um ataque de raiva, Kitty demitira a camareira dois dias antes e desde então chamava Mizzi para ajudá-la a se vestir. A menina ficava maravilhada ao ver as muitas saias, blusas e vestidos caros, os inúmeros sapatos e botinas. E ainda havia as belas bolsinhas, as luvas, os cintos, os chapéus... Um paraíso que se havia descortinado diante de seus olhos, e ela se empenhava para não perder o acesso àquele oásis.

– Ah, Mizzi – disse Kitty, contrariada. – Já que você está aqui, me ajude com essa roupa.

– Claro, senhora.

A pequena Mizzi tinha talento. A menina esticou a blusa até Kitty sinalizar com um suspiro que parasse. Embora ainda achasse que na parte de cima dava para apertar mais...

– A neném está dormindo?

– Acho que sim, senhora. A ama está com ela.

Na realidade, a ama era dispensável. Pelo menos no que concernia ao leite. No mais, a rechonchuda Alwine Sommerweiler era um tesouro e tinha em casa três crianças pequenas e mais uma de colo. Ela cuidava da pequena Henni com muito carinho e os costumes de uma mãe experiente.

– Diga a Ludwig que quero sair. E traga-me o casaco vermelho de verão, o de gola larga.

Kitty experimentou dois pares de sapatos, deu-se por satisfeita com o terceiro e agarrou um diminuto chapéu vermelho com plumas que combinava perfeitamente com seu cabelo. E se ela o cortasse bem curto? O cabelo bem curtinho ficaria ótimo, pensou. E então dirigiu-se ao quarto da bebê.

O cômodo era todo branco, rosa-claro e dourado. Os móveis com afrescos foram comprados por catálogo e entregues na casa, enquanto os tapetes vinham de uma loja de departamentos em Augsburgo. Nos dois janelões altos avultavam-se cortinas de *voile* rosado que a mãe comprara nos tempos de paz. Apenas a ama, por sempre usar um vestido azul-escuro, manchava o alvo cenário.

– Ela está dormindo – sussurrou Alwine Sommerweiler com um sorriso quando a senhora entrou no quarto.

Nas pontas dos pés, Kitty aproximou-se do berço sobre o qual balançava um móbile com estrelas rosa e a lua em azul-claro. Ah, como era terna aquela criaturinha quando estava dormindo. Que delicadeza o nariz pequenino, as curvinhas da boca, as graciosas linhas de suas pálpebras. Sua pequena Henni! Não, ela estava imensamente feliz por ter aquela filhinha. Se Alfons ao menos pudesse ver a menina! Mas há duas semanas já não recebia cartas dele – ao que parecia, o marido estava em algum lugar na fronteira entre a França e a Bélgica. Isso se ainda existisse alguma fronteira por lá... Essa região já não havia sido tomada há tempos pelo exército do kaiser? Kitty não sabia e pouco lhe importava. O pai tinha razão – o que de fato acontecia nos fronts do leste e do oeste não era relatado pelos jornais. A única certeza era que a Itália também declarara guerra ao Império Alemão.

– Vou ficar uma horinha ou duas na casa de meus pais, Alwine. Se acontecer alguma coisa, por favor, ligue.

O telefone era de fato um objeto prático. Era uma pena Lisa não ter um em seu apartamento. Mas nos últimos tempos, a irmã estava sempre na Vila dos Tecidos mesmo. Tudo por conta daquele ridículo hospital de campanha. Como se já não houvesse casas de saúde suficientes em Augsburgo. Até os conventos estavam atendendo doentes. Não faltava muito para começarem a brigar por pacientes.

Enquanto o carro subia lentamente a alameda em direção à vila, Kitty percebeu que havia muito mais soldados feridos do que imaginava. Um caminhão encontrava-se na entrada da propriedade; a lona da traseira estava aberta de maneira que se podia enxergar seu interior. Ela viu vários homens jogados sobre mantas de lã esperando serem levados para dentro do hospital. Que horror! Isso porque se dizia que ali eram tratados apenas pacientes em vias de receber alta. Aqueles pobres rapazes seriam transportados em macas para a mansão; jaziam praticamente imóveis, alguns com ataduras na cabeça que cobriam a maior parte do rosto. Havia buracos apenas para os olhos e as bocas – uma visão perturbadora.

– Pare ali na frente, Ludwig. Vou descer aqui, pode estacionar o carro no lado esquerdo do pátio para não ficar no caminho.

– Perfeitamente, senhora. Coitados. Tudo pelo kaiser e a pátria... Enfim. Que bom que já sou muito velho para isso.

Kitty estava pouco disposta a ver os feridos de perto e se apressou em chegar aos fundos da vila para alcançar o primeiro andar pela entrada do jardim de inverno. Céus, que complicação aquilo! Em sua visita dois dias antes, a saia enganchara na grade de ferro, ficando com uma mancha de ferrugem.

– Mamãe? Olá? Else! Auguste!

Ela bateu irritada na porta trancada. Passados alguns instantes, a governanta a abriu, o que em nada contribuiu para melhorar o humor de Kitty. Por meses a fio, a esforçada Eleonore Schmalzler tentara ensinar-lhe o básico de cuidados domésticos, proferindo enfadonhas lições e tentando convencê-la a prestar atenção nos afazeres do lar. O que certamente fora ideia da mãe. Tudo em vão.

– Senhora, mas que surpresa! Chegou na hora certa.

Kitty escutou gritos de bebê – provavelmente Leo, aquele escandaloso. Ela não entendia por que a governanta parecia tão atarantada, inclusive com as bochechas rosadas. Provavelmente algo pouco comum estava acontecendo.

– O que houve? Diga logo, Srta. Schmalzler. Por que me matar de ansiedade? Não aconteceu nada grave, certo?

Eleonore pegou seu chapéu e o casaco e garantiu que se tratava de uma ótima notícia.

– Os correios! – exclamou Kitty, adiantando-se. – É uma carta do Paul? Sério mesmo? Meu irmãozinho finalmente escreveu? Diga que é verdade, Srta. Schmalzler. Senão vou puxar sua orelha.

– Mas senhora... Srta. Kitty...

A governanta começou a rir. Quem diria, Eleonore Schmalzler era capaz de rir. A imagem era um pouco estranha, pois ela não abria a boca por completo.

– Não é só uma carta – respondeu ela com a voz trêmula, como se estivesse a ponto de chorar. – Recebemos hoje um cesto inteiro repleto de cartas. Ele deve ter escrito quase todos os dias e a correspondência ficou empacada em algum lugar. Sua mãe e a Sra. Von Hagemann estão na sala de jantar. Tenho que descer agora para o hospital, pois chegaram novos pacientes.

Elas cruzaram o jardim de inverno juntas até o corredor. Dali, a governanta correu para a escada que dava acesso ao hospital enquanto Kitty seguiu em frente até a sala de jantar.

– Mamãe! Lisa!

Elisabeth deixou cair a carta que acabara de ler para levantar-se e abraçar a irmã. Alicia se aproximou, pousou os braços sobre as filhas e todas soluçaram como se uma terrível desgraça tivesse acontecido.

– Ele esteve na Galícia... bem longe... E depois na Masúria. Mas agora está voltando. Parece que vai para a França, mas ele espera poder nos visitar por alguns dias antes de voltar ao front oeste.

– Ah, meu Deus! – exclamou Kitty. – Ele vem para cá. É bom demais para ser verdade... Cadê Marie? Tenho certeza de que ela mal está se aguentando de felicidade!

Alicia explicou-lhe que Marie subira. Era compreensível, queria estar sozinha para ler as cartas de Paul.

– E eu? – questionou Kitty, exaltada. – Ele não me escreveu? Ah, Paul, seu malvado, farsante...

– A pilha de cartas está do lado do bule – indicou Elisabeth, balançando a cabeça. – São todas para você, Kitty. Não seja tão precipitada com seus julgamentos.

– Nossa! Todas para mim? Com certeza tem umas dez, não, *quinze* cartas!

– Treze – corrigiu Elisabeth. – Eu só recebi cinco, e mamãe sete. E Marie...

Kitty já havia se apoderado do monte de correspondência e contava os envelopes. De fato, Lisa tinha razão. Ah, ela recebera mais cartas de Paul que Alicia e Lisa juntas!

– Quantas cartas Marie recebeu? – perguntou.

– Como vocês são ridículas – interveio Alicia com um sorriso. – Parecem crianças!

– Entre cartas e cartões-postais, foram mais de cinquenta para Marie – informou Elisabeth.

– Sério? Tantas assim? – observou Kitty, ligeiramente enciumada.

Ela amava Marie profundamente, a seu ver nenhuma mulher era tão merecedora de seu irmão como a amiga. Mas exatamente por esse motivo Paul deveria ter dividido a correspondência de maneira mais igualitária.

Alicia chamou Else e lhe pediu que trouxesse café fresco e um lanche para Kitty. Então o silêncio reinou no recinto, pois as três estavam absortas em suas cartas. Apenas vez ou outra escutou-se um suspiro ou alguma manifestação de espanto; algumas passagens foram lidas em voz alta, recebendo como reação comentários lacônicos, uma vez que todas se ocupavam com as próprias leituras.

A caminho do leste, 21 de abril de 1916

Minha irmãzinha Kitty,

Estivemos ontem em Königsberg, foi onde o trem parou ao amanhecer. Bateram à porta e desembarcamos na plataforma ainda meio adormecidos. Distribuíram comida: arroz com carne bovina, tudo com fartura e qualidade. Depois ficamos esperando sob o céu pálido até que um trem chegou, com vagões de carga fechados. Dentro deles se ouviam passos e barulhos estranhos. Eram prisioneiros russos que foram descarregados dos vagões e levados à estação-refeitório. Os homens estavam pálidos e esqueléticos; muitos fumavam cigarros. Suas feições eram diferentes das nossas, pareciam gente da Mongólia. Depois os vimos nas cidadezinhas destruídas removendo os escombros. Coitados, foram arrancados de seu país e enviados ao desconhecido. Estamos passando por paisagens monótonas, campos ermos e sítios isolados com casas de madeira e telhados de palha, onde as pessoas vivem junto dos animais. Um outro mundo se abriu diante de mim, como se eu tivesse voltado alguns séculos no tempo. Parece que em Vlkovice há vários postos de correio e acredito que muito em breve minhas cartas chegarão aí e que, da mesma forma, receberei a correspondência de vocês. Irmãzinha, guardei na mochila todas as cartas que você me escreveu, estão presas com um elástico. São um tesouro que me dá forças nos momentos difíceis. Quando as leio, vejo sua mão e o dedo indicador dobrado pressionando a pena com toda força.

Mande beijos à sua linda Henni e receba os abraços de seu irmão mais velho.

Paul

– O café, senhora – anunciou Else, arrancando Kitty de seus pensamentos. – A cozinheira mandou avisar que não poderá preparar o lanche agora porque está servindo o chofer Ludwig e também o motorista do transporte de doentes e seus dois jovens ajudantes. Além disso, a Srta. Schmalzler mandou Hanna ajudar no hospital de campanha e deixou a Sra. Brunnenmayer sozinha na cozinha...

– Obrigada, Else – disse Alicia em tom amigável. – Diga à cozinheira que vou dar uma palavrinha com a Srta. Schmalzler. Pode retirar a mesa agora.

Quando Else saiu com a bandeja repleta de louças, Alicia deu um suspiro e deixou as cartas de Paul de lado. Era preciso colocar as coisas em ordem lá embaixo. Com o hospital de campanha, a delegação de tarefas entre os funcionários infelizmente saíra um pouco dos eixos.

– Não se esqueça de ligar para o papai, Lisa. Ele precisa saber das boas-novas o quanto antes.

– Claro, mamãe. Logo, logo eu tento de novo.

Com a testa franzida, Kitty alternava o olhar entre a leitura e Alicia, mas esperou a mãe sair para formular sua pergunta.

– Por que ela não liga? Os dois brigaram de novo?

Elisabeth revirou os olhos e deu uma leve bufada. Era insuportável ver como seus pais sempre complicavam tudo. Há dias Johann Melzer vinha levantando-se cedo e corria para a fábrica só para não tomar o desjejum com Alicia. Na hora do almoço, não vinha para a mansão e ninguém sequer sabia se comia algo. Isso porque mal havia trabalho na fábrica e nem as duas secretárias apareciam mais no escritório.

– Meu Deus do céu, Lisa! – disse Kitty, horrorizada. – Nossa fábrica está falindo?

Elisabeth balançou a cabeça com veemência.

– Claro que não. Como você pode dizer algo tão estúpido? Por causa da guerra papai até teve alguns apertos, mas está tudo se resolvendo. Ele disse que haverá muitos pedidos em julho e agosto. Acho que é para limpar cartuchos de lata e consertar correias de couro. Não sei exatamente, mas consta que as funcionárias vão ter trabalho por mais algum tempo.

Kitty comentou que tais tarefas pareciam inadequadas para uma fábrica de tecidos. Mas na guerra os cartuchos de lata e as correias de couro deviam ser mais importantes que belos tecidos.

– Exatamente – respondeu Elisabeth com um olhar de desdém. – Até porque é difícil produzir tecidos sem lã e algodão.

Kitty admitiu nunca ter pensado a respeito. Certas coisas lhe passavam desapercebidas, principalmente aquelas que só serviam para deixar a vida mais complicada.

– Fique sentada aí, Lisa. Vou ligar para o papai – disse ela, correndo para o escritório, onde pediria à telefonista uma chamada com a fábrica.

Esperou com impaciência, tamborilando os dedos na escrivaninha do pai e esticando a blusa só para constatar que seus seios voltavam a inchar. E então lhe comunicaram que seu interlocutor não atendia.

– Tente mais uma vez, por favor! – implorou ela.

A senhora refez a ligação, mas foi em vão. Contrariada, Kitty lançou o fone sobre o gancho e voltou à sala de jantar para continuar lendo as cartas do irmão.

– E aí? Conseguiu falar com papai?

Kitty deu de ombros. Ele devia estar passeando pela fábrica. Que inconveniente as secretárias não estarem no escritório, elas sempre sabiam onde o chefe se encontrava.

Elisabeth se manteve calada e pensativa, e então encheu mais uma xícara de café. Adicionou açúcar e um pouco de leite em pó. Após mexer o líquido com a colherzinha de prata, colocou-a de lado e observou a toalha sobre a qual ainda havia algumas migalhas de pão preto.

– Você não tem que descer para o hospital, Lisa? – perguntou Kitty ao notar o comportamento estranho da irmã. – Pensei que fosse a chefe da enfermagem. Não? Ah, então devo ter entendido errado. Escute, é verdade que esse médico novo... Como ele se chama mesmo? Esqueci. Então, é verdade que ele é lindo de morrer? Tilly agora há pouco ficou toda vermelha quando lhe perguntei a respeito.

Elisabeth fez um gesto com a mão descartando o questionamento da irmã e lhe pediu que por favor a poupasse de semelhante indiscrição. O Dr. Moebius era um médico excelente e fazia muito além de sua obrigação.

– Estou preocupada com papai, Kitty – confessou Lisa, angustiada. – Ele anda tão tenso ultimamente. Tão ausente e nervoso. Pelo que percebi, essa briga com mamãe se transformou em uma desavença grave. E você sabe que papai não pode se exaltar...

– Ele emagreceu e está tão pálido. Pensei que talvez estivesse preocupado com a fábrica – comentou a irmã com inocência. – Para variar.

– Motivos não lhe faltariam, Kitty. Mas acho horrível ele ficar perambulando sozinho pela fábrica vazia só para se esconder de mamãe. Se acontecer algo, ninguém estará lá para ajudá-lo. Só iríamos procurar por ele de noite e aí já poderia ser tar...

– Pelo amor de Deus, Lisa! – interrompeu Kitty, horrorizada. – Pare de pensar essas coisas terríveis. Papai já se recuperou.

Por distração, Elisabeth colocou a colher de café sobre a toalha em vez de usar o pires. Uma mancha marrom-clara se espalhou pelo tecido branco.

– Papai pode ter outro derrame a qualquer momento – murmurou ela. – Foi o que o médico nos disse naquela época. Kitty, estou com um mau pressentimento...

– Você sabe mesmo estragar o dia dos outros, Lisa! – respondeu Kitty em tom de queixa. – Justo agora que estávamos todos tão felizes que nosso irmão em breve virá para casa...

Elisabeth levantou-se e foi ao escritório. Kitty revirou os olhos e abriu uma de suas correspondências. Foi impossível concentrar-se nas palavras e ela sentiu inveja de Marie, que estava lá em cima com toda a paz do mundo, lendo uma carta atrás da outra sem que a incomodassem. Será que ela estava chorando? Ou rindo de alegria? Ou os dois? Paul sabia escrever cartas muito amorosas, era um exímio...

A voz de Lisa surgiu do escritório:

– Faça a ligação mais uma vez, por favor... Sim, eu sei que já tentamos ligar várias vezes para este número...

Ah, céus! Lisa estava de fato obcecada com seus pressentimentos aterradores. Se a mãe ficasse sabendo, com certeza seria contaminada e ficaria igualmente preocupada. Kitty dobrou novamente a carta e a colocou de volta no envelope. Lisa era impossível mesmo. Será que ela não podia simplesmente ficar feliz pelo menos uma única vez? Não, sempre tinha que ficar procurando pelo em ovo...

– Pensei em uma coisa – disse Kitty quando Elisabeth adentrou a sala de jantar com semblante sorumbático. – Vamos à fábrica rapidinho dar pessoalmente a boa notícia ao papai.

– Era exatamente isso o que eu queria sugerir – respondeu Elisabeth em voz baixa. – Que bom que você também teve essa ideia.

Nuvens negras anunciavam uma tempestade do lado de fora. Quando Kitty e Elisabeth cruzaram o parque, viram os primeiros relâmpagos ao ribombar de um trovão. Uma enfermeira apressava-se em colocar as poltronas de vime sob a proteção do alpendre, fechando em seguida a porta dupla. Já no pátio, Ludwig acabara de cobrir o carro com a capota antes que caíssem as primeiras gotas mais pesadas.

– Que sorte – observou Kitty quando já estavam refugiadas no carro. – Quase molho meu casaco novo. Você viu que luxo o caimento deste tecido? Comprei na Rosenberg. Em cima é largo e volumoso, embaixo é bem apertado. Como um rabanete.

O nervosismo de Elisabeth não lhe permitiu admirar devidamente a espetacular roupa da irmã. Limitou-se a acenar com a cabeça e manteve o olhar fixo no vidro dianteiro do carro, sobre o qual a chuva escorria. Outro forte trovão a fez estremecer.

– O temporal está bem acima de nós, senhora – informou Ludwig com seu bigode grisalho coberto por gotículas brilhantes. – Uma bela chuva de verão. Como nos tempos de paz.

– Vamos logo, Ludwig. Minha irmã está um tanto nervosa.

– Perfeitamente, senhora!

O chofer dirigiu lentamente, pois pouco se enxergava devido à chuva. Apesar de dispor de um limpador de para-brisa, a peça precisava ser impulsionada pelo carona, e as senhoras estavam acomodadas no banco traseiro. Pararam enfim diante do portão da fábrica. Era impossível distinguir o que havia dentro da cabine da portaria, mas era muito provável que o velho Gruber já não fosse trabalhar, ficando o próprio Sr. Melzer a cargo de fechar o portão. Nesse caso, ele com certeza o teria trancado.

– Que ideia maravilhosa vir aqui – disse Kitty com ironia, já arrepiada de frio em seu leve casaco de verão. – E agora, o que fazemos?

Elisabeth espirrou. Seu casaco estava ensopado no lado esquerdo, pois a capota tinha um vazamento naquele ponto.

– Ludwig, buzine, por favor!

O chofer tocou a buzina três vezes em vão. As irmãs se entreolhavam constrangidas. Um trovão fez o bairro industrial tremer enquanto os relâmpagos iluminavam os edifícios em sinistros tons de azul.

– Podemos descer e balançar a sineta – sugeriu Elisabeth.

– Pode descer então, Lisa. Não estou disposta a arruinar meu casaco.

– Por favor, buzine mais uma vez, Ludwig. E sem timidez. Buzine para valer!

Aquele som era patético, pensou Kitty. Como um dragão com dor de garganta. Decidida, Elisabeth baixou a maçaneta e estava prestes a se lançar no aguaceiro quando Kitty a segurou pelo braço.

– Veja só ali! – exclamou, apontando algo. – Um guarda-chuva!

– O quê? Onde?

De fato, era um guarda-chuva preto aberto se movendo pelo pátio. Ele avançava lentamente em sua luta contra o vento e enxurradas, e Kitty reconheceu um homem com roupas escuras sob ele. O porteiro Gruber estava a postos.

– O coitado está quase voando com o guarda-chuva...

– "... e quando ele bateu no céu, também voou seu chapéu."

– Pare com isso, Lisa. Odeio esse livro. Desde pequena não suporto esse *João Felpudo*.

– Vamos logo, Ludwig. Está esperando o quê?

O porteiro havia aberto o portão, travando-o nos dois lados para que não batesse e danificasse o veículo. Quando o carro passou, o homem lhes fez uma atrapalhada saudação com o guarda-chuva. Era evidente sua alegria com as duas jovens acenando-lhe com tanto entusiasmo.

– Esse aí não aguenta ficar em casa – comentou Elisabeth, balançando a cabeça. – O pobre homem não consegue viver fora de sua cabine de porteiro.

Pediram que as deixasse em frente do edifício da administração e, para seu alívio, encontraram a porta aberta. Já nas escadas, seus passos soavam assustadoramente barulhentos – não se ouvia nenhum outro ruído, nem mesmo o chiado e o tamborilar da chuva.

– Não tem mais ninguém trabalhando aqui? – perguntou Kitty, intrigada. – A contabilidade era aqui, não? Aqueles sujeitos estranhos de óculos redondos e protetores nas mangas da camisa...

– Os rapazes estão na guerra, Kitty.

– Verdade, tinha esquecido. Mas havia uns mais velhos também. Engraçado eles não virem mais trabalhar. O escritório do papai é no segundo andar, não é? Ele sempre ficava nervoso quando eu o visitava antigamente. Todos tinham que esperar para serem anunciados, mas eu só entrava e pronto.

As irmãs se detiveram, ansiosas, na antessala. Como estava silencioso ali. As duas máquinas datilográficas estavam cobertas por uma capa, as cadeiras ordenadamente alocadas sob as mesas, uma pilha de pastas juntava poeira em uma mesa com rodinhas. Na lixeira jazia uma única bola de papel amassado. A chuva, por sua vez, seguia golpeando os vidros das janelas.

– Cruzes, que cheiro de mofo. Pena não poder fazer o ar correr um pouco com este temporal – observou Elisabeth.

Kitty baixou a maçaneta da sala do diretor e empurrou a pesada porta, que rangeu como em um castelo assombrado. Ao examinar o escritório do pai, constatou que ninguém se encontrava ali. Entretanto, havia indícios de que ainda há pouco alguém estivera ali tomando conhaque e fumando charuto.

– Inacreditável! – exclamou Elisabeth, suspirando ao erguer da mesa um cinzeiro abarrotado para analisar seu conteúdo. – Tem pelo menos dez, não, doze guimbas de cigarro aqui. E na lixeira tem mais cinzas. E olha que o Dr. Greiner proibiu expressamente o papai de fumar!

– O conhaque também tem servido de consolo – comentou Kitty. – A garrafa está quase vazia. Veja só, Lisa. Papai não estava sozinho.

Viram três copos de conhaque vazios sobre outra mesa e um segundo cinzeiro, igualmente cheio. Desnorteadas, as irmãs analisavam os vestígios. Ao que tudo indicava, o pai recebera visitas.

– Devem ter sido homens – pontuou Kitty. – Mulheres não fumariam charuto.

Elisabeth tomou nas mãos um copo para inspecionar eventuais pistas. Nada de marca de batom. Tranquilizou-se.

– Claro que eram homens. O que você está pensando do papai? – perguntou, indignada. – Provavelmente estava firmando contratos com os sócios.

– Ah, sim!

Kitty deu de ombros e explicou que já sabia de antemão que os medos de Lisa eram puro fruto de sua imaginação fértil. Tudo ali indicava que o Sr. Melzer estava às mil maravilhas.

– Espero que você tenha razão, Kitty!

– Onde será que papai está? – indagou Kitty. – O porteiro provavelmente sabe.

– Que idiotas! – disse Elisabeth. – Devíamos ter perguntado.

As duas deixaram a sala do diretor e desceram as escadas. Apesar de tudo, o edifício silencioso e deserto continuava assustador. Um pouco sujo também. Os cantos exibiam teias de aranhas diligentes. E o cheiro era de abandono.

A chuva dera trégua, e elas decidiram esperar na entrada enquanto Ludwig ia ao encontro do porteiro. Se o senhor diretor não estivesse lá em cima no escritório – assim lhe informaram –, só poderia estar na fiação. Há dias ele vinha perambulando por ali, era uma tragédia. Daquele jeito, o coitado do senhor diretor iria acabar com os nervos...

– Não deve ser tão ruim limpar meia dúzia de cartuchos de metal – comentou Kitty.

– Vamos juntas – ordenou Elisabeth. – Isso é o que vamos ver.

Ela arrastou Kitty sob a chuva por dois galpões, até chegar ao terceiro, onde ficava a fiação. Normalmente, os dois andares ficavam cheios de funcionários. Certa vez, quando criança, Kitty entrara em uma daquelas instalações, mas o ruído aterrador de todas aquelas máquinas logo a afugentara.

– Tire os dedos dos ouvidos – gritou Elisabeth. – Está tudo em silêncio. As máquinas não estão operando.

– Odeio você, Lisa – queixou-se Kitty. – Por sua culpa meu casaco novo está cheio de manchinhas de água.

Ela contemplou com desgosto aquelas máquinas de fiar conhecidas como *selfactor*, agora silenciosas. Faltavam o chiado e o zumbido das bobinas e também o rangido que o braço móvel fazia quando se deslocava para esticar e enrolar os fios. Entretanto, logo ao lado escutava-se um barulho abafado; a máquina a vapor estava sob pressão.

– Estão trabalhando lá em cima – concluiu Elisabeth.

– Ah, que ótimo. Vamos subir. Quem se importa se meu casaco ficar manchado de óleo também?

Já na escada, as duas escutaram a voz colérica do senhor diretor. Ele esbravejava como nos bons e velhos tempos.

– Isso é um monte de sucata! Por que esse rolo não se mexe? Eu lhe paguei uma fortuna para quê?

– É só um pequeno detalhe, Sr. Melzer. Basta lubrificar melhor o eixo. Talvez tenha um parafuso solto também.

– Sua cabeça que tem um parafuso solto, Sr. Hüttenberger! Isso sim. Meu filho desenhou tudo direitinho. É só olhar!

– Agora está funcionando!

Elisabeth e Kitty subiram os últimos degraus com mais pressa e logo se viram diante de uma imponente estrutura metálica; sem dúvida uma máquina, pois era acionada por duas correias.

– Papel! – exclamou Kitty, abrindo os braços. – É um rolo de papel. Papai vai fabricar papel de parede.

O imenso rolo de papel girava com intensos chiados e rangidos, a máquina zumbia, soltava fumaça, estrondeava. Uma haste de metal levantou-se nas alturas, pousou sobre o rolo e em seguida houve um som breve de papel sendo rasgado. Então a máquina perdeu o fôlego e rangeu até parar por completo.

– Maldito seja! – berrava Johann Melzer para os mecânicos. – Se eu encontrar rasgos nesse papel, vou arrancar o nariz de vocês com minhas próprias mãos!

15

Marijampolè, 10 de outubro de 1916

Minha amada Marie, minha maravilhosa e carinhosa esposa,

Infelizmente nosso reencontro terá que esperar, pois os planos mudaram e por enquanto ficarei na Rússia. Nossa unidade recebeu hoje essa péssima notícia, e alguns de meus companheiros que – assim como eu – ansiavam por rever a família ficaram inconformados. Eu também demorei um pouco para superar a decepção, mas somos todos soldados de Sua Majestade e é inútil reclamar e lamentar-se; nos limitamos a dizer "Positivo!" e cada um lida com o resto sozinho.

Talvez seja vontade de Deus a nossa permanência aqui. A situação na Lituânia está tranquila, os russos continuam em um confronto morno na Galícia, mas parece que a disposição deles para a guerra está enfim acabando. Na França, sobretudo em Verdun, parece que a situação é completamente diferente: por lá as trincheiras estão cara a cara e, conforme se escuta, as baixas são muitas em ambos os lados. Às margens do Somme parece que há batalha também, lá os ingleses estão oferecendo ajuda na defesa de seus aliados.

Agradeço muitíssimo a todos pelos ótimos presentes: os chocolates, os cobertores de lã e os mapas estão me ajudando bastante. Continuamos abrigados na fazenda onde nos instalaram com toda "comodidade" no celeiro. De noite, às vezes vamos a um bar em Marijampolè, que tem um taberneiro alemão e está sempre lotado, dia e noite. Mas na maioria das vezes tomamos chá, a bebida nacional da Rússia. Por aqui ele é servido bem forte, com açúcar e... geleia! Uns dias atrás o chão congelou, o que por um lado indica que o inverno vai começar cedo, mas, por outro, também tem suas vantagens. O solo aqui é um lamaçal, só se pode andar sobre tábuas, do contrário o pé afunda até o tornozelo. Mas quando o tempo gela, a terra endurece e os mosquitos insuportáveis desaparecem. Quando saímos em patrulha com os cavalos, ficamos olhando para essa imensidão tão árida e desolada e nos perguntamos o que estamos fazendo aqui. Mas não é nossa função questionar as decisões de nossos superiores.

Penso muito em você, minha meiga Marie, e também em nossos dois filhos que não vejo há oito meses. Estou enviando dois bonequinhos de madeira que comprei de um menino camponês. O cavalinho é para nosso Leo, claro. O cachorro, para Dodo. Só não sei se eles já conseguem brincar com isso, mas quando você lhes mostrar os brinquedos, minha querida, diga que foi o papai quem mandou.

E para você, minha linda esposa, comprei um belo presente também – mas será uma surpresa para quando nos reencontrarmos. Vou guardá-lo comigo, pois não quero confiá-lo aos correios.

Beijos e abraços, meu amor. Quando leio suas cartas, sua imagem me vem à cabeça e me acompanha em meus sonhos, onde nossas almas e corpos estão unidos.

*Com amor,
Paul*

Marie dobrou a carta com um discreto suspiro e a colocou na pasta de couro que havia comprado para as correspondências de Paul. Em todos os seus momentos livres, já se habituara a buscar refúgio entre aqueles papéis e escolher uma carta para ler. Elas lhe davam a sensação de que Paul estava por perto, e Marie chegava a acreditar ser capaz de ouvi-lo falando, articulando as palavras, e, ao fechar os olhos, também via seu rosto. Ah, como sentia saudade daquele sorriso debochado!

Se ao menos as autoridades militares atendessem sua solicitação e liberassem Paul do serviço militar... Mas o trâmite se arrastava, os dias passavam e a ideia de que justo naquele momento algo pudesse acontecer com Paul tirava o sono de Marie. Estava irritada com o sogro, que tanto tardou para enfim pensar fora dos padrões. Johann Melzer precisara provar que não era de seu feitio dançar conforme a música de Paul e menos ainda sob a batuta da nora. Mas por fim foi racional. Mandou montar três máquinas de acordo com os projetos de Paul e começou a tecer as primeiras fazendas. Marie ia diariamente à fábrica, o que não era do agrado do sogro, para avaliar os progressos e verificar a qualidade dos tecidos. E chegara até a desenhar secretamente algumas estampas simples, porém bonitas. Era necessário que tivessem apelo visual, uma vez que ainda precisavam se impor frente à concorrência mais experiente. Sentia grande felicidade por poder implementar suas ideias e saber que assim estava contribuindo para a continuidade da fábrica. Que lástima Paul não estar entre eles...

Ah, o que lhe faltava era paciência! Mas o importante era que havia esperança de novo. Os constantes atritos entre os sogros finalmente deram trégua. Não se podia descrever aquela união como afetuosa, mas pelo menos Alicia e Johann Melzer haviam voltado a se falar e faziam as refeições juntos. Mesmo assim, no cair da noite, quando Marie e Alicia tomavam chá no salão acompanhadas por Elisabeth, sempre que as tarefas no hospital de campanha lhe permitiam, Johann Melzer se isolava no quarto com algum livro. Já havia muito barulho e falação ao seu redor durante o dia, afirmara ele uma vez, de maneira que seu sossego noturno lhe era sagrado.

De repente surgiu o barulho de passos apressados no corredor e de movimentação no jardim de inverno. Provavelmente eram os primeiros convidados chegando para a festa da família, e Else desceu apressada para ajudá-los com os casacos. Que complicadas haviam se tornado as coisas depois da instalação do hospital de campanha. Quando o tempo estava ruim, os visitantes carregavam toda sorte de sujeira para dentro do jardim de inverno. E claro que logo no dia dessa pequena recepção faria um dia sombrio de outono!

– Senhora...

Auguste havia entreaberto a porta silenciosamente e sua cabeça surgiu na fresta.

– Estou quase pronta, Auguste. Quem chegou agora?

– O barão Von Hagemann e a esposa. E já vi o carro do diretor Bräuer se aproximando.

– Vou descer. Está tudo em ordem na cozinha?

– A Sra. Brunnenmayer está rabugenta como de costume e não para de implicar com a pobre Hanna. Else reclamou por ter que ajudar na cozinha.

– Peça-lhe para montar o cercadinho dos gêmeos no salão vermelho. Mamãe quer tê-los por perto quando servirem o café mais tarde.

– Vou avisar, senhora.

Auguste havia se arrumado com especial elegância e inclusive usava uma touca recém-engomada. Havia tempos não davam festas na vila – até mesmo a comemoração de Natal fora tranquila e comedida. Mas naquela ocasião, com a chegada surpresa de Alfons, marido de Kitty, que passaria dez dias de folga em Augsburgo, haviam decidido comemorar em família o aniversário de Alicia, que no ano anterior passara em branco. Claro que de acordo com o que aqueles tempos de privação permitiam.

Marie colocou a pasta de couro na gaveta e a fechou. No quarto ao lado, Leo choramingava, irritado com a irmã, que já conseguia ficar em pé, apoiando-se nas grades do cercadinho, enquanto suas tentativas eram infrutíferas. Por outro lado, em sua cabecinha redonda já brotava uma linda penugem dourada. Dodo, ao contrário, usava uma touca de renda para esconder a falta de cabelo.

– Alimentados, de fraldas limpas e prontos para as travessuras – comentou Rosa com alegria quando Marie entrou no quarto das crianças. – Se conheço bem sua sogra, ela encherá seu queridinho Leo com todo tipo de guloseima.

– Ah, é mesmo. Tem bolo – disse Marie, suspirando ao levantar a filha do cercadinho.

A pequena ria, mostrando os quatro diminutos dentes branquíssimos que já haviam nascido. Dodo estava quase sempre bem-humorada, era uma criança solar. Já Leo, o primogênito, só sabia ser encantador quando julgava necessário. Na maioria das vezes, se mostrava insatisfeito, chorava de madrugada incomodado com os dentes que nasciam, pedia colo, sentia fome, tinha cólica, o nariz entupido e febre.

– Pode descer, senhora – comentou Rosa. – Depois do lanche eu levo as crianças para o salão.

Marie passou Dodo para o colo da babá e seguiu para o primeiro andar. Percebeu a agitação habitual que sempre antecedia aquelas recepções. Ofegante, Elisabeth passou apressada por ela. Acabara de encerrar o expediente no hospital de campanha e precisava trocar de roupa rapidamente para receber os convidados.

– Else passou meu vestido, Marie?

– Ontem à noite eu pedi que o deixasse pronto. Não precisa correr assim, Lisa. Mamãe e papai estão no jardim de inverno e estou descendo agora também para recepcionar os convidados. Pode se vestir com calma.

– Obrigada, Marie. Você é uma querida.

Auguste também cruzou o caminho de Marie bastante atarantada, subindo com os casacos úmidos das visitas para que secassem no andar de cima. Hanna saiu pela porta de serviço com o rosto vermelho e uma expressão de pavor nos olhos. Ela usava um vestido preto que ganhara de Marie e que contrastava com o avental branco de renda e sua delicada touca. Era a primeira vez que atenderia os convidados e estava nervosíssima.

– Lembre-se de servir o vinho bem devagar, Hanna. E não faça essa cara, garota. Sei que você vai conseguir.

– Sim, senhora. Darei o meu melhor.

No jardim de inverno, o espumante teve grande aceitação apesar do tempo cinzento. Apenas Gertrude Bräuer, sogra de Kitty, comentou que preferia um copo de vinho quente. Os presentes foram entregues e dispostos sobre uma mesinha em frente à estante de livros. Alicia recebia os parabéns pelo seu dia, assim como abraços ou apertos de mão conforme o grau de parentesco. O mais difícil para Marie foi cumprimentar o casal Von Hagemann com a cordialidade adequada. Havia tempos estava claro que ambos consideravam seu casamento com Paul um infortúnio, mas ela, que nascera sob condições trágicas e crescera em um orfanato, aprendera ainda na infância a lidar com o desprezo alheio e foi capaz de dissimular bem o que pensava. Muito mais amistoso foi o encontro com Gertrude e Edgar Bräuer. Os dois estavam felicíssimos em ter em segurança e por perto seu único filho Alfons por alguns dias.

– Cadê eles? – perguntou Gertrude Bräuer, ansiosa. – Ah, esses jovens! Quase não vimos Alfons desde que ele chegou a Augsburgo. Só quer saber da esposa. E está louco pela lindinha da Henni.

– É natural – observou Alicia. – Os jovens têm a vida deles e aos velhos nos resta aceitar isso. Não é mesmo, Johann?

Naquele dia, excepcionalmente, Johann Melzer estava de bom humor. Munido de uma pequena taça de espumante, ele parecia realmente contente.

– Não me surpreende nada que Alfons não largue da minha filha – gracejou ele. – Afinal de contas, os dois têm que encomendar um varão.

– Esse Johann... – censurou Alicia, constrangida.

– Isso aí! – exclamou Edgar Bräuer.

Christian von Hagemann também parecia entretido. Riccarda von Hagemann se limitou a dar um gole em seu espumante enquanto admirava, pensativa, os cristais venezianos nas estantes. Gertrude Bräuer, que não tinha papas na língua, perguntou se ela precisava do dia inteiro para a análise, pois em cinco minutos já dava para examinar tudo. Ao que Riccarda reagiu revirando os olhos.

As piadas se seguiram por mais algum tempo. Os convidados tomaram mais uma taça e cumprimentaram o monsenhor Leutwien, que chegara um pouco atrasado após celebrar a missa da noite.

– Uma tacinha de champanhe, monsenhor?

– Com prazer, amigo. O vinho da missa cai como vinagre no meu estômago.

Riccarda lembrou que não era vinho o que o pároco bebia, mas sim o sangue de Cristo, e Leutwien respondeu acenando a cabeça com benevolência. Em seguida, perguntou sobre os progressos de seu filho Klaus. Até onde sabia, ele fora promovido a major.

– Nosso Klaus faz jus à tradição da família, monsenhor. Como sabe, meus irmãos e meus dois primos são oficiais do exército de Sua Majestade, o kaiser. A vitória inesquecível contra nossos arqui-inimigos da França em 1870 e 1871 foi em grande parte mérito dos Von Hagemanns.

Continuou mencionando outros parentes célebres, mas não o marido, pois a carreira militar de Christian von Hagemann tivera um fim abrupto devido a um escândalo na época. Leutwien já estava ciente, mas assentiu diligentemente às explicações da mulher e se manteve calado.

Sobre as mesas havia pequenas placas que Marie recortara em formato de coração e decorara com desenhos e os nomes das famílias. Não lhe pouparam elogios, sobretudo Edgar Bräuer, que comentou ser admirável a naturalidade com a qual a cunhada de Alfons empregava seus dotes artísticos a serviço dos Melzers. Christian von Hagemann acenou com a cabeça, pensativo, e observou que nem todas as mulheres eram tão espertas.

– Senhora – anunciou Auguste, fazendo uma reverência especialmente zelosa ante os convidados. – A Sra. Kitty Bräuer e o marido acabaram de chegar.

– Que bom – disse Alicia. – Então esperemos com a sopa até eles se acomodarem.

Na visão de Marie, Kitty nunca estivera tão linda. Ter engordado um pouco lhe fizera muito bem, ela parecia mais mundana e real, afastando-se da imagem de princesa da terra encantada. E ela estava feliz, isso se notava à primeira vista por suas bochechas coradas. *Que maravilha*, disse Marie a si mesma. Kitty só se casara com aquele simpático homem, um tanto quanto desajeitado, por estar com a reputação arruinada após fugir com o tal francês. Contudo, a gratidão inicial se transformara em amor verdadeiro com o passar do tempo.

– Mamãezinha! – exclamou Kitty, abrindo os braços. – Deixe-me abraçá-la, minha mãe mais amada do mundo. Somos mesmo abençoados por ter uma mamãe tão querida, carinhosa, atenta e, além do mais, lindíssima. Vai nos dizer quantos anos está fazendo? Não? Bem, não devem ser mais que trinta. Talvez 31? No máximo. Pode dizer o que quiser, ninguém vai acreditar.

Ela cruzou o recinto para abraçar a mãe, quase derrubando Hanna, que entrava com a sopeira. Alfons Bräuer veio logo atrás, sorrindo educadamente como sempre fazia quando estava em família, e permitiu-se a liberdade de cumprimentar a aniversariante com um abraço também. Como estava magro, avaliou Marie. Também seu rosto, outrora tão rosado e vistoso, adquirira um estranho aspecto cinzento, e a pele parecia flácida.

– Me sinto tão bem por estar aqui de volta – disse ele. – Que sorte poder participar de seu aniversário.

Kitty saudou os demais convidados, distribuiu beijos e abraços e falou pelos cotovelos, contando sobre a ama de leite atabalhoada que não amamentara Henni a tempo, sobre uma estátua de mármore que dera errado e sobre o hospital de campanha, o culpado por ela já ter destruído dois vestidos, uma saia e um par de sapatos novos em folha na escada que dava acesso ao jardim de inverno.

– Se Jordan não fosse tão boa costureira, eu estaria andando praticamente nua.

– Kitty! – repreendeu Elisabeth. – Tenha modos!

Enquanto Hanna servia a sopa com máxima concentração, Marie ficou sabendo que Maria Jordan estava costurando três vezes por semana na vila.

– Nossa! – exclamou Riccarda von Hagemann, erguendo a sobrancelha direita. – Pensei que ela estivesse ocupadíssima na sua casa, Elisabeth. Você não queria tê-la como camareira a todo custo?

Elisabeth lançou um olhar furioso para Kitty e explicou que naqueles tempos ela ficava mais na Vila dos Tecidos do que em seu próprio apartamento.

– Claro, é seu trabalho beneficente pelos nossos pobres feridos – concluiu a sogra.

Alicia interveio dizendo que estava muito feliz por poder contar com Jordan como costureira. Ela havia feito babadores lindos para os gêmeos e tinha modificado alguns de seus vestidos.

– Hoje em dia uma boa costureira vale ouro – comentou Gertrude Bräuer.

– Com certeza – concordou Riccarda. – Pelo que ouvi, nossa Marie também tem mão boa para a costura. Não era você quem fazia os vestidos de Lisa e Kitty antigamente?

Marie sentiu o silêncio imperar à mesa e todos os olhares se dirigirem a ela. Aquela bruxa ordinária.

Johann Melzer, que até então se encontrava absorto em sua conversa com o monsenhor Leutwien, deixou a colher de lado e fitou Riccarda von Hagemann com hostilidade.

– No que diz respeito à costura – disse ele em voz alta –, não sou capaz de opinar. Mas que minha nora Marie é uma moça excepcionalmente talentosa, posso afirmar com toda a certeza e admiração. Esses dias ela me explicou como funciona a máquina para produzir fios de papel; nisso definitivamente é bem filha de meu antigo sócio Jakob Burkard, sem o qual a fábrica de tecidos dos Melzers jamais existiria.

Ele fitou Marie, que – atônita e ao mesmo tempo tranquilizada pela inesperada defesa – não encontrou palavras, e prosseguiu discorrendo sobre o papel da mulher nos tempos atuais. Johann sempre fora contra sabichonas e sufragistas, mas uma mulher com talento excepcional merecia receber uma formação adequada. Nenhum país poderia dar-se ao luxo de dispensar tais capacidades. Menos ainda naqueles tempos, quando tantos rapazes sacrificavam a vida em um confronto sem sentido.

– Morrer pela pátria é uma honra!

Christian von Hagemann lançou aquelas palavras no salão em tom lancinante.

O homem estava vermelho de tanta indignação e encarava Melzer como um subordinado rebelde. Por não esperar uma contestação tão veemente, o sogro de Marie se calou. Alfons Bräuer interveio.

– Meu prezado Christian, tenho certeza de que ninguém nessa mesa é contra nossa pátria. Mas face aos desdobramentos desta guerra, não posso lhe dar razão. O que está acontecendo nas trincheiras e nos campos de batalha não tem nada, nada mesmo, a ver com honra ou morte heroica.

Sua vontade era continuar falando, mas não o fez em respeito às senhoras presentes. Em vez disso, ergueu a taça de vinho e brindou ao sogro.

– Prefiro ignorar suas palavras, meu caro Alfons – retrucou Von Hagemann. – Vejo que está mentalmente perturbado, o que infelizmente acontece com muitos jovens que não contam com treinamento militar e só conhecem a vidinha fácil de um cidadão normal. A guerra, meu caro Alfons, é um trabalho duro, é preciso ter mente e corpo sãos, força de vontade e disciplina. É puramente graças à disciplina que o exército alemão se impõe diante de todos os outros deste mundo.

Seu discurso havia ficado cada vez mais inflamado, de maneira que, além do rosto, seu pescoço começava a enrubescer. Ele alisou mais uma vez o queixo, moveu o maxilar e observou os comensais em busca de novas objeções. Johann Melzer reclinou-se em sua cadeira para que Hanna recolhesse seu prato vazio. Já Alfons Bräuer mantinha o olhar fixo na parede. O rapaz parecia estar mordendo a língua, mas era óbvia sua decisão de evitar um conflito familiar justo no aniversário da sogra. Kitty, por sua vez, não demonstrou a mesma consideração.

– Engraçado – disse ela antes de limpar a boca com o guardanapo engomado de pano. – Se estamos nos impondo tanto, por que ainda não ganhamos? Não entendo, meu caro Christian. Mas talvez seja por eu ser mulher. Veja você, no início pensei que essa guerra idiota acabaria em três meses. E já estamos há mais de dois anos nisso.

Não foi pouca a irritação de Von Hagemann com aquele ingênuo disparate feminino. Como, obviamente, não podia calar ou ignorar Kitty, se viu obrigado a responder com toda a educação.

– Os motivos, minha querida Kitty, são variados e de difícil compreensão para uma mulher. É preciso ter conhecimentos militares.

– Tem razão – replicou Kitty, brincando com a gravata do marido, que desfrutava daquele gesto de intimidade. – Mas eu acho o seguinte: quando um plano de ação funciona, é fácil explicá-lo. Porém, quando dá errado, fica complicadíssimo e todos os envolvidos passam a acreditar que a culpa é do outro. Certo, papai?

Suas palavras foram recebidas com um silêncio incômodo. Von Hagemann forçou um sorriso indulgente enquanto Johann Melzer furtou-se de qualquer amabilidade.

– Queridos convidados – disse Alicia, tomando a atenção para si. – Terei a alegria de receber os cumprimentos de mais duas pessoas. O Dr. Greiner e seu colega Dr. Moebius se ausentarão do hospital de campanha e me darão a honra de sua companhia por alguns instantes.

Os senhores se levantaram para saudar os recém-chegados, que não poderiam ter surgido em momento mais oportuno, uma vez que Riccarda já estava com a defesa do marido na ponta da língua. Mas a discussão sobre o sentido ou falta de sentido da guerra chegara ao fim, pelo menos provisoriamente. Else e Auguste trouxeram as cadeiras enquanto Hanna colocava a mesa. Os médicos chegaram acompanhados de Tilly, que encerrara havia pouco seu expediente no hospital.

– Muitas felicidades e bênçãos, minha querida tia – disse ela, dando dois beijinhos em Alicia. – E não repare em mim, não tive tempo de trocar de roupa.

Usava um vestido simples de algodão azul-escuro e havia tirado apenas o avental branco; seus sapatos tampouco eram adequados para a celebração. Kitty, no entanto, lhe garantiu que ela ficava fantástica com aquela peça, pois contrastava maravilhosamente com seus cabelos loiros.

– Além do mais, nos últimos tempos estou achando você muito mais... adulta – observou Kitty. Então olhou para Elisabeth, que primeiro franziu a testa e logo depois assentiu. Kitty prosseguiu, sorrindo: – Você está ficando lindíssima, minha querida. Uma verdadeira sedutora. Venha aqui, Tilly. Não precisa ficar vermelha. Não é verdade, Marie? Tilly tem um quê de sereia. Não gostaria de posar para mim, Tilly? Eu pintaria você sobre as rochas, com cabelos soltos e uma cauda de peixe. E o azul intenso do mar ao fundo...

Tilly estava razoavelmente constrangida pelos muitos elogios, mas o que mais a intrigava era o olhar atrevido do jovem médico. O Dr. Moebius a fitou de soslaio e respondeu educadamente às perguntas de Gertrude Bräuer sobre suas dores nas costas enquanto observava as moças à mesa. Era óbvio que ele tinha Kitty em sua mira. Ela sempre atraía a atenção dos rapazes. Marie, entretanto, percebeu que seus olhos constantemente se voltavam para Tilly Bräuer, cujo semblante revelava que ela também o escutava atentamente.

Não restam dúvidas de que ele é um homem atraente, pensou Marie. Olhos acinzentados que pareciam claríssimos, cabelos escuros, sobrancelhas bem-marcadas, nariz reto, um belo bigode perfeitamente cuidado. Mãos delicadas como as de um artista. Elisabeth contara que ele era um cirurgião excelente.

Antes do prato principal, Johann Melzer levantou-se para realizar um breve discurso. Ele cumpriu seu dever sem entusiasmo especial, uma vez que o vínculo matrimonial nem sempre era harmônico, mas, obviamente, conseguiu disfarçar bem. Marie cutucou o ombro de Hanna, que, tomada pela emoção como estava, já ia se esquecendo de encher as taças dos convidados a tempo.

– ... levantemos então nossas taças, apesar da guerra e do temporal, e brindemos à aniversariante. Que tenhamos muitas celebrações como esta na Vila dos Tecidos. E que venham tempos melhores, tempos de paz.

Beberam à saúde de Alicia, ao kaiser e à pátria tão duramente assolada. À vitória do exército alemão no leste e oeste.

– E brindemos sobretudo à paz libertadora e ao feliz regresso de nossos soldados – disse o monsenhor Leutwien, proferindo as palavras do fundo de seu coração.

Marie fechou os olhos por um momento para imaginar o rosto de Paul e bebeu pensando no marido. *Em breve*, pensou. *Em breve estaremos juntos.*

– À paz vitoriosa – acrescentou Christian von Hagemann.

Kitty observou de maneira insolente que não lhe importava a vitória ou a derrota. O principal, segundo ela, era que a guerra terminasse o mais breve possível.

– Está coberta de razão, Sra. Bräuer – respondeu o Dr. Moebius, antes que Von Hagemann dissesse qualquer coisa. – Esta guerra está ceifando inúmeras vidas. Escutei de alguns colegas médicos que é mais fácil ir ao front do que lidar constantemente com as terríveis consequências deste conflito. Quem trabalha na área da saúde já está no limite.

Auguste ajudou Hanna a servir o prato principal, que consistia de *knödel*, repolho roxo e assado de ganso – os Von Maydorns haviam enviado uma caixa com iguarias para o aniversário de Alicia. Tiveram a esperteza de não enviar o nobre presente por trem e o confiaram a um amigo que vinha de coche a Munique. Durante a refeição, as conversas cessaram quase por completo. O casal Von Hagemann, em especial, dedicou toda sua atenção ao assado, mas tampouco os dois médicos e o pároco fizeram cerimônia.

– Hoje em dia é bem difícil ter uma ave como essa na mesa – comentou o Dr. Greiner, agradecido. – E o preparo, um verdadeiro manjar. Meus parabéns às cozinheiras!

Hanna, que se encontrava junto à porta esperando instruções, reagiu com uma reverência, como que em nome de todos os funcionários da cozinha.

As conversas giravam em torno de assuntos cotidianos: falaram sobre os filhos, elogiaram as apresentações do coral e o Dr. Greiner contou alegres aventuras de seu já longínquo tempo de estudante. Passados alguns instantes, Alicia sugeriu aos convidados que se dirigissem ao salão vermelho, onde seria servida a sobremesa acompanhada de café moca. Também estava à disposição a sala dos cavalheiros, onde se permitia fumar, mas apenas o Dr. Greiner, Edgar Bräuer e Christian von Hagemann optaram por acompanhar o dono da casa. O monsenhor, o Dr. Moebius e Alfons Bräuer preferiram permanecer com as mulheres, inclusive porque as duas amas vinham descendo com as crianças. Dodo estava de bom humor, como sempre, já Leo irritava-se por ter sido acordado. Henriette, por sua vez, com seus 5 meses de idade, observava atentíssima tudo ao redor. Seu pai a tomou no colo e não soltou a filha até o fim da noite.

– Que varão o quê?! – disse, rindo, enquanto a pequena apalpava seus óculos com os dedos engordurados. – Quero pelo menos mais duas meninas lindinhas como esta. E que sejam tão encantadoras como a minha Kitty. Só então, no que depender de mim, pode vir um menino.

– Ah, meu Deus! – exclamou Kitty, suspirando. – Vou ter que parir mais três crianças? Minha silhueta já está totalmente arruinada.

– Não diga asneiras, querida. Você está mais bonita que nunca.

Marie observava Elisabeth brincando enternecida com Dodo. Dava-lhe pena o fato de Lisa ser a única que não engravidara. A avó, por sua vez, adulava Leo como de costume.

– Mamãe, por favor! – repreendeu Marie. – Leo não pode comer mais nem um pedaço de bolo!

– Mas é meu aniversário e o rapazinho adora doce.

Tilly estava imersa em uma conversa aos sussurros com o Dr. Moebius. Seu semblante era sério como se ela esperasse alguma decisão do médico.

Provavelmente falavam sobre um paciente, pensou Marie. Tilly era mesmo muito diligente e executava seu trabalho com toda a eficiência.

– Está vendo? – cochichou Kitty em seu ouvido. – Tem algo acontecendo ali. Aposto meu casaco de pele que nossa Tilly está apaixonada pelo belo doutor.

– Ah, Kitty! – replicou Marie.

– Com certeza, Marie. Lisa também acha. Ela tem observado os dois lá embaixo no hospital.

Por volta das nove da noite, os primeiros convidados se despediram. O casal Von Hagemann desejou a todos uma noite agradável; o monsenhor Leutwien e o Dr. Greiner também pediram licença para se retirar.

– Na nossa idade, o sono é indispensável – gracejou o médico, já bastante alterado pelo vinho. – Minhas senhoras... caríssimo senhor diretor... Foi um prazer imenso. Voltar para casa nessa santíssima companhia vai me purificar dos pecados da gula e da bebedeira.

O Dr. Moebius também precisou se ausentar – ele faria o turno da noite no hospital de campanha. Em duas horas Elisabeth o acompanharia, uma vez que estava escalada para o trabalho. Ela se revelara uma enfermeira zelosa e que mantinha a serenidade mesmo diante das situações mais graves. Poucos haviam imaginado que Lisa seria tão capaz.

– Já abriu todos os presentes mesmo, mamãe? – perguntou Marie.

– Não sei.

Um breve alvoroço voltou a se instalar no salão vermelho quando Auguste trouxe os presentes para que Alicia os desembrulhasse diante dos olhares curiosos dos comensais. As paredes tornaram a vibrar com as alegres gargalhadas, os gritinhos de admiração e as risadinhas infantis. Alicia ganhou belos lenços bordados, uma elegante e pequenina bolsa de seda, vários broches com pedras preciosas e inúmeros bibelôs. A cereja do bolo foi a estatueta de um rapaz de tanga sentado em um crocodilo, que também podia ser usada como peso de papel.

– Jesus! Que coisa horrorosa!

– Não, não. É lindo! Por que ninguém me dá algo assim?

– Pode dar isso de presente de Natal para tia Helene.

Marie não conteve o riso. A noite estava ótima em todos os sentidos.

Enquanto isso, Edgar Bräuer e Johann Melzer tomavam seu moca na sala dos cavalheiros. A bebida era acompanhada de um copo de conhaque francês que Alfons trouxera de presente para os anfitriões. Os dois se conheciam havia muitos anos, já fizeram negócios juntos, e Melzer recentemente obtivera mais um empréstimo do banco dos Bräuers para pagar as máquinas novas.

– E então? Como estão indo as coisas?

– Bem – respondeu Melzer. – Os primeiros lotes já estão prontos para o envio. Agora vamos refinar os tecidos e estampá-los também. Mas será preciso gravar rolos novos, porque as padronagens antigas não ficam boas em papel.

Bräuer assentiu, satisfeito, e analisou os doces na *bombonière*. Ambos dispensaram os pedacinhos de bolo e serviram-se apenas dos biscoitos em formato de coração. Melzer explicou, entusiasmado, que havia um mercado poderoso para tecidos que se utilizavam do papel como matéria-prima; era possível – dependendo da qualidade – costurar qualquer coisa com eles. De fraldas a corpetes, passando por uniformes, mochilas e máscaras antigases para cavalos. Infelizmente não se podia lavá-los, apenas batê-los. Esse era um aspecto que ainda precisava ser melhorado.

– Segundo ouvi, tem até prisioneiros de guerra trabalhando na fábrica.

– Verdade – confirmou Melzer.

Havia tarefas que não podiam ser desempenhadas por mulheres ou idosos, sobretudo levantar os pesados rolos de papel e transportar os fardos de tecidos. No caso das máquinas a vapor, também era preferível deixá-las a cargo de moços mais jovens que de anciões esquálidos. O único inconveniente era ter que alimentá-los: os rapazes comiam como leões. E completou:

– Além disso, estão sempre com os guardas no pé deles. Os soldados do exército local, que garantem que não fujam. Não dormem aqui, mas na montagem de máquinas com os outros.

Bräuer assentiu, pensativo, e se calou por uns instantes. Em seguida, inclinou-se para a frente em sua poltrona e olhou com atenção para a porta, certificando-se de que não havia nenhum funcionário escutando.

– Johann, fico feliz por sua fábrica estar prosperando – sussurrou ele. – Para mim as coisas não estão tão bem.

Melzer o observava intrigado. Há tempos circulavam rumores de que o banco dos Bräuers já vira dias melhores. Não era de se admirar; muitos bancos passavam por dificuldades, pois a guerra devorava o capital, os negócios no exterior ficaram impossíveis e a economia doméstica estava arruinada.

– Tudo se resolverá – comentou Melzer, dando uma palmadinha no ombro do amigo para animá-lo. – Assim que esta maldita guerra acabar.

16

Maria Jordan estendeu o sedoso vestido de festa azul sobre a mesa e averiguou com olhar técnico quais costuras teria que abrir. O tecido era nobre e delicado: seda chinesa legítima – algo impossível de comprar naqueles dias. Que sorte a jovem Sra. Von Hagemann ter emagrecido, pois já não seria possível alargá-lo se ela tivesse engordado. Entretanto, apertar a peça era apenas questão de bom olho e uma agulha precisa. A mulher se sentou em uma cadeira junto à janela, pegou o desmanchador de pontos e começou a abrir o vestido na altura da cintura. Fazia frio no quarto. No lado de fora, o vento de novembro varria as ruas e no interior do apartamento o aquecedor geralmente ficava desligado. Maria Jordan vestira um casaco de lã por cima da blusa, mas continuava com as mãos geladas. Era desagradável trabalhar com os dedos ressecados pelo frio, sobretudo quando lidava com seda, pois o fino tecido aderia a qualquer aspereza da pele.

– Gertie! – chamou uma voz do salão ao lado. – E o café da manhã?

Excepcionalmente, a jovem Sra. Von Hagemann havia passado dois dias e duas noites em seu apartamento e (que milagre!) pagara os salários pendentes da criada e da camareira. Até dinheiro para as despesas domésticas havia e, conforme avisara, o carvão já fora encomendado. Na tarde anterior, quando Maria Jordan estivera costurando na Vila dos Tecidos, Auguste lhe confidenciara de onde vinha a bênção financeira: Elisabeth tivera uma conversa com seu cunhado Alfons, que provavelmente lhe "emprestara" uma quantia considerável. Mas o rapaz àquela altura já estava de volta ao front e em breve a escassez retornaria à casa dos Von Hagemanns.

– Sinto muito, senhora – grunhiu Gertie no cômodo ao lado. – É que sempre queimo os dedos quando sirvo o café. E o pão está tão duro que dá para quebrar a mão ao cortá-lo.

A destreza mandou lembranças, pensou Jordan ao erguer o vestido para analisar até onde deveria desfazer a costura. *Que trapinho fora de moda,* afirmara a abusada Kitty Bräuer em sua última visita, antes de sugerir à irmã que mandasse costurar algo novo. Ela havia assinado uma revista de moda cheia de cores e moldes atuais. Se Elisabeth quisesse, poderia pegá-la emprestada.

– Pelo amor de Deus, Gertie – ralhava a senhora no cômodo ao lado. – Por que você deixa o pão ficar tão duro? É só colocá-lo em uma bolsa de linho dentro da caixinha de madeira.

Jordan imaginou perfeitamente Gertie dando de ombros, fingindo a inocência de quem escutava aquilo pela primeira vez.

– Perdão, senhora. Deve ser porque não temos cozinheira, do contrário isso não teria acontecido.

Decerto a Sra. Von Hagemann ficou furiosa com a resposta atrevida, principalmente depois que Gertie acrescentou que fora contratada como empregada e não como ajudante de cozinha. Entretanto, não se escutou qualquer reação. Jordan ouviu a porta do corredor se fechar. Devia ser Gertie voltando à cozinha por ordem de Elisabeth.

Por alguns instantes, não se ouviu nada. Com os dedos molhados de saliva, Jordan recolheu os fiapos aderidos à seda e ajeitou o casaco de lã sobre o corpo gelado. Se o carvão não chegasse a tempo, talvez pudessem queimar o velho banco da cozinha, que, comido pelos cupins, já caía aos pedaços.

– Maria?

– Sim, senhora. Vou em um instante.

Ah, como odiava ser incomodada no meio do trabalho. Teria que largar a tesoura, a almofada de alfinetes, a fita métrica e o resto do material. Ao voltar, acabaria perdendo tempo para organizar tudo de novo.

Elisabeth von Hagemann tomava seu café da manhã sentada à mesa: pão, imitação de manteiga, geleia, um pequeno pedaço de queijo e café de cereais. Seu humor não parecia dos melhores, e Maria Jordan se perguntava se havia alguma relação com a carta de campanha aberta ao lado do prato. Eram pouquíssimas linhas, o major não era afeito a verborragias românticas.

– Como está indo meu vestido de noite, Maria?

– Acabei de começar a abrir a costura, senhora.

– Ótimo. Vou precisar para semana que vem. Minha irmã e eu vamos à ópera.

Maria estava ciente disso há tempos. Kitty Bräuer vinha morrendo de tédio desde que seu marido voltara ao front, então passara a frequentar os eventos da organização beneficente, ia à ópera e, conforme Else lhe contara com toda discrição, chegara inclusive a ser vista em uma reunião dos socialistas. Acompanhada pela sogra! Contudo, já se sabia que tipo de pessoa era Gertrude Bräuer. Ela vinha de família simplória, dizia-se que o pai trabalhava em uma loja de produtos coloniais. Era um absurdo aquela mulher ter levado a filha de Johann Melzer, um magnata da indústria, a tal tipo de encontro.

– Tenho certeza de que o esforço valerá a pena. A senhora vai ficar encantadora no vestido...

Elisabeth não estava com disposição para escutar elogios e assentiu, distraída. Em seguida, disse a Jordan que o vendedor de carvão viria de tarde e ela deveria prestar atenção na porta. O saco deveria ser guardado no porão, a chave estava no gancho ao lado da entrada.

– E tranque bem a porta, Maria. Você sabe que às vezes o carvão desaparece de noite.

Àquela altura, Jordan já se acostumara a realizar tarefas que não correspondiam à sua atribuição de camareira. Mas não lhe restava alternativa a não ser obedecer calada. As poucas horas que trabalhava como costureira na Vila dos Tecidos não eram suficientes para seu sustento.

– Perfeitamente, senhora. A senhora volta hoje à noite ou dormirá na vila?

Franzindo a testa, Elisabeth estava absorta lendo as poucas linhas da carta e olhou para Jordan dispersa.

– O quê? Ah, sim. Não, hoje e amanhã estarei na vila. Tenho turno noturno no hospital.

– Pois bem, senhora.

– Pode voltar à costura. Precisarei do chapéu preto de veludo depois. O de aba larga. E o sobretudo. E temo que as polainas também.

Jordan voltou para o quarto, sentou-se à janela e se dedicou ao vestido de noite. Na verdade, não valia a pena, uma vez que em breve teria que se levantar para entregar o chapéu, o sobretudo e as polainas da senhora. Que castigo! Seriam horas afundada nas costuras, depois teria que levar os sacos imundos de carvão para o porão e terminar o dia sozinha na sala enquanto Gertie se divertiria com Otto no quarto que as duas compartilhavam. Otto era aprendiz de sapateiro e até o momento não fora convocado ao front por supostamente ter algo no pulmão. Seus impulsos masculinos, contudo, não foram comprometidos pela tal doença pulmonar, muito pelo contrário: todas as noites o magérrimo sapateiro mostrava o homem que era. Isso se as fanfarronices que Gertie contava fossem dignas de crédito.

– Maria? Preciso do sobretudo e do chapéu.

– Estou indo, senhora.

Instantes depois, ela olhou pela janela e avistou Elisabeth von Hagemann lutando arduamente contra o vento na rua. Folhas cinzentas de outono eram sopradas sobre os paralelepípedos. Sob um arvoredo pelado, um grupo de adolescentes compartilhava algo. Talvez tivessem roubado um pãozinho de alguma padaria. Partia o coração de Jordan ver aquelas criaturas inocentes em farrapos e mortas de frio dividindo o produto furtado. E por quê? Por fome. Que tempos eram aqueles! Que mundo!

Ela interrompeu o trabalho e foi atrás de Gertie na cozinha, onde ainda dava para aquecer as mãos no fogão em brasas. Gertie transformara o fundo de uma cômoda em lenha, pois no momento não havia outro combustível disponível.

– Não vou mais aguentar muito tempo aqui – queixou-se a menina. – Otto já me disse várias vezes para pedir as contas. Até porque o salário atrasa meses. Poderíamos nos casar se eu saísse daqui.

– Tem certeza? – retrucou Jordan, erguendo as sobrancelhas, descrente.

Ela já ouvira várias mulheres dizerem "Ele quer se casar comigo" e no final não dar em nada.

– Quer que eu coloque as cartas para você? – perguntou ela.

Gertie já abrira a boca para responder, mas naquele instante soou a sineta da porta e Jordan apressou-se em abri-la. Graças a Deus, o homem do carvão! Pelo menos naquela noite ela teria seu quarto aquecido.

No entanto, quando abriu a porta, deparou-se com o barão Von Hagemann e sua esposa. Ambos usavam roupas de inverno e cheiravam à naftalina que usavam contra as traças.

Jordan esboçou uma reverência e sorriu amargurada. Se os dois pretendiam se convidar para o almoço, estavam no endereço errado.

– Bom dia, senhora baronesa. Bom dia, senhor barão – cumprimentou a empregada.

Sem esboçar qualquer reação, Riccarda von Hagemann abriu caminho como se Jordan não estivesse ali. O marido primeiramente parou sobre a soleira, deu um suspiro e então passou ao corredor.

– Bom dia, Srta. Jordan – disse ele com um ar de simpatia. – Minha nora está em casa?

– Infelizmente não, senhor barão. A Sra. Von Hagemann terá expediente no hospital de campanha. Ela avisou que volta depois de amanhã.

Maria Jordan já esperava o semblante de decepção da baronesa, mas Riccarda recebeu a resposta com serenidade.

– Bem... – disse ela, analisando o antiquado espelho do corredor acima da cômoda, em estilo Biedermeier. – É até melhor assim. Não queremos de forma alguma incomodar Elisabeth.

– Obviamente – disse Maria Jordan sem entender exatamente.

Ao que parecia, os dois já estavam de saída. Ótimo.

– Johann! – gritou Christian von Hagemann com um tom incisivo e autoritário. – Pode subir com as duas caixas.

– O que está fazendo parada aí? – perguntou Riccarda para Jordan, fitando-a com um olhar autoritário. – Pode descer, há um monte de malas lá embaixo. E a criada? Onde ela está?

Jordan continuava imóvel, convencida de que aquilo não passava de um pesadelo. Caixas. Malas. E o que significavam os gemidos e a respiração ofegante que vinha da escada?

– Por que está tão frio aqui? – queixou-se Christian von Hagemann após abrir a porta da sala de estar. – Não estão ligando o aquecedor?

Gertie espiava pela fresta da porta da cozinha. Era nítido o horror estampado em seu rosto fino.

– Ali está ela! – exclamou Riccarda. – Vamos, menina. Vamos! Tem um monte de malas lá embaixo no corredor. E ai de você se deixar cair algo. Está entendendo, Dorte?

– Meu... meu nome é Gertie – gaguejou a criada.

– A quem importa o seu nome? – sibilou a baronesa entre os dentes. – Faça seu trabalho. Suba com as coisas antes que roubem tudo!

Gertie olhou para Jordan como se pedisse ajuda, mas a camareira deu de ombros, deixando claro que ela tampouco entendia a cena que testemunhavam, atônitas.

– Os senhores... os senhores pretendem ficar mais tempo? – perguntou Jordan com a cautela de quem pisa em ovos.

Riccarda não se deu o trabalho de responder. Ela já havia invadido o escritório de seu filho e reclamava da poeira sobre a mesa.

– A partir de hoje moraremos aqui, Srta. Jordan – explicou Christian von Hagemann com um sorriso condescendente que não dava margem a contestações.

Maria Jordan não era mais criança e sabia que a vida reservava todo tipo de surpresas. Boas e não tão boas assim. Aquela figurava entre as péssimas.

– Queiram nos desculpar por estarmos tão desprevenidas, senhor barão. A senhora não nos disse nada a respeito.

Sem se dignar a responder, o homem entrou na sala para averiguar a estufa. Era óbvio: tratava-se de um ataque surpresa. A pobre Elisabeth provavelmente não tinha ideia de que aqueles parasitas estavam se instalando em sua casa. Jordan sentiu-se solidária à sua jovem patroa, mas sozinha não tinha condições de defender a casa daquela investida. Gertie tampouco ajudava. A Srta. Schmalzler, ela sim, seria a pessoa indicada. Ou Fanny Brunnenmayer. Auguste também saberia se defender. Mas nenhuma delas estava ali...

Os pensamentos de Maria Jordan se detiveram ao ver o homem que subia a escada degrau a degrau. Um velho ossudo com o cabelo branco na altura do pescoço, rosto cadavérico e os olhos enterrados em profundas covas. Nunca antes ela vira uma figura tão horripilante. O terno escuro dançava no corpo do servente, que carregava uma pesada caixa de madeira sobre o ombro esquerdo. Ele a apoiava com o braço e não parecia nem um pouco cansado pelo transporte da carga pesada.

– Isso vai para o escritório, Johann! – ordenou o barão antes de se virar para as duas mulheres.

– O que estão esperando? Andem, vamos!

Maria Jordan preferiu evitar o conflito e inicialmente manteve a calma. Com extrema lentidão, agarrou a já apressada Gertie pelo braço e cochichou que enrolasse por algum tempo para cumprir as ordens.

– E se acabarem roubando algo? Será culpa nossa, Maria.

– Quem vai querer aquelas velharias? – retrucou ela.

– Estão todos roubando como corvos, você sabe bem!

Ao descerem, encontraram no corredor do edifício de apartamentos alugados várias caixas mal amarradas, duas malas devoradas por traças, uma poltrona um tanto suja com estofado de veludo vermelho e quatro caixas de chapéu.

– Esses são todos os pertences da senhora baronesa? – admirou-se Jordan. – Bem, só espero que não tenha bichos aí dentro.

– Com certeza tem traças – opinou Gertie, enojada, e agarrou a engordurada alça de couro de uma das malas.

– E talvez percevejos e piolhos – completou Jordan com maledicência.

Ela bateu o estofado da poltrona e uma nuvem de poeira se ergueu. Ora, onde já se viu? Viver no meio da imundície e reclamar de meia dúzia de grãos de poeira na mesa do escritório.

Escutaram-se passos na escada e o ranger da madeira. Devia ser o servente Johann, que pigarreou, tossiu do fundo de seus pulmões e cuspiu.

– Nossa, como é nojento – cochichou Gertie. – Eu juro, Maria. Não fico aqui nem mais um dia. Não se esse saco de ossos ficar trabalhando aqui.

– Ele tem um ar de assombração, não é? – disse Jordan, atiçando os temores da criada. – Onde será que vão acomodá-lo? Provavelmente no sótão, bem ao lado do nosso quarto.

– Nunca, jamais – sussurrou Gertie. – Prefiro passar a noite ao relento no parque da cidade.

– Boa ideia. Não duvido que ele seja sonâmbulo e entre nos quartos durante a madrugada.

– Cale a boca, Maria. Ele está escutando!

De fato, a figura do velho servente surgiu na escada. Ele parecia ser completamente surdo, pois sorriu para as mulheres, revelando a falta de um incisivo superior. Com estranhos movimentos rígidos, o homem ergueu duas caixas e subiu com o fardo.

– Vamos, então. Acabemos logo com isso.

Carregaram as malas e caixas até o apartamento. Foi necessário subir e descer três vezes e, por fim, os pertences dos Von Hagemanns estavam protegidos dos possíveis ladrões.

Se elas esperavam serem deixadas em paz, estavam enganadas. A baronesa assumira o comando da casa enquanto o marido, fugindo do caos de móveis, tapetes e bagagens, se isolara no escritório. Sentado na poltrona vermelha estofada e com as pernas cobertas por uma manta, ele tirava um cochilo. No cômodo ao lado, por sua vez, armários eram arrastados, quadros pendurados, um sofá foi transformado em cama e as toalhas e lençóis da jovem Sra. Von Hagemann estavam revirados. Johann seguia as instruções de sua patroa com a precisão de um relógio e sem proferir uma só palavra. Seria ele mudo de fato? Jordan abriu as caixas que continham os antiquados vestidos e sobretudos da senhora, suas roupas de cama, as meias esburacadas, os sapatos gastos. A família Von Hagemann estava mesmo completamente sem recursos e seria inclusive digna de pena, mas, em face de sua petulância, Jordan foi incapaz de sentir qualquer empatia. Sentia pena apenas da jovem senhora, que dali em diante teria que dividir a casa com seus impertinentes sogros. E já se imaginava que o major com certeza ficaria do lado dos pais.

– Tem que varrer aqui. As cortinas vão ser lavadas amanhã. Estão um nojo. E por que o aquecedor está desligado?

– O carvão acabou.

– Então arrume madeira!

Gertie preparava o almoço enquanto o velho Johann, com ar de indiferença, cortava em pedaços o banco de madeira da cozinha. Ele o fazia com movimentos bruscos e rígidos, como um boneco de pau. Talvez fosse reumatismo. Ou então as décadas trabalhando para os Von Hagemanns o transformaram naquele homúnculo.

– Os funcionários de Elisabeth não têm mesmo discernimento. – Jordan escutou a baronesa lamentar-se na sala. – Vamos ter que colocá-los na linha.

Gertie não se esforçou com o almoço, afinal de contas, não era cozinheira. Os senhores teriam que se contentar com o que havia na cozinha. Batatas cozidas insossas, um pouco de queijo e um vidro de picles.

Jordan não esperou os comentários do casal Von Hagemann acerca da frugal refeição. Subiu ao quarto do sótão que compartilhava com Gertie, vestiu o sobretudo e colocou o chapéu. Enquanto descia a escada na ponta dos pés, escutou a gritaria da baronesa no apartamento. Entre um brado e outro, surgia a voz baixa de Gertie, frágil, porém firme e de forma alguma disposta a se calar por medo.

Pobre Gertie, pensou Jordan. Mesmo que se casasse com o tal Otto, o que conseguiria de bom? Enfim... naquele momento, era preciso pensar em si mesma primeiro.

Seria uma boa caminhada até a Vila dos Tecidos, e ela lamentou os horários restritos do bonde devido à escassez de energia elétrica. Ao passar pela catedral de Santo Ulrico e Afra em direção ao Portão de Jakob, foi preciso lutar contra o vento, que, para completar a desgraça, vinha acompanhado de gotículas de chuva. Que idiota! Ela devia ter vestido a capa de chuva. Mas era tarde demais. Era mesmo inteligente o que pretendia fazer? Deteve-se uns instantes, pois o vento quase lhe arrancou o chapéu da cabeça, e então prosseguiu. Certamente seria uma vergonha para a senhora se algum funcionário ou até mesmo alguém da família tomasse ciência da notícia que levava. *Mas eu lhe devo isso*, pensou Maria Jordan. *Nem sempre a senhora foi bondosa comigo, é verdade. Mas não deixa de ser uma Melzer e me contratou como camareira.*

Quando chegou ao Portão de Jakob, a chuva estava tão forte que ela teve que se proteger sob o arco da construção. Duas carroças passaram a toda velocidade rumo à cidade. A carga estava coberta, mas ela conseguiu ver que se tratava de algum tubérculo. Rutabagas, usadas no preparo de ensopados com batata e cenoura. Minutos depois, decidiu seguir apesar da chuva. Molhada ela já estava; era sempre melhor se mover do que ficar ali parada e morrer de frio na entrada da cidade.

Chegou encharcada à mansão e tocou a campainha da entrada de serviço. Ela esperou. Quando já estava quase rígida como uma tábua por conta do frio, apareceu Hanna para abrir-lhe a porta.

– Entre logo, Srta. Jordan. Tenho que me apressar.

Deixando a porta entreaberta, ela correu até a cozinha, onde a Sra. Brunnenmayer servia o ensopado em várias tigelas de sopa. Arrá! Hora do almoço no hospital de campanha. A julgar pelo cheiro, Jordan precisou admitir que a cozinheira era mesmo capaz de fazer maravilhas apenas com batatas, cenouras, aipo e um pouco de toucinho.

– Nossa Senhora, você está parecendo um rato molhado, Jordan! – disse Fanny Brunnenmayer. – O que está fazendo aqui hoje? Pensei que só viesse segunda, quarta e sexta. Mas hoje é quinta.

Jordan tirou o chapéu e o sobretudo molhados.

– Eu ajudo a levar as tigelas.

A cozinheira ficou tão perplexa com aquele raro gesto de gentileza que analisou Jordan em silêncio, como se quisesse averiguar se estava doente.

– Vai ficar resfriada, hein?

– Que nada...

A área de serviço dava acesso à sala dos doentes, onde Hanna já havia posto duas tigelas sobre uma mesa. Uma das jovens enfermeiras tinha a concha de ensopado nas mãos para encher a pequena cumbuca e logo mergulhou sua colher e guarneceu o prato com uma fatia de pão. Jordan pousou as tigelas fumegantes sobre a mesa e olhou ao redor. Avistou as camas dispostas lado a lado em duas longas fileiras, separadas por um corredor. Aqui e ali havia lençóis pendurados em um fio, servindo como divisórias. No dia anterior, quinze novos pacientes haviam dado entrada no hospital de campanha: todos acamados e alguns tão gravemente feridos que não se sabia se resistiriam. Era preciso muita força de espírito para cuidar daqueles pobres rapazes, animá-los e estar ao lado deles quando encontrassem a morte. Jordan perguntava-se se ela seria forte o bastante; já a jovem Sra. Elisabeth, por sua vez, não deixara dúvidas sobre sua capacidade. Quem diria? Ela surgiu por trás dos panos esticados com uma tigela vazia e um copo nas mãos. Em seguida, dirigiu-se às mesas para servir as demais porções e logo percebeu a presença de Jordan. Erguendo as sobrancelhas de espanto, perguntou:

– Já é sexta-feira?

– Estou vindo em caráter excepcional, senhora – disse Jordan em voz baixa. – Algo inesperado aconteceu.

– Depois – interveio Elisabeth antes de desaparecer levando duas tigelas cheias.

Jordan decidiu esperá-la na cozinha. Ela ajudou Hanna a colocar os talheres para as enfermeiras e os funcionários. Quando a Sra. Brunnenmayer perguntou se estava servida, ela recusou, agradecida, e voltou à sala dos doentes.

– O que foi? – perguntou Elisabeth, impaciente.

– É só uma palavrinha, senhora. Podemos falar a sós em algum lugar?

Elisabeth suspirou contrariada, mas logo abriu a porta da enfermaria que ficava vazia no horário do almoço.

– Pois bem, o que houve? Não tenho muito tempo, Maria.

Discrição era uma coisa. Saber dar uma notícia de maneira leve era outra. Nesse quesito, Jordan era péssima e fez questão de contar o ocorrido no apartamento com riqueza de detalhes.

– Eles mudaram os móveis de lugar? Tiraram as cortinas? Se instalaram no quarto principal?

– É o que estou lhe dizendo, senhora. Sua sogra, inclusive, revirou toda sua roupa. Não pude impedi-la. Infelizmente. Mas fiquei possessa, juro. E ainda tem aquele servente esquisito que parece mais um morto-vivo.

– Ah, você está falando de Johann? Ele é inofensivo. Trabalha para os Von Hagemanns há mais de cinquenta anos.

– Ele despedaçou o banco da cozinha com um machado.

Elisabeth não escutava mais nada. Sentara-se em um banco e levou a mão à testa, de maneira que Jordan temeu que ela pudesse desmaiar.

– Ah, meu Deus! Eu devia ter contado a história com mais cuidado. Mas eu também estou tão nervosa... Vou lhe trazer um copo d'água, senhora.

– Está tudo bem, Maria!

Elisabeth recusou a oferta enfaticamente com a cabeça, então levantou-se e deu um longo suspiro. Ela não tinha tempo e tampouco vontade de brigar com os sogros.

– Se Riccarda e Christian precisam do apartamento, não tenho como negar. Mas ninguém pode exigir que eu conviva com aqueles dois.

– Está coberta de razão, senhora.

– Meu lugar é aqui, Maria – prosseguiu Elisabeth. – Com esses rapazes infelizes que sacrificaram todas as suas forças e sua saúde pela pátria. Nunca antes em minha vida fiz algo tão significativo, e a partir de agora creio que me dedicarei a isso de corpo e alma.

Ela lançou um olhar triunfante para Jordan, que respirava aliviada. Ao que tudo indica, Elisabeth se recuperara do susto e estava batendo em retirada.

– E isso significa... o quê? – perguntou Jordan, desconcertada.

– Que enquanto meus sogros estiverem na Bismarckstraße, ficarei no meu quarto na vila. Por favor, providencie o transporte das minhas roupas e demais pertences para cá.

– E... eu posso voltar com a senhora também?

Elisabeth já estava com a mão na maçaneta quando se virou para responder.

– Isso não sou eu quem decide. Fale com a minha cunhada.

17

— Como você pôde?

Marie balançava a cabeça, desesperada. Ah, ela devia ter suspeitado. Mas Kitty era mesmo daquele jeito: sempre fazia o que seus sentimentos mandavam. E esses muitas vezes eram conflituosos.

– Não precisa fazer esse escândalo, Marie – disse Kitty, tentando acalmá-la. – Não foi nem uma carta. Foram só umas palavrinhas... Para ser educada... No final das contas, não foi nada.

Ela apertou no corpo o xale de lã que Alicia lhe dera por precaução. Também na Vila dos Tecidos estavam economizando lenha e o salão vermelho era aquecido apenas durante a noite, por pouco tempo. No andar de baixo, a lareira do hospital de campanha estava acesa para que os doentes não sofressem mais ainda, mas o fogo, apesar de devorar grande quantidade de madeira, não acabava com o frio. O lado positivo era que o calor que subia pela chaminé aquecia parcialmente os andares superiores.

– Se, de fato, não tivesse sido nada, querida Kitty, ele não teria respondido. Certo?

Kitty respirou fundo e olhou pela janela. Faltava pouco para o meio-dia, o céu cobria a cidade como um pesado veludo cinzento e flocos de neve bailavam sobre o gramado do parque. Apesar da demanda escassa, as lojas da cidade já estavam enfeitadas para o Natal.

– Mas você sabe como os homens são – respondeu Kitty, dando de ombros. – É só dar uma mão que eles... Ah, Deus, e não foi nem a mão. Foi um sopro. Uma saudação cordial. E votos para que ele melhorasse.

Marie se sentia a própria preceptora rígida. Ela não gostava daquele papel, nunca o exercera. Mas sua cunhada, leviana e adorável como era, não lhe deixava alternativa. Kitty precisava de uma pessoa sensata ao seu lado e Alfons, que até então desempenhara tal função com toda discrição e carinho, voltara ao front. Na França, Kitty contara. Em algum lugar remoto no oeste.

– E você por acaso contou a Gérard que agora é uma mulher casada?

Kitty revirou os olhos como se a pergunta fosse completamente descabida.

– Claro que ele sabe que sou casada.

– Então você lhe contou – insistiu Marie.

– Bem, ele saberá quando vir o remetente, não?

Marie desistiu. Seja lá o que Kitty escrevera a Gérard Duchamps, o objetivo era encorajá-lo a enviar uma carta mais longa. Como a que Kitty tinha guardada na bolsa.

– Não faça essa cara, Marie – resmungou Kitty antes de se inclinar para encher a xícara de chá. – É sério. Se você continuar com essa cara, vou me arrepender de ter lhe mostrado a carta. Eu só lhe respondi porque achei que ele estava à beira da morte. Ninguém poderia ter imaginado que ele se recuperaria. Não que eu esteja insatisfeita com isso... É sempre bom quando um soldado se recupera dos ferimentos. Mesmo tratando-se de um francês.

– Claro – admitiu Marie. – Ninguém deseja o mal de Gérard. Mas ele precisa saber que você é uma mulher casada e que não tem sentido continuar escrevendo-lhe essas cartas.

Kitty adoçou o café com várias colheradas de açúcar e fez uma careta quando o provou.

– Mas são correspondências inocentes, Marie – disse ela antes de afastar a xícara com repulsa. – Você mesma as leu. O tom é de amizade e não há qualquer menção a... ao... ao passado.

Tirando o fato de ele ter se divorciado, pensou Marie, dando um longo suspiro. Não importava o que dissessem a Kitty: se algo não lhe convinha, ela simplesmente ignorava. Dez minutos antes, Marie lhe explicara que Gérard não era um soldado qualquer, mas seu antigo amante. E só de ele ter lhe enviado aquela carta através de um amigo alemão no hospital de campanha na Bélgica já era como um tapa na cara de Alfons. Será que ela não entendia? Queria mesmo machucar o pai de sua pequena Henni daquele jeito?

– Cruzes, Marie. Alfons está no front. Ele não ficará sabendo de nada, então esqueça isso. Sabia que ontem chegou uma carta dele? Estão lutando no Marne contra os ingleses. Parece que são muito melhores que os soldados franceses, foi o que ele disse. Não é interessante? Acho os ingleses um tanto bizarros, tão rígidos e secos...

Marie permaneceu calada, deixando que Kitty prosseguisse com sua verborragia. Pensando melhor, a situação não era tão grave como lhe parecera no início. Kitty amava Alfons, os dois tinham uma filha pequena e era improvável que a cunhada cometesse uma besteira. Além disso, havia a guerra entre eles. Gérard – conforme escrevera – encontrava-se em Lyon. Não pisaria em Augsburgo e tampouco conseguiria contrabandear mais uma carta para a Alemanha.

– Elisabeth está sabendo? Sua mãe? Mais alguém?

– Ai, esses conjuntos horrorosos de imitação de tecido! A pessoa fica parecendo uma governanta. A única coisa boa é que as saias estão mais curtas, mas meus tornozelos são tão finos... Em algumas mulheres dá até para ver as panturrilhas! Meu Deus, e são sempre as que menos podem que mais usam essas roupas.

– Kitty, por favor! Não mude de assunto.

– O quê?

– Perguntei se mais alguém sabe dessa carta.

– Não, mais ninguém, Marie. Você é minha amiga do coração, minha confidente, por isso quis contar só para você. E tem toda razão em me censurar, Marie. Mas escute, não tenho qualquer segunda intenção, você me conhece.

– Pois bem – respondeu Marie. – Então escute meu conselho.

Enquanto mexia seu café, distraída, Kitty garantiu-lhe que seria toda ouvidos.

– No seu lugar, eu queimaria essa carta e jamais voltaria a falar dela – acrescentou Marie.

Kitty a encarou com seus grandes olhos azuis. Foi um olhar infantil que tranquilizou Marie no ato. Um olhar que revelava assombro e profundo pesar.

– Você quer dizer... jogar no fogo mesmo?

– Isso.

O olhar de Kitty vagou pelo salão, contemplou por um momento uma pintura – uma paisagem coberta de neve cuja moldura dourada contrastava com o papel de parede vermelho – e logo se deteve na pequena bolsa de tricô com pérolas sobre a poltrona. Sua preocupação era nítida.

– É... – murmurou ela antes de dar um longo suspiro que mais se assemelhava a um soluçar. – É, deve ser o melhor a fazer... E sabe de uma coisa, Marie? Acho uma pena não poder amar dois homens ao mesmo tempo.

– Kitty! – repreendeu Marie. – Imagine se Lisa ou sua mãe ouvissem isso! Relacionamentos assim podem até ser comuns entre os boêmios ou entre os artistas. Mas não creio que Alfons compreenderia isso.

– Acho que Gérard também não – disse Kitty com um sorriso deslumbrado. – Não, de jeito nenhum.

Ela pegou a bolsa, abriu-a e sacou um lenço bordado para assoar o nariz. Em seguida, tirou um diminuto frasco azul-claro de perfume, desenroscou a tampa dourada e colocou algumas gotas no pulso antes de estender o braço para Marie.

– É a fragrância do paraíso, Marie. Um sopro de bergamota e âmbar. Sinta só o cheiro...

Marie não fez qualquer menção de entusiasmo com o aroma paradisíaco, de maneira que Kitty recolheu o braço e procurou a carta dobrada na bolsa.

– Pegue, faça o que tiver que ser feito, Marie – pediu ela com um semblante triste. – Eu não posso. Ele escreveu umas coisas tão amáveis. Ah, eu sei que nunca mais o verei. Mas fico muito feliz por ele não ter morrido.

Kitty secou os olhos com o lenço, mas, para o alívio de Marie, não chorou. Em vez disso, pôs-se a falar pelos cotovelos. Disse que depois da guerra não abriria mão de fazer uma viagem a Paris com Alfons. Ele prometera. Milão, Roma, Nápoles. Contou também que queria ver o Vesúvio e conhecer a Sicília. Talvez fossem até a África. Diziam que o Marrocos é um país interessantíssimo. E, claro, o Egito, as pirâmides...

A contragosto, Marie aceitou a tarefa; ela estava a ponto de pedir que Kitty concluísse o ato de destruição, mas temia que a amiga escondesse a carta na caixinha de costura em vez de atirá-la no fogo da lareira. Não se podia confiar em Kitty, era preciso protegê-la de si mesma. Assim sendo, Marie colocou a carta na manga.

– Acho... acho que vou para casa – explicou Kitty, aparentando um repentino alívio. – Já lhe contei que Henni agora está escalando as cadeiras e as poltronas? Uns dias mais e ela vai estar andando. Logo, logo vou escrever uma longa carta para Alfons e enviar uns desenhos junto. E vou mandar tirarem fotos de nossa pequena Henni também...

Ela abraçou sua amiga do coração, garantiu que estava eternamente grata e pediu que não contasse a ninguém sobre a carta, principalmente a Elisabeth. Lisa havia se tornado a rigidez e o patriotismo em pessoa. Apesar de tudo, ela melhorara desde que voltara a morar na vila.

– Na verdade, eu também gostaria de me mudar para cá – confessou Kitty com ar pensativo. – Mas enquanto esta casa estiver de pernas para o ar por causa desse hospital idiota, prefiro ficar na Frauentorstraße.

Ela viera a pé, pois, conforme contou, já não havia gasolina para automóveis particulares. Mas isso não parecia incomodá-la, pensou Marie na janela do salão, observando-a envolta no sobretudo de pele, caminhando pelo parque em direção à cidade. As mãos estavam aquecidas pela pele de vison enquanto Kitty se detinha aqui e ali para contemplar os flocos de neve que caíam no solo escuro.

Marie sentiu a carta sob a manga e dirigiu-se à sala de jantar, onde a estufa de alvenaria acesa naquela manhã por Auguste ainda conservava um pouco de brasa. Ela abriu a portinhola e jogou a carta dentro da câmara de combustão. Soprou delicadamente para atiçar o lume e esperou o papel queimar por completo.

Pois bem, monsieur Gérard, pensou satisfeita enquanto fechava a portinhola. *Acabou. Tomara que você nos poupe de suas travessuras no futuro.*

Gritos de criança vinham do jardim de inverno. Além dos gêmeos, Rosa tomava conta da pequena Liesel e de Maxl, de modo que Auguste pudesse trabalhar sem interrupções. Já o velho Bliefert, que padecia de um insistente resfriado, sentia-se aliviado do fardo de cuidar das crianças. Notícias de Gustav eram raras. Ele devia estar em algum lugar entre a Rússia e a Romênia e, a julgar pelas breves cartas que enviava, nem ele mesmo sabia onde se encontrava.

– Else! Hanna já acabou?

Else estava no salão dos cavalheiros batendo as almofadas e removendo o pó dos arabescos dos móveis de carvalho. Com o espanador na mão, correu até a escada de serviço para procurar a colega de trabalho. Ao meio-dia Hanna sempre levava o almoço dos prisioneiros de guerra para a fábrica e a escolta da jovem Sra. Melzer já se transformara em hábito. Oficialmente a função de Marie era supervisionar e ajudá-la com o carrinho; mas extraoficialmente, Marie aproveitava para se informar sobre os progressos da produção. Por mais que Johann Melzer tivesse tecido os mais entusiasmados elogios sobre a nora diante de toda a família, a verdade era que ele não a tolerava em seu escritório e tampouco nas linhas de produção. Repetidas vezes, ele perguntara se ela não tinha mais o que fazer além de bisbilhotar a fábrica, o que não raras vezes resultava em discussões acaloradas.

– Por acaso você acha que precisa vigiar meus funcionários?

– Só vim trazer uns croquis de estampas, papai.

– Então o que foi fazer no setor de impressão?

– Fui dar uma olhada nos rolos e conversar com o gravador sobre como podemos simplificar as padronagens que já temos.

– Só eu e ninguém mais pode falar com o gravador! Que inferno!

Havia duas almas habitando o corpo de Johann Melzer. Ele respeitava Marie, admirava seu talento como desenhista e sua capacidade de entender o funcionamento das máquinas. Alicia, por exemplo, seria incapaz de fazê-lo; ela fora criada para cuidar do bem-estar da casa e da família. A fábrica sempre lhe fora um terreno estranho e incompreensível. Marie, por sua vez, era diferente. Ela se intrometia, fazia questão de conversar sobre a fábrica, pedia que o sogro lhe explicasse tudo. Chegava até mesmo a sugerir melhorias e trazer novas ideias. Por um lado, aquilo agradava o diretor Melzer, por outro, não. Ele se negava insistentemente em aceitar suas opiniões. Talvez por ela ser mulher, mas com certeza também por Marie defender com tanta teimosia seus pontos de vista. Johann Melzer era o diretor da fábrica de tecidos, a última palavra era dele, e não dançaria conforme a música da nora. Por mais que ela tivesse razão.

Marie compreendia bem a situação. Era preciso ter paciência, não chegar com o pé na porta, acostumar o senhor diretor às suas intervenções – devagar e sempre. Não só no tocante às decisões, mas também às responsabilidades. No começo, ela o fizera por Paul, para que seus projetos não fossem desperdiçados, mas implementados para o enorme benefício da família. Porém, uma vez aberto o precedente, ela passara a frequentar a fábrica com a intenção de contribuir com as próprias ideias.

– Hanna já está com o carrinho no pátio, senhora – anunciou Else, com o rosto vermelho após a correria.

– Vou usar o sobretudo azul de lã. E o gorro azul-claro com o cachecol que Tilly tricotou para mim.

Else comentou com cautela que seria mais conveniente usar o casaco de pele devido ao vento frio de dezembro, mas Marie negou com a cabeça. Não era adequado aparecer na fábrica como uma rica donzela, considerando que muitas funcionárias nem sequer tinham dinheiro para agasalhos grossos de inverno.

Hanna esperava obedientemente ao lado do canteiro redondo, coberto com ramagem de pinheiro para proteger os bulbos dos narcisos e das tulipas do frio. A refeição dos prisioneiros de guerra encontrava-se dentro de um caldeirão envolto em trapos e acondicionado em uma caixa de madeira. Para que o ensopado de cenoura com rutabaga não derramasse ao longo do caminho acidentado, haviam amarrado a tampa da panela em suas alças com barbante. Apesar disso, era importante prosseguir com cuidado, pois a comida era valiosa. Aquele prato de ensopado guarnecido com um pequeno pedaço de pão era provavelmente o único alimento que os prisioneiros receberiam naquele dia.

– Lá na fábrica de máquinas a comida é muito pior – contou Hanna enquanto se deslocava cuidadosamente. – Eles só recebem uma sopa aguada de aveia e o pão é de serragem.

O percurso até a fábrica não era longo, mesmo assim as duas mulheres apressavam-se com o carrinho. Era melhor se prevenir – na cidade e também nas vilas operárias das fábricas havia gente disposta a bater ou até a matar por algumas colheradas de ensopado.

– Como você sabe sobre essa sopa de aveia?

Um tanto constrangida, Hanna afirmou ter escutado a informação da boca dos prisioneiros de guerra. Estavam todos muito satisfeitos por poderem trabalhar para os Melzers, principalmente aqueles alocados próximos à máquina a vapor, pois lá não passavam frio.

Marie sorriu face a tanta ingenuidade. Alimentar a máquina a vapor com carvão era um trabalho extenuante, e os famintos prisioneiros de guerra podiam ser qualquer coisa, menos dignos de inveja. Mas quem mais faria o serviço? Os jovens alemães que estavam na guerra terminavam inválidos pela pátria; e os combatentes, quando eram feitos prisioneiros de guerra, se matavam de trabalhar nas minas do território inimigo até que suas forças se esgotassem. Que contrassenso!

– Eles falam alemão com você? Pensei que só entendessem russo ou francês.

Hanna contou que alguns deles haviam aprendido um pouco do idioma. Não havia saída, era preciso entender as ordens em alemão.

– Claro, não tinha pensado nisso.

A vida havia retornado à fábrica. Quando o porteiro Gruber lhes abriu o portão, Marie viu vários operários no pátio levando grossos rolos de papel à tecelagem. No galpão já se escutavam os ruídos habituais, os assobios e o arrastar, os chiados e rangidos, os zumbidos dos fusos – tudo se fundia em um barulho ensurdecedor que as operárias continuavam sentindo no corpo horas após o fim do expediente. Hanna levou o carrinho até o setor de embalagem, onde seria auxiliada por duas mulheres a servir a comida. Huntzinger, o velho capataz, cuidava para que os prisioneiros de guerra pudessem comer sossegados, sem que a máquina a vapor perdesse pressão. Os dois soldados do exército local, ambos rapazes pálidos que não tinham nem 18 anos, também haviam chegado para a distribuição das refeições e receberam um prato de ensopado cada um. Olhares invejosos dos demais funcionários acompanhavam os cativos e seus respectivos vigias.

– Estão se acabando de comer enquanto nossos filhos morrem de fome em casa!

Marie se afastou de Hanna para dar um passeio pelos galpões. Inspecionando a fiação, logo averiguou que apenas quatro das máquinas estavam em funcionamento, enquanto a quinta era abastecida com um novo rolo. Aproveitou a oportunidade para observar o trabalho e tirar suas conclusões. Tudo seria muito mais fácil se providenciassem um carro para transportar o pesado rolo até a máquina. Desse modo, os homens só precisariam levantar a peça e colocá-la no eixo. E por que usavam rolos tão imensos? O peso era sempre causa de problemas: no começo era difícil colocá-lo em movimento e, quando finalmente rodava, o fazia de maneira muito brusca, causando irregularidades. Os fios assim produzidos não serviam para tecidos mais refinados.

Se os rolos tivessem ao menos metade da espessura, as máquinas operariam de maneira regular e sem causar desperdícios, pensou Marie. *Por outro lado, seria necessário interromper o trabalho com maior frequência para trocar os rolos.* Ela teria que colocar tudo na ponta do lápis...

Quando saiu da fiação, viu Hanna parada em frente à porta do setor de embalagens com o xale de lã sobre os ombros e as madeixas escuras cobertas de flocos de neve. Ela conversava com um jovem rapaz, um prisioneiro de guerra com um prato do fumegante ensopado nas mãos. Era um belo jovem, de expressivos olhos negros e cabelos cacheados no mesmo tom. Involuntariamente pensou em Gérard Duchamps, que tinha olhos parecidos e era um maldito sedutor. Mas o homem em questão provavelmente era russo; ele estava tão empenhado em puxar assunto com Hanna que chegava a esquecer a comida.

– Hanna? – chamou Marie de longe.

A garota se sobressaltou e sua expressão culpada falava por si só. Marie estava indignada. Hanna acabara de fazer 15 anos e era sua protegida. Marie estava orgulhosa da menina, pois nos últimos meses ela se provara dedicada e cuidadosa, tanto nos serviços domésticos como no hospital de campanha. E naquele momento estava de conversa justo com um prisioneiro russo.

– É melhor vocês entrarem! – asseverou Marie.

Ela recebeu um breve olhar furioso dos olhos negros do rapaz e um "Sim, senhora" de Hanna. Dentro do prédio e sob os olhares atentos dos companheiros e dos dois vigias, o jovem galanteador não teria chance de trocar uma só palavra com a menina.

Na estamparia, apenas duas das várias impressoras estavam funcionando. Normalmente eram operadas por vários homens, mas naquele momento as mulheres assumiam o extenuante trabalho. Jürgen Dessauer, o velho gravador, estava sentado em um banco colocando a nova estampa em um dos rolos de metal. O *rapport* – o padrão que se repetia fixado no cilindro – não podia ter qualquer fresta uma vez instalado, sob pena de causar erros de impressão. Dessauer acendera a luz elétrica, pois sua vista não era mais como antigamente.

– Como estão os progressos? – perguntou Marie, olhando curiosa a estampa que estava sendo produzida.

Dessauer retirou os óculos e esfregou os olhos com o dorso da mão.

– Estão indo, Sra. Melzer. Temos uma bela estampa. De verdade. Das mais lindas que já gravei.

– Agora o senhor está exagerando. Só temo que ela seja difícil de gravar. Por causa de todas essas flores entrelaçadas...

Com um sorriso, o homem afirmou que estava satisfeitíssimo. Sim, aquela talvez fosse sua obra-prima. Mas ainda não queria revelar muito para não dar azar, afinal de contas ainda não havia terminado.

– E vai depender também de como vai ficar depois de impresso – esclareceu ele. – A hora da verdade é quando imprimimos no tecido, Sra. Melzer.

Ele voltou a colocar os óculos, ajeitou a luminária e retornou ao trabalho. Marie observava fascinada os delicados galhos e as diminutas folhas surgirem sobre o metal e se intrincarem, as flores se abrirem e tomarem lenta, muito lentamente, a superfície lisa do rolo de metal. Para cada padrão havia apenas uma chance; um movimento em falso, um deslize com o cinzel e o cilindro estava arruinado. Mas Jürgen Dessauer gravava estampas havia vinte anos na fábrica e, mesmo depois da barba e dos cabelos grisalhos, cada perfuração que fazia ficava exatamente onde deveria estar. Marie observou os tecidos abertos sendo impressos nas duas máquinas – eram estampas simpáticas, mas não tinham nada de especial. Pequenos pontinhos sobre fundo colorido, um tanto sem graça, adequado para aventais e uniformes. A qualidade do material era boa, firme e ao mesmo tempo leve, ainda que um pouco sem elasticidade. Impossível comparar com algodão, que permitia uma variedade de tramas, desde flanela até a delicada batista. Mas, de todo modo, se sua estampa sobre papel ficasse tão bonita como o esperado, seria possível fazer blusas e vestidos. Ela já tinha em mente alguns moldes – simples, porém elegantes – e todo tipo de projeto para implementá-los, mas pelo menos por enquanto era melhor não contar nada ao severo senhor diretor.

Ela se despediu e deu mais uma volta pela tecelagem. Àquela altura, já se produziam três qualidades distintas de tecido: grosso para mochilas, fino para gorros e aventais e finíssimo para saias, blusas e ternos. Obviamente estavam muito longe da produtividade dos tempos anteriores, pois em todos os galpões a maioria das máquinas estava parada. Mas havia trabalho e produção, a fábrica estava viva e alimentava uma série de pessoas.

Enquanto cruzava o pátio em direção ao prédio da administração, Marie lançou um olhar curioso ao setor de embalagem. Pelo jeito, os prisioneiros de guerra tinham terminado de almoçar. Eles circulavam em grupos de dois ou três diante da porta e respiravam o ar fresco de inverno antes de serem enviados de volta aos barulhentos galpões ou à máquina a vapor no subsolo. Hanna não estava ali – provavelmente estava lavando a louça com as demais mulheres para em seguida voltar com o carrinho à mansão. Marie estava disposta a ter uma conversa séria com sua protegida logo mais. Era proibido conversar mais que o estritamente necessário com os prisioneiros de guerra e, pior ainda, tratá-los com simpatia. Caso Hanna de fato estivesse encantada por aquele belo rapaz, sua conduta poderia levá-la à prisão.

No andar de cima, a secretária Henriette Hoffmann recebeu Marie com um sorriso simpático na antessala do diretor. Sua colega Ottilie Lüders datilografava com tanta concentração que mal percebeu a presença da jovem

Sra. Melzer. Era evidente que ambas – em demonstração de apoio à opinião do chefe – não chegavam a apreciar as visitas de Marie e as consideravam um incômodo. *Que ingratas*, pensava Marie. Será que sabiam quem era a responsável por elas estarem de volta ao trabalho? Não, não sabiam, e tampouco queriam saber. Para elas, era Deus no céu e o senhor diretor na terra. Onipotente e onisciente. Já Marie não passava da nora irritante que se intrometia nos assuntos dos homens.

– Posso anunciá-la, Sra. Melzer?

A Sra. Hoffmann colocou-se apressadamente diante da porta do santíssimo lugar. Provavelmente fora instruída a despachar aquelas visitas diárias com qualquer desculpa. No dia anterior, ela explicara que o senhor diretor estava ao telefone com alguém de Berlim e não poderia ser incomodado. O que logo se revelou ser mentira.

– Obrigada, Sra. Hoffmann. Pode deixar que eu mesma me anuncio.

Sem timidez, Marie dirigiu-se à secretária e agarrou a maçaneta. Resignada, Henriette Hoffmann teve que abrir caminho.

– Papai? Estou incomodando?

Johann Melzer estava sentado à mesa diante de uma infinidade de pastas abertas, uma pilha de papel e um copo de conhaque ao alcance da mão. Com discrição, Marie inspirou o ar: era óbvio que ele havia fumado. Alicia constatara que a cigarreira do cômodo dos cavalheiros estava quase vazia; o Sr. Melzer levara sorrateiramente os charutos para fumar na fábrica, evitando as enfadonhas advertências da esposa.

– Incomodando? Como uma artista tão talentosa poderia me incomodar? – disse ele com rabugice e fechou uma das pastas. – Dessauer está maravilhado com suas estampas. Entre logo, Marie. Já que está aí mesmo...

– Muito obrigada, papai. Fico feliz que tenha um tempinho para mim.

Marie viu que ele captou sua ironia, assim como ela igualmente captara os comentários debochados e mordazes do sogro.

– Veio me pressionar com qual assunto hoje?

– Imagine, papai! Só quero estar presente. Ajudar no que precisar...

Com passos lentos, ela se aproximou da mesa e contemplou a bagunça com um sorriso.

– Sei que você consegue ler esses papéis, mesmo estando de cabeça para baixo – disse ele entre os dentes. – É sobre os pedidos de Berlim? Quer saber se aceitaram nossas estampas?

Ela se sentou na pequena poltrona de couro e assentiu. Sim, queria saber, a ansiedade mal a deixara dormir na noite anterior.

– Então... – disse ele, levantando-se para servir-se de mais conhaque. – Para começar, fechamos a entrega de dez rolos de lonas para tendas e cinco para mochilas.

Marie o olhava esperançosa, mas ele não acrescentou mais nada. O que significava que as estampas para os uniformes e quepes não foram aceitas.

– E por que não encomendaram os tecidos mais finos? – indagou ela.

Ele franziu o cenho e tomou o conhaque de uma só vez. Então deu de ombros.

– Porque a qualidade da concorrência é superior. Não esqueça que somos novos no negócio, Marie. Na Jagenberg, em Düsseldorf, eles já trabalham há anos com celulose e papel.

Obstinada, Marie balançou a cabeça. Não. Não podia ser verdade. Eles examinaram bem os tecidos da Jagenberg, que definitivamente não eram melhores que os produtos dos Melzers.

– É simplesmente porque deve ter alguém lá que conhece outro alguém com bons contatos. E assim fecham os pedidos – protestou ela.

Ele se virou com um misto de irritação e reconhecimento, então sorriu.

– Menina inteligente. Pode muito bem ser que você tenha razão. Mas no momento não há nada que possamos fazer a respeito. Vamos ter que oferecer nossos tecidos finos de outra maneira.

– Talvez seja melhor assim – disse ela com ar desafiador. – Só queríamos prestar um serviço ao país fabricando tecidos para os uniformes do Exército. Mas se eles não querem nossos produtos, azar o deles. Vamos encontrar clientes melhores. Que possam pagar mais!

– Quanto a isso... não seria muito difícil.

De fato, o Estado era um cliente confiável, porém pouco lucrativo, uma vez que não oferecia muito pelos tecidos. Melzer já havia escrito a alguns clientes antigos. Marie pediu lápis e um bloco de papel e anotou nomes de algumas casas de moda, junto com ateliês de costura e lojas de tecido. Não foi difícil, pois Kitty sempre a soterrava com panfletos e revistas de moda.

– Principalmente confecções masculinas – comentou ela. – Mas também conjuntos de blusa e saia e vestidos femininos.

Quase dera com a língua nos dentes, mas apressou-se em manter seus planos para si mesma. Melzer pegou o papel, passou o olho nas empresas listadas e deu de ombros.

– Vamos tentar. A Srta. Lüders pode procurar os endereços e telefones.

Marie estava satisfeita.

– Nos vemos hoje à noite, papai. Tenho mais algumas ideias que gostaria de discutir com você.

Com semblante contrariado, ele tampou a garrafa de conhaque. Houve um discreto tilintar, pois estava tão inquieto que sua mão tremulava. Em seguida, voltou à cadeira e bufou discretamente ao se sentar.

– Hoje à noite, Marie. Na hora do pão de centeio com chá de hortelã.

Ela cruzou a antessala com ar triunfante e alegrou-se ao ouvir a voz alta do sogro chamando "Lüders!". Ottilie Lüders abandonou a máquina de escrever, pegou bloco e lápis e foi ligeira ao escritório dele.

Ao pisar no pátio, Marie foi recebida por uma neve densa. Deteve-se por alguns instantes sob a proteção da entrada enquanto contemplava os flocos que caíam em espirais e já embranqueciam o pátio e os parapeitos dos edifícios. *Natal branquinho*, pensou. *Antigamente nós adorávamos. Mas e agora?*

Por duas semanas não recebera cartas de Paul. Ele estava na Rússia, onde as camadas de neve eram tão espessas que os cavalos afundavam até a barriga. Onde as temperaturas caíam aos vinte, trinta graus abaixo de zero. Era o país onde o exército de Napoleão morreu de frio e fome.

E até o momento não havia resposta à sua solicitação para trazer o soldado Paul Melzer de volta a Augsburgo.

Tenho que ser forte, pensou ela, sentindo o desespero crescer dentro de si. *Não perder as esperanças. Voltaremos a nos encontrar. Não pode ser de outro jeito... Eu sei... Eu sei...*

18

O silêncio era asfixiante. Principalmente nas madrugadas, quando tentavam dormir no colchão molhado sob uma lona. Apesar do cansaço extremo, Humbert contemplava a escuridão. Ao despontar do primeiro raio de sol no horizonte, tudo começaria de novo. Quase todos os ataques começavam no nascer do dia.

– Você é engraçado – disse o major. – Está tremendo tanto que parece até que uma mina explodiu.

– É o frio, senhor major.

– Então levante-se e veja se minhas polainas já estão secas.

Humbert se pôs de pé e acendeu a lanterna, para a imediata indignação dos companheiros.

– Apague a luz, seu idiota. Quer levar uma granada na cabeça?

– Ah, cale a boca. A essa hora não vai acontecer nada.

Uma ratazana passou rente a Humbert; ele ouviu o ruído das patinhas sobre a madeira. Com o susto, deixou a lanterna cair e rolar sobre as tábuas, mas, para seu alívio, ela não quebrou. Roedores sempre haviam lhe provocado pânico, mas sua relação com eles mudou. Eram companheiros de sofrimento dos soldados: também viviam agachados embaixo da terra, se assustavam com os impactos dos projéteis e chegavam até mesmo a correr com os homens no momento dos ataques. As minas os despedaçavam e aniquilavam tal como aos humanos. Eram seus camaradas, suas sombras e seus coveiros – uma vez que comiam os cadáveres.

Humbert apalpou as polainas que pendurara pelo cadarço na esperança de que estivessem secas. Mas estavam tão molhadas quanto antes. Tudo ali vivia úmido, das roupas de baixo aos sobretudos e, principalmente, sapatos e meias, pois, apesar das tábuas de madeira, sempre caminhavam sobre lama.

– Ainda não secaram, senhor major.

— Paciência — disse Von Hagemann entre os dentes. — Vá ao abrigo dos oficiais e me espere lá.

Naquele labirinto de valas, trincheiras e caminhos estreitos havia os mais diversos tipos de refúgio. Alguns eram até confortáveis — se é que se podia usar tal expressão —, construídos em madeira e equipados, inclusive, com estufas e camas de verdade. Haviam sido instalados na primeira fase do conflito. Posteriormente, conforme cada vez mais valas iam sendo cavadas, formando um intrincado sistema subterrâneo para ratos e soldados, vieram os abrigos provisórios: uma lona estendida e algumas tábuas de madeira, cobertores fedendo a podre que nunca secavam — eram só isso e nada mais. Faziam suas necessidades em um buraco bem ao lado, e na manhã seguinte um deles o cobria com terra e cavava um novo em outro lugar. Pouco importava onde. O cheiro de pólvora, terra podre e cadáver já impregnava tudo, de modo que ninguém mais o percebia.

— Até que você não está se saindo mal, rapaz — comentou Von Hagemann enquanto seguia por baixo da lona em direção a Humbert. — Pensei que fosse desmaiar logo no primeiro ataque. Mas cumpriu com suas obrigações. Muito bem, inclusive.

Ele tossiu. Todos estavam resfriados ali embaixo, o que não era de se admirar em face da umidade permanente. Com os dedos intumescidos, Von Hagemann sacou seus cigarros do bolso do sobretudo, tomou um para si e ofereceu o maço a Humbert.

— Obrigado, senhor major.

Ele fumava em toda oportunidade possível. Também tomava a aguardente distribuída nos momentos de descanso e se enchia de chocolate. Os turnos consistiam em ir às frentes de combate, estar de guarda e descansar para se recuperar das agruras do front. O repouso era a melhor parte. Os homens eram levados a um alojamento atrás da linha de frente onde podiam dormir bastante, recebiam roupas secas, boa comida e também podiam banhar-se. Para os oficiais, havia ainda cassino e moças. Já estar de guarda era menos agradável: o abrigo era em buracos cavados na terra logo atrás das fronteiras, mal protegidos dos morteiros inimigos, onde remendavam as roupas, fumavam e catavam piolhos, sempre esperando pelo comando "às trincheiras!".

Os piolhos eram particularmente terríveis, pois transmitiam tifo.

— Nem eu entendo, senhor major — admitiu Humbert. — Antigamente só o barulho da granada me fazia desmaiar.

Von Hagemann estendeu-lhe o isqueiro. Humbert acendeu o cigarro e desfrutou de sua primeira longa tragada, logo sentindo uma leve tonteira. Era uma sensação agradável que vinha junto de uma estranha lucidez. As imagens absurdas de sua vida passavam com grande precisão por sua cabeça, cada uma delas impecavelmente nítida. Mas ele não tinha nenhum papel para interpretar.

Von Hagemann prendeu a lanterna entre a lona e uma vara de sustentação. O feixe de luz iluminava o cubículo em diagonal, desenhando um círculo amarelado sobre as vigas de madeira de uma parede lateral. Além de duas caixas vazias de munição que serviam como assento, havia ali apenas um amontoado de cobertores úmidos de lã, dois caixotes com provisões e um fogareiro a gás ao lado de uma panela e canecas de café.

– Essa ordem maldita não faz nenhum sentido – praguejou Von Hagemann em voz baixa. – Manter a posição. Sendo que não há perspectiva de avanço. Deixaram-nos de lado. Enquanto outros lutam e se distinguem, eu fico aqui ao Deus dará.

Embora Humbert entendesse a raiva de seu major, sua empatia não era das maiores. Estava felicíssimo com o breve fim da guerra por aqueles lados. Torcia, na verdade, para que chegasse logo em definitivo. Comentava-se que os ataques alemães seriam suspensos em setembro, mas os franceses infelizmente não se dispuseram a responder da mesma maneira à auspiciosa mensagem. Pelo contrário, continuavam avançando. A fortaleza de Douaumont estava de novo em suas mãos, assim como Fort Vaux, conquistada pelos alemães às custas de muitas baixas. Que loucura. Tantos jovens haviam se esvaído em sangue naquela lama, e seus corpos ainda jaziam nas valas abertas pelas granadas em meio a arame farpado, pois o resgate era muito perigoso. E tudo aquilo para quê? Para nada. Os franceses recuperavam o que outrora lhes pertencera.

– É de enlouquecer, Humbert – resmungou Von Hagemann.

Ele fumava avidamente, dando várias breves tragadas, e logo apagou o cigarro. Instantes depois acendeu o segundo. E prosseguiu:

– Lá em cima são todos uns idiotas que não entendem nada de tática militar. Três semanas e teríamos tomado Verdun. E expulsado os franceses. Três regimentos, dois pelos lados, um pelo centro. Encurralados e exterminados. E depois Paris. Mas esse tal de Pétain arruinou tudo. Esperamos tempo demais. Empacados nestas malditas trincheiras.

Humbert assentiu e tragou com prazer a fumaça de seu cigarro. Mais dois dias, segundo seus cálculos, seriam substituídos e enviados para o descanso em um dos quartéis. Ele dormiria como uma pedra. Dia e noite. Talvez aquilo tudo terminasse logo. Quanto mais se entregava ao efeito do tabaco, mais se estabelecia nele a convicção que vinha mantendo-o vivo nas últimas semanas: ele não morreria, era um mero espectador daquele filme horroroso, não um dos protagonistas. O major continuava com as divagações sobre a breve vitória contra a França que o império deixara escapar, pois as autoridades militares não passavam de frouxos e molengas. Humbert não entendia uma palavra daquele xadrez militar tão detalhadamente descrito por Von Hagemann e que certamente teria levado à vitória, mas deixava-o falar e assentia repetidamente como se acompanhasse suas lições com grande interesse. Uma coisa estava clara: Von Hagemann não se lamentava pelos muitos jovens que sacrificavam sua vida em vão, mas sim por sua carreira ter estagnado. Isso porque no ano interior tudo começara de maneira tão promissora. Sua promoção a major. Missão na Antuérpia. Imagine só, Bélgica!

– Talvez fosse o caso de passar férias em casa, não? – perguntou Humbert inocentemente.

Von Hagemann bocejou e fez um gesto de rechaço com a mão. Não, aquilo não estava em seus planos. Voltou a bocejar e estendeu o maço a Humbert mais uma vez. O major também sofria com o sono, já era hora da alternância de turno. Humbert acendeu seu segundo cigarro e, enquanto soltava a fumaça, ouviu os familiares grunhidos. Provavelmente eram dois ratos jovens que estavam sob os cobertores de lã. *Tomara que não os estejam roendo*, pensou.

– Em casa – murmurou Von Hagemann, reflexivo. – Nem sei mais o que é casa. Você pode até dizer que Augsburgo é minha casa, com minha mulher, meus pais... Mas são só aparências. Claro, sou responsável por meus pais, tenho que cuidar deles, sobretudo financeiramente... Mas e Elisabeth?

Deu um longo suspiro. Elisabeth era uma pessoa decente, uma esposa leal, mas os herdeiros não vinham. Mas logo, logo chegariam... Depois da guerra...

Pensativo, Von Hagemann ficou um momento em silêncio. Humbert tampouco conseguiu pensar em algo que pudesse dizer. A fumaça do cigarro flutuava fantasmagoricamente sob o brilho da lanterna, girava, formava figuras e desvanecia em vapores cinzentos. Ouviram roncos vindos de alguma parte e projéteis disparados pelos franceses na calada da noite – provavelmente tiros acidentais. Humbert tossiu. Maldito resfriado, sua garganta voltara a doer quando engolia. Se ao menos seus pés estivessem secos...

Von Hagemann estava falante, provavelmente devido à tensão insone. Sabia-se que os franceses haviam partido para a contraofensiva, era provável que a batalha começasse ao amanhecer. Ali mesmo ou em outro ponto da trincheira. O que Humbert desejava mesmo era que atacassem em algum lugar afastado a oeste.

– Naquela época, eu cheguei a ficar comovido – disse Von Hagemann, reiniciando seu monólogo. – Ela era tão paciente. Estava tão feliz por eu ter finalmente pedido sua mão. Elisabeth é uma boa pessoa. Não posso dizer nada contra ela.

Então por que você a está traindo, seu canalha?, pensou Humbert.

Von Hagemann estava sentado sobre o caixote com as pernas abertas, as costas inclinadas para a frente e o olhar perdido. Era óbvio que Elisabeth não era o amor de sua vida.

– Sabe como é, Humbert? – disse o major em voz baixa, fitando-o de canto de olho com um sorrisinho. – Quando você vê uma garota e de repente vira outra pessoa? Quando começa a agir feito idiota porque só pensa nela?

Ele riu. Claro, ele sabia que Humbert estava imune a tais sandices. Já de outras, não. Mas ele, Klaus von Hagemann, ficara bobo de amor.

– A irmã dela. Essa sim me deixava doido. Tão linda e angelical, a doce Kitty... Mulher maldita! Provocante!

Aquelas palavras pareceram a Humbert bastante ofensivas. Se tal conversa tivesse ocorrido na Vila dos Tecidos, ele teria se levantado para defender sua jovem senhora. Mas ali estavam em meio à lama e aos ratos, enquanto o inimigo preparava o ataque. Face às circunstâncias, estava disposto a fazer ouvidos moucos às ofensas do major.

– Não dá para acreditar – sussurrou Von Hagemann, procurando a garrafa no bolso do sobretudo. – E justo aquele gorducho insosso ficou com ela. Alfons Bräuer, o que ele tem além de um monte de dinheiro?

Após abrir a tampa, tomou um gole, hesitou um instante e ofereceu o frasco a Humbert. Ele parecia satisfeito por ter um ouvinte e decidiu recompensá-lo.

– É uísque – disse, sorrindo. – Deve ser contrabandeado. Mas é bom...

Na verdade, Humbert teria preferido não aceitar, até pela irritação que sentia na garganta. Mas recusar estava fora de questão, pois Von Hagemann se sentiria ofendido. Sorveu então um pequeno gole, sentiu o líquido arder como brasa no esôfago e franziu o rosto de dor.

– Desce queimando, não é? – gracejou o major antes de tomar o frasco de volta. – Pois é, nem sempre a pessoa tem o que deseja, não é mesmo?

Humbert balançou a cabeça, pois não podia falar com a queimação que sentia na garganta.

– Caroline... – murmurou Von Hagemann ternamente. – Ela e Kitty se parecem muito. Cabelo escuro, olhos grandes, seios pequeninos e arredondados, magra e graciosa. Os pezinhos lindos... Caroline de Grignan. Acabou de fazer 17 anos e a mãe a vigia como um dragão.

Ele se interrompeu com o estampido de uma detonação, um ruído infernal e mais forte que tudo a que estavam habituados, acompanhado por um clarão. Os dois se atiraram no chão ao som de estrondos, pancadas e rangidos, como se o solo estivesse prestes a implodir. Soldados gritavam, arrancados de seu sono.

– Atingiram algum paiol!

– Malditos! Está ouvindo eles comemorarem?

De fato, escutava-se entre as explosões a gritaria dos franceses, que berravam de entusiasmo e disparavam com seus fuzis.

– Cuidado, vão atacar agora! – exclamou Von Hagemann, já de pé e lutando contra a lona sobre sua cabeça. – Ocupem suas posições. Preparar armas. À defesa!

Ele tossiu e xingou ao ver que os companheiros não tomavam suas posições com a devida rapidez. Com certa dificuldade, Humbert se livrou da lona molhada e correu trôpego até o espaço onde dormia para pegar seu fuzil. O escuro da noite ficou iluminado pelo brilho vermelho-amarelado das chamas enquanto as explosões sucessivas faziam a terra estremecer. O paiol estava no máximo a 200 metros dali, enterrado em profundidade razoável e protegido por muros de alvenaria. Ou fora um disparo acidental ou alguém revelara ao inimigo onde ficava a munição. Humbert chocou-se com vários companheiros que buscavam seus postos, enquanto ele – retardatário como sempre – ainda teria que achar sua arma e carregá-la. De fato, estavam diante de um ataque francês. Os impactos das minas abalavam as trincheiras alemãs, ouviam-se salvas de fuzil, ordens corriam por toda parte e madeiras arrebentavam.

– Lá estão eles! – disse Von Hagemann em meio à confusão. – Vão com calma, rapazes. Não errem o alvo. Nenhum francês passará pelo arame farpado ou não me chamo Klaus von Hagemann!

Humbert tirou o sobretudo e tateou em busca do fuzil, mas foi em vão. Incrédulo, observou a escuridão tingida de amarelo: sua arma não estava mais lá, alguém provavelmente se confundira e a levara dali. Sem ideia do que fazer e com os membros congelando, subiu até o parapeito onde seus companheiros estavam deitados atrás dos sacos de areia, atirando contra os franceses que avançavam. Eles vinham em grande número, mais e mais silhuetas escuras se aproximavam aos tropeços, cambaleantes em direção às posições alemãs. Os homens corriam agachados e disparavam com suas armas, depois jogavam-se ao chão e voltavam a levantar-se. Alguns permaneciam deitados, outros rastejavam como lagartos sobre a lama fria.

Tanto sacrifício por esse pedacinho de terra suja, pensou Humbert. Sentiu aquele tremor já familiar e não pôde evitar soltar uma risada. Quem iria querer aquilo? Seriam anos até que o mato voltasse a crescer ali... Ouviu um companheiro ao seu lado produzir um som breve e abafado antes de deixar a cabeça cair de lado. Um tiro certeiro no coração ou no pulmão. Humbert não se horrorizou, aquilo era o cotidiano da guerra: as pessoas se transformavam, a vida passava diante dos olhos como um filme. Ele empurrou o corpo sem vida para dentro da trincheira, junto com outros feridos, e voltou a subir para apropriar-se do fuzil do camarada que ficara na parte de cima. Sob o brilho do paiol em chamas, viu as tropas dos agressores vindo em direção às linhas de seu exército. As rajadas de ambos os lados entorpeciam os ouvidos. À frente deles, onde estavam os canhões alemães, a artilharia disparava sem parar. Estranhamente, Humbert sentiu seu corpo tornar-se leve, leve como um fantasma, como uma folha carregada pelo vento. Fixou o olhar no inimigo que se acercava, tentando transpassar o arame farpado em desespero e fracassando um após o outro. Parecia uma atração de parque de diversões, pensou enquanto ria novamente. A loucura se apoderara dele. Começou a atirar naquelas sombras escuras e constatou que só lhe restava um cartucho. A atração ficava sempre na Maximiliansstraße, em frente ao chafariz de Hércules. Azul e vermelho eram as cores da barraca, que exibia ainda imagens de lobos e leões. Ali giravam bonecos de papelão e o público podia atirar neles... Escutou sua risada discreta e percebeu que estava prestes a perder a sanidade. Entretanto, não havia nada que pudesse fazer a respeito.

– Não deixem ninguém passar pelo arame farpado! Detenham-nos. Fogo!

Algo passou por suas pernas, subiu-lhe pelas costas e desapareceu na escuridão ensurdecedora atravessada pelos tiros. Um rato! Ele sacudiu o corpo, se ergueu, ajoelhou-se e olhou ao redor em busca de outros roedores.

– Abaixe-se logo, seu idiota! – gritou um companheiro.

De fato, havia outro. Ele o encarava com olhos brilhantes de loucura, os bigodinhos em riste e o pelo cinzento molhado e desgrenhado.

– Deite-se, imbecil! Quer levar uma bala na cabeça?

– Segurem-no, ele está enlouquecendo!

Os ouvidos de Humbert retumbavam, seu corpo tremia. Os impactos aterradores percorriam seu corpo, ele era uma casca vazia, leve como um graveto carbonizado...

– Humbert! – rugiu uma voz bastante familiar. – Humbert, seu idiota! Aonde você está indo?

Quem era o dono daquela voz autoritária, clara e penetrante? Não foi capaz de lembrar, seu cérebro estava oco. O rato passara por ele como um raio, desaparecendo no meio da chuva de balas. Humbert o seguiu. Com as mãos quase roçando no chão, foi correndo agachado em direção à noite, à terra de ninguém onde rajadas de fuzil salpicavam o solo.

– Continuem, homens. Não deem atenção. Aquele ali já era...

Não era exatamente simples perseguir um rato, custava-lhe ver a pequena fera na penumbra. Ele poderia estar em qualquer parte, escondido nas ondulações do terreno, entre os galhos queimados, atrás dos soldados que jaziam no chão enrolados no arame farpado. Alguns se moviam, gritavam algo, outros resmungavam, esbravejavam. Um deles apontou-lhe o fuzil, disparou através do arame e logo tombou com a arma na mão. Notou um chiado e um assovio em seus ouvidos, algo quente lhe acariciou a bochecha.

Lá estava o animal fujão. Agachado diante dele, observando-o às piscadelas com seus pequenos olhos brilhantes e limpando os bigodes. Um bichinho adorável que lhe sorria exibindo seus dentes pequeninos. Com ternura, o animal movia o focinho de um lado para outro. *Você não me pega*, sibilava o bicho com deboche, *sou muito rápido e astuto*.

Humbert se atirou em sua direção, conseguindo agarrar apenas o rabo pelado do animal, que logo deslizou entre seus dedos. Lá jazia ele, na lama fria, bem em frente ao arame farpado. Meio metro além e cairia, enganchando-se horrivelmente nas farpas. O rato, contudo, pequeno como era, simplesmente esquivou-se e desapareceu atrás de um francês caído.

– Espere só! Agora eu pego você!

Foi preciso espremer-se contra o chão quando uma granada passou rente sobre ele, caindo nas linhas francesas. *Buuum!* Pedaços de terra voaram junto com pedras, galhos e pedaços humanos. O corpo inteiro de Humbert estremeceu, ele ria com a boca na terra molhada e sentiu seu sabor insípido, levemente salgado. Após cuspir, limpou-se com a manga do uniforme imundo...

Ao virar a cabeça, avistou o pálido e leitoso amanhecer no horizonte ao leste. *Tarde demais*, pensou, e voltou a rir. Era incontrolável, não havia nada que pudesse fazer. As risadas tinham vida própria e surgiam quando lhes aprazia.

Aproveitando o breve silêncio após a detonação da mina, Humbert levantou-se e saltou cuidadosamente sobre o arame farpado. Rasgou, entretanto, um pedaço do casaco e feriu-se no braço esquerdo, tudo por não querer pisar no corpo inerte de um francês. O rato, obviamente, já desaparecera por entre as crateras das bombas.

Foi caminhando em zigue-zague e sem rumo, seguindo apenas o rastro do roedor entre balas e o fogo das metralhadoras. Ele não sentia os pés, tampouco as pernas, e tinha a sensação de flutuar em um voo à deriva sobre a terra revolta e ensanguentada. Ouviu então um ruído de motor e avistou dois aviões ingleses de reconhecimento sobrevoando o campo de batalha. Quando lhes acenou, percebeu atônito um líquido vermelho-claro que pingava de sua mão direita.

Estou sangrando, pensou enquanto ria tolamente. *Estou ferido.*

Humbert agitava os braços, como se quisesse levantar voo tal qual um pássaro, e correu em direção às linhas francesas para alçar seu voo ao céu da manhã diante do inimigo.

– *Laisse... Il est fou!* – exclamou alguém.
– *Mais c'est un allemand!*
– *Tant pis!*

Viu-se diante de dois soldados que usavam os uniformes errados. Os fuzis que carregavam junto ao peito tampouco eram os de costume. O rato, por sua vez, estava satisfeito sobre um toco de árvore, limpando o focinho com suas patas rosadas. *Vamos*, disse o animal. *São os inimigos. Prenda-os. Ou pelo menos atire neles.*

– *Il n'a pas de fusil...*

Aproximaram-se dele empunhando os fuzis. Humbert escutava-os cochicharem. Deu alguns passos ao encontro dos homens e logo soltou uma risada. Dando palmadas nas coxas, ele se curvava e se retorcia de tanto rir. Findo o surto, percebeu a boca das duas armas. Repentinamente sentiu seus membros mais pesados que chumbo, como se estivesse afundando na terra mole.

– *Je suis... allemand...* – gaguejou Humbert, admirando-se com o fato de estar falando francês. – *Nous sommes...* – disse ele, tentando encontrar a palavra certa. – *Sommes... prisonniers de guerre...*

Viu que os homens sorriram e sentiu-se imensamente orgulhoso por ter recordado aquela expressão em francês.

– *Prisonnier de guerre* – repetiu.

Humbert lhes estendeu a mão e sentiu-se mal ao ver que o líquido vermelho-claro continuava pingando e já encharcara a manga do uniforme. Viu-se dentro de um redemoinho que se abrira diante dele, um buraco negro que dava voltas e por fim o engoliu.

19

— Excelente, Sr. Bliefert! – disse Elisabeth.

Ela elogiava o velho jardineiro que carregara um frondoso ramo de pinheiro até o alpendre coberto de neve. Havia ainda zimbro e espinho-de-cristo, além de alguns galhos de cedro com opulentas pinhas.

– Se precisar de mais, posso pegar, senhora – ofereceu Bliefert, contente pelo elogio.

Ele era o funcionário mais antigo da Vila dos Tecidos: estivera presente no casamento de Johann e Alicia Melzer trinta anos antes e tinha visto seus filhos crescerem.

– O zimbro está abrindo e o maldito espinho-de-cristo não para de crescer... – acrescentou o homem.

– Acho que já é o suficiente – respondeu Elisabeth. – Este ano infelizmente não teremos aquele pinheiro grande no átrio, mas faremos guirlandas e arranjos de mesa.

– Sinto muito, senhora – disse Bliefert. – Se Gustav pudesse ajudar... Com dois homens seria mais fácil cortar um pinheiro bem grande e levá-lo ao átrio. Mas sozinho não consigo mais.

– Claro – concordou Elisabeth, já congelando no frio por não ter vestido seu sobretudo. – Mas um pinheiro pequenino lá para cima seria possível, não?

– Com certeza! – exclamou Bliefert. – No salão vermelho, onde todo ano é a surpresa para os pais das senhoras, certo? Nossa, será o primeiro Natal que passaremos sem o jovem senhor...

– Pois é, infelizmente. Mas não há motivo para queixas, pois muita gente em nosso país está em situação pior. Muito obrigada, Sr. Bliefert.

Ele acenou com a cabeça e seguiu pelo caminho coberto de neve até seu casebre. Elisabeth tratou de se livrar da iminente tristeza e, auxiliada por Else e Auguste, levou o galho para a cozinha, onde montariam as guirlandas e os arranjos. Ela e Eleonore Schmalzler decidiram onde colocariam a decoração natalina, uma vez que as peças deveriam estar bem visíveis para todos os doentes sem que, entretanto, atrapalhassem a passagem.

– Uma guirlanda grande na subida da escada, senhora – opinou a Srta. Schmalzler. – Poderíamos prendê-la no corrimão junto com uns laços vermelhos.

– Boa ideia! Poderíamos colocar guirlandas nas portas também. E um belo arranjo na mesa, bem no meio do salão...

Eleonore Schmalzler balançou a cabeça e comentou que precisavam da mesa livre para distribuir as refeições.

– É só tomarmos cuidado, vai dar certo!

– E não é bom colocar as guirlandas perto dos leitos, senhora. Porque em algum momento com certeza os espinhos começarão a cair.

– Teremos isso em mente.

Eleonore Schmalzler saiu apressada e Elisabeth a seguiu até o hospital de campanha. Os novos pacientes chegariam às onze horas e ela queria estar a postos com a lista e lápis na mão para evitar qualquer irregularidade. Pouco tempo antes um doente dera entrada sem constar na lista. No final, tudo não passara de um equívoco inofensivo, mas, no pior dos casos, poderia ter sido um espião inglês. Ou um prisioneiro de guerra fugitivo. Elisabeth estava satisfeita com a maneira tranquila e astuta com a qual a governanta desempenhava sua nova função. Ela, por sua vez, sentia-se cada vez mais assombrada por medos e dúvidas que escondia zelosamente dos demais. O trabalho de enfermeira que imaginara era totalmente diferente. Humanitário. Beneficente. Nunca sonhara que algumas tarefas pudessem ser tão horrorosas e banais e o quanto lhe exigiriam extrapolar os limites de seu pudor. Mas os feridos de guerra não se importavam com a educação pudica das donzelas de classes abastadas. Pior ainda era testemunhar toda aquela desgraça, prestar solidariedade nos casos já inconsoláveis, dar esperanças enquanto ela, pessoalmente, não acreditava em mais nada.

Perambulava por entre os leitos, atendia pedidos, escutava críticas e vez ou outra tratava de animar os acamados. Havia colocado duas mesas junto às portas do alpendre de maneira que os convalescentes pudessem admirar o parque coberto de neve enquanto conversavam entre si ou escreviam cartas. Naquele momento, estava sentado ali um jovem sargento de Berlim imerso em seu livro e dois soldados que conversavam entusiasmados sobre suas experiências com as moças francesas. Pareciam tão inofensivos, pensou Elisabeth, e logo se surpreendeu com a própria constatação. A maioria usava apenas calça e camisa, muitos estavam envoltos em ataduras e apenas os oficiais faziam questão de usar o casaco do uniforme, de modo a receberem, mesmo no hospital, a saudação que lhes era devida. Eram aqueles os soldados do temido exército alemão que muito em breve conquistaria a Europa inteira. Pelo menos era o que Klaus sempre enfatizava em suas poucas cartas. Ah, Klaus! Embora ele tivesse lhe dedicado algumas palavras carinhosas no início da guerra, suas notícias àquela altura resumiam-se à própria situação, suas necessidades (roupa de baixo grossa, capa de chuva, cobertor de lã etc.) e meia dúzia de frases secas sobre a iminente vitória da pátria. Ele assinava as cartas sempre como "Seu esposo que te ama". No princípio, Elisabeth se esforçava em descrever a vida na Alemanha em episódios alegres, contando sobre sua saudade e a esperança que tinha de tê-lo de volta em breve. Mas como o marido mal reagia a suas palavras, com o tempo ela foi restringindo-se a poucas linhas objetivas. *Deve ser esta separação tão longa*, pensava. *Ela nos está distanciando. E talvez ele esteja passando por coisas horríveis que não quer dividir comigo. Quando estivermos novamente juntos, tudo será diferente. Encontraremos também uma solução para os problemas financeiros. E talvez... se Deus quiser... teremos filhos. É como mamãe falou. Alguns casais demoram mais. E muitas vezes acontece justo quando a pessoa já perdeu as esperanças.*

Elisabeth ajudou um rapaz ferido na cabeça a tomar o chá de hortelã com um canudo e dirigiu-se à cozinha. Eleonore Schmalzler já deveria ter acertado o cardápio da semana com a Sra. Brunnenmayer, mas, mesmo assim, ela queria saber o que haveria nas refeições. A situação em todo o país era trágica. Em tempos de paz, nunca ninguém teria imaginado que a fome assolaria não só os bairros pobres, mas também os abastados. Para piorar, justo naquela fase de tanta privação, o outono úmido apodrecera as batatas ainda nas plantações, arrasando praticamente metade da colheita anual. Em vez de batatas, distribuíam-se rutabagas, que, em tempos normais, eram comida de gado, e agora se transformaram na última salvação dos famintos. Farinha, banha e leite eram produtos escassos e as cotas de pão nos cartões de racionamento se tornavam cada vez menores. Os camponeses eram os que menos podiam se queixar: ainda que tivessem que entregar parte da produção, era sabido que, em segredo, guardavam os melhores cortes de presunto e pedaços de manteiga para si. Já os pacotes enviados da Pomerânia, para desgosto dos Melzers, chegavam uma vez na vida e outra na morte. Supostamente extraviavam-se de alguma maneira que os correios não sabiam explicar. Pelo menos instituições como hospitais de campanha recebiam provisões especiais de alimentos, garantindo assim a alimentação dos feridos.

Parada diante da porta da cozinha, Elisabeth observava o portal de madeira, pensando no prego que talvez tivessem que colocar para fixar a guirlanda. Então escutou uma frase que a desconcertou.

– Estéril? Ele? Não me faça rir! Você nunca reparou na cara da Liesel?

– Liesel? Ah, a filha da Auguste? A menina tem 3 anos, não tem o que reparar nela.

Por mais que achasse inadequado entreouvir a conversa das enfermeiras tomando o desjejum, ela permaneceu junto à porta. De quem estavam falando? Provavelmente do jardineiro Gustav Bliefert, que estava na guerra. O marido de Auguste e pai da pequena Liesel, que, aliás, era sua afilhada.

– É porque você não conhece o major como eu conheço. Minha mãe foi babá na casa da baronesa Von Hagemann, por isso sei há tempos como aquele galanteador é. Foi por pouco que não estou agora como Auguste.

– O que tem Auguste?

A jovem enfermeira era Herta, aquela víbora, que desatou a rir, afirmando que Auguste não dava ponto sem nó.

– A filha não deve ser do Gustav. Mas o homem tem bom coração, deve ter feito vista grossa.

– Então está insinuando que a filha é do major?

– Mas é claro. Ela pegou o bonitão do Klaus no laço.

– Ah, quanta besteira. Nunca notei nada na menina...

– O que eu sei, eu sei.

– Cale a boca. A cozinheira... Ela tem ouvido de tuberculoso. Apesar de sempre fingir que não se importa com nada.

Elisabeth estava gélida. Após dar meia-volta, dirigiu-se ao hospital. Que calúnia! Que mentira maldosa! Ela iria fazer aquela mulher se explicar, proibir-lhe de espalhar tais injúrias. Inclusive pelo bem de Auguste. Auguste... Na época, ela dissera que a criança era de Robert, o antigo criado. Claro, Robert era o pai da pequena. Embora tivesse jurado de pés juntos na época que não era ele. Mas e se...

Alguns raciocínios não deveriam ser concluídos. Mas e se... Se Auguste tivesse...

– Sra. Von Hagemann? Desculpe incomodar. Meu nome é Winkler. Sebastian Winkler. Fui paciente do hospital de campanha. A senhora se lembra de mim?

Elisabeth se viu diante de um homem alto e parrudo que lhe sorria e a fitava timidamente através das lentes redondas dos óculos de aro metálico. Ela lhe emprestara a *Odisseia*, a versão traduzida e o original em grego. O livro, relatava ele, fora uma verdadeira revelação e o homem lhe seria eternamente grato.

Ela buscou no fundo da memória. Meu Deus, como não se lembrava? Que vergonha. Após reparar em suas pernas, conseguiu refrescar a memória. Pé direito amputado devido à gangrena.

– Claro – disse ela, sorrindo. – Como está o pé?

Ele estendeu a perna direita e logo a retraiu.

– Com a prótese está tudo ótimo, só a ferida às vezes me causa problemas. Mas tenho certeza de que com o tempo vai passar.

– Está vendo? – comentou ela com um sorriso. – E na época o senhor temia nunca mais voltar a andar.

– Ah, estou andando como uma gazela. Só que mais devagar.

Os dois riram. Seu humor sombrio era comovente. Na verdade, ele estava até bem em comparação com aqueles coitados que haviam perdido a visão ou padeciam com lesões cerebrais.

– Em que posso ajudá-lo, Sr. Winkler? Queira me desculpar, mas meu tempo infelizmente é limitado. Em poucos minutos receberemos novos pacientes.

O homem aprumou a postura e encolheu os ombros, adquirindo um ar submisso. Elisabeth logo entendeu que ele vinha de família humilde e que, em sua visão, a esposa de um major era alguém superior, apesar da estatura no mínimo dois palmos maior que a dela.

– Sinto muito vir em um momento tão inoportuno, senhora. Não quero de forma alguma incomodá-la ou abusar de seu tempo. É por causa das crianças...

Seu olhar parecia mais resoluto. O assunto, pelo visto, era de grande importância para ele.

– Crianças?

– Meus órfãos... Desculpe, esqueci de mencionar que assumi a direção de um orfanato. O monsenhor Leutwien, que nos visitava no hospital de campanha, me ajudou e sou imensamente grato por isso. Ah, minha cara Sra. Von Hagemann. É inacreditável a quantidade de crianças sem pais que temos recebido. Claro, a igreja faz o que pode, assim como a prefeitura e as associações beneficentes, que nos ajudam a alimentar tantas bocas. Mas obviamente precisamos de mais doações.

– Entendo, senhor... Sr. Wiesler...

Enrubescido, o homem explicou que seu sobrenome era Winkler, não Wiesler. Elisabeth desculpou-se pelo equívoco e em seguida notou uma agitação nos fundos do dormitório dos doentes – provavelmente o carro com os feridos chegara.

– Sr. Winkler, perdão. Conversarei com minha família a respeito.

Ele percebeu nitidamente a intenção dela de despachá-lo, mas persistiu.

– Esses tempos difíceis são especialmente cruéis para os mais carentes. A senhora também é mãe...

Elisabeth sentiu-se incomodada. Provavelmente ele a havia visto brincando com Leo e Dodo no parque e concluído que eram seus filhos.

– Já disse que conversarei com eles. Um orfanato, não é? Aqui em Augsburgo?

O homem também olhou em direção à porta, onde o primeiro ferido era levado ao dormitório.

– Se a senhora me permite, volto a passar aqui antes do Natal – sugeriu ele. – Meus cumprimentos às enfermeiras que cuidaram de mim com tanto carinho. E também à Srta. Jordan.

Ela estava prestes a despedir-se com um gesto simpático, mas se deteve.

– O senhor conhece Maria Jordan?

Ele voltou a enrubescer. A pele clara de seu rosto delatava todas as emoções. Talvez aquilo fosse um incômodo para o homem, mas Elisabeth achava simpático. Um rapaz tão grande e forte e, ao mesmo tempo, tão tímido e vulnerável.

– Não posso dizer que conheço bem. Nos conhecemos no alpendre, ela me contou que trabalhava aqui como camareira.

Veja só essa Jordan, pensou Elisabeth. *Estava pintando sua vida muito mais cor-de-rosa do que na verdade era.*

– Darei o recado a Jordan, Sr. Winkler.

Após agradecer-lhe, ele realizou um movimento que lembrava uma discreta reverência. Elisabeth sorriu com indulgência. Que pessoa simpática. Havia superado um terrível trauma de guerra e encontrado uma nova missão. Que admirável. Animador. Já a ideia de que Maria Jordan lhe causara uma impressão tão marcante não era agradável. Por outro lado, a julgar pela situação de Jordan naquele momento, seria uma dádiva poder refugiar-se em um casamento. A coitada vivia de lá para cá, entre o apartamento na Bismarckstraße e a Vila dos Tecidos, reclamando dos maus-tratos que sofria da baronesa, sem, contudo, ousar pedir uma entrevista com Marie. Ao contrário: ela a evitava o máximo possível, realizava em silêncio os serviços de costura a ela delegados e se sentava com as demais na cozinha. A Sra. Brunnenmayer, que tanto brigara com ela em tempos passados, agora sentia uma imensa compaixão e, assim contara Auguste, enchia a colega de ensopado de rutabaga. A cabeça de Elisabeth estava confusa. Viu repentinamente o rosto rosado e sorridente de Auguste diante de si e sentiu uma raiva imensa. Aquela mulher era capaz de tudo. Inclusive das piores traições...

– Sra. Von Hagemann! Vamos precisar operar!

Assustada, Elisabeth correu até a enfermaria. Tilly vinha às pressas do outro lado do hospital de campanha. A jovem também se mostrara uma ajuda valiosa durante as cirurgias. Um cheiro desagradável de pus preenchia a pequena sala onde o ferido já se encontrava deitado sobre a mesa de procedimento. O Dr. Greiner já havia colocado no rosto do paciente a máscara de éter, enquanto o Dr. Moebius observava com olhos coléricos a ferida supurada no quadril do rapaz.

– Não colocaram nem um curativo, estão cada vez piores – resmungou ele. – Uma ferida desse tipo precisa, no mínimo, da proteção de uma atadura. Mas parece que nossos colegas já estão ficando sem material...

Elisabeth agarrou o pulso do desconhecido para auferir os batimentos. Estavam aceleradíssimos, o coitado ardia em febre.

– Conte, senhor tenente... Em voz alta para que escutemos.

– Um... dois... três... quatro...

A voz do ferido soava inexpressiva e, além disso, o tecido da máscara abafava o som. Mesmo assim, Elisabeth tinha a sensação de já tê-la escutado em algum lugar.

Greiner gotejava o éter sobre o pano. Quando chegou ao dez, o tenente já estava no mundo dos sonhos, e o Dr. Moebius começou seu árduo trabalho. A ferida alojava vários estilhaços de granada, que precisavam ser removidos com pinça. Ouvia-se um ruído metálico cada vez que os pequenos pedaços de ferro caíam na bandeja que Tilly segurava.

– O pulso está cada vez mais fraco – avisou Elisabeth.

– Faça a sutura, Moebius – ordenou o Dr. Greiner. – Não podemos deixá-lo mais tempo dormindo, do contrário vamos perdê-lo.

Elisabeth sentia-se tonta. O cheiro de éter misturado com o repulsivo fedor da ferida purulenta era uma dura provação para qualquer enfermeira. *Mantenha-se firme*, pensou ela. *Não desmaie. Se perder a consciência agora, Herta vai rir de você para sempre.*

Quando reparou na pálida Tilly, constatou que ela evidentemente sofria do mesmo problema. O Dr. Greiner disse entre os dentes que estava tão farto daquelas feridas supuradas quanto da maldita guerra inútil. O Dr. Moebius era o único compenetrado em seu trabalho e dava instruções às enfermeiras enquanto seus dedos se moviam com velocidade e precisão.

– Já, já, terminamos. Pronto, pode amarrar a venda. Mas deixe frouxa. Não aperte muito...

Ele se ergueu e foi até a pia para lavar as mãos.

– Como ele se chama mesmo? – perguntou o médico, ainda de costas. – Era um nome meio prussiano. Von Klitzing... Von Klausewitz...

– Von Klippstein – disse Tilly, ajudando Elisabeth com o curativo. – Ernst von Klippstein. De Berlim, acho. Mais prussiano, impossível...

Sorridente, ela observava o Dr. Moebius enxugar as mãos em uma das toalhas de algodão que guardavam como um tesouro. Seus olhares ávidos e ao mesmo tempo resignados se cruzaram brevemente, e logo Tilly voltou ao trabalho enquanto o Dr. Moebius agarrava o pulso do paciente.

– Ernst von Klippstein? – perguntou Elisabeth, mais surpresa que assustada. – Mas ele é um conhecido nosso. Inclusive é parente de Klaus.

– É mesmo?! – exclamou Tilly, franzindo a testa. – Tem razão, Lisa. Agora me lembro. Acho que ele até esteve na festa de noivado de vocês.

– Com a esposa. Qual era mesmo o nome dela?

– Adele – respondeu Tilly. – Uma pessoa horrível!

– Shhh, Tilly! Ele pode estar escutando...

O médico havia retirado o pano do rosto do tenente e as duas se entreolharam, comovidas. Sim, sem dúvida tratava-se de Ernst von Klippstein, o jovem tenente de Berlim, parente dos Von Hagemanns. Mas a guerra o transformara em uma sombra de si mesmo. Rosto e corpo esqueléticos, as bochechas afundadas, os lábios sem cor. Uma barba curta e loira lhe cobria a face – assim como muitos pacientes, ele não se barbeava desde que fora ferido.

– Ele não vai escutar as senhoras – disse o médico em tom seco. – Possivelmente nunca mais... Está bem feio isso, Moebius. Acho que vai pegar um atalho para o encontro inevitável...

– Que encontro inevitável? – indagou Tilly, inocente.

– Encontro com a morte, menina. O único que está acontecendo nesses tempos.

20

Hanna tinha os braços apoiados sobre o tampo da mesa e o torso muito inclinado para a frente, de maneira a não perder nenhum detalhe. Maria Jordan deslizava o indicador pelas cartas enfileiradas, dando um leve toque em cada uma delas.

– ... quatro... cinco... seis... um rapaz... um... dois... três... quatro... cinco... seis... por um longo caminho... um... dois... três... chegando à sua casa... Nossa, Fanny Brunnenmayer!

A cozinheira estava sentada à cabeceira da mesa junto ao calor do fogão e observava as cartas com a mesma tensão de Hanna. Atrás dela, fervia em fogo baixo o resto do ensopado de rutabaga que guardara para o jardineiro Bliefert e os filhos de Auguste.

– Mas que bobagem! – disse ela para Maria Jordan. – Olhe bem para minha cara e me diga se por acaso acha que eu, na minha idade, ainda quero saber de namorado.

Com expressão de sabichona, Jordan seguiu com a contagem. Vindo pela entrada de serviço, Else aproximou-se com as louças sujas dos patrões, que recolhera do elevador da cozinha.

– Não acredite em uma só palavra que Maria está dizendo – gritou ela para a cozinheira. – É tudo mentira e enganação!

Hanna já ia abrindo a boca para defender as previsões de Jordan, mas se deteve. Certamente era mais sensato não se comprometer.

– Só porque o amor ainda não bateu à sua porta? – disse Jordan para Else. – E não é para menos... Os homens estão todos na guerra. Como vamos ter sorte no amor assim?

Else colocou a pilha de louça dentro da pia e preferiu não responder. *Coitada*, pensou Hanna. *Só tem olhos para o Dr. Moebius, mas aquele lá se enamorou de Tilly Bräuer. Não me admira, ela é jovem, bonita e, para completar, ainda é rica.*

– Conte-me algo sobre Humbert, Maria! – esbravejou a Sra. Brunnenmayer. – O coitado desapareceu, mas eu sei que ele ainda está vivo. É o que diz minha intuição.

Jordan voltou a contar as cartas.

– ... por um longo caminho... três... quatro... cinco... seis... Deus do céu! O rei de paus está impedindo...

– O que isso significa? Já aviso, Maria, que não vou pagar por más notícias.

– Fique quieta, Fanny... Aqui! A dama de ouros... e um sete... um casamento... Quem diria?

Fanny Brunnenmayer pegou um lenço para assoar o nariz. Bem que ela já suspeitava. Else tinha razão: aquela história de ler as cartas não passava de enganação.

– Ele voltará com certeza – insistiu Jordan, sem se deixar intimidar pelas já conhecidas clientes céticas. – Mas ainda vai demorar um pouco. É bem possível que ele esteja prisioneiro em algum lugar, pobre rapaz. Tendo que trabalhar para o inimigo. É isso.

A Sra. Brunnenmayer empinou o nariz e colocou o lenço no bolso do avental. Disse ainda à Srta. Jordan que ela já podia guardar as cartas e que nem sonhasse em receber um só centavo por aquilo. Em seguida, lançou um olhar irritado à panela dentro do carrinho de mão ao lado do forno.

– Quer matar os coitados de fome, Hanna? Leve isso logo à fábrica!

– Mas a senhora ainda não mandou me chamar.

– Ela não vai hoje – avisou Else. – Está no hospital de campanha com um conhecido. Um tal de tenente Klapprot ou algo assim. Herta disse que ele provavelmente não vai sair dessa.

– Ah, certo...

Hanna empurrou o banco e se adiantou até o corredor para pegar o sobretudo e as botas. A neve começava a derreter e a lama se acumulava ao longo do caminho. Péssimas condições para o transporte da panela sobre aquelas rodas de madeira. Ela apalpou o bolso do sobretudo em busca do pequeno embrulho e empurrou o carrinho barulhento para fora. Na verdade, era bastante conveniente a senhora não a acompanhar naquele dia. Nos últimos tempos, fora obrigada a escutar uma série de advertências e bons conselhos e estava farta daqueles sermões. Já não era criança, mas uma moça de quase 16 anos que ganhava o próprio dinheiro. Não era muito, mas mesmo assim. E o que um homem e uma mulher faziam juntos não era da conta de ninguém, isso ela ouvia desde pequena, quando sua mãe trazia para casa um "tio". E também estava ciente de que poderia acabar engravidando. Afinal de contas, não era boba.

A panela de ferro sobre o carrinho continuava quente, conforme averiguou ao tocá-la com cuidado. Ao voltar à mansão, aproveitaria para levar um pouco de carvão para o fogareiro. Na fábrica havia uma montanha de carvão para a máquina a vapor e seria fácil pegar um pouco.

Para melhor aderência, ela cuspiu nas mãos antes de agarrar a alça e começou a empurrar. Voltou a sentir aquela maravilhosa inquietação, mas logo aborreceu-se ao ver as rodas empacadas na neve derretida e, com um vigoroso impulso, colocou o carrinho novamente em movimento. *Aqui se faz, aqui se paga*, pensou, e logo descartou a ideia. *Ninguém vai perceber, vamos ter cuidado.*

Quando chegou à entrada da fábrica e encontrou o porteiro, seu coração disparou.

– E então, menina? – disse o homem. – Estão esperando ansiosamente. "Hanna rutabaga", é como o pessoal chama você por aqui...

– Hanna rutabaga? – questionou ela, indignada. – Quem disse isso?

– Não sei quem foi – respondeu o porteiro, dando de ombros. – Mas pegou. Não fique ofendida...

Hanna cruzou o portão com o carrinho e imaginou que só poderia ser obra das funcionárias. Dos prisioneiros de guerra com certeza não era, eles nem sequer sabiam alemão o bastante para inventar esses apelidos maldosos. Parecia até que ela era parruda como as rutabagas!

No setor de embalagem, duas mulheres encarregadas da distribuição da comida e de lavar os pratos já a aguardavam. Lá estavam também os dois vigias, que em seus uniformes pareciam meninos pequenos, embora já tivessem 17 anos.

– Está atrasada hoje.

– Antes tarde do que nunca! – replicou ela com sagacidade.

Hanna esfregou os dedos dormentes pelo frio enquanto as duas mulheres erguiam a panela e abriam a tampa. O cheiro de batatas cozidas, aipo e nabo preencheu a sala e a garota percebeu que ainda sentia fome. Era um estado permanente, vivia faminta. Até porque as porções na Vila dos Tecidos não eram exatamente generosas.

– O pão está duro feito pedra – resmungou uma das mulheres. – Vou precisar de um machado para fatiar.

Hanna deixou que as mulheres servissem a sopa nos pratos de latão e se encarregou do pão. Não chegava a estar macio, mas era possível cortá-lo e, além do mais, dava para molhá-lo na sopa. Sentiu as mãos trêmulas e precisou tomar cuidado para que a faca não escorregasse. Atrás dela, os prisioneiros de guerra entravam no setor de embalagem, pegavam a colher e a tigela de latão com ensopado e sentavam-se sobre um banco ou caixote para comer.

Ela imediatamente sentiu o olhar dele pelas costas. Era uma sensação empolgante, como se alguém a tocasse com um ferro em brasa. Com muito esforço, ela continuava o trabalho, cortando o pão e colocando os pedaços em uma cesta de vime, e então se virou para trás. Lá estava ele, sentado em um caixote comendo a sopa. Ele não a olhava, mas Hanna sabia que sua atenção estava toda nela. Um dia ele lhe contara que era preciso ser discreto na presença dos demais, sob pena de ser delatado pelos próprios olhos. Ela passou pela sala com a cesta de pão, cada homem aceitou um pedaço e, agradecidos, voltaram a comer. Grigorij estendeu o braço em direção à cesta e, ao pegar seu pão, suas mãos se tocaram. O toque foi como um raio atravessando o corpo dela e fez seus pelos se arrepiarem. Como era possível que um toque tão fugaz tivesse tamanho efeito sobre ela? Por acaso ele era mágico? E a enfeitiçara de maneira que ela pertencesse a ele e a mais ninguém... De corpo e alma. Ah, que bom seria...

A sala estava sem aquecimento, e era tão fria que o vapor da respiração se tornava visível. No dia anterior, cristais de gelo haviam se formado nos vidros das janelas. Apesar disso, os homens não se apressaram, aproveitando o intervalo de descanso e a refeição quente enquanto mastigavam pacientemente e limpavam o prato com os restos de pão. Grigorij foi o primeiro a entregar sua tigela e saiu lentamente para movimentar-se um pouco no pátio. Os vigias consentiram; era improvável que fugisse. E mesmo se conseguisse escalar os muros da fábrica, onde ele se esconderia em plena luz do dia? Todos sabiam o que acontecia com prisioneiros de guerra flagrados em uma tentativa de fuga.

Hanna observou as mulheres e os dois vigias ao redor da panela de ferro. Sempre que sobrava ensopado, eles dividiam o resto entre si e, naquele momento, estavam todos atentos à distribuição igualitária das sobras.

Nenhum deles vigiava a porta. Os demais prisioneiros russos há tempos sabiam o que estava acontecendo ali, mas não delatavam seu companheiro. Os franceses, igualmente, sabiam manter segredo.

Era chegada a hora. Uma das mulheres segurava a tampa da panela enquanto a outra raspava os restos do fundo. Hanna deslocou-se sem pressa, na maior discrição possível. A porta já não rangia desde que Grigorij lubrificara as dobradiças em um momento de descuido dos vigias.

Ele estava à sua espera. Os olhos negros que a fitavam fizeram seu corpo estremecer. Ela passou por ele e entrou na pequena sala com prateleiras, onde guardavam etiquetas, barbantes, papel de seda, películas plásticas e outros artigos, para evitar o livre acesso aos itens. O ar era abafado, as duas janelas junto ao teto quase nunca eram abertas. Sobre uma mesinha que já vira dias melhores havia pilhas de formulários, selos e canetas. Em outros tempos, havia expediente o dia inteiro para enviar os tecidos dos Melzers a todas as partes do globo. Naqueles dias, contudo, as mulheres trabalhavam apenas durante a tarde, pois a fábrica operava com metade da capacidade.

Com o coração quase saindo pela boca, ela parou ali para esperá-lo. Acontecera alguma coisa? Um funcionário ou operária que aparecera no pátio? Grigorij era ágil, em um piscar de olhos poderia abrir a porta e desaparecer, mas era preciso ter cuidado. O que os dois faziam ali podia custar a vida de ambos.

A porta fez um discreto chiado. Ali estava ele, sorrindo-lhe com ternura e preenchendo o espaço com sua presença. Ele cheirava a óleo e carvão, a suor masculino e a seus cabelos negros. Quando se aproximou lentamente dela, Hanna sentiu um frio na barriga.

– Channa!

O primeiro abraço era o melhor. Os dois se entrelaçavam com força, quase dolorosamente, e sentiam a respiração um do outro, as batidas fortes e selvagens de seus corações. Os lábios furiosos de Grigorij, sua língua que lhe perfurava a boca, a vibração de sua garganta, o som de sua respiração. No começo, ela não sabia o que fazer e simplesmente se entregara, atrevendo-se apenas na terceira ou quarta vez a tocá-lo com as mãos, sua barba, seus lábios, seu pescoço musculoso. E também a coisa dura e roliça que lhe roçava a barriga por baixo das roupas e às vezes a incomodava. Quando ela a apalpava, Grigorij afastava sua mão e a beijava para distraí-la. *Ainda não*, sussurrava ele. *Aqui não...*

— Trouxe um presente, Grigorij.

Foi preciso dizer duas vezes. Ele já havia aberto sua blusa por baixo do sobretudo e ela sentia sua língua quente sobre o pescoço.

— Presente?

— Sim, um presente. É coisa pequena.

Ela tirou o pequeno embrulho do bolso e lhe entregou. Dentro havia pães de mel que ela roubara na cozinha.

— Mas tem que comer hoje. Porque vão fazer revista à noite.

Após sentir o cheiro das guloseimas, ele sorriu como uma criança. Pão de mel. Biscoitos. Natal. *Rochdestvo*. O nascimento de Cristo.

— *Spasibo*... obrigado... *moiá* Channa... *Golubka moiá*...

Seus olhos estavam marejados, aveludados e a envolviam como um véu escuro. Ele beijou suas mãos, disse-lhe que era sua *krasívaia, mílaia, málenkaia koshka*... minha linda, minha pombinha, minha gatinha... Sua voz era inebriante, nunca alguém lhe falara em tom tão sedutor ou lhe dissera coisas tão maravilhosas. Ah, ela sabia que era mentira; não era bonita e tampouco gatinha, menos ainda uma pomba. E, mesmo assim, era impossível não se entregar àquele feitiço. A sensatez deixaria para depois, naquele momento tudo o que ela queria era desfrutar daquela felicidade, agarrá-la com as mãos antes que a perdesse.

— Também trouxe um *podarka*... Um "presente"...

Ela riu. Dizia-se "presente", não "presento". Muito sério, ele repetiu a palavra três vezes e acenou com a cabeça, satisfeito.

— Presente para você, *moiá* Channa...

Ele era simplesmente incapaz de dizer "Hanna", tampouco "rato" ou "rua". Por mais que se esforçasse, ele colocava sempre um "ch" na frente.

— Você trouxe um presente? Para mim?

Ele abriu a blusa já desabotoada e beijou seu queixo, seu pescoço, continuou descendo enquanto afastava o tecido da camisa. Ela não usava corpete, nunca possuíra um. E tampouco precisava, pois seus seios eram pequenos e firmes, o que sempre considerara feio. O busto opulento de Auguste, aquele sim atraía olhares dos homens; ela, por sua vez, parecia uma menininha com sua blusa larga. Grigorij lhe dissera que ela era linda e que perdia o juízo quando a tocava. Hanna se arrepiou quando ele chegou a seus mamilos e os tocou com os lábios. E então fechou os olhos para sentir o doce calafrio em seu corpo. Ah, aquele era o presente ao qual se referia.

O presente que ela já ganhava diariamente, pelo qual tanto ansiava e a fazia desejar coisas insensatas e proibidas.

– Um presente – murmurou ele e a soltou. – Só para você. Para Channa. Espere...

Ele levantou as mãos, envolveu sua nuca e abriu o minúsculo fecho de um fino cordão que ela até então nunca vira. Então retirou o adereço e colocou-o em Hanna.

– É prata. *Serebró*. De *mats moiá*. Minha mãe. Ela deu essa corrente para eu pensar nela.

Disse essas palavras em voz baixa e bastante sério. Após uma breve luta com o fecho, afastou os inconvenientes cachos castanho-escuros e conseguiu fechá-lo. A corrente ainda emanava o calor de sua pele e tinha um diminuto pingente negro cujo padrão ela não conseguiu distinguir. Mas, sem dúvida, escuro como estava, tratava-se de prata.

– De... de sua mãe? Ah, Grigorij, você quer me dar essa corrente que foi presente de sua mãe?

Ela ficou tão emocionada que seus olhos marejaram. Seria tudo mentira? Será que ele roubara a corrente? Ou estava dizendo a verdade? Ah, não importava, pois ele lhe dera um cordão de prata. Para ela, a pequena Hanna, a ajudante de cozinha, a menina do bairro pobre.

– Quando guerra termina, mandam nós de volta. Para a *Rossía*. *Moiá rodina*... meu país. Você, Channa, vem comigo. Você quer?

Ela demorou um pouco para entender. Para a Rússia? Com ele? Ah, ela o seguiria a qualquer lugar, para a Rússia, Sibéria, o acompanharia até mesmo no inferno...

– Sim – sussurrou ela. – Sim, quero ir com você. Quando a guerra acabar. Mas quando? Às vezes penso que a guerra durará para sempre.

Grigorij ajeitou o pingente e abotoou cuidadosamente sua blusa. Não foi fácil, pois os botões eram pequenos, e suas mãos, grandes e calejadas pela pá de carvão.

– Guerra não é para sempre. *Nie vciegda budet voiná*. Quando guerra termina, vamos morar em Petrogrado. Cidade linda... Muita água, muito rio... canal...

Ela fechou o sobretudo e se aconchegou junto a ele. Já passara da hora, eles não podiam ficar mais ali, do contrário levantariam suspeitas. Sim, ele já falara várias vezes de Petrogrado, sua terra natal. Do czar que costumava ficar em seu palácio na cidade. Do grande rio Neva. De seus pais, que tinham algum negócio lá, mas ela não entendera do que se tratava exatamente...

– Você minha *jena*. Minha mulher. *Liubliú tibiá...* Eu te amo, Channa. *Na vsegdá...* para sempre.

A mão dele deslizou pela abertura do sobretudo e acariciou por cima da saia a área entre suas pernas, que ela até então sempre lhe proibira. Mas daquela vez Hanna estava decidida a permitir, a sentir como seu corpo tremia, e logo percebeu estar prestes a cometer uma grande imprudência.

Marie, pensou ela. *Tenho que contar a Marie.*

Mas era impossível. Marie, a querida e atenciosa Marie, a camareira que antes se sentava ao seu lado na cozinha, já não existia. Ela se tornara a jovem senhora que lhe dava conselhos sensatos...

– Pare... Não... – disse ela, defendendo-se. – Temos que ir agora. Você primeiro, Grigorij!

Obedientemente, ele retirou a mão, mas voltou a dar-lhe um abraço e a pressioná-la contra si. Hanna não entendeu o que ele murmurou, mas parecia um lamento de desespero pela separação que todos os dias se repetia. Eles tinham direito a poucos minutos – um ínfimo instante de felicidade pelo qual talvez um dia pagassem caro.

Até então esse dia não chegara. Hanna olhou cuidadosamente pela fresta da porta. Ao ver que não havia ninguém no pátio, acenou para Grigorij, que disparou porta afora. Ela esperou mais alguns minutos antes de deixar o depósito de embalagens, ainda sentindo sua presença, sua boca em seu rosto, suas mãos em seu seio. Conferiu as roupas, e viu que seu pulso continuava acelerado, pois o medo de ser descoberta era extremo. Como eram imprudentes. Que ingênuos. Cegos de amor. O que aconteceria se fossem flagrados? Ela seria demitida, expulsa da Vila dos Tecidos, a considerariam uma prostituta, uma traidora, talvez até a prendessem. E Grigorij? A forca o esperava.

Pela porta entreaberta, viu duas funcionárias saindo do setor de embalagens, cruzando o pátio e entrando na fiação. Quando a entrada do galpão se abriu, ouviu um barulho horrível vindo da fábrica, abafado, mas ainda incômodo. Hanna conhecia aquele ruído do tempo em que amarrava as linhas arrebentadas, quando quase fora esmagada pelo braço da *selfactor*. Naquela época, tinha 13 anos. A mãe a levara à fábrica e ela gostava de poder matar aula e ainda ganhar alguns trocados. Sempre fora uma menina tola e, de lá para cá, não se tornara mais esperta.

Ya liubliú tibiá, pensou ela, enquanto atravessava o pátio até o setor de embalagem. *Eu te amo, Grigorij. Na vsegdá. Para sempre. Ainda que morramos por isso...*

Lituânia, dezembro de 1916

Minha amada e querida esposa,

Finalmente, finalmente vamos nos ver de novo. Mal posso acreditar, parece tudo um sonho feliz que a qualquer momento pode terminar. Mas é verdade, tem que ser verdade, e não suportarei uma segunda decepção tão amarga.

Estarei em Augsburgo por alguns dias depois do Natal. Infelizmente não no Natal, o que é uma pena, mas não deixemos de modo algum que isso atrapalhe nossa felicidade. Fique bonita para mim, minha amada, pois serei um marido muito aplicado que não lhe dará uma só noite de descanso. Há tempos morro de saudades de seu abraço e chego a ficar tonto quando penso que voltarei a sentir e tocar seu corpo macio.

Vou indo agora, antes de escrever mais loucuras neste papel. E prometa não mostrar a ninguém esta carta, mas sim queimá-la imediatamente. Diga a todos que estou ansiosíssimo para vê-los e dê um abraço apertado nos nossos pequenos. Fico até com medo de pegá-los no colo, pois eles nem conhecem o pai...

Até breve,
Seu Paul, já dando cambalhotas de alegria

21

— Hoje na véspera de Natal, não – ponderava Kitty. – Talvez no Ano-Novo. Isso, no *réveillon*, quando vocês estiverem aqui em casa... Ou hoje à noite, quem sabe? Seja quando for, tem que ser algo impressionante...

O carro sacolejou e um estampido soou sob o capô. Uma fumaça escura se ergueu.

– Ludwig! – grunhiu Kitty. – O que é isso? O que você fez com o carro?

O chofer estava inerte ao volante e observava a fumaça.

– Calma, senhora. Calma. É só um escape...

– Um escape? – questionou ela, nervosa. – Daqui a pouco explodimos todos! Faça alguma coisa, pelo amor de Deus...

– Um segundo e já passa, senhora.

Eles estavam parados na metade do caminho. Ao longe, por entre as lúgubres árvores desnudas de inverno, via-se a fachada de tijolos vermelhos da Vila dos Tecidos. O vento açoitava gotas de chuva contra o para-brisa do carro. Sobre as trilhas e o gramado do parque, acumulavam-se largas poças deixadas pela neve derretida. A perspectiva de seguir a pé até a vila não era exatamente sedutora. Além disso, Kitty trazia uma infinidade de embrulhos, presentes de Natal que não poderiam molhar de forma alguma.

– Já passa? Meu Deus... Aaai!

Um segundo estampido, acompanhado por uma ligeira sacudida, deixou os dois paralisados.

– Deve ser a mistura, senhora. Não acredito... Misturei alguns restos de gasolina porque não tem mais combustível disponível e tive que ir duas vezes à vila, a primeira com a pequena Henni e a Sra. Sommerweiler, e agora com a senhora...

Decidida, Kitty moveu a maçaneta. Ela não se importava de ter que enfiar os sapatos caros de pelica nas poças. Gritou para o chofer infeliz que, naquele carro, a vida dos dois corria perigo. E mandou que ele levasse os presentes à vila, não importava como, mas secos. Ela seguiria a pé.

Assim que deu o primeiro passo e sentiu o vento gélido da tempestade subir-lhe pelo sobretudo, arrependeu-se da decisão. Tarde demais. Apesar da tormenta, ela caminhou obstinada até o canteiro coberto com galhos de pinheiro. Por mais que seu sobretudo estivesse arruinado, e o chapéu, amassado pela força que fazia para mantê-lo na cabeça, o passeio involuntário a entretinha. Lembrou-se de quando corria pelo parque com Lisa e Paul, subia em árvores e brincava de esconde-esconde entre os arbustos. Quanto tempo se passara! Dez, quinze anos. Uma eternidade. Contemplou, então, o vento golpear os tijolinhos vermelho-escuros da construção, enquanto os vidros do jardim de inverno vibravam nas molduras metálicas. Já o alpendre, onde celebrara com alegria seu noivado e o casamento, parecia inóspito e abandonado sob a chuva.

É claro que seu casaco ficou novamente preso na estúpida grade de ferro enquanto ela subia para o jardim de inverno. No topo, no entanto, foi recebida pelo calor aconchegante do forno e por uma Auguste bastante preocupada.

– Jesus do céu! A senhora vai morrer se ficar com as roupas molhadas desse jeito! Dê-me o sobretudo. E o chapéu. Ah, que pena, está todo amassado. E os sapatos...

Kitty livrou-se do sobretudo encharcado e entregou seu caro chapéu, agora todo estragado. E então avistou Marie, que chegara para cumprimentá-la, e abraçou contente a amiga.

– Meu Deus, Kitty! – disse Marie, rindo. – Você está toda molhada. Vamos subir logo. Vou lhe emprestar um dos meus vestidos.

– Ainda há tempo? Pensei que já havia começado.

– Dez minutos...

As duas subiram de mãos dadas ao segundo andar e entraram no antigo quarto de Kitty, que se transformara no aposento de hóspedes. Que pena estarem apressadas, era tão agradável vestir-se ao som dos conselhos de Marie. Ela separou vários vestidos, saias e blusas, bem como meias e roupas de baixo, sem se esquecer das belas pantufas bordadas que ganhara de Kitty.

– Veja só, voltei a entrar em minhas roupas desde que parei de amamentar – comentou Marie.

Kitty quase se entregou, pois logo notou que havia engordado na parte de cima. A blusa de seda azul-clara de Marie por pouco não fechou; já a saia vestiu-lhe perfeitamente. Que curioso que no início da gravidez a mulher engordasse logo nos seios.

– O padre Leutwien acabou de chegar – anunciou Marie, fitando o jardim pela janela. – Primeiro faremos uma pequena celebração no hospital e depois distribuiremos os presentes aos funcionários. Trouxe as partituras?

– Partituras? Que partituras?

– Ah, Kitty! Você não ia tocar junto com Lisa? Arrastamos o piano até a escada só para os pacientes poderem ouvir um pouco de música natalina!

Ah, não! Ela esquecera completamente. Tudo era para esse maldito hospital de campanha! Antigamente, erguiam no átrio um grande pinheiro enfeitado com pão de mel e bolas vermelhas e douradas. Era sempre tão solene quando seus pais entregavam os presentes de Natal aos empregados.

– Sinto muitíssimo, Marie. Já devo estar caducando!

– Tudo bem. Acho que Tilly trouxe as partituras. Sente-se no banquinho em frente ao espelho, garota caduca. Vou dar um jeito em seu cabelo.

De repente tudo ficara bem outra vez. Marie, sua amada Marie, era simplesmente incapaz de brigar ou se ofender, como acontecia frequentemente com Lisa. Kitty se afeiçoara a ela ainda em seus tempos de ajudante de cozinha na vila e seu amor pela amiga e cunhada seguia inabalado.

Marie tirou todos os grampos de sua cabeça, penteou o cabelo úmido, desembaraçou-o e voltou a prendê-lo, deixando solto apenas um cachinho em cada lado.

– E se eu deixasse meu cabelo curto? – ponderou Kitty.

Marie deu de ombros e respondeu que Alfons certamente levaria um susto quando voltasse e encontrasse a mulher sem suas belas madeixas.

– Alfons é um homem tão bom – comentou Kitty com ternura. – Mesmo se não gostasse, ele nunca me censuraria. Ah, Marie. Queria tanto que ele estivesse comigo. Não sei o que fazer sem ele.

Marie assentiu, puxou alguns fios soltos do penteado da amiga e comentou em voz baixa que sentia o mesmo. E ela por acaso já sabia que o Dr. Moebius fora convocado para o front?

– Nossa! – exclamou Kitty, assustada. – Coitada de Tilly. O que você acha, Marie? Será que ele pedirá a mão dela antes de partir?

Marie estava novamente junto à janela, mas quase não conseguia ver nada agora ao cair da noite. As velhas árvores do parque haviam se convertido em silhuetas negras e apenas o alpendre exibia o reflexo de luz que atravessava os vidros das portas.

– Não sei, Kitty – respondeu ela, pensativa. – O Dr. Moebius vem de família humilde e Tilly é filha do rico banqueiro Bräuer. Não sei se ele terá coragem.

– Ai, meu Deus! – exclamou Kitty, suspirando. Ela colocou as pantufas. – Eles se amam. Por que ser tão antiquado assim? Ainda mais nesses tempos horríveis de guerra!

– Concordo plenamente, Kitty. Mas pergunte à sua mãe e você vai escutar uma opinião bem diferente.

Kitty fez um gesto de desdém com a mão e analisou sua silhueta no espelho. Não, sua barriga ainda estava reta; já os seios... Ela não podia respirar fundo, do contrário os botões saltariam.

– Mas a mamãe é uma Von Maydorn. Só não é mais antiquada que o papai! Talvez eu devesse falar a sós com o Dr. Moebius. Afinal de contas, ele quer ser meu cunhado. Então...

– Não sei, Kitty – disse Marie com ar hesitante. – Sabe-se lá se é prudente noivar justo agora. Ele vai precisar ir ao front de qualquer maneira.

Kitty estava indignada. Justamente por ter sido convocado ele precisava saber que Tilly o amava e esperaria por ele.

Embora parecesse ter outra opinião, Marie não estava disposta a discutir.

– Vamos descer. Já estou ouvindo o piano. Do contrário, começarão sem nós.

Ah, a festa de Natal estava maravilhosa! Não como nos tempos anteriores à guerra, mas, mesmo assim, muito comovente. Junto à escada do átrio, onde se encontrava o hospital de campanha, se surpreenderam ao ver o Dr. Moebius ao piano, abrindo a cerimônia com improvisações de cânticos natalinos. Como ele tocava bem! Nossa, ele nem sequer olhava para os dedos e dispensara a partitura. Em vez disso, observava com seu sorriso estranhamente triste os pacientes que o escutavam com devoção. Quando finalmente parou de tocar após ouvir o monsenhor Leutwien pigarreando pela terceira vez, levantou-se aclamado por uma vigorosa salva de palmas.

– Bravo, doutor!
– O senhor é um pianista e tanto!

– *Filha de Sião*, sempre cantávamos essa nos Natais lá em casa.

Os gritos entusiasmados de agradecimento perduraram, dando a Marie e Kitty a oportunidade de descerem a escada e sentarem-se entre os familiares praticamente sem chamar a atenção. Haviam colocado cadeiras para os Melzers, de maneira que não precisassem ficar em pé como os funcionários.

– Hoje é dia do nascimento de nosso Salvador – disse o monsenhor Leutwien, iniciando seu sermão. – Portanto é uma alegria...

Kitty escutava as palavras com plena devoção. Sim, ele tinha razão. Daquele dia em diante, tudo seria diferente, pois uma criança chegara ao mundo, um menino filho de Deus que redimiria o mundo do pecado e da desgraça. Ah, que lindo. Ela tinha certeza de que daquela vez seria um varão...

Logo depois ouviu a voz clara de Tilly lendo a história natalina. Kitty olhou curiosa para o Dr. Moebius. Seus olhos estavam fixos na oradora. Não restava dúvida, aquele olhar dizia tudo. Que casal encantador! Se ele ao menos se declarasse... Ou será que já tinha feito isso? Não, Tilly já teria lhe contado. Era preciso dar um empurrãozinho, Marie que pensasse o que quisesse...

As palavras do monsenhor lhe entravam por um ouvido e saíam pelo outro. Era sempre a mesma coisa. Nascido de uma virgem, filho do Espírito Santo... *Ah, céus*, pensou. Por que Maria simplesmente não o segurou em seus braços em vez de colocar a pobre criatura em uma manjedoura imunda? Além do que... parir um filho em um estábulo sobre um monte de feno? Diante de um monte de gente... E sem parteira... Não, que bom que as coisas haviam mudado. Daquela vez, ela chamaria a parteira a tempo. Ah, ainda tinha tempo. Para quando seria? Maio? Talvez até lá a guerra já tivesse terminado – a paz estaria selada e Alfons se encontraria ao seu lado. O que ele diria se fosse um menino?

O Dr. Moebius tocou os acordes iniciais da canção natalina que seria cantada por todos.

– *Oh du fröhliche, oh du selige...*

Kitty cantava a plenos pulmões. Só após a terceira estrofe, conferiu discretamente os botões da blusa. Tudo em ordem, graças a Deus. Ela não via o momento de subir, pois os doentes nos leitos a encaravam como se fosse uma das sete maravilhas do mundo. Mas, naquele momento, Lisa levantara-se para agradecer aos médicos, às enfermeiras e a todos os demais ajudantes que tornavam possível o funcionamento do hospital de campanha. Em seguida, disse aos pacientes que eles haviam lutado com bravura pela pátria e que Jesus Cristo, nascido naquele mesmo dia, ajudaria a Alemanha, que padecia de sérias dificuldades. Ao concluir dizendo que esperava que o próximo Natal fosse comemorado em meio à família e em um país pacificado, foi ovacionada. Como Lisa estava orgulhosa. O hospital fora ideia de seu marido e naquela noite ela colhia os louros de sua perseverança.

– A esposa do major foi incansável nos cuidados com nossos doentes de guerra – falou alguém da associação beneficente. – A esposa do major é o anjo dos feridos.

Os elogios agradavam a Lisa, ela parecia ótima. Kitty, por sua vez, sentiu estar sendo injustiçada. Estava com inveja? Pelo fato de a irmã estar sendo reconhecida em público enquanto ela vivia sob a sombra da família Bräuer? Não, que besteira. Ela esperava um filho e aquilo era a única coisa que importava. Seria um menino meigo e loiro. Loiro como seu irmão. E, claro, como Alfons.

Foram distribuídos os presentes, primeiramente para os dois médicos e as enfermeiras – apenas duas estavam presentes, as demais comemoravam a data em família. Em seguida Lisa, Marie e Tilly foram saudar os pacientes.

– O que houve, Kitty? – sussurrou Lisa. – Está grudada na cadeira?

Ela se levantou de um salto, pegou alguns embrulhos e se juntou à distribuição. A maioria daqueles pequenos pacotes havia sido doação sua. Eles continham marzipã e bonequinhos de açúcar, uma pequena garrafa de aguardente, lâminas de barbear, sabonete ou papel de carta e lápis. Em alguns, havia também roupa de baixo, um cachecol grosso, meias tricotadas à mão ou um livro, tudo doações coletadas pela associação beneficente. Se alguém não estivesse satisfeito com o próprio presente, podia trocá-lo com um companheiro.

– Muitíssimo obrigado, senhora – agradeceu o paciente em cuja cama ela acabara de colocar um embrulho. – A senhora não sabe a alegria que está me dando. Não só por este belo presente... É um prazer imenso poder apertar a mão de uma moça tão encantadora.

Assustada, ela quis afastar a mão, mas não o fez. A testa do ferido estava envolta em grossas ataduras, o pobre rapaz provavelmente levara um tiro na cabeça. Seus olhos vertiam lágrimas enquanto ele pronunciava aquelas palavras tão pomposas, e Kitty percebeu que ele falava sério. O que o homem teria sofrido para comover-se tanto com um simples toque e um sorriso? Ah, maldita guerra! O que ela fazia!

– Sim, estávamos muito preocupados por sua saúde, Sr. Klippstein – comentou Marie ao seu lado. – Não vou mentir, sua vida estava por um fio. Mas agora que a febre passou, tudo ficará bem.

Kitty olhou discretamente para o lado. De fato, Ernst von Klippstein também estava bastante emocionado – ele olhava para Marie como se ela fosse uma divindade na terra. Devia ser por causa da noite de Natal: todos se debulhavam em lágrimas. Igualmente chorosa, ela deu ao ferido um sorriso carinhoso. Era certo que ele em breve melhoraria e voltaria para sua família. O homem acenou com a cabeça e apertou sua mão, e Kitty logo lhe passou o embrulho na esperança de que ele enfim a soltasse.

– A senhora sabe que isso tudo é obra sua, Sra. Melzer? – disse Von Klippstein. – Eu já havia desistido da vida, estava torcendo para morrer. Não existia mais nada neste mundo pelo que eu quisesse lutar, pelo que eu quisesse viver. Sem mulher, sem filho, nenhuma esperança de uma existência feliz. E então a senhora apareceu e falou comigo. Foi como um milagre, um aviso dos céus. Nem tudo está perdido, a vida continua...

Nossa, pensou Kitty. O coitado devia ter sofrido muitíssimo. Sua mulher estava morta? Como era mesmo o nome dela? Adelheid? Annette? Alice? Não, nada disso. Adele! Isso, ela se chamava Adele. Caso tivesse morrido, melhor não falar nada de ruim a seu respeito, mas ela era uma pessoa bem desagradável. Não sentiu pena. Mas e se ele estivesse apaixonado por Marie? O rapaz era mesmo bastante azarado, pois com Marie ele não teria qualquer chance.

Após despedir-se do ferido com um sorriso caloroso, continuou distribuindo os outros presentes. Ao terminar, constatou aliviada que não havia mais embrulhos e sentou-se. Ela estava um pouco tonta e enjoada. Bem, podia ser pior. Na época de Henni, Kitty ficara quase três meses sem poder consumir comida sólida, mas dessa vez, por sorte, era diferente. Aquilo não acabava nunca? Mais uma música de Natal, era a vez de "Es ist ein Ros entsprungen". Quando criança, sempre pensara que se tratava do nascimento de uma menina chamada Rose. Ah, Lisa caía na gargalhada. Depois que soube se tratar da flor. Naquele momento, a mãe se levantou e proferiu o discurso aos funcionários, agradeceu-lhes pela lealdade e pelo empenho e aproveitou para lembrá-los de que eram todos uma grande família. Na realidade, há anos suas palavras eram as mesmas, mas estranhamente os empregados se alegravam ao ouvi-las. Em seguida, eles receberam também os presentes de Natal que Alicia todos os anos selecionava cuidadosamente, pois deveriam não só agradar aos destinatários, mas também adequar-se à hierarquia da casa. A ajudante de cozinha Hanna ganhou um vestido usado de Marie, meias grossas de lã e um par de sapatos novíssimos com sola de madeira. A Srta. Schmalzler, que como governanta ocupava o cargo mais alto de todos, foi agraciada com vários metros de flanela azul-escura do armário da senhora, um broche de prata com suas iniciais gravadas e uma pequena quantia em dinheiro. Além disso, Alicia teceu-lhe os mais fervorosos elogios por seu engajamento no hospital de campanha, que fora fundamental para colocar a obra beneficente nos eixos. Por fim, a governanta agradeceu à família Melzer em nome de todos os funcionários e declarou que todos que trabalhavam na Vila dos Tecidos enxergavam sua função como um privilégio. Kitty deu um sorrisinho ao notar que tampouco a Srta. Schmalzler dissera qualquer novidade naquele ano. Por outro lado, ela parecia acabada, muito mais magra que antes e já com rugas ao redor dos lábios.

Finalmente! Em meio aos discursos, o Sr. Melzer – que, como de costume, tinha muito o que fazer na fábrica – se juntara aos demais e pronunciava suas palavras solenes na qualidade de chefe da família e anfitrião.

– Um feliz Natal a todos que aqui se encontram reunidos e a todos que estão distantes, mas que recordamos agora com amor!

Aplausos, lágrimas, agradecimentos, improvisações do médico ao piano... Kitty foi a primeira a subir para o segundo andar, onde ficava o banheiro. Ela não devia ter tomado tanto chá em casa...

– Kitty? Está aí? – chamou Lisa do outro lado da porta.

– Já vou. Pare de sacudir a maçaneta!

Ela obedeceu. Meu Deus, como as duas brigavam antes em situações assim! Certa vez, Lisa chegara a arrancar a maçaneta e afirmar que Kitty teria que ficar trancada no banheiro até o fim de sua vida.

– Está ocupado? Ah, já sabia que não seria a primeira a chegar aqui.

Era Marie, que parecia encarar a situação com descontração.

– É Kitty lá dentro. Pode demorar horas. Mas já que estamos a sós, Marie, queria lhe dizer algo...

Kitty estava prestes a abrir, mas se deteve por curiosidade. Infelizmente, a conversa se tornara inaudível, as duas deviam estar afastadas da porta do banheiro. Sem fazer barulho, ela girou a maçaneta, espreitou pela fresta e, então, entendeu cada palavra.

– Mas não é possível, Lisa! – lamentou Marie. – Eu disse para ela que era proibido, deixei bastante claro o perigo que ela estaria correndo.

– Pelo jeito, ela não ficou muito impressionada.

– Tem certeza?

Lisa assentiu, séria.

Meu Deus, pensou Kitty. *De quem estão falando?*

– A Sra. Bremer esteve várias vezes aqui no hospital visitando o marido. Ela trabalha como atadora na fiação e viu com os próprios olhos. E não foi só ela. Hanna e seu amante não são muito prudentes.

– Em uma salinha, você disse? Sozinhos? Meu Deus do céu! Que garota burra. Burra!

Ah, pensou Kitty, decepcionada. Tratava-se da ajudante de cozinha e seu namoradinho. Como se fosse algo relevante. Ela fechou a porta ruidosamente. Marie e Lisa se afastaram e olharam em sua direção.

– Vou descendo! – exclamou ela, correndo para a escada.

O bufê preparado pelos funcionários foi servido na sala de jantar. Conforme a tradição, na véspera de Natal comiam-se pratos frios, de maneira que os funcionários tivessem tempo para ir à missa e se reunirem um pouco na cozinha. Tudo estava lindo, a Sra. Brunnenmayer era uma artista nata, e em tal quesito a cozinheira de Kitty não era páreo para ela. A mulher só reclamava de que não havia temperos, tampouco carne de qualidade, de que faltavam manteiga e creme, e que o toucinho era pouco para guarnecer o assado. Já Fanny Brunnenmayer era do tipo que sabia cozinhar uma deliciosa sopa até mesmo com pedras. Que iguarias ela preparara dessa vez? Língua de boi – onde teria encontrado aquilo? E salada de batatas com ovos cozidos. Havia até mesmo salada de arenque com maionese. Que cheiro bom! E conserva de beterraba e pepinos azedos. Sem poder resistir, Kitty levou os picles à boca e mastigou com deleite. Lembrou-se, então, do dia em que Alicia a flagrara roubando a decoração da salada de arenque junto com Paul. Ah, como sentia saudades dele. Seu irmão mais velho e protetor! Na ocasião ele assumira toda a culpa...

Ela colocou rapidamente o segundo pepino de volta no lugar, pois sua mãe acabara de entrar na sala de jantar. Alicia trocara de roupa para a celebração em família e usava um vestido cinturado de seda com renda de Bruxelas no pescoço – um tanto quanto antiquado aos olhos de Kitty. E, pior, ela achava que aquele vermelho-escuro deixava a mãe no mínimo dez anos mais velha.

– Kitty, querida! Venha me dar um abraço. Como você está pálida... Está tudo bem?

Kitty engoliu o comentário que já estava na ponta da língua e abraçou a mãe. Ah, Alicia era uma mulher incrível, ela sentia na hora quando algo não estava em ordem. Será que Kitty um dia seria uma mãe assim?

– Estou ótima, mamãe. Poucas vezes estive tão bem.

Por pouco não deu com a língua nos dentes, mas por sorte Lisa e Marie adentraram a sala de jantar, seguidas pelo pai, que, apesar da ocasião festiva, usava displicentemente seu casaco de ficar em casa. Alicia o olhou de soslaio, mas não disse nada para não macular a atmosfera natalina. Todos se sentaram e brindaram. O Sr. Melzer, na verdade, já havia tomado um borgonha. Passaram então ao vinho branco e ao Mosel, que Alicia tanto amava.

– Tomara que você não faça nenhum discurso, papaizinho – disse Kitty com olhar inocente. – Estamos todos mortos de fome!

O ambiente se descontraiu, houve risadas, até mesmo o Sr. Melzer sorriu e comentou que não imaginaria a noite de Natal sem os comentários jocosos de sua caçula. Todos se serviram no bufê, com exceção dele, cujo prato foi feito pela esposa, pois ele não suportava aquelas aglomerações. Falaram sobre a festa, mostraram-se emocionados pelas lágrimas dos pacientes e lamentaram o fato de que o Dr. Moebius os deixaria em poucos dias.

– Um rapaz tão talentoso – comentou Alicia com um suspiro. – Só de pensar que ele tem um futuro tão promissor pela frente...

Não concluiu a frase, mas era sabido o que ela pensava. Em tempos de guerra, os planos que outrora se traçavam não passavam de ilusões sem sentido. Quem se encontrava no front lutava para sobreviver até o fim do dia, até a semana seguinte, pelo tempo que precisasse para que a guerra finalmente chegasse ao fim – seja lá quando fosse.

– Parece que Tilly tem muito apreço pelo moço – disse Kitty, descaradamente. – Os dois dariam um perfeito...

– Kitty, minha querida – interveio Alicia, franzindo a testa. – De maneira alguma você deveria encorajar sua cunhada a esse relacionamento. Sei que você deve estar me achando antiquada, mas Tilly Bräuer vem de família rica e é muito bonita para comprometer-se com um médico. Ela poderia muito bem se casar com um aristocrata, assim como fez Lisa.

Elisabeth limitou-se a esboçar um sorriso; seu semblante não era exatamente triunfal como se esperaria. Kitty teve vontade de revidar, dizer que o ponto de vista da mãe era o de dois séculos atrás e que se Alfons estivesse ali, ele certamente motivaria a irmã a seguir seu coração. Mas era noite de Natal e, além do mais, Marie contou com alegria que acreditava piamente que um grande amor era capaz de superar todas as dificuldades.

– Porque o amor vem de Deus – disse ela com olhos brilhantes. – E Deus protege aqueles que se amam de verdade.

– Amém – grunhiu Johann Melzer. – Você pode me trazer mais um pouco de salada de batata com um pedacinho da língua, minha querida Alicia?

Marie não se incomodou com o comentário. Já conhecia bem a maneira hostil do sogro, até porque ia todos os dias à fábrica para, como dizia, auxiliá-lo no que fosse preciso. Kitty achava incrível Marie entender tanto daquelas máquinas e ainda estar familiarizada com os imbróglios administrativos da fábrica, mas, por outro lado, tinha pena dela. Marie era um talento impressionante nas artes, mas como ela o estava usando? Desenhando estampas para tecidos de papel. Ah, francamente! Círculos e rabiscos, linhas entrelaçadas e pontinhos dançantes. Em vez de ir ao museu e copiar os grandes mestres, aprender com eles...

– Vamos subir, meus caros – disse Alicia distraidamente. – Estou curiosa para saber que surpresas vocês nos prepararam este ano.

Como rezava a tradição, cabia aos mais jovens armar a árvore de Natal no salão vermelho, enfeitá-la e colocar os presentes sob ela. Antigamente era sempre Paul quem erguia o pequeno pinheiro. Ah, era inevitável pensar nele. Onde estaria? Será que comemoraria o Natal na gélida Rússia?

Alicia teve o mesmo pensamento, pois quando chegaram ao salão vermelho e Marie acendeu as velas do pinheiro, seus olhos estavam marejados. O Sr. Melzer olhava para o nada com expressão vazia, não era de seu feitio demonstrar emoções. E Lisa parecia uma ovelha aflita. Que estranho ver todos contemplando a árvore de Natal com olhos tristes sem dizer uma só palavra. O ambiente permaneceu pesado até a chegada de Rosa e da Sra. Sommerweiler com as crianças.

E assim iniciou-se a habitual cerimônia de abertura dos presentes. Os familiares, respeitando a ordem, admiraram cada lembrança como de praxe, agradeceram com educação ou entusiasmo, algumas vezes, inclusive, com encantamento nos casos em que a surpresa fora de fato especial. Kitty recebeu uma joia de granada que Alicia usava quando jovem e mandara modificar para a filha, e Johann completou o conjunto com um anel. Marie lhe deu um livro ilustrado sobre arte medieval, e Lisa, uma almofada para o sofá.

Era lindo observar os pequenos admirados com as velas acesas na árvore de Natal. Dodo engatinhou, corajosa, e quis pegar uma das bolas reluzentes; Leo manteve-se a uma distância segura e se aproximou engatinhando do soldado de lata que Lisa lhe dera. A pequena Henni guinchava alegremente enquanto mordiscava um pão de mel atrás do outro. O presente escolhido com amor pela mãe – um macio coelho de pelúcia marrom – não lhe interessou. A menina preferia gesticular agitada com a colher de café e começou a dar chutes tão fortes que Kitty não aguentou segurá-la no colo e a entregou a Alicia. Nossa, toda aquela agitação não lhe fizera nada bem, talvez ela tivesse comido muita salada de arenque. Após respirar fundo algumas vezes, logo notou seu estômago um pouco melhor, mas agora os botões da blusa corriam perigo. Não, ela não conseguiria guardar aquela surpresa por muito tempo. Sua mãe estava encantada brincando com a pequena Henni. E o pai entupia sua netinha com pães de mel. Kitty observou Marie abrindo seu último presente, um conjunto de tintas a óleo que Kitty lhe comprara – na verdade, uma indireta. Marie sorriu ao ver os frascos e logo abraçou a amiga.

– Meu anjo, quisera eu ter tempo para poder me dedicar à arte. E você poderia ser minha professora de novo – sussurrou ela no ouvido da cunhada.

– É só começar – respondeu Kitty. – O primeiro passo é sempre o mais difícil. E quem diz que não tem tempo para as artes acaba perdendo uma parte da própria vida.

– Você é uma menina esperta, Kitty!

– Não, só sou persistente e não quero que você desperdice seu talento!

Ela estava prestes a lembrá-la de Montmartre, do pequeno apartamento, seu ninho, onde planejava viver e pintar com Marie. Mas não seria adequado, pois na época tinha fugido com Gérard e causara um escândalo. Além do mais, os franceses haviam se tornado seus inimigos e Lisa teria se indignado com o comentário.

– Já abrimos todos os presentes? – perguntou Alicia. – Ou esquecemos por aí alguma surpresa de Natal?

Era sua deixa. Kitty aprumou-se, quase explodindo de ansiedade e alegria pela reação que sua feliz notícia despertaria.

– Eu tenho... – começou ela.

Mas Marie foi mais rápida. Ela se levantara e se colocara diante do pinheiro. Suas feições irradiavam tamanha felicidade que Kitty não terminou a frase.

– Uma notícia maravilhosa para todos – disse Marie em tom solene. – E eu, malvada como sou, a estive guardando o dia inteiro, queria ter a felicidade só para mim. Mas agora, diante desta árvore de Natal, quero compartilhar minha alegria com vocês.

Deu uma pequena pausa e olhou para o grupo. Dodo chupava o polegar, Leo fazia bolhas de saliva sobre o avental branco de Rosa. Henni gemia no colo de Alicia. Provavelmente estava com dor de barriga após tantos pães de mel.

– Daqui a alguns dias, Paul estará conosco. Ele conseguiu quatro dias de folga.

A notícia provocou gritos e lágrimas. Alicia soluçou de alegria, Johann pigarreou e disse entre os dentes que quatro dias eram melhores que nada. Lisa assoou o nariz e limpou as lágrimas do rosto. Kitty empolgou-se tanto que deu um salto para abraçar Marie, mas repentinamente se sentiu tão mal que desabou sobre a poltrona. Tudo ao seu redor ficou escuro e seu coração batia como um martelo. Meu Deus, era mesmo possível desmaiar de alegria?

– Kitty! – exclamou Marie, sentando-se sobre o braço da poltrona. – Está tudo bem? Lisa, tem uma garrafa de água do seu lado. Céus! Kitty, você está branca que nem uma vela. Não me diga que está grávida.

– Eu? – gaguejou Kitty e tomou um gole d'água, constrangida. – Grávida? Que ideia é essa, Marie?

A surpresa já estava arruinada, pois o anúncio de Marie era insuperável. Tudo bem, ela daria a notícia no Ano-Novo.

22

Tilly odiava seu nome, derivado de Ottilie. Também odiava o banco e as várias casas e mansões que seu pai possuía. Ela odiava o dinheiro que desempenhava um papel central na vida de seu pai e seu irmão. Capital, juros, contas, ações, empréstimos, títulos, hipotecas – todos aqueles termos com os quais Alfons e o pai teimavam em inundar seus ouvidos durante as refeições e os quais ela não entendia e tampouco queria entender. Nesse sentido, era muito mais próxima da mãe, que dizia sem rodeios que os bancos eram instituições imorais, pois tiravam mais do que ofereciam. Portanto, quando criança, ela sempre pensara que o pai era um vigarista, o que lhe dava muita vergonha, pois o amava, por mais que ele pouco tivesse tempo para ela e vivesse às voltas com Alfons. Com frequência sonhava que o pai desistiria do banco para abrir algum grande negócio na Karolinenstraße ou na Maximilianstraße. De preferência uma loja de departamentos, onde todos poderiam comprar uma infinidade de coisas a preços acessíveis. Tempos depois, quando já era mais velha, passou a achar aquele sonho ridículo e ficou aliviada por nunca ter contado a ninguém sobre ele. Ela se refugiava na vasta biblioteca do pai, lia Goethe, Brentano, Jean Paul e Theodor Storm até tarde da noite. A mãe, que não compreendia tais excessos, passara a chamá-la de "sabichona". No internato, haviam lhe profetizado o uso de óculos grossos, pois era de conhecimento geral que leitura em demasia estragava a vista das moças.

De um golpe só, a guerra a arrancara de seu mundo de fantasia, lançando-a na realidade. Johann falava com frequência sobre a iminente guerra, mas todos se recusavam a acreditar até se verem em meio ao conflito. Era glorioso e ao mesmo tempo horrível testemunhar a luta dos soldados alemães contra o inimigo que – assim dissera o kaiser – os atacara em tempos de paz. Contudo, a guerra a conduzira a um novo caminho e despertara nela uma força que ela não imaginava existir. No início, sua vontade de trabalhar no hospital de campanha era apenas para se sentir útil e ela morria de medo que descobrissem que não era adequada ao serviço por não poder ver sangue. Mas provou-se o contrário. Para sua própria surpresa, não encontrou dificuldades em tratar até mesmo os piores ferimentos, auxiliar o médico durante o serviço e, em seguida limpar a mesa de operação e os instrumentos. A medicina era uma ciência maravilhosa, a única que de fato servia à humanidade e evitava seus sofrimentos. Se não fosse mulher, ela teria se tornado médica.

E então o amor irrompeu por sua porta. Não como um raio caído do céu, como muitas vezes descreviam os livros, mas sim suave e paciente. Um sorriso que ela respondia com timidez. Um bom-dia em tom estranhamente intenso. O jeito dele de elogiá-la quando o ajudava: a perspicácia, mãos talentosas, diagnósticos inteligentes. Ninguém a tratava com tanto respeito como o jovem médico Moebius. Às vezes eles conversavam um pouco enquanto preparavam a enfermaria e o Dr. Greiner não estava. Nesses momentos, Tilly acreditava que seu coração acelerado lhe sairia pela boca. Mas ele nunca a deixara em uma situação desconfortável, era sempre tranquilo, simpático, lhe confidenciava coisas que certamente não contava a mais ninguém e aquilo a enchia de orgulho. Ele lhe dissera que seu pai era sapateiro, que fora o padre do vilarejo onde nascera quem possibilitara seus estudos de medicina. Que ele havia morado em um sótão junto com um músico que tocava Beethoven ao piano e que aquele som o fascinara tanto que ele quase desistira de tudo para dedicar-se à música... Ah, ela o entendia perfeitamente, pois também quase se entregara à literatura e já havia tentado aventurar-se como autora às escondidas. Mas àquela altura, contudo, a medicina se transformara em sua paixão e – ah, que surpresa – era o Dr. Moebius quem a motivava a tentar ser aceita em uma universidade.

Quando ele pegou sua mão pela primeira vez, o susto foi tão grande que ela quase fugiu. E ainda se lembrava: os dois estavam sozinhos na enfermaria, mas a qualquer momento uma enfermeira ou o Dr. Greiner poderiam ter aparecido.

– Você é muito importante para mim, Tilly – disse o Dr. Moebius em voz baixa. – Não se assuste com minha sinceridade. Nunca mais toco neste assunto se a senhorita não quiser.

Ela permaneceu imóvel, olhando em seus olhos sem saber o que dizer. Então ele se curvou e tocou-lhe o dorso da mão suavemente com os lábios.

Foi como um sopro, como a batida das asas de uma borboleta, mas ela tremeu como vara verde, pois aquele toque causara um alvoroço em seu corpo. Quando, instantes depois, a porta se abriu e entraram com um ferido no recinto, ela teve que se recompor de imediato para realizar seu trabalho como de costume. No entanto, por mais que ela não tivesse dado resposta, havia-se criado um vínculo. Daquele momento em diante, cada olhar, cada gesto, cada sorriso adquiriam um significado entre os dois e quando estavam a sós – o que infelizmente acontecia raríssimas vezes – sempre trocavam palavras entre si. Nada mais. Mas eram palavras que a encantavam e a enchiam de felicidade. Que de noite roubavam-lhe o sono e durante o dia evocavam doces sonhos que tiravam-lhe o sossego.

– Não paro de pensar em você...
– É uma felicidade imensa tê-la conhecido...
– Nunca disse coisas assim a nenhum homem...
– Estou ciente de que não tenho o direito...
– Você tem todo o direito do mundo...

Ele havia lhe beijado a mão em duas ocasiões. Não como as asas de borboleta, mas com lábios ardentes que a fizeram estremecer. Havia tempos Tilly ansiava por seus toques, sempre à espreita da oportunidade para encontrá-lo a sós, e ela sabia que o Dr. Moebius tampouco perderia qualquer chance de estar com ela sem testemunhas, ainda que por pouco tempo. Quando ele tomaria coragem para beijá-la? E se o fizesse, ele a abraçaria também? Apertaria seu corpo contra o dele? Sentiria seu coração bater, assim como relatavam os romances? E se ela desmaiasse?

Em meio às suas mais ternas esperanças chegara a notícia da convocação ao front. A guerra estava em curso – como fora capaz de esquecer-se daquilo por pura paixão? Por mais que o hospital de campanha a lembrasse diariamente de tal fato, como pudera crer que ela e seu amado seriam poupados dos horrores do conflito?

Não fora a ela, mas sim a seu colega, o Dr. Greiner, que ele contara primeiro. Em seguida, a Srta. Schmalzler e Elisabeth tomaram ciência, e repassaram a notícia às enfermeiras. Somando-se à desgraça vieram o ciúme idiota e a raiva por ter sido a última a saber. Por que ele não conversara com ela a sós? Talvez por medo de que Tilly irrompesse em lágrimas e se atirasse aos seus pés? Nunca na vida ela fizera algo tão absurdo. Mas ele manteve o silêncio, evitava estar sozinho com ela e até no trabalho diário parecia esquivar-se dela, dando preferência a outras enfermeiras quando necessitava de auxílio.

Aquele era seu último dia no hospital. Tilly chegara para o serviço mais cedo que de costume. Havia passado a noite em claro e seu rosto estava inchado de tanto chorar, de maneira que teve que refrescá-lo com uma compressa fria logo de manhã. O Dr. Moebius, que já começara a trabalhar, a cumprimentou com a simpatia de sempre, mas não sorriu.

– Srta. Bräuer? Já que está aqui, poderia preparar a mesa de operação? Receberemos novos atendimentos, um intercâmbio de inválidos por prisioneiros de guerra russos.

– Perfeitamente, doutor.

Ela dispôs os instrumentos, preparou a garrafa de éter, os panos, vasilhas, ataduras... O intercâmbio de pacientes gravemente feridos era uma ação orquestrada pela Cruz Vermelha, da qual participavam quase todos os envolvidos na guerra. Eram casos praticamente perdidos, homens severamente amputados e desfigurados, dos quais poucos sobreviviam. Prestava-se bastante atenção para que nenhum indivíduo apto para o serviço militar fosse devolvido ao seu país de origem.

Ela ouviu a porta se fechar e os passos dele se aproximando, mas não se virou. Seus dedos, entretanto, estavam gélidos. Ela tremia.

– A senhorita está furiosa comigo, não é?

Ela se manteve em silêncio. Não, ela não estava furiosa. Estava triste e magoada.

– Não posso recriminá-la, Tilly. Minha única desculpa é ter investido em um sonho que não passava de um castelo de areia.

Um castelo de areia! Indignada, ela se virou.

– O que o senhor quer dizer com isso?

Por um breve momento, as feições do Dr. Moebius esboçaram um profundo desespero, mas ele logo se recompôs e tratou de sorrir. Era um sorriso artificial, como uma máscara atrás da qual ocultava seus verdadeiros sentimentos.

– O que quero dizer é que nós dois, você e eu, nos enredamos em uma ilusão sem futuro. Por favor, me desculpe, Tilly. É tudo culpa minha, jamais me perdoarei por tê-la iludido...

Ele queria continuar falando, mas alguém mexeu na maçaneta da porta e Elisabeth surgiu no recinto.

– Ah, aí está você, Tilly! – disse ela. – Suba comigo rápido, tem uma ligação para você. Tudo bem se Herta assumir agora, Dr. Moebius?

– Claro, Sra. Von Hagemann.

Tilly lhe lançou um olhar que fez com que ele baixasse a cabeça em sinal de culpa. Ah, sua vontade era matar Elisabeth, que se intrometera justo naquele momento. Iludido... Como assim? O que ele tanto temia? Que ela o rechaçasse por ser filho de um sapateiro? Ele a achava mesmo tão covarde assim? Ou – pior ainda – não a amava e estava apenas brincando com ela?

– Vamos, Tilly – insistiu Elisabeth. – Vamos subir. Você precisa ser muito forte, menina. Todos nós temos que ser fortes. Não podemos esquecer que inúmeras pessoas em nossa pátria estão passando pela mesma situação.

Em vez de apressar-se, Tilly deteve-se no meio da escada. Do que Elisabeth estava falando?

– Aconteceu... aconteceu uma desgraça? – murmurou ela, horrorizada.

– Lá em cima. Marie e mamãe estão lá. Precisamos estar unidas...

Ela abraçou Tilly e a puxou escada acima, por onde Else, com semblante muito sério, vinha subindo com um bule de chá e três xícaras em uma bandeja.

Paul, pensou Tilly. *Ah, Deus. Ele devia ter chegado no dia anterior.* Ela correu atrás de Elisabeth, que ia em direção ao salão vermelho e logo se deteve.

– É a guerra, Tilly – disse ela. – O momento dos heróis e das mulheres que choram sua morte...

– Pare com isso!

No salão ainda se encontrava a pequena árvore de Natal que àquela altura já depositava suas folhas sobre o tapete. Alicia estava na janela, fitando o parque. No sofá estavam Marie e... Paul! Tilly deu um breve grito, correu em sua direção para abraçá-lo e logo soube que ele chegara de madrugada.

– Por sorte a enfermeira do turno da noite abriu a porta. Do contrário, teria ficado às cinco da manhã batendo queixo em meio à tempestade...

Alicia foi até ela, a abraçou e pediu-lhe que se sentasse na poltrona. Elisabeth serviu as xícaras de chá; a louça tremia em suas mãos.

– O que houve, pelo amor de Deus?

– Sua mãe ligou, Tilly – disse Alicia, serena. – Receberam hoje a notícia de que Alfons... morreu...

Queria dizer algo mais, entretanto sua voz embargou e ela levou um lenço à boca. Tilly estava paralisada, seu cérebro se negava a acompanhar. Estavam dizendo que seu irmão morrera? Alfons, que sempre fora tão calmo e prudente. Tão tímido e ao mesmo tempo tão esperto. Alfons, o único filho. O único orgulho de Johann e o futuro do banco Bräuer. Alfons, seu irmão mais velho. Ele, que estava ali desde sempre...

– Quando? – balbuciou ela, e logo percebeu o despropósito da pergunta. – Onde? Onde foi?

– Não sabemos, Tilly – replicou Marie, aflita. – Sua mãe disse que foi perto do Somme. É... é inacreditável que justo ele tenha morrido. Alfons nunca quis ser soldado, odiava essa guerra. Mas ninguém lhe perguntou...

Tilly começou a soluçar. O pranto lhe saiu do fundo do peito e irrompeu sem que ela pudesse evitá-lo. Alfons estava morto. Nunca voltaria. Jazia em algum lugar, rijo e irreconhecível sobre uma maca... Ela notou que alguns braços a envolviam. Marie sussurrava-lhe palavras de consolo. Acariciava seus cabelos. Alicia se ajoelhara diante dela e segurava sua mão enquanto falava. Também Elisabeth dizia algo sobre "o sacrifício pela pátria".

– Vamos levá-la para casa, Tilly – disse Paul. – Seus pais devem estar precisando de você.

Ela balançou a cabeça. Não, não queria ir para casa. Ninguém precisava acompanhá-la.

– Não é incômodo algum, Tilly – insistiu Alicia, compreensiva. – Paul vai pegar o automóvel. Temos que ver Kitty.

– Claro – disse Tilly, rapidamente. – Pobre Kitty. E a pequena Henni... Não, não se incomodem, vou ficar aqui. Estou em meu turno e quero terminá-lo. De qualquer forma, ficarei melhor se estiver fazendo algo. Mamãe saberá como consolar meu pai.

– Muito honrosa sua decisão, Tilly – comentou Elisabeth. – Vamos descer. Também quero cumprir com meu dever. Mamãe, encontro vocês assim que estiver livre.

– Como quiser, Tilly – respondeu Marie. – Claro que entendo que você não queira abandonar o serviço. Mas não se sobrecarregue. Prometa-me que vai descansar um pouco.

Tilly assentiu, pegou um lenço em seu avental branco e assoou o nariz. Viu então Paul e Marie saírem do quarto de mãos dadas e, por mais que o fizessem com máxima discrição, considerou a cena um tanto quanto inadequada.

Ela subiu ao banheiro e lavou o rosto com água fria. Ao levantar a cabeça e encarar-se no espelho, assustou-se com as olheiras e a palidez do rosto.

Como estou horrorosa, pensou. *Mas quem se importa? Alfons está morto e meu amor não passa de um castelo de areia. A vida está acabada. Eu não preciso ficar bonita para ninguém.*

Ajeitou as mechas soltas atrás da orelha e colocou a touca de enfermeira. O que Elisabeth havia dito? Que era preciso ser forte. E ela seria. Prosseguiria com seu trabalho como se nada tivesse acontecido. Era bom estar entre pessoas e poder fazer algo. Muito mais difícil seria ir para casa testemunhar o desespero de seus pais.

Já esperavam por ela no hospital de campanha. Os novos pacientes tinham chegado e havia ainda dois rapazes ardendo em febre havia dias. O Dr. Greiner os separara dos demais por temer tratar-se de tifo. Tilly sentiu-se aliviada por ninguém ter perguntado onde estava e por que interrompera seu turno. Ela entregou-se ao trabalho, ajudou na troca de ataduras, distribuiu o almoço e voltou a colocar as bandagens recém-lavadas. Horas depois, o Dr. Greiner a chamou à enfermaria, onde ela o ajudou no tratamento de vários ferimentos graves. Apesar de não ter perguntado pelo Dr. Moebius, Greiner, que a tratava como um pai, contou-lhe por vontade própria que seria difícil despedir-se de seu jovem colega.

– Mas o coração dele ficará aqui, Srta. Bräuer. Ao que parece, ele se afeiçoou muito a todos aqui, pobre coitado.

– Assim é a vida – comentou ela, pressionando os lábios.

Ela não podia mostrar-se frágil de maneira alguma. Do contrário, desmoronaria.

Seguiu trabalhando obsessivamente: ajudou na lavanderia, sentou-se junto à cama de um rapaz que delirava com ratos com feições humanas. Ela leu poemas em voz alta para ele e notou que o som e a melodia dos versos o tranquilizavam, até que ele finalmente dormiu. Enquanto observava o semblante atormentado, sentiu um cansaço avassalador.

– Srta. Bräuer?

O olhar que dirigiu ao médico era quase indiferente. O que ele queria? Ela estava exausta, já era hora de ir para casa.

– A senhorita ainda consegue fazer mais um atendimento? Peço-lhe de coração.

Sua voz era suave, quase amorosa. Herta, que passava com uma bandeja, os olhou com desdém.

– Claro – murmurou Tilly.

Ele estendeu a mão para ajudá-la a se levantar da borda da cama, um gesto que até então nunca se permitira. Tilly aceitou a gentileza e o acompanhou até a asfixiante enfermaria. Como de costume, pegou os rolos de atadura e a tesoura.

– A senhorita perdeu seu irmão – disse ele sem rodeios. – Sinto imensamente. Sei que palavras não significam nada, mas não posso evitar dizer-lhe que...

Ele se deteve quando ela se virou para encará-lo. Seus olhares se fundiram, desejo e luto, esperança e desespero se misturando, e a magia daquele momento apossou-se dos dois. O abraço não teve a ternura que ela sempre desejara, mas foi pujante, quase doloroso, e seu beijo lhe queimou os lábios.

– Eu te amo – sussurrou ele. – E é isso que conta diante dessa morte sem sentido.

Ela estava como que entorpecida em seus braços e mal se atrevia a se mover, por medo de cometer algum deslize. Fora educada a não se entregar, a não dizer a um homem o quanto o desejava. Contudo, naquele momento percebeu que era exatamente aquilo que ele esperava.

– Por que... por que você nunca me disse nada?

– Porque sou um covarde – disse ele, lamentando-se. E afundou a cabeça no ombro de Tilly. – Por medo de ser rejeitado. Há um abismo entre nós dois, como eu poderia ousar...

Repentinamente, ela foi tomada por uma grande ternura por aquela amada pessoa que tanto sofrera por amá-la. Sentindo o corpo relaxado, Tilly acariciou a nuca do Dr. Moebius e deslizou os dedos pelos seus cabelos.

– É culpa minha, Ulrich. Nunca lhe dei abertura...

Que sentimento tão novo e maravilhoso poder chamá-lo pelo primeiro nome. Assim como tantas vezes ela fizera em seus sonhos. Ele fechou os olhos para entregar-se por completo à doçura de seu toque. E então tomou a mão que o acariciava e a beijou.

– Deu sim, Tilly – respondeu ele com um sorriso. – Seus olhos sempre me confessaram, em cada um de seus gestos eu sentia...

Ele a afastou um pouco para fitá-la nos olhos; seu ar era curioso e um tanto inseguro. Só quando ela sorriu foi que ele conseguiu respirar aliviado.

– Diga – pediu ele. – Diga-me para eu levar isso comigo quando for embora.

– Eu te amo, Ulrich. Esperarei por você até o fim dessa guerra e depois disso. O tempo necessário até nos vermos novamente.

Ele a abraçou, apertando-a contra o corpo. Seu beijo foi um tanto quanto desastrado, e seus dedos se enroscaram nas fitas do avental dela, amarradas nas costas. Uma batida vigorosa à porta os separou.

– Dr. Moebius! – exclamou Herta. – Venha rápido. Uma hemorragia...

23

— Estou bem – disse Kitty e sorriu distraída. – Que ótimo vocês terem vindo. Mizzi! Cadê você? Traga-nos chá. E alguns biscoitos. Como? Não tem farinha? Que absurdo. Nós não somos qualquer um...

Marie viu que Paul semicerrava os olhos, seu rosto demonstrando extrema preocupação. Ele conhecia a irmã, que tendia a ataques histéricos seguidos de depressão. Alicia também suspirou comedida e acenou para Marie discretamente com a cabeça. A situação exigia paciência e máxima atenção.

– Ah, que bom ter meu amado irmãozinho de volta! – exclamou Kitty pela enésima vez, abraçando o irmão sentado ao seu lado no divã. – Senti tanta saudade, maninho. Nem sei como sobrevivi sem você. Já viu a pequena Henni?

– Só por foto.

– Ah, então vamos ao quartinho dela. Sra. Sommerweiler? Como está Henni? Dormindo? O tio Paul chegou.

Todos a seguiram até o quarto da bebê enquanto a ama se dedicava ao tricô com toda a tranquilidade do mundo. Henni dormia feliz e de barriga cheia em sua caminha.

– Não a acorde, Kitty – pediu Paul. – Deixe-me só observá-la. Que rosadinha. Parece que está em um ninho. Tão segura e protegida.

Ah, ele mal teve tempo de ver os próprios filhos, de brincar com eles, pensou Marie, entristecida. Que reencontro mais desafortunado. Estavam tão ansiosos pelos poucos dias juntos e tudo acabara saindo diferente do planejado...

Kitty falava pelos cotovelos. Ele já tinha visto os cachinhos loiros? Já tinham nascido quatro dentinhos. E as bochechas gorduchas, que tinha puxado do pai...

De repente, ela se interrompeu. O sorriso ainda estava estampado em seu rosto enquanto ela olhava distraída pela janela. Flocos de neve caíam do céu, o frio voltara e os gramados estavam cobertos de manchas brancas.

– Alfons foi morto – murmurou ela, como se estivesse falando com um fantasma. – Morreu pela pátria. Como muitos outros. Não é, irmãozinho? Não tenho o direito de lamentar, milhares de mulheres em toda Europa estão passando pelo mesmo sofrimento.

Paul assentiu e olhou para a mãe, que, amedrontada, observava a filha. Marie abraçou Kitty e acariciou seu rosto. Kitty aconchegou-se nos braços da cunhada. Marie era sua melhor e mais querida amiga. Sempre sabia como se sentia, só ela a entendia...

– Vamos lá, Kitty. O chá está esperando. Vamos acabar acordando a pequena Henni se ficarmos aqui.

– Sim, tem razão – sussurrou Kitty. – Vamos tomar o chá. Esse maldito chá de hortelã que deixa aquele gosto sem graça na boca. Alfons não gostava de chá... Ele só tomava café com leite. *Café au lait*, costumava dizer. E depois me lembrava de nós dois andando por Paris. Ah, ele me comprou uns quadros tão lindos na galeria Kahnweiler...

Marie a conduziu com cuidado até o divã, sentou-se ao seu lado e serviu-lhe o chá. Kitty segurava a xícara sem beber e contava sobre a última visita de Alfons, sobre a loucura que tinha pela filhinha, que fazia questão de levar junto com ele aonde quer que fosse. Que queria mais três ou quatro filhas. Que andava amoroso e cheio de carinho como nunca. Mas ao mesmo tempo pensativo. E às vezes também triste.

– Ele havia prometido escrever uma carta de Natal bem longa. Mas só mandou um cartão, um cartão ridículo de pequeno com uma árvore de Natal idiota...

Então, finalmente, a cruel verdade irrompeu em sua consciência. A xícara caiu de sua mão e ela afundou-se no peito de Marie, todo seu corpo tremendo enquanto chorava. Marie a tomou em seus braços, ninando-a como uma criança.

– Estamos aqui, Kitty – sussurrou ela em seu ouvido. – Estamos todos aqui. Você não está sozinha, é nossa doce e amada Kitty...

– Graças a Deus – disse Alicia em voz baixa para Paul, que olhava as duas comovido e fascinado. – Superamos o primeiro obstáculo. O que você acha, Paul? Não seria melhor levá-la conosco à vila?

– Com certeza, mamãe. Não podemos deixá-la aqui sozinha de maneira alguma.

Kitty não chorou por muito tempo e logo pediu um lenço. Ela disse que amaria Alfons para sempre e correu até a escrivaninha para ler as cartas do marido. Marie a acompanhou e, assustada com o caos que reinava sobre o pequeno móvel Biedermeier, sugeriu que Kitty colocasse todas as cartas em uma caixa.

– Então vamos levá-la conosco à vila, Kitty. Lá poderemos ficar todos juntos novamente, você e Henni, mamãe, papai, Lisa, Paul e eu também. Henni adora brincar com Dodo e Leo.

– Isso – respondeu Kitty, distante e largando a carta de campanha recém-aberta. – Vai ser tudo como antigamente. Não é? Só que melhor...

Elisabeth acabara de chegar e se ofereceu para ajudar com as malas, pois Kitty queria levar mil coisas, das quais 990 eram supérfluas.

– Você pode ir dirigindo, Lisa – comentou Paul, e pegou a mão de Marie. – Tem tanta bagagem para levar que acho melhor Marie e eu voltarmos a pé.

– Mas podemos mandar buscar as malas depois – interveio Alicia, interrompendo-se ao ver os dois de mãos dadas. – Claro. Boa ideia, Paul. Mas tem quase um ano que você não vem a Augsburgo. Muitas lojas fecharam e as ruas... Bem, só não andem pelas ruelas da cidade antiga.

– Não se preocupe, mamãe.

Ainda havia um pouco de neve sobre os telhados e cornijas das casas antigas, testemunhas da prosperidade da cidade por muitos séculos. Caminhando abraçados, os dois observavam com olhos cansados o que acontecia nas ruas, decididos a sobreviverem à guerra e à injustiça dos novos tempos. Paul não soltava a mão de Marie. Sem pressa, eles andavam pela calçada, se entreolhavam de vez em quando, sorriam e sentiam a felicidade de estarem juntos.

– Tudo continua onde estava – brincou Paul, e apontou para a torre pontiaguda da catedral quando passaram por ela. – Claro, algumas lojas se foram e as vitrines estão bastante modestas. Mas no mais...

Marie concordou. Sem dúvida, ali no Reich estavam a salvo da destruição, mas não da fome e do frio.

– Os bairros pobres estão com epidemia de tifo, disenteria, tuberculose, edemas... Agora no inverno, bebês e crianças pequenas estão morrendo de fome, e idosos também. E não podemos fazer muita coisa. A colheita de batatas se perdeu, na vila também estamos comendo rutabaga e legumes em conserva. As cotas nos cartões de racionamento estão cada vez menores e quem não tem dinheiro não consegue comprar nem mesmo o básico.

Ela mordeu os lábios, pois não queria importuná-lo com suas queixas – afinal, sabia que ele vira e vivera situações muito piores. Contudo, Paul ainda não mencionara uma só palavra a respeito, tomado pela alegria do reencontro. Ele entrara em seu quarto nas primeiras horas da manhã, sorrateiro como um ladrão, para não incomodar seu sono. Ah, como ela reclamou depois. Ela passara duas horas de seu precioso tempo juntos dormindo, ao seu lado e em seus braços, porém inconsciente, sem poder acariciá-lo, tocar seu corpo amado, respirar com ele, unir-se a ele em um só. Mas logo recuperaram o tempo perdido quando Auguste passou com cuidado pelo corredor para pegar uma toalha na lavanderia.

A criada havia acendido a estufa e enchido a banheira. Paul não sossegou até que Marie – como veio ao mundo – entrasse na água quente com ele, onde fizeram coisas maravilhosas e indecentes, imorais até mesmo para um casal. As batidas furiosas do senhor da casa à porta interromperam o banho compartilhado. Como crianças travessas, os dois se abaixaram às risadinhas na água que não parava de derramar.

– Sim, papai. Já vamos!

O café da manhã se transformara em uma alegre celebração de reencontro. Johann e Alicia abraçaram o filho e apenas Lisa, que se lançara chorosa em seus braços, perguntou a Paul se ele trazia "novidades" da França a respeito dos hábitos de higiene. Sabia-se que os franceses tinham costumes bastante displicentes. Mas Paul estava ocupado demais para se aborrecer, com Dodo e Leo sentados tranquilamente em seu colo.

A ligação de Gertrude Bräuer havia posto fim ao alegre desjejum familiar, e tanto Paul quanto Marie logo perceberam que não lhes seria permitido continuar felizes por muito tempo.

Talvez fosse esse o motivo pelo qual Marie, enquanto caminhavam pelas ruas da cidade, só falava de desgraças em vez de animar Paul. Ela lhe mostrou como a vida em Augsburgo continuava apesar da guerra e da fome.

– O bonde não funciona mais? – percebeu ele quando olhou para os trilhos desertos sobre os quais já não passavam as rodas do elétrico.

– Raramente. Na vila às vezes ficamos sem luz também, mas volta logo. Algumas semanas atrás houve concentrações de socialistas na Maximilianstraße. Por sorte não terminou em confusão como em outros lugares.

Paul tinha a opinião de que tais confrontos eram um perigo para todos. Nada seria pior que uma revolução que desestabilizasse o poder do Estado e o colocasse nas mãos da plebe. Quem mais sofreria seriam os fracos e inocentes. Claro, aquelas exigências até eram justificadas, havia muitos assuntos a serem discutidos, afinal não era possível ou admissível que tantos morressem de fome enquanto outros tinham assado de porco com *knödel* na mesa.

– Só não diga isso à mamãe... Ela ficou tão orgulhosa com nossa ceia de Natal. Ficamos semanas economizando os cartões de racionamento.

Eles passaram pela Karolinenstraße, abrindo caminho com dificuldade. Inválidos de guerra sentados sob marquises e cobertos com mantas esfarrapadas pediam esmola. Na sapataria Max Ginsberger, havia à venda sapatos de couro com sola de madeira e ao lado algumas botas com "solas de borracha legítima" a preços exorbitantes. Crianças se reuniam em pequenos grupos e Marie sabia que entre eles havia ladrõezinhos astutos. Roubavam por fome, alguns eram pele e osso.

O forte sol do meio-dia que surgia por entre as nuvens cinzentas fez Paul franzir o cenho. A torre de Santo Ulrico, com sua cúpula verde, se erguia indiferente ao destino daquela gente, enquanto o Hércules do chafariz erigia sua clava como se fosse aniquilar todos os inimigos do kaiser.

– Talvez, Marie... Talvez consigamos um acordo de paz. O governo dos Estados Unidos está fazendo esforços, inclusive propostas concretas, pelo que estão dizendo. Vamos torcer que a sensatez e o juízo prevaleçam.

Marie também já escutara a respeito. Johann Melzer já havia comentado e logo adicionado que tinha suas dúvidas. Os generais Hindenburg e Ludendorff eram muito teimosos, os militares continuavam convencidos de que ganhariam aquela complexa guerra. Era só ler os jornais repletos de notícias sobre suas vitórias em todos os fronts. Mesmo quando esses êxitos eram apenas uma resposta aos ataques dos adversários...

– Faz tempo que os soldados não querem mais lutar – comentou Paul. – Não vá falar por aí, Marie, mas o que a maioria mais quer é voltar para casa em paz. E não são só os alemães. Houve rebeliões na França e na Itália, e também na Rússia as tropas estão desertando. A terra está saturada de sangue e cadáveres, jogados na lama e apodrecendo, sem túmulo, sem lembrança... "Desaparecido", se limitam a dizer. E os parentes vão nutrindo esperanças onde já não há o que esperar.

Ele se interrompeu e balançou a cabeça como tivesse visto algo inacreditável. Para Marie, era uma angústia tudo o que ele vivera e sofrera sem poder compartilhar com ela. Havia um abismo entre eles, uma terra cinzenta de silêncio que ela talvez nunca pudesse acessar.

– Vamos à cidade antiga – sugeriu Paul. – Queria dar uma olhada no Árvore Verde e andar pelas ruelas até o Portão de Jakob como fazíamos antigamente.

Por menos que estivesse disposta a rever aquelas casas antigas e as lojas decadentes, Marie concordou. Três anos haviam se passado desde que o jovem Sr. Melzer defendera a ajudante de cozinha Marie daquele capanga furioso. Naquela época, eles mal tinham ideia de que Marie era filha do genial inventor Jakob Burkard, a quem a fábrica dos Melzers devia suas excelentes máquinas. No fim daquele dia, quando Paul a acompanhara ao Portão de Jakob, ele já estava tão apaixonado que ao se despedir quase cedera à tentação de beijá-la. Mas só se permitiu se entregar a seu desejo mais tarde.

Já na Maximilianstraße, ele virou em uma ruela e poucos passos depois adentraram outro mundo. Os pequenos edifícios estavam desmoronando, os tetos cobertos de musgo e buracos, enquanto as ruas ostentavam valas abertas. Nas portas das casas, algumas pessoas observavam aqueles passantes bem-vestidos. Marie sabia que muitos dos funcionários dispensados da fábrica de tecidos haviam se mudado para aquele bairro. Mulheres e crianças, idosos e doentes se alojavam naqueles quartos úmidos; os homens estavam na guerra e apenas alguns inválidos haviam retornado.

– Está muito pior do que antes – comentou Paul em voz baixa. – Papai não mandou consertar os tetos e reformar as estufas?

Em outros tempos, Johann Melzer comprara o Árvore Verde e alguns edifícios adjacentes. Mas Marie duvidava que ele tivesse investido em tais reparos. A própria situação da fábrica não era das melhores, com certeza não havia sobrado dinheiro para nada supérfluo. Até porque os moradores mal pagavam os aluguéis.

– Melhor voltarmos, Paul.

Balançando a cabeça, ele seguiu em frente. Observou os dejetos jogados na ruela e desviou-se de um rato que saíra do buraco de um porão.

– Quase não vejo fumaça nas chaminés.

– Claro que não – respondeu Marie. – Ninguém tem dinheiro para carvão. E a lenha está cara também.

Eles dobraram em uma esquina e precisaram desviar de um grupo de meninos que não fizeram menção de lhes dar passagem. Com certeza não tinham mais que 14 ou 15 anos, usavam gorros e casacos que pareciam dos pais e mantinham as mãos nos bolsos em atitude desafiante, hostil.

– É o diretor Melzer. O da fábrica dos panos – disse um rapaz alto de cabelos ruivos e ondulados. – Ele prometeu mais salário à minha mãe. E o que ele fez? Mandou ela embora!

– Cale a boca! – repreendeu um garoto menor com um casaco muito maior que ele.

– Não mesmo! Ele veio cobrar o aluguel, por isso está aqui.

Marie percebeu que Paul pretendia parar e o puxou pelo braço. Não se podia dialogar com aquelas criaturas infelizes. A necessidade os deixara sem discernimento, estavam cheios de ódio e não queriam quaisquer explicações.

– Você não vai receber um fênigue de nós, seu sanguessuga!

– Venha aqui em casa, almofadinha. Minha irmã se deita toda noite com três homens para poder nos comprar pão. Talvez você queira entrar na fila também.

– Cale a boca, Andi. Ele está com uma moça.

Paul se deteve para responder algo, mas antes que abrisse a boca, uma pedra voou rente a ele, chocando-se contra a parede da casa. Ouviu-se o latido de um cachorro, uma janela se abriu e a voz enfezada de uma velha os inundou com insultos.

– Sumam daqui, seus fuxiqueiros! Vagabundos! Preguiçosos! Bêbados...

Não estava claro se ela se referia aos rapazes ou ao casal bem-vestido, mas o balde que colocara no parapeito da janela fez com que os garotos buscassem refúgio nas entradas das casas.

– Vamos! – exclamou Marie energicamente e puxou Paul.

Os dois correram pela ruela, passando por curiosos que, atraídos pelo barulho, abriram as portas e janelas. Marie percebeu o quanto estavam pálidos, com os rostos fundos, os olhos sem esperança. Crianças choravam, ouviam-se grosserias, uma ou duas pedras voaram em sua direção.

Chegaram ofegantes à Jakoberstraße e se detiveram em uma parada do bonde abandonada para se acalmarem.

– Me desculpe, Marie. Coloquei você em uma situação tão triste e perigosa.

– Eu conheço essa região de antes. As pessoas já eram pobres, mas a guerra trouxe uma miséria absurda.

Os dois caminharam sem pressa na direção do Portão de Jakob, reencontraram o local onde um dia se aproximaram, mas não conseguiram evocar as recordações românticas de outrora. Paul estava furioso, sentindo-se injustiçado, e o que lhe dava mais raiva era que não havia tido a oportunidade de se explicar. Por que ninguém esclarecia a situação àqueles jovens? Ele, Paul Melzer, teria adorado poder dar-lhes pão e trabalho, mas era apenas um soldado e a fábrica lutava por sua existência. Era culpa sua estar na Rússia? Era ele o responsável por aquela fome terrível? Pela colheita de batatas que se perdera?

Com muito esforço, Marie conseguiu acalmá-lo. Não era possível falar com aqueles infelizes, era necessário ajudá-los. Mas como? O sopão e as doações distribuídas pelos centros beneficentes e associações de mulheres não passavam de uma gota no oceano. A maioria dos alimentos, os agasalhos – tudo ia para o front em nome da combatividade dos soldados. Já na cidade, morria-se de fome.

– Não é só na Alemanha que está assim – disse Paul, caminhando ao lado da esposa, levemente inclinado e com as mãos nos bolsos do sobretudo. – A fome está matando na Rússia também. E nos outros países. Meu Deus, a única coisa que queremos é paz!

Marie calou-se. O céu cinzento voltara a pesar sobre a cidade, e o sol desaparecera; o dia prometia ser frio e sombrio. Ela também colocara nos bolsos as mãos rígidas pelo frio e caminhava a passos largos, contemplando vez ou outra os edifícios da fábrica de máquinas onde as chaminés altas e delgadas lançavam sua fumaça escura em direção ao céu. Como se gastava carvão para aquelas máquinas a vapor. Bem que poderiam usar boa parte dele para aquecer as casas na cidade antiga. Logo lembrou-se de que na fábrica dos Melzers eles também alimentavam uma máquina a vapor e perguntou-se se o que faziam era justo.

– Meu Deus! – exclamou Paul de repente quando passaram pelo grande portão da Vila dos Tecidos. – Amanhã é Ano-Novo. Já ia esquecendo!

– Sim – respondeu Marie, fitando-o com um sorriso. – Vida nova. Tenho certeza de que 1917 será um ano de paz.

24

Ah, como ela odiava os Melzers! Aqueles canalhas soberbos pensavam que podiam decidir sobre sua vida. Eles não tinham esse direito! Não era da conta deles se ela acabaria na prisão ou enforcada como uma prostituta russa. Era sua vida. Seu amor. Sua morte!

Durante todo o caminho de volta, Hanna chorou de desespero enquanto empurrava o maldito carrinho sobre a neve fresca, como se ele fosse um inimigo rebelde. Por causa das lágrimas, não vira Gerda se aproximando.

– Ei, Hanna! O que fizeram com você? – perguntou a ajudante de cozinha do senhor diretor Wiesler.

– Nada – respondeu ela, contrariada. – Eu sempre sofro por causa do frio.

– Ah, sim... Tinha achado que era por causa do Sr. Bräuer. Ele morreu na guerra, não foi?

– O Sr. Bräuer? Sim, morreu.

De Alfons Bräuer Hanna tinha apenas vagas lembranças. Ele sempre fora simpático e generoso: volta e meia colocava valiosas moedas no pratinho dos funcionários. Bonito não era: usava óculos e era meio gorducho. Talvez tivesse sido esse o motivo... afinal, um soldado saía em desvantagem se não enxergasse bem.

– Pois é, todo dia recebemos anúncios de falecimento. A coitada da minha patroa perdeu três filhos, morreram logo no início. Estavam tão entusiasmados por defender o kaiser e a pátria que se meteram em uma chuva de balas...

Hanna esfregou as mãos geladas, esperando que Gerda fosse logo embora, mas a mulher não parava de falar. A menina ficou sabendo que a morte também tinha sido inclemente no hospital de campanha da senhora do coronel Von Sontheim: dois pobres rapazes tinham morrido de tifo no dia anterior e outros três já estavam nas últimas, ardendo em febre.

Por um momento lhe veio à cabeça a pavorosa imagem de Grigorij febril, pálido, com o cabelo negro grudado na testa e o peito subindo e descendo em intervalos rápidos. Mas não, ninguém dissera que ele estava doente. O jovem simplesmente não estava na fábrica. Por alguns dias, ela imaginara que ele estivesse executando uma tarefa que não podia ser interrompida. Entretanto, os olhares maliciosos das operárias e a compaixão estampada no rosto de seus camaradas provavam que essa esperança era vã.

– Está procurando seu amante, Hanna Rutabaga?

Ela conhecia aquela operária, uma fofoqueira magricela de cabelos desgrenhados e o nariz adunco como o de uma bruxa. Sempre sentira inveja de Hanna e naquele momento comemorava sua desgraça.

– Ele não vem mais. Foi mandado embora. Porque estava cheio de piolhos. O sujeito não se lavava.

Era uma mentira infame. Grigorij sempre fazia questão de se banhar, o que certamente não era tarefa fácil no gélido alojamento dos prisioneiros. Ele o fazia por causa dela, para não feder. Até o cabelo ele lavava.

– Você não sabe de nada! – revidou Hanna.

A mulher limitou-se a gargalhar e outra logo comentou que ela podia considerar-se sortuda por a história não ter terminado pior. Hanna deveria dar graças a Deus pela Sra. Melzer, que providenciara o afastamento do russo.

Ah, como ela passou a odiar Marie Melzer também! Dando-se ao desfrute com o marido no banheiro enquanto negava a mesma felicidade à ajudante de cozinha. Hanna já sabia de tudo, pois Auguste descrevera detalhadamente toda a cena da banheira na manhã anterior.

– Tenho que ir! – disse para Gerda e empurrou o carrinho com tanto ímpeto que a tampa da panela quase caiu.

Onde ele poderia estar? Não quis perguntar às duas funcionárias, que certamente se divertiriam muito com seu desespero. E mesmo estando convicta de que os vigias sabiam muito bem por onde seu amado andava, eles apenas deram de ombros e se calaram. Provavelmente os Melzers haviam lhe proibido de revelar o paradeiro de Grigorij. Hanna deu um suspiro, ajeitou o lenço sobre a cabeça e olhou para a fábrica de papel Hayndl. Será que o mandaram para lá? Ou para a MAN, onde as chaminés soltavam fumaça? Seus pés chegaram a formigar com a ideia de ir até lá atrás dele. Para dizer que o amava. Que claro que o acompanharia à Rússia depois da guerra. Mesmo que não pudessem mais se ver no momento, ela não hesitaria quando a guerra terminasse. Sabia que o nome completo dele era Grigorij Schukov, deveria ser fácil encontrá-lo em Petrogrado.

E se ele tivesse sido acusado pelos Melzers e levado para a prisão? Será que estaria à espera de seu fim? Seria um tiro na nuca? A forca? Se fosse esse o caso, a teriam interrogado também. Não, ela se recusava a acreditar na morte de Grigorij. Dali a dois dias, quando voltasse ao trabalho, ela tentaria perguntar aos seus camaradas. Embora mal falassem alemão, eles a entenderiam.

Com passos lentos e vacilantes, Hanna cruzou o portão da vila levando o pesado carrinho, irritada pela neve que caíra abundantemente na noite anterior. Naquela mesma manhã, ela já limpara a área da frente com a pá, e era bem provável que também a fizessem remover a neve da entrada dos fundos depois que chegasse. Enquanto estivessem sem criado e jardineiro, todo o trabalho pesado sobraria para a ajudante de cozinha. Auguste estivera correndo pela neve com as crianças, puxando-as no trenó e fazendo bonecos de neve. A Vila dos Tecidos se transformara em um jardim de infância – não só os pestinhas de Auguste saltavam por ali, mas também os gêmeos davam seus primeiros passos com suas perninhas gordas, enquanto a pequena Henriette – apelidada de Henni – engatinhava mais rápido do que os outros conseguiam correr. Não, Hanna estava sendo injusta, ela gostava dos pequenos, mas naquele momento não estava disposta a ouvir gritos de alegria.

Else e a Sra. Brunnenmayer estavam sentadas na cozinha conversando sobre os acontecimentos no hospital de campanha, pois uma das enfermeiras vinha mantendo um caso com um oficial. Hanna ergueu a panela vazia do carrinho, levou-a até a pia para limpá-la bem com a água morna, que sempre ficava disponível na caldeira do fogão, e a pôs de volta no lugar. Como foi ignorada pelas duas, subiu com máxima discrição pela escada de serviço até os quartos dos empregados, no terceiro andar.

Ainda que fosse só por meia hora, ela quis se refugiar em sua cama, afundar a cabeça no travesseiro e se enfiar sob as cobertas. Ficar naquela caverna escura onde ninguém a encontraria. E apenas chorar. Extravasar aquela mágoa, aquele desejo impotente, aquela agonia, até que não sobrasse mais líquido em seu corpo. Ela se sentiria melhor depois.

No entanto, quando abriu cuidadosamente a porta de seu quarto, deparou-se perplexa com Maria Jordan.

– O que você está fazendo no meu quarto?

Apesar de surpresa com a entrada repentina de Hanna, Jordan logo se recompôs.

– Seu quarto? – perguntou ela, erguendo as sobrancelhas. Era a mesma expressão que a Srta. Schmalzler fazia quando algo não lhe agradava. – Eu morei por mais de vinte anos neste quarto, minha querida. Se for pensar assim, ele é mais meu do que seu.

Hanna não estava entendendo. De fato, no início ela dividira o quarto com Maria Jordan. Mas então a mulher se mudara para a casa dos Von Hagemanns, deixando o quarto inteiro para ela.

– O que... o que você perdeu aqui? – indagou Hanna, nervosa. – Você nem trabalha mais na mansão.

Jordan abriu a trava de sua mala azul-clara com toda a tranquilidade e puxou os fechos. Resoluta, retirou uma pilha de camisolas recém-engomadas e a colocou sobre a segunda cama, que tinha continuado sem uso. Em seguida, surgiram um saco de pano com lenços, três pares de meias de seda, ceroulas de renda...

– Você não tem o direito de se instalar aqui – disse Hanna, revoltada e agarrando as camisolas para enfiá-las de volta na mala.

– Eu trabalho aqui e, portanto, moro aqui também! – insistiu Jordan, puxando suas roupas de dormir.

– É mentira! Você só vem três vezes na semana para costurar. No mais, é funcionária da Sra. Von Hagemann.

– A Sra. Von Hagemann mora aqui na Vila dos Tecidos!

– Mas ela tem um apartamento na Bismarckstraße!

– Só que não mora mais lá!

– Mas você mora! – esbravejou Hanna, furiosa. – E é lá que fica o seu quarto.

Jordan arrancou-lhe as camisolas com um movimento tão vigoroso que um botão ficou nas mãos de Hanna.

– Não crie caso – ordenou a mulher com ar irônico. – Qual o problema de eu passar a noite aqui? Ou você queria receber seu amante russo neste quarto?

Hanna gelou de susto. O que aquela víbora sabia sobre Grigorij?

– No quarto de costura se escuta tudo o que se conversa no corredor, menina – comentou Jordan com um sorriso pérfido, abrindo a gaveta da cômoda. – Mas não sou chegada a fofocas. Não contarei a ninguém sobre seu namoradinho, Hanna Rutabaga. E você, bico calado sobre onde eu durmo.

Em um gesto desafiador, ela abriu a gaveta por completo e retirou as roupas de baixo de Hanna para guardar as próprias peças. A menina a fitava com raiva e, ao mesmo tempo, impotente. Que dia! Aquele ano não acabaria bem, ela tinha certeza.

Na cozinha, a Sra. Brunnenmayer já havia começado os preparativos para a ceia de Ano-Novo. Os patrões inicialmente tinham a intenção de comemorar a data com os Bräuers, mas com a morte de Alfons preferiram ficar na vila para "saudar o ano vindouro com maior discrição". Ressentida, Hanna observava a cozinheira pegar três gordas carpas cinzentas, cortar cabeças, rabos e nadadeiras para cozinhar a sopa e tirar da estante inúmeras latinhas de deliciosos temperos que só se encontravam no mercado clandestino por uma fortuna.

– Pegue a cesta de cenouras no porão. Cinco cebolas bem grandes. Uma panela cheia de batatas... E vou precisar de lenha também.

A Sra. Brunnenmayer passou a tarde inteira a apressando e reclamando de cada detalhe. Hanna sabia que a cozinheira ficava insuportável sempre que preparava um banquete, e era melhor se calar para não piorar tudo. Abrir latas de legumes, picar cebolas, limpar cenouras, descascar batatas... O porão da mansão armazenava generosas quantidades de comida, graças à Sra. Marie Melzer. Logo mais, Auguste e as crianças se juntariam a elas na cozinha para ajudar a misturar a salada de peixe destinada ao hospital de campanha e que continha mais rutabaga e beterraba que arenque. A Hanna coube guarnecer a grande travessa com ovos cozidos e salsinha seca.

A sopa de peixe exalava um cheiro delicioso de louro, pimenta-da-jamaica, alho e pimenta-do-reino. Else, que estava colocando a mesa e mais tarde serviria os pratos junto com Auguste, também desceu à cozinha. No início, Hanna ficara decepcionada, pois adorava esse serviço, mas logo alegrou-se por ser dispensada da função. O tempo todo seus pensamentos giravam em torno de Grigorij: para onde fora, se estaria bem, se pensava nela. E, sobretudo, como ela o encontraria...

Quando começaram as celebrações no andar de cima, Auguste comentou que a jovem Sra. Bräuer não parecia lamentar muito a morte do marido. Ela estava de ótimo humor, tomando vinho branco e falando pelos cotovelos.

– Se meu Gustav morresse eu não estaria assim tão alegre – observou ela com desdém.

O velho Bliefert, que não queria passar o Ano-Novo sozinho em seu casebre, se reuniu aos demais na cozinha e aproveitou para comentar que não se podia julgar a jovem senhora pelas aparências.

– Mas claro, vovô – disse Auguste em tom irônico. – Você adora a bonitinha da Kitty. A pobre viúva e a cunhada vão herdar toda a fortuna dos Bräuers. E, se me permitem dizer, aquela lá é uma mulher fria e sem coração.

– E você está se mordendo de inveja! – repreendeu a cozinheira.

Apesar de tudo, a noite foi bastante divertida. Quando a governanta finalmente chegou, deu-se início à ceia, que consistia nas sobras do banquete dos patrões: um *goulash* que lhes custara todas as rações de carne da semana. Hanna comia com apetite voraz e, ao que parecia, indiferente a seu coração partido. Sentiu vontade de separar algo para Grigorij, mas ali, na presença de todos, seria impossível. E tampouco sobraria algo, disso estava certa.

Após a refeição, enquanto Hanna levava a louça à pia e a grande jarra de ponche passava de mão em mão, Jordan tentava convencer a Srta. Schmalzler a permitir-lhe tirar as cartas naquela noite. Como o público estava pouco receptivo, sua proposta foi recebida com ouvidos moucos. Em vez disso, a governanta quis saber se ela finalmente conversara com a jovem Sra. Melzer, e Jordan respondeu que aquilo estava em seus planos para o ano seguinte. Aborrecida, a Srta. Schmalzler balançou a cabeça.

– Não gosto nada dessa situação, Jordan. Está aqui comendo com os funcionários da Vila dos Tecidos, mas na verdade trabalha para os Von Hagemanns. Pelo menos falou com a Sra. Alicia?

Não, até o momento Jordan vinha se esquivando. Como defesa, alegou que Elisabeth estava morando na vila e que precisava dela como camareira.

– Então eu posso supor que pelo menos está dormindo na Bismarckstraße.

– Claro, Srta. Schmalzler.

Mas como é mentirosa, pensou Hanna. *Bem que eu deveria desmascarar essa mulher, seria mais que merecido. Mas ela contaria a todos sobre Grigorij...*

– Se eu fosse você, não esperaria muito para ter essa conversa – sugeriu Eleonore Schmalzler. – Paul Melzer conseguiu uns dias de licença e a jovem senhora certamente está felicíssima.

– É verdade, Jordan – disse a cozinheira, confirmando a informação. – Você deveria aproveitar este momento propício.

Else comentou que não acreditava que a jovem Sra. Melzer guardasse rancor de Jordan e recebeu um olhar odioso da colega. Hanna já percebera que quem era incapaz de perdoar sempre fora a própria Srta. Jordan, aquela bruxa.

– Agora chega! – ordenou Eleonore Schmalzler, decidida. – Vamos jogar algo divertido. Que tal "passa anel"?

Ela sacou um anel de ouro, que corria por um longo barbante com um nó em cada uma das extremidades. Uma jogadora ficava de pé no centro e as outras, sem soltar o barbante, moviam as mãos para lá e para cá, fazendo com que o anel fosse repassado discretamente enquanto cantavam "anelzinho, anelzinho, o anelzinho vai passar...".

No final da música, as jogadoras se detinham e quem estivesse no centro devia adivinhar com quem estava o anel. Um jogo bastante bobo, pensava Hanna. Mas como a Srta. Schmalzler adorava a brincadeira, concordaram em jogar um pouco para agradá-la. Em seguida, o velho jardineiro insistiu na tradição de adivinhar o futuro a partir do chumbo derretido e a governanta se viu diante de um dilema, pois aquilo era uma prática pagã que a igreja não via com bons olhos.

– É preciso cultivar as velhas tradições – argumentou ele, e Eleonore Schmalzler cedeu.

Por pouco não perderam o momento da virada de ano. Só quando os patrões soaram a campainha para que Auguste levasse o espumante gelado, perceberam que faltavam poucos minutos.

Todos se prepararam. Era costume da casa que os empregados se reunissem com os patrões pouco depois da passagem de ano. Servia-se a todos uma tacinha de espumante, o chefe da casa fazia um breve discurso e por fim recebiam um presente de Ano-Novo, que em geral era uma pequena quantia em dinheiro.

Naquele dia, entretanto, tudo foi diferente.

Um grupo de jovens celebrava com um cortejo de trenós e soltavam rojões próximo à vila. Não era nada extraordinário, em Augsburgo também havia fogos, como se quisessem dizer: "Vamos celebrar como se não estivesse acontecendo nada. Ainda mais agora!"

– Srta. Schmalzler! Socorro! Ah, aí está a senhorita...

A enfermeira do turno da noite abrira a porta da cozinha, com o rosto pálido e amedrontado.

– O que aconteceu, Thilde?

Não foi preciso explicar muito, pois os gritos eram audíveis até na cozinha.

– Ficaram loucos! Os pacientes estão se debatendo. Sobre as mesas, nas camas...

Com o barulho dos rojões, alguns enfermos começaram a delirar que estavam novamente no front. Um jovem soldado arrancara as ataduras, outro convulsionava enquanto gritava: "Ao ataque! Rápido! Vamos, seus molengas!" O caso mais grave era o de um soldado recém-operado que saltara da cama, desmaiando logo em seguida. A Srta. Schmalzler chamou Else, Hanna e a cozinheira. Também o velho jardineiro tentou ajudar. Unindo forças e muito poder de persuasão, conseguiram acalmar os homens.

– Malditos rojões – reclamou a cozinheira. – Como se já não houvesse explosões suficientes no front...

Portanto, daquela vez, os empregados não subiram juntos, mas em pequenos grupos para receber seus presentes, pois não podiam largar o hospital de campanha sozinho, caso houvesse novas desordens. Hanna passou uma hora inteira na enfermaria, sentada em uma cadeira em frente à porta do alpendre e morrendo de frio, apesar do cobertor de lã que lhe deram. O pior era o medo de que um daqueles pobres feridos voltasse a chorar e debater-se como louco. Mas tudo permaneceu tranquilo, em parte porque a Srta. Schmalzler tivera a ideia de servir um copinho de aguardente aos homens – com fins terapêuticos, obviamente.

Por volta das duas da manhã, Else se juntou a Hanna e caiu no sono logo após se sentar. Hanna, então, precisou primeiro lavar a louça antes de se recolher, de maneira que já passavam das três quando ela finalmente subiu para o quarto. Ao chegar, viu que Maria Jordan já dormia, não sem antes apossar-se do edredom novo de plumas. Tomada pela exaustão, Hanna não se aborreceu – nem mesmo com os ruidosos roncos da ex-camareira. Sem trocar de roupa, enfiou-se sob as cobertas e encolheu-se por causa do frio, pois a estufa estava desligada. Ela fechou os olhos e viu diante de si o rosto de Grigorij, mas o sono a arrebatou tão rápido que nem sequer teve tempo de desejar-lhe boa-noite e feliz Ano-Novo. E então caiu como uma pedra naquele mundo escuro e sem sonhos, alheia a todas as preocupações e alegrias.

– Hanna! Acorde! Rápido!

Escutou vagamente aquelas palavras nervosas, quase convencida de que estava sonhando. Não era possível que a Srta. Schmalzler estivesse batendo à porta de seu quarto.

– Hanna! Está acordada? Vista-se, você precisa buscar o doutor! Ele não atende o telefone...

Ela piscou em meio à penumbra. Ainda era madrugada ou, no máximo, as primeiras horas da manhã. Alguém havia entreaberto a porta, deixando entrar um feixe de luz.

– Diga logo que está acordada, idiota – sibilou Maria Jordan na cama ao lado. – Rápido, antes que ela entre com a lamparina!

Hanna estava confusa, tudo o que entendia era que a estavam acordando em plena madrugada. Como assim? Buscar o doutor? Sair naquele frio de inverno?

– Já... já vou.

– Agasalhe-se bem! – ordenou a Srta. Schmalzler, espiando pela fresta da porta. – Coloque botas e um gorro. Você precisa ir buscar o Dr. Greiner!

– Estou indo, Srta. Schmalzler.

A porta se fechou e Hanna acendeu a lamparina a gás para se vestir. Na cama ao lado, o rosto pálido de Maria Jordan apareceu novamente, saindo das cobertas. Que pena a Srta. Schmalzler não a ter flagrado ali! Hanna teria saído como inocente na história...

– Buscar o doutor – sussurrou Jordan. – Aconteceu uma desgraça. O Sr. Melzer enfim nos deixou.

Hanna não lhe dignou qualquer resposta. Furiosa, colocou o vestido, o sobretudo e amarrou o xale. O pé esquerdo da bota estava furado, mas quem se importava? Por que justo ela precisava sair naquela escuridão? Por que não Else ou Auguste? Ah, se pelo menos Humbert ainda estivesse na mansão, teria sido ele o escolhido.

– Cuidado para não ser assassinada nesse escuro – sussurrou Maria Jordan em uma advertência empática, antes de se virar para continuar dormindo.

Hanna desejou-lhe uma péssima noite e desceu trôpega a escada de serviço. A cozinha estava vazia. Sobre o fogão havia um bule com um resto de chá morno de hortelã. Ela serviu-se de um gole e tomou a bebida para pelo menos sentir um gosto melhor na boca.

– Aí está você!

A Srta. Schmalzler vestia uma camisola branca com uma manta xadrez de lã sobre os ombros. Na cabeça, usava uma antiquada touca de renda. Hanna achou seu rosto enrugado e o nariz maior e mais fino que o normal.

– O Dr. Greiner mora na Annastraße, número 33. Sabe chegar lá? Pegue a lamparina, está escuro. E vá depressa!

– O que aconteceu?

– A Sra. Bräuer teve um mal repentino. Não está nada bem.

De novo uma de suas mudanças de humor, pensou Hanna, desconfiada. *Quando eu chegar aqui com o médico, ela vai estar feliz e saltitante, aposto.*

Ela ajeitou o xale e cruzou a entrada de serviço. Foi recebida por um vento gélido mesclado com afiados cristais de neve. A iluminação elétrica estava ligada, de maneira que viu o canteiro coberto de neve e um pedaço da alameda do parque que conduzia à rua. Cobertas por seus mantos nevados, as árvores pareciam espíritos bizarros estendendo os braços ossudos sobre sua cabeça, como se quisessem agarrá-la.

– Hanna!

Ela se virou, assustada. O jovem Sr. Melzer vinha saindo pela entrada principal, com um gorro de pele e sobretudo.

– Pois não, senhor? Já estou a caminho...

– Fique aí – ordenou ele. – Pode deixar que eu vou.

Sob a luz dos postes, ela pôde ver que ele estava bastante preocupado. Mesmo assim, deu um breve sorriso antes de seguir apressado.

Ao voltar à cozinha, encontrou a Sra. Brunnenmayer acendendo o fogão.

– Ela abortou – contou. – A coitada está se esvaindo em sangue.

25

— *Il est complètement fou!*
Humbert ouviu a frase em francês entre bramidos e sons de pisadas. Eram palavras, gritos, piadas e discursos mais longos naquela língua que não compreendia. Escutou palavrões também. Mas o barulho ensurdecedor impossibilitava que se concentrasse para pelo menos tentar entender algo.

– *Mais non... il fait le malin... veut nous entuber...*

Ele era um traidor, um impostor. Era isso: eles haviam descoberto e agora o matariam. Era um desertor e precisava pagar por aquilo. Mas ele estava entre franceses. Deveriam estar felizes por ele ter desertado.

Os estrondos eram tão violentos que apagaram os pensamentos insanos em sua mente e Humbert chegou a acreditar que seu corpo estava amarrado a um avião: em cima dele, o motor rugia e vibrava, e embaixo havia uma cinzenta paisagem lunar repleta de crateras e árvores carbonizadas, arame farpado, membros destroçados, trincheiras traçadas à régua com capacetes enfileirados dentro. Sentiu vontade de abrir os braços para sentir o vento, mas uma dor excruciante o fez estremecer.

– *En avant...*

Estava entre dois companheiros, arrastando suas botas cinza pelo chão. Eles marchavam – mais lentamente que o normal, de má vontade, cheios de ataduras e com a desesperança estampada nos rostos imundos –, apenas seguiam marchando.

– Ei, ele está voltando ao juízo – disse o companheiro à sua esquerda. – Bom dia, amiguinho. Dormiu bem?

Humbert engoliu a saliva e tossiu, sentindo a boca seca e o gosto de terra.

– Tente caminhar sozinho – encorajou o companheiro do outro lado. – Não se preocupe, nós ajudamos.

Suas pernas falharam de início, mas a segunda tentativa foi melhor e ele pouco a pouco recuperou a sensibilidade do corpo. Sua mão direita estava envolta em um pano manchado com sangue escuro.

– O que... – sussurrou Humbert, tentando manter o passo. – Quem... Onde...

– Esse aí está vindo de outro planeta – comentou alguém.

– Somos prisioneiros de guerra, amiguinho.

Humbert entendeu e se sentiu aliviado. Prisioneiros de guerra não precisavam mais lutar. A prática internacional era que deveriam ficar presos em campos e receber comida e roupa. Eles tinham que trabalhar, mas não eram enviados à batalha. Uma vez prisioneiro de guerra, o pior já havia passado.

– Veja só... está caminhando como um aleijado.

– Levou um tiro na mão?

Não sabia exatamente. Havia sido um golpe inesperado, sem dor, apenas uma pancada firme. E depois o sangue que o fizera desmaiar. Naquele momento, no entanto, sentia a mão direita enfaixada latejar e tentou mover os dedos, gemendo de dor logo em seguida.

Nunca mais poderei servir ao Exército, pensou aflito. *Tampouco poderei dirigir. Com essa mão, não poderei sequer escovar um terno.*

– Tente ir mais rápido, companheiro. Do contrário o francês ali atrás vai ficar nervoso com o rifle. Esse comedor de rã acabou de dar uma coronhada em um pobre coitado.

Humbert aguentou até chegarem ao acampamento noturno situado em um gramado, onde os prisioneiros dormiam lado a lado. Ele ouvia o ruído que o acompanhava sem trégua havia dias e imaginou estar na praia ao som da arrebentação. Se ele se esforçasse, podia ouvir o barulho aumentar e arrefecer, como uma grande onda quebrando na areia. Os companheiros à sua volta não paravam de gemer, alguns tossiam, outros tremiam de frio. Quando amanheceu, o gramado estava coberto pela delicada teia da geada, mas ele não sentia frio. Estava ardendo de febre.

Na tarde do dia seguinte, foi preciso carregá-lo; sua mão inchara de maneira descomunal. Sentia como se um ferreiro a estivesse martelando sobre uma bigorna, enquanto o resto de seu corpo não passava de pele vazia, abalado pelos ataques de frio e febre. Ele falava sozinho sem parar, a maior parte em francês: era impressionante a quantidade de frases que haviam se infiltrado em seu cérebro sem que ele tivesse a menor consciência. Elas saíam de sua boca como uma revoada de pássaros selvagens rumo ao céu.

– *Mettez-le là! Laissez-le dormir!*

– Ele está com febre. *La fièvre... Sa main est cassée...* Mão quebrada.

Sentiu-se aliviado quando finalmente o deixaram em paz. Era agradável estar no acampamento, tranquilo, sem convulsões ou marchas, sem ninguém lhe exigindo que se levantasse para dar ao menos alguns passos. Viu adiante um vasto prado colorido: a grama e as flores balançavam com o vento, o vermelho das papoulas brilhava entre cardaminas e dentes-de-leão, com seus caules altos e flexíveis. Pequenas borboletas azul-claras bailavam por entre as flores, ora esvoaçando suavemente como nuvens macias, ora pousando sobre a fina grama que pouco se inclinava sob o delicado fardo. O cheiro de erva fresca e da cálida terra fértil emanava de todos os cantos. A camomila o rodeava, um leve perfume de óleo de rosas... óleo de rosas... Era o sabonete que usavam na Vila dos Tecidos, sempre colocado junto à banheira em uma saboneteira de porcelana em formato de flor, que ficava presa à parede de azulejos brancos. Ele sorveu o aroma e tentou agarrar o sabonete rosado, mas a dor infernal em sua mão direita arruinou em um só golpe toda sua fantasia. Franziu os olhos ante a luz ofuscante de uma lamparina e distinguiu o rosto de um homem. Largo, coberto de suor, os olhos pequenos intensos e brilhantes por trás de óculos redondos com armação de aço.

– Está com gangrena... Muita demora... Por que não avisaram logo?

Humbert abriu a boca e disse algo cujo sentido nem ele entendeu. Sabão. Papoula vermelha. *Merde. La guerre. Cochon allemand...*

Os olhos pequeninos eram azuis, e no centro havia um ponto negro. Eles perfuraram o crânio e examinavam seu cérebro. Lá dentro estava tudo uma bagunça, ele sabia bem. E então sentiu vergonha que aquele sujeito visse tamanha desordem e o julgasse.

– Pouca esperança... Tirar a mão... Única chance...

– *Il ne comprend pas... Ne perdons pas notre temps.*

Humbert olhou para um rapaz vestido de branco, magro, de cabelos escuros e costeletas; seus olhos negros brilhavam sob a luz da lamparina. E pouco antes que colocassem a toalha branca sobre seu rosto, viu algo brilhar. Aço inoxidável, preciso e afiadíssimo.

– Não! – gritou ele, e logo se pôs em posição fetal. – Não, tirar a mão, não! Não quero. *Je ne veux pas.* Prefiro morrer. *Mourir. Laissez-moi ma main!*

Uma inesperada e gigantesca força se apossou dele. Com socos e pontapés, derrubou os instrumentos e esquivou-se como uma enguia, caindo da mesa de operação. Levantou-se a duras penas, apoiando-se com a mão ferida sem sentir dor e repelindo a mão estranha que tentava agarrá-lo pelo ombro. Ao tentar cruzar a porta, chocou-se contra um soldado loiro imenso que não se moveu um só milímetro. Ele pegou Humbert pelo colarinho do casaco, segurando-o no ar como uma lebre recém-abatida.

Humbert não tomou ciência do que lhe aconteceu em seguida. Um aguaceiro azul-escuro com um violento redemoinho ao centro abriu-se diante dele. Não havia escapatória. Sentiu enjoo enquanto o movimento circular acelerava e o oceano desatado rugia em seus ouvidos, levando seu corpo para o fundo. Foi então arrastado entre algas e colônias de mariscos. Sentiu que golpeava levemente peixes cinzentos e se viu deslizando sobre o deque de navios naufragados enquanto arraias negras sobrevoavam a cena com suas barbatanas colossais. Por vezes a corrente o impulsionava para cima, onde a água era cristalina sob a luz do sol. Finalmente o murmúrio abafado do mar cessou em seus ouvidos e ele percebeu vozes humanas.

– Esquece isso... Coitado... Não vai durar muito.

– Mas ele ainda está respirando.

– Por três ou quatro horas, depois o levam embora.

Humbert sentiu profunda compaixão pelo pobre rapaz à beira da morte. Não havia quem pudesse ajudá-lo? Mas logo as profundezas do mar tranquilo voltaram a engoli-lo. Deixando-se levar, ele sentia o frescor e as plantas que o envolviam, acariciando seus braços e pernas, roçando e puxando seus cabelos.

– Não precisa mais pentear esse, enfermeira. Ele está mais para lá do que para cá.

– *C'est un allemand? Quel est son nom?*

– Ninguém aqui sabe como ele se chama ou de onde veio. Mistura alemão com francês.

– *Tant pis. Un joli garçon...*

– E nós? Também somos bonitões!

– *Ah... Tais-toi!*

Humbert foi percebendo que talvez a conversa fosse a seu respeito. De qualquer modo, alguém estava mexendo em seus cabelos, e quando abriu os olhos, deparou-se com o rosto sério de uma enfermeira loira. Sim, de fato era uma enfermeira, pois usava touca e avental brancos.

– *Bonjour, monsieur* – cumprimentou ela. – *Vous allez mieux?*

Se ele estava melhor? Ergueu o braço direito para tirar o pente de sua mão, pois os puxões já o estavam machucando e Humbert sempre tivera muita sensibilidade na cabeça. Mas quando viu a atadura, aquela lembrança horrível o impediu de prosseguir.

– Minha mão – gemeu ele. – *Ma main...*

Ele deve tê-la olhado com tanto pavor que a enfermeira segurou o inoportuno pente e colocou a mão sobre sua testa. Humbert sentiu o cheiro de sabão barato.

– *Tout va bien, mon petit. Votre main est encore là.*

A mão ainda estava ali?

– Mas... vocês acabaram de...

Ela negou lentamente com a cabeça e sorriu. Era um sorriso sério, pouco amoroso. Mas ela era, de fato, uma pessoa séria, com grandes olhos azul-acinzentados e lábios finos. Ele gostou dela. Era como uma irmã mais velha, cuja presença emanava segurança.

– *Votre nom?*

– Humbert Sedlmayer. *Et vous?*

Foi preciso soletrar o sobrenome para que ela o anotasse na lista. Já o primeiro nome soou na boca da enfermeira como "Umbér". Após o registro, o mar voltou a ressoar em seus ouvidos e, por mais que resistisse, não conseguiu mais evitar ser levado. A última coisa que escutou foi o nome da enfermeira: Susann... Susanne...

Teria preferido ficar no frescor do fundo do mar, onde não sentia dor, mas, tal como uma rolha, aquela força teimava em levá-lo de volta à superfície. Deram-lhe chá quente de camomila em uma caneca com canudo e uma papa espessa de rutabaga, batata e castanhas. Às vezes havia café com leite, que, apesar de aguado e misturado com chicória torrada, era a melhor coisa que ele tomava em tempos.

Humbert sonhou com ratos escondidos em buracos lamacentos que o fitavam com olhos ávidos e brilhantes. Alguns pulavam em sua direção, transformando-se em figuras humanas, espíritos cinzentos e decapitados, metade terra, metade cadáver. Às vezes as figuras eram apenas uniformes flutuando sem ninguém dentro, capacetes sobre cabeças cinzentas de ratos com longos bigodes. Ainda que sentisse compaixão por eles, os animais rosnavam e mordiam seus braços e suas pernas. Quando despertava daqueles sonhos, Humbert pensava ouvir os estampidos de canhões e zunidos de granadas e, por mais que Susanne lhe garantisse que estavam em Paris, bem longe das trincheiras, ele estava convencido do que escutara. Talvez tais ruídos estivessem tão entranhados nele que o atormentariam todas as noites dali em diante. Ele se encolheu sob as cobertas e soltou um leve gemido, mas os desmaios que o libertavam daquele tormento não ocorriam.

Certa manhã, enquanto tomava seu café com leite, um ferido escorado por duas muletas passou pelo corredor do quarto dos doentes. Haviam amputado seu pé esquerdo, mas ele se movia agilmente, parecendo bastante recuperado daquela terrível operação. Humbert só foi reconhecê-lo quando virou um pouco a cabeça e se questionou se não estava delirando.

– Gustav?

O homem quase perdeu o equilíbrio, mas conseguiu manter-se de pé e virou-se bruscamente para, feliz como uma criança, aproximar-se da cama de Humbert.

– Não acredito! Humbert! Meu velho amigo! Nossa, que coincidência!

O reencontro o levou às lágrimas e os vizinhos de cama de Humbert ficaram tão comovidos que seus olhos também marejaram. Gustav Bliefert, neto do velho jardineiro. Soldado há mais de dois anos, primeiro na Rússia, então na França. Verdun lhe custara o pé esquerdo: uma granada simplesmente o arrancou, junto com o coturno e parte da calça. Se não tivesse sido resgatado pelos companheiros, teria sangrado até a morte naquela terra de ninguém. Ele acabara no campo de prisioneiros um dia depois, enquanto os feridos eram transportados em caminhões de volta ao acampamento e o motorista se perdera no caminho.

– De repente nos vimos sob uma chuva de balas – contou ele, bem-humorado. – Eu não estava nem aí, já pensava que morreria mesmo. Mas o Senhor tinha outros planos.

Gustav afastou-se para abrir caminho para uma enfermeira que vinha com uma bandeja pelo corredor, para recolher as canecas vazias. Ela resmungou que ele não devia ficar ali e que, de preferência, fosse andar pelo corredor, onde não incomodaria ninguém. O homem lhe fez várias reverências enquanto dizia aos sorrisos:

– Oui, madame... Merci, madame... D'accord, madame.

A ordem entrou por um ouvido e saiu pelo outro. Ele se sentou ao pé da cama de Humbert, segurou as muletas com uma mão e cruzou as pernas de maneira que o coto não tocasse o chão. Já estava curado, mas uma coisa ainda o incomodava: a estranheza de acordar no meio da noite por causa de dores excruciantes no pé esquerdo. Justamente o pé que jazia em Verdun, dentro daquela cratera aberta pela granada...

Apesar de achar toda a história grotesca, Humbert assentia educadamente. Era impressionante a descontração com a qual Gustav falava daqueles assuntos, como fazia piadas que levavam às gargalhadas os companheiros nas camas ao redor.

– Antes eu achava que as prussianas eram as piores. Mas são verdadeiros anjos se comparadas a esses dragões franceses. O que houve com sua mão, Humbert? Amputaram seu dedo? Levou um tiro?

Face aos gravemente feridos, Humbert se sentiu um pouco ridículo. Sim, um tiro atravessara sua mão. O médico era uma pessoa excelente e salvara o membro. A inflamação estava praticamente curada, mas ainda não conseguia mover o polegar e o mindinho.

– Dos males, o menor – comentou Gustav por experiência própria. – Assim pelo menos você ainda pode segurar um prato ou uma bandeja.

– Verdade... Tive muita sorte mesmo.

– Já escreveu para a Vila dos Tecidos? Estão enviando as cartas pela Cruz Vermelha. Leva uma eternidade, mas chega. Há três semanas escrevi uma carta para minha Auguste.

Gustav estava falando pelos cotovelos, o que Humbert achava curioso, pois não era de seu feitio. Talvez ele acreditasse que havia nascido de novo. Humbert, por sua vez, ficou enjoado com a conversa; o murmúrio e o zumbido em seus ouvidos aumentaram e ele fechou os olhos. Ondas verde-escuras se agitavam à sua frente – podia ser um campo de trigo jovem, um prado ou, talvez, o oceano...

– Está cansado, é? – perguntou Gustav. – Então vou indo... Vão me dar uma prótese depois, foi o doutor que disse. Aí vou caminhar como antigamente. Só que melhor... Rá, rá!

Humbert sentiu Gustav levantar-se da cama com um salto, escutou as batidas das muletas no chão e logo imergiu nas águas cristalinas daquele mar azul-claro que refletia o sol em sua superfície.

Nos dias que se seguiram, Gustav o visitara regularmente. Sentava-se ao seu lado e discursava sobre tudo e mais um pouco. Sobre o parque da Vila dos Tecidos (grande demais para o avô cuidar sozinho), sobre sua Auguste e o pequeno Maxl (que ele só vira uma vez durante a folga no ano anterior). E sobre seu sofrimento por conta da saudade que sentia de casa, assim como todos ali.

– Se tivermos sorte, Humbert – prosseguiu Gustav em voz baixa, para que os vizinhos de cama não escutassem. – Se Deus está conosco... Intercâmbio de inválidos... Já ouviu falar? A Cruz Vermelha e os países envolvidos negociam um pouco, fazem as contas e depois escolhem quem pode voltar para casa. Claro, apenas os gravemente feridos. Casos bem ruins mesmo...

Humbert sorriu como se achasse a notícia promissora. Na verdade, ele não queria voltar. Voltar para quê? Seus pais estavam mortos e a irmã não queria saber dele. Em princípio, Fanny Brunnenmayer era a única para quem ele gostaria de voltar. Mas ele não era o mesmo de antigamente e não serviria como criado por muito tempo. Seu problema era menos a mão ferida e mais o insistente murmúrio e o zumbido nos ouvidos. Ele precisava do mar, do silêncio da água azul que o protegia daqueles sonhos bizarros. Também gostava da séria enfermeira, ainda que às vezes ela não fosse lá muito simpática. Nas várias vezes em que Humbert ficara petrificado em posição fetal sob as cobertas, ela o repreendera, furiosa, afirmando que não havia bombardeios.

– *Fini avec ça! Il n'y a pas de bombardements!*

Aquilo o envergonhava, pois independentemente do que a mulher afirmasse, ele escutava e até mesmo sentia claramente o impacto das granadas.

Uma semana se passou, e então ela lhe disse algo que o amedrontou.

– *Il faut se dire adieu, mon petit...*
– *Pourquoi?* Por que temos que nos despedir?

Ela sorriu e permaneceu calada.

– Seu sortudo de uma figa! – exclamou Gustav com inveja. – Susanne simpatizou com você. Daqui a duas semanas você vai voltar para casa. Maldito seja. Só por causa desse arranhãozinho de nada na mão!

26

— Buuu... bá... buuu... babá... bababá... buuu...
Dodo soltava gritinhos de alegria e formava uma bolha grande de saliva com a boca. Leo estava no andador, agarrando-se com uma mão e batendo com o soldado de lata nas grades do cercadinho.

– Pá... pá... – disse Paul, pacientemente. – Diga papai, minha pequena.

– Buuu... pfff... bafff...

– Papai... diga papai...

Dodo saltava de felicidade no colo dele, pedindo-lhe que fizesse o "upa, upa, cavalinho". Leo arremessou o soldado de lata contra a parede branca e gritou energicamente:

– Sosa! Sosa!

Ele se referia a Rosa Knickbein, a babá. Paul também o colocou no colo, sentando um bebê em cada perna. Foi difícil evitar que a prole caísse com o trotar de suas pernas. Quando finalmente se deteve, Leo desatou a chorar enquanto Dodo continuava a sorrir.

– Mamá! – balbuciou ela. – Mamá, mamá, buáááuáuá...

Deu um suspiro. Em tão pouco tempo não conseguiria ensinar a seus queridos filhos a palavra "papai". Apesar disso, ser chamado de "mamãe" não deixava de ser um elogio.

– Meu Deus, Sr. Melzer – disse Rosa Knickbein, olhando pela porta entreaberta. – Ainda não troquei as fraldas dos dois, ia acordá-los agora e prepará-los para o café da manhã.

Paul examinou a calça e constatou que tivera sorte. Após entregar os gêmeos a Rosa, cruzou o corredor para ir ao quarto de Kitty. Como ninguém reagiu às batidas na porta, arriscou mover cuidadosamente a maçaneta para espiar. O recinto estava imerso na penumbra. Marie, sentada em uma poltrona junto à cama de Kitty, levantou a cabeça.

– Ah, é você – sussurrou ela ternamente.

Ele se aproximou e beijou sua bochecha. Como parecia cansada com aquelas olheiras.

– Como ela está?

Os dois olharam a ampla cama de dossel azul-escura sobre a qual o esguio corpo de Kitty parecia tão perdido. Seus cabelos escuros estavam presos em uma trança grossa, para que não se enchessem de nós durante o repouso.

– Dormiu o tempo todo – murmurou Marie. – Se ela ao menos comesse. Ontem à noite só tomou um pouco de água misturada com vinho.

– E ainda está com febre?

– Desde ontem à tarde, não. Espero que continue assim.

Paul acariciou seu ombro e garantiu que Kitty melhoraria em breve.

– Agora vá dormir, Marie. Por favor.

Ela assentiu, aflita. Estava tão exausta que chegara a dormir sentada. Sim, uma ou duas horas de sono lhe fariam bem.

– Só quero vê-la de novo na hora do almoço, Marie. Ninguém pode ficar três noites seguidas acordado. Se você não for dormir agora, vai acabar doente e isso não será bom para ninguém!

Exaltado, Paul falou mais alto do que pretendia. Kitty deu um suspiro, grunhiu algo e virou-se para o outro lado.

– Vamos... Auguste pode se encarregar caso ela necessite de algo.

Ele esperou Marie levantar-se da poltrona e abraçou-a antes de conduzi-la para fora do quarto, fechando a porta suavemente. No corredor, seus lábios se encontraram e ele sentiu a doce tentação de seu corpo quente. Que tortura perder tanto do pouco tempo que tinham juntos. Aquele já era o último dia de sua folga, e ele ainda prometera ao pai que daria uma passada na fábrica.

– Até mais tarde, meu querido... Queria estar menos cansada.

– Descanse, Marie. Estou sempre com você.

– Nos meus sonhos, eternamente – disse ela, brincando.

E então desapareceu no quarto do casal.

Paul reprimiu o desejo de segui-la para deitar-se junto da esposa e tomá-la nos braços. Não podia ser tão egoísta naqueles tempos difíceis, havia outras pessoas que também precisavam dele.

– Bom dia, mamãe!

Ele chegou bem-humorado à sala de jantar e inclinou-se para beijá-la.

– Ah, Paul – disse Alicia, com ternura. – Sente-se e coma tranquilo, menino. Papai já foi à fábrica, mas Elisabeth está chegando. Como vai Marie?

– Foi se deitar. Parece que Kitty está melhor.

– Louvado seja!

Ele pegou o exemplar do *Augsburger Neuesten Nachrichten*, que com o tempo se tornara finíssimo, e leu com grande interesse a matéria "Que alimentos os cidadãos recebem diariamente?". Ao que parecia, cada morador de Augsburgo dispunha de 200 gramas de farinha, 250 gramas de batatas, 250 mililitros de leite, 35 gramas de carne e 8 gramas de manteiga, além de dois ovos a cada três semanas. Pelo menos segundo o cartão de racionamento. Mas o cartão de pouco servia para quem não tinha dinheiro. Angustiado, observou a generosa mesa de café da manhã, que contava inclusive com queijo e patê de fígado, além de pãezinhos recém-assados pela cozinheira.

– Fico feliz que Kitty esteja se recuperando – comentou Alicia com um suspiro. – Lisa mandou fazer uma lápide para o pequeno Jonathan. Não acredito que Kitty não havia contado a ninguém sobre a gravidez. Ela já estava no quinto mês.

O bebê fora sepultado no jazigo da família Melzer. O monsenhor Leutwien se encarregara das exéquias e lhe dera o nome de "Jonathan". Gertrude Bräuer estava fora de si e precisara do consolo do marido. Para Paul, toda aquela cerimônia era absurda. Tanto sofrimento por um natimorto enquanto inúmeros homens sangravam até a morte nos campos de batalha da Europa e as epidemias se alastravam pelos bairros pobres da cidade.

Alicia serviu-lhe café e comentou sorrindo que só se davam ao luxo de consumir aquela estimada bebida em situações excepcionais, pois normalmente tomavam o café de cereais. Paul sentiu certo peso na consciência. Era nítido o sacrifício que estavam fazendo por ele, ao passo que no front havia café e chá em abundância. Assim como cigarro e tabaco, até mesmo aguardente e uísque inglês confiscado.

– Queria falar com você sobre seu pai, Paul.

– Está preocupada com ele? – perguntou, desviando o olhar do jornal.

Ela assentiu e se calou ao ver Else entrando com a correspondência.

– Sua filha mandou avisar que só chegará mais tarde para o café da manhã.

– Lisa? Está doente de novo?

– Não, senhora. É por causa dos correios... Chegou uma carta para ela.
– Entendo. Deve ser do marido... Fico feliz por ela.

Paul sorriu com simpatia para Else e o rosto da criada – que sempre lhe lembrava o de um ancião melancólico – iluminou-se no ato. Os funcionários da vila o comoviam. Fanny Brunnenmayer o recebera com tanto carinho e lágrimas, e a Srta. Schmalzler apertara sua mão, confessando-lhe que rezava todas as noites por ele. Que alma leal!

– É horrível dizer isso, Paul – confessou Alicia com a voz abafada. – Mas temo que ele esteja bebendo. Tenho reparado nas estantes da adega se esvaziando. Conhaque francês, licor de genciana, uísque escocês... Tudo que ele há anos vinha guardando lá embaixo está desaparecendo a uma velocidade assustadora. E Marie me confirmou que sempre encontra copos vazios em seu escritório. Ele esconde as garrafas para que Marie não o repreenda.

Paul riu da mãe. Ele estivera várias vezes na fábrica, mas nunca notara que o pai estivesse bebendo além da conta.

– Ele não se embebeda, Paul – explicou ela, balançando a cabeça. – Mas precisa de álcool o tempo inteiro. Um gole aqui, um copinho ali. Na mansão não dispensa o vinho tinto à noite, você mesmo viu. E você sabe bem que o Dr. Greiner o proibiu de beber.

Paul respirou fundo para aliviar a inquietação crescente. Em seguida, respondeu que não havia motivo para se preocupar, pois o pai sempre gostara de conhaque. Nunca lhe fizera mal.

– Aquele derrame foi por causa das aflições que carregava, mamãe. Mas esse fardo graças a Deus é passado. Marie agora é minha esposa e estamos mais do que felizes.

Cheio de orgulho, relatou ainda que sua Marie havia se tornado uma astuta mulher de negócios, sempre inspecionando os galpões e já familiarizada com o funcionamento das máquinas. Além disso, se preocupava e tentava cuidar das funcionárias e de suas famílias.

– Sem dúvida, Marie é de grande ajuda para seu pai – concordou Alicia. – Até ele admite. Mas, mesmo assim, temo que ele se exceda, Paul.

– Quer que eu converse com ele?

– Ficaria muito mais tranquila. Ele não me escuta, você sabe.

– Ah, mamãe! É claro que papai escuta você, ele só não dá o braço a torcer.

Alegrou-se que o comentário fizera a mãe rir e guiou o assunto para os netos, que eram a grande alegria de Alicia. Principalmente Dodo e Leo, os anjinhos. Mas a pequena Henni também era uma graça; ela já se levantava, apoiando-se nas grades do cercadinho. Tal como Kitty quando pequena, que começara a andar antes de completar um ano... E os cachinhos também eram como os da mãe, só que loiros como os do pai. O pobre Alfons, ah, ele estava tão feliz com a filhinha...

Paul voltou ao jornal para passar os olhos nos relatos da guerra. No oeste, as chuvas e tempestades haviam reduzido as batalhas; apenas no rio Ancre houvera troca de tiros de artilharia. Ao leste, o marechal de campo, príncipe Luitpold da Baviera, resistira aos ataques russos ao sudoeste de Riga; na Romênia, o general arquiduque Joseph fizera o inimigo retroceder em Casinu. As baixas eram de seis oficiais e novecentos homens, e três metralhadoras haviam sido confiscadas... Uma carnificina sem sentido. Defensores heroicos da pátria enviando soldados para a morte a troco de nada. O fato era que, tanto ao oeste quanto ao leste, o inimigo ganhava terreno. Se não chegassem a um acordo de paz em breve, aquilo se tornaria uma catástrofe. Àquela altura, todos que lutavam no exterior já sabiam disso – só não podiam dizer em voz alta.

Paul dobrou o jornal sem olhar o obituário, que ocupava duas páginas inteiras. Sem dúvida estariam ali muitos de seus colegas da escola, mas preferiu não saber. Tampouco queria pensar no falecido Alfons, não havia sentido em se deixar abater. Um dia mais e estaria com seus companheiros no trem. Rumo ao desconhecido, mas certamente não seria apenas reforço. Ele iria direto para o front.

– Ah, Paul – disse a mãe, suspirando. – Queríamos que estes seus poucos dias aqui fossem tranquilos. Para você descansar bem. Mas infelizmente tudo saiu diferente do planejado.

Após terminar a xícara de café, ele explicou que nunca tivera a intenção de ficar em casa sem fazer nada. Pelo contrário, estava feliz por ter a companhia da família justo naquele momento tão difícil.

– Estou tão orgulhosa de você, querido Paul.

Após um breve abraço, ele saiu pelo corredor e sentiu-se um tanto quanto mesquinho por estar aliviado em se esquivar dos medos e das preocupações maternas. Na escada, deparou-se com Lisa, que lhe pareceu estranhamente aturdida e o cumprimentou brevemente. *Que não seja mais uma morte*, pensou aflito. *Mas Klaus von Hagemann era raposa velha, certamente não estaria em perigo...*

– Tudo bem? – perguntou ele, com falsa alegria.

– Claro.

Era nítido que estava mentindo, mas Paul preferiu não insistir. Desde criança, Lisa sempre resolvera sozinha suas preocupações. Ela agia em vez de se queixar.

– É admirável sua dedicação aos feridos de guerra, Lisa. O hospital de campanha é uma obra importantíssima.

– Obrigada.

Lisa agradeceu sinceramente os elogios, mas a tensão em seu rosto permanecia inalterada. Provavelmente a carta não era o que esperava. Pobre Lisa, por mais que desejasse ter um filho, até o momento não conseguira engravidar.

– Posso dar uma palavrinha com Ernst von Klippstein? Ou ele já está sendo banhado e barbeado pelas enfermeiras? – perguntou Paul.

– Você por acaso acha que nós enfermeiras nos aproveitamos do trabalho para fins indecorosos?

Será que ela havia percebido a compaixão no rosto do irmão? Lisa odiava ser objeto de pena e geralmente reagia com rispidez.

– E eu disse isso?

Lisa mordeu os lábios e conteve um segundo comentário. Até onde sabia, Ernst von Klippstein estava na enfermaria trocando as ataduras, depois se deitaria para descansar.

– A cama dele é aquela ali. A terceira da esquerda. E agora me dê licença.

Na noite anterior, seu amigo Von Klippstein subira com eles por meia hora para jantar e tomar uma taça de vinho, mas logo sua ferida o obrigou a retornar para a cama. Pobre rapaz. Marie se afeiçoara um pouco a ele, chegando a visitá-lo algumas vezes no hospital. Que reviravoltas o destino era capaz de dar: todos acreditavam que o casamento de Von Klippstein era feliz. Mas, ao que parecia, Adele se apaixonara pelo capataz da fazenda e pedira o divórcio, exigindo também a guarda do filho.

Paul checou o relógio de bolso e se perguntou por que estava tão baratinado, de um lado para outro, naquele que era seu último dia com seus entes queridos. Era impossível recuperar tudo o que perdera nos últimos meses e tampouco podia fazer previsões para o futuro próximo. Na manhã seguinte, já não seria parte daquele lar, mas apenas um soldado cinza, um combatente pela pátria, aquele que queimava vilarejos e matava pessoas indefesas.

Se sobrevivesse àquela guerra, jamais contaria a Marie ou às crianças sobre as coisas que fizera.

Ernst von Klippstein o viu ao sair da enfermaria. Ele acenou para o amigo e os dois se sentaram a uma mesa colocada sob o alpendre.

– Está sarando bem – contou Von Klippstein com um meio sorriso, e logo franziu o rosto ao sentar-se.

Paul assentiu e preferiu não fazer mais perguntas, pois sabia que, além de um buraco no quadril, Klippstein também tinha estilhaços de granada em todo o corpo. Na verdade, Paul se admirava da sorte que ele próprio tivera até o momento. Chegara a torcer o pulso em um ataque e em duas situações sofrera escoriações no ombro. Nada mais.

– Você vai sair dessa, Ernst...

Von Klippstein elogiou o jovem médico que cuidara tão bem dele e infelizmente fora mandado ao front. Chamava-se Dr. Moebius. Que Deus o protegesse.

– Estive pensando em você, Ernst.

Von Klippstein o olhou surpreso. Aparentemente a preocupação do amigo o incomodava, mas Paul tinha uma ideia e não estava disposto a abandoná-la.

– Provavelmente você vai ficar no país por enquanto. Pelo menos até as feridas cicatrizarem, não?

– É bem possível. A não ser que me aliste voluntariamente para o front.

A resposta soou muito típica daquele prussiano tão diligente. Por sorte, se fosse aquele o caso, ele seria submetido a um exame detalhado, afinal, ninguém queria enviar um inválido às trincheiras.

– Tive uma ideia – comentou Paul com cautela.

Era preciso apresentar sua proposta de maneira que Ernst não pensasse que era uma ação caridosa para ajudá-lo a seguir em frente. Paul argumentou com a situação da empresa, a falta de mão de obra qualificada, sobretudo na contabilidade, que ia de mal a pior. E, claro, faltavam ainda vigias homens nos galpões da fábrica.

– Aonde você quer chegar, Paul?

Von Klippstein o olhava com um sorriso meio irônico, meio aflito. Provavelmente, seu amigo já vinha analisando-o fazia tempos.

– Só estava pensando que talvez você não estivesse com vontade de voltar à fazenda. A não ser que queira exigir alguma satisfação...

O último comentário foi uma gafe, mas já era tarde. Ernst ficou mais pálido e limitou-se a comentar que não tinha tais pretensões. Já não estavam no século XIX, e sua mulher não se chamava Effi Briest, como a protagonista da novela de Theodor Fontane.

– Me parece bastante sensato, Ernst. Por isso estou perguntando se você não gostaria de passar uns tempos conosco aqui na Vila dos Tecidos. Caso deseje, você pode ser útil na fábrica ou simplesmente entreter as mulheres nas longas noites de inverno. Espaço é o que não falta.

Paul lhe sorriu e completou que seus pais estavam de acordo com a ideia. Sobretudo Alicia, que aceitara a sugestão com grande alegria.

Ernst recostara o corpo na cadeira; para inclinar-se para a frente, teve que se apoiar com os braços, pois a musculatura do abdômen doía com o esforço. Ele calou-se por uns instantes. Parecia que precisava digerir aquela proposta.

– A sua esposa está ciente disso?
– Claro. Ela ficou contente.

Era um exagero. Ele explicara a ideia a Marie, que primeiramente franzira a testa. Mas ao perceber que o marido falava muito sério, acabou aceitando.

– Fico agradecido, Paul – disse Von Klippstein. – Você é um amigo de verdade, talvez o melhor e mais generoso que já tive. Pensarei em sua proposta.

Aliviado, Paul ajudou o ferido a levantar-se e conduziu-o ao leito para que descansasse. Enquanto se dirigia à saída, voltou a olhar para o relógio. Era quase meio-dia. Todos almoçariam juntos, depois ele se encontraria com o pai uma última vez na fábrica para analisar os pedidos, revisar a contabilidade e andar pelos galpões, sentindo-se um estranho entre as operárias. Passaria ainda para ver os prisioneiros de guerra carregando carvão e caixas pesadas. E estaria de volta o mais breve possível para passar pelo menos uma ou duas horas sozinho com Marie. Claro, as crianças estariam presentes quase o tempo todo, mas eram parte dos dois. Seus filhos, que nem sequer sabiam dizer "papai"...

Enquanto caminhava até a fábrica, ele mal sentia o frio cortante. Marie. Como ela lidaria com tudo aquilo? Os pais, os filhos. A fábrica. E, para completar, Kitty. Tudo dependia dela. Ele não havia prometido no altar que estaria sempre ao seu lado? Para protegê-la e respeitá-la? Fazer de tudo por ela? Que farsa! A única coisa que podia fazer por ela era escrever-lhe cartas. Em todas aquelas noites, eles não puderam consumar o amor uma única vez. Não foi fácil, mas, afinal, Paul não queria engravidá-la novamente naqueles tempos tão difíceis.

Ele era um soldado, um estranho na própria casa, alguém que já não participava da vida de seus entes queridos. Contudo, eram eles a única razão pela qual se mantinha vivo em meio a tanta carnificina e combates bestiais.

PARTE II

Setembro a dezembro de 1917

27

O quarto estava um breu, mas Hanna não se atreveu a acender o abajur para enxergar o relógio do despertador. Permaneceu deitada, tentando escutar os sinos da igreja de São Maximiliano, o que se tornava fácil quando os ventos eram favoráveis. No entanto, os sonoros roncos de Maria Jordan abafavam qualquer som. Tomada pelo ódio, ela escutava o rosnar de seu palato, o longo sibilar ao expirar, os apressados estalos quando saía do ritmo por um instante. Que nojento ter que dormir no quarto com aquela bruaca velha. Sua finada mãe podia estar sempre cheirando a aguardente, mas pelo menos era raro roncar e tampouco usava aquela ridícula touca de renda.

Hanna decidiu que levantar cedo era melhor do que se atrasar. Por sorte, chovia um pouco, o céu estava encoberto e a lua, aquela velha traidora, não apareceria. Saiu das cobertas da maneira mais silenciosa possível e vestiu a roupa já separada. Quando Jordan interrompeu sua sinfonia por um momento, Hanna congelou em meio a um gesto. Logo voltaram os chiados e assopros, e ela continuou a se vestir. Por sorte não fazia frio, e para proteger-se da chuva ela usaria um xale sobre a cabeça e os ombros.

Quase sem ranger as tábuas do assoalho, ela caminhou até a porta e só produziu ruído ao mover a maçaneta. No corredor, não se atreveu a acender a luz, pois alguém nos quartos poderia perceber a claridade pela soleira da porta. Foi tateando, pé ante pé, até encontrar a porta de serviço e descer aliviada para a cozinha. Ainda cheirava a ensopado frio, chá de hortelã e ervas secas que a Sra. Brunnenmayer pendurara em uma corda.

Por fim, ousou acender um lampião a gás. Viu então no relógio da cozinha que já era uma e meia da madrugada. Era chegada a hora! Com um movimento rápido, ela arrancou a chave do gancho e saiu.

A porta do pátio estava trancada por dentro. Ela teria que estar de volta antes de a Sra. Brunnenmayer chegar à cozinha de manhã cedo, do contrário seria seu fim. Obviamente o trinco de cima estava emperrado, e Hanna começou a suar até decidir dar um golpe vigoroso com a palma da mão. A dor foi terrível, mas pelo menos o trinco se soltou e ela pôde sair. Tinha escondido a mochila abarrotada embaixo da lenha na noite anterior – afinal, ela era a única que ia até ali. Mesmo no escuro da noite, Hanna encontrou o caminho e puxou os artigos preciosos. Um camundongo correu pelo seu braço, e ela soltou um gritinho, mas logo se deteve com a mão sobre a boca, assustada.

Idiota, pensou, furiosa. *Quase põe tudo a perder por causa de um ratinho*.

Bem naquele momento, a chuva parou e a luz do luar brilhou através das nuvens cada vez mais finas. Hanna contemplou o parque nebuloso; as velhas árvores eram como gigantes figuras lúgubres, e entre elas se via o gramado claro e três poltronas de vime esquecidas, que as crianças na tarde anterior haviam usado para brincar de trenzinho. A garota pôs a mochila sobre os ombros e decidiu que era melhor não ir pelo caminho habitual, mas por entre as árvores. Talvez Alicia estivesse insone, olhando o parque pela janela. Naquela tarde, a senhora fora acometida outra vez por suas enxaquecas.

Hanna estava feliz em andar pela superfície macia do gramado. Infelizmente, seus sapatos estavam encharcados, mas não importava. Quando chegou ao portão, forçou a vista para tentar enxergar a rua, mas com a luz difusa da lua era impossível. A luz do lampião, obviamente, se apagara havia tempos.

Que coisa, pensou. Quem estaria andando pela rua àquela hora? E então pôs-se a caminho da montagem das máquinas. Seu coração batia cada vez mais rápido, e quando chegou ao velho depósito, estava totalmente sem fôlego. Arquejando, ela se refugiou atrás da construção decadente, tirou a mochila das costas e sentou-se no chão. Até então eles mal haviam se encontrado: trocaram apenas algumas palavras através da cerca, quando ele lhe revelara seu plano. A ela cabia rezar para que ele conseguisse escapar do barracão onde dormiam os funcionários externos da fábrica e escalar a grade. Se o flagrassem, seria o fim dos dois. Para sempre.

– Channa! – sussurrou ele. – *Moiá* Channa. Você meu anjo.

Ele estava escondido no depósito e a observava por uma fresta entre as tábuas. Ágil e sorrateiro como um lobo, ele se aproximou e ajoelhou-se diante dela, dando-lhe um beijo apaixonado. Ele a tomava como um tornado, beijando todo seu rosto, as palmas das mãos, o pescoço... E então soltou os botões e abriu-lhe a blusa.

– Não... Você precisa ir... Não pode perder tempo.

Ele colocou a mão sobre sua boca e a tomou com os lábios ávidos. Ela estremeceu e parou de resistir, desejando apenas que o tempo parasse. Se ele ao menos pudesse ficar... Permanecer para sempre com ela. Para passarem juntos todas as noites, para beijá-la, tirar-lhe todas as roupas, deslizar suas mãos e lábios sobre seu corpo. E para fazer o que os maridos faziam com as esposas. Ela vira aquilo quando criança, pela porta entreaberta, e sua reação fora de pavor, mas a mãe lhe contara depois que era bom. Sobretudo se era com o homem certo.

– *Liubimaia moiá*. Minha querida. Minha pombinha...

– Vamos, faça... Eu quero... Faça se você é homem – pediu ela.

Foi tudo muito mais rápido do que Hanna imaginava, mas certamente porque tinham pouco tempo. Grigorij a puxou e levantou sua saia, colocando as mãos onde momentos antes estava sua roupa de baixo. O que fez provocou uma explosão no corpo de Hanna, que cerrava os dentes para não gritar enquanto o agarrava com força. Ela sentiu dor, mas ele não cedeu por mais que ela chorasse e lhe pedisse em voz baixa que parasse. Grigorij murmurava palavras em russo, ofegava pelo esforço, mas seguia com as estocadas até que se deixou cair sobre ela com um suspiro profundo.

– *Moiá jena*... Minha esposa... Minha Channa... Eu volto... *Posle voiní*... Quando a guerra terminar.

Hanna permaneceu imóvel enquanto ele inspecionava o conteúdo da mochila sob o luar. Pão, presunto, linguiça, um pedaço de queijo – itens que pilhara na despensa para ele. Uma garrafa de conhaque francês que conseguira quando o senhor diretor se esquecera de fechar a adega. O velho Melzer andava bastante esquecido nos últimos tempos. Roupa de baixo, meias, sapatos e um terno completo com colete. Roubado do armário do jovem senhor que estava no front e não precisaria daquilo. E também um gorro e uma carteira. Com todo o dinheiro que ela tinha. Somava 31 marcos e 23 fênigues.

– *Nie ostorojno*... Você doida. Vão castigar você, Channa.

– Não importa. O importante é que você chegue em segurança à Suíça. De lá você volta à Rússia. *Ponimaiesh? Shveitsaria... Rossía...*

Ele assentiu e tirou a roupa, ficando nu diante dela sob o luar prateado. Esguio e teso, como um guepardo que tensionava os músculos para a caça. A roupa do jovem senhor ficou um pouco grande nele, mas Hanna fora esperta o bastante para pegar um cinto para a calça e colocar jornal amassado dentro dos sapatos.

– Venha.

Ela tirou a tesoura do bolso externo da mochila e começou a cortar sua barba e o cabelo. Enquanto isso, Grigorij a observava imóvel e sorridente. Era um sorriso de ternura. Se não a tivesse machucado momentos antes, ela teria lhe dado um abraço e um beijo.

– *Krassivi málchik* – disse ela, acariciando-lhe os cabelos curtos. – Que rapaz bonito!

– Rapaz, não – corrigiu ele. – *Muj*. Seu marido, Channa. Vou voltar quando guerra acabar. Prometo.

Ele tomou a tesoura de sua mão e tirou os fios cortados do pescoço e do casaco. Então deu-lhe um beijo demorado, colocando a língua em sua boca, mas ela já não sentia prazer. Quando a soltou, Hanna percebeu que havia restos de cabelo nos lábios.

– Você precisa ir. Leve a mochila. Deixe as roupas antigas aqui, vou enterrá-las. Vá!

Ele não queria largá-la, afirmando que Hanna o estava expulsando e que queria escutar de seus próprios lábios que ela o esperaria.

– Prometa, Channa!

– Esperarei por você, Grigorij. Esperarei você voltar para me levar a seu país. Não quero pertencer a outro enquanto viver.

Ele tomou a mão esquerda dela e entrelaçou seus dedos, como se quisesse rezar.

– Você e eu. *Na vsegdá vmeste*. Juntos para sempre!

Movendo a mão, ele pressionou seus dedos como se desejasse reforçar a promessa. E então deu um passo para trás, colocou a mochila sobre os ombros e ajeitou o gorro na cabeça.

Não houve um "até breve" ou "*do svidania*". Grigorij deu meia-volta e se foi, saiu pela rua e se dirigiu à estação dos trens de carga. Seu plano era esconder-se em um vagão para deixar Augsburgo o mais rápido possível, porque logo procurariam por ele. Em seguida, compraria um bilhete para Friedrichshafen ou Constança e dali cruzaria o grande lago de barco para chegar à Suíça. Lá, segundo escutara, os prisioneiros de guerra russos eram recebidos com simpatia e ajudados a voltar para casa.

Hanna demorou um pouco para ajeitar a roupa e pegou uma pedra plana para cavar um buraco na terra. Por sorte, o solo estava amolecido pela chuva, mas a tarefa não deixava de ser suja e extenuante. Antes de enterrar a camisa rasgada, a calça e a roupa de baixo, ela cheirou as peças, sorvendo mais uma vez o odor do corpo dele e pensando por um momento que o homem ainda estava ali. Em seguida, jogou tudo na cova, cobriu-a com terra e uma camada de grama e bateu em cima com os pés. Ela torcia para que o vento levasse os cabelos negros espalhados por toda parte, pois era impossível recolhê-los naquela penumbra.

Foi difícil tomar o caminho de volta para a vila. Ela teria preferido andar até a estação de trem para entrar no vagão com ele. Mas era impossível. Tudo o que conseguiria seria colocá-lo em perigo. A chuva voltou e ela temeu que as boas roupas que lhe dera ficassem encharcadas. Grigorij tornaria a ter aquele aspecto miserável e poderiam facilmente suspeitar de que era um fugitivo de guerra.

Na escuridão da noite, ela quase perdeu o portão de entrada da vila, mas logo distinguiu o portal de pedra sobre o qual se erguia a estrutura de ferro fundido. Daquela vez, não estava disposta a ir pela grama; a emoção que sentira antes havia dado lugar a um profundo abatimento. Tudo dera certo, mas, por alguma razão, ela se sentia decepcionada e infelicíssima. Talvez por não ter sido nada bom, apenas doloroso. Talvez por ter terminado tão rápido. Mas com certeza porque não voltaria a vê-lo por um bom tempo. Não importava; estava exausta e parecia um rato molhado. Quanto mais rápido se livrasse daquelas roupas e se enfiasse na cama, melhor.

A mansão era como um colosso escuro sob o véu da noite, mas no térreo viam-se algumas janelas levemente iluminadas. Ela aguçou a vista. Ótimo – eram as janelas da direita, onde se localizava o hospital de campanha e normalmente deixavam uma luz acesa. Nas áreas de serviço à esquerda, na cozinha e na despensa, estava tudo apagado. Tudo o que precisava fazer era cruzar rapidamente o pátio, abrir a porta de serviço para chegar à cozinha, fechar o trinco e subir até o quarto, silenciosa como um fantasma.

Tudo saiu à perfeição até o momento de empurrar o segundo ferrolho. A maldita peça emperrou e Hanna não teve outro remédio a não ser recorrer ao velho método de golpeá-lo com a palma da mão. *Paf!* Pronto.

– Alarme! – gritou uma voz alterada. – Cuidado! Ratos e camundongos... Abaixe a cabeça... Granadas... Estão vindo... Rápido... Enfie a cabeça na terra!

Hanna ficou petrificada e por um momento acreditou que uma granada, de fato, atingira a vila. Por fim, percebeu que os gritos de pavor vinham de baixo da comprida mesa e compreendeu. Humbert estava tendo um de seus ataques. Justo naquela noite. Que azar!

– Humbert? Está aí embaixo?

Ela se agachou, mas estava muito escuro para distinguir algo. Escutava apenas a respiração rápida e amedrontada, e percebia seu corpo tremer. Pobre rapaz, a guerra deturpara seu juízo por completo.

– Vá embora... Ande! Já vão atacar... Está explodindo... Os aviões vêm vindo!

– Não, Humbert. Sou eu, Hanna. Você estava sonhando.

O homem não parava de tremer e ela logo notou que não havia sido boa ideia dizer seu nome. Além do mais, a Sra. Brunnenmayer logo chegaria. Ela sempre acudia Humbert em seus delírios.

– Ande... Rápido... Esconda-se... Estão vindo – grasnava Humbert em seu esconderijo.

Hanna ainda tinha tempo de sair pela porta que dava no hospital, mas logo escutou os passos abafados da cozinheira na escada. *Que ótimo*, pensou ela. *Se ele contar que eu estava na cozinha, acabou. Só posso esperar que ela não acredite em nada, já que ele só fala sandices quando está tendo seus ataques.*

Dando uma volta maior pela lavanderia, ela conseguiu chegar à escada sem ser vista. Torceu para que a Srta. Schmalzler ou Else não estivessem acordadas e resolvessem inspecionar a cozinha, pois trombaria com elas no ato. Cuidadosamente, subiu os degraus pé ante pé, atenta a ruídos que a pudessem delatar, mas escutou apenas a voz da Sra. Brunnenmayer alentando Humbert no andar de baixo. Por fim, tomou coragem e subiu rápido os últimos degraus, correu pelo corredor e se deteve na porta do quarto. Imóvel e ofegante, Hanna escutava seu coração martelar. Maldita Jordan. Estava roncando? Ou já acordara? Por um momento, não ouviu nada, mas logo soou um leve ronco, ao que se seguiram demais ruídos. Bem, era a sinfonia de sempre.

Credo, como o ar naquele quarto estava asfixiante! Que raiva não poder abrir as janelas. Jordan lhe havia proibido, argumentando que seu ombro direito era muito sensível às correntes de ar. Hanna se enfiou na cama, tirou a roupa úmida e vestiu a camisola que encontrou embaixo do travesseiro.

Que bênção poder esticar-se sob as cobertas. Ela empurrou as peças molhadas para baixo da cama, de modo que a companheira de quarto não as visse pela manhã. E então virou-se de lado, dobrou os joelhos junto ao corpo e ajeitou o travesseiro. Ainda teria uma ou duas horas de sono – às seis o maldito despertador soaria.

– Onde você estava?

Do nada Jordan acordara. Aquela bruxa maldita não estava dormindo! Simulou o ronco apenas para enganá-la.

– O quê? – resmungou Hanna, como se tivesse acabado de despertar.

– Onde você estava? Escutei você chegar.

Hanna pensou rápido. Cabia revelar o mínimo e mentir ao máximo.

– Humbert teve outro ataque.

Fez-se silêncio por um momento. Provavelmente aquela parasita asquerosa matutava algo. Hanna a escutou revirando-se na cama enquanto ressoava.

– Humbert – ecoou Jordan. – Nossa...

28

Meu querido,

Há cinco longas semanas não recebo notícias suas, mas já superamos percalços maiores e por isso prefiro crer que você já recebeu minhas cartas há tempos e que em poucos dias encontrarei uma pilha de correspondências suas sobre a mesa do café da manhã.
   Nós dois nos iludimos, pois este ano, que recebemos juntos com tanto otimismo, não foi um ano de paz. Muito pelo contrário, parece mais o ano da desgraça – desde abril os americanos vêm reforçando os ataques de nossos inimigos, e na Rússia o povo tomou o poder. Não tenho muita simpatia pelo czar russo, mas sua abdicação me parece um mau presságio para toda a Europa. Os social-democratas estão crescendo em toda parte, atiçando os operários nas fábricas a fazer protestos e greves, o que pouco contribui para estes tempos tão difíceis de privação.

Marie passou os olhos críticos pelo último parágrafo e balançou a cabeça, descontente. Por que preocupar Paul com tantas lamentações? Reclamando sobre as greves nas fábricas... Ela queria mesmo atormentá-lo? Era melhor suprimir essa parte.
   Amassou o papel com um suspiro. Ao lado, no quarto das crianças, ouviam-se os gritos de Henni e um objeto maciço bater contra a parede. O berreiro furioso se intensificou. A menininha era a mais nova dentre os pequenos, mas sabia impor suas cordas vocais com excelência, bem como sua energia. Dodo, aquele raiozinho de sol, era bondosa e maleável; Leo, por sua vez, nunca cedia e tampouco hesitava em exercer sua superioridade física. Até o momento, raramente tivera êxito, pois Rosa estava sempre do lado de Henni.
   Marie esperou o barulho se suavizar e recomeçou em uma folha em branco.

... por aqui não temos muitas novidades. As crianças estão saudáveis e crescendo. Dodo acaba de sair de um resfriado, Leo ralou o joelho, mas já sarou. Mamãe está mais ou menos, lhe mandou um beijo e um abraço; papai também está bem, mas o trabalho na fábrica exige muito dele e consegui convencê-lo a ir até lá pelo menos dia sim, dia não. A produção dos tecidos de papel vai de vento em popa, não podemos sequer suprir a demanda de pedidos. Criei estampas e incentivei Kitty a colocar suas ideias no papel também. Mas até agora sem sucesso.

Ela se recostou e pensou se não deveria escrever algumas palavras sobre Kitty. Infelizmente não havia nada de bom para contar. Depois do aborto, ela passara semanas no quarto com as cortinas fechadas, sem querer ver ninguém. Por fim, Marie se infiltrara em seu templo e lhe dissera algumas verdades. Que ela não tinha o direito de se entregar daquela maneira. Que ainda tinha uma filha pequena – ou será que não se importava mais? Desde então, Kitty passou a aparecer para o café da manhã, a participar da vida familiar e a cuidar de Henni. Contudo, sua maneira de ser, tão cheia de vida e alegre, ficara no passado. Kitty perambulava pela mansão como uma sombra de si mesma, pálida, lacônica e quase sempre com olhos marejados.

Kitty está se esforçando para seguir em frente, apesar da terrível perda. Semana passada fomos juntas à reunião do clube beneficente, onde ela participou com empenho das atividades planejadas.

Paul até ficaria feliz com a notícia, mas era um exagero. Foi preciso muita conversa para dissuadir Kitty de cortar os cabelos e doá-los à causa. Em todas as partes, coletavam-se cabelos femininos para a fabricação de juntas e correias. Também recolhiam um sem-fim de "donativos" para os soldados – desde porta-níqueis de couro a munhequeiras, suspensórios e cuecas, passando por destilados, canecos de cerveja, cigarros e chocolate –, e tudo era enviado para o front.

Semana passada, Ernst von Klippstein nos enviou uma carta de Brandemburgo. Ele conseguiu resolver suas questões, para a satisfação de todas as partes, ou seja, em breve o divórcio será declarado, de modo que Adele possa se casar de novo. Por razões de saúde, Ernst não está em condições de assumir a fazenda com criação de cavalos e, portanto, concordaram que ele cederá a propriedade também, tendo o filho como herdeiro. Ele só não contou os planos que tem para o futuro, mas temo que se alistará novamente. Por isso o convidei várias vezes para ficar conosco na vila.

Sentiu a consciência pesar, pois na verdade Marie estava aliviada por Klippstein não ter aceitado o convite de Paul. Claro, ela sentia pena do pobre rapaz, que não só se ferira gravemente, mas também perdera sua felicidade pessoal. Entretanto, sua devoção exacerbada lhe dava nos nervos. Por fim, ela demonstrara boa vontade e o convidara novamente. Mas sem nunca acreditar que ele viria de fato.

Para nossa grande felicidade, Gustav também voltou. Sem avisar nada, uma bela tarde ele estava diante da porta. O coitado perdeu o pé esquerdo por causa de uma granada, mas lhe deram uma prótese de madeira e ele está se saindo bastante bem com ela. A boa Auguste não cabia em si de tanta felicidade, e acabei lhe dando três dias de folga para que comemorassem devidamente o reencontro. De lá para cá, Gustav e o avô ocuparam a parte traseira do parque e vão transformá-la em uma grande horta. Cavaram por dias, inclusive com a ajuda de Humbert, mas as primeiras colheitas só virão no final do verão, com exceção dos temperos. Teremos batatas, rutabagas, repolho e rabanetes aos montes. Viveremos como reis!

Ela sorriu. Paul gostaria de saber que Gustav voltara cheio de energia. Por um momento, Marie pensou se deveria escrever algo sobre Humbert, mas desistiu. Em princípio, nada mudara, o criado realizava seu serviço com diligência e, embora tivesse perdido o movimento dos três dedos do meio da mão direita, vinha se saindo surpreendentemente bem. Contudo, às vezes havia seus "surtos", uma espécie de delírio que sem motivo aparente o acometia a qualquer hora do dia ou da noite. Seu corpo começava a tremer e ele se jogava no chão em busca de um esconderijo. Em diversas ocasiões Gustav o flagrara em seu quarto embaixo da cama, mas na maioria das vezes ele se escondia sob a comprida mesa da cozinha.

Marie já falara a respeito com o Dr. Stromberger, que naquele ínterim assumira o hospital de campanha junto com o Dr. Greiner. O Dr. Stromberger já passava dos 50 anos e se mudara para Augsburgo com a esposa, alugando um apartamento onde também tratava outros pacientes. Ele lhe receitara bromo e repouso, mas não surtiram qualquer efeito.

Aqui na pátria tudo segue seu caminho e só esperamos uma coisa: que nosso país já tão castigado finalmente possa firmar a paz. Esta guerra já dura três longos anos, sendo que no início pensávamos que não passaria de alguns meses. Paul, meu amado, eu nem sequer sei quando e onde estas palavras te encontrarão, mas tenho plena certeza de que nos veremos em breve. Meu amor por você é maior que toda a desgraça desta guerra. Você é meu e não desistirei: estarei com você aonde quer que vá. Sinto você todas as noites, como se nunca tivéssemos nos separado. Seus braços me envolvem e sempre vejo sua boca sorrindo.

Marie

Após reler as últimas linhas, ela se perguntou se não soavam muito pomposas ou até mesmo absurdas. Mas Marie tinha certeza de que Paul a entenderia perfeitamente – afinal, era aquilo que sentia e não poderia expressar de outra maneira, pois estava longe de ser uma poetisa. Ela dobrou o papel, colocou-o no envelope em que se lia com letras garrafais "carta de campanha" e escreveu o nome completo de Paul, sua unidade, e fechou o envelope. Onde quer que ele estivesse, em algum momento aquela carta chegaria a suas mãos. Ela queria acreditar nisso.

Marie se levantou e olhou o pequeno relógio de pêndulo de jade que Alicia lhe dera. Eram quase duas – hora de ir à fábrica.

– Auguste? Por favor, entregue esta carta a Humbert. Diga-lhe para levá-la ao correio junto com as outras.

Auguste resplandecia, seus quadris estavam mais largos, e Marie chegou a suspeitar de que estivesse grávida novamente. Não seria um milagre – Gustav era um marido apaixonado e diligente.

– Perfeitamente, senhora.

– Humbert está melhor, não?

Duas noites antes, o coitado tivera um de seus ataques e apenas após muita conversa a cozinheira o convencera a sair de debaixo da mesa.

– Está ótimo. Mas a sogra da senhora continua com enxaqueca.

Já era o terceiro dia. Pobre Alicia – certamente a carta de Elvira, sua cunhada na Pomerânia, a deixara muito abalada. Rudolf von Maydorn, seu único irmão vivo, estava gravemente doente, e Alicia cogitou viajar para vê-lo, talvez pela última vez. Entretanto, face à atual situação da guerra e às más conexões ferroviárias, a viagem não era recomendável.

– Diga à minha sogra que por volta das seis estarei aqui.

Ela vestiu o casaco e colocou o chapéu de aba reta que lembrava um modelo masculino. Para desespero das gerações mais velhas, as saias haviam encurtado muitíssimo: considerava-se moderno mostrar os tornozelos e até parte das panturrilhas. Já sair de casa sem chapéu era considerado mais que inadequado.

Marie passava manhãs alternadas no escritório e muitas vezes ia também à tarde. Poucos meses antes, ela tivera o prazer de desenvolver novas estampas, mas àquela altura sua grande preocupação era que a empresa mantivesse suas receitas. A fábrica de tecidos dos Melzers continuava funcionando, produzia tecidos e fios de papel, mas o que ocorreria se os operários fossem contaminados pelas greves que se erguiam em toda parte? Naquela manhã, Marie revisara os números e, embora pouco entendesse de escrituração contábil, uma coisa era clara: seu sogro mantinha o salário dos empregados o mais baixo possível.

Quando o porteiro abriu o portão da fábrica, Hanna vinha chegando com o carrinho de mão pelo pátio. O almoço dos prisioneiros de guerra era preparado na cozinha da mansão, mas pago com recursos do Ministério da Guerra.

– Oi, Hanna! Tudo bem? Está um pouco pálida no nariz.

– Obrigada, senhora. Estou bem.

A resposta de Hanna foi curta e grossa e, sem nem ao menos se dignar a levantar o olhar, dirigiu-se imediatamente ao portão. Era evidente que a menina estava furiosa, pois Marie providenciara a transferência de Grigorij Schukov para a montagem de máquinas. Na verdade, Hanna deveria estar agradecida – sabe-se lá que fim aquilo poderia ter tido...

Marie foi à fiação para verificar se o trabalho seguia o curso habitual, na sequência inspecionou a tecelagem e se alegrou ao ver os primeiros rolos de tecido com as estampas desenvolvidas por ela. A qualidade do material de papel infelizmente ainda deixava a desejar: as roupas eram pouco maleáveis, amassavam fácil e as cores teimavam em não brilhar. O maior problema, entretanto, era a impossibilidade de lavá-las, pois o tecido desmanchava. Por isso, recomendava-se pendurar as peças ao ar livre e limpá-las com uma escova macia.

Ela cumprimentou o capataz Gundermann com um gesto amistoso – o ruído no galpão era intenso demais para permitir maiores interações. De qualquer forma, Gundermann não estava exatamente disposto a conversar com a jovem esposa do diretor. Como todos os funcionários, ele a via como uma visitante e sempre que a chamava de "jovem esposa do diretor", fazia referência ao marido, Paul Melzer, não a ela. As operárias também não lhe mostravam o mesmo respeito submisso que tinham pelo diretor Melzer. Apenas umas poucas haviam entendido que fora Marie, com sua obstinação, quem salvara a empresa.

Já na antessala do escritório a situação era distinta. Tanto a Srta. Lüders quanto a Srta. Hoffmann tinham percebido os novos ventos. Quando Marie as chamava para ditar algo, apareciam sem demora. Também lhe mostravam as cartas prontas e não hesitavam em levá-las ao correio na manhã seguinte.

– É sempre uma alegria quando a senhora está aqui – dissera a Srta. Lüders recentemente. – Porque aí as coisas funcionam. Se é que a senhora me entende.

Marie não ficara de todo feliz com o elogio, pois era um indício de algo que já suspeitava havia algum tempo: Johann Melzer se afastava cada vez mais das tarefas cotidianas, deixando-a a cargo das compras e mal se ocupando das vendas dos tecidos de papel produzidos. A nora demonstrara ser uma mulher de negócios desenvolta e prudente, e aquilo parecia bastar-lhe. No mais, a única assinatura que valia era a sua, todo documento precisava ser-lhe apresentado e receber sua aprovação.

Naquela tarde, excepcionalmente, ele estava no escritório de Paul sentado à mesa, atrás de uma pilha de pastas e papéis.

– Não foi almoçar de novo, papai – disse ela em tom de reprovação. – Do que você se alimenta? De números e ar?

Ele fechou o livro e tirou os óculos. Como seu rosto envelhecera. E parecia que seu corpo, até então tão forte, encolhera. O casaco estava imenso nele.

– Para que você trouxe esses livros, Marie? Eles têm a ver com sua obsessão de se aventurar na arte da escrituração contábil?

Na verdade, ele deveria sentir-se orgulhoso por sua nora encarregar-se de assuntos tão áridos como contabilidade. Paradoxalmente, ele a elogiava diante de conhecidos, dizia que ela era "uma astuta mulher de negócios", mas quando se tratava de lhe explicar algo, surgiam mil empecilhos.

– Pedi que o Sr. Bruckmann me emprestasse alguns livros.

Ele soltou uma risada breve e brusca, então tossiu. O velho Bruckmann era a pessoa certa, ele se deixava enredar.

– E então? Ele lhe ensinou a profissão? Débitos e créditos? Como fazer transferências com letras minúsculas? Aquele ali escreve com uma caligrafia minúscula. Parece até um monge copiando a Bíblia.

O velho contador havia lhe explicado uma série de coisas. Mas quando entrou nos pormenores, Marie teve a sensação de não estar entendendo tudo. Por isso pedira os livros emprestados.

– Sim, ele é um funcionário leal e dedicado.

O olhar de Marie flagrou sobre a mesa, ao lado de uma pilha de livros, um copo meio vazio que não fora usado por ela. Melzer pigarreou e pegou o copo com um gesto quase desafiador, bebendo-o em seguida.

– Está esperando que eu levante da cadeira ou o quê? – perguntou ele com a devida ironia.

– Pode ficar sentado, papai. Queria falar algo com você.

Ela tirou o chapéu e o casaco e sentou-se na poltrona de couro. Estava prestes a cruzar as pernas e balançar a ponta do pé, mas se deteve por saber que ele não suportava aquilo.

– É sobre seus desenhos? Bem, se quer saber: não gosto que mulheres se vistam como homens.

Ela desenhara conjuntos e sobretudos que fossem fáceis de costurar com os tecidos de papel. Eram cortes retos, lisos e sem enfeites e, apesar disso – conforme ela mesma dizia –, não careciam de certa elegância feminina.

– Não, é sobre outra coisa, papai. Queria falar com você sobre os salários dos funcionários.

Ele reagiu como se Marie estivesse falando russo. Ela tinha certeza de que não seria fácil.

– Não há motivo para preocupação, Marie. Desde que existe a fábrica, sempre paguei meus empregados como manda o figurino.

Nesse ponto, suas opiniões divergiam. Entretanto, não convinha discutir assuntos do passado, pois poderiam facilmente tocar em temas que envenenariam a conversa de antemão.

– Pode até ser, no caso da fábrica de papel e na montagem de máquinas – disse ela, iniciando com cautela. – Mas, mesmo assim, acho que os funcionários estão recebendo um salário miserável.

Marie o escrutinava com o olhar. Melzer permanecia imóvel, segurando os óculos por uma das hastes e com as sobrancelhas erguidas em aparente sinal de deboche, como se esperasse algo.

– Com certeza já ouviu falar sobre as greves, as agitações – prosseguiu ela. – Tenho a impressão de que muitos dos trabalhadores estão indo às ruas por necessidade mesmo.

– Não me diga – replicou ele, com ironia. – Veja só. Minha nora tomando as dores dos comunistas. Por acaso você tem ido às reuniões deles? Ergueu o punho cerrado e se afiliou à Liga Espartaquista? Lá na Rússia, Deus me livre, derrubaram o czar e instauraram uma república regida por conselhos de trabalhadores, ou *soviets*, como eles chamam por lá. Uma república regida pelo povo. Acabaram com a cultura! Profanaram igrejas, mataram gente. As mulheres se transformaram em hienas.

– E por quê? – indagou ela, levantando a voz. – Com certeza não era porque estavam bem de vida. Essas agitações nascem da fome e da privação. Você por acaso já viu como estão os bairros mais pobres aqui da cidade?

O rosto do sogro estava vermelho como um pimentão, e Marie temeu tê-lo estressado além da medida. Melzer socou a mesa, furioso. Se seus funcionários estivessem realmente passando necessidade, ele seria a última pessoa a negar-lhes um aumento. Ele financiara as moradias operárias. Uma creche. Cuidava de seus funcionários como se fossem da família.

– Então é melhor dar-lhes um aumento antes que tenham a ideia de reivindicar o dinheiro através de uma greve. O preço da comida não para de subir.

– Bobagem. Os preços estão sendo tabelados pelo Estado.

Marie precisou respirar fundo para conter sua raiva. Ele não sabia que a maioria dos alimentos era negociada no mercado ilegal? Não, não era possível que fosse tão ingênuo.

– Pelo que pude ver na contabilidade, estamos em perfeitas condições de pagar um aumento aos funcionários e operários.

– Ah, então é isso! – exclamou ele, jocosamente. – Por isso você está se aprofundando nas minhas contas. Minha querida, suas ideias românticas de empregados felizes com maiores salários estão longe da realidade. Mais dinheiro não deixa os funcionários mais satisfeitos. Tudo o que se consegue é criar mais cobiça, é uma espiral sem fim. No final das contas, vão querer pilhar tudo, a fábrica, a vila, nosso patrimônio inteiro. Tudo!

Céus, como ele era cabeça-dura. Ah, se ao menos seu marido estivesse ali, certamente ficaria ao seu lado. Mas Paul estava longe, Marie teria que lidar com tudo aquilo sozinha.

– O que acontece com o lucro que sobra no final do mês? – insistiu ela.

– Precisamos de reservas – disse ele entre os dentes. – Ninguém sabe o que nos aguarda no futuro.

– Se a fábrica quiser sobreviver, precisamos de criatividade, tino para os negócios e funcionários engajados. Que nos apoiem no que der e vier.

– Exato – retrucou ele, irritado. – E é justamente por isso que não podemos deixá-los mal-acostumados. Do contrário, facilmente acabarão exigindo mais do que podemos pagar.

Era impossível continuar. Furiosa, ela agarrou os livros, levou-os à antessala e pediu que a Srta. Hoffman os entregasse ao contador Bruckmann. O rosto assustado da secretária a deixou ainda mais irritada – decerto as duas tinham escutado a conversa por trás da porta e testemunhado sua derrota.

Quando retornou ao escritório de Paul, Johann Melzer já havia surgido à porta, com um leve sorriso. Por acaso estava debochando dela?

– Como acredito que você vai ditar as regras agora, vou deixar tudo arrumado – disse ele. – Srta. Lüders, já recebi os papéis para assinar hoje?

– Não, senhor diretor – respondeu a Srta. Lüders com máxima solicitude. – Ia primeiro escrever as cartas que sua nora... Mas, claro, também posso...

Johann Melzer foi até a porta de seu escritório com passos estranhamente curtos. Marie reparou em sua postura rígida e no discreto volume no lado esquerdo de seu tórax. Claro, ele levava uma garrafa escondida no bolso interno no casaco.

– Não há pressa – replicou ele. – Estou com tempo.

29

Elisabeth irritava-se com a própria estupidez, mas não conseguia conter as palpitações que a surpreendiam sempre que andava por aquele caminho. Passou pela igreja de Jakob, dobrou duas vezes à esquerda, cruzou uma pracinha e pronto. Não muito longe da vila residencial Fuggerei, ficava o Orfanato das Sete Mártires, um edifício rústico de janelões estreitos e com reboco em tom claro. O mesmo orfanato onde Marie passara a infância. Desde que começara a visitar o local com frequência, Elisabeth compreendera quão triste fora a infância de Marie.

Tocou a antiga sineta da porta, que sempre produzia um barulho amedrontador. E, enquanto esperava, ela tentou em vão aplacar seu nervosismo. Que ridículo. Era uma mulher casada indo ali cumprir sua obrigação de patriota: entregar uma doação para os órfãos.

Uma das internas mais velhas, uma menina magra e pálida de 13 anos, abriu a porta e fez uma expressiva reverência.

– Boa tarde, Coelestina. Tudo bem?

– Tudo bem. Obrigada, Sra. Von Hagemann.

Elisabeth não gostava da submissão exagerada que algumas das crianças mais velhas demonstravam. Ela sabia que as que faziam reverências espalhafatosas eram justamente as mais maldosas. Mas a antiga diretora da instituição, uma tal de Srta. Pappert, devia mesmo ter sido uma bruxa que tratava as pobres criaturas com mão de ferro. Depois de tudo que averiguara, seu respeito pela cunhada crescera muito. Marie havia enfrentado aquele demônio. Era algo realmente louvável.

Ela acariciou ligeiramente o cabelo liso da menina, preso em duas tranças. Com o tempo, percebera que a maioria daquelas crianças adorava contato físico, sobretudo as menores. Não era de se admirar. Além da enérgica cozinheira que passava horas no lugar, havia apenas duas mulheres mais velhas que bem poderiam ser oficiais de cavalaria. Os pequenos careciam de uma figura maternal. Por outro lado, podiam contar com um pai amoroso: o diretor do orfanato, Sebastian Winkler.

Era impressionante a devoção que dedicava ao trabalho, o quanto se preocupava com aquelas crianças tão sofridas, o quanto as amava! Ele era de fato uma pessoa com o coração de ouro.

– O Sr. Winkler está com os doentes – informou Coelestina com olhar vivaz. – Clara e Julius estão com sarampo.

– Sarampo? Ah, meu Deus.

– Eu já tive sarampo. Quando tinha 7 anos – explicou a menina, orgulhosa. – O Dr. Greiner disse que agora não pego mais.

Elisabeth procurou lembrar se já tivera essa doença, mas não conseguiu. No entanto, sabia que Kitty sim: os gritos de desespero da irmã mais nova ao ver-se diante do espelho com o rosto marcado ainda ecoavam em sua cabeça.

As duas cruzaram um corredor estreito e escuro. Em ambos os lados, as portas se abriram cuidadosamente, revelando rostos infantis tomados pela curiosidade. Crianças birrentas com o dedo no nariz, garotinhos pálidos de aparência frágil e olhos grandes, meninas descalças de vestido folgado, outras mais velhas com roupas imensas. Os menores ficavam no andar de cima, nos dormitórios mais amplos, sob os cuidados de uma das mulheres. Elisabeth já conhecia todos os órfãos pelo nome; tinha seus preferidos e aqueles de quem não gostava tanto.

Sebastian Winkler saiu de seu escritório e, ainda que tivesse o semblante bastante preocupado, a saudou amistosamente no corredor. Era coisa de sua cabeça ou ele parecia feliz em vê-la?

– Sra. Von Hagemann! Que bom vê-la aqui de novo. Não... Permita-me primeiro lavar as mãos. Infelizmente estamos com sarampo no orfanato. Alojei os dois pequenos pacientes no meu escritório para os outros não pegarem.

Ele fechou a porta, conduziu-a ao refeitório, que também servia como área comum e sala de aula, e lhe ofereceu uma cadeira. Em seguida, desculpando-se apressado, saiu para lavar as mãos. O diretor estava plenamente convencido de que só se podia combater doenças contagiosas com as mais rígidas medidas de higiene.

As crianças dispararam milhares de perguntas e todo tipo de histórias, então Elisabeth pegou no colo duas das menores – um menino ruivo e uma diminuta menina careca – que não lhe deixavam em paz.

– Você trouxe chocolate, tia Lisa?
– Quando crescer, vou ser soldado e andar a cavalo.
– Vai ter mingau grosso com açúcar para o jantar. Quer ficar, tia Lisa?
– Quero colo também!
– Tia Lisa... Estou com muuuuuita dor de garganta.
– Minha mãe é uma índia que vive num castelo e tem um gato dourado.
– Ei, tia Lisa... Tio Sebastian sempre fica vermelho quando falamos de você.

Ao voltar, o diretor deteve-se um momento junto à porta, observando a movimentação ao redor de sua convidada. Por fim, puxou uma cadeira para sentar-se junto a ela. O homem mancava um pouco ao andar. Haviam lhe confeccionado uma prótese de madeira com a qual, segundo ele próprio dizia, saía-se muito bem. Embora admitisse que de noite a perna doía um pouco.

– Sempre tenho a sensação de que estou sendo egoísta – disse ele com um sorriso. – A senhora já tem tanto trabalho no hospital e, mesmo assim, continuo pedindo que nos visite. É por causa das crianças, elas adoram tê-la aqui.

Elisabeth sorriu, lisonjeada, e respondeu que era uma alegria estar com os pequenos e poder fazer algo por eles.

– O serviço no hospital é quase sempre muito angustiante – admitiu ela. – Ontem perdemos mais um jovem soldado para o tifo. Não podíamos fazer mais nada. No final, ele ditou uma longa carta de despedida para os pais e a noiva.

Dois meninos haviam começado a brigar, ouviam-se insultos e gritos de raiva. Sebastian levantou-se de um salto para apartá-los.

– Vocês não têm vergonha de se comportar assim na frente da Sra. Von Hagemann? Já tem tanta guerra lá fora, devemos ao menos manter a paz aqui dentro. Você dois, tratem já de fazer as pazes!

Elisabeth observou os dois pequeninos se darem as mãos enquanto trocavam olhares sombrios. Aquela paz não duraria muito – o mesmo acontecia entre Kitty e ela quando pequenas.

– Trouxe umas miudezas. Nada de especial, mas é melhor abrir a bolsa na cozinha.

Entre os itens havia dez barras de sabonete, várias latas de carne, um pacote de balas de framboesa, um pote de mel – iguarias que subtraíra da despensa da Vila dos Tecidos. Claro, não passava de uma gota em um oceano, pois no momento havia mais de quarenta crianças no abrigo, mas era melhor do que nada. Os dois estavam sentados frente a frente à mesa da cozinha, e Sebastian recebeu as doações visivelmente emocionado. Quando ela, para completar, deslizou sobre a mesa um envelope com uma pequena quantia em dinheiro, o diretor segurou a mão de Elisabeth por um momento.

– A senhora é um anjo. Sei que essas palavras soam pomposas e vazias, mas não encontro outras para descrevê-la.

Ela entregou-se à agradável sensação do contato com a pele dele. Sua mão era cálida e firme, bastante masculina ao toque. Suave e forte. Parecia-lhe um protetor e um admirador ao mesmo tempo. Uma pessoa amorosa e de alma pura. Que alívio ele não saber sobre as fantasias mundanas que atormentavam seu "anjo" naquele instante. Claro, ela era casada. Havia pouco estava perdidamente apaixonada por Klaus von Hagemann. Mas de lá para cá tivera que engolir uma decepção atrás da outra. Elisabeth ainda tinha o direito de se permitir sonhar.

– Eu fico até encabulada, Sr. Winkler.

– Posso oferecer-lhe um chá? Por favor, seria um prazer.

Ah, céus, eles estavam sozinhos na cozinha, pois a cozinheira tinha se ausentado temporariamente. Sebastian levantou-se e pegou duas xícaras na estante, pousou-as sobre pires diferentes entre si e com um gancho levantou a tampa redonda do fogão para colocar mais lenha.

– Deixe que eu faço isso! – exclamou ela, impulsiva.

– De forma alguma – respondeu ele, resoluto. – Fique sentada. Não sou tão desajeitado como pareço.

Naquele momento, a tampa de ferro escorregou do gancho e caiu com um sonoro tilintar sobre o fogão. *Ah, meu Deus*, pensou Elisabeth. *A verdade é que não tenho a menor de ideia de como acender um fogão. Por que nunca fui à cozinha aprender? Ah, sim! Porque mamãe me proibia.*

– Mil perdões – disse ele, gaguejando. – Não queria assustá-la. Como a senhora vê, estou começando nas artes culinárias. Mas vou aprendendo. Daqui a pouco me aprimoro.

Após colocar a lenha, colocou a tampa no lugar e encheu a chaleira para aquecê-la no fogão. Gotas de suor haviam se formado em sua testa, o largo rosto de traços rústicos vermelho pelo esforço. Elisabeth surpreendeu-se novamente com seus pensamentos indecorosos. Qual seria a sensação de ser envolvida por aquelas mãos tão grandes e fortes? E com firmeza, como um homem agarra a mulher que deseja.

– Estou muito feliz por tê-la conhecido – disse ele ao retornar à mesa.

Sentou-se à sua frente e, com um lenço, enxugou o suor da testa. Então prosseguiu:

– Não me entenda mal, Sra. Von Hagemann. Existe um afeto entre homem e mulher que nada tem a ver com a pura atração física. É uma união de almas que existe há muito mais tempo que nossa existência terrena. Assim como Goethe expressou em seu poema "Charlotte von Stein": "... pois em tempos distantes e já vividos era você minha irmã, minha..."

Em vez de concluir a citação, levantou-se de um salto, constrangido, para verificar a água que fervia. Seu discurso soou fora do tom naquele momento. Elisabeth não tinha qualquer intenção de ser sua irmã. Entretanto, suas palavras lhe fizeram bem. Era agradável ser cortejada por um homem. Nesse aspecto, ela ainda tinha muito o que recuperar. Sobretudo emocionalmente.

Ele voltou com o bule de chá de hortelã e relatou, orgulhoso, que havia ido ao campo colher as ervas com as crianças. Em seguida, mudou de assunto.

– Você sabe que minha antecessora foi deposta do cargo. Ainda há pouco tomei ciência dos pormenores pelo monsenhor Leutwien e preciso dizer-lhe que estou indignado.

Fora o pároco quem iniciara a investigação que culminou na demissão da Srta. Pappert. Também havia sido ele quem propusera Winkler como sucessor dela.

– A senhora imagine só. Essa mulher desviou dinheiro do consórcio e de inúmeras doações particulares para sua conta pessoal de forma sistemática. Juntou uma fortuna com o dinheiro que tanta falta fazia a essas crianças. Quando comecei aqui, os pequenos mal tinham o que vestir, quase não havia sapatos e as camas estavam em condição deplorável.

– E aonde foi parar esse dinheiro? Não se pode reavê-lo para o orfanato?

Sebastian bufou e balançou a cabeça. Não, a mulher era a astúcia em pessoa. A Srta. Pappert afirmara ter comprometido todo o patrimônio com títulos de guerra e não encontraram nada em sua casa.

– É possível que ela tenha levado tudo para a Suíça. Esteve no país pouco antes de a guerra estourar. Sabemos disso porque o consórcio teve que contratar alguém para substituí-la por três dias.

– Que malandra – comentou Elisabeth, espontânea. – E o que aconteceu com ela?

– Está presa. A polícia está averiguando o caso. Parece que a Srta. Pappert tinha uma conta em um banco privado.

– Não me diga que no banco Bräuer...

Sebastian colocou o coador sobre sua xícara e serviu o chá. O cheiro intenso de hortelã fresca subiu ao nariz dela e, de pronto, teve a lembrança do creme de menta verde que a Sra. Brunnenmayer costumava preparar nos aniversários das crianças, com aquela cobertura de chocolate maravilhosa que desmanchava na boca.

– Sim, no banco Bräuer. Obviamente isso não significa que o banco tenha qualquer culpa. Menos ainda seu cunhado, que morreu pela pátria.

Estava claro que ele conhecia suas relações de parentesco. Enquanto mexia seu chá, Elisabeth respondeu que esperava de coração que pelo menos uma parte do dinheiro subtraído fosse recuperada.

– Bom, se a história dos títulos de guerra for mesmo verdade...

Ele não terminou a frase, mas ambos pensaram a mesma coisa. Ninguém em sã consciência ainda acreditava na tal vitória prometida e nas terras que o Reich supostamente obteria. Não, o dinheiro que tantas pessoas haviam entregado na forma de títulos de guerra estava perdido para sempre.

– Também dei meu dinheiro pelo kaiser e pela pátria – admitiu Sebastian. – Não me arrependo, pois fiz o que muitos estavam fazendo. No final das contas, permanecemos fiéis à nossa Alemanha, com ela viveremos ou morreremos.

Ela sorriu e pensou que havia uma infinidade de súditos do kaiser ganhando um bom dinheiro com aquela guerra. Sobretudo as siderúrgicas de Augsburgo, que produziam motores para submarinos e canhões para a artilharia, as fábricas de munição e a Rumpler Werke, que construía aqueles aviões conhecidos como Rumpler Taube. Do mesmo modo, a fábrica de tecidos dos Melzers se saía bastante bem, pois pelo menos produzia tecidos de papel enquanto outras estavam paradas. Como filha do dono, ela sabia que no mundo dos negócios valia a lei do mais hábil, pelo menos era o que o pai sempre dissera. Mas lhe parecia injusto que um homem decente como Sebastian Winkler, além de haver voltado inválido da guerra, tivesse perdido todo seu dinheiro.

– Obrigada mesmo pela hospitalidade. Mas infelizmente preciso voltar, meu turno no hospital começa em uma hora.

Ele teria gostado de ficar um pouco mais conversando com ela, mas naquele momento voltou a cozinheira, que começou a produzir uma ruidosa sinfonia de panelas enquanto preparava a janta. Quando se despediram no corredor, Elisabeth estendeu-lhe a mão e surpreendeu-se positivamente ao ver que ele não a levara aos lábios, como faziam os homens de seu convívio. Não era do feitio de Sebastian, de forma que ele se limitou a um aperto.

– Que Deus lhe proteja. A senhora tem recebido notícias de seu marido? Ele está no front na França, não é?

A pergunta veio acompanhada por um olhar sincero. Ele de fato parecia preocupado com o bem-estar do major. Elisabeth tratou de esconder seu incômodo. A cada mês que passava, ela se interessava menos pelo paradeiro do marido, mas não podia confessar isso. Em casa, no fundo da gaveta de sua escrivaninha, havia uma carta da Bélgica que recebera por vias tortuosas. Nela, uma tal *duquesa* de Grignan lhe informava que o major Klaus von Hagemann seduzira e engravidara sua filha Caroline. Como supunha que o major fosse um homem honrado, ela exigia que ele assumisse sua responsabilidade. Do contrário, teria que se entender com seu irmão que vivia na França. A ameaça de duelo era, sem dúvida alguma, um blefe; já a história da sedução, certamente não. A Bélgica era um país considerado ocupado, de modo que os oficiais não se faziam de rogados quando se tratava de corromper jovenzinhas. Nem mesmo se a menina em questão fosse *princesa* de Grignan. Elisabeth lera a carta com raiva e amargura e não revelara seu conteúdo a ninguém. Depois dos graves rumores a respeito dele e de Auguste, aquela acusação era mesmo a última humilhação que lhe faltava.

– Sim, ele está em Reims lutando contra os soldados do general Nivelle.

A notícia já tinha algumas semanas: as últimas duas cartas dele jaziam fechadas na gaveta da escrivaninha. De qualquer maneira, sua sogra se encarregava de relatar-lhe os últimos feitos heroicos do filho sempre que a visitava na vila para pedir o dinheiro do aluguel.

– Incluirei os dois em minhas orações – disse Sebastian ao se despedir, e ela agradeceu do fundo do coração.

Não, não havia ninguém a quem pudesse confiar suas angústias. Mas já estava acostumada.

30

Kitty se esforçou para levantar a cabeça e piscou incomodada. De novo Auguste fechara mal as cortinas e um feixe ofuscante do sol de meio-dia atravessava o quarto.

– Kitty, meu anjo – disse Alicia, chamando-a do outro lado da porta. – Desça para o salão, recebemos café de verdade. E tortinhas de nozes com mel para acompanhar.

Pequeninos grãos de poeira dançavam sob o feixe de luz, faíscas douradas que giravam para cima e para baixo como se comemorassem algo. Kitty franziu o rosto com dor e colocou o dorso da mão sobre a testa.

– Estou sem apetite, mamãe.

Escutou o suspiro da mãe. Por que todos teimavam em fazê-la sentir-se mal por estar sofrendo? Por acaso achavam que ela gostava de estar infeliz? Nem mesmo Marie era capaz de entendê-la; em vez lhe consolar, só a censurava. Por que ela não podia se dar o direito de abraçar a tristeza? Era porque tinha uma filha? Que besteira. A pequena Henni tinha tanto a Sra. Sommerweiler quanto Dodo e Leo para brincar. Sempre que Alicia aparecia no quarto das crianças, a menina estava bem assistida.

– Mas Kitty... Não me deixe sentada lá sozinha. Marie e seu pai estão na fábrica e Lisa no hospital.

Aquele era o jogo de Alicia. Kitty era a malvada, que deixava sua pobre mãe idosa sozinha no salão vermelho com seu café e suas tortinhas de nozes. Ela sentou-se na cama e, contrariada, jogou com raiva duas pequenas almofadas de seda no chão.

– Mamãe, não estou bem. Quero ficar sozinha. Por favor, entenda. Não tem nada a ver com você.

– Claro... Melhoras, meu anjo. Descanse. Dormir é o melhor remédio. Quer que eu chame o Dr. Schleicher?

– Não!

Era só o que faltava. Aquele janota presunçoso e fofoqueiro fazendo-lhe um monte de perguntas. Se ela sonhava. Se tinha vontade de passear no bosque. Se tinha medo de cobras e minhocas. No começo, ela lhe contara de boa vontade tudo o que ele queria saber. Mas depois do duro golpe do destino que ela sofrera, era melhor ele guardar as perguntas descabidas para si. Assim como seus remédios para dormir. Ele que os tomasse se quisesse.

Sim, ela sonhava. Mais do que desejava. Os sonhos geralmente chegavam quando ela já estava dormindo havia algum tempo e surgiam da tranquilidade da escuridão como espíritos malignos que se apossavam dela. Frequentemente se via diante de um lago entre as montanhas, a água profunda e cristalina refletindo os pinheiros ao redor e os picos dos morros cobertos de neve. Era uma visão agradável: as imagens flutuavam na superfície da água, mas não tremulavam. No entanto, ao se aproximar, a água escurecia imediatamente, a grama das margens se transformava em lama marrom e as ondas feias e sujas do lago tocavam seus pés. O pior, contudo, eram as inúmeras criaturas que se moviam na água barrenta: lagartos com caudas longas e peixes viscosos que a fitavam com seus olhos vítreos. Desesperada, ela tentava fugir, mas já sabia de antemão que as patas esquálidas dos lagartos envolveriam seu corpo e a fariam cair. Ela não sabia ao certo o que acontecia depois, mas era algo horrível – provavelmente terminava sendo devorada. E então acordava, apavorada e coberta de suor, deitada de barriga para cima, sem ousar voltar a dormir.

Certa vez, quando Humbert lhe levara uma caneca de caldo de galinha no quarto, ela, por algum motivo, lhe perguntou se ele já tivera sonhos assustadores assim. Era como se o rosto dele denunciasse isso, pois o pobre homem emagrecera muitíssimo e estava com uma expressão bastante diferente.

– Sonhos? Ah, sim, senhora. Todas as noites. Não se pode fazer nada contra eles, sabe? Em algum lugar na minha cabeça tem uma porta e, quando se abre, é por onde eles entram.

Kitty estava fascinada. Era exatamente o que acontecia com ela. Perguntou-lhe, então, com o que sonhava.

– Principalmente com ratos, senhora. São animais muito graciosos, ficam sentadinhos sobre as patas traseiras, comendo um pedaço de pão que seguram com as mãozinhas. A senhora precisa ver a habilidade com a qual giram o pão, mexendo os bigodinhos e o nariz rosado.

Aquela descrição lhe pareceu curiosa. Eca! Ratos! Que nojo. O que tinham de graciosos? Os animais transmitiam a peste.

– Às vezes também vejo ondas negras, vales e morros de barro marrom movendo-se como um mar imenso e arrastando um monte de gente até a margem. Pessoas cinzentas, com olhos grandes e esbugalhados, jogadas sobre o mato verde. Junto com capacetes quebrados, pedaços de fuzis, cartuchos e, entre tudo isso, vejo papoulas vermelhas crescendo.

Soava assustador e lhe lembrava um pouco as águas traiçoeiras do lago. Em seguida, ela quis saber o que Humbert fazia quando era assombrado por esses sonhos à noite.

– Não sei, senhora. Eu volto a dormir. Na maioria das vezes, acabo acordando na minha cama. Mas em algumas ocasiões acordo sentado debaixo da mesa da cozinha e eu lhe juro que não tenho ideia de como fui parar lá.

– É muito estranho mesmo. Pode colocar o caldo de galinha ali na mesa, Humbert. E muito obrigada...

Ele segurava a caneca com a mão esquerda, pois tinha medo de entornar o caldo pela borda. Sua mão direita seguia rígida. Mas quando se inclinava, transmitia a mesma elegância de sempre.

– Não há de quê. Tudo de bom para a senhora. E para seus sonhos também.

Que figura curiosa. Muito amável, mas um tanto excêntrico. Era o que Alfons sempre dizia. Alfons... Ela sentiu aquela dor que sempre a atravessava quando pensava nele. Começava na altura do estômago, depois subia rápido, dando-lhe um nó na garganta que a obrigava a engolir em seco. Normalmente ela desatava a chorar, seu corpo se contorcia, e só após alguns instantes de soluços abafados é que a dor cedia. Ah, havia tantos motivos que a faziam pensar em Alfons. Em todo o quarto havia miudezas que ele lhe dera de presente no curto tempo que durara o casamento. Lencinhos de seda, frascos de perfume, abridores de carta com cabo de marfim, uma bolsa verde de couro de cobra tingido, sete elefantes pequenos de alabastro – ele dissera na época que traziam sorte.

Kitty só foi se apaixonar por ele quando já estavam casados. Que absurdo. Que injustiça. Mal tiveram um mês de lua de mel e ele foi convocado ao front. Ela nunca havia pensado que sentiria tanta saudade. Naquele único mês de felicidade, ele fora tudo para ela. Pai e irmão, amigo, amante. Era sua metade. Tudo que ela fazia, acreditava e ansiava girava em torno dele, que lhe devolvia tal confiança multiplicada. Como ele estava atrapalhado na noite de núpcias! Não, ele realmente não era um amante experiente, mas Kitty gostava daquele jeito. Ela era sua professora e Alfons aprendia rápido...

Foi um erro pensar nas noites que passara com Alfons. Aquela dor horrenda voltou a subir-lhe pela garganta, e em seguida brotariam lágrimas em seus olhos. O choro a deixava feia, as pálpebras inchavam, as bochechas ficavam vermelhas, e ela logo pareceria uma panqueca malfeita. Mas a quem interessava sua aparência? Ela estava infeliz; sem Alfons já não queria viver.

– Kitty? Kitty!

Ela soluçava tanto que não foi capaz de reconhecer de pronto a voz de Marie. Ah, Marie... Não era mais sua amiga do coração, como nos tempos de outrora. Marie demonstrara-se uma desalmada, e Kitty não a queria em seu quarto.

– Vá... em-embo... em-embora – conseguiu dizer entre soluços.

Aparentemente, Marie não a escutou, pois já se encontrava aos pés de sua cama.

– Você não acha um exagero estar chorando na cama em plena luz do dia? – indagou Marie.

Apesar do pranto, aquelas palavras a deixaram indignada. Que maldade! O cúmulo da falta de solidariedade! Ah, como Marie estava mudada! Transformara-se em uma bruxa que caçoava da dor alheia.

– Meu Deus, Kitty! Todos entendemos e respeitamos sua tristeza. Mas você não é a única nesta guerra que perdeu o marido. É um sofrimento pelo qual mulheres na Europa inteira estão passando, inclusive na América, nas colônias...

Como resposta, Kitty arremessou-lhe um travesseiro de seda, mas Marie permaneceu inabalada. Ela o tomou nas mãos, deixando-o sobre o sofá azul-claro. E então caminhou até a janela para abrir as cortinas. O sol dourado de outono inundou o espaço, tão cálido e cheio de vida que chegava a ser um desaforo...

– Feche... feche imedia... imediatamente as cortinas.

Não pôde continuar falando, pois seu nariz escorria. E então remexeu entre os travesseiros e sacou um lenço.

– E agora... su-suma... daqui... sua... bruxa... megera... sua praga – prosseguiu ela, chorosa com o lenço.

– Nem pensar!

Kitty chorava mais forte, mais por raiva do que por tristeza. Ela ultrapassava todos os limites do desespero, colocava a mão sobre a testa, no coração, se jogava sobre as almofadas e, ao ver que Marie seguia impassível junto à cama, começou a berrar.

Marie permaneceu onde estava e esperou. Atrás dela, a porta do quarto se abriu e Lisa contemplou a cena horrorizada.

– Saaaaiam! Saiam todos... Aaaaah!

Marie virou-se para Elisabeth, e trocaram um longo olhar. Kitty percebeu um sorriso no rosto de Lisa. Sua cruel irmã deu de ombros e disse apenas duas palavras a Marie antes de sair.

– Tudo drama!

Kitty sentiu-se no fim de suas forças. Logo desmaiaria e Marie veria o que tinha conseguido. Ela cravou os dedos nas cobertas e respirou fundo.

– O que Alfons diria se visse você assim?

– Ele não pode me ver. Alfons está morto... morto... morto! – gritou ela.

Naquele momento, enfim, Marie sentou-se na beira da cama e a abraçou. Como lhe fazia bem ser ninada como uma criança e escutar as palavras suaves e consoladoras dela. Kitty aconchegou-se junto à cunhada, que instantes antes ela xingara de bruxa e megera, e entregou-se à necessidade que sentia de carinho e proteção.

– Querida, todos sabemos como você está triste. Mas Alfons não gostaria que você se transformasse nesse corvo enlutado e esquálido.

Kitty soluçou. Sua garganta doía de tanto chorar e o rosto estava inchado. Com certeza parecia uma almôndega.

– Não... não estou esquálida – disse ela com voz rouca.

Marie sorriu e a abraçou.

– Mas em breve vai ficar, se continuar assim. Veja só como você está. Despenteada e de robe. Qual foi a última vez que se vestiu direito?

– Poucos dias atrás... ou há uma semana.

Fora quando Gertrude Bräuer e o marido vieram de visita – ambos profundamente abalados, sobretudo Edgar, que estava tão arrasado que gerava preocupação. Queriam ver a pequena Henni e brincar um pouco com ela. Kitty aparecera usando um robe azul que fazia anos jazia em seu armário e ela já dava por descartado. Quando os sogros lhe pediram que os acompanhasse até o túmulo do filho, ela se recusou.

– Foi covarde de sua parte, Kitty. Era sua obrigação apoiá-los.

Kitty refrescou as bochechas com um lenço umedecido em água de colônia.

– Odeio cemitérios, Marie – confessou ela, chorosa. – Além do mais, Alfons nem está enterrado lá. Ninguém sabe onde está o corpo. Jogaram-no em alguma vala na França. Para que essa sepultura em Augsburgo?

– Acho que eles precisam de um lugar para expressar sua dor.

– Para isso eu prefiro ficar na minha cama – grunhiu Kitty.

Marie a abraçou com mais força, chegando a sacudi-la.

– E agora chega!

– Por quê? – indagou Kitty, lamentando-se.

– Porque não leva a nada. Ficar como um bebê nessa cama não trará Alfons de volta. Acorde de uma vez por todas, Kitty! Você ainda é jovem, muito bonita, e nasceu com um grande talento.

Kitty piscou e secou os olhos. Como suas pálpebras estavam inchadas... Doíam quando as esfregava.

– Que talento?

– E ainda pergunta? – questionou Marie, alterada. – Por acaso se esqueceu de que é artista? Pintora?

Apática, Kitty deu de ombros, mas fitou o cavalete, relegado a um canto do quarto havia meses. A ideia de ter um pincel nas mãos era um tanto paralisante. O cheiro das tintas. A paleta suja. Aguarrás. A tela vazia.

– Ah, é disso que você está falando. Não tem nada de especial aí. São só alguns rabiscos.

Marie a puxou pelos braços para que se sentasse. Seus olhos escuros a penetravam. Marie tinha tanta perseverança que às vezes dava medo.

– Você não tem o direito de negligenciar esse dom que Deus lhe deu, Kitty. Pense no quanto Alfons a admirava por isso. Ele queria que você pintasse, não lembra?

Até que era verdade. Kitty estava prestes a chorar novamente, mas o olhar penetrante de Marie a deteve. Várias vezes Alfons a observava enquanto pintava, sempre a encorajando. E ele lhe comprara todos aqueles quadros maravilhosos na França.

– É... – murmurou ela de cabeça baixa. – Nisso você tem razão, Marie. Tinha... tinha esquecido.

– E então?

Kitty deu um longo e profundo suspiro.

– Posso tentar.

O semblante de Marie se suavizou. Ela sorriu e acariciou o cabelo de Kitty. Aconselhou-lhe a pentear o cabelo cheio de nós e a tomar um banho. Embelezar-se. Cuidar um pouco de Henni. E depois ficar um pouco com Alicia, que andava muito sozinha, precisando de companhia.

– Sim, sim... – disse Kitty.

Ainda que temesse estar horrível e inchada, esboçou um sorriso. De fato, não levava a nada passar os dias chorando. Marie tinha razão. Ela podia debulhar-se em lágrimas que nada mudaria. Depois do choro, tudo continuaria igual.

– Vou mandar Auguste preparar-lhe um banho e cuidar de seu cabelo.

– Sim, sim.

Marie abraçou-a mais uma vez e disse em seu ouvido que ela era muito valente e uma artista excepcional. Após sair, Kitty a escutou chamar por Auguste no corredor.

Lentamente, afastou as cobertas, balançou os cabelos soltos, se coçou e estreitou os olhos contra os ofuscantes raios de sol. A luz de outono atravessava a janela. Será que as folhas no parque já estariam avermelhadas?

Descalça, ela cruzou o quarto e encontrou por acaso o robe, que jogou sobre os ombros. Não, o parque ainda estava verde-escuro, apenas os pinheiros mais velhos já apresentavam algumas folhas alaranjadas. Ela se afastou da janela e, sem muita confiança, agarrou uma escova para tentar ajeitar o cabelo, mas a largou logo depois sobre a penteadeira. Tomou então coragem para contemplar o quadro já iniciado. Uma paisagem primaveril de algum lugar na Itália, que ela copiara de uma fotografia encontrada em algum livro.

Kitty pegou uma tela nova, afastou-se dois passos e fitou a superfície em branco. Lá estavam eles. Crescendo do nada e encarando-a. Peixes e lagartos. Eles se amontoavam, cabeça rente a cabeça, pareciam estar buscando ar. Um amálgama marrom-acinzentado com cabeças cobertas por escamas e olhos vítreos e acusadores.

Meia hora depois, quando Auguste entrou no quarto para avisar que havia lhe preparado um banho quente, Kitty estava parada diante do cavalete, desenhando os contornos com um lápis de ponta fina.

– Sim, sim... – respondeu ela em tom ausente.

Estava tão envolvida com o esboço que nem sequer se virou para a criada.

31

— O parque inteiro, sim senhora!

Gustav pegou a xícara com café de cereais que a Sra. Brunnenmayer serviu e tomou um generoso gole. Em seguida, enxugou o bigode louro que mantinha desde a guerra e se recusava a raspar, por mais que Auguste reclamasse das cócegas que sentia com aquele escovão sob o nariz.

– Ah, meu Deus – comentou Fanny Brunnenmayer. – Que absurdo, Gustav. Aquelas árvores tão lindas, tão antigas!

– Ah, tudo besteira! – insistiu Gustav, pegando a pequena Liesel no colo.

A pequenina, já com 3 anos, estendeu os braços em direção ao prato com biscoitos de nozes que os patrões haviam deixado para os funcionários. Gustav colocou metade de um biscoito em sua mão.

– É só para chupar – disse ele. – Isso aí está uma pedra!

O comentário rendeu-lhe um olhar contrariado da cozinheira, mas ela sabia que era verdade. Provavelmente por causa da farinha, sabe-se lá o que eles andavam misturando nela. Talvez até gesso ou algo do tipo.

– Há muito tempo o parque era um pasto. Com alguns cultivos. O solo é fértil e temos água suficiente. É perfeito para plantações.

A Sra. Brunnenmayer já não lhe dava ouvidos. Ela tinha nas mãos uma sopeira grande que Hanna acabara de lavar e a escrutinava atentamente.

– Não está limpa. Abra os olhos, menina. Tome, lave isso de novo!

Calada, Hanna pegou a sopeira, segurou-a contra a luz e esfregou o resto endurecido de sopa com um pano úmido.

– Você anda no mundo da lua ultimamente, hein? – criticou a cozinheira. – Duas xícaras quebradas, a cesta de lenha vazia e o balde de cinzas cheio. Onde está com a cabeça?

– No amante dela! – exclamou Maria Jordan, que naquele momento entrava na cozinha.

Hanna encarou-a com ódio, mas prosseguiu em silêncio com a limpeza da sopeira. Logo depois, surgiram Auguste com o pequeno Maxl e, pela outra entrada, a governanta Eleonore Schmalzler para tomar o café da tarde junto com os outros funcionários. Também Humbert tomou assento. Ele dormira as últimas três noites sem ter pesadelos e voltara a fazer piadas.

– Cadê Else?

Com uma rápida passada de olhos, a governanta constatara que não estavam todos ali.

– Provavelmente no quarto acabando-se de chorar – presumiu Auguste, com frieza. – Porque o bonitão do Dr. Moebius foi dado como desaparecido.

– O Dr. Moebius? – perguntou a cozinheira, balançando a cabeça. – E eu sempre pensei que nada acontecia com os médicos. Até porque eles nem vão às trincheiras.

– Mas ficam logo atrás delas – explicou Gustav, por experiência própria. – Eles armam o hospital de campanha logo atrás da linha de frente para poderem cuidar dos feridos. E se cai uma granada ali... É o fim!

– Estamos torcendo por ele – disse a Srta. Schmalzler, com um suspiro. – É um médico excelente. E um ser humano melhor ainda.

Todos serviram-se de café de cereais e os biscoitos foram divididos igualmente entre os presentes. Era como a governanta sempre dizia: uma grande família. Ali na cozinha da Vila dos Tecidos, eles se sentiam protegidos das agruras da época, a lenha crepitava no fogo e as conversas e risadas eram as de sempre. Que sorte poderem estar novamente com Gustav e Humbert.

– Lavrar todo esse parque lindo para plantar trigo e batata? Você está doido, Gustav? – disse Auguste, rindo. – Precisaríamos pelo menos de um regimento de jardineiros.

Gustav não desistia de sua ideia. Árvores antigas eram para épocas de paz; eles estavam em meio a uma guerra e era preciso ter provisões. Não apenas cereais e batatas, mas também legumes e frutas, talvez até mesmo milho. Ao que parecia, os americanos vinham se sustentando com aquilo, até pão faziam com o grão.

Para Humbert, pão e milho eram para as galinhas, e logo se pôs a cacarejar como se estivesse botando um ovo.

Maria Jordan comentou em voz alta que aquilo era uma baixaria.

– Não quero esse vocabulário à mesa, Srta. Jordan – advertiu Eleonore

Schmalzler. – Tem crianças na cozinha e temos que ter cuidado com Hanna...

Naquele momento, soou a sineta da entrada de serviço e Humbert interrompeu os cacarejos para abrir a porta.

– Boa tarde – cumprimentou um homem de voz rouca. – Estou procurando Hanna Weber, que trabalha como ajudante de cozinha na casa do industrial Johann Melzer.

O visitante tossiu – provavelmente estava acometido de um forte resfriado. De qualquer forma, sua pergunta tinha um desagradável tom protocolar.

– O que você foi arrumar agora? – sussurrou Auguste na direção de Hanna.

– Calem-se – sibilou a governanta.

Todos apuraram os ouvidos para escutar o que estavam falando no corredor.

– Posso saber da parte de quem?

A voz de Humbert soava extremamente educada, apenas quem o conhecia era capaz de perceber a ironia.

– O senhor não está vendo que trabalho para o governo? A pessoa que procuro se encontra?

– Hanna Weber, o senhor disse?

– Exatamente. Hanna Weber.

O policial sofreu mais um ataque de tosse e Auguste lançou a Humbert um olhar de indignação.

– Vamos pegar tuberculose desse sujeito. Vou deixar as crianças com o avô.

– Melhor ficar aqui – disse Gustav, em voz baixa.

Todos se voltaram para Hanna, que, pálida como um cadáver, encarava fixamente sua xícara de café.

– Pois então? O senhor pretende obstruir um ato oficial? Pode lhe sair bastante caro...

– De forma alguma! – exclamou Humbert, assustado. – Só queria assegurar-me. Sabe, senhor policial, cuidado nunca é demais hoje em dia.

Escutaram-se passos resolutos no chão de pedra e então um ruído abafado. O policial havia empurrado Humbert, e suas costas se chocaram contra a parede. O agente tinha estatura mediana e não usava capacete. O casaco verde do uniforme formava pregas por estar muito largo e o tecido da calça de montaria se abaulava sobre o cano do coturno. Após adentrar a cozinha, deteve-se e observou as pessoas sentadas à mesa.

– Quem dos presentes é Hanna Weber?

– Eu... eu sou Hanna... Hanna Weber.

A garota respondera com um fiapo de voz. Levantou-se do banco, sem saber se fazia uma reverência ao policial ou não.

– A senhorita pode se identificar?

Amedrontada, Hanna o fitava. Seu nervosismo era tamanho que ela não entendeu a pergunta.

– Identificar?

– Documentos... Um passaporte.

– Sim, sim – respondeu ela. – Está lá em cima no quarto. Devo ir pegá-lo?

– Por favor!

As palavras "por favor" saíram como uma ordem, e Hanna saiu apressada.

Os demais permaneceram na cozinha, lançando olhares de antipatia ao policial. Fosse lá o que Hanna tivesse feito, aquele sujeito não lhes agradava em nada. Humbert esfregou as costas. A cozinheira, que desde o retorno dele o tratava como um filho, bufou. A governanta foi a única que se dignou a oferecer uma cadeira ao agente.

– Obrigado. Muito amável, mas prefiro ficar de pé. Gosto de observar as coisas de cima.

Estava prestes a rir da própria brincadeira, mas a tosse o impediu.

– O senhor está resfriado – comentou Auguste, em tom simpático. – Ah, sim. É esse vento frio de outono. Aceita uma xícara de café de cereais, senhor policial?

Olhando de soslaio para a xícara que Auguste solicitamente lhe servia, ele explicou que não costumava beber em serviço.

– Temos aguardente de fruta também – interveio Gustav, que entendera a indireta antes dos demais.

– A melhor coisa contra esses resfriados terríveis.

– É o verdadeiro remédio.

– Uma bênção.

Finalmente o policial aceitou a amável cortesia e Humbert surgiu magicamente com uma garrafa de aguardente caseira de ameixa.

– Saúde, senhor policial! Tomara que ajude.

O destilado saíra da adega da mansão e não era de má qualidade. Desafiadoramente, ele sorveu a dose em um só gole e declarou guerra aos bacilos.

– Um é pouco, dois é bom, senhor policial – disse Humbert, enchendo-lhe o copo novamente.

Else, que surgira com os olhos avermelhados para tomar café, deteve-se atônita na soleira da porta.

– Sente aí e bico calado – disse Auguste, empurrando-a para o banco da cozinha.

– Coisa boa isso aqui... É dos tempos de paz?

– Imagine, senhor policial – respondeu a governanta, simpática. – Aqui em Augsburgo ainda fazemos nossa cerveja e destilamos nossa aguardente. Isso nem o inimigo tira de nós!

Um sorriso quase se esboçava no rosto do policial, justo quando Hanna entrou na cozinha, pálida e tremendo de medo. O evidente sentimento de culpa restaurou o tom protocolar do agente. Após engolir rapidamente a terceira dose, pegou o passaporte das mãos de Hanna.

– Certo – disse entre os dentes. – Enviamos-lhe uma notificação para comparecer à delegacia, Srta. Weber. Por que a senhorita não compareceu?

Hanna contorcia os dedos e olhava ao redor em busca de ajuda.

– Eu... eu não soube de notificação nenhuma, senhor policial.

Ela era péssima mentirosa. O agente a fitava contrariado, com a testa franzida.

– Quem recolhe a correspondência aqui? – perguntou ele às pessoas sentadas à mesa.

No fundo do banco da cozinha, ouviu-se um breve ruído, como uma palavra interrompida. A Sra. Brunnenmayer dera um pisão no pé de Else, que sempre pegava as cartas de manhã.

– Ah, meu Deus, senhor policial... – disse Humbert, com ar de preocupação. – Todos os dias recebemos uma cesta cheia de cartas, particulares e correspondência de negócios do Sr. Melzer. Às vezes acontece de confundirmos algo.

O policial já não estava de bom humor e perguntou seu nome.

– Humbert Sedlmayer. Do 11º regimento de cavalaria de Vurtemberga. Ferido em Verdun, prisioneiro de guerra, internado em hospital de campanha, intercâmbio de inválidos.

– Certo, certo.

Nada se podia dizer que desabonasse aquela listagem de feitos heroicos. O policial limitou-se a grunhir e pediu para falar com Hanna a sós. Do contrário, teria que levá-la à delegacia.

– Lá em cima, na despensa – sugeriu a Srta. Schmalzler. – Estamos um pouco sem espaço, pois montamos um hospital de campanha aqui na mansão.

– Por mim...

Hanna tomou a frente, parecendo estar a caminho do cadafalso. O policial ajeitou o cinto e alisou o casaco do uniforme antes de segui-la. Ao entrar, fechou a porta com tanta força que um pouco do revestimento se soltou do batente.

– Isso é inadmissível – opinou a Srta. Schmalzler, já com as bochechas e a testa vermelhas de tanto nervosismo. – Vou subir para avisar a Sra. Melzer. Policial ou não, ele não pode sair entrando sem pedir a permissão dos patrões!

Mal os dois haviam saído da cozinha, Auguste, Else e Humbert se precipitaram até a porta da despensa. Auguste apossou-se do buraco da fechadura, de maneira que os demais tiveram que se contentar em colocar o ouvido rente à porta.

– Está vendo alguma coisa, Auguste? – cochichou Else.

– Meu Deus, os salsichões da Pomerânia... e o presunto... O magrelo do policial vai morrer de inveja.

– Perguntei se você está vendo Hanna, idiota – sibilou Else.

– Claro. Está lá feito pedra. Gente, como é tonta.

– Fiquem quietas, vocês duas! – advertiu Humbert.

Gustav tratava de manter as crianças em silêncio, sacrificando para tal o café de cereais que lhe cabia. A Sra. Brunnenmayer pôs lenha no fogão e começou a descascar as batatas cozidas para ocupar-se com algo. Maria Jordan, com os braços cruzados, agia como se nada estivesse acontecendo.

– Estão falando de roupas velhas – declarou Humbert. – E sobre um buraco no campo.

– Hanna está indo muito para trás – comentou Auguste, em tom de queixa. – Só estou vendo as costas do casaco verde do policial. Está todo encardido, que homem imundo!

– Feche essa matraca, Auguste – disse Else, repreendendo-a. – Não consigo escutar se você ficar falando.

– Que buraco no campo? – perguntou Gustav com certa dificuldade, pois Liesel não largava seu bigode.

– Parece que... um prisioneiro de guerra fugiu – prosseguiu Humbert. – Um russo. Acharam suas roupas. Lá perto do velho depósito.

– Ora, não me digam – murmurou Jordan, dando um longo suspiro, como se quisesse abafar a conclusão à qual acabara de chegar.

A porta do hospital de campanha se abriu e a Srta. Schmalzler surgiu acompanhada por Alicia Melzer. De um salto, Auguste afastou-se do buraco da fechadura, colidindo com Else. Humbert conseguiu se reposicionar de maneira mais elegante.

– Aqui? – perguntou Alicia.

Ela acenou para os presentes. Em outros tempos, sem dúvida teria pedido permissão para entrar na cozinha, pois as áreas de serviço eram território dos funcionários. Com o advento do hospital de campanha, entretanto, esses protocolos haviam mudado.

– Na despensa, senhora – respondeu a governanta.

Decidida, Alicia Melzer foi até a dita porta e bateu. Não exatamente com discrição, mas enérgica.

– Entre.

Ao abrir a porta, Gustav pôde ver o policial entre dois salsichões pendurados em uma haste. Hanna estava logo atrás, mas só se via seu tamanco de madeira no pé esquerdo.

– Estou sem palavras! – comentou Alicia, enfaticamente. – Agora virou costume a polícia invadir o lar de uma família respeitável pela entrada de serviço?

O policial colocou a caneta no bolso do casaco e fechou o bloco de notas. Tratava-se de uma missão oficial, de um crime cometido contra o exército do kaiser e a segurança nacional.

– Não importa o que seja – respondeu Alicia, majestosamente. – O esperado era que o senhor anunciasse sua chegada e nos informasse sobre suas intenções. A polícia também precisa cumprir a lei e agir com decoro.

O policial não rebateu. Os Melzers gozavam de excelentes relações em Augsburgo, e a última coisa que o agente queria era gerar atritos.

– Por ora é só – disse ele, voltando-se para Hanna. – Pode retornar ao trabalho, Srta. Weber.

Hanna não ousou abrir caminho em direção à cozinha. Só quando o policial se afastou a jovem fugiu às pressas da despensa e sentou-se no banco ao lado do fogão.

Como todos os olhares estavam voltados para ela, Hanna encolheu-se na tentativa de desaparecer.

– Posso saber do que se trata? – indagou Alicia.

Apesar de hesitante, o policial decidiu responder. Em todo caso, era melhor não continuar contrariando a senhora da casa.

– Nada mais que uma averiguação, senhora. Uma conversa, só isso... Foi uma denúncia de uma operária da fábrica.

A paciência de Alicia estava chegando ao limite. Leo estava febril e Henni acabara de vomitar mais uma vez o café da manhã. Ela estava preocupada, esperando o Dr. Stromberger vir do hospital de campanha para examinar as crianças. Só faltava ter que aturar aquele sujeito incomodando com tantas perguntas.

– Que denúncia, senhor policial?

– Pois bem... – disse ele e logo tossiu. – Parece que a Srta. Hanna Weber teve um relacionamento íntimo com um prisioneiro de guerra. Um certo... Grigorij Schukov. O rapaz desapareceu na madrugada do dia 13 para 14 de setembro.

A Srta. Melzer enrijeceu. A colaboração com a fuga de prisioneiros de guerra era punida com a morte. Mulheres que se relacionavam com eles eram presas e tinham os cabelos raspados. Um escândalo sem precedentes que não se podia permitir na Vila dos Tecidos.

– Que calúnia infame, senhor policial! Nossas funcionárias não andam por aí às escuras. A vila é trancada todas as noites.

– Perfeitamente, senhora. Mas nada impede que uma funcionária encontre uma chave e...

– Dia 13... Foi quinta-feira retrasada – disse a Sra. Brunnenmayer. – Estávamos todos acordados nessa madrugada.

Ela se interrompeu, pois não queria magoar Humbert. Mas era de conhecimento geral que todos estavam despertos por causa de mais um de seus ataques.

– Arrá! – exclamou o policial. – Então a senhora pode me provar que a Srta. Weber estava presente na mansão?

Silêncio. Por mais que quisessem ajudar Hanna, qualquer declaração em falso precisava ser bem pensada. Auguste explicou que ela e sua família não moravam na vila e nada podia confirmar. Else deu de ombros, insegura; a Sra. Brunnenmayer vacilou e Eleonore, igualmente, nada pôde declarar.

A Srta. Jordan se via sem saída. Se Hanna fosse desmascarada, certamente contaria que fazia meses que a camareira dormia em seu quarto. Por outro lado, se confirmasse sua versão, acabaria acusando a si mesma. Maldito dilema.

– Bem... – disse Humbert, rompendo o silêncio. – Eu posso comprovar. Eu a vi. Aqui na cozinha. Ela me perguntou se estava tudo bem.

– Ah! – falou o policial, com um sorriso descrente. – E o que o senhor estava fazendo na cozinha no meio da madrugada, Sr. Sedlmayer? Por acaso veio descascar batatas?

Humbert o fitou com ar odioso. Maldito sujeito que se esquivara do serviço militar para infernizar a vida de cidadãos de bem em seu próprio país!

– São meus ataques de pânico, senhor policial. Um mal de guerra. Todos aqui estão de prova.

– Infelizmente é verdade – confirmou a governanta. – Temos vários casos parecidos no hospital de campanha.

– Essa desgraça dessa guerra – observou a Sra. Brunnenmayer.

– O senhor deve saber muito bem, senhor policial. Também deve ter servido ao kaiser e à pátria – disse Gustav, inocentemente.

– Claro – murmurou o agente. – Bem, então me parece que, de fato, a Srta. Hanna Weber estava na Vila dos Tecidos na referida noite.

Todos assentiram em unanimidade. Lembravam-se perfeitamente. Hanna estava na mansão. A jovem, sentada no banco da cozinha, também acenou com a cabeça.

– Foi o que lhe disse – prosseguiu Alicia, ainda contrariada. – Nossos funcionários são leais à pátria, nós fazemos questão disso aqui na mansão. A pessoa que caluniou Hanna não passa de uma mentirosa infame.

O homem bateu com o solado do coturno no chão para afirmar seu ar militar.

– Senhora, espero que não tenha tomado essa visita como uma ofensa. Só estou cumprindo com meu dever, por mais difícil que seja.

– Certamente – disse Alicia, com frieza. – Todos cumprimos com nossas obrigações. Cada um à sua maneira.

32

Por várias vezes Elisabeth puxara o assunto sobre o Dr. Moebius, mas Tilly se mantinha calada, não abria o coração para ninguém. Ela continuava chegando pontualmente para o serviço no hospital de campanha, dedicada como sempre, e o Dr. Stromberger já chegara a comentar em mais de uma ocasião que a Srta. Bräuer tinha um talento excepcional para a cirurgia. Sempre que ela o auxiliava nas operações, entregava os instrumentos necessários sem que fosse preciso pedi-los. Era muito atenta. Certa vez, chegara a gracejar que ela já podia começar a operação enquanto ele ia dar uma volta no parque para fumar um cigarro.

Elisabeth sabia que Tilly e o Dr. Moebius trocavam cartas. Gertrude Bräuer lamentou-se ao relatar o fato em uma de suas visitas, pois, segundo ela, a última coisa de que a família precisava era um médico, visto que alguém teria que tocar os negócios no banco. Sua filha não podia se jogar nos braços do primeiro que aparecesse só por estar apaixonada. Em outros tempos, Elisabeth teria considerado tal declaração mais que antiquada. Mas ela mudara. Também estivera apaixonada do fundo do coração, mas seu suposto grande amor lhe trouxera apenas dor e decepção.

– Deram-no como desaparecido na Rússia? – perguntou ela a Tilly. – Bem, conforme dizem, os russos estão de mal a pior. Sumiram com o czar e sabe-se lá quanto tempo esse governo provisório conseguirá resistir aos malditos bolcheviques. Logo, logo baixarão as armas e enviarão os prisioneiros de guerra de volta à Alemanha.

– Pode ser – respondeu Tilly por educação, mas seu ceticismo era nítido.

Alguns pacientes no hospital haviam sido feridos em Riga, e as coisas que contavam sobre a Rússia não eram animadoras. Aldeias incendiadas, gado morto, camponeses espancados até a morte. Franco-atiradores que disparavam nos alemães pelas costas. Água contaminada e, para completar, o inverno russo.

– Sra. Von Hagemann? – chamou a enfermeira Hedwig. – Acho que estão perguntando pela senhora.

Elisabeth se virou, achando que o Dr. Stromberger precisava de sua ajuda, mas o médico fazia sua ronda pelo salão e conversava, bem-humorado, com um paciente.

– É lá do outro lado, na entrada.

Enquanto cruzava o corredor central, ela sentia aquela inquietação ridícula e ao mesmo tempo maravilhosa apoderar-se dela. Só podia ser Sebastian Winkler. Elisabeth lhe prometera pegar alguns livros na biblioteca, poemas de Hölderlin e um volume de Eichendorff, bem como contos do escritor russo Turguêniev, por quem ele tinha especial apreço. Os livros já estavam separados havia tempos e ela os levaria naquela tarde, mas, pelo visto, ele resolvera vir pessoalmente.

Contudo, o homem que a esperava na entrada da vila não era Sebastian. Era magro e vestia um uniforme que lhe caía como uma luva.

– Veja quem está aqui! – exclamou Klaus von Hagemann. – Esperava ser recebido pela minha amada esposa com lágrimas de emoção. Mas, pelo visto, o trabalho é mais importante.

Elisabeth estava tão surpresa que, no primeiro momento, pensou que aquilo só podia ser um sonho. Ou um pesadelo.

– Klaus... – balbuciou ela. – Como é possível? Por que não me disseram nada...?

Ela se interrompeu, pois logo entendeu que a notícia sobre a folga dele havia sido enviada ao apartamento. Seus malditos sogros não lhe contaram nada.

Ele inclinou um pouco a cabeça e a examinou. Então sorriu e caminhou até a esposa.

– Você não parece muito alegre por me ver, querida. O que devo achar disso? Por acaso algum outro homem conquistou minha doce esposa? Diga-me quem é e o desafiarei para um duelo!

Ele achou a própria piada incrivelmente engraçada, e ainda estava rindo quando a abraçou. Seu beijo estava, de fato, cheio de paixão e a deixou confusa. Sentimentos há tempos reprimidos voltaram a aflorar. Aqueles olhos azuis a encaravam, dominadores e cheios de desejo. Infelizmente, Elisabeth agora sabia que não era a única para quem ele olhava assim.

– Não diga besteira – respondeu ela. – Não sabia nada de sua chegada e estou atônita.

Ele a beijou novamente, dessa vez com menos paixão, mais como alguém que reivindica uma posse. Em seguida, comentou que não entendia por que ela estava morando na vila, e não no apartamento do casal, onde era seu lugar como esposa. Os pais dele estavam indignados e ele entendia bem tal descontentamento.

– Depois falamos disso com calma, Klaus.

– Certo. Vamos subir. Quero cumprimentar sua mãe e expressar meus pêsames à pobre Kitty.

Ele já escrevera três vezes a Kitty, mas a irmã, descuidada, esquecera as cartas sobre a mesa do café da manhã; a última nem sequer fora aberta.

– Meu turno vai até as quatro.

Suas palavras soaram neutras e sem qualquer tom de lamento. Uma constatação objetiva: ela tinha que trabalhar.

– E daí? – disse ele, franzindo a testa, insatisfeito. – Seu marido acaba de chegar do front. É motivo suficiente para encontrarem quem a substitua.

De uma hora para outra, Elisabeth se deu conta de como ele era autoritário. Por que aquilo não a incomodava antes? Simples: ela estava apaixonada e achava maravilhoso tudo o que ele fazia. Contudo, algo daquele amor persistia, ela ainda sentia o coração palpitar em sua presença. Mas agora já não ficava tão confusa – Lisa se tornara capaz de usar a cabeça.

– Sem dúvida, providenciaremos isso para os próximos dias – disse ela, simpática. – Mas hoje já está muito tarde. Nos vemos às quatro lá em cima?

Os belos olhos azuis se franziram, e a raiva e a decepção ficaram estampadas em seu rosto. Elisabeth sentiu a consciência pesar, pois era óbvio que poderiam encontrar alguma solução para aquele dia. Ainda que não fosse fácil. Mas ela não estava disposta a ceder aos caprichos dele.

– Como quiser – disse ele com frieza e dando de ombros. – Sem dúvida, a pátria agradece, querida. Caso você não me encontre na vila mais tarde, é porque fui visitar alguns conhecidos.

Ela ferira o orgulho de Klaus e aquele era o contra-ataque dele. Elisabeth esboçou um sorriso amarelo, acenou com a cabeça e voltou ao trabalho. Enquanto levava a bacia de latão aos pacientes acamados para fazer a higiene deles, a enfermeira Hedwig ia de um lado para outro, recolhendo os urinóis para esvaziá-los.

– Aquele não era o seu marido? O major Von Hagemann?

A mulher bisbilhoteira estivera espreitando por trás da divisória. Hedwig era do tipo que Elisabeth não suportava. Por fora, diligente e piedosa, mas por dentro uma verdadeira víbora.

– Sim, veio passar as férias em casa.

– Ah, meu Deus! Então a senhora não precisa trabalhar. Vou perguntar a Tilly se ela pode assumir.

– Muito obrigada – retrucou ela. – Eu cuido disso sozinha.

Pronto. No máximo no dia seguinte, ela seria o assunto geral. Elisabeth levou a água do banho até as portas do alpendre, que normalmente ficavam fechadas por causa do vento frio de outono. Aquele novembro estava úmido e desagradável, o sol raramente iluminava as últimas folhagens coloridas da estação. As cadeiras de vime que ainda se encontravam no alpendre estavam cobertas com uma lona para que a chuva não as estragasse. Com desenvoltura, Elisabeth jogou a água do banho na grama, enxugou a bacia com um trapo e contemplou o jardim de inverno, distraída.

Avistou Klaus com o casaco do uniforme levantado no lado direito, pois estava com a mão dentro do bolso da calça. Sua postura lhe pareceu estranhamente desdenhosa, inclusive provocadora, e ela aguçou a vista para, por entre as folhas da figueira e da tília, distinguir com quem conversava. Era Auguste. Ela gesticulava, nitidamente explicando algo de grande importância. Não o fazia na qualidade de criada, jamais se expressara de maneira tão desafiadora. Havia certa baixeza naquela conversa e Elisabeth supunha, quase com certeza, do que se tratava. Caso Klaus fosse, de fato, o pai da pequena Liesel, Auguste – aquela descarada – pediria algum tipo de pensão. Klaus, por sua vez, se negaria, uma vez que seus rendimentos mal bastavam para seu próprio sustento, menos ainda para as dívidas e o padrão de vida esbanjador dos pais.

Estou maluca, pensou Elisabeth antes de voltar para o salão dos doentes. *Estou inventando conversas que provavelmente ninguém teve. Auguste deve ter-lhe contado algo completamente diferente.*

Por fim, aceitou a oferta de Tilly, que a substituiu no turno, pendurou o avental branco no gancho, tirou a touca e subiu a escada social. Antes de pisar no corredor, alisou o vestido. Ela perdera alguns quilos, infelizmente não onde queria, mas mesmo assim...

Humbert aproximou-se com uma bandeja e fez uma reverência. Seu semblante, na opinião de Elisabeth, tinha um quê de insegurança, quase remorso.

— Os senhores seus sogros estão na sala de jantar — disse ele ao passar por ela.

Elisabeth já devia esperar isso, mas, em sua inocência, tomou um susto ao entrar na sala. Era óbvio que os sogros viriam para comemorar o heroísmo do filho, como mandava o figurino. Às custas dos Melzers, como sempre. Havia café, tortinhas de maçã feitas às pressas, biscoitos de aveia com recheio de geleia e, para acompanhar o pão feito em casa, que a Sra. Brunnenmayer temperava com sal e kümmel, um prato de linguiça, presunto, pepinos em conserva, bem como banha de ganso — tudo trazido da Pomerânia. Christian von Hagemann já estava com o prato cheio e fez menção de se levantar quando Elisabeth entrou. Já sua esposa abriu um sorriso falso para a nora.

— Lisa! Finalmente chegou! — exclamou Kitty, revoltada. — Klaus já estava achando que você tinha arrumado um amante. Mas lhe garanti que, além dele, sua única grande paixão é o hospital de campanha.

Elisabeth sorriu por obrigação e sentou-se ao lado da mãe. Klaus, com Kitty de um lado e a mãe do outro, nem sequer esboçou um movimento para puxar-lhe a cadeira ou, ainda, sentar-se junto a ela.

— Estou surpreso por você, minha querida Kitty, envolver-se tão pouco nessa instituição abençoada — comentou ele. — Muitos desses pobres rapazes melhorariam só de olhá-la.

Será que Klaus ainda estava furioso com ela? Pelo menos ali, à mesa, só tinha olhos para Kitty. Dizia que ela era uma moça muito corajosa. Com um grande talento. Ele vira duas obras dela no corredor e se maravilhara com a expressão daquelas imagens.

— É verdade, minha querida Kitty. Senti um arrepio quando vi aquelas belas cabeças de peixe. Me lembraram de uma loja no centro da cidade, onde comprávamos carpas para o Ano-Novo. Lembra, mamãe? Tinha um tanque cheio, umas bem gordas.

Kitty o encarava como se nunca o tivesse visto e, em seguida, desviou o olhar para colocar as últimas tortinhas em seu prato. Christian von Hagemann a olhou com pesar; o homem parecia morto de fome e mastigava com as bochechas cheias.

— Lamento muito que Marie não esteja aqui — disse Riccarda. — Segundo ouvi, ela tem passado muito tempo na fábrica.

— Exato — disse Alicia, que percebia nitidamente a tensão à mesa e já sentia os primeiros sinais de enxaqueca. – Meu marido está muito contente com a ajuda dela. Marie entende muito de produção e vendas.

Riccarda olhou para o filho, como se dissesse "Era só o que faltava!".

– Bom, eu sou mais antiquado – comentou Klaus, lançando um meio sorriso a Elisabeth. – Esposa minha só apita em casa. De mulher que trabalha ou vai à faculdade, quero distância. Só espero que Paul tenha outra opinião.

– Paul tem muito orgulho de Marie – afirmou Kitty.

Com ar triunfal, ela balançava no garfo um pedaço da tortinha enquanto explicava que nas universidades alemãs um terço dos estudantes eram mulheres. Foi o que lhe dissera o Dr. Stromberger, cujo irmão estudava em Frankfurt, na Universidade Goethe.

Como era de se esperar, a torta caiu do garfo e bateu na xícara de café de Klaus, causando uma catástrofe. O major, com presença de espírito, esquivou-se prontamente, do contrário o líquido marrom teria atingido seu casaco.

– Continua assim tão cheia de vida e atrapalhada, minha querida? – disse ele, sorrindo. – Sabe que esse seu jeito deixou muitos corações partidos, não é? Inclusive o meu.

– Sim, tinha uns bobões que acreditavam estar perdidamente apaixonados por mim – respondeu Kitty. – Mas só fui descobrir o que é amor de verdade em meu casamento com Alfons. É uma delícia, uma felicidade tão grande que me bastará para o resto da vida.

Klaus olhava em silêncio sua mãe tentando pescar o pedaço de torta de dentro da xícara para servi-lo ao marido. Era a primeira vez que Elisabeth ficava impressionada positivamente com a irmã. Que belas palavras! E como devia ser maravilhoso sentir tamanho amor. Mesmo que tivesse sido por pouco tempo.

– O que você acha, meu amor... – disse Klaus, virando-se para Elisabeth. – Bem, o que acha de deixar essa agradável companhia para nos entrincheirarmos em nosso apartamento? Vocês não vão nos levar a mal, certo?

Kitty deu de ombros e explicou que, em todo caso, tinha coisas a fazer e Alicia assegurou-lhe que entendia perfeitamente.

– Não é necessário serem grosseiros por nossa causa – disse Klaus para os pais, que já faziam menção de se despedirem. – Podem ficar aí mais um pouco, para que Alicia não se sinta tão sozinha. Seria um pecado desperdiçar esse ótimo café e as linguiças.

Ele sorriu e, com um gesto rápido, levou à boca mais um pedaço de linguiça. Após mastigar, afirmou que havia anos não comia um embutido tão bom. Defumado em madeira de faia, como rezava a tradição.

– Ai, ai. A vida no campo – disse ele com um suspiro e levantou-se da cadeira. – As vastas pastagens, os bosques. O gado solto. E no outono, temporada de caça... Que inveja!

– Isso mesmo – comentou Kitty, com ironia. – E o monte de esterco, bem lindo, embaixo da janela do quarto. E as moscas. E o cheiro de curral.

Humbert foi encarregado da tarefa de levar o major, junto com mala e esposa, ao apartamento da Bismarckstraße.

– Perfeitamente, senhora – disse ele, fazendo uma reverência exagerada. – Só preciso lembrar que o combustível está escasso e temos que contar com uma reserva para emergências.

– Eu sei, eu sei – respondeu Alicia para tranquilizá-lo. – Faça o que estou pedindo, por favor.

– Imediatamente, senhora.

Momentos antes, Elisabeth ainda estava irritada com Klaus, mas após o marido manifestar suas intenções conjugais, seu corpo se incendiou. Sim, ela o queria. Tinha saudades de sentir sua virilidade. Ah, Deus! Ela devia ter tomado um banho pela manhã. Lavado o cabelo. Colocado uma bela roupa de baixo e algumas gotas de perfume no pescoço e nos pulsos. Mas era tarde para isso e, além do mais, certamente não haveria lenha no apartamento para aquecer a água.

– Que bom ver você são e salvo, Humbert – disse Klaus ao embarcar. – A guerra não tem só a parte boa, não é? Também acontecem coisas que enfrentamos apenas com nós mesmos. Concorda?

Humbert mantinha a porta aberta para Elisabeth, e o sorriso do criado lhe pareceu estranhamente rígido. Ele estaria tendo uma recaída?

– Exato, major – disse Humbert. – A guerra tem suas próprias leis, lá se passam coisas que ninguém julgaria possível. Mas é preciso esquecer, senhor.

– De acordo, Humbert – replicou Klaus. – Você é um bom homem. Ainda chega longe.

– Obrigado, major.

Elisabeth não conseguiu decifrar o misterioso significado daquelas palavras, pois Klaus a envolveu com seu abraço no banco traseiro e beijou-lhe a bochecha com desejo. Humbert dirigia devagar pelo centro de Augsburgo, repleto de pedestres e ciclistas; aqui e ali viam-se também carroças. Além deles, havia um único automóvel nas ruas, levando o Sr. Von Wolfram, prefeito da cidade. Klaus acenou-lhe amistosamente com a cabeça, mas não recebeu resposta; talvez o homem não o tivesse reconhecido. Pouco antes de chegar, o motor morreu e foi necessário terminar o percurso a pé. Humbert, que tivera que carregar as malas, foi recompensado pelo major com uma generosa gorjeta.

– Não era necessário, Klaus. Ele é funcionário da casa.

Ela mordeu a língua e desejou não ter dito nada. Tão logo Humbert saiu do prédio, Klaus lhe disse entre os dentes que Elisabeth não devia lhe dizer o que fazer.

– Sua avareza é algo que nunca vi na vida!

Até então, ela estava em clima de paz, inclusive por ansiar aquele reencontro de afeto, mas a acusação do marido era injusta e fez seu sangue ferver. Não fora ele quem gastara seu dote – bastante generoso, por sinal – já no primeiro ano de casados? E no quê? Ela nunca soubera, pois ele – assim como os pais – continuava endividado.

– Não sou avarenta, Klaus – rebateu ela. – Mas na minha família aprendemos a viver com os recursos disponíveis.

– Ah, é? – indagou ele com deboche.

A empregada apareceu para recolher o chapéu e o casaco de Elisabeth e pendurá-los no armário. Assim que Gertie retornou à cozinha, Klaus continuou descarregando sua raiva.

– Meus pais nem sequer têm cozinheira, que dirá um criado e uma camareira. É uma vergonha! Minha mãe fez duras queixas sobre você!

Ela se calou para não o enfurecer ainda mais, porém foi difícil.

– Por favor, Klaus. Vamos conversar depois, com calma.

– Tudo bem. Mas me magoa muito que você tenha tão pouca consideração por meus pais.

Após tirar o casaco do uniforme, pediu que Gertie o escovasse e o pendurasse cuidadosamente no cabide. Então, lançou um breve olhar de escrutínio a Elisabeth. A pulsação dela acelerou. Fosse lá o que existisse entre os dois, ele era seu marido e ela o desejava. Repentinamente, sentiu a louca vontade de fazer com ele todas aquelas coisas obscenas e embaraçosas sobre as quais uma mulher não falava nem mesmo com a melhor amiga.

– Você emagreceu – constatou ele. – Só espero que não nos peitos, seria uma pena. Os quadris até que poderiam diminuir um pouco.

Ela deu uma risadinha e se sentiu boba. Mas de que importava aquilo? Ele a desejava. E não era do tipo que fazia rodeios. Sem cerimônia, ele se dirigiu ao quarto, fechou as cortinas e desabotoou a camisa.

– Tire a roupa, minha querida – ordenou ele. – Toda. Não estou disposto a ficar procurando os ganchinhos do seu corpete.

Ele tirou a camisa pela cabeça e começou a desabotoar a calça. Como estava apressado... Elisabeth tremia com a expectativa. Lentamente, começou a abrir os ganchos, que, por desgraça, estavam às costas. Em geral, Jordan a ajudava com a agilidade que faltava a Elisabeth...

– Podiam ter trocado a roupa de cama.

Ela se deteve e observou a cama do casal, que não havia notado detalhadamente na penumbra do quarto. Seu cabelo se arrepiou. O lençol estava mal e porcamente esticado, e sobre a almofada jazia a camisola dobrada de sua sogra. Ao lado, um pijama antiquado que já passara da hora de lavar. Viu diante da cama um par de pantufas cinza e um penico de metal branco esmaltado.

Os sogros haviam se apossado do quarto do casal! O nojo de Elisabeth foi tamanho que ela se afastou.

– Vamos aonde você quiser – disse ela, apressada. – Mas não aqui. Não nos lençóis onde seus pais se deitaram.

Ele também fez uma careta, mas logo pediu que ela não ficasse assim.

– Afinal de contas, é culpa sua. Por que se mudou daqui? É compreensível que meus pais tenham preferido se instalar nesse quarto do que no de hóspedes.

– Não me importa o que seus pais preferem. Não vou me deitar nessa cama. Por nada neste mundo.

Elisabeth percebia sua voz cada vez mais estridente, mas perdera o controle. Como ele podia exigir-lhe tal coisa? Onde estava sua sensibilidade? Ou a guerra o deixara tão calejado a ponto de não se importar se dormia com a mulher em uma cama usada ou sobre um monte de esterco?

– Pare de berrar, que inferno. É só pedir para Gertie trocar os lençóis – disse ele, furioso, abotoando novamente as calças. – Gertie! – gritou na direção do salão. – Que nojeira é essa? Roupa de cama limpa agora!

Os dedos de Elisabeth já estavam dormentes. Ela simplesmente não conseguia fechar de volta os ganchos na parte de trás. No outro cômodo,

Gertie lamentou não haver lençóis lavados. O segundo jogo tinha sido posto para lavar, mas a lavadeira não o levara.

– E por que não? – inquiriu Klaus.

– Acho... – sussurrou Gertie e, então, gaguejou.

– Acha o quê? Pode falar, eu não mordo.

– Acho que ela não recebeu o dinheiro. Aí se recusou. Porque já era a terceira vez.

– E não tem outros lençóis? Como é possível?

– Não... não sei, senhor.

Elisabeth percebeu que os sogros haviam se aproveitado bem do apartamento. Oh, céus! Como ela pôde ser tão ingênua? Venderam as toalhas de mesa e as roupas de cama. Onde estava a linda e pequenina cômoda do quarto? E a escrivaninha com marchetaria do salão?

Bruscamente, ela abriu a porta e olhou para o local onde o móvel costumava ficar. Uma fina moldura cinza sobre o tapete revelava seu contorno. Um olhar para a cristaleira acusou o sumiço do jogo de porcelana de Meissen – presente de casamento de sua irmã Kitty.

– Você não deu aos meus pais nem o dinheiro da lavadeira? – disse Klaus, em tom de acusação. – Eles ficaram vivendo aqui como uns mendigos. É esse o respeito que você demonstra pela minha família?

Naquele momento, a cabeça dela estava clara, e a pulsação, surpreendentemente tranquila. Era o fim do carinho e do desejo. Elisabeth não era uma qualquer. Era uma Melzer, e não permitiria que a tratassem assim.

– Seus pais dilapidaram minhas coisas. A prataria, o jogo de porcelana de Meissen, minha escrivaninha de marchetaria. Só para citar alguns itens que venderam sem meu consentimento!

Por um instante, ele ficou perplexo, provavelmente porque não esperava tal reação. Mas, se estava irritado, pelo menos não demonstrou.

– Não são suas coisas, mas nossas – comentou ele. – Lamentável que meus pais tenham se visto obrigados a se desfazerem delas. Todo mês eu deposito um monte de dinheiro e me pergunto o que você faz com ele.

Que atrevimento deslavado. A quantia que ele enviava mal dava para o aluguel. Todo o resto, incluindo as coisas que Elisabeth lhe mandava, era pago com o dinheiro da família dela.

– Melhor você me dizer o que faz com seu dinheiro, Klaus – disse ela. – É para alguma pensão? Está dando para Auguste?

Era impressionante como até o rosto mais lindo podia tornar-se horroroso quando tomado pelo susto e a raiva.

– Do que você está falando? – sussurrou ele, em tom ameaçador. – Do que está me acusando?

Ela tinha praticamente certeza do que dizia; o horror no semblante dele revelara mais que mil palavras.

– Você é o pai da filha de Auguste! Todo mundo já está sabendo na Vila dos Tecidos. E essa prostituta teve a pachorra de me convidar para ser madrinha da menina, e ainda batizou a bastarda com meu nome!

Se ela esperava que Klaus se comportasse como um pecador arrependido, não podia estar mais enganada.

– Ora, por favor, Elisabeth! Essas coisas acontecem. Você acha que teve algum sentimento entre mim e Auguste? Uma criada, pelo amor de Deus. E, além do mais, aconteceu antes do nosso casamento.

Então era mesmo verdade! Apesar daquela amarga confirmação, Elisabeth se sentiu insegura, pois o tom do marido mudara. Sua voz soava mais suave, procurando compreensão e apelando para sua bondade. E, de fato, ele tinha razão – tudo acontecera antes de se casarem, antes mesmo do noivado.

– Não sou nenhum santo, meu amor – prosseguiu ele. – Sou homem e às vezes faço essas loucuras. O que não significa que eu te ame menos.

Aquela maneira de ver as coisas lhe era familiar. Tio Rudolf era igual e sua mãe também fora educada assim. Homens às vezes pulavam a cerca, a mulher tinha que aceitar. Ainda assim...

– E se eu também fizesse isso?

Klaus arregalou os olhos e a fitou como uma criatura de outro mundo.

– Aí você seria uma meretriz! – exclamou ele com um rugido.

Então era assim. Ele traía por ser homem. Se ela fizesse o mesmo, seria uma meretriz.

Klaus se aproximou da mulher com ar ameaçador, abriu os braços e a segurou firme pelos ombros.

– Você por acaso andou me traindo? – esbravejou ele. – Dando-se ao desfrute com outros enquanto eu sacrificava a vida pelo kaiser e pela pátria?!

Que papelão. Ela tentava livrar-se do marido, mas ele a segurava com tanta força que chegava a doer. Sua vontade era provocá-lo até as últimas consequências.

– E se eu tivesse feito isso?

Klaus bufou de raiva e a empurrou com violência. Elisabeth cambaleou para trás, chocando-se com a parede.

– Nesse caso lhe restaria a vergonha. E o divórcio!

Embora tivesse batido com a nuca, ela não sentia dor, apenas a torturante humilhação de ter sido agredida pelo marido. Para a própria surpresa, sua voz saiu serena e fria.

– Fique tranquilo, Klaus. Não fiz nada do tipo. Mas estou de acordo sobre o divórcio!

33

—Coloque mais carvão, Humbert – pediu Alicia. – E depois pode se retirar. Já está tarde.

– Perfeitamente, senhora.

Chovia forte do lado de fora. Era possível ouvir o farfalhar das árvores e as batidas das venezianas das janelas. Humbert colocou o balde de carvão no chão e suas mãos tremiam enquanto alimentava a estufa da sala de jantar.

– Está tudo bem, Humbert? – perguntou Marie, preocupada.

– Obrigado por perguntar... É essa tempestade... E os barulhos... Mas vai passar, senhora.

– Vá se deitar e coloque algodão nos ouvidos – aconselhou Kitty. – Assim não vai ouvir nada e dormirá como uma pedra.

Humbert fechou a portinhola da estufa e, sem produzir qualquer ruído, colocou a pá dentro do balde. Ele sorriu, passando certa impressão de fragilidade. Contudo, ele estava se recuperando e fazia semanas que não tinha crises.

– Obrigado pelo conselho, Sra. Bräuer. Vou tentar. Boa noite para todos. Durmam bem.

Fez uma reverência e se retirou. Seus movimentos apresentavam a elegância de sempre, um sinal de esperança.

– Avisou Else?

– Sim, mamãe – disse Marie. – Hanna e a Sra. Brunnenmayer também já sabem que não precisaremos delas hoje à noite. E Auguste já está há tempos no casebre do jardim.

Só faltava a Srta. Schmalzler, que cumpria seu turno no hospital de campanha e, quando terminasse, provavelmente viria desejar boa-noite. Contudo, já estava ligada à família havia mais de quarenta anos e eles podiam contar com sua discrição.

Elisabeth dera a notícia durante o jantar e Alicia, tomada pela indignação, pediu que conversassem sobre o delicado tema depois que os funcionários tivessem ido dormir. Todos assentiram, embora Johann Melzer, irritado, tivesse comentado que não estava disposto a passar a noite em claro por tamanha besteira.

– Sinto muitíssimo – disse Elisabeth. – Eu realmente queria poupá-los disso tudo...

– Me passe mais uma xícara desse chá de hortelã horroroso, Alicia – ordenou Melzer, interrompendo-a. – E, caso minha opinião interesse a alguém, essa foi a melhor decisão que você tomou em muito tempo, Lisa. Pena que se casou com esse sujeito. Esse golpista e aquela quadrilha que é a família dele nos custaram uma fortuna!

Por alguns instantes, fez-se silêncio à mesa, pois diante da clareza daquelas palavras, nem mesmo Kitty pôde acrescentar algo. Alicia serviu o chá na xícara, logo recolocou o bule sobre o *réchaud* e entregou a bebida ao marido. Ele, por sua vez, serviu-se de dois cubos de açúcar e fitou os presentes.

– Pois então? O gato comeu a língua de vocês? Kitty? Alicia? Marie? Ninguém vai protestar?

Kitty foi a primeira.

– Está coberto de razão, papai – disse ela, e deu um sorriso alegre para a mãe. – Apesar das palavras bruscas, como sempre. Klaus von Hagemann não se comportou bem com Lisa, e aqueles sogros, meu Deus! Que ótimo se ver livre daquela gentalha!

– Kitty! Por favor! – repreendeu Alicia. – Seu pai usar esse vocabulário é assunto dele. Mas você não deve esquecer que é uma dama.

– Perdão, mamãe. Eu quis dizer: esses parentes tão nobres, que se fartavam de comer em todas as celebrações que fazíamos e ainda aproveitavam para emitir suas opiniões pré-históricas.

Não mencionou o dinheiro que a irmã pedira para dar aos sogros e Elisabeth sentiu-se aliviada. Afinal, Kitty lhe prometera nunca dizer uma palavra a respeito.

– Bem, não estamos mais no século XIX – comentou Marie. – Quando um casamento chega ao fim, a esposa não deve hesitar em pedir o divórcio. Apesar de...

Ela se deteve e, insegura, olhou para Elisabeth.

– Não vai completar a frase? – perguntou Lisa, com ar desafiador. – Por acaso acha que foi fácil tomar essa decisão? Sei muito bem das consequências. Mas acredito que tenho crédito com essa família. Não é mesmo, Kitty?

Seu tom era de provocação e lembrava bem a época em que Kitty e Lisa brigavam como cão e gato, aqueles tempos em que Kitty fugira para Paris com seu amante francês.

– Está dizendo que você também tem direito a um escândalo? – perguntou Kitty, divertindo-se. – Por mim, sem problemas. Já estava cansada de ser a única na família.

Elisabeth estava muitíssimo sensibilizada, todos à mesa percebiam. Ela voltara a pé no início da tarde, o cabelo revolto pela tempestade, o chapéu arruinado, casaco e saia ensopados. Logo, se trancara no quarto, e Auguste avisou que a Sra. Von Hagemann estava deitada na cama, aos prantos. Elisabeth lhe pedira um bule de chá de camomila, por isso ela sabia da situação. Em seguida, o major telefonara várias vezes, mas a esposa não estava disposta a atendê-lo. Klaus tampouco aparecera na mansão.

– Por favor, não me entenda mal – disse Marie, retomando o rumo da conversa. – Só quero evitar que você tome uma decisão precipitada, da qual se arrependa depois. Vocês brigaram, certo? Não seria sensato esperar alguns dias antes de dar esse passo, Lisa? Se essa decisão for a certa, então não faz diferença agir amanhã ou daqui a algumas semanas...

Alicia acenou com a cabeça em sinal de aprovação. Sábias palavras as de Marie.

– É a guerra, Lisa – comentou ela, em tom suave. – Vocês dois mal tiveram oportunidade de se acostumarem um ao outro. Essa foi só a primeira briga. Ah, meu Deus... Se eu pedisse o divórcio depois de cada briga, não estaríamos todos juntos aqui agora.

Elisabeth revirou os olhos. Logo Alicia começaria a dizer que a esposa precisa aprender a deixar de lado as próprias necessidades. Que um bom casamento requer generosidade e moderação. Que os homens podiam até ter cérebro, mas cabia à mulher exercitar a complacência de forma inteligente para impor seus próprios desejos.

– Não há mais o que refletir – disse Elisabeth. – E se quer saber, Marie, não comecei a pensar nesse divórcio hoje à tarde. Para mim, chega!

Ela resolveu apresentar o argumento final: colocou a carta que chegara da Bélgica sobre a mesa e empurrou-a na direção da mãe. Enquanto Alicia procurava os óculos, o pai tomou o papel nas mãos e logo tirou as próprias lentes de dentro do bolso do casaco para ler.

– Ora, vejam... Ele quer tomar satisfação, o irmão. Que venha logo. Quanto mais cedo, melhor!

– Esse não é o único motivo – disse Elisabeth enquanto a mãe lia. – Foi só a gota d'água.

Alicia colocou a carta novamente sobre a mesa e balançou a cabeça, desolada. Kitty deu uma olhada rápida nas linhas e logo passou o papel para Marie. Elisabeth mordia os lábios; não era agradável ser objeto de pena, mas era necessário.

– Mas e se não for verdade? – comentou Alicia, insegura. – Pode ser uma acusação infundada.

– Mamãe! – disse Kitty, revoltada. – Você não pode estar falando sério.

Alicia deu um longo suspiro e olhou para Marie, como se lhe pedisse ajuda. Marie deu de ombros. Sua sugestão já fora dada, ela não podia fazer mais nada.

– Na minha época não era habitual que a esposa exigisse o divórcio – disse Alicia, angustiada. – Menos ainda em famílias de renome.

– Vamos sobreviver, Alicia – disse Johann, em tom consolador, colocando a mão sobre o braço da esposa. – Do ponto de vista financeiro, só temos a ganhar.

– E do ponto de vista humano também! – exclamou Kitty. – Estou do lado de Lisa. Mande o distintíssimo fidalgo para o inferno, irmã. Ele não merece uma mulher como você. E tampouco uma cunhada como eu!

Elisabeth estava comovida com a demonstração de solidariedade da irmã. Embora antes levasse mais fé em Marie. Ela abraçou Kitty e derramou lágrimas de gratidão em seu ombro.

– Se já está decidida, Lisa – disse Marie –, acredito que todos aqui temos que ficar do seu lado. Inclusive você, mamãe.

– Exatamente! – concordou Kitty. – Lisa é uma Melzer, é nossa família, e não a deixaremos desamparada. Certo, papai? Ora, por favor, mamãe. Não seja tão inflexível. Um divórcio não é o fim do mundo. Pode, inclusive, ser um golpe de sorte.

Alicia tapou os ouvidos e afirmou que um dia os argumentos de Kitty a tirariam do sério. Então, levantou-se para abraçar Lisa.

– Claro que estou do seu lado, minha filha. Minha Lisa. Ah, a vida nunca foi fácil para você... Johann, deveríamos colocar o Dr. Grünling a par da situação. Ele já se recuperou e voltou ao escritório.

– Ai, meu Deus. – Kitty suspirou. – Esse paspalho petulante, não! Não há outra pessoa que...

Uma batida à porta a interrompeu.

– Pode entrar, Srta. Schmalzler!

Uma figura pálida com nariz pontudo surgiu na fresta da porta entreaberta. Não era a governanta, como Alicia supusera, mas... Maria Jordan.

– Maria? – disse Elisabeth, surpresa. – O que está fazendo aqui? Por que não está na Bismarckstraße?

Jordan não respondeu à pergunta perfeitamente cabível.

– Por favor, senhora. Temos que chamar um médico...

Ela disse isso a Elisabeth, e seu tom de voz era tão dramático que parecia tratar-se de assunto de vida ou morte.

– Um médico? Você está doente?

– Eu não, senhora. Hanna. Por favor... Ligue para o Dr. Greiner ou o Dr. Stromberger.

Marie levantou-se, assustada, para sair da sala de jantar, mas Jordan segurava a porta do lado de fora.

– Não... Primeiro espere eu ir embora. Por favor...

– O que houve com você, Srta. Jordan? – esbravejou Johann Melzer. – Por acaso está de robe aí no corredor? Aliás, o que está fazendo a esta hora da noite aqui na vila?

Ouviram-se passos rápidos e, quando Marie finalmente pôde abrir a porta, uma figura esvoaçante de camisola branca saiu correndo em direção à escada de serviço.

– Eu... eu não acredito! – exclamou Alicia. – Ela por acaso está dormindo na mansão? Mesmo só vindo costurar aqui umas horinhas na semana? Lisa, que história é essa?

– Não tenho a menor ideia, mamãe.

Marie já estava no corredor e subiu a escada até o quarto de Hanna. Kitty a seguiu, nervosa.

– Gente, como isso aqui é íngreme. E que frio. E quanta sujeira... Não ande tão rápido, Marie.

A lamparina iluminava o corredor do andar de cima. Sob a luz fraca e amarelada, Marie reconheceu Fanny Brunnenmayer, que lembrava uma capa de chaleira com sua camisola larguíssima. Avistou por um momento o rosto enrugado de Else sob uma touca antiquada, e ela logo se enfiou no quarto ao ver Marie chegando com Kitty.

– O que aconteceu? O que houve com Hanna?

– Ela precisa de um médico, senhora – disse a cozinheira. – Isso se já não for tarde demais. Ah, essa Jordan! Eu lhe disse para parar com aquelas malditas...

Marie abriu caminho e esmurrou a porta do quarto de Hanna. Ela conhecia aquele cômodo muito bem, afinal de contas já fora seu um dia.

– Já vai... já vai...

Marie não esperou e entrou, abrindo a porta com um só golpe. A luz elétrica do teto estava ligada, e a lâmpada desnuda iluminava a cama de Hanna. Pálida como um cadáver, ela jazia de barriga para cima e olhos fechados, coberta até o pescoço por uma manta.

– Meu Deus – sussurrou Kitty, que se colocara ao lado de Marie. – Parece que ela já está...

Manchas escuras rodeavam os olhos de Hanna, o nariz parecia muito pontudo, os lábios sem cor. Jordan estava ao lado da cama, escondendo-se atrás de um travesseiro. Ao que parecia, ela tentara vestir-se rapidamente, mas Marie a interrompera.

– O que você deu para ela?

Com ar ameaçador, Marie foi em direção a Jordan, que se afastou com medo, sentou-se na cama e afirmou que não fizera nada.

– Nada? – esbravejou Marie. – Nenhum elixir milagroso? Tanaceto, óleo de Sêneca ou outro veneno desses?

– Eu... eu... Foi com boa intenção...

– Marie! – disse Kitty, com voz trêmula. – Veja isso aqui.

Ela abaixara a manta. A camisola branca estava enrolada na altura do ventre e metida entre as pernas. Obviamente para estancar o sangramento, mas sem sucesso. A camisola estava vermelha até o peito, assim como o lençol...

Marie olhou rapidamente a cena horrível e logo empurrou a cozinheira, que viera bisbilhotar, e desceu correndo. Era possível escutar sua voz aflita até do andar de cima.

– O número do Dr. Greiner, rápido. Chame a Srta. Schmalzler. Peça-lhe para trazer um anti-hemorrágico. Alô? Uma chamada para o centro. Três, oito, nove, quatro... Não atende? Tente de novo.

– É muito grave, Marie? – perguntou Alicia. – Avisamos o monsenhor Leutwien?

Kitty ainda estava ao lado da cama de Hanna, olhando o vermelho-sangue do lençol. Hanna moveu-se, procurou a manta com a mão e gemeu em voz baixa.

– Estou tão mal...
– Tudo ficará bem – assegurou Kitty. – Estamos aqui. Viemos ajudar.

Ela voltou a cobri-la com a manta e, como Hanna ainda tremia de frio, pediu que Jordan colocasse seu próprio cobertor sobre a menina. Ela obedeceu, apesar de contrariada.

– O edredom tão bonito de plumas... Tomara que não manche.
– Você é mesmo um anjo, Srta. Jordan – disse Kitty, furiosa. – Quanto antes sair desta casa, melhor.

Com essas palavras, desceu apressada atrás de Marie.

Eleonore Schmalzler veio do hospital de campanha e explicou-lhes que, embora tivessem o anti-hemorrágico, apenas o médico poderia administrá-lo. Um preparado à base de tormentilha que fazia milagres.

– Temos que tomar muito cuidado, senhora – disse ela a Alicia. – Se a menina tiver tentado um aborto, isso não poderá sair daqui. Se é que a senhora me entende...

– Obrigada, Srta. Schmalzler – respondeu Alicia.

Marie e Elisabeth também haviam entendido, apenas Kitty aparentava ignorância.

– É aquela história ridícula do prisioneiro de guerra russo – explicou Marie em voz baixa. – Esperamos que Hanna não tenha engravidado daquele homem.

– Pai eterno! – sussurrou Kitty. – Que horror! Um russo? E os dois se deitaram j...

– Será que você pode, apenas uma vez, segurar essa língua solta, Kitty? – ordenou Alicia. – Escutem! Tocaram a campainha. É o Dr. Greiner. Ai, meus nervos. Mais uma noite dessas eu não aguento...

Ela sentou-se em uma cadeira e, como nem Auguste, nem Humbert e tampouco Else estavam ali, Marie desceu para abrir.

Apesar da idade avançada e do horário do chamado, o Dr. Greiner viera caminhando; nem mesmo a chuva fina o detivera. Quando Marie abriu a porta, a primeira coisa que viu foi um grande guarda-chuva preto balançando com o vento.

– Boa noite – disse a voz sob o guarda-chuva. – Ou melhor, bom dia. Já contava que isso fosse acontecer. Então, não percamos tempo. Cadê ele?

Marie o ajudou a tirar a capa de chuva e segurou seu chapéu. Não, não se tratava de seu sogro, que – graças a Deus – estava com a saúde ótima. Era Hanna.

– Hanna? Quem é essa?

– A ajudante de cozinha. O senhor já a viu várias vezes, doutor. Cabelo escuro, olhos castanhos. Ela serviu a mesa algumas vezes enquanto Humbert estava no front.

– Ah...

Seu semblante era de irritação. Por mais próximo que fosse da família, tirá-lo da cama no meio da madrugada por causa de uma ajudante de cozinha parecia bastante inadequado.

– O que ela tem? Febre? Foi algum acidente?

– Está morrendo de hemorragia.

Ele colocou os óculos, ajeitou-o sobre o nariz e franziu o rosto.

– Estava enviando um anjinho para o céu, não?

Até então, Marie sempre tivera apreço pelo médico. Seu engajamento no hospital de campanha era exemplar e, não raro, consumia todas as suas forças. Mas, naquele momento, sua vontade era agarrá-lo pelo pescoço.

– O senhor faria a gentileza de nos ajudar, Dr. Greiner? – pediu ela, com a maior simpatia possível.

– Vou fazê-lo pela senhora, minha jovem.

Foi preciso cruzar o salão dos doentes no primeiro andar. Ao passarem, o médico cumprimentou as mulheres da casa com grande educação. Àquela altura, Johann Melzer já havia ido se deitar, pois aquilo era "assunto de mulher".

O doutor pouco se demorou no quarto de Hanna. Quando retornou, deu de ombros e disse que teriam que esperar.

– Dei uma injeção. Se vai adiantar ou não, só Deus sabe. Podem resfriar a barriga dela com um pouco de gelo. E, sinceramente, já vi soldado perder mais sangue e não fazer tanto drama!

– Não sei como podemos agradecer, Dr. Greiner – disse Alicia. – É importante que esse caso seja tratado com discrição.

O homem afirmou que obviamente o faria, inclusive pelo sigilo médico.

– E gostaria de pedir-lhes encarecidamente um lugar para passar a noite. Meu turno no hospital começa em exatamente quatro horas e vinte minutos e não valeria mais a pena voltar para casa...

– Claro. O que o senhor acha do sofá no escritório do meu marido?

– Eu dormiria até em pé, encostado no relógio de parede, senhora.

Marie chamou Else e pediu-lhe travesseiros e roupa de cama limpa. No corredor, deu de encontro com uma figura sombria. Era Jordan, de sobretudo e chapéu, levando uma mala na mão.

– Depois do que aconteceu hoje, resolvi buscar outro trabalho – explicou para Elisabeth. – Voltarei em alguns dias para resolver a papelada.

Acenou para os presentes com um gesto majestoso, virou-se e desceu as escadas. Ninguém tentou detê-la.

15 de dezembro de 1917

Meu amado,

Lemos com grande alívio a breve carta que você nos mandou de Flandres. Todas as noites rezo para que o destino seja misericordioso e traga você de volta para mim. Ah, você sabe o quanto preferiria estar ao seu lado, e não aqui sentada sem poder fazer nada além de esperar. Por que não tenho asas para voar até aí? Por que meus pensamentos não me carregam até você? Enfim... Serei paciente, assim como milhares de mulheres estão sendo.

Hoje saiu nos jornais que as negociações de paz com a Rússia continuam. Quem diria, a terrível subversão no Império Russo também tem seu lado bom – os novos governantes não pretendem levar esta guerra até as últimas consequências. Tomara que as demais nações tomem juízo e terminem com esse massacre inútil de uma geração inteira nas trincheiras.

Por aqui, estamos nos preparando para o Natal, que já será o quarto desde que começou a guerra. Após muita luta, consegui convencer seu pai a dar um aumento a nossos funcionários. Os negócios seguem de maneira satisfatória, o único porém é a capacidade das máquinas ser limitada e não podermos atender todos os pedidos. De qualquer modo, para nossos funcionários (dos quais, setenta por cento são mulheres) as refeições quentes que estamos servindo há alguns dias é muito mais importante que o aumento. Isso também é fruto de muita argumentação com seu pai. Certo, não passa de uma sopa, normalmente batata ou rutabaga, muito pouca carne e quase nada de gordura. Mas muitas dessas mulheres não comem, guardam a refeição nos potes que trazem de casa para poderem dar de comer aos filhos quando chegam do trabalho.

Felizmente está tudo ótimo na mansão. Kitty enfim recuperou o ânimo e está envolvidíssima com as pinturas. Seus quadros estão mais intensos; talvez o sofrimento a que foi submetida a tenha feito amadurecer, tornando-a uma artista séria. Elisabeth também mudou e acredito que a decisão que tomou vá surpreender você. Ela está decidida a divorciar-se de Klaus. Os motivos são vários, mas todos nós – inclusive mamãe – apoiamos sua decisão e creio que você também a entenderá quando souber mais da situação. Mas, como o major Von Hagemann está lutando em Ypres no momento, o divórcio só poderá ser concluído quando ele voltar. Lisa continua envolvida com o hospital de campanha. Ele anda lotado e precisaria de mais espaço, mas infelizmente não temos. Além disso, Lisa planeja estudar para ser professora e dar aula em escola. Claro, isso quando a guerra acabar. Você já pode imaginar que mamãe não ficou muito satisfeita com a ideia. Portanto, ainda não há nada certo. Sabe-se lá o que mais essa guerra nos reserva, de maneira que não é muito sensato fazer planos precipitados que podem acabar em nada.

Além disso, o que tenho para relatar é que nossa Hanna andou doentíssima, mas já está em vias de recuperação. Maria Jordan, que estava empregada como camareira na casa de Lisa e às vezes trabalhava como costureira na Vila dos Tecidos, pediu demissão. Segundo dizem, ela conseguiu um trabalho de cuidadora num orfanato – o que certamente não é o que esperava, mas pelo menos lhe garante uma renda. Nosso Humbert está recuperando a alegria de antes. Voltou a entreter o pessoal da cozinha com suas imitações – um talento nato. Contudo, ele ainda tem recaídas, principalmente quando cai algum tempo-

ral. Ele anda muito sensível a barulhos: ontem a cozinheira deixou a tampa da panela cair e o coitado quase morreu de susto.

O jardim, do qual Gustav e o avô cuidam com tanto amor, está coberto por uma camada fina de neve. Inclusive agora, enquanto lhe escrevo estas linhas, os flocos estão caindo ao redor da mansão, acumulando-se nos parapeitos e transformando as árvores do parque em monstros bizarros de contos de fadas. Quando chegar a primavera, Gustav quer montar uma estufa para plantar legumes e ervas frescas. Até lá, Auguste já terá dado à luz o terceiro filho.

E como nossos pequenos nos dão alegria! Infelizmente a Sra. Sommerweiler teve que nos deixar e os três estão sendo cuidados apenas por Rosa, mas mamãe, com a ajuda de Else, é uma avó prestativa e zelosíssima. Faz tempo que os danadinhos já descobriram a casa inteira – sobem e descem as escadas, se enfiam atrás das cortinas, puxam a toalha das mesas e, na companhia de Liesel, já ocuparam até a cozinha. Nossa Dodo – após muito tempo careca – está com fartos cachos loiros e se parece tanto com o irmão que até me confundo às vezes. Henriette também tem a cabecinha loira – só para você ver como a herança paterna se impôs! Estou enviando dois desenhos que fiz de mamãe e Rosa brincando com os pequenos. São registros rápidos de um momento, feitos a lápis. Estou sem tempo de finalizá-los. Mas papai tirou umas fotografias novas e vai revelá-las para mandar a você. E, concluindo, uma notícia que, com certeza, vai agradá-lo. Semana passada recebemos uma carta de seu amigo Ernst von Klippstein. Ele passou algum tempo em Berlim com uns parentes e pretende fazer uma visita à vila. Segundo disse, quer nos ajudar aqui, mas só se não for um incômodo. Então lhe escrevi dizendo que estamos ansiosos para recebê-lo. O resto, vemos quando ele chegar.

Paul, meu querido, fico me perguntando se não estou incomodando você com essas futilidades. Sinto saudade de sua presença, mas isso já lhe escrevi inúmeras vezes. É verdade que, hoje em dia, as cartas das esposas estão todas iguais? Milhares de mulheres praguejam contra essa guerra, que lhes tomou a coisa mais importante que tinham na vida. Mas, mesmo assim, suportamos a situação, aceitando-a como uma sina e confiando que os poderosos da Europa – seja o general Ludendorff ou o marechal Hindenburg, o kaiser, o secretário britânico *das relações exteriores Balfour ou o primeiro-ministro francês Clemenceau – possam um dia se entender.*

Estou me comportando como uma rebelde? Minha vontade é sair pela cidade, gritando por paz e justiça. Mas não se preocupe. Vou aguardar e esperar. Quero, com todas as minhas forças, contribuir para manter de pé a fábrica de tecidos dos Melzers até o dia do seu retorno.

Um abraço, meu amor.
De sua fiel Marie

Parte III

Novembro de 1918 a janeiro de 1920

34

Ali estava ela! Rosa Menotti, a grande artista que fora ovacionada na noite anterior no Teatro Municipal. Mas no quarto de hotel, de robe e sem maquiagem, ela perdia metade do encanto.

– Vou abrir uma exceção, meu jovem. Mas só porque gostei de seu nariz!

Sua risada era grave e rouca, assim como sua voz ao cantar. As músicas e os esquetes que Humbert havia presenciado um dia antes no teatro eram de um atrevimento sem precedentes. Provocadores. Indecorosos. E parte do público – uma minoria, importante ressaltar – proferiu vaias e gritos indignados e se retirou do teatro. O restante, contudo, urrava de empolgação e pediu bis atrás de bis. Após vencer a inibição, Humbert foi esperar Rosa na saída dos artistas para perguntar se podia fazer uma pequena apresentação de seus talentos.

– Sou imensamente grato à senhora por reservar um tempinho para mim. De verdade, mal posso acreditar...

Os movimentos da mulher eram pesados, em nada lembravam o andar sedutor que mostrara na apresentação do dia anterior. Ela andou até o piano arrastando as pantufas de feltro pelas tábuas do assoalho e, com um gesto automático, levantou a tampa do instrumento.

– Chega de enrolar. Mostre o que sabe fazer. Meu trem sai daqui a uma hora.

Ela se sentou no banco do piano e começou a tocar alguns acordes. Ele levara alguma partitura? Não? Então queria o quê?

Humbert sentiu um calor repentino. Que bicho o mordera? Estava prestes a fazer um tremendo papelão.

– Eu queria apresentar uma cena para a senhora.

– Então vamos logo – disse ela, virando-se em sua direção.

Seus olhos eram pequenos, oblíquos; ela tinha o nariz delicado e pontiagudo, e os lábios bastante carnudos. Seu olhar irradiava ironia. Arrogância.

Como se dissesse "E aí, mocinho? Quero só ver". Isso o irritou um pouco, mas o que Humbert tinha a perder naquele momento?

Ele apresentou um esquete que criara na noite anterior. Uma cena engraçada com um major, um tenente e um soldado, sendo que os três desejavam a mesma moça. Completamente imerso nos papéis, ele se divertia: o major esnobe, órfão da aristocracia, o tenente ambicioso e aparvalhado, o soldado astuto. A interpretação da moça, aliás, foi um êxito. Ele, de fato, imitava mulheres muito bem...

Ela o observava com ar impassível e, ao terminar, Humbert constatou que ela sorria.

– Quem escreveu essa cena?

No começo, ele não entendeu. Mas logo se deu conta de que os esquetes da famosa Rosa Menotti não eram redigidos por ela.

– Eu. Ontem à noite. Depois da sua apresentação.

Ela arqueou de leve as sobrancelhas e o fitou com atenção, provavelmente para julgar se mentia.

– O senhor também sabe cantar?

– Sou melhor como ator.

A mulher queria dizer algo, mas se deteve quando um ruído vindo da rua a interrompeu. De novo aqueles loucos andando pela cidade, empunhando cartazes, berrando, proferindo palavras de ordem. Vinha acontecendo fazia meses. Em Munique, haviam deposto o rei Luís III da Baviera, e o kaiser abdicara. Não era de se estranhar que ninguém conseguisse mais controlar aquela balbúrdia. Queriam mesmo implantar uma república?

Rosa Menotti levantou-se para fechar as pesadas cortinas de veludo e acendeu a luz.

– Ah, uma musiquinha ou outra o senhor deve saber.

Claro que ele sabia. Mas qual? Bem, as músicas que ouvia na cozinha Humbert conhecia bem. A Sra. Brunnenmayer sempre trabalhava cantando. Eram piegas. Horríveis. E tristes.

– *A pequena Sabine era uma donzela, tão linda, tão bela* – entoou ele, com energia.

Rosa improvisava um acompanhamento, seus dedos deslizando sobre as teclas; então, pediu-lhe que cantasse a segunda estrofe. Enquanto Humbert se esforçava ao máximo, ela o olhava atentamente.

– Acho que isso pode levar a algum lugar – sentenciou ela.

E então começou o interrogatório: como ele se chamava? Com o que trabalhava? Por que queria o palco? Ele esperava ficar rico e famoso? Já se apresentara em público? Será que não preferiria continuar na segurança de seu emprego como criado?

Ele respondia gaguejando, enredando-se em contradições e dizendo coisas sem sentido. Quando ela, maliciosamente, lhe perguntou se estava disposto a se apresentar com roupas de mulher, Humbert perdeu a paciência.

– Vejo que a senhora já se divertiu o bastante. Agora me despeço...

Imóvel, como se nem sequer o tivesse escutado, Rosa esperou que Humbert se aproximasse da porta.

– Se quiser entrar neste ramo, rapaz, precisa ser determinado – disse ela, séria. – Você viverá para três coisas: teatro, teatro e teatro. Vai dormir num cubículo, comer em meio a maquiagens e cílios postiços. Passar noites em claro, ouvir deboches e suportar intrigas de colegas invejosos, lamber as botas dos diretores e tornar os sonhos deles realidade...

Humbert já estava com a mão na maçaneta. Por que ela lhe contara aquilo? Ele não era nenhum fanático. Pobreza, fome e intimidações não figuravam em seus planos.

– Tem loucos aos montes que não se deixam intimidar. Justamente aqueles que tentam, tentam e não chegam a lugar algum. Porque lhes falta uma coisa: talento.

Ele já havia escutado o suficiente. Moveu a maçaneta e a porta se abriu. Precisou desviar dos buquês de flores e de três caixas de presente que tomavam o caminho.

– Mas isso, rapaz, você tem de sobra!

Humbert se deteve no meio do corredor, perguntando-se se ela não estava caçoando dele. Mas aquela declaração era tentadora demais. Ele tinha talento. Aliás, de sobra. Foi o que ela dissera. Ou ele teria entendido mal?

Quando se virou, ela estava junto à porta, com a mão no bolso do robe. Um discreto sorriso malicioso estampava seu rosto.

– Mas só se o senhor tiver intenções sérias – disse ela. – Só assim!

A mulher tirou a mão do bolso e estendeu-lhe um cartão de visita. Um endereço em Berlim.

– É uma casa de espetáculos – explicou ela. – Diga-lhes que eu o indiquei.

Ele leu o pequeno pedaço de papel. Berlim! O que estava pensando? Quando ergueu os olhos, Rosa havia desaparecido. Uma jovem funcionária acocorava-se no chão para recolher as flores e os presentes e o fitou com um sorriso. Após levar o fardo para dentro do quarto, fechou a porta definitivamente.

Humbert cruzou o corredor, desceu a escada e atravessou o saguão, onde um funcionário de libré escura pediu-lhe ajuda com algo. Humbert respondeu qualquer coisa e deu duas voltas na porta giratória até encontrar a saída para a rua. Ele quase levitava, sentindo-se vitorioso e felicíssimo, mas logo caía em desespero e perdia a coragem para, mais uma vez, recobrar as esperanças. Então ele tinha talento. O público o aplaudiria. Iria conseguir. Em Berlim.

Não conheço ninguém em Berlim, pensou ele, preocupado. *Como aquilo daria certo? Sozinho. Se ao menos a Sra. Brunnenmayer fosse comigo. Mas aquela ali ninguém tira da Vila dos Tecidos. Ainda mais para ir para Berlim. E eu teria que pedir demissão. Deixar meu bom emprego...*

Sem perceber, ele se misturara a uma multidão e foi levado por ela. Ouviam-se gargalhadas e piadas grosseiras, e havia um cheiro generalizado de álcool barato.

– Abaixo os exploradores!
– Todo poder aos conselhos!
– Desarmem a polícia!
– Anulem os títulos de guerra!

Apenas quando gritaram em seu ouvido para apertar o passo, ele entendeu que estava metido em uma daquelas manifestações. Assustado, olhou ao redor. Estava cercado por uma aglomeração, homens e mulheres de todas as idades que marchavam pela Maximilianstraße, rumo ao Perlachberg, o caminho que levava à prefeitura. Estavam de mãos dadas, faziam barulho, gritavam e cantavam músicas desconhecidas. A maioria era formada por operários, mas também havia soldados que tinham retornado da guerra e mulheres que se comportavam como homens, com o punho em riste. Homens com roupas melhores surgiam aqui e ali – estudantes com olhar feroz e rosto inflamado, que entoavam novas palavras de ordem e eram seguidos pelos demais.

– Viva a revolução internacional!

Humbert soltou-se de um jovem operário que entrelaçara o braço ao dele e fez uma tentativa torpe de desvencilhar-se daquele amálgama de gente. Tropeçou no meio-fio e quase caiu, mas segurou-se no casaco de um homem, enquanto sentia vários golpes nas costelas.

– Polícia! – gritou alguém. – Parem!

– Continuem! – berrou uma pessoa do outro lado. – Ninguém vai nos deter. Marchemos até a prefeitura!

– Não atirem!

A velha sensação se apoderou novamente de Humbert: o zumbido nos ouvidos, o chiado dos aviões, o ruído abafado das explosões de granada. Seu corpo inteiro tremia enquanto ele buscava um lugar para se esconder, pois sabia que se desmaiasse no meio daquela multidão seria o seu fim.

– Canalhas! Atirando em gente indefesa! Em mulheres!

Ele ouvia disparos isolados, gritos de pânico. A multidão interrompeu a marcha e começou a se compactar.

– Voltem! Ainda dá para voltar!

– Avance, pessoal. Vamos em frente!

O grito estridente de uma jovem atravessou seus ouvidos como uma agulha e lhe deu asas. Ele dava braçadas, nadando através da multidão, lutando contra a corrente, aos tropeços e quedas, mas levantando-se logo em seguida. Ele colidia com corpos e, enquanto flutuava, via rostos tomados pelo medo, olhos, bocas, mãos...

Ele se agachou atrás de um muro. Granadas passavam chiando sobre sua cabeça, a terra voava pelos ares, assim como braços decepados, fardas, capacetes, formas humanas com rosto de rato... O mar rugia em seu ouvido.

– Humbert! Você é o Humbert, não? O criado da Vila dos Tecidos.

Mal conseguiu distinguir aquelas palavras. Percebeu que alguém se abaixara diante dele e sentiu uma mão em seu ombro. Uma mão quente, cujo peso o reconfortou.

– Calma – disse uma voz masculina enquanto a mão se movia lentamente de um lado para outro. – Já foram todos embora. Ninguém lhe fará mal.

Por fim, ele percebeu que mantinha os olhos fechados com força. Após piscar várias vezes, viu o cinza da calçada, o revestimento de arenito da casa em frente à qual estava agachado e, então, duas pernas vestindo uma calça de tecido escuro, encardida de poeira em alguns pontos.

– Pois bem – disse o homem. – Vamos devagar. Você é o Humbert, não?

Ao olhar para cima, viu o rosto largo e rústico do homem. Ele o conhecia, já o havia visto várias vezes, mas não conseguia se lembrar do contexto. Devia ser por causa do tremor que persistia em seu corpo.

– Humbert Sedlmayer – disse ele, de maneira automática. – 11º regimento de cavalaria de Vurtemberga.

– Isso já é passado, companheiro.

O homem o ergueu. Ofegante e ainda tremendo, Humbert se escorou na parede e observou o rosto de seu salvador.

– Sebastian Winkler. Nos vimos algumas vezes na Vila dos Tecidos. Não lembra? A Sra. Von Hagemann volta e meia faz a gentileza de me emprestar alguns livros.

Humbert piscou para dissipar a névoa branca que nublava sua vista. Certo, a memória começava a voltar. O Sr. Winkler até tomara chá com a Sra. Von Hagemann na biblioteca e os dois tinham longas conversas. Também escutara que, por causa dos encontros, Alicia Melzer repreendera a filha duramente, e uma briga só foi evitada porque a jovem Sra. Melzer interveio...

– Sr. Winkler, sou muito grato. É um trauma de guerra, sabe? Acontece toda hora.

Winkler assentiu e espanou uma mancha de poeira da manga de Humbert. Como era cuidadoso. Afinal, era diretor de um orfanato.

– Sei bem como é, também já estive lá.

A vista de Humbert clareou de vez e ele sorriu amistosamente para seu interlocutor. Não fora ele que havia perdido um pé? Estava andando com prótese? De todo modo, tratava-se de um rapaz sério e simpaticíssimo.

– Mas que selvageria! – disse Humbert. – Comunistas, provavelmente.

– Sim. Muitos militantes da Liga Espartaquista. Tem muita gente ótima no meio. Mas, infelizmente, acho que não chegam muito longe...

Humbert entendeu que o simpático rapaz, diretor do orfanato, nutria simpatia pelos comunistas. Não se admirava que a Sra. Melzer estivesse revoltada ao ver a filha tomando chá com aquele homem. Comunistas eram execrados na Vila dos Tecidos. Os militantes do Partido Social-Democrata Independente da Alemanha, o USPD, eram tachados de "desvairados da esquerda", enquanto a Liga Espartaquista era comparada ao diabo em pessoa.

– Ah, verdade? – murmurou Humbert, constrangido.

Sebastian sugeriu que ele tentasse caminhar. Em último caso, poderia levá-lo pelo braço, pois iriam mais ou menos pelo mesmo caminho.

– Estão querendo demais, o problema é esse. Ainda é cedo, mas estou convencido de que uma república de conselhos é a melhor forma de governo. Mas é preciso ir devagar, sem se precipitar. Já ouviu Ernst Niekisch falando? Não? Um sujeito excelente... Já foi professor, como eu.

Humbert deixava o homem falar enquanto caminhava lentamente a seu lado. Por mais insólito que o teor de seu discurso lhe parecesse, era agradável escutar sua voz. Reuniões. Decisões da maioria. Vontade popular. Legislação. A fala engajada de Sebastian espantou os aviões e granadas, não havia mais explosões e o oceano parara de rugir. Ao chegarem na Jakoberstraße, de onde já se avistava o portão, Humbert ainda se sentia esgotado, mas estava de volta à normalidade.

– Estou muito orgulhoso. É uma grande responsabilidade que assumi de bom grado.

Pelo que Humbert entendera, Sebastian Winkler era membro do tal "conselho de soldados, camponeses e operários" que ajudaria a definir o destino da "República da Baviera" dali em diante. Chegou a sentir certo respeito por aquele homem que parecia tão humilde e simplório.

– O mundo vai mudar, Humbert – afirmou ele, com os olhos brilhando, ao se despedir. – O tempo dos reis e kaisers chegou ao fim. O povo assumirá o poder. Todos os homens são iguais. Não haverá senhores ou servos, o capital e os meios de produção serão distribuídos de maneira igualitária. Ninguém morrerá de fome, mas tampouco nadará em riqueza...

Eram palavras ousadíssimas e, sendo franco, a ideia não agradava Humbert. Ele sentia pena do velho rei Luís, assim como preferia ver o kaiser Guilherme de volta ao poder. Mas não disse nada.

– Nem senhores nem servos?

Sebastian sorriu, explicando que se tratava de uma perspectiva para o futuro. Uma chama que iluminava um novo caminho. Uma esperança...

– Seu trabalho é um ofício em vias de extinção – concluiu ele, com um sorriso, antes de apertar a mão de Humbert em despedida.

35

Havia chovido forte na noite anterior, por isso o caminho entre as sepulturas estava coberto de lama. O sol da manhã chegou a brilhar timidamente entre as nuvens escuras, mas logo outra tormenta se abateu sobre o grupo que chegava ao cemitério. Guarda-chuvas surgiram, assim como golas levantadas e chapéus.

– Detesto cemitérios – comentou Kitty. – Ainda mais de manhã cedo.

– Posso oferecer-lhe meu braço? – disse Ernst von Klippstein, o amigo sempre prestativo da família.

– Obrigada, Klippi. Meus sapatos já estão mesmo arruinados. Veja se Marie não precisa de ajuda, ela queria comprar flores.

Ele se deteve para esperar Marie, que vinha chegando com um arranjo de heras e lírios brancos. Flores eram artigos de luxo naquela época do ano, mas os Melzers estavam decididos a apoiar seus amigos e parentes também na tristeza. O banco dos Bräuers, outrora tão poderoso, não existia mais. Edgar Bräuer – para evitar uma quebra humilhante – aceitara a oferta de fusão do Bayerische Vereinsbank. O contrato fora assinado na semana anterior. Na noite seguinte, ele se suicidara com um tiro.

– Não o julgo. – Foram as palavras do monsenhor Leutwien. – Mas a igreja tem suas leis e preciso segui-las, por mais que me parta o coração...

O enterro ocorrera na primeira hora da manhã, em uma parte afastada do cemitério Hermanfriedhof, onde eram sepultados pobres e suicidas. Uma concessão da igreja, pois, em tempos longínquos, aqueles que tiravam a própria vida deviam ser enterrados fora das muralhas da cidade.

Apesar do horário – antes das nove –, a última pá de terra já cobrira a cova. Via-se apenas a protuberância no solo marrom; nada de cruz, nada de nome. Os visitantes precisaram pisar a lama que envolvia a sepultura fechada às pressas. Trovejava e a água tamborilava sobre os guarda-chuvas, caindo em fios grossos no solo.

— Descanse em paz, Edgar Bräuer!

Johann Melzer falou alto, para que todos escutassem. Já que os padres haviam se recusado a conduzir seu amigo à paz final, ele estava disposto a proferir algumas palavras diante do túmulo.

— Deus, nosso Senhor, vê nossos corações e sabe distinguir os justos dos hipócritas. Nós, aqui reunidos, sabemos o peso do infortúnio que se abateu sobre sua família, até que foi impossível suportar. Ninguém entenderá isso melhor que nós, unidos a você no amor e na amizade, meu amigo. Que Deus lhe conceda misericórdia e o descanso eterno...

Tilly precisou amparar a mãe, debulhada em lágrimas ao ver o túmulo sem lápide. Kitty lutava contra um ataque de espirros, Elisabeth estava ao lado do pai, segurando o guarda-chuva. Marie colocou o arranjo sobre a sepultura. Tilly também levara flores e, em seguida, outros se aproximaram com buquês e coroas: a esposa do diretor Wiesler, que perdera três filhos na guerra; o casal Manzinger; o Dr. Greiner; o advogado Grünling e alguns funcionários do banco, que se mantiveram fiéis ao diretor naquele momento de luto. Só Deus sabia se o banco de Munique manteria seus empregos.

Poucos aceitaram o convite dos Bräuers para tomar café da manhã no restaurante Cisne Branco. Estavam todos encharcados, então preferiram voltar rápido para casa, de modo a evitar uma pneumonia. Os Melzers foram os únicos a acompanhar Gertrude e Tilly. Marie tivera a gloriosa ideia de pedir que Ernst von Klippstein fosse de carro até a mansão para pegar roupas, meias e sapatos secos.

— Klippi é mesmo um anjo na Vila dos Tecidos — comentou Kitty. — Como pudemos viver tanto tempo sem ele? Nos ajuda na contabilidade, procura o que fazer no hospital de campanha, compra minhas tintas e pincéis, entende de horta e jardinagem. Além disso, está sempre a postos para servir sua adorada Marie...

Marie franziu o cenho, nitidamente considerando a falação de Kitty inadequada em um momento tão sério, mas Tilly sorriu aliviada e comentou que Kitty era como um raio de sol naquele dia sombrio. Ela se sentou ao lado da cunhada, enredando-a em uma conversa sobre suas pinturas.

— Eu não canso de me surpreender, Kitty. O que você pinta é maravilhoso e assustador ao mesmo tempo.

— Peço desculpas se eu a assusto, Tilly. Mas é inevitável, sabe? Aquelas imagens aparecem na minha cabeça e só vão embora se eu as pinto.

– Isso é arte, minha querida. Tenho certeza. Você deveria expor suas obras.

Lisonjeada, Kitty afirmou que pintava apenas para si mesma.

– É estranho, Tilly. Aqueles quadros são como meus filhos. Pertencem a mim. Se eu os expusesse, seria como perdê-los.

Tilly balançou a cabeça.

– Você não quer ganhar dinheiro com suas obras um dia? – perguntou ela em voz baixa, para que Alicia não a escutasse.

– Dinheiro? Bem... não seria... não seria de todo mal.

Embora ainda dispusesse da casa na Frauentorstraße que Alfons lhe dera e de mais alguns quadros e objetos de valor, a maior parte de sua herança estava no banco Bräuer e, portanto, perdida para sempre.

– Talvez você tenha que começar aos poucos – sugeriu Tilly, hesitante. – Uma exposição particular, só para amigos mais íntimos.

– Você acha mesmo, Tilly? Ai, não teria nada contra me tornar uma pintora famosa. Sabe, pensando bem, acho meus quadros bastante bons. Não, sério, são sensacionais... Talvez, muito talvez, eu pudesse abrir mão de um quadro ou outro. Se for para fazer alguém feliz...

Em uma sala separada, a mesa estava posta para os amigos e parentes do falecido. Foi servido café de cereais com açúcar, acompanhado de pão fresco, geleia, imitação de manteiga e algumas fatias finas de queijo. Não chegava a ser uma refeição frugal, mas pouco se via da saudosa riqueza daquela casa. Vários advogados estavam encarregados de calcular a relação entre ativos e passivos, mas a situação era crítica para os herdeiros. O declínio do banco vinha se arrastando por um longo período, mas o último ano de guerra e a queda do império haviam sido a pá de cal.

– Nada disso teria acontecido se Alfons estivesse vivo – disse Gertrude Bräuer, amargurada. – Só torço para que Paul volte são e salvo. Disseram que ele foi capturado pelos russos, não? Aqueles lá são imprevisíveis, podem acabar mandando-o quebrar pedra na Sibéria.

No mês anterior, após muito tempo de incerteza, a notícia de que Paul virara prisioneiro de guerra dos russos chegara à Vila dos Tecidos, causando um misto de sentimentos.

– Fico feliz e aliviada por ele ainda estar vivo – dissera Marie. – O resto não me importa. Recuperamos a esperança, agora temos que mantê-la viva.

Os Melzers estavam decididos a ignorar as palavras de Gertrude. A mulher nunca tivera papas na língua e, após tamanha desgraça, era preciso ter mais compreensão do que nunca.

– Alguns soldados já voltaram das prisões russas – observou Alicia, com serenidade. – Sabemos que mais cedo ou mais tarde ele baterá à nossa porta.

– Que tempos são esses em que vivemos?! – exclamou Gertrude, ignorando Alicia. – As autoridades se foram e a plebe está tomando o poder. Paralisações, levantes, revoltas, greve geral... O que essa gente está pensando? Que é possível enriquecer sem trabalhar?

– Calma, mamãe – disse Tilly, agarrando suas mãos. – As greves têm um lado bom. Foram elas que permitiram o armistício.

– Não diga besteiras, filha! – retrucou Gertrude, finalmente moderando o tom. – O que pode haver de bom numa greve?

Nos últimos meses, a fábrica de máquinas MAN vinha sendo palco de uma série de protestos. Os operários recusavam-se a fabricar os armamentos que mantinham viva aquela guerra sem sentido. Até mesmo Johann Melzer, que no geral comparava greve a pecado mortal, acreditava que as pessoas, finalmente, haviam tomado juízo. Marie, por sua vez, suspeitava que seu posicionamento não passava de despeito em relação à MAN – ao contrário da indústria têxtil, as siderúrgicas e o setor de máquinas lucravam rios de dinheiro com o conflito.

– Que bom que pelo menos vocês ainda têm trabalho – comentou Gertrude, com leveza. – Continuam fabricando aqueles tecidos horríveis de papel?

– Claro – respondeu Johann Melzer, curto e grosso, e se debruçou na janela.

As gotas de chuva formavam intrincados padrões nos vidros, lembrando caminhos entrelaçados.

– Nada contra os tecidos de vocês – disse a incansável Gertrude. – Mas com este tempo, o material já teria se desmanchado, não é? Nada se compara a um bom algodão, uma boa lã.

Melzer insistia em seu silêncio. Marie também preferiu calar-se. Poucas pessoas sabiam como a situação da fábrica dos Melzers era delicada. Os negócios com os tecidos de papel beiravam o fim e, uma vez terminada a guerra, a concorrência vinda da França e da Inglaterra inundaria o mercado com seus produtos. Se quisessem competir em pé de igualdade, seria preciso investir, comprar matéria-prima, ligar as máquinas – paradas havia tempo – e impor-se com preços mais baratos. Para tanto, as reservas não bastavam: primeiro teriam que encontrar um credor, e as condições do Bayerische Vereinsbank eram muito menos vantajosas que aquelas outrora oferecidas por Edgar Bräuer. Como se não bastasse, Klaus von Hagemann vinha exigindo quantias obscenas para conceder o divórcio. Seria preciso recorrer à justiça. E, ao que parecia, tanto Kitty quanto Lisa estavam completamente falidas e permaneceriam na vila; talvez Tilly e a mãe também precisassem da ajuda dos Melzers. A única luz no fim do túnel era Ernst von Klippstein. O amigo de Paul, que alugara um apartamento em Augsburgo, possuía carro próprio e estava sempre a postos quando requisitado. Ele aparentemente dispunha de meios, de modo que, talvez, pudessem convencê-lo a investir na fábrica de tecidos...

– Minha Nossa! – exclamou Kitty, apontando para a janela. – Parece que hoje o mundo cai!

Von Klippstein pedira ajuda aos garçons do restaurante para levar as malas para dentro. Improvisaram um vestiário para as mulheres na sala ao lado, e Johann Melzer contentou-se em trocar apenas as meias e os sapatos, insistindo que as calças secariam sozinhas.

– Já dá para ficar mais confortável na hora – comentou Elisabeth, quando todos finalmente se sentaram com roupas secas. – O Sr. Winkler contou ontem que já tem três crianças com gripe no orfanato. Não me admira, com esse outono tão frio e úmido.

Conversaram um pouco sobre a triste situação dos órfãos, elogiaram o trabalho do Sr. Winkler e, por fim, Gertrude perguntou se era verdade que Elisabeth pretendia seguir o magistério.

– Creio que sim. Quero ganhar meu próprio dinheiro e não depender de ninguém!

A ousadia de sua frase foi percebida de diferentes maneiras. Alicia limitou-se a suspirar, Melzer deu uma ávida mordida em seu pão com geleia, Gertrude revirou os olhos. Por outro lado, Kitty e Marie concordaram totalmente com Elisabeth. A época na qual mulheres apenas ficavam em casa, bordando lencinhos, era passado.

– Também ficaram no passado as saias longas e aquelas tranças de avó! – exclamou Kitty, em tom desafiador, erguendo a xícara de café. – Sou artista e pretendo vender meus quadros. Por que não? Não seria a primeira.

– Deus Pai... – disse Gertrude, lamentando-se. – Você acha mesmo que alguém pagará por eles? Qual sua opinião, tenente? Não se incomodaria se sua esposa trabalhasse, tal qual uma operária?

Von Klippstein se viu diante de um dilema, pois não queria indispor-se com nenhuma daquelas mulheres.

– Bem, como no momento não estou pensando em casamento, não há muito o que eu possa dizer a respeito, senhora.

– Arrá, seu covarde! Minha Tilly, pelo menos, não se misturaria às operárias e secretárias.

Tilly, que até então se mantinha calada, ousou tomar a palavra.

– Já pensei em contribuir um pouco para nossa renda, mamãe. Os correios contratam moças de boa família como telefonistas...

Gertrude suspirou sonoramente e afirmou que aquilo era inconcebível. Telefonistas eram presas fáceis para os funcionários dos correios.

– Não enquanto eu estiver viva! Meu Deus, se seu pai ouvisse isso. Mas ele era assim mesmo. Só queria saber do banco e eu que me virasse com os problemas da família. E agora ele nos deixou para sempre...

Ela começou a soluçar. A dor, que até então represara com toda a força, apossou-se traiçoeiramente dela.

– Mas os homens são assim mesmo – disse, fungando. – Ou vão para a guerra ou não saem do escritório. E quando precisamos deles...

– Tudo bem, mamãe. – Tilly a consolou. – Não fique nervosa. Estamos juntas, vamos conseguir sozinhas.

Gertrude enxugava o rosto com um lenço e dava tapinhas no braço da filha.

– Mas nada de correios, Tilly. Eu proíbo.

– Como quiser, mamãe. Foi só uma ideia.

Trouxeram-lhes mais um bule de café de cereais, junto com uma cesta de doces: biscoitinhos de aveia recheados com creme de nozes e geleia. Logo constatou-se que fora Ernst von Klippstein quem pedira as iguarias e inclusive já pagara por elas.

– Muito amável de sua parte – elogiou Marie.

– Fico feliz em poder fazer-lhes essa gentileza – respondeu ele.

Kitty e Elisabeth se entreolharam de um jeito travesso: que fiel escudeiro! Os comensais se deliciaram com os doces e conversaram sobre o tratado de paz, cujas condições estavam sendo duramente negociadas e não pareciam nada boas para a Alemanha.

– *Vae victis*: ai dos vencidos! – sentenciou Johann Melzer. – Quem perde paga.

Von Klippstein teve que contradizê-lo. Militarmente, a Alemanha ainda tinha força e poderia ter lutado mais um pouco para garantir maior poder de negociação.

– E quantos mais morreriam por isso? – questionou Marie, indignada. – Muito pelo contrário: essa paz já devia ter sido negociada há tempos. Há anos. Mas o melhor mesmo seria que essa guerra maldita jamais tivesse começado.

Von Klippstein lhe deu razão em parte. Claro, poderiam ter aceitado a proposta de paz dos Aliados no ano anterior, quando a Alemanha estava em melhor posição. Entretanto...

– Agora o caldo já entornou – rosnou Melzer, engolindo o biscoito com um gole de café de cereais. – Teremos que pagar reparações. E por anos. Todo mundo vai levar um pouco, primeiro os franceses, mas os russos também, os malditos ingleses, os poloneses, os italianos... Sem falar nos americanos.

– Mas é injusto nosso país ficar como único culpado desse conflito – disse Von Klippstein, indignado. – Deviam pedir contas à Áustria. E aos sérvios, eles que causaram essa guerra. Aquele assassinato pelas costas em Sarajevo...

– Não deveríamos nos alterar agora – sugeriu Marie, temendo uma discussão interminável. – Acho que já está quase na hora de irmos.

Von Klippstein ofereceu-se imediatamente para levar Gertrude Bräuer em casa, e ela aceitou de bom grado. Ainda havia lugar no carro para o casal Melzer.

– Se as senhoras puderem esperar, volto para levá-las à Vila dos Tecidos. Assim não se molham no caminho.

– É uma oferta tentadora – respondeu Kitty, piscando sedutoramente. – Mas as jovens aqui preferem ir a pé.

– Ah, é? – deixou escapar Lisa.

Ao sentir o salto do sapato da irmã cutucar seu pé, apressou-se em dizer que precisava de ar puro imediatamente. Após se despedirem, vestiram seus sobretudos úmidos e colocaram o chapéu.

– Não vão se resfriar, meninas! – advertiu Alicia pela janela do carro.

– Mamãe, já somos adultas.

– Verdade. Vivo esquecendo...

Kitty deu uma risadinha. Quando o automóvel partiu rumo ao centro da cidade, ela pegou Marie pelo braço e anunciou que a parte boa do dia estava por vir. Ou melhor: a parte emocionante.

– O que você quer dizer com isso? – perguntou Marie, preocupada por já conhecer os rompantes de espontaneidade da cunhada.

Lisa tampouco disfarçava a curiosidade, apenas Tilly se mantinha calada.

– Já, já vocês verão – respondeu Kitty, misteriosa. – Prometo que vai ser um verdadeiro espetáculo. A Maria da Escócia nem se compara!

As quatro andavam lado a lado, de maneira que os passantes que vinham na direção contrária precisavam caminhar pela rua.

– Maria da Escócia foi decapitada – retrucou Elisabeth.

– É algo assim que tenho em mente.

– Agora endoidou de vez – disse Elisabeth, fitando Marie.

Após percorrerem algumas vielas escondidas, chegaram à Annastraße. Marie, Lisa e Tilly fizeram todo tipo de suposições: Kitty estava atuando em alguma peça em segredo. Não? Então alugou um ateliê para desenhar gente pelada. Não? Um filme novo. Não? Um namorado? De jeito nenhum!

– Vocês são umas tolas. Tolas, tolas, tolas! – cantarolava Kitty.

Ela se deteve tão abruptamente que Tilly – de braço dado com ela – quase tropeçou.

– Aqui! – proclamou Kitty.

– Aqui? Aqui o quê?

Marie foi a primeira a entender. Depois Tilly. E, por último, Elisabeth.

– É... um salão... de beleza...

Kitty adentrou o pequeno comércio com um passo atrevido. O proprietário, um homem de baixa estatura, com arredondados olhos castanhos e barba preta, desmanchou-se em cortesias, conduziu a cliente a uma cadeira e esfregou as mãos, como se estivesse preparando-se para uma grande empreitada.

Hesitantes e com o coração acelerado, as três jovens a seguiram e se detiveram junto à porta. Elas se entreolhavam, preocupadas.

– Você sabe que mamãe vai ter uma síncope – disse Lisa, angustiada. – E papai...

– Eles vão sobreviver. Pode começar, por favor. Bem curtinho. Com franjinha. Ou... Como é que papai diz mesmo? Um corte de cabelo *à la garçonne*...

– Como a senhora quiser. É uma pena, um cabelo tão bonito...

Ele soltou o penteado de Kitty e sua luminosa cabeleira escura caiu em suaves ondas sobre os ombros e as costas.

– O senhor está esperando o quê? Que os fios caiam sozinhos no chão?

Elisabeth expressou sua dor com um suspiro ao ver a tesoura cortando as primeiras madeixas.

– Não quer cortar também, Marie? – perguntou Kitty, acompanhando entusiasmada o procedimento no espelho. – Ficaria lindo em você.

Não, de maneira alguma. Marie jamais sacrificaria seu cabelo longo. O que Paul diria quando voltasse? Ah, com o armistício, eles se veriam em breve. Não devia faltar muito, não podia faltar muito... A esperança às vezes podia ser dolorosa.

– E você, Tilly? Um cabelinho loiro de pajem seria um sonho...

Tilly opinou que a mãe já tinha muitas preocupações, de modo que não cabia lhe arranjar mais uma. Talvez em outro momento. Ela não descartava o corte. Afinal, era bastante prático.

Kitty soprou os cabelos grudados no rosto e, maravilhada, contemplou seu novo "corte *à la garçonne*". Estupendo. Ela mal podia esperar que o cabeleireiro terminasse.

– Ficou simplesmente magnífico, senhora. Como se tivessem criado este corte exatamente para o seu rosto...

Ele tinha razão. O cabelo de Kitty ficara tal como ditava a moda, amoldando-se solto e graciosamente na nuca e formando duas encantadoras pontas na altura das orelhas. A franja dava um aspecto especialmente sedutor a seus olhos azuis.

– E então? O que acharam? – indagou ela, triunfante.

Balançou a cabeça e deslizou os dedos pelo cabelo curto.

– Deslumbrante! – Tilly suspirou.

– Não ficou nada mau – sentenciou Marie.

Elisabeth se calou. Aproximou-se de Kitty. Tocou seu cabelo, puxou uns fios e espanou os cabelos cortados da capa escura que o cabeleireiro colocara sobre Kitty.

– Por favor, vou querer um igual! – pediu ela em alto e bom som.

36

— Agora lascou-se! – exclamou a Sra. Brunnenmayer.

A cozinheira abrira o *Augsburger Neuesten Nachrichten* sobre a mesa da cozinha e lia o editorial com os óculos de Else.

– O que foi agora? – perguntou Else, lamuriosa. – Estou quase com saudade da guerra. Pelo menos aqui em Augsburgo tínhamos paz e sossego. Mas desde que começou esse negócio de república e nosso kaiser Guilherme nos deixou, está tudo de ponta-cabeça. Fico até com medo de ir à rua.

A cozinheira a advertiu para que não falasse tanta besteira. Com certeza ninguém tinha saudade da guerra. Mas da república ela tampouco fazia questão.

– Agora temos uma república de conselhos, Else – explicou ela. – Está aqui no jornal.

Else olhou de relance a manchete em negrito, mas aparentemente faltou-lhe vontade para se aprofundar no artigo. Até porque seus óculos estavam com a Sra. Brunnenmayer.

– E o que é isso de república de conselhos?

Embora tivesse lido a notícia duas vezes, Fanny Brunnenmayer não conseguia entender exatamente do que se tratava a instituição. Os representantes do povo e da classe trabalhadora decidiriam tudo dali em diante, e as penúrias da população teriam fim. Mas o governo antigo prometera isso também.

– Vamos acabar como os russos – afirmou a cozinheira, com apatia. – Elegeram um conselho revolucionário do proletariado. São eles que mandam.

Else arregalou os olhos com horror. Os operários que viviam em greve e marchando pelas ruas lhe davam pavor. E, para completar, aquela palavra horrível: revolução. Como na Rússia. Lá, os revolucionários estavam se matando, os tais dos bolcheviques e os outros... como era mesmo o nome? Não conseguiu lembrar. Mas não importava – os russos eram todos péssimos.

– Sempre os operários – disse ela, lamentando-se. – Por que deveriam apitar em algo agora? Eles não sabem de nada. Só ficam discutindo e brigando. Ah, eles ainda vão se arrepender por terem deposto nosso kaiser Guilherme.

Humbert chegou na cozinha com uma bandeja cheia de louças e a pousou com elegância sobre a bancada da pia. Os senhores desejavam café, anunciou.

– Ao que parece, está tudo parado de novo lá na fábrica. Greve geral, é como estão chamando. A jovem Sra. Melzer e o senhor diretor estão tomando café da manhã com os outros, conversando sobre a nova república que proclamaram em Munique.

– A tal república de conselhos – afirmou Else.

Humbert a olhou espantado. Ele não estava acostumado à ideia de que a criada estivesse informada sobre assuntos políticos.

– É, acho que é assim que se chama. A Sra. Von Hagemann está inquieta, porque o Sr. Winkler está envolvido. Vai virar um homem poderoso em Augsburgo.

– O Sr. Winkler? O diretor do orfanato? – indagou a Sra. Brunnenmayer, incrédula. – Aquele lá, poderoso? Não me faça rir!

A cozinheira preparava café fresco, feito com grãos de verdade que o tenente Von Klippstein conseguira em algum lugar e dera de presente à família Melzer. Os empregados, por sua vez, se contentavam com os restos para a segunda infusão – o que, de todo modo, era muito melhor que café de cereais.

Como que atraídas pelo aroma, Auguste e Hanna deram o ar da graça para desfrutar da pausa matinal na cozinha.

– Tem café? – perguntou Auguste, observando com ar de inveja a cozinheira verter a água fervente na cafeteira. – Não vá me dizer que é para as "donzelas do hospital".

– É para os patrões – bradou a Sra. Brunnenmayer. – Me passe aqui esse bule.

A borra acumulada no fundo do bule, já esvaziado pelos patrões, dissolveu-se na água fervendo vertida pela cozinheira.

– Lembra quando Jordan lia nosso futuro na borra do café? – perguntou Auguste, antes de estender a caneca vazia para a Sra. Brunnenmayer. – Um grande amor, foi o que ela lhe prometeu. Não foi, Else?

– Não, isso ela viu nas cartas – disse Hanna. – E vai saber... Talvez ainda aconteça...

– O que você tem aí no bolso do avental, Hanna? – interveio Auguste. – É do namorado bonitão? Gente, que sorte você teve que a guerra acabou. Poderia ter ido presa...

Com todo o zelo, Hanna tirou a mão do bolso, revelando um envelope. Por nada no mundo abriria na cozinha a carta que fora entregue recentemente pelos correios.

Que pena, pensou Auguste. Não se incomodaria em saber o conteúdo da missiva.

– E pensar que você aceitou tomar aquelas porcarias da Jordan. Eu me recusei. E foi melhor assim – prosseguiu Auguste. – Ela vivia vendendo aqueles remedinhos. Quero nem saber quantas coitadas ela já matou.

Na tarde anterior, ela vira Maria Jordan na Maximilianstraße. Levava um grupo de órfãs de todas as idades para passear.

– As meninas andavam de mãozinhas dadas. Bem obedientes, pareciam soldadinhos, mas falavam mais baixo. E Jordan lá na frente, aquela vaca velha...

Humbert aproveitou para relatar que o Sr. Winkler costumava deixar o orfanato sob a responsabilidade dos funcionários por estar envolvido nas reuniões do conselho.

– Esse Sr. Winkler tem umas ideias doidas – comentou ele, balançando a cabeça. – Algo do tipo: todos são iguais, não haverá servos nem senhores... E minha profissão não tem mais futuro.

Auguste o escutava com brilho nos olhos.

– Se vocês não saírem contando por aí... – murmurou ela, inclinando-se sobre a mesa para que a escutassem melhor.

– O que foi? – perguntou Hanna, curiosa.

Auguste olhou ao redor, satisfeita por todos os olhares estarem voltados para ela.

– Eu não sei de nada! – exclamou ela, retomando a postura ereta. – Melhor não falar nada. Gustav me mata se eu der com a língua nos dentes...

Com isso, ela conseguiu elevar a tensão ao máximo.

– Primeiro você vem bancar a importante, agora fica de boca calada. Sinceramente...

Else lhe deu uma cotovelada, mas Auguste não se incomodou. Desde a terceira gravidez, no ano anterior, estava bem amortecida. Claro que havia tido um menino – de Gustav sempre eram meninos.

– Pois bem. Mas vocês vão me jurar que nada do que eu disser nesta cozinha vai acabar nos ouvidos dos patrões...

Todos assentiram. A cozinheira, por sua vez, disse entre os dentes que tinha mais o que fazer e pediu que Auguste se poupasse daquele teatro ridículo.

– Gustav vai abrir uma empresa. Quer comprar um pedaço de terra do Sr. Melzer e começar na jardinagem. Flores e legumes para a feira. Talvez galinhas e gansos também...

O espanto foi geral. A cozinheira comentou que quem tudo queria, um dia tudo perdia. Else limitou-se a dar uma risadinha; Humbert deu de ombros; Hanna observou que os Melzers nunca venderiam nem um centímetro de suas boas terras para Gustav.

– Mas digamos que decidam vender... Quanto vocês pagariam? – perguntou Humbert.

– Auguste tem um pé de meia – disse Else, fazendo questão de ser indelicada. – Parece que Liesel trouxe sorte para vocês.

– Ai, cale a boca!

Auguste não pareceu se incomodar muito com a observação maliciosa, até porque era verdade. A pensão que recebera do major por alguns meses lhe garantira boas reservas, pois ela não gastara um fênigue sequer. Era preciso pensar no futuro, mas Gustav era muito ingênuo. Já Auguste, que não era tola, sabia fazia tempos para onde a situação se encaminhava. A indústria têxtil ia de mal a pior; muitas fábricas haviam sido vendidas, enquanto outras estavam afundadas até o pescoço. Nem os Melzers escaparam de tamanho infortúnio – por que se recusariam a vender um pedaço de terra por um bom preço?

– Se acham que vão mamar nas tetas dos Melzers para sempre, estão muito enganados – proferiu ela. – Antigamente até podia ser, mas agora os tempos são outros. O Sr. Winkler tem razão. Em breve não haverá mais criados e cada um cuidará de si...

– O que você anda tomando? – perguntou a cozinheira, apática.

– Escute o que eu estou dizendo, Fanny!

– Vão todos embora! – esbravejou a cozinheira. – Já são quase dez horas. Else, vá até o hospital de campanha e pergunte à Srta. Schmalzler quando ela vem comer com as enfermeiras. Ainda tenho que fazer compras na cidade.

Else se levantou a contragosto do confortável banco da cozinha. Auguste comentou que o dia prometia sol e Humbert deveria aproveitar e tirar os tapetes do salão para espaná-los.

– Temos que limpar a prataria – revidou Humbert, que não suportava quando Auguste lhe destinava o trabalho sujo. – Os talheres da casa estão quase pretos, fico até com vergonha quando sirvo a mesa.

Arrastando os pés, Else voltou à mesa e relatou o caos que reinava no hospital de campanha devido à ausência de duas enfermeiras. O bonde, que voltara a funcionar semanas antes, sofria os efeitos da greve.

– A Srta. Schmalzler pediu para subir com o café e os sanduíches. Ela está sozinha com a Srta. Tilly lá em cima e não pode vir até a cozinha.

Hanna ficou encarregada de levar o lanche ao hospital, enquanto a Sra. Brunnenmayer ia fazer compras com Else. Conforme se dizia, a loja de Rosel Steinmayer recebera exóticas especiarias no dia anterior. Pimenta, curry, noz-moscada... Nada muito barato, mas o dinheiro daria para um pacotinho.

Auguste e Humbert subiram ao salão vermelho para enrolar os tapetes, deixando Hanna sozinha na cozinha. Ela atiçou o fogo, colocou a chaleira sobre o fogão para fazer café, cortou o pão e passou patê em cada fatia. Esperando a água ferver, sentou-se no banco da cozinha e sacou a carta do bolso do avental. Levantou a cabeça e apurou os ouvidos: não, não vinha ninguém pela escada de serviço – toda mão disponível estava sendo necessária no hospital. Após colocar o papel na mesa, verificou novamente o endereço.

Srta. Hanna Beber
Fábrica de tecidos casa Melzer
Augsburgo
Germânia

Foi um milagre o carteiro tê-la encontrado. Ela passou o dedo sobre as linhas escritas à caneta com caligrafia bastante irregular. O remetente não estava acostumado ao alfabeto latino, afinal era russo e escrevia com as letras russas. Como se chamavam mesmo? Cirílico.

Seu coração batia como as asas de um pássaro. Ela devia abrir aquela carta? Ou jogá-la no fogo da cozinha? Ou quem sabe simplesmente levantar-se, afastar a chaleira, erguer a boca do fogão com a pequena barra de ferro para as chamas subirem e pronto? Seria o fim da carta, do arrependimento, da esperança.

Em vez disso, virou o envelope e analisou o remetente. Estava em cirílico e, por mais que tentasse decifrá-lo, não fazia sentido: "zpuzopuu" e "wykob". Mas a cidade estava escrita em russo e em alfabeto latino: "Petrogrado".

Enxugou os olhos e empinou o nariz. Era inútil chorar. O que passou, passou. Ela matara a criança, o filho de Grigorij estava morto. Como ela explicaria aquilo? Ai, ele não devia ter mandado aquela carta...

Enfim pegou a faca e abriu o envelope. A carta consistia em um pedaço de papel pautado, arrancado de um caderno e dobrado no meio. Dentro havia uma cédula de dinheiro.

Minha amada Hanna. Cheguei em Petrogrado, vindo de Zurique. Quatro dias atrás de trem. Meus pais e família saudável e feliz. Você vem para Petrogrado e eu espero você. Pega rublo e compra bilhete de trem. Te amo. Grigorij.

Será que alguém escrevera para ele em alfabeto latino? Foi preciso ler várias vezes aquelas poucas frases até decifrar o sentido. Então ele conseguira fugir para a Suíça, tendo sido levado de lá para Petrogrado. Segundo dizia, chegara em casa quatro dias antes de enviar-lhe aquela carta. E ainda mandara dinheiro dentro. Ela examinou a nota de rublo, um pedaço de papel cinza com a imagem de uma mulher magnificamente vestida. Linda e jovem. Ela usava uma coroa com um véu e empunhava um escudo e uma espada. Era a czarina? Mas diziam que os czares haviam sido expulsos. Ao lado da czarina, lia-se um número. O algarismo um, acompanhado de três zeros. Mil rublos. Meu Deus! Quanto seria aquilo em marcos alemães?

Ela ouviu alguém tossir na escada de serviço e apressou-se em guardar a cédula e a carta no envelope. A água já fervia e gotas saltavam da chaleira sobre as bocas do fogão, evaporando com um chiado. Humbert entrou na cozinha, tossiu e espirrou duas vezes.

– Os tapetes... poeira... horrível... – grasnou ele. – Sobrou um golinho de café?

Apressada, Hanna enfiou a carta no bolso do avental e logo começou a encher de água fervente o bule já preparado. Ela encheu uma xícara e estendeu-a para Humbert.

– Aqui... O açúcar está do seu lado.

– Obrigado...

Enquanto ele soprava a bebida quente, Hanna colocou o bule e o prato de pães com patê sobre a bandeja para oferecê-la ao criado.

– Olhe – disse Humbert, abaixando-se. – Você deixou cair algo.

Assustada, ela pousou a bandeja sobre a mesa e arrancou a carta amassada da mão de Humbert.

– É da Rússia, não é? – perguntou ele.

Humbert era diferente dos demais, e Hanna gostava dele. Ela jamais esqueceria que o homem a salvara no dia em que o policial surgiu com sua suspeita, quase a matando de susto.

– É – sussurrou ela.

Humbert a fitou, calado.

– De Grigorij?

Ela assentiu. Suspirou e tentou desamassar o papel.

– Ele quer que eu vá morar com ele. Mandou até dinheiro. Mil rublos...

Espantado, Humbert contemplou a nota amassada. Ele perguntou se valia muito e ela deu de ombros.

– Mas não posso ir.

– Por que não?

Hanna engoliu em seco, insegura se deveria contar. Mas ele já sabia. Fazia tempos que todos sabiam.

– O bebê – respondeu ela. – Porque eu fiz um aborto. E porque o doutor me disse que nunca mais poderei ter filhos.

Humbert a olhou com compaixão e balançou a cabeça.

– Talvez ele esteja errado.

Ela lhe deu um sorriso triste. Sim, talvez o médico tivesse se equivocado. Mas a criança estava morta, uma alma que não fora batizada. E aquilo era um pecado grave. Não, ela não podia ir atrás de Grigorij em Petrogrado. O que a família dele diria?

– Se você quiser, lhe dou os mil rublos, Humbert. Você pode trocá-lo e ir a Berlim com o dinheiro.

Ele lhe contara sobre Rosa Menotti. Só a ela, em segredo.

– De jeito nenhum! – exclamou ele. – O dinheiro é seu, Hanna.
– Mas não preciso dele. Ou prefere que eu o jogue no fogo?
Ele fez um gesto de impotência e a censurou por ser tão tonta.
– Você não o ama mais?
Hanna agarrou a bandeja e a levantou impetuosamente.
– Isso não vem ao caso! – disse ela, e saiu da cozinha.

37

— O Senhor ressuscitou! Aleluia! Vão em paz!

A mensagem de Páscoa ecoou na igreja lotada e, logo em seguida, ouviu-se o poslúdio do órgão e os fiéis se levantaram para se dirigirem à saída.

O banco em que sentava a família Melzer ficava bem na frente, próximo ao altar – um privilégio concedido às famílias de renome. No final da missa, contudo, confirmou-se o velho ditado de que os últimos seriam os primeiros, pois, não tivesse sido o sacristão a abrir a porta lateral, os Melzers teriam esperado uma eternidade até o caminho estar livre. Exercitando a paciência, eles cumprimentaram amigos e conhecidos, trocando votos de feliz Páscoa, enquanto Rosa Knickbein fazia das tripas coração para manter o bom humor dos gêmeos. Dodo sempre começava a chorar assim que a primeira fumaça de mirra queimada tomava a igreja. Kitty, por sua vez, preferira não comparecer com Henni à missa de Páscoa, pois a pequena estava com febre.

– Onde se meteu nosso fiel escudeiro? – perguntou Johann Melzer, com leve ironia.

– Klippi conseguiu sair antes para trazer o carro até a porta da igreja – explicou Elisabeth. – Não quer que nos resfriemos.

– Ele é tão adorável. – Alicia suspirou. – Um absurdo aquela tal de Amanda tê-lo traído de maneira tão vil.

– É Adele, mamãe. Ela se chama Adele – corrigiu Elisabeth.

– Isso, Adele. Meu Deus, Lisa. Você devia deixar esse cabelo crescer de novo.

– Mamãe, por favor!

Elisabeth usava um chapéu escuro sem abas, que revelava parte de seu cabelo. Não, o corte da moda não lhe caía tão bem como em Kitty, na opinião de Marie. Sebastian também não aprovara. Embora lutasse pelo progresso da humanidade e a soberania do povo, em assuntos privados era terrivelmente conservador. Uma mulher não devia parecer "mundana", mas manter a "naturalidade". Cabelo longo, saia longa, temperamento suave. E nem pensar em fumar! Muito vulgar. Do mesmo modo, condenava o uso de batom e esmalte.

– Vamos tentar passar de novo – sugeriu Marie, que levava a chorosa Dodo nos braços. – A mocinha aqui precisa de ar fresco.

– Precisa do quê? – perguntou Melzer, incapaz de compreender por causa da música alta do órgão.

– Ar fresco! – respondeu Marie, elevando a voz.

Então olhou assustada para a multidão, pois naquele momento a música cessara e suas palavras ressoaram na nave. Olhares divertidos se voltaram para ela. A esposa do diretor Wiesler lhe perguntou se a criança estava doente.

– Não, não... É só o defumador. Sempre que...

Marie se deteve, pois um tumulto se formara na porta da igreja. As pessoas se acotovelavam, ignorando os acólitos que coletavam as esmolas; uma turba tentava sair, enquanto outra parecia querer voltar para dentro.

– Abaixem-se! Abaixem-se todos! – vociferou alguém.

Uma mulher gritou ao ser espremida contra uma pilastra. Crianças choravam, cães latiam do lado de fora.

– O que está acontecendo? – balbuciou Alicia.

Tilly e sua mãe, já no corredor central, ficaram paralisadas de medo.

– Estão ouvindo? – gritou Tilly para Marie. – Tenho certeza de que são tiros.

– Mas isso não tem cabimento – disse Melzer, irritado.

Naquele exato momento, ouviu-se um disparo e o pânico foi geral.

– As tropas do governo... estão atirando para todo lado!

– Fiquem na igreja. Aqui estamos seguros!

– Abram caminho. Nossos filhos estão sozinhos em casa... Deixem-nos passar!

Os empurrões até a saída da igreja ficaram mais violentos. Uma criança caiu no chão e gritou desesperada, mulheres bradavam insultos, o sacristão apareceu com um farto molho de chaves.

– Vamos nos acalmar, irmãos – disse o monsenhor Leutwien. – Quem quiser sair pode fazê-lo devagar e sem empurrar. Quem preferir ficar na igreja, afaste-se para deixar os demais passarem.

– Ele está abrindo as portas laterais – sussurrou Elisabeth para a mãe. – Rápido, vamos embora.

Elas não foram as únicas a perceber a ação do sacristão. Imediatamente, grupos se formaram diante das pequenas saídas laterais. Apesar de tudo, os Melzers conseguiram chegar sem maiores complicações à praça da igreja, onde o advogado Grünling conversava acaloradamente com o casal Manzinger e o Dr. Greiner.

– Vão para casa agora mesmo! – exclamou o Dr. Greiner. – As tropas do governo invadiram Augsburgo. Chegaram pelo norte e pelo sul ao mesmo tempo, há confrontos no bairro de Lechhausen...

Marie ficou pálida. Em Lechhausen, poucos quilômetros ao norte da região industrial, onde também ficava a Vila dos Tecidos.

– E vão atirar nas casas? Prender os moradores? – perguntava sua sogra, exaltada.

– Mas como é possível? – disse seu sogro, subindo o tom. – Foram feitas as negociações. A república de conselhos foi dissolvida. Cumpriram todas as condições do governo Hoffmann...

O advogado deu de ombros. Ele tampouco tinha a resposta. A república de conselhos aguentara cinco dias, mas o antigo governo – que fugira para Bamberga – decretara um bloqueio de alimentos para Augsburgo, obrigando-os a negociar. Tudo parecia resolvido e acordado: Augsburgo estava aberta ao governo antigo. Então por que a invasão?

– Estão indo para Munique e aproveitaram para fazer pressão por aqui também.

– Ou seja, não confiam em nós e vieram nos dobrar com armas!

– Que vergonha!

– Mal acabou a guerra e os alemães começam a se matar!

– Ah, não é para tanto...

– Que Deus permita que não, Dr. Grünling!

Com Dodo no colo, Marie dera a volta na igreja para chegar à saída principal, onde acenava nervosa para os demais. Von Klippstein esperava por eles no carro. Era preciso apressar-se para chegar em casa, antes que os soldados cercassem o centro da cidade. Os Melzers obedeceram Marie imediatamente, assim como Tilly e Gertrude Bräuer, que correram para a porta principal da igreja de São Maximiliano. O pequeno Leo, que preferia andar com as próprias perninhas, era carregado aos berros por Rosa.

– E você, Lisa?

Tilly se virou para Elisabeth, que não acompanhava os demais. Ela fez um gesto de descaso com a mão e disse algo para o Dr. Greiner. Ele se inclinou e assentiu três vezes com a cabeça, antes de ir com passos apressados atrás dos Melzers. Ao que tudo indicava, Elisabeth lhe oferecera seu lugar no carro. Tilly apartou-se da mãe e correu até ela.

– Por que não vem conosco? Não me diga que vai ficar aqui na cidade. Você não escutou? As tropas vão ocupar o centro, a prefeitura, a estação. Pode haver tiroteio...

Elisabeth parecia decidida, o que possivelmente se devia às madeixas curtas aparentes sob o chapéu. O corte, que deixava Kitty ainda mais sedutora, conferia a Lisa um ar audacioso.

– Vou ficar, Tilly. Não se preocupe e corra para alcançar os outros.

Tilly a fitou por alguns segundos e logo a ficha caiu. Apesar de às vezes parecer um pouco distraída, era uma garota esperta.

– Quer avisar o Sr. Winkler?

Elisabeth calou-se, mas o rubor em seu rosto valia mais que mil palavras. Era evidente que se preocupava com Sebastian Winkler. Os dois trocavam livros, tomavam chá juntos e ele a convencera a estudar para ser professora...

– Mas ele já deve saber há muito tempo, Lisa. Você não tem como ajudá-lo.

– Ele precisa se esconder, Tilly. Se o encontrarem, vão prendê-lo. Ele foi uma pessoa importante nessa infeliz república de conselhos...

Tilly entendeu.

– E você pretende fazer o quê?

– Ele vai precisar vestir umas roupas velhas e vamos pegar as ruelas de dentro para atravessar o Lech. Vamos escondê-lo na vila até a poeira baixar. Ninguém o reconhecerá como apenas mais um paciente do hospital.

Parecia uma aventura. Tilly hesitou por um momento, mas quando Lisa saiu apressada em direção à Jakoberstraße, ela a seguiu.

– Vou com você, Lisa.

– Mas você não tem como me ajudar, Tilly.

– Não é adequado uma moça andar sozinha por essas vielas.

Elisabeth discordava, afinal de contas, percorrera sozinha o caminho do orfanato várias vezes para visitar Sebastian. Mas aquele não era o momento de discutir convenções sociais e, portanto, ela acelerou o passo. Embora Tilly caminhasse rápido, custava-lhe seguir a amiga. Havia movimento em toda a cidade. A notícia da iminente chegada dos soldados correra de boca em boca mais rápido que o vento, amedrontando a todos. No caminho, viram um idoso com um cesto repleto de narcisos para vender aos fiéis, e ele não entendia por que o mundo ruía ao seu redor. Na Jakoberstraße, os vendedores protegiam suas vitrines com tábuas de madeira, outros levavam as mercadorias de volta ao estoque, por medo de saques. Inúmeros curiosos se aglomeravam nas janelas para ver os soldados.

– E por que invadiriam um orfanato? – perguntou Tilly, ofegante da corrida. – É só ele ser discreto e não acontecerá nada...

Elisabeth já estava na porta do Orfanato das Sete Mártires e tocou a sineta.

– Já sabem quem ele é, tolinha – disse para Tilly. – Ele estava nas negociações. Vão enforcá-lo.

Embora duvidasse, Tilly nada disse para não deixar Lisa ainda mais alterada.

– Abram logo! Sou eu, a Sra. Von Hagemann...

Em reação às batidas e aos apelos impacientes de Elisabeth, uma janela se abriu no andar de cima, revelando a cabeça loira de um menino com imensas orelhas de abano.

– Aqui é um orfanato – grunhiu ele. – Não temos nada a ver com os conselhos.

Elisabeth olhou para o garoto e balançou os braços.

– Thomas Benedictus! Não está me reconhecendo?

O diminuto rapaz esticou tanto o pescoço para ver sua interlocutora que Elisabeth temeu que ele caísse pela janela.

– Não temos nada a ver com os conselhos – insistiu ele, repetindo a frase memorizada.

– Que diabos! – vociferou Elisabeth. – Não somos soldados. Diga ao Sr. Winkler que ele pode abrir a porta sem problemas.

Um segundo rosto surgiu na janela e Tilly reconheceu o queixo pontudo de Maria Jordan. A mulher usava óculos para ver melhor as visitantes.

– Ah, é a Sra. Von Hagemann! A senhora bateu tão forte que pensamos que fossem os soldados.

Elisabeth revirou os olhos e explicou que os soldados estavam longe; não havia motivo para tanta preocupação.

– Já vai, já vai – disse Jordan. – A senhora há de entender... Estou sozinha com as crianças, todo cuidado é pouco...

– Está sozinha?! – exclamou Elisabeth, assustada, e logo abaixou a voz para não despertar a atenção dos vizinhos. – Certo, então o diretor Winkler não está?

– E quando ele está? – gritou Jordan no segundo andar. – Só quer saber das reuniões dele, vive nas assembleias, prometendo mundos e fundos. E eu aqui sozinha me matando...

– Onde ele está?

Prestes a descer as escadas, Jordan lamentou ter que interromper a conversa. Até porque ela sabia bem a razão da preocupação da Sra. Von Hagemann.

– E onde mais estaria? Provavelmente na prefeitura. Isso se já não o prenderam para enforcá-lo junto com os outros conselheiros.

– O que está dizendo, Jordan? – perguntou Elisabeth, pálida. – Por que levariam os conselheiros eleitos? Por que os... condenariam?

– Sei lá! – disse ela, dando de ombros. – O coveiro aqui do lado disse que as tropas do governo enforcariam todos os homens envolvidos nos conselhos de Munique e Augsburgo. Ele até já calculou quanto vai ganhar com isso, aquele mesquinho...

Tilly envolveu Lisa com o braço, trazendo-a de volta para a rua. Era chegada a hora, já se ouviam os tiros de fuzil, o que indicava que as tropas em breve chegariam ao centro da cidade.

– Vamos, Lisa. Se ele estiver na prefeitura, não podemos fazer nada. Colocar-se em risco agora vai ser pior ainda.

Contudo, Elisabeth desvencilhou-se da amiga e correu em direção ao bairro Perlachberg. Não restou a Tilly outra saída além de acompanhá-la para evitar que cometesse uma imprudência.

– Lisa, seja sensata... Por favor... Pense nos seus pais... Se algo acontecer com você...

– Não pedi para vir comigo, Tilly! – falou Lisa, apertando o passo.

Ofegantes, elas subiram as ladeiras das ruelas, passando por pessoas nervosas que iam e vinham, por portas com barricadas erguidas às pressas e por cachorros sem dono.

– Sra. Von Hagemann! – chamou alguém de uma janela. – Srta. Bräuer! Aonde as senhoras estão indo? Pelo amor de Deus, fiquem onde estão!

Ao dobrar uma esquina, viram-se sem saída. Lá estavam elas: as tropas haviam ocupado totalmente a praça da prefeitura. A cavalaria adentrara as ruelas em pequenos grupos, soldados de infantaria tinham cercado a prefeitura e os prédios adjacentes e, vindo pela Maximilianstraße, uma divisão de artilharia aproximava-se com vários canhões.

– Tarde demais! – disse Lisa, lamentando-se desesperada e escorando-se numa parede. – Meu Deus, vão prendê-lo. Tudo o que ele queria era justiça para todos os homens. Por acreditar na igualdade entre ricos e pobres. Ai, Tilly... não se pode enforcar alguém por isso...

Disparos ressoavam na praça. No outro lado, na Karolinenstraße, surgira um tumulto. Ao que parecia, um confronto se desenrolava, mas à distância era difícil dizer quem se opunha às poderosíssimas tropas do governo. Um grupo de soldados montados entrara na ruela em que estavam, e Tilly puxou Lisa para a entrada da casa mais próxima. Eles vinham em trote, os cascos dos cavalos batendo com força nos paralelepípedos, e os soldados usavam a farda imperial, ainda que rasgada e nem sempre completa. Estavam armados com baionetas, examinando cuidadosamente cada porta. As duas jovens, que buscavam refúgio amedrontadas, lhes pareceram inofensivas. Por vezes, um dos cavaleiros uniformizados sorria, acenando com a cabeça para cumprimentá-las e seguindo em frente.

– São os mesmos soldados que lutaram pelo kaiser e pela pátria – disse Tilly, furiosa. – Agora estão atirando em seu próprio povo.

Elisabeth estava igualmente indignada. Já não fora derramado sangue suficiente? No entanto, ainda havia homens que amavam o ofício de soldado e se negavam a deixá-lo. Tanto fazia se na França, Rússia ou no próprio país.

Cada vez mais ginetes entravam na estreita rua. Os enfrentamentos no outro lado da praça haviam se expandido e Tilly finalmente pôde ver que eram jovens operários fechando as vielas transversais com barricadas. Eles se defendiam dos soldados com empenho. Houve um tiroteio intenso e vozes bradavam ordens enquanto os canhões eram colocados em posição.

– Não é possível que lancem granadas – murmurou Elisabeth. – Não no meio de nossa linda Augsburgo. Está cheio de inocentes nas ruas. Mulheres, crianças...

Atrás delas, ouviu-se uma chave na fechadura e a porta se entreabriu. Na penumbra do corredor, Elisabeth distinguiu uma esguia figura masculina, com rosto pálido e barba pontuda.

– Sra. Von Hagemann, Srta. Bräuer! Entrem depressa. Sou eu, Sibelius Grundig. Entrem, entrem. Antes que comecem a atirar...

Tilly não tinha ideia de quem era o homem; já Elisabeth o conhecia bem. Tratava-se do fotógrafo com quem o pai costumava trabalhar em outros tempos. Inúmeras fotos de família e folhetos da fábrica haviam sido feitos por ele.

– Sr. Grundig? Desculpe, não o reconheci no escuro. Muito obrigada...

Ele as conduziu até seu ateliê pelo estreito corredor, ofereceu-lhes assento e chamou a mulher e a filha para ajudar as visitas.

– Que horror... parece que em Oberhausen já morreram dez pessoas – disse Grundig, que também fechara sua loja com tábuas.

Elisabeth sentiu pena dos Grundigs. O velho Sibelius era um homem trabalhador, judeu. Havia prosperado, na esperança de que o filho assumisse o ateliê. Mas o rapaz morrera pela pátria no Marne. Só lhes restara a filha Elise, que perdera a visão quando criança em decorrência de uma doença.

– Vão pelo jardim e pulem o muro – disse a menina cega. – Depois, desçam a ladeira até a muralha. Perto do convento de Santa Úrsula, atravessem a ponte e as senhoras verão um campo...

Surpresa, Lisa a observava. A moça ergueu um pouco a cabeça e sorriu. Seus olhos eram duas fendas estreitas que revelavam pupilas esbranquiçadas.

– Andava muito por esse caminho quando era criança – comentou ela em voz baixa. – É como se ainda visse cada casa, cada paralelepípedo. A grama verde do campo e os córregos também...

– Ela tem razão, senhora – disse Sibelius Grundig. – As tropas daqui a pouco vão cercar todo o centro da cidade, e a senhora não vai conseguir voltar para a Vila dos Tecidos. Podemos oferecer-lhes abrigo sem problemas, mas não sei se nos pouparão...

Tilly lançou um olhar sério a Lisa, que hesitou, perguntando-se se não era melhor forçar passagem até a prefeitura para interceder por Sebastian. Afinal de contas, ela era uma Melzer. Mas talvez os oficiais de Munique nem sequer conhecessem os cidadãos notáveis de Augsburgo...

– Está esperando o quê, Lisa? – perguntou Tilly.

– Está bem...

Elas jamais esqueceriam a tensa fuga naquele ensolarado domingo de Páscoa. Como duas bandidas, as duas se esgueiraram pelo pequeno jardim, onde cebolinha crescia nos canteiros e pés de groselha exibiam sua folhagem verde-limão. O muro coberto de musgo parecia datar de tempos medievais, pois estava caindo aos pedaços. Transposto o primeiro obstáculo, as duas abriram caminho pelo labirinto de ruazinhas, desceram pelo bairro judeu e chegaram à muralha. Não eram as únicas. Em todos os lados, viam-se pessoas em fuga, levando caixas e malas, puxando pequenas carroças com crianças dentro, empurrando carrinhos de mão com seus pertences. Por vezes se assustavam com os disparos de fuzil, salvas de tiro matraqueavam e depois se calavam. Em diversas ocasiões acreditaram ter escutado o impacto de uma granada, o ruído abafado de explosões, seguido por gritos estridentes.

Atravessaram o fosso no convento das ursulinas e correram pelo campo até a região industrial. Fazia um frio inclemente, seus sapatos estavam molhados e os sobretudos cobertos por respingos de lama. Haviam resolvido invadir a cidade justo no domingo de Páscoa, quando as famílias se vestiam bem para ir à igreja.

Na fábrica de papel, conseguiram esconder-se atrás de um muro ao perceberem uma tropa de cavalaria vindo em sua direção. Tiveram que ficar imóveis no frio por um bom tempo, esperando o último soldado desaparecer pelas ruas de paralelepípedo rumo ao centro da cidade. Só então puderam concluir o último trecho do árduo caminho.

– Um banho quente – disse Lisa com um suspiro, quando pisaram no parque da Vila dos Tecidos. – Vou pedir a Auguste para nos preparar um banho agora mesmo. Só consigo pensar nisso...

Tilly não disse nada. Mas, em sua opinião, aquilo era a coisa mais sensata que Lisa dissera o dia inteiro.

38

Hamburgo, 3 de maio de 1919

Prezada Sra. Melzer,

Escrevo estas linhas a pedido de seu marido Paul Melzer, meu bom amigo e companheiro. Fomos presos pelos russos em abril do ano passado em Sebastopol e nos enviaram a um campo em Ecaterimburgo, nos montes Urais. Prefiro não descrever mais detalhes de nossa situação em cárcere. Apenas relato que, mais de uma vez, Paul esteve ao meu lado e salvou minha vida. Um mês atrás, fui enviado junto com outros prisioneiros de guerra de volta à Alemanha – por que justo eu, não sei exatamente. Mas prometi a meu amigo Paul que, assim que possível, daria notícias à sua família. Ele está animado, a ferida no ombro começou a cicatrizar, a febre com certeza passará logo. Mandou um grande abraço a todos, principalmente à sua querida Marie e aos filhos Dodo e Leo. Quando ele estiver melhor, podendo aguentar a longa viagem de trem, também voltará para casa.

Saudações (mesmo sem conhecê-los),
Julius Lebin
Comerciante de artigos coloniais – Pinneberg/Hamburgo

– Meu Deus! – exclamou Alicia com um suspiro e secando os olhos com as mãos. – Que bom finalmente receber notícias dele. Mesmo não sendo tão animadoras.

Marie concordou. Quanto tempo se torturaram com incertezas sobre o paradeiro de Paul. Nenhuma carta, nem sequer um postal, apenas uma breve mensagem do alto comando militar, informando que o soldado Paul

Melzer se encontrava preso na Rússia. Agora pelo menos tinham mais informações: ele fora ferido e estava em Ecaterimburgo, no Ural. Os montes Urais – Marie abrira o atlas imediatamente – situavam-se ao leste de Moscou, mas ainda longe da Sibéria.

– Que pena Lisa e Kitty não terem aparecido para o café, poderiam ter recebido a notícia também – comentou Alicia, lamentando-se. – Não gosto de ver nossa vida familiar se desintegrar. Vocês entram e saem a hora que querem, e eu me sinto em uma estalagem!

A reclamação não era injusta. Havia dias, Kitty se ocupava com sua exposição nas instalações do diretor Wiesler, um trabalho que lhe exigia tanto que ela nem sequer conseguia estar presente para o desjejum. E Lisa, junto com outras senhoras da associação beneficente, cuidava dos funcionários da república de conselhos que aguardavam julgamento.

– Já, já Rosa chega com as crianças, mamãe – disse Marie, tentando consolá-la. – Vão alegrar o ambiente e duvido que você tenha motivos para sentir saudades do passado.

Alicia sorriu e concordou que seus netos eram uma grande alegria. Principalmente Dodo, que tagarelava do início ao fim do dia, fazendo perguntas aleatórias, ora bobas, ora espantosamente profundas. Leo não era muito afeito à arte de falar e se restringia a nomear – em alto e bom som – as coisas que queria. Henni balbuciava de forma ininteligível, apenas Kitty e Rosa entendiam o que dizia. Por outro lado, tinha um sorriso encantador – de quem o haveria herdado?

– Papai já foi para a fábrica?

Alicia dobrou a carta com cuidado e a entregou a Marie.

– Já, saiu bem cedo. Se o vir por lá, entregue-lhe esta carta, por favor. Johann é muito fechado no que diz respeito a Paul. Mas sei que tem muita esperança.

Marie assentiu e guardou a carta. O momento era propício para sair, pois as vozes agudas das crianças já surgiam no corredor. Sorrindo, ela acenou para Alicia e desejou-lhe um dia agradável, mas não muito cansativo.

Ainda era preciso sair pelo jardim de inverno, mas logo o hospital de campanha seria desmontado, o que Elisabeth e principalmente Tilly lamentavam. Marie, por sua vez, enxergava nisso um sinal de esperança e recomeço. Quatro longos e horríveis anos de guerra já bastavam, e tudo o que ela esperava era um cessar-fogo sem mais vítimas. E que os prisioneiros de guerra voltassem logo para suas casas. Se ao menos esse dia chegasse logo...

No pátio, encontrou Humbert debruçado sobre o motor de um dos automóveis.

– Um segundo, senhora! – exclamou ele, e tirou o apoio para fechar o capô. – Já podemos ir.

Ela recusou a oferta. Uma caminhada seria uma boa ideia naquele aprazível dia de maio.

– Escute, Humbert – disse ela, aproximando-se para poder baixar a voz. – Fiquei sabendo de uma coisa estranha. Talvez seja um equívoco, por isso já peço perdão...

Ele ficou paralisado e a olhou tão assustado que ela nem precisou completar a pergunta. Então, de fato, era mesmo seu criado Humbert Sedlmayer que Ernst von Klippstein vira em uma apresentação de cabaré. O rapaz imitara o antigo kaiser e até mesmo sua esposa com perfeição, levando o salão inteiro às gargalhadas. Von Klippstein relatara que a senhora sentada três poltronas à direita quase sufocara de tanto rir.

– Então é você mesmo que está se apresentando no cabaré?

Foi tão constrangedor que ele soltou o capô. O ruidoso som metálico da pancada o arrancou de sua estupefação.

– Foi... foi só... só uma experiência, senhora. Na verdade, eu não queria, mas o Sr. Stegmüller, o gerente do cabaré, falou que primeiro precisava saber se eu conseguia atuar diante do público. Então ele... ele... ele me convenceu...

Não se podia dizer que Marie se alegrava com a notícia. Embora, se pudesse ser sincera, desde o início achasse óbvio que aquele estranho rapaz escondia talentos inusitados.

– Não estou zangada, Humbert – explicou ela, sorrindo. – Mas você há de convir que um criado artista de cabaré é incompatível com a Vila dos Tecidos. Terá que tomar uma decisão.

Ele engoliu em seco várias vezes e gaguejou que era imensamente grato à família Melzer, que se sentia em casa ali e não podia imaginar-se deixando a vila. Concluiu pedindo-lhe que não contasse nada aos sogros. A Srta. Schmalzler também não precisava ser aborrecida sem necessidade por algo tão insignificante.

– Por enquanto, manterei segredo – respondeu ela. – Mas se seu nome aparecer em letras garrafais em algum anúncio na rua, não posso garantir nada!

– Claro que não, senhora. Foi um acontecimento isolado. Nunca mais me apresentarei, juro...

Ela fingiu acreditar e seguiu seu caminho até a rua. A primavera chegava com força. Se o mês de abril fora frio e chuvoso, os dias quentes de maio traziam um verdadeiro milagre. As prímulas e os amores-perfeitos floresciam nos canteiros e em toda parte havia brotinhos verdes. Kitty assegurara que era possível escutar o som que os botões das faias faziam ao se abrirem. No jardim, Gustav e o avô se dedicavam a plantar mudas nos canteiros.

Ao ver o prédio da fábrica dos Melzers, o humor primaveril de Marie morreu por completo. O edifício da administração, os galpões e muros... tudo aquilo ficara ainda mais cinza e lúgubre nos anos de guerra: o reboco caíra em vários pontos das paredes, as molduras das janelas haviam entortado. Simplesmente não dispunham de dinheiro para reformas ou uma nova pintura. A situação era desesperadora não só pelas frequentes greves, mas também pela baixa demanda dos tecidos de papel, ao passo que a lã e o algodão, novamente disponíveis no mercado, eram caros demais para viabilizar uma produção rentável.

– Bom dia, Sr. Gruber!

– Bom dia, Sra. Melzer! O senhor diretor já perguntou pela senhora. Já viu os lírios-do-vale se abrindo no parque?

– Vi, sim. Os lírios-do-vale e os dentes-de-leão!

– Esse aí é infalível, Sra. Melzer. Pode morrer todo mundo aqui que o dente-de-leão continua florescendo.

Havia anos que o velho porteiro não tirava um dia de folga, persistindo com seu serviço, inclusive durante as greves na fábrica. Marie deu um sorriso e cruzou o pátio até a entrada.

Apenas dois dos seis galpões produziam e, mesmo assim, com a maioria das máquinas parada. Estavam finalizando os últimos pedidos: tecidos de papel para a confecção de uniformes de trabalho, sacos de batatas, revestimentos para paredes de escritórios – uma ideia proposta por Marie que, por algum tempo, vendera bastante bem. Entretanto, com o fim das restrições, os tecidos baratos da Inglaterra e da Índia começavam a inundar o mercado alemão.

Apesar da situação desalentadora, procuravam manter pelo menos parte do quadro de funcionários, sobretudo os veteranos de guerra que pretendiam voltar a suas antigas funções. Nas salas da administração, contudo, viam-se várias mesas vazias e até mesmo a Srta. Lüders e a Srta. Hoffmann, as duas secretárias, se revezavam na função.

– O senhor diretor está esperando, Sra. Melzer. Acho que ele está um pouco... nervoso.

De fato, o Sr. Melzer estava vermelho de raiva. Tinha na mão – provavelmente para acalmar os nervos – um copo de aguardente caseira de ameixa, que tomou de um gole só, franzindo os olhos. O pior daquilo tudo era saber que seu estoque de conhaque francês e uísque escocês terminara.

– Finalmente você chegou! – disse ele entre os dentes. – Aqui, leia isso. Não, primeiro se sente. Você vai precisar da cadeira.

Ele pegou de sua mesa uma carta datilografada e a estendeu para Marie como se segurasse um trapo sujo.

– Da América... Greenville... Onde é isso? – perguntou ela, que se sentara obedientemente e analisava o cabeçalho.

– Algum lugar no centro dos Estados Unidos. Indústria têxtil com anos de existência. E então? Captou a mensagem?

De início, Marie não captou nada. A carta havia sido escrita em um alemão claudicante, mas a mensagem central estava clara.

> ... Por isso estamos muito interessados em adquirir a patente de seu excelente maquinário. Principalmente das máquinas para tecer fazendas com estampas, mas também as selfactor para fiar linhas de diversos tipos. Alguns anos atrás, nossos técnicos tiveram a oportunidade de conhecer o valor das máquinas. Temos certeza de que podemos chegar a um acordo. Na Alemanha – sabemos bem –, a situação econômica está difícil, mas estamos seguros de que faremos bons negócios em breve.
>
> Atenciosamente,
> Jeremy Falk
> Diretor geral

Johann Melzer estava sentado na beirada da mesa e se serviu de mais um gole do líquido transparente. Enquanto bebia, observava como Marie reagia à carta.

– Estiveram analisando nossas máquinas? – perguntou ela, admirada. – Quando foi isso?

– Foi antes da guerra – respondeu ele, contendo a raiva. – No outono de 1913, se não me engano. Isso, na época em que você chegou à vila.

Quando Marie o fitou, sua raiva desvaneceu por um momento e ele sorriu. Ela viera morar na vila como ajudante de cozinha, uma menina magricela com imensos olhos escuros. Ele a temia e a odiava. Ela o deixara à beira da morte, confrontando-o com o lado mais sombrio de sua existência – por anos ele se recusara a assumir a culpa pelo fim trágico dos pais dela. E como a história terminara? Ela se transformara em seu braço direito, estando incondicionalmente ao seu lado.

– Então esse Jeremy Falk quer comprar as patentes das invenções do meu pai? – indagou ela, franzindo os olhos, insegura. – Mas... elas estão patenteadas?

Johann Melzer negou. As máquinas tinham sido projetadas pelo pai dela e montadas na fábrica. Mais tarde, ele fizera todo tipo de mudanças, adicionando também outras melhorias a suas invenções, mas todos aqueles projetos haviam permanecido ocultos por um bom tempo.

– Eu sei, papai. Por anos estava tudo bem diante de seu nariz, mas você, infelizmente, não viu!

Ele resmungou que não era o momento oportuno para caçoar dele. De qualquer maneira, o pai dela nunca levara suas invenções ao registro de patentes e ele tampouco as registrara após encontrar os desenhos.

– Então, em princípio, qualquer um poderia montar essas máquinas?

Melzer sorriu com regozijo. Para tanto, a pessoa primeiramente precisaria estar de posse dos desenhos técnicos e, em segundo lugar, teria que ser capaz de lê-los. Pois a caligrafia de Jakob Burkard – com todo o respeito – era péssima, e apenas quem fosse experiente na área conseguiria entender seus esquemas.

– Outra possibilidade seria desmontar as máquinas para descobrir seus segredos – acrescentou ele. – Basicamente, trata-se apenas de pequenas melhorias, mas são tão geniais que o impacto é absurdo.

Marie devolveu-lhe a carta e comentou, dando de ombros, que não entendia o porquê de tanto nervosismo. Se os americanos queriam comprar as máquinas, azar o deles. O negócio não poderia se concretizar por indisponibilidade de mercadoria. Ponto-final.

Ele a fitou, decepcionado por sua ingenuidade. Marie por acaso não percebia o ardil daqueles petulantes? Dizendo que na Alemanha a situação econômica estava difícil... Era óbvio que sabiam perfeitamente como o país estava arrasado e que lá se vendia o almoço para comprar o jantar. Estavam tentando pressioná-los da maneira mais vil.

– Mas não vamos ceder, papai! Esqueça. Tenho notícias melhores.

Ela sacou do bolso do casaco a carta do comerciante de artigos coloniais e a entregou ao sogro. Alicia tinha razão, as feições dele se suavizaram. Toda a ira, toda a amargura por aquele mundo perdido se foram. Como ele devia se preocupar com o filho Paul...

– Temos aí uma esperança – concluiu ele.

Nem mais uma palavra saiu de sua boca. Ele tampou a garrafa de aguardente com a rolha e colocou sua panaceia etílica de volta no armário.

Marie levantou-se para ir ao escritório de Paul, que agora era seu. Ela tinha algumas ideias para a utilização dos tecidos de papel, ainda em desenvolvimento, que vinha mantendo escondidas do sogro. Além disso, um inventor lhe escrevera, um veterano de guerra de Rosenheim, que alegava conhecer um método para a produção de fibras têxteis a partir de glicerina e alguma resina. Provavelmente era um louco. Mas papai tinha certa razão – naqueles tempos difíceis, era preciso atirar para todos os lados. Ela tirara a carta do envelope para lê-la mais uma vez quando a Srta. Lüders bateu à porta.

– Sra. Melzer? O Sr. Von Klippstein mandou perguntar se a senhora teria uns minutinhos...

Ernst von Klippstein cuidara da contabilidade da empresa por meses, mas após a volta de dois dos contadores sua ajuda voluntária na fábrica se tornara dispensável. Desde então, ele aparecia regularmente no escritório de Marie com sugestões para assegurar a subsistência da empresa. Por que ele não ia falar direto com o diretor era um mistério.

– Mande-o entrar, Srta. Lüders.

Como sempre, ele se detivera por um momento junto à porta, com a mão ainda na maçaneta, como se quisesse sondar o terreno. Ele olhou para Marie com um sorriso, para assegurar-se de que não estava sendo inoportuno.

– Recebeu boas notícias, Marie?

Ela sempre se espantava com a capacidade que ele tinha de ler seu humor.

– De fato, recebi sim – replicou ela. – Pode entrar, sente-se.

Ele fechou a porta e foi até as poltronas, mas só tomou assento após ela se acomodar. Sua ansiedade era aparente.

– Temos notícias de Paul. Ele está em um campo de prisioneiros em Ecaterimburgo, perto dos montes Urais.

A resposta o deixara aliviado? Pelo menos ele alegou estar muito contente por sabê-lo. Restava apenas esperar que Paul voltasse em breve ao país. Em seguida, calou-se por um momento, com uma expressão de angústia. Era a felicidade nos olhos de Marie que o intrigava? Ele sabia bem o quanto ela amava o marido. Assim como tinha certeza de que Paul o tinha como seu melhor amigo. Entretanto...

– Andei refletindo muito nas últimas semanas... – comentou ele. – Queria lhe fazer uma proposta, Marie.

De novo, pensou ela. *Qual era a nova invenção daquele solícito ajudante?* Ela o observou recostado na poltrona, de pernas cruzadas e o olhar esperançoso cravado nela. O paciente gravemente ferido que dera entrada no hospital de campanha dois anos antes estava irreconhecível. À época, ele lhe confessara não ter mais esperanças e estar à espera da morte. Com o tempo, sua ferida cicatrizara e mal restringia seus movimentos. Ele superara a separação da esposa e aparentava ter muitos planos para o futuro.

– Diga...

Ele não tirava os olhos de Marie ao apresentar a ideia, e ela logo entendeu não só que aquilo era muito importante para ele, como também que Ernst von Klippstein falava muito sério.

– Como sabe, querida Marie, deixei para minha ex-esposa a fazenda com todos os terrenos, prédios e também a criação de cavalos...

Quando fez uma pequena pausa, Marie comentou que aquilo fora extremamente generoso de sua parte. Afinal a fazenda era herança da família dele.

– Exato – respondeu. – Por isso deixei registrado que meu filho será o único herdeiro. Até lá, todos os lucros da fazenda irão integralmente para minha ex-esposa e seu segundo marido. Contudo, não saí de mãos vazias: recebi um montante considerável em dinheiro, que depositei no banco.

Veja só, pensou Marie. *Então o bondoso Ernst não é tão nobre como se poderia pensar à primeira vista. Mas ele está certo. Qualquer outro acordo seria estupidez.*

O homem se aprumou na poltrona, apoiou os braços no estofado do assento e prosseguiu, entusiasmado.

– A situação econômica em nossa desgraçada pátria, como você sabe, não está das melhores. Por isso temo que meus ativos em breve percam um valor considerável no banco. Dessa forma, pensei em investir com inteligência...

Ela entendeu. A intenção era emprestar-lhes dinheiro – talvez, inclusive, tornando-se sócio – e movimentar a fábrica com capital. Poderiam comprar algodão, lã de qualidade, reativar a produção. Reduzir a margem de lucro, atrair clientes novos com cores e estampas criativas e derrotar a concorrência estrangeira. Talvez ela pudesse até mesmo realizar seu sonho de abrir um ateliê, desenhar roupas e vender suas criações em série...

– E, obviamente, a primeira coisa em que pensei foi na fábrica dos Melzers...

Ao dizê-lo, o tom de sua voz lhe pareceu tanto amável como enternecedor. Soava muito mais como um pedido tímido do que como a oferta e o imenso favor para a fábrica que de fato era.

– Seria... seria mais que bem-vindo – gaguejou ela, impressionada. – Entretanto, o senhor antes precisaria se familiarizar com a situação da empresa e, só então, decidir se aceita o risco de investir seu dinheiro em nós.

Ele apressou-se em informar que estava a par de tudo. Examinara os livros e sabia que as dificuldades atuais se deviam unicamente à falta de matéria-prima por conta da guerra. A produção de tecidos de papel mantinha a fábrica mais ou menos de pé, mas eram necessários novos investimentos...

– E de que maneira o senhor pretende investir?

Voltando a se recostar e mantendo os braços sobre o estofado da poltrona, ele lhe explicou, inocentemente, que pensava em uma sociedade. Melzer & Klippstein. Ou, simplesmente, Melzer & Associados. Nesse caso, teriam que buscar assessoria jurídica.

– De maneira alguma quero impor qualquer tipo de formalidade – declarou ele, olhando para ela com uma expressão sincera. – O importante para mim seria a aliança com a família Melzer. Ter um futuro comum, nos negócios e na vida pessoal também. É isso que pretendo.

Aquilo chegava aos ouvidos de Marie como uma proposta honesta, movida por amizade e afinidade. Contudo, ela não sabia como soaria aos ouvidos do sogro. Melzer & Klippstein... Ele não ia gostar nada da ideia...

– Eu quis falar com você primeiro – disse Von Klippstein, em tom persuasivo. – É muito importante que você, querida Marie, esteja de acordo com minha proposta. Espero que não me entenda mal. Não quero, de maneira alguma, fazer algo que não seja de seu agrado. Ou que você perceba minha intenção como impertinente...

Seus olhos azuis assumiram uma expressão diferente. Eles a penetravam com expectativa e esperança, com a insistência digna de um homem que escolhera uma mulher e não pretendia deixá-la nunca. De pronto, ela percebeu quais eram os verdadeiros sentimentos que estavam por trás daquela generosa oferta.

– Sendo muito sincera, querido Ernst...

Ele ergueu as sobrancelhas e enrijeceu o corpo. De fato, ele se arrumara bastante para aquela visita: estava com um terno novo em folha e uma flor na lapela.

– Por favor, Marie!

– Pois bem – disse ela, tomando ar. – Pessoalmente, sou contra sua proposta. Mas, claro, não sou eu quem decide.

– É, sim – respondeu ele, em voz baixa.

Sua reação foi impassível. Os dois conversaram de maneira aparentemente descontraída sobre os dias de primavera e o acordo de paz que, todavia, não fora assinado, mas colocaria um fim à guerra de uma vez por todas. Apenas quando ele abriu a porta e pensou que ninguém mais o observava, Marie flagrou a expressão de derrota em seu rosto e sentiu remorso. Ela estava apenas seguindo seu instinto, mas, com isso, não só provocara a infelicidade de um homem amável, como possivelmente também prejudicara a fábrica dos Melzers.

39

— Ai, odeio andar de bonde! – exclamou Elisabeth, ao saltar com Tilly na Königsplatz. – Esse cheiro de piche e sujeira, sem contar o desconforto e o aperto. E o degrau é alto demais, quase torci o tornozelo naquilo...

Tilly a tomou pelo braço e comentou que a viagem de bonde era um verdadeiro luxo se comparada à fuga das duas pelo centro da cidade e pelos campos encharcados.

– Nem me lembre disso!

Viraram na Annastraße, detendo-se diante de algumas vitrines modestamente guarnecidas. Ainda faltava muito para que as coisas fossem como antes da guerra. As lojas antes viviam abarrotadas de mercadorias dos mais variados tipos, todas as noites as luzes coloridas das vitrines no centro da cidade eram acesas, sem contar a efervescência dos restaurantes, os pequenos teatros, as apresentações de ópera e os concertos de verão no parque da cidade...

Nostálgicas, as duas contemplaram o único objeto exposto em uma loja de artigos hidráulicos: um elegante vaso sanitário na cor branca. Coberto por uma fina camada de poeira, indicava o tempo que se passara sem que encontrasse um comprador. O que não era de admirar, afinal os preços subiam diariamente e ninguém sabia aonde aquela situação iria parar.

– E olha que agora é possível comprar quase tudo – disse Tilly, irritada. – Basta ter dinheiro. No mercado ilegal não falta variedade.

Avançaram um pouco mais e o humor de Lisa melhorou ao ver as altas árvores carregadas com a folhagem de primavera. Não era uma alegria saber que a terrível guerra terminara? Assim como a natureza sempre se renovava, o país e seu povo se reergueriam e voltariam a florescer.

– Sebastian queria o contrário disso – comentou Lisa, sem conseguir evitar. – Ele queria justiça. Ninguém passando fome, nem vivendo com excessos. E por isso o colocaram atrás das grades, como se fosse um criminoso. Sendo que foram os outros, com soldados e canhões, que invadiram nossa bela Augsburgo.

Tilly apertou seu braço e a advertiu para que se acalmasse. O mundo nem sempre era justo, mas pelo menos a situação estava estabilizada e as tropas haviam se retirado.

– Com certeza vão soltá-lo em breve, Lisa.

Elisabeth deu um longo suspiro. Por diversas vezes, ela tentara visitá-lo na prisão, em vão. Levara comida, roupas e calçados, sem sucesso. Nem ao menos sabia se ele havia recebido os itens. Lisa chegara, inclusive, a pedir que o advogado Grünling o visitasse, mas ele lhe explicara que o Sr. Winkler estava decidido e não havia nada que pudesse fazer por ele.

– E mesmo se finalmente o soltarem... – disse Elisabeth, amargurada. – Como ele vai se sustentar? O orfanato está sob a direção de Maria Jordan.

Aquilo era novidade para Tilly.

– A Srta. Jordan virou diretora do orfanato? É uma ascensão e tanto para uma camareira.

– Um equívoco sem precedentes, isso sim – resmungou ela. – Deviam ter ficado com a megera da Srta. Pappert, então. Ah, Tilly... Sebastian era como um pai para aquelas crianças, um protetor, um professor tão amoroso.

Tilly já estava enjoando dos lamentos de Lisa.

– Como assim, Lisa? Não há razão para se preocupar com o Sr. Winkler. Sempre precisam de professor. Quando tudo isso passar, ele encontrará trabalho em algum lugar...

Lisa se calou. Era óbvio que Tilly tinha razão. Faltavam homens a muitas profissões, uma vez que um grande número partira para a guerra ou retornara inválido. Na Maximilianstraße, havia vários mendigando alguns fênigues. Embora Sebastian tivesse perdido um pé, por sorte ele ainda podia trabalhar. Mas em Augsburgo certamente não seria contratado como professor. E o divórcio dela ainda tramitava na justiça. Klaus von Hagemann passara os últimos dias da guerra na Prússia Oriental e, desde então, nada mais se soubera dele.

– Talvez já esteja morto há tempos – dissera Kitty, dando de ombros. – Você nem vai precisar se preocupar com o divórcio.

Kitty, sua irmã caçula. Como ela mudara nos últimos quatro anos. A pirralha mimada se transformara em uma esposa e mãe amorosa. Após a morte de Alfons, quando todos acreditavam que ela se entregaria à tristeza, Kitty enfim desabrochou como artista. Elisabeth não sabia se a admirava ou se sentia raiva. Até porque, em muitos aspectos, Kitty se mantivera a mesma de sempre. Principalmente em seus comentários cruéis.

– Já estamos chegando, Lisa – avisou Tilly. – Nossa, estou vendo três, não, quatro automóveis ali. As pessoas estão vindo mesmo para a exposição de Kitty...

Lisa aguçou o olhar e reconheceu Humbert ajudando uma senhora a sair do carro. Era a mãe? Não, tratava-se da Sra. Von Sontheim, mãe de sua amiga Serafina. O humor de Elisabeth melhorou. Seria bom rever Fifi. A coitada perdera o pai e os irmãos...

– Veja só, o incansável Klippi – disse Tilly, em tom de brincadeira. – Que homem amável. Ele que trouxe seus pais e Marie de carro.

Todos se encontraram na entrada de um grande edifício na Karlstraße e trocaram os mais calorosos cumprimentos. Que primavera maravilhosa! Os lilases estavam carregadíssimos. Aquilo só podia ser um bom presságio...

– Vocês viram as cerejeiras nos campos? – perguntou Von Klippstein, enquanto oferecia o braço a Tilly para que subissem juntos ao primeiro andar, onde ficava o apartamento do diretor Wiesler. – Parece que estão cobertas de algodão.

– Sim – respondeu ela, sorrindo. – Se as abelhas trabalharem direitinho, vamos colher cerejas aos montes, inclusive para fazer bolo.

– Que agradável encontrar uma senhorita com tanto senso prático.

– Não mesmo – retrucou ela, rindo. – O bolo vou deixar para os outros fazerem.

Ao chegarem ao apartamento, foram recebidos pela esposa do diretor Wiesler, vestida toda de preto e envolta em pérolas. Tilly a achou exaltadíssima, cumprimentando os convidados um a um e explicando o quanto estava feliz por ter amigos tão adoráveis e interessados em arte. Dois criados – um deles era Humbert – serviam espumante em bandejas de prata e Von Klippstein não sossegou até que Tilly aceitasse pelo menos meia taça.

– Artistas merecem um brinde com espumante de verdade, minha querida Srta. Bräuer. E sua cunhada é uma artista genuína. Confesso que estou impressionado!

Tilly já havia visto a maioria dos quadros de Kitty, mas era preciso reconhecer que, uma vez emoldurados e pendurados, o impacto era ainda maior. Sobretudo o daqueles que mostravam os contornos da cidade sob uma imensa abóbada celeste. Sim, Kitty pintava céus como ninguém. Formações de nuvens escuras e sinistras, delicados cabelos de anjo em contraste com a infinidade azul, véus cinzentos desfiados pela tempestade, o firmamento saturado em tons de azul-marinho...

– Tilly, minha querida! Que bom que você veio! Trouxe sua mãe? Não? Ai, que pena. Alguém precisa tirá-la de casa... Meu Deus, Tilly. Já vendi três quadros. E ainda nem começamos... Aquele rapaz ali, com a espinha no nariz e óculos de armação em níquel, é do jornal...

Kitty nunca estivera tão linda e elétrica. O cabelo curto se alvoroçava com cada movimento, às vezes ela o ajeitava atrás da orelha com um gesto arrebatador, mas os fios teimavam em se soltar. E a saia bem justa cobria apenas um palmo abaixo dos joelhos. Sem contar as caríssimas meias-calças de seda e os encantadores sapatos brancos.

– Ah, não acredito! – exclamou ela, antes de sair correndo. – Sr. Kochendorf! Há quanto tempo não nos vemos. Sua esposa? Muito prazer. A senhora sabia que antigamente o chamávamos de Caveirinha? Ah, como éramos bobas e ridículas quando crianças...

Tilly percorria lentamente as salas, a taça pela metade na mão, analisando os quadros de Kitty com atenção. Eram muitos: os Wieslers haviam removido todos os quadros das paredes para expor aquele mar de pinturas. Como eram diferentes entre si. As assustadoras cabeças de peixe – ou seriam lagartos monstruosos? – eram pintadas com pincel fino e traços precisos. Havia ainda caranguejos, ratos e uma das obras ostentava um emaranhado de aracnídeos repugnantes. Tilly sentiu um calafrio. Quem compraria uma coisa daquela? Serviria no máximo para pendurar na sala de jantar a fim de espantar visitas indesejadas. Em uma fase posterior, Kitty pintara aquelas paisagens maravilhosas inundadas pelo sol. Fora no último verão, quando ela andava no parque para lá e para cá com seu cavalete.

– Um talento ímpar. Meus caros amigos, prometo uma coisa: em pouco tempo, o nome de Katharina Bräuer será conhecido em todo o Reich!

Tilly não conteve a risada. A esposa do diretor Wiesler estava tão entusiasmada que por um momento se esquecera de que já viviam em uma república. O kaiser estava exilado na Holanda e, pelo que diziam, tinha virado lenhador.

– Tudo começou em um quartinho em Montmartre. Sim, em Paris, naquele tempo em que reinava a paz e a arte se sentia em casa na cidade...

– Incrível – cochichou Lisa, que se aproximara de Tilly junto com Serafina. – A artista de Montmartre. Agora ela vai transformar tudo que toca em ouro!

Serafina von Sontheim cumprimentou Tilly com certa frieza e logo puxou Lisa para a sala ao lado, onde estavam alguns conhecidos. Tilly pôde ver que o grupo, que cochichava entre si, logo se calou com a chegada de Lisa.

Ainda a magoava ser alvo de toda aquela gente que perdera dinheiro com a falência do banco dos Bräuers. Sua mãe já não saía de casa justamente por esse motivo, recusando até mesmo os bem-intencionados convites dos Melzers. Era injusto. Nem ela nem sua mãe tinham ciência da situação do estabelecimento. E seu pai estava morto. Por acaso queriam acusá-las disso também?

– ... essas paisagens magníficas, banhadas pela cálida luz dourada do sol, uma vibrante sinfonia da esperança e da beleza avassaladora. Vejam só essas fortes pinceladas...

Irritada com a tagarelice pomposa da esposa do diretor, Tilly aproximou-se da porta para, caso necessário, poder escapar para o corredor. Lá, se deparou com Ernst von Klippstein, que acabara de adentrar o recinto.

– Não me diga que já pretende ir embora – disse ele, em voz baixa. – Seria uma verdadeira pena. Já estava ansioso para levá-la em meu carro. A Sra. Melzer nos convidou para o jantar.

– Não, não... Só queria me afastar um pouco – respondeu ela, tranquilizando-o. – Não gosto de estar lá no meio, fico mais à vontade aqui perto da porta...

Ele se manteve ao seu lado, deu um gole no espumante e explicou que sentia o mesmo. Não se considerava um sujeito que gostava de brilhar, preferia ceder o protagonismo aos outros.

Tilly precisava aguçar os ouvidos para entender o que seu interlocutor lhe sussurrava, pois a voz da esposa do diretor ainda preenchia o ambiente. Ao mesmo tempo, se admirava com a atenção que Klippi lhe dedicava naquela tarde, pois todos que o conheciam um pouco melhor sabiam que seus olhos brilhavam apenas para Marie.

Será que Marie deu fim a suas investidas e ele agora está em busca de uma substituta de curto prazo?, pensou ela, se divertindo com a ideia. *Pobre rapaz, como pudera se perder em uma paixão tão sem futuro?*

– ... acho que foi a Sra. Von Hagemann que me contou sobre sua vocação, querida Tilly.

– Sobre minha... vocação?

Ele sorriu, constrangido, provavelmente por medo de dizer algo bobo.

– Sobre seu interesse pela medicina. Chegou até a comentar que a senhorita queria ser médica.

Ah, ele se referia a isso. Lisa era mesmo linguaruda. E Tilly pensava ter guardado aquele sonho para si.

– Bem, na verdade é um plano pouco realista. Primeiro teria que fazer um exame para a faculdade, depois concluir o curso...

– E o que a impede? – perguntou ele, ingênuo.

Ela estava prestes a dizer, com toda a discrição, que para tal formação eram necessários recursos que andavam escassos no lar dos Bräuers. Em vez disso, seu olhar se deteve em um convidado atrasado que cruzava a porta naquele momento, e Tilly se calou.

De onde conhecia aquele homem? Suas roupas eram totalmente inadequadas para a ocasião: no lugar de um terno para a tarde, vestia um casaco cinza esfarrapado e calças largas demais para suas pernas. Um artista? Pelo menos era o que seu cabelo escuro e cacheado e a barba por fazer sugeriam. Ele se aproximou da porta dupla do salão, onde a esposa do diretor Wiesler declamava as últimas frases de seu elogioso discurso. Ficou ali, esticou-se um pouco para tentar enxergar por sobre a cabeça dos convidados e pegou uma taça de espumante em uma bandeja que alguém deixara por perto.

– Que sujeito esquisito... – murmurou Von Klippstein. – Vai ver, só apareceu pela comida e pelo espumante...

No instante seguinte, uma figura delicada surgiu e arrastou Von Klippstein para o corredor. Como Tilly estava a seu lado, foi levada junto.

– Eu lhe imploro, Klippi – cochichou Kitty, nervosa. – Ele precisa sair deste apartamento agora mesmo. Diga isso a ele. Agora mesmo. Se papai o vir... ou até mesmo mamãe...

Von Klippstein só foi entender de quem Kitty falava quando ela apontou para o estranho.

– Como assim? Quem é ele? Não posso simplesmente expulsar um desconhecido. Menos ainda da casa dos outros.

– Por favor, Klippi! Eu vou morrer se você não o fizer. Vou cair aqui dura, em cima do tapete persa...

O corpo inteiro de Kitty tremia, e os dois ficaram com receio de que ela pudesse ter um ataque de nervos. De repente, Tilly compreendeu.

– Venha – disse ela, tomando Von Klippstein pelo braço para afastá-lo alguns passos dali.

– Mas o que houve? Por quê?

– O homem é Gérard Duchamps. Entendeu? O francês com quem Kitty fugiu anos atrás...

Ele a fitou e logo desviou o olhar para o homem maltrapilho, que se apoiava no portal do salão tomando o espumante.

– Talvez o tenham feito prisioneiro de guerra aqui e ele esteja para retornar à França...

– Meu Deus! – exclamou Von Klippstein e pigarreou. – Que vergonha. Mas tudo bem, não vou desapontá-las.

Ele aprumou o corpo, acenou com a cabeça à desesperada Kitty, indicando-lhe que atenderia seu pedido, e atravessou o corredor. Tilly e Kitty acompanhavam nervosas o desenrolar da cena.

Não foi nenhum espetáculo. Von Klippstein abordou Duchamps, que se virou com um semblante inquisitivo. Em seguida, Von Klippstein fez uma ligeira reverência, provavelmente enquanto se apresentava. Duchamps, igualmente, disse seu nome e escutou bastante calmo o que seu interlocutor lhe dizia.

– O que será que estão conversando? – sussurrou Kitty. – Por que ele não vai embora logo? Ah, que nervoso. Klippi está sendo muito simpático. Ele tem que colocá-lo no olho da rua. Agora!

– Shhh, Kitty. O mais sensato é agir com discrição, não acha?

– Como ele pôde fazer isso comigo? – sussurrou ela, com voz chorosa. – Justo hoje, no meu grande dia. Aparecer aqui como uma sombra do passado. Ele está fazendo de propósito. Só para me atingir...

Ouvia-se uma agitação no salão. Os convidados aplaudiram a oradora com empolgação e ergueram a taça para brindarem à jovem pintora.

– Sra. Bräuer? Onde ela se meteu? Onde está a artista?

Tilly agarrou o braço de Kitty e a empurrou porta adentro. Assim que percebeu tantos olhares fixos nela, um sorriso radiante se esboçou em seu rosto.

– Aqui! – exclamou ela, contente. Levantou o indicador, como se estivesse na escola. – Aqui. Presente. Feliz e lisonjeada. Preparada para mil e uma estripulias... Ah, eu amo todos vocês!

Tilly se divertia acompanhando a entrada triunfal da amiga no salão, onde a esposa do diretor Wiesler a pressionava junto a seu peito maternal, derramando lágrimas de comoção, antes de propor um brinde à sua saúde.

– À nossa jovem artista, cria de uma família de Augsburgo e filha de minha queridíssima amiga Alicia...

Quando Tilly voltou ao corredor, Gérard Duchamps já havia ido embora. Von Klippstein permanecia junto à porta, com ar angustiado, e pareceu aliviado ao ver Tilly novamente.

– Pobre coitado – disse ele. – Deu pena expulsá-lo. De fato, foi feito prisioneiro de guerra na Alemanha e acabou de ser libertado.

– E o que ele veio fazer aqui?

Dando de ombros, respondeu que talvez o homem tivesse visto os pôsteres com o nome de Kitty.

– É óbvio que ele ainda sente algo por ela. Acredita que me perguntou se era verdade que o marido de Kitty tinha morrido na guerra?

– Nossa – murmurou Tilly. – E o que o senhor disse?

Von Klippstein não respondeu. Em vez disso, ofereceu-lhe o braço, para que fossem juntos ao salão.

– Onde está seu espumante, Tilly? Temos que beber para brindar à artista.

40

A pequena Dodo cobriu os ouvidos com as mãos e fez uma careta. Do átrio da mansão vinha o barulho de marteladas e batidas, móveis sendo arrastados, gritos e insultos.

– Rosaaa! – chamou Henni, estendendo os braços e pedindo colo.

Rosa Knickbein atendeu ao pedido da criança. Dodo era extremamente sensível a ruídos, fora um equívoco subir com ela pelo átrio. Mas, como a chuva voltara a inundar o caminho pelo jardim, secar e engraxar três pares de sapato estava fora de questão.

– Leo! Venha já aqui! Largue esse martelo. Está me ouvindo?

O garotinho lançou um olhar mal-humorado para a babá. Claro, ela mais uma vez estragava sua brincadeira. Com toda sua força, ele ergueu o martelo, admirado pelo fato de que os homens conseguiam manusear a pesada ferramenta como se não pesasse nada.

– Leo! Nãããmo!

Rosa não foi rápida o bastante, pois teve que colocar Henni no chão antes de intervir. Leo aproveitou para martelar uma das peças de ferro escoradas na parede. A consequência foi terrível: o martelo caiu de sua mão, a cabeceira branca da cama escorregou para a frente, arrastando mais duas peças e causando um tremendo estrondo quando tudo desabou no chão. Com o impacto, duas caixas de lençóis balançaram, mas permaneceram de pé.

– Leo! Pelo amor de Deus! Leo, onde você se meteu?

Rosa estava prestes a enfartar. O menino se metera embaixo da cama? Talvez estivesse esmagado. Ou morto. Ou aleijado para sempre.

Na verdade, Leo estava agachado ao lado do caos que ele mesmo causara e chorava a plenos pulmões. O berreiro continuou enquanto Rosa o apalpava, procurando ferimentos e perguntando-lhe, desesperada, onde doía. Na cabeça? Na barriga? No pé?

– Buááááá!

Dois dos ajudantes vieram correndo, observaram a bagunça e comentaram que o rapazinho tivera muita sorte. Com poucos movimentos, apoiaram de volta na parede a cabeceira e os pés da cama e recomendaram que Rosa tivesse mais cuidado com os pequenos.

– Aqui é lugar de trabalho! – exclamou um deles, enquanto Rosa ia com as três crianças em direção à porta. – E não parquinho de criança!

Na ampla escada social, ela encontrou Marie a caminho da fábrica e Elisabeth, que viera pelo outro lado. Além delas, a Srta. Schmalzler também se aproximou, assustada com o barulho e o choro de criança.

– O que ele aprontou dessa vez? – perguntou Marie, tomando o menino nos braços.

Leo aproximou o rosto coberto de lágrimas da blusa branca recém-lavada e articulou meia dúzia de sílabas ininteligíveis.

– Bu... éé... éé... fi... uáááá!

Lisa pegou no colo a chorosa Henni, sua queridinha, seu torrãozinho de açúcar...

– Francamente, Rosa! – exclamou ela, alterada. – As crianças poderiam ter morrido!

– Não aconteceu nada – murmurou Rosa. – Leo só está chorando por causa do susto.

– Não – disse Marie. – Ele está com uma farpa no dedo. Não está vendo?

– Ai, meu Deus...

A Srta. Schmalzler comentou que as crianças tinham um anjo da guarda, que as protegia do pior. Rosa acrescentou em voz baixa que o anjo de Leo trabalhava dia e noite. Já Marie tentava a todo custo passar para os braços da babá o menino ainda aos prantos, e ele só se tranquilizou ao ouvir que a vovó o esperava no andar de cima com biscoitinhos de mel.

– É igualzinho ao avô! – exclamou Lisa quando a babá saiu com os meninos.

Ela observou as manchas úmidas na blusa de Marie e comentou que Leo também podia ter saído à avó, mãe de Marie.

– Lembro poucas coisas dela – falou Marie, sorrindo. – Mas dizem que ela era bem obstinada.

– Ah, na família Von Maydorn também havia um monte de gente que não engolia sapo – disse a Srta. Schmalzler. – Me lembro bem da época em que eu ainda morava na fazenda da Pomerânia e o finado barão Von Maydorn comandava tudo com mão de ferro...

Os pensamentos de Lisa já estavam de volta ao trabalho. As divisórias de madeira felizmente já haviam sido retiradas e, após serem cortadas em pedaços, virariam lenha para as estufas no inverno. E por que os caminhões não vinham logo para levar as camas e os colchões? A intenção era distribuí--los a diversos hospitais e doar o restante a famílias necessitadas. As roupas de cama e os cobertores de lã seriam recolhidos pela Cruz Vermelha, assim como vários outros itens, como baldes, penicos, tigelas, garrafas e muletas de madeira – todos provisoriamente empilhados em frente à entrada.

– Foi um trabalho abençoado – disse a Srta. Schmalzler com um suspiro, contemplando o átrio. – Mas agora o que mais quero ver é este belo átrio em sua forma original uma última vez.

Lisa concordou. Em poucos dias, tudo estaria terminado. Até lá, os funcionários ainda teriam bastante trabalho. A começar pela limpeza. O belo chão de mármore com seus padrões estava em um estado deplorável...

– Como assim "uma última vez", Srta. Schmalzler? – perguntou Marie.

A governanta mantinha a postura ereta, mas nos últimos meses emagrecera espantosamente, e em suas mãos destacavam-se grossas veias azuladas. Afinal, a Srta. Schmalzler já beirava os 70 anos.

A governanta fitou Marie e Elisabeth com seus vívidos olhos cinzentos. Seu olhar ainda era capaz de penetrar fundo, embora Lisa achasse que recentemente as íris vinham adquirindo um aspecto turvo.

– A senhora tem ouvidos atentos – comentou a governanta, pensativa. – Lembra da nossa primeira conversa? Já se passaram cinco anos desde que aquela menina tímida e esquelética apareceu na Vila dos Tecidos para se candidatar a uma vaga de ajudante de cozinha. Ah, eu sempre soube que a senhora ocultava algo de especial. E não me enganei.

– Naquela época, eu morria de medo da poderosa governanta – confessou Marie, com um sorriso.

– E hoje?

– Hoje ainda a considero nosso braço direito na mansão. Não sei o que faríamos sem você...

– Bem... – disse a Srta. Schmalzler. – Nós duas sabemos que chegou a hora de me despedir.

Marie e Elisabeth se calaram. Obviamente, já sabiam. Por diversas vezes, elas e Alicia haviam conversado sobre a Srta. Schmalzler, e estavam de acordo em lhe oferecer um lugar na mansão para que passasse sua aposentadoria. Além do casebre onde Auguste vivia com a família, havia mais duas pequenas construções. Fariam as adaptações necessárias em uma delas, equipando os dois pequenos cômodos com aquecimento, cozinha, um sótão e um jardinzinho. Caso precisasse, ela poderia continuar usando a cozinha da mansão para fazer as refeições.

– Não pensamos em nos despedir de você – explicou Elisabeth.

Muito contente ao saber que haviam pensado nela, seus olhos brilhavam de felicidade enquanto Marie lhe contava o que haviam planejado para ela. Reagiu dizendo que estava imensamente grata aos Melzers e que se sentia intimamente ligada a eles, como se fossem sua família.

– Apesar disso, resolvi ir embora de Augsburgo, Sra. Melzer...

– Você vai nos deixar? – indagou Elisabeth, com expressão de espanto. – Não faça isso conosco, Srta. Schmalzler. Você está aqui desde que me entendo por gente!

– Mas os anos passam, Sra. Von Hagemann. Estou ficando velha.

– Ah, que besteira. Você está ótima. Só um pouco cansada devido ao trabalho no hospital. Mas agora acabou.

– Sim, acabou – respondeu a governanta, com simpatia. – Mas no outono quero ir para a Pomerânia, ficar com meu sobrinho. Foi lá que nasci, bem perto da fazenda dos Von Maydorn. Economizei bastante e quero ajudar a família dele. Sabe, é como se aquele lugar estivesse me chamando. A senhora deve lembrar bem. Antigamente, sempre passava os verões lá com seus irmãos e sua mãe...

Lisa lançou um olhar impotente para Marie. Para a Pomerânia... Mas a casa dela não era na Vila dos Tecidos? Ali, onde havia morado e trabalhado nos últimos trinta anos? Além disso, o irmão de sua mãe, tio Rudolf, morrera havia poucas semanas e a tia Elvira pensava em vender a fazenda.

– Claro que lembro – respondeu Elisabeth. – É muito bonito lá. Mas, mesmo assim, pense bem, Srta. Schmalzler. Em breve, a fazenda não será mais dos Von Maydorns e a família de seu sobrinho...

Ela sentiu a mão de Marie sobre seu ombro e se interrompeu. Por que continuar falando? A Srta. Schmalzler estava convicta e ela conhecia a governanta bem o bastante para saber que sua decisão fora bem pensada.

– Se me permitem, voltarei ao trabalho agora – disse ela, em tom amável, como se nada tivesse acontecido.

– Claro, Srta. Schmalzler...

Marie deu um longo suspiro. Ela teria que se reunir com a família, pois vários funcionários pensavam em deixar a Vila dos Tecidos em breve. Humbert pretendia se mudar para Berlim, levando Hanna. Auguste e o marido planejavam comprar uma parte do parque e abrir uma empresa de jardinagem. E, para culminar, ainda havia a situação da governanta.

– Não vai ser tão difícil encontrar novos empregados – comentou Lisa.

– Não mesmo – disse Marie, em voz baixa. – A questão também é se podemos pagar. A fábrica não está indo de vento em popa. Precisamos explicar à mamãe que no futuro teremos que nos virar com menos funcionários.

Elisabeth assentiu. Pobre Alicia, seria difícil para ela abrir mão do padrão de vida ao qual estava acostumada. De qualquer modo, Lisa queria começar o magistério o quanto antes para não pesar mais no orçamento da família.

– Até a hora do almoço – disse Marie, despedindo-se.

Ela desceu as escadas.

Lisa seguiu com o olhar os passos da cunhada. Marie se dirigiu à porta por entre caixas e camas, até que parou por um momento para trocar algumas palavras com Tilly e, em seguida, abriu uma das belas portas talhadas.

Uma senhora estava do lado de fora. Provavelmente ela havia tocado a sineta, mas ninguém a escutara devido ao barulho no átrio. Lisa reconheceu no ato o antiquado chapéu com plumas de garça e o conjunto de veludo verde-escuro. O guarda-chuva com babados pretos lhe pareceu igualmente familiar.

Riccarda von Hagemann aparentava pressa. Ela mal se dignou a cumprimentar Marie, e logo as plumas de seu chapéu cruzaram o átrio em zigue-zague na direção da nora.

Lisa teve um mau pressentimento. Ela não via seus sogros fazia mais de um ano, desde a desafortunada briga com Klaus em sua antiga moradia na Bismarckstraße. Desde então, Elisabeth jamais regressara ao apartamento e tampouco pagara o aluguel. Riccarda von Hagemann estaria ali para apresentar-lhe a salgada conta? Cenários apavorantes tomaram sua cabeça. Será que ela, depois de tudo, ainda teria que arcar com as dívidas dos sogros?

Riccarda se deteve a alguns passos de distância, apoiou o guarda-chuva fechado no chão e fitou Elisabeth sem disfarçar seu desprezo.

– Chega de enrolação – disse. – Já que você resolveu romper os votos de casamento, espero que discuta os detalhes com meu filho.

Elisabeth a fitou, atônita. Aquela mulher tinha um quê agourento, a começar pela expressão de acusação em seu rosto. "Romper os votos de casamento..." Quanto moralismo.

– Eu adoraria – respondeu ela. – É possível então entrar em contato com ele?

– Meu filho chegou ontem à noite a Augsburgo e está morando conosco até segunda ordem.

– Ótimo – disse Elisabeth, com frieza. – Avisarei meu advogado. O Dr. Grünling vai marcar uma conversa com ele...

– Acho que é melhor você mesma falar com Klaus!

Ela parecia fazer bastante questão daquilo, pois acenava com a cabeça ao falar, balançando as plumas de garça para a frente e para trás. *Arrá*, pensou Lisa. *Deve estar achando que seu belo filho me fará voltar atrás, com seu charme e poder de persuasão.*

– Não considero necessário. Só verei Klaus em juízo. E será nosso último encontro.

Riccarda franziu os olhos e cerrou os lábios. Aquilo tudo era raiva? Ou outra coisa? Elisabeth estava destruindo suas últimas esperanças?

– Gostaria que você o procurasse, Elisabeth!

Aquelas palavras lhe chamaram atenção. Que mulher teimosa. Estava vindo a mando de Klaus? Elisabeth duvidava. Podiam acusar seu marido de muitas coisas, mas ele não era do tipo que enviava a mãe para resolver seus problemas.

– Sinto muitíssimo, minha cara Riccarda – respondeu Elisabeth, forçando-se a ser educada. – Mas não posso atender à sua solicitação. E agradeceria se não me perturbasse com essa história...

– Eu... eu lhe suplico, Elisabeth – gaguejou ela. – Imploro. Inclusive por você. Talvez ainda se arrependa por ser tão insensível...

Que patético. Lisa estava convencida de que tudo não passava de teatro. Mas, ao mesmo tempo, duvidava. Sua sogra nunca lhe pedira nada. Na verdade... que mal haveria em reencontrar Klaus? Não mudaria nada, mas talvez assim tivesse a chance de chegar a um acordo amistoso.

– Espere um momento. Vou pegar um casaco. E um guarda-chuva.

O guarda-chuva se provou desnecessário, pois Humbert, percebendo a intenção das senhoras, ofereceu-se para levá-las de carro. Lisa aceitou. Ela sabia bem que o criado só esperava uma oportunidade para esquivar-se do trabalho pesado no átrio e decidiu conceder-lhe uma breve folga.

– Na Bismarckstraße, não. Vire aqui à esquerda. E ali na frente, esquerda de novo...

Arrá, pensou Elisabeth. *Então eles entregaram o apartamento caro e se mudaram.* Claro, sem o dinheiro da nora, não devia sobrar muito para o aluguel e as dívidas acumuladas.

Riccarda fez Humbert parar próximo ao bairro Milchberg e Elisabeth pediu-lhe que esperasse por ela no carro. Não pretendia demorar.

A nova residência dos Von Hagemanns ficava no segundo andar de um prédio estreito, espremido entre dois outros edifícios. Obviamente não era uma moradia à altura de uma família aristocrática, mas decerto era o que estava ao alcance de seu orçamento. Um gato cinza tigrado surgiu no corredor, miou para as duas e esgueirou-se entre elas, indo em direção à rua. A escada cheirava a sopa de repolho e madeira mofada. A porta da latrina entre um andar e outro estava entreaberta e as dobradiças rangeram quando elas passaram. Ao chegar à entrada do apartamento no segundo andar, Elisabeth respirou fundo – tanto devido à subida apressada quanto pelos repulsivos odores do edifício. Riccarda sacou do bolso do casaco um molho de chaves e abriu a porta.

– Entre e espere no corredor até eu chamar – ordenou a sogra.

Elisabeth arrependeu-se de imediato por sua complacência. Por que se deixara convencer a acompanhá-la até ali? Resultado: estava sozinha naquele corredor mofado, aguardando as instruções da sogra. Que desnecessário. Ah, ela era uma tola, sempre caindo na mesma armadilha...

Então ouviu vozes na sala ao lado, onde Riccarda desaparecera, e estremeceu. Sem dúvida era Klaus. Estava tranquilo, falando lentamente, em tom impassível. Elisabeth se admirou, pois, afinal de contas, ele estava prestes a falar com sua esposa decidida a se divorciar. Ela contava com um pouco mais de tensão. Mas, ao que parecia, ele lhe tinha a mais completa indiferença. Provavelmente já tinha outros planos, talvez certa senhorita o estivesse esperando na Bélgica para selar o compromisso de noivado...

A porta se abriu e Riccarda lhe acenou para que entrasse. Elisabeth olhou para dentro do pequeno salão e reconheceu alguns de seus pertences: as cortinas e a bela cômoda. Só então viu seu marido. Ele estava de pé junto à janela, de costas para a esposa.

– Klaus – disse Riccarda. – Olhe, encontrei o abridor de cartas...

Klaus então se virou e, nos segundos que se seguiram, o horror de Elisabeth foi tanto que ela se viu incapaz de pensar. O rosto de Klaus era uma máscara roxa, atravessada por linhas escuras. Faltavam-lhe os lábios, seu nariz era um toco e os olhos afundavam-se em duas fossas escuras. Parte de seu crânio estava queimada, o cabelo desaparecera e o couro cabeludo era uma grande ferida rosada.

Nesse momento Klaus percebeu que sua mãe o ludibriara para que ele se virasse e a visita o visse.

Será que ele a tinha reconhecido?, Elisabeth pensou. Por acaso ainda enxergava? Ou estava cego?

– O que significa isso, mãe? Por quê? – esbravejou ele. – Eu lhe disse que não quero ver ninguém...

Elisabeth precisou apoiar-se no beiral da porta, tremendo como vara verde. Será que aquilo era um pesadelo? Um delírio sinistro?

Ele voltou a dar-lhe as costas e cobriu o rosto deformado com as mãos.

– Pode ficar feliz, Elisabeth – disse ele, com um misto de ironia e amargura. – Não é incrível o castigo que o destino me impôs? O sedutor desfigurado. O homem da máscara de ferro. Que romântico, não? Ainda deve haver mulheres que se apaixonam por um rosto tão grotesco como o meu...

Seus ombros tremiam. Ele estava rindo? Ou soluçando histericamente?

– Pare... – falou ela. – Pare com esse cinismo. Eu... eu sinto muito...

– Guarde sua pena para você, não preciso dela. Nos vemos diante do juiz, querida. E depois, nunca mais. Como você queria...

Elisabeth não sabia o que responder. Foi tomada por um turbilhão de sensações: horror, pena, repulsa, remorso e milhares de outros sentimentos. Ela cambaleou alguns passos para trás e logo se viu no corredor, perplexa, recuperando o fôlego.

– Só queria que você soubesse – disse Riccarda, antes de fechar a porta do salão. – E agora vá embora!

41

Naquela manhã, Alicia dissera que o átrio da mansão nunca estivera tão lindo e iluminado como após aquela reforma. As últimas caixas haviam sido retiradas, as divisórias de madeira desmontadas, e a área de serviço, que antes fazia as vezes de enfermaria e dormitório dos pacientes, havia recuperado sua função original. Dois dias antes, os pintores tinham livrado as paredes das prateleiras e as pintado. Após algumas discussões sobre a cor, Alicia, Kitty e Marie optaram por um elegante verde-claro. A ideia era criar a ilusão de frescor primaveril e, ainda, combinar com as molduras douradas dos quadros, os armários de carvalho talhados e as duas cômodas, sobre as quais pendiam espelhos ovais. Todas as mulheres da família Melzer costumavam usá-los para dar uma última conferida no visual antes de sair da mansão.

Naquela tarde, Gustav e Humbert pendurariam os quadros e arrastariam os móveis de volta aos seus lugares. Mas antes, teriam que limpar o chão com bastante minúcia, aplicando um óleo específico, de maneira que os desenhos de mármore recuperassem seu brilho original.

– Vocês esfregam aqui na frente, eu vou começar ali no outro lado – ordenou Auguste. – E cuidado para não riscarem o mármore mais ainda.

Hanna colocou o balde no chão e foi prontamente repreendida. Ela deveria ter cuidado para não manchar nem arranhar. E nada de usar o esfregão. Deveria pegar um trapo e se ajoelhar para limpar.

– É para beijar este chão maravilhoso também? – retrucou Else, que por precaução trouxera duas pequenas almofadas para proteger seus joelhos sensíveis.

– Shh, Else – sussurrou Hanna. – A Srta. Schmalzler está vindo.

Else, que sempre bancava a valente quando não se sentia ameaçada, deu de ombros e saiu com seu balde em direção à porta do alpendre. Ela perdera completamente o respeito pela Srta. Schmalzler, já que a mulher se aposentaria em breve.

– Humbert? – chamou a governanta. – Encha três garrafinhas com este detergente e entregue às moças. É para usar com sujeira pesada, esfregar bem de leve e depois enxaguar só com água...

Alguém bateu à porta. Humbert pegou o detergente e saiu apressado para receber o carteiro. Ele levou a pilha de cartas à cozinha, separou-as e colocou a garrafa do milagroso detergente diante de Hanna.

– Tome! Procure três frascos vazios na despensa e encha. E... ah, sim. Tem uma carta para você... Nossa, de Petrogrado!

Hanna secou as mãos no avental e enfiou a carta dentro da blusa. Em seguida, pegou a garrafa do espesso líquido branco e correu com ela para a despensa. Ao entrar, fechou a porta e acendeu a luz – uma lâmpada presa ao teto iluminou parcamente as estantes abarrotadas.

De Petrogrado... Mas dessa vez o endereço estava datilografado. Hanna Beber. Por que ele sempre escrevia Beber, em vez de Weber? Seus dedos inchados de tanto esfregar impediram-na de abrir o envelope com agilidade. Então, procurou se acalmar, pois seu coração palpitava tanto que tudo começou a girar. Ah, ele devia estar furioso por ela não ter ido. Hanna chegara a tentar enviar-lhe uma carta, mas nos correios disseram que o endereço estava incompleto. Além disso, pelos mil rublos, o banco queria pagar nada mais que três marcos e cinquenta fênigues, de maneira que ela preferiu guardar a nota russa como lembrança.

Ela estava tão desnorteada que acabou rasgando uma ponta do papel. Quando abriu a carta, as letras se embaralharam diante de seus olhos. Escrita de máquina. De grossura irregular. Mal se enxergava o "e", mas o "o" chegava a perfurar a folha. Seu próprio endereço, e não o do remetente, constava no canto superior esquerdo. No lado oposto, a data: "8 de maio 1919".

Srta. Hanna Beber
Augsburgo
Casa Melzer, "Vila dos Tecidos"
Perto do canal Proviantbach
Alemanha

Prezada Srta. Hanna Beber,

Venho através desta informar-lhe que, a partir da presente data, não manterei qualquer contato com a senhorita.
Por desejo de meus pais, me casarei com uma jovem russa e servirei à República Socialista Federativa Soviética com todas as minhas forças.

Respeitosamente,
Grigorij Schukov, oficial do Exército soviético

Abaixo das últimas linhas, Grigorij escrevera seu nome à caneta, em cirílico. Ela deteve o olhar sobre aquelas parcas linhas, lendo-as uma e outra vez mais. "Não manterei qualquer contato", "uma jovem russa", "à República Socialista Federativa Soviética com todas as minhas forças". Após superar a mágoa inicial, concluiu que não era de todo mal. De qualquer modo, ela não tinha a intenção de ir a Petrogrado. "Uma jovem russa"... Na verdade, ela dispensava tal informação. Por que ele lhe escrevera aquilo?

Hanna ergueu a folha contra a luz. Em todos os pontos onde havia um "o", a luz da lâmpada elétrica atravessava os furos. Se Grigorij possuía uma máquina com alfabeto latino, por que escrevera sua primeira carta à mão? E por que, de uma hora para outra, conseguia se expressar tão bem em alemão? Na carta inteira não havia um só erro. Exceto o ridículo "Beber".

Finalmente percebeu que era impossível Grigorij ter escrito tal carta. Outra pessoa a redigira e o fizera assinar. De maneira voluntária ou sob pressão? Os cenários mais loucos surgiram em sua cabeça. Grigorij na prisão, com mãos e pés presos a correntes de ferro. Grigorij sangrando, inconsciente no chão. "Se você se casar com essa concubina alemã, sua vida acabou. Os alemães queimaram nossas aldeias, espancaram os camponeses, estupraram as mulh..."

– Hanna? – A voz estridente de Auguste ecoou no átrio. – Onde você se meteu, sua preguiçosa? Está fugindo do trabalho?

– Já vou – respondeu ela. – Tive que encher as garrafas de detergente.

– O que ela disse? – resmungou Else, que já não escutava bem nos últimos tempos.

– Deve estar na despensa orando os salmos!

Hanna guardou a carta no envelope e dobrou o papel várias vezes até deixá-lo minúsculo. Em seguida, o escondeu no bolso do avental para atirá-lo no fogo na primeira oportunidade. Após finalmente preencher os três frascos com o fedorento líquido esbranquiçado e distribuí-los, olhares furiosos se dirigiram a ela.

– Estava fugindo do serviço, é?

Voltou calada ao trabalho. Fazia-lhe bem limpar o imundo piso de mármore, colocar toda a força naquela tarefa e perceber a exaustão impedindo-a de pensar. Quando as manchas pretas persistiam, ela vertia um pouco do espesso produto branco e esfregava até que a sujeira saísse. Os desenhos do piso eram mesmo bonitos. Pareciam os dos tapetes dos quartos dos patrões. Sequências infinitas de losangos e estrelas, círculos, caracóis, quadrados – dava para se perder neles.

Por volta das onze horas, o chão estava limpo e reluzente graças à camada do óleo de linhaça, que fora cuidadosamente aplicado com os trapos da casa. Na cozinha, a Sra. Brunnenmayer havia preparado café e sanduíches, para repor as energias de todos antes do trabalho seguinte.

– Estou ficando doida? – indagou Auguste, batendo palmas. – Maria Jordan está aqui. A senhora diretora do Orfanato das Sete Mártires veio nos dar a honra de sua visita...

Hanna teria preferido estar sozinha com Humbert, pois era o único a quem poderia confiar sua dor. Mas ele estava agitadíssimo por causa da apresentação que faria no cabaré à noite. Um número grandioso, dissera. Vinte minutos só para ele.

– Como poderia esquecer meus velhos amigos? – disse Jordan, já se servindo de uma caneca de café com leite. – Trabalhei quinze longos anos aqui na Vila dos Tecidos...

Todos se sentaram com ela e o bule de café passou de mão em mão. Jordan elogiou o serviço dos funcionários – o chão do átrio estava mais lindo e brilhoso que nunca. Em seguida, perguntou se era verdade que a Srta. Schmalzler iria se aposentar.

– Claro que é – respondeu a irreverente Auguste, mais rápido do que a própria governanta. – Se você se apressar, pode se candidatar à vaga.

Else deu uma risadinha e a Sra. Brunnenmayer lançou a Auguste um olhar de reprovação. Uma coisa daquelas não se podia dizer nem de brincadeira.

– Obrigada – respondeu Jordan, afiada. – Estou muito satisfeita com meu cargo atual e não penso em fazer outra coisa. É um trabalho tão gratificante...

– Coitadinhos – murmurou Else. – Não podem nem se defender.

– A guerra deixou muitíssimas crianças órfãs – disse Jordan, prosseguindo inabalada. – É uma bênção a igreja ter essas instituições. Se vocês soubessem o quanto essas pobres criaturas sofreram...

Escutaram-na com atenção, admirados pelo quanto ela sabia sobre seus protegidos. Contou que um menino perdera o pai na guerra e a mãe morrera logo depois, de desgosto; havia ainda a menina entregue ao orfanato pela tia, pois seu novo namorado começava a prestar atenção demais na inocente sobrinha...

– É importante dar uma sólida formação moral a essas crianças.

– E você, com certeza, é a pessoa certa – disse a cozinheira, em tom seco.

Jordan calou-se por um momento e escrutinou a cozinheira com o olhar. Como ela nada mais disse, Jordan explicou que se dedicava àquela missão com todo seu empenho.

– Só tome cuidado para não acabar como sua antecessora – disse Auguste, com um sorriso. – A Srta. Pappert está apodrecendo na cadeia.

Jordan ignorou o comentário e pegou um dos pães com patê, que a Sra. Brunnenmayer guarnecera com finas fatias de picles.

– Se anda tão ocupada, Jordan – disse a governanta –, como tem tempo para vir lanchar conosco? Quem está com seus protegidos?

Jordan mastigava pensativa e logo respondeu que se ausentara para resolver alguns trâmites oficiais e resolvera passar por uns quinze minutinhos na vila. Enquanto isso, um ajudante voluntário cuidava das crianças.

– Ora, vejam – retrucou Auguste com sarcasmo. – Um ajudante voluntário.

– Com certeza é jovem e bonitão – disse Else, com malícia.

– Ou um velho babão – debochou Humbert, apressando-se em saltitar pela cozinha com os joelhos dobrados e a coluna curvada.

Todos riram.

– De jeito nenhum – respondeu Jordan, apática. – É o Sr. Winkler, o antigo diretor. Está solto desde a semana passada. Deixaram-no sair sem qualquer alarde. E como ele não sabia aonde ir, o recebi no orfanato.

Hanna não entendeu de imediato as circunstâncias. Else também demorou um pouco a compreender. Já os outros foram mais rápidos. Auguste, que tinha a língua mais afiada de todas, não se fez de rogada.

– Que esperta, senhora diretora. Fazendo o coitado trabalhar de graça enquanto passeia por aí, tomando cafezinho.

– Ele está morando e comendo no orfanato sem pagar nada! – exclamou Jordan, na defensiva. – Para quem acabou de sair da prisão, só com a roupa do corpo, é uma sorte e tanto.

E acrescentou que abrigara o rapaz por puro amor ao próximo, chegando a colocar seu cargo em risco, afinal de contas, tratava-se de um perseguido político.

– Que coração de ouro, Srta. Jordan – disse a governanta, sorrindo com tamanha simpatia que ninguém pôde cogitar que talvez estivesse sendo irônica.

Os sanduíches desapareceram do prato em um instante. Auguste aproveitou para contar que eles haviam, finalmente, comprado um terreno entre dois córregos que outrora pertencera à fábrica Aumühle – onde as máquinas se encontravam paradas, a exemplo de quase todo o setor têxtil. Era praticamente um milagre que a empresa da família continuasse produzindo, mas a jovem Sra. Melzer sempre surgia com novas ideias. Nos últimos tempos, vinham fazendo tecidos de papel para decoração de paredes.

Auguste omitiu que haviam tentado comprar, sem sucesso, um pedaço da propriedade dos Melzers. Alicia Melzer preferiria perder o dedo mindinho a se desfazer de parte do parque.

– Os planos de Gustav são ambiciosos – comentou Else. – Tomara que consiga, apesar da perna de pau.

– Melhor uma perna que uma cara de pau – revidou Auguste, com antipatia. – E em alguns anos os meninos e a mocinha poderão ajudá-lo.

– Ah, sim, a pequena Liesel. Bem que a madrinha, a Sra. Von Hagemann, poderia ajudar com uns trocados também. Ela ficou muito comovida quando você batizou a menina em homenagem a ela – disse a mordaz Jordan.

Ela se esticou para pegar o bule e servir-se mais meia caneca. Mas, infelizmente, logo percebeu que restava apenas a borra no fundo.

Auguste estava vermelha. Já não era segredo para ninguém que Gustav não era o pai de sua Liesel. Inclusive essa era uma das razões pelas quais esperava começar logo com a empresa de jardinagem, para tornar-se independente dos Melzers.

– A Sra. Von Hagemann atualmente tem outras preocupações – disse ela.

– Ele voltou, não é? – perguntou Jordan, inocentemente.

– Quem?

– O major bonitão. Elisabeth quer se divorciar dele.

– Ah, o tal...

Auguste afirmou não ter ideia. Corria toda sorte de boatos, mas nada fora confirmado.

Os olhares se voltaram para Humbert, pois era ele quem mais sabia da história. Decerto ninguém ignorava o fato de ele ter levado Riccarda von Hagemann e a nora à cidade dias antes. Quando voltara, após ser bombardeado por perguntas, limitara-se a dizer que ficara esperando do lado de fora e nada sabia.

– Mas e aí? Ela não contou nada? Os pais também não? – inquiriu Jordan.

Humbert arqueou as sobrancelhas, adquirindo uma expressão de soberba e indiferença digna de um mordomo inglês.

– Não é de meu feitio fuxicar a vida dos patrões, Srta. Jordan – respondeu ele, com voz fanha.

– Oh, Deus – disse Jordan, irritada. – Mas que criado exemplar. Acima de tudo, a discrição... Azar o seu que tenho meus informantes.

Ela recostou-se na cadeira e sorriu majestosamente. De fato, sabia algo que os demais ignoravam e morria de vontade de contar. Mas era óbvio que primeiro teriam que suplicar.

A Srta. Schmalzler levantou-se, dizendo que o lanche havia terminado e que todos deveriam voltar ao trabalho. A Sra. Brunnenmayer agarrou o bule e se afastou, sinalizando para que Hanna levasse as canecas e os pratos até a pia. Auguste e Else, por sua vez, permaneceram sentadas, corroídas pela curiosidade. Humbert tampouco arredou pé, contrariado por Jordan querer revelar coisas que nem todos na cozinha precisavam saber.

– Pois muito bem. Que informantes são esses? São espiões? – disse Auguste com deboche.

– Imagina... Foi Hedwig quem me contou. Os Von Hagemanns a chamaram. Ela foi enfermeira no hospital de campanha, não foi?

– Ah, Hedwig. Uma fofoqueira de marca maior.

– Você quer saber ou não?

– Fale logo!

Jordan deteve-se por um momento, para certificar-se de que era o centro da atenção de todos. E então prosseguiu, ignorando o olhar de reprovação de Humbert.

– Ele está desfigurado – cochichou ela. – Ficou horroroso. Parece uma caveira. Levou um tiro na cara. O cabelo queimou, perdeu o nariz, os olhos...

– Pare! – gritou Auguste, tampando os ouvidos. – É mentira, Jordan. Você está inventando, sua víbora!

– Se não quer acreditar, não acredite!

Ela cruzou os braços, alegre pelo impacto de sua notícia. Quase todos a fitavam assustados, apenas Humbert parecia furioso. Então ele já sabia. E Auguste – quem diria – caiu no choro. Ora, ora... ela tinha mais apreço pelo belo Klaus do que se podia imaginar.

– Creio que já passou da hora de voltar aos seus afazeres no orfanato, Jordan – disse Eleonore Schmalzler, irritada. – A propósito, espero não voltar a vê-la aqui.

Com grande satisfação, Humbert observou Jordan ficar boquiaberta, seu queixo ainda mais pontudo. Em silêncio, ela se levantou, pegou o chapéu e o colocou na cabeça.

– Tudo de bom para sua aposentadoria, Srta. Schmalzler. Felizmente, falta pouco, não é mesmo?

Com essas palavras, deu meia-volta e foi embora, batendo a porta com violência ao sair.

Auguste continuava se debulhando em lágrimas. Seu olhar procurou Humbert, que preferia sumir dali, mas lhe faltava coragem.

– É verdade mesmo? – murmurou ela, fitando-o com ar suplicante.

Ele assentiu, sem dizer nada.

– Meu Deus! – lamentou Auguste, e irrompeu em lágrimas novamente. – Tomara que ele não cometa uma besteira. Não seria o primeiro que...

Ela secou o rosto com a manga da blusa e saiu correndo.

Humbert passou a mão nos cabelos e agitou a cabeça, como se quisesse espantar os pensamentos negativos.

– Essa língua de trapo tinha mesmo que vir justo hoje – murmurou ele. – Acabou com meu dia. E eu ainda tenho que estar bem para hoje à noite. Hanna, você vem, não é? Você também, Fanny? Mandei reservar dois lugares!

– Com certeza vamos, Humbert. E antes procuraremos você para desejar boa sorte.

Era a chance de Hanna. Ela correu até o fogão, abriu a tampa e jogou a carta dentro.

– Não se deseja boa sorte a um artista, Hanna. Deseja-se merda.

42

Marie se sentia esgotada. Não era para menos, pensava ela, enquanto analisava as olheiras no espelho do banheiro. Passara metade da noite discutindo com dois homens e não conseguira dormir até o raiar do dia. Ela penteou os cabelos e cobriu o rosto com pó de arroz – que pouco melhorou sua aparência. E de onde vinham aquelas rugas na testa? Junto aos olhos havia mais algumas. A velhice já chegava aos 24 anos?

É essa espera, disse a si mesma. *Essa preocupação que não acaba. O ombro ferido. Febre. Ele ainda está vivo? Ou já teria...* Não, ela nem conseguia imaginar isso.

Após prender o cabelo com um coque, voltou a se olhar no espelho. Continuava bonita. Quando Paul voltasse, não perceberia qualquer mudança nela e seguiria tão apaixonado e carinhoso como sempre fora. Isso se voltasse...

Ela finalmente cedera e deixara de lado suas reservas a respeito da oferta de Von Klippstein. Ao relatá-la ao sogro, Johann Melzer imediatamente manifestou seu entusiasmo; ao que parecia, ele já vinha contando com a ajuda financeira de Von Klippstein. Só não lhe agradava muito a ideia de tê-lo como sócio. As conversas não transcorreram sem atrito na noite anterior na vila. Melzer propôs emitir títulos de dívida, Von Klippstein pretendia participar da diretoria da fábrica e Marie, por sua vez, tentava intermediar. Cogitou-se, inclusive, converter a fábrica em uma sociedade anônima, como muitas outras empresas em Augsburgo já haviam feito, mas os dois logo se convenceram de que – dada a catastrófica situação econômica do país – a operação era desaconselhável. Os jornais estavam repletos de relatos sobre o humilhante acordo de paz que a Alemanha se vira obrigada a firmar em Versalhes. Para que todo aquele sofrimento e morte? Todas aquelas vítimas? E todo o heroísmo na luta pela pátria? Tudo fora em vão. Os responsáveis por tamanha desgraça haviam se acovardado e fugido, deixando o povo desamparado na miséria. Quase se inflamara uma briga inútil entre seu sogro e Von Klippstein, que, apesar de tudo, se mantinha fiel ao kaiser e ao comando do Exército, enquanto o outrora magnata da indústria insistia que eles não passavam de uns criminosos imbecis. Haviam enganado os cidadãos com seus títulos de guerra, lhes tirado a roupa do corpo e inclusive lhes roubado os anéis com os dedos junto. E sempre vendendo a ilusão de que um dia receberiam tudo de volta, com juros e correção, em um futuro ilusório em que os inimigos seriam derrotados e obrigados a pagar as indenizações. Mas quem estava arcando com a tal reparação? Os alemães. O que significava, nada mais, nada menos, que a economia alemã ficaria arruinada por anos.

Ao pôr fim à discussão, Marie estava furiosa. Eles estavam ali para trocar acusações sobre a falta de futuro da economia alemã? Se todo o país agisse assim, seria melhor desistir logo. Não, eles estavam diante de um momento propício para novas ideias, ousadia, espírito empreendedor e novo capital. Os dois concordaram, era exatamente aquilo que tinham em mente e ela fora direto ao ponto.

Von Klippstein levantou o copo e comentou que ela era uma mulher fora de série, que seu amigo Paul era uma pessoa de sorte. Johann Melzer completou, sorridente, que sua nora era cabeça-dura, mas que suas ideias sempre haviam favorecido a fábrica. Marie o deixou falar, satisfeita com a razoável decisão a que chegaram: o nome "Fábrica de Tecidos Melzer" permaneceria; Von Klippstein se tornaria sócio da empresa, receberia um salário e teria participação nos lucros. O acordo foi selado com um aperto de mão, e em alguns dias um contrato seria redigido e assinado. Então, poderiam finalmente comprar as tão necessárias matérias-primas e dar início à produção. Obviamente Marie já havia desenhado estampas novas e modernas, faltava apenas mandar gravar os rolos de impressão e liquidar a concorrência com sua criatividade.

Pena que não era tão simples. Após Von Klippstein despedir-se com um respeitoso beijo na mão, como de costume, e Johann Melzer subir para o quarto, fantasmas começaram a assombrar a cabeça de Marie. E se não conseguissem vender os tecidos? E se os custos de produção devorassem os lucros? E se os funcionários continuassem em greve, exigindo salários cada vez mais altos?

Justo quando tomou a firme decisão de não se deixar abater por pensamentos negativos, Kitty surgiu no corredor. Marie sabia que a cunhada havia ido a uma apresentação de cabaré com Lisa e Tilly, mas Lisa estava de volta há horas.

– Marie? – sussurrou Kitty, correndo em sua direção. – O que houve? Ainda acordada? Não me diga que estava discutindo com Klippi e papai até agora! Coitada! Você está pálida, parece cansada...

Kitty levava os sapatos na mão e andava de meia-calça, nitidamente para não ser flagrada ao chegar naquele horário.

– Sim, as negociações foram até tarde... E você? De onde está vindo a essa hora?

– Eu? – perguntou Kitty, ajeitando o cabelo curto atrás da orelha. – Você não sabia que eu tinha ido ao cabaré com Lisa e Tilly? Ai, Marie! Queria que você estivesse lá também. Foi incrível! Nosso Humbert! Que artista. Você acredita que no começo eu nem o reconheci? Imitou o kaiser, nosso novo prefeito... e até Asta Nielsen, esse foi o ponto alto.

A verdade é que Marie estava muito cansada para interrogá-la. De todo modo, Kitty era adulta e sabia cuidar de si mesma. Pelo menos era o que esperava. E com respeito a Humbert, tudo indicava que o perderiam. Era triste, pois todos já haviam se apegado ao excêntrico rapaz. Mas ele precisava seguir sua vocação...

– Você foi à casa de Tilly depois? Sua sogra está melhor?

Kitty a fitou com seus enormes olhos sinceros, sem entender nada. Não, ela não estivera com Tilly depois. Lisa a levara em casa depois da apresentação, pois a mãe da moça ainda padecia da terrível bronquite, que vinha comprometendo também o coração.

Marie não disse nada. Suas pálpebras queriam se fechar pelo cansaço, mas ela percebia que Kitty pretendia contar-lhe algo. Havia alguma coisa que ela precisava desabafar urgentemente, sob pena de não poder dormir em paz.

– Escute... Depois do cabaré eu dei uma saída.

– Ah, é? Tão tarde? Aonde dá para ir a essa hora?

Kitty sorriu de maneira angelical e explicou que no centro havia alguns bares muito agradáveis onde se podia tomar café e outras bebidinhas até depois da meia-noite.

– Tomamos espumante. Champanhe de verdade...

– "Tomamos"?

– Mas claro – disse Kitty, quase indignada. – Ou você acha que eu estava sozinha em um bar?

Marie sentiu uma tonteira, o que podia se dever ao sono ou à iminente preocupação de que Kitty estivesse se entregando à boemia, circulando em bares duvidosos com homens desconhecidos.

– Não faça essa cara, Marie – sussurrou a afetuosa Kitty, acariciando o rosto da amiga. – Minha querida Marie. Minha melhor amiga. Minha única confidente...

Ai, Deus, pensou Marie. É agora que vem alguma confissão horrível. Já devia estar na minha cama...

– Eu estava lá com... Gérard – cochichou ela.

– Com... com quem?

Marie não entendia. Kitty estava mesmo falando de Gérard Duchamps? Não podia ser verdade...

– Não pense que foi de propósito, Marie... Foi pura coincidência. Ele estava a dois lugares de mim no cabaré. Não é estranho? E estava com o aspecto muito melhor que no outro dia, quando veio à minha exposição, todo desgrenhado, maltrapilho... parecia um troglodita, dava até medo...

Após a apresentação, Gérard Duchamps a abordara, convidando-a para uma breve conversa em um bar. Provavelmente, desde a exposição na casa da esposa do diretor Wiesler, ele estivera em seu rastro. Impressionante sua insistência. O que ele estava pensando? Gérard era francês, achava mesmo que seria recebido de braços abertos? Ou desejava apenas uma aventura com a encantadora Kitty?

– Ele mudou completamente, Marie. Ah, ele ficou à beira da morte no hospital de campanha e depois da guerra passou por tanta provação... Ele me disse que não pode contar, que é algo que ele tem que resolver consigo mesmo. E, você não vai acreditar, o coitado brigou com a família inteira. Foi deserdado. Está na miséria, mas não quis aceitar meu dinheiro, de forma alguma. E até pagou o espumante. E não, óbvio que não aconteceu nada entre nós. E como poderia? Lá só havia umas mesinhas e umas cadeiras estofadas, um vermelho horroroso...

A tontura de Marie se intensificou. Já bastava por ora...

– E o que vai acontecer agora? Entre vocês dois?

Kitty sorriu e deu de ombros. Ah, só o tempo diria.

– Ele contou que Alfons Bräuer foi um homem maravilhoso. Antes da guerra, Gérard volta e meia usava os serviços do banco, por isso que o conhecia.

Marie agarrou seus braços com ímpeto.

– Você é adulta, Kitty. Tome as rédeas da sua vida. Siga seu coração se você acha que deve fazê-lo. Mas não esqueça que você tem família e uma filha pequena. E que todos nós amamos muito você.

– Ah, Marie. Minha querida Marie...

Chorosa, Kitty abraçou a cunhada e cochichou em seu ouvido que sempre soube que ela a entenderia. E então foi para o quarto, sentindo-se consolada.

Quando Marie, na manhã seguinte, adentrou a sala de jantar, encontrou Elisabeth e Alicia tomando café. A julgar pelo semblante das duas, a conversa entre elas estava pouco amistosa. Contudo, esforçaram-se para receber Marie com um sorriso.

– Bom dia, minha querida – disse Alicia. – Como está pálida. Os dois ontem perturbaram você, não?

– Pelo contrário, mamãe – debochou ela. – Quando terminamos, foram os dois que correram, exaustos, para a cama.

Elisabeth descascou um ovo e o temperou com sal. Alicia sorriu com a chacota de Marie e afirmou que tão mal não devia ter sido, pois Johann fizera o desjejum bem cedo, saindo para a fábrica logo em seguida. Nem sequer lera o *Augsburger Neuesten Nachrichten*.

– Normal – comentou Elisabeth, enquanto Marie tomava assento e desdobrava o guardanapo de tecido. – Não é lá muito animador o que se lê hoje em dia no jornal. Estão pilhando nossa pobre Alemanha como uns abutres.

– Se está querendo fugir do assunto com essa observação, não vai funcionar – disse Alicia. – Eu insisto, Elisabeth. Há certas regras que uma moça de boa família precisa respeitar. Inclusive hoje em dia. Entre elas, não frequentar estabelecimentos como cabarés. E, se o fizer, apenas na companhia de um cavalheiro.

Ah, esse era o motivo. Marie pegou o cesto de pãezinhos, que finalmente voltaram às prateleiras, apesar de quatro vezes mais caros. Na verdade, todos os preços estavam subindo com uma velocidade assustadora. Ernst estava coberto de razão: era um erro deixar dinheiro parado no banco.

– Estávamos em três – retrucou Elisabeth.

– Não muda muita coisa, Lisa!

Marie percebeu o olhar de desgosto da cunhada e estava prestes a apaziguar a situação quando Lisa explodiu.

– Se quer mesmo saber, mamãe: eu estava acompanhada de um cavalheiro. Satisfeita?

Marie abriu o pão e passou geleia nas duas metades. Tomou um gole de café e esperou em silêncio a pergunta que inevitavelmente se seguiria.

– E pode-se saber de quem estava acompanhada? Oficialmente ainda está casada com Klaus von Hagemann, não esqueça.

Lisa enfiou a pequena colher de madrepérola no ovo, deixando-a na posição vertical.

– Pode ter certeza de que não esqueço, mamãe. Para sua ciência, penso nisso dia e noite. Mas, especificamente ontem, o Sr. Winkler me acompanhou.

Alicia respirou fundo. Seu rosto revelava a vontade de dizer-lhe umas verdades. Em vez disso, serviu-se de café, pegou creme e açúcar e ficou em silêncio. Marie sabia muito bem o que Alicia pensava da amizade de Lisa com o professor Sebastian Winkler. Não era de bom-tom. Se uma mulher resolvia se divorciar de um homem da aristocracia, que pelo menos não se rebaixasse a ponto de se comprometer com um simplório educador. Mas, claro, os tempos haviam mudado. As jovens posavam de modernas, vestiam minissaias e deixavam o cabelo curto. Pouco valiam os valores de uma mãe, que – tal como Kitty dissera, sem a menor consideração – parara no século anterior.

– O Sr. Winkler? – perguntou Marie. – O ex-diretor do Orfanato das Sete Mártires? Ouço muita coisa boa sobre ele. Já encontrou um novo trabalho?

– Infelizmente não. Ninguém quer contratá-lo nas escolas daqui. Ele está arrasado com isso.

– Bem – comentou Alicia. – Se o Sr. Winkler tem mesmo tanta didática como dizem, o Estado deve ter um bom motivo para lhe negar trabalho...

Elisabeth não reagiu. Era inútil brigar com os pais sobre visões políticas. Uma república já era ruim o bastante. Do ponto de vista deles, uma república de conselhos, então, teria sido a ruína do país.

– Por onde anda Kitty? – perguntou Alicia. – Nem escutei quando ela chegou em casa. A menina não faz um ruído, parece um gato.

– Kitty? – disse Lisa, com um sorrisinho. – Acho que deve estar dormindo como uma marmota.

– Pois eu acho perfeitamente possível a pessoa descer às oito e meia para o café – disse Alicia, contrariada. – Mesmo se tiver voltado tarde na noite anterior. Marie também...

Ela se interrompeu quando o telefone no escritório ao lado tocou. Cogitou por um momento levantar-se para atender a ligação, mas como Humbert acabara de entrar trazendo a correspondência, a tarefa coube ao criado.

– Perfeitamente, senhora.

– Você foi ótimo ontem à noite, Humbert! – exclamou Elisabeth. – Nós morremos de rir.

Ele fez uma ligeira reverência ao sair, como um diligente mordomo inglês. Seus olhos brilhavam. Sucesso. Sucesso total. Foram minutos de aplausos, o público clamava seu nome. Ele por fim descobrira a satisfação do reconhecimento, uma satisfação viciante.

– Muito obrigado, senhora.

Alicia deu um longo suspiro. Enquanto folheava a pilha de cartas, dirigiu um olhar decidido a Marie. As coisas não podiam continuar daquela maneira; seria preciso contratar um novo criado, era o que seus olhos diziam. Que pena ver um rapaz abrindo mão de seu emprego para se apresentar em um cabaré.

Escutaram Humbert falando ao telefone, e logo depois ele voltou à sala de jantar.

– A Srta. Lüders está pedindo para a senhora ir à fábrica o mais rápido possível – informou a Marie.

– Obrigada, Humbert. Ela não falou mais nada?

– Não, senhora. Só que era urgente...

Os dois estariam se engalfinhando outra vez e precisando de uma mediadora? Marie se levantou e brincou que jamais se veria livre dos fantasmas que invocara.

Ao chegar ao corredor, encontrou Humbert esperando por ela e logo entendeu que o criado não contara a história inteira diante dos demais.

– É melhor eu levar a senhora. Parece que coisas estranhas estão ocorrendo por lá.

– Que diabos está acontecendo, Humbert?

– A Srta. Lüders mencionou um assalto. Parece que chamaram a polícia. E que o Sr. Melzer está desesperado...

Marie arrancou o chapéu do gancho e nem sequer se preocupou em vestir o casaco. Tampouco era necessário, pois o sol de agosto brilhava com força.

– Um assalto? Não faz sentido.

Seria mais uma greve dos operários? Teriam invadido o escritório de seu sogro? Estariam ameaçando-o? Mas Von Klippstein estava lá. Ele não era o tipo de homem que sabia resolver tais situações?

O carro precisou esperar antes de cruzar o portão do parque, pois vários caminhões passavam em direção à cidade. Nuvens amareladas de poeira se levantavam na estrada e envolviam os veículos.

Humbert começou a tossir. O carro seguiu algum tempo por entre a poeira e mais adiante avistaram a fábrica.

– O que está acontecendo? – sussurrou Marie.

O portão da fábrica estava escancarado. À esquerda da entrada havia quatro caminhões, aparentemente esperando para entrar em ação. A pista da direita era usada para os veículos já carregados saírem da fábrica.

– Pare atrás dos caminhões, Humbert...

– Posso entrar no pátio também, se a senhora quiser...

– Não, vou descer aqui.

– Espere, vou com a senhora.

A presença deles não foi notada. Quando se aproximaram do portão, envoltos em poeira, os caminhões carregados seguiram impassíveis pelos dois. Na portaria, escutaram alguém perguntar, aos berros, o que estavam fazendo ali.

– É a Sra. Melzer – gritava o porteiro, com voz assustada. – Ela é quem manda aqui...

Os outros caminhões ligaram os motores e avançaram para o pátio. O que se passava ali era tão surreal que Marie pensou estar tendo um pesadelo.

Uma horda de operários cruzava o terreno da fábrica, carregando peças de metal grandes e pequenas – as pesadas eram levadas por várias pessoas, enquanto as miudezas eram transportadas em baldes. Manivelas brilhantes, engrenagens, barras que serviam como calço, hastes, correntes, tubos lubrificados. Demorou um pouco até Marie entender que estavam desmantelando as *selfactor*, as máquinas de tear e as impressoras para serem levadas nos caminhões.

– Estão... estão roubando as máquinas dos senhores... – gaguejou Humbert. – Como pode? Isso é crime...

Marie tentou reconhecer alguém no meio da multidão. Aquele ali não era Von Klippstein na entrada do edifício da administração? De costas para ela, discutindo com alguém?

– Venha! – ordenou Marie, tentando abrir caminho entre os operários.

Humbert vinha em seu encalço, com medo de se chocar contra algo ou de acabar se envolvendo em uma pancadaria ou algo parecido. Ele podia ser muitas coisas, mas herói definitivamente não era.

Antes mesmo de alcançar os dois homens, Marie cogitou algo. Seria possível? De maneira legal, com certeza não. O que Lisa dissera mesmo? Pilhando o país como abutres...

– Isso é ilegal! – Ela escutou a voz furiosa de Von Klippstein. – Vocês não têm o direito de desmontar essas máquinas. Existem acordos. Essas ações têm que ser dispostas em contrato.

– *We don't care, Mr. Klichen... You lost the war. So you pay the debt...* Vocês pagam... porque perderam a guerra... É a vida, *my boy*.

– A polícia vai se encarregar disso!

– *We are not afraid of the German police...* Nós compramos *machines...* Tem contrato, *signed by Mr. Melzer...*

– Só se forem documentos falsos. O diretor Melzer jamais venderia as máquinas para vocês...

– E eu posso provar isso! – berrou Marie. – Inclusive em juízo!

O homem que discutia com Von Klippstein vestia um terno de corte incomum e usava o chapéu de lado, caindo em diagonal sobre a testa suada. Ele era gordo e seu rosto brilhava de suor.

– *Who are you?*

– Este é o Sr. Jeremy Falk, da América – disse Von Klippstein a Marie, furioso com a rudeza do americano.

Em seguida, voltou a dirigir-se a Falk.

– Sra. Marie Melzer, nora do diretor e gerente adjunta da empresa.

– *I am very sorry, Mrs. Melzer* – disse o gorducho, sem fazer qualquer menção de cumprimentá-la ou tirar o chapéu. – *The game is already over...* Pena, mas tudo está resolvido...

Naquele momento, escutaram um sonoro grito de desespero.

– Não! Seus canalhas! Não vão levar minhas máquinas. Não as máquinas que Jakob montou. Minhas máquinas, não... Não ousem...

– Pelo amor de Deus – sussurrou Marie. – É papai! Onde ele está?

Von Klippstein se pôs a correr, misturando-se à multidão que cruzava o pátio. Um grupo de pessoas havia se formado, os operários se acotovelavam, conversavam entre si, alguns haviam soltado as peças, outros apontavam com o dedo.

– Um médico! Chamem um médico! – gritou alguém.

Marie tentava abrir caminho entre os homens. Ela se agarrava nas camisas, usava os cotovelos, até que finalmente chegou ao centro do grupo. Encontrou Von Klippstein já agachado, ao lado de uma figura que jazia no chão, com os braços abertos e os dedos das mãos estranhamente retorcidos. Marie reconheceu o terno cinza-claro de verão, os cadarços dos sapatos, o relógio de pulso de prata com correia de couro marrom do qual seu sogro tinha tanto orgulho.

Ela se aproximou, ajoelhou-se ao lado dele, viu o rosto pálido, a boca entreaberta, da qual escorria um fio de sangue.

– Ainda está respirando! – exclamou Von Klippstein. – Onde vocês deixaram o carro? Temos que levá-lo ao hospital...

Marie recebeu um último olhar dos olhos quase fechados de Johann Melzer. Era apenas um lampejo, talvez um último gesto ou nada mais além da íris reagindo à morte que se espalhava por seu corpo.

– Humbert! – clamou Von Klippstein, nervoso. – Humbert! Onde você se meteu? Traga o carro. Rápido!

Sua voz foi ofuscada pelo barulho de motor; o caminhão que estava ao lado acabara de arrancar.

– *I'm so sorry, Mrs. Melzer* – disse alguém. – *We didn't touch him. He just fell down...*

Marie mal escutou a pessoa dizer que ele tinha caído sozinho, sem ninguém tocar nele. Ternamente, ela colocou a mão sobre o rosto de Johann Melzer, acariciou sua testa, como gesto de despedida, e fechou seus olhos. Ela chorou. Mas em meio àquele alvoroço, aos gritos e ruídos de motor, ninguém percebeu.

43

— É o fim de uma era – disse a esposa do diretor Wiesler, com comoção na voz. – Minhas mais sinceras condolências, meus queridos...

Ela abraçou Alicia e secou os olhos rapidamente com o lenço. Em silêncio, o diretor Wiesler apertou a mão de Alicia e acenou várias vezes com a cabeça, como se já tivesse expressado seus pêsames e precisasse apenas confirmá-los. Alicia sorriu com um ar cansado e, após agradecer, dedicou-se ao próximo condolente. Dizia sempre as mesmas palavras. "Muito obrigada", "Que bom que você veio", "Agradeço de coração", "Sim, está sendo um golpe duro para todos nós", "Sim, aconteceu do nada", "Pode deixar as flores com Humbert", "Sim, hoje de tarde, depois daqui...".

Johann Melzer estava sendo velado no átrio da Vila dos Tecidos. O caixão aberto repousava sobre um cadafalso escuro sob uma suave luz azulada, rodeado por oito velas em candelabros de prata. Cortinas grossas envolviam as portas de vidro que davam acesso ao alpendre. Alicia também ordenara que todos os espelhos fossem cobertos com tecidos escuros. Johann Melzer descansava sobre rendas brancas, com semblante sério, os dedos das mãos cuidadosamente entrelaçados e rodeado por um mar de flores.

– Devemos isso tudo aos nossos amigos – disse Alicia. – Os Melzers são respeitados em Augsburgo, Johann sempre fez questão disso. Todos falaram que viriam para se despedir.

Marie estava espantada com a serenidade com a qual a sogra reagira à morte do esposo, que estivera ao seu lado por tantos dias felizes e outros nem tanto. Certamente, Alicia se culparia pelo distanciamento que marcara os últimos anos do casamento e que talvez pudesse ter sido evitado com um pouco mais de compreensão. Marie sabia que Alicia amava o marido. Face ao momento de profundo luto, Alicia se mostrava forte. Ela consolava as filhas desoladas, falava com os funcionários e se encarregara do velório com a ajuda de Marie.

O próprio Sr. Falk se assustara com o incidente. Após algumas idas e vindas, ordenara que colocassem o homem inconsciente atrás de um de seus caminhões. Marie era a única que, naquele momento, sabia que Johann Melzer já se encontrava no reino dos mortos, mas preferiu não contradizer as instruções do Sr. Falk. Mais tarde, após a constatação do óbito pelos médicos do hospital, ela ligou para Alicia. Tiveram que localizar Kitty, que havia ido à cidade fazer compras. Já Lisa estava no orfanato, na companhia de Sebastian Winkler.

Na véspera do velório, Alicia insistira em velar o corpo do marido, como era de costume. Ninguém se opôs. O monsenhor Leutwien realizou os ritos fúnebres e permaneceu vários instantes ao lado do caixão, imerso em oração. Conforme a noite avançava, Kitty, Elisabeth e Marie se alternavam ao lado de Alicia, sentadas em cadeiras desconfortáveis, enquanto contemplavam o rosto distante do defunto e sentiam a escuridão sinistra do amplo átrio às suas costas. A Srta. Schmalzler e a Sra. Brunnenmayer também se submeteram ao antigo costume por algumas horas, mas depois se encarregaram do fornecimento de café, chá e água em intervalos regulares. Poucos moradores da Vila dos Tecidos dormiram naquela noite, e até mesmo as três crianças estavam inquietas e chorosas.

Às onze horas do dia seguinte, os primeiros condolentes começaram a chegar à vila: dignitários da cidade, amigos e conhecidos, além de operários e funcionários da fábrica. Após expressarem os pêsames à família e entregarem as coroas de flores, passavam ao andar de cima para cumprimentar conhecidos e fazer um pequeno lanche.

Humbert trabalhava sem descanso: dispunha as flores em frente ao caixão, levava inúmeras bandejas de café e canapés às diversas salas, recolhia óculos e bolsas esquecidos e ainda tentava responder a inúmeras perguntas.

– É cada coisa que querem saber... – queixou-se na cozinha.

A cozinheira preparava ovos cozidos com mostarda e sanduíches de presunto com a ajuda de Auguste. Hanna e Else se encarregavam de lavar a louça, uma quantidade infinita de xícaras, copos e pratinhos.

– Perguntaram até sobre bebidas alcoólicas – sussurrou Humbert, imitando o tom de fofoca. – O finado Sr. Melzer não economizava no conhaque! – Então prosseguiu, no tom grave dos senhores da prefeitura: – Agora a fábrica vai à falência de vez, não é mesmo? – E emendou uma imitação da

Sra. Von Sontheim: – Só não entendo por que a Sra. Von Hagemann ainda não se separou do marido.

Else enxugou os olhos com um pano de prato. Como as pessoas podiam ser tão cruéis! A fábrica falida! Aquilo nunca aconteceria.

– Ah, se nós soubéssemos que estávamos limpando o átrio para isso... Agora ele está lá, durinho, dentro do caixão. E pensar que segunda-feira ele me chamou a atenção por andar arrastando os pés...

A Srta. Schmalzler, toda vestida de preto e com um laço da mesma cor na cabeça em sinal de luto, entrou na cozinha. Havia aplicado pó e um pouco de blush para disfarçar o aspecto pálido após a noite em claro. Ela deu um sorriso encorajador às mulheres, como nos bons tempos.

– Está tudo indo bem. A Sra. Melzer está satisfeita por tanta gente ter vindo. Estamos fazendo o melhor para manter a imagem da Vila dos Tecidos. Mesmo neste momento de dor. Justo agora, meus queridos...

– Ai! – gritou Auguste, levando à boca o dedo indicador ensanguentado. – Jesus amado, Fanny! Essas facas são mais afiadas que lâmina de barbear.

– É só não ser tão atrapalhada...

A Srta. Schmalzler virou-se para Humbert.

– O prefeito, o Sr. Von Wolfram, acabou de chegar com a esposa. Estão faltando copos e uma garrafa com água fresca no salão.

– Perfeitamente, Srta. Schmalzler.

Humbert passou apressado pela governanta e subiu a escada de serviço com a bandeja na mão, conseguindo evitar o menor tilintar dos copos. Provavelmente chegaria ao andar de cima mais rápido que o elevador da cozinha, já carregado de louça usada.

Por volta de uma da tarde, a afluência de visitantes minguou, pois muitas famílias almoçavam nesse horário. O clima era abafado e o calor entorpecia corpos e mentes. O longo período de calor ressecara a terra, que já se abria em alguns pontos. A água já não corria nos córregos mais rasos e apenas as árvores mais antigas do parque, cujas raízes penetravam fundo na terra, mantinham toda a folhagem verde, apesar da seca.

– O céu está carregado – disse Ernst von Klippstein a Marie. – Tomara que não venha um temporal.

– Ah, imagina – comentou Kitty, com amargura na voz. – Papai iria adorar ser enterrado sob raios e trovões. Cairia na gargalhada, vendo toda essa gente ensopada...

– Não duvido – respondeu Marie, colocando o braço no ombro de Kitty. – Em todo caso, vamos levar nossos guarda-chuvas, certo?

Kitty assentiu e aconchegou-se junto a Marie. Passara a maior parte da noite no quarto da cunhada, falando sem parar, chorando, mas também se queixando e soltando algumas risadinhas bobas. Ah, papaizinho! Ele fora embora tão cedo. Ela nem sequer pudera se despedir dele.

– Deviam prender esse americano. Qual era o nome dele mesmo? James Fork, algo assim. Tanto faz. Um maldito canalha. Um assassino miserável...

– Shhh, Kitty – cochichou Marie em seu ouvido. – Agora não. Não aqui...

– Como assim? – disse Kitty, aos soluços. – Papai ia gostar. Se tivesse tido a oportunidade, teria esmurrado esse sujeito. É assim que temos que lidar com essa gente, eles só conhecem a violência nua e crua do Velho Oeste...

Marie sabia que não fazia sentido colocar juízo na cabeça de Kitty, portanto se limitou a acariciar seus cabelos e beijar-lhe a bochecha. Ernst von Klippstein permanecia ao lado, visivelmente consternado – as acusações de Kitty o atingiram profundamente. Ele se culpava por não ter reagido de maneira mais enérgica quando Jeremy Falk adentrou a fábrica. Confiara, afinal, que a polícia viria logo após a ligação da secretária. Von Klippstein só quisera evitar que a tensão escalasse, mas falhara miseravelmente.

– Olhe ali, Kitty – disse Marie. – Tilly está vindo com a mãe dela. Você não quer dar um abraço nelas?

– Ah, sim – respondeu Kitty, suspirando. – Antes elas que esses corvos da prefeitura, que só sabem repetir "meus pêsames".

Von Klippstein se manteve ao lado de Marie.

– Eu queria lhe dizer algo, Marie – começou ele, em tom contido. – É sobre minha decisão de virar sócio da fábrica. Ela se mantém. Cumprirei minha palavra. Estarei na diretoria da fábrica ao seu lado. Agora mais do que nunca.

– Muito obrigada.

Ela ocultou seu desconforto por trás de um sorriso simpático. Era fácil adivinhar o que viria a partir dali. Sem a autoridade de Johann Melzer, que, apesar do gênio forte, ultimamente a apoiava sempre, seria impossível administrar a fábrica. Ela precisava de Von Klippstein para ser aceita pelos funcionários e operários. Igualmente, precisava do dinheiro para manter a fábrica de pé. Mas ele respeitaria suas vontades a longo prazo? Ajudaria a impor suas decisões e ideias ousadas? Talvez. No entanto, mais cedo ou mais tarde, também exigiria uma recompensa.

Paul... Se ele ao menos voltasse logo! Ela se sentia exaurida, tão desprotegida e carente de coragem e esperanças. Mas era necessário ser forte. Quem mais poderia lutar pela existência da fábrica? Só ela. Toda a responsabilidade caía sobre seus ombros.

Por volta das duas horas, o mormaço atingira seu ápice; o céu estava coberto por uma pálida neblina e ouviam-se trovoadas ao longe. Seis homens corpulentos, enviados pela empresa funerária, chegaram ao átrio para remover o corpo do senhor da Vila dos Tecidos e conduzi-lo pelo parque até a rua, onde uma antiquada carruagem puxada por cavalos o esperava. O caixão seria levado ao cemitério Hermanfriedhof. Anos antes, Johann Melzer adquirira um jazigo para a família.

Era comovente ver o caixão fechado sendo erguido e transportado em passos solenes pelo átrio. Por precaução, Marie envolvera Alicia com o braço. Kitty e Elisabeth deram-se as mãos e Tilly apoiava a mãe, que se sentia especialmente emocionada naquele enterro.

– Quanta cerimônia. Até o prefeito veio. E toda essa pompa... E pensar que o enterro do seu pai foi quase às escondidas – murmurou Gertrude Bräuer.

– Mamãe, por favor...

– Por acaso estou mentindo?

– Shhh!

Quando o caixão passou pelas duas, Gertrude disse em alto e bom som:

– Ele era osso duro de roer, mas era um bom amigo... O melhor que já tivemos.

E então, se pôs a chorar sem discrição. Tilly se esforçou como pôde para consolá-la.

Do lado de fora, os trovões rugiam com intensidade cada vez maior. A parte oeste da cidade parecia encoberta por um véu negro, entrecortado por alguns relâmpagos isolados. Aqui e ali, um vento quente produzia redemoinhos de poeira e folhas mortas, que logo baixavam como vultos fantasmagóricos pelo parque. Um longo cortejo vestido de preto seguia o caixão em cadência lenta e cerimoniosa. A maioria estava imersa em profundo luto; apenas um ou outro olhava o céu com preocupação. Humbert, que vinha por último na comitiva fúnebre, teve o cuidado de fechar o portão da mansão. Ninguém ficara na casa: todos os funcionários, incluindo Rosa com as três crianças, acompanhavam seu senhor até sua derradeira morada.

Elisabeth e Kitty vinham ao lado da mãe, logo atrás do caixão. Lisa tinha a estranha impressão de que Alicia encolhera alguns centímetros, embora a matriarca caminhasse com postura ereta e cabeça erguida – tal como aprendera quando criança na mansão dos Von Maydorns. Ela, que se trancara no quarto, tomada pela tristeza, invejava a serenidade da mãe. Não era de seu feitio fraquejar diante dos outros, como Kitty, que vinha abraçada a Marie. Lisa passara a noite chorando, afundada nos travesseiros. Não havia ninguém na Vila dos Tecidos capaz de consolá-la. A única pessoa a quem confiaria dividir seu luto não tinha acesso à família.

Naquele dia, ela vira Sebastian brevemente, quando ele – vestindo um terno emprestado – se aproximara para expressar seus pêsames com a devida formalidade. Por um ínfimo instante estiveram a ponto de se entregarem. Ela vira seus braços trêmulos, a vontade contida que tinha de abraçá-la. Ela também precisou aguentar a vontade de se lançar em sua direção. Mas as velhas convenções triunfaram e os dois tiveram que se contentar com um simples aperto de mão.

Ele vinha no final do cortejo, no lugar destinado aos funcionários e operários da fábrica. Será que também sentira o mesmo? Se sim, o que estaria pensando naquele momento? O que sentia?

Elisabeth tratou de afastar esses pensamentos e se concentrar na cerimônia. Meu Deus, o pai estava naquele caixão diante dela. Eles o haviam perdido... para sempre. Nunca mais o veriam em seu escritório. Nunca mais tomariam café da manhã com ele, escutando suas piadas controversas. Nunca mais sentiriam seu abraço.

Um sonoro trovão fez todos estremecerem. Quando, pouco depois, um relâmpago desenhou um luminoso zigue-zague no céu, notaram-se rostos preocupados. Uma rajada de vento correu entre as antigas árvores, fazendo a folhagem farfalhar e levando dois chapéus, que rolaram pelo caminho empoeirado, sendo recolhidos logo depois.

– Estamos quase no portão – disse alguém. – Graças a Deus! Essas árvores aqui são um perigo com tantos raios.

Uma confusão se apossou da cabeça de Lisa. Quando fora mesmo? Na semana anterior? Ou antes? Por que lhe ocorria, justo naquele momento, a conversa que tivera com o pai?

– Ele é um pé-rapado, Lisa. E não posso pagar outro dote – dissera ele.
– Não tem problema. Podemos trabalhar.
– Isso se ele arrumar emprego...
– Então trabalharei por nós dois! – exclamara ela.
– Mas só quando você terminar os estudos. Quando vai começar?
– Em breve!
– Então lhes desejo paciência!
– Obrigada!
– Por que tanta teimosia, Lisa? Você é uma moça inteligente. O que tem contra minha proposta?
– Tudo, papai!

Quando o caixão chegou ao portão, o cortejo começou a se dispersar. Alguns condolentes mais preocupados correram para a casa, outros acompanharam os esforços dos homens para colocar o caixão na carruagem. A tarefa foi mais complexa do que se imaginava, pois, devido à tempestade, os cavalos estavam tão inquietos que o veículo balançava com violência.

Rosa e Else apressaram-se em levar as crianças à mansão. Os demais empregados esperaram a carruagem sair para voltarem.

A família e os amigos mais próximos se dirigiram ao cemitério. Lisa sentou-se ao lado da mãe no veículo dirigido por Humbert, e outros automóveis os seguiram lentamente. Atrás da família, vinha Klippi, conduzindo Tilly e Gertrude Bräuer, bem como a Srta. Schmalzler e o Dr. Greiner. Lisa não reconheceu quem estava nos demais carros, mas supunha que Sebastian Winkler não encontrara carona. Ela duvidava que ele caminharia até o local do sepultamento, inclusive devido à prótese que usava no pé. Possivelmente, retornara ao orfanato.

Papai tinha razão, pensou ela, aflita. *Ele é um pé-rapado, ninguém o respeita. Neste mundo não basta ser uma pessoa honrada.*

A cerimônia interminável convertia-se em tortura. Era impressionante a serenidade com a qual sua mãe aguentava aquilo tudo. A quantidade de pessoas que se reunira no cemitério para se despedir de Johann Melzer. Os cavalos assustados, balançando tanto a carruagem que por um fio não tombaram o caixão. Sem contar os trovões ecoando no céu, e os raios e nuvens negras se amontando sobre o cemitério.

De repente, apressaram o cerimonial a fim de que terminasse antes que a chuva caísse. Os homens atravessaram o portão com o caixão tão rápido que por pouco não atropelaram uma senhora que levava seu regador ao chafariz, e o deixaram sobre as tábuas que cobriam a sepultura. Lisa sentiu a mão gélida de Kitty roçando a sua e agarrou os dedos da irmã. O vento chacoalhava a longa bata do padre. Quando o homem abriu os braços, Lisa teve a impressão de que ele sairia voando como um pássaro. Então, viu Marie abraçando Alicia e ouviu o soluçar de Kitty. As tábuas haviam sido removidas e o caixão baixava lentamente, preso por duas correias.

Começou a chover enquanto Alicia jogava um punhado de terra na cova aberta. Primeiro caíram gotas pesadas, seguidas por uma tromba d'água. Por precaução, Klippi trouxera um guarda-chuva. As nuvens despejavam pedras de granizo sobre suas cabeças, e os relâmpagos iluminavam as lápides com tanta clareza que era possível distinguir cada letra gravada. Em seguida, tudo se afundou em uma escuridão cinzenta, banhada pela chuva.

– Fiquem aqui comigo – disse Klippi. – Meu carro está bem em frente ao portão do cemitério...

Lisa pouco se importava em se molhar. Ao seu redor, os condolentes corriam, como fugitivos, em direção à saída. Guarda-chuvas passaram voando por ela; chapéus e casacos protegiam os penteados. Então, ela reconheceu vagamente três pessoas que vinham na direção oposta. Aproximavam-se com dificuldade, desviando-se dos que saíam apressados e pisando na grama encharcada para não serem atropelados.

– Lisa! – exclamou Kitty, nervosa. – O que você está fazendo aí parada?

Em silêncio, foi em direção aos três sob a chuva inclemente, sem saber bem por que o fazia.

Riccarda von Hagemann e o marido chegaram de mãos dadas à tumba aberta de Johann Melzer e olharam fixamente o interior da cova. Ela percebeu que Christian von Hagemann dizia algo à esposa, que acenava com a cabeça. Klaus, logo atrás dos pais, com o chapéu cobrindo quase todo o rosto, abria em vão seu guarda-chuva.

Como não contavam com a possibilidade de encontrar Elisabeth, levantaram a cabeça, perplexos, quando ela os abordou. Klaus afastou-se – não queria que ela visse seu rosto desfigurado.

– Você com certeza já ouviu essas palavras mil vezes – disse Riccarda. – Mas não há outra maneira de expressar meus sentimentos em uma situação dessas: meus mais sinceros pêsames, Elisabeth.

Após agradecer, Lisa aceitou a mão que a outra lhe estendia. Por fim, Klaus também se virou para ela. Segurava a aba do chapéu, como se quisesse esconder ainda mais o rosto.

– Muita coisa aconteceu, Lisa – disse ele. – Muitas vezes eu desejo poder começar tudo de novo. Mas é tarde demais.

Ela não sabia se podia levar aquelas palavras a sério. Até porque, naquele momento, um trovão estrondou com força, como se os céus quisessem adverti-la de algo.

– Tenho uma sugestão, Klaus. Escute-me com calma e depois leve o tempo que precisar para se decidir.

44

— Shhh!
A maldita porta rangeu sem dó. Dodo colocou a cabeça na fresta e tentou distinguir algo na penumbra.

– Sai daí! – ordenou Leo, puxando o vestido da irmã.
– Me deixa...
– Para de ficar olhando!

A porta voltou a ranger quando Leo se enfiou ao lado de Dodo. O quarto da avó estava à meia-luz e as cortinas cobriam as janelas. Era possível distinguir a cama de casal com adornos dourados, os contornos do conjunto de cadeiras ao lado, a penteadeira com o espelho triplo e a cômoda com tampo de mármore. A avó, deitada de barriga para cima e com o rosto pálido, parecia minúscula sobre a cama ampla.

– Ela morreu? – cochichou Leo.
– Não – sussurrou Dodo. – Ela está cochilando. Falaram que está com enxaqueca...
– Isso mata.

Dodo revirou os olhos. A estupidez do irmão era impressionante.

– Ela está respirando. Presta atenção...

Leo aguçou a vista e constatou que o tórax da avó subia e descia em um ritmo regular. Não soube identificar se estava feliz ou decepcionado. Provavelmente feliz. Ainda que a morte fosse um mistério que o fascinava.

– Não podemos acordá-la – disse Dodo, com uma seriedade precoce. – A vovó precisa descansar!

Leo bufou, contrariado. Dodo sempre queria dar ordens. Não podemos ir à sala de jantar. Não podemos desenhar com os pincéis da mamãe. Não podemos arrancar as folhas do jardim de inverno. As meninas se achavam muito sabichonas.

– Ela vai acabar acordando sozinha – retrucou ele.

– Sim, mas não agora – sussurrou Dodo. – Ela prometeu que ia brincar de casinha com a gente.

Lentamente, Leo fechou a porta do quarto, que rangeu mais forte ainda. Ele não tinha a menor vontade de brincar daquilo. Sempre ficava com o papel do pai. Ou da criança. Ambos eram péssimos. Ele preferia ser ladrão. Ou pirata. Brincadeiras que só fazia com a mãe, que nunca tinha tempo...

– Você não pode fazer isso!

Ele se virou bruscamente para a irmã, com o indicador diante dos lábios. Dodo se calou e acompanhou os movimentos do irmão com os olhos arregalados. Era estritamente proibido entrar naquele quarto. Rosa já dissera isso várias vezes. Apenas a avó podia cruzar aquela porta. E Else, que às vezes fazia a limpeza. E ninguém mais. Nem mesmo sua mãe.

Leo estava decidido a ser o ladrão. Ele girou a maçaneta e se apoiou na porta, que se recusou a abrir.

– Está trancada – cochichou Dodo. – Está vendo?

Um ladrão de verdade não se intimidaria com um "está vendo?". Leo empregou todas suas forças e empurrou com o ombro, e finalmente conseguiu. A porta se abriu e ele quase caiu dentro do quarto, levando junto Dodo, que se agarrara a ele.

Foram recebidos pelo cheiro de mofo. Um odor de tapete, cortina e roupa de cama que lembrava um pouco o avô. Viram também algo que parecia a bengala do avô, pendurada no armário.

– Não podemos – insistiu Dodo, seguindo-o curiosíssima na missão proibida.

As cortinas azul-claras estavam entreabertas, permitindo-lhes ver o pesado céu cinzento de inverno. Tudo continuava como se o avô ainda estivesse entre eles. Sua cama com os muitos travesseiros, a pilha de livros e revistas na mesa de cabeceira e os óculos de leitura ao lado. As pantufas sobre o tapetinho de pele macio. E o tique-taque do despertador redondo que o avô usava para acordar todas as manhã. Leo se perguntou se ele por acaso continuava morando ali. E se morrer não significasse nada mais do que se tornar invisível?

– Se vovó ficar sabendo...

O relógio de pulso continuava sobre a cômoda, diante do espelho. Viram também o pincel de barbear e, dentro de um pratinho de vidro, a navalha. Leo hesitou, pois a navalha o atraía, mas preferiu o relógio. Não foi fácil alcançá-lo, visto que a cômoda era alta e Leo mal completara quatro anos.

O relógio era de um metal claro e de caixa arredondada. Os ponteiros e os números ficavam protegidos por um vidro. Leo já conhecia os números até cem. Quase todos. Mas não sabia escrever, apenas contar.

– Tem que dar corda nessa rodinha – disse Dodo, atenta. – Aí ele funciona.

– Eu sei – grunhiu Leo.

Girou apenas uma vez, ouviu um estalido e desistiu. Vovó certa vez lhe dissera que aquele relógio um dia seria seu. Antes, contudo, passaria às mãos do pai. Quando voltasse da Rússia. Leo não se lembrava bem do pai. Dodo tampouco. A mãe tinha muitas cartas dele em sua escrivaninha. E também os desenhos que ele fizera. Casas, árvores, pessoas, tudo meio chato. Havia ainda um pequeno cavalo talhado em madeira, com uma perna faltando...

– Dodooo! Leooo!

Os dois estremeceram. Leo colocou o relógio de volta na cômoda com tanta pressa que ele caiu no chão. Por sorte, a peça aterrissou no tapete e não quebrou.

– Dodooo! – gritou Henni, cruzando o corredor. – Leooo!

Os gêmeos sempre se uniam contra Henni. Dodo levantou o braço, recolheu o relógio e o colocou no lugar. Leo já estava do lado de fora, prestes a fechar a porta com o maior silêncio possível.

– Vocês não podem entrar aí.

Ela obviamente os vira. Henni estava parada no meio do corredor, um anjinho de cachos loiros e olhos grandes – tão azuis que pareciam refletir o céu. Mas, na realidade, ela era uma diabinha. Pelo menos às vezes.

– A gente não entrou – contestou Leo.

No primeiro momento, Henni se espantou. Seu olhar inquisidor alternava-se entre Leo e Dodo; ela parecia pensativa.

– Eu vi vocês fechando a porta – disse para Leo.

– E daí?

– Então vocês entraram – rebateu a pequena detetive.

– Não entramos!

– Então por que a porta estava aberta?

Leo fitou a irmã, para certificar-se de que ela estaria a seu lado. O rosto de Dodo mostrava convicção.

– A gente só olhou – disse Leo.

Dodo confirmou com a cabeça.

– Olhar também é proibido – respondeu Henni, deleitando-se com a vitória. – Os dois vão apanhar!

Leo espumou de raiva. Sempre aquela monstrinha. Quando brincavam, deviam dançar conforme sua música. Quando havia briga, ela corria para Rosa, aos prantos. E no final, sempre conseguia o que queria, pois Henni era a menor e os mais velhos precisavam aprender a ceder.

– Quem vai apanhar é você! – protestou ele em tom de ameaça, semicerrando os olhos.

Henni inclinou a cabeça, tentando averiguar se a intimidação era séria. Afinal de contas, Rosa estava na cozinha e não poderia defendê-la. Por outro lado, a avó dormia no quarto ao lado e certamente interviria se ela gritasse. Mas Alicia não era tão fácil de enredar, já que Leo era seu neto favorito.

– Quero brincar depois – exigiu ela. – E vou ser a filha, tá?

Leo olhou para Dodo e sentiu alívio ao ver a irmã assentir.

– Tudo bem. Mas você vai no carrinho e eu empurro.

– Mas não muito rápido – pediu Henni.

Na vez anterior, o carrinho de bebê tombara, lançando Henni sobre uma pilha de blocos de montar. A menina sentira tanta dor que desde então vinha se recusando a ser a filha...

Na outra extremidade do corredor, tia Kitty, a mãe de Henni, surgiu por uma porta recém-aberta. Estava com o sobretudo, pronta para sair. Era uma peça larga, de lã vermelha, que batia pouco abaixo do joelho. A barra era bastante justa, de maneira que Kitty parecia um grande balão vermelho.

– Oi, filhinha! Venha aqui, minha querida. Rosa já vai trocar você, vamos juntas à cidade.

O entusiasmo era evidente no semblante dos gêmeos. Estavam livres dela! Henni correu para a mãe, puxou seu sobretudo e perguntou por que a gola era tão grande.

– Para eu poder levantá-la, querida. Assim, veja só.

A gola cobriu quase a cabeça inteira, deixando apenas o cabelo à vista.

– Vou ganhar bala?

– Só se você se comportar... Agora venha, meu anjo. E sem barulho, vovó está com enxaqueca.

Kitty correu de volta até o quarto, pois havia esquecido a bolsa. Após vasculhar o cômodo, pegou dinheiro no compartimento secreto da escrivaninha para colocar na carteira.

– Rosa? Calce as botas nela. Ela vai vestir o sobretudo com gola de pele. E o gorro de lã tamb...

– Nããão! – gritou Henni. – O gorro de lã não, mamãe! Ele pinica muito!

– Mas está nevando lá fora...

– Eu levanto a gola. Que nem você.

Kitty mandou a filha levar um cachecol grosso. Ainda trazia vivas as péssimas memórias de infância com os gorros que tanto pinicavam, mas o pior eram as meias-calças de lã. Por isso, só comprava meias de algodão para a filha.

Ela deu a mão a Henni e desceram juntas a escada. O átrio já estava enfeitado com ramos de pinheiro e estrelas douradas de papel, feitas pelas crianças. O Natal se aproximava – finalmente comemorariam a data sem guerra, mas, ao que parecia, sem Paul também. Continuavam à espera de um sinal de vida. Ninguém sabia informar se ele estava com saúde e quando poderia, finalmente, voltar para casa. Certa vez, a mãe dissera em voz baixa que a demora de Paul em escrever era um mau sinal. No entanto, desde a morte do marido, Alicia se tornara uma pessoa sorumbática e agourenta, que sempre esperava o pior.

– Vamos ter árvore de Natal, mamãe?

Kitty não tinha certeza se Alicia permitiria tanta bagunça poucos meses depois do falecimento do marido. Por outro lado, seria uma alegria imensa para as crianças, uma vez que nos últimos três anos não fora possível montar uma árvore maior, por conta do hospital de campanha. Ah, saudosos tempos, quando Gustav e seu avô traziam do parque um pinheiro e todos o decoravam juntos. O efeito era lindo. Todo o átrio se preenchia com o odor da folhagem e, na noite do dia 24 de dezembro, Auguste e Else penduravam pães de mel nos galhos.

– Acho que sim, Henni. Uma bem gigante. Quase até o teto...

– Até o céu! – exclamou a filha, descendo alegre os degraus do pórtico.

Humbert esperava por elas no pátio. Havia removido a neve do automóvel e limpava o para-brisa com um pano.

– Por favor, senhora – disse ele, antes de abrir a porta do motorista com elegância.

– Mas você tem que ir atrás com Henni.

– Sem problemas, senhora. Mas não arranque muito bruscamente. Sem pisar muito fundo. Sinta o motor...

Kitty sentou-se ao volante, ignorando os gritos de protesto de Henni. Fazia algumas semanas que Humbert vinha lhe ensinando a dirigir, o que não era exatamente simples, pois sua aptidão para máquinas deixava a desejar. Contudo, ela não desistia. Afinal de contas, Lisa conseguira aprender.

– Mamãe não sabe dirigir – reclamou Henni, sentada no banco de trás, no colo de Humbert. – Estou com medo!

– A ignição... a embreagem... a primeira marcha... muito bem. Troque a marcha... solte aos poucos... devagar... devagar...

A primeira tentativa fracassou. O carro deu um solavanco, Henni berrou e se agarrou a Humbert. Já a segunda vez foi bem-sucedida. Kitty engatou a primeira marcha e conseguiu colocar o carro em movimento. Lentamente, percorreram o caminho coberto de neve que dava acesso ao portão do parque. Ela conseguiu, inclusive, trocar para a segunda e terceira marchas sem maiores desastres. O único incidente foi a última freada em frente ao portão: o carro derrapou um pouco, indo parar na grama. Mas a culpa era da neve.

– Muito bom mesmo! Mais alguns dias e a senhora será um ás do volante. Agora puxe o freio.

– Ah, sim. Quase esqueci.

Os dois mudaram de lugar. Humbert manobrou o carro de volta para a pista e o conduziu impecavelmente até a cidade. Flocos de neve aderiam ao para-brisa e ele precisou acionar o limpador várias vezes para poder enxergar melhor.

– Você não pode dirigir, mamãe – resmungou Henni. – O carro sempre balança muito quando você dirige.

– Querida, eu tenho que aprender. Lembra que Humbert vai embora para Berlim em janeiro? Quer que fiquemos a pé?

– Então peça para a tia Lisa dirigir.

Irritada, Kitty se calou. Não se podia negar que a irmã conduzia com tranquilidade e segurança. Mas Lisa tinha planos excêntricos e ninguém sabia se ela deixaria a vila em breve.

– Podemos ficar ali na Maximilianstraße. Vamos caminhar a partir dali. Essa neve está tão linda...

– Como desejar, senhora.

Apesar da difícil situação econômica, a cidade se preparava para o Natal. Na ampla Prachtstraße haviam montado casinhas de madeira, decoradas com galhos de pinheiro, onde os comerciantes ofereciam suas mercadorias. Era possível comprar brinquedos talhados, velas, doces coloridos e castanhas assadas. Uma barraca chegava até a vender anjinhos folheados a ouro, quebra-nozes com uniforme de gala e uma miríade de bonequinhos de corda feitos de latão. Grupos de crianças em vestes esfarrapadas rodeavam a barraca de brinquedos, lançavam olhares nostálgicos aos carros de lata e às bonecas de porcelana e eram sempre expulsos pelo vendedor.

– Balas, mamãe! Ali tem bala de framboesa!

Kitty comprou um saquinho de papel repleto de balas pegajosas e coloridas e advertiu a filha para que tivesse cuidado ao comê-las. Da última vez, ela se engasgara com uma e por pouco não sufocara.

Sob os olhares invejosos das desafortunadas crianças, Henni levou a guloseima à boca e seguiu a mãe pela neve até o ateliê de Sibelius Grundig. Kitty detestava ter que desviar dos moradores de rua e inválidos que, sobretudo na época do Natal, lotavam as ruas. Havia alguns até mesmo na neve, envolvidos em cobertores e com mantas rasgadas sobre os ombros. Ela procurou alguns trocados e os distribuiu – pobres rapazes, tinham sido enviados à guerra para terminarem ali. Esse era o agradecimento da pátria. Que traição.

E se Alfons tivesse voltado mutilado? Ah, ela preferia não pensar naquilo.

A sineta da loja soou quando Kitty abriu a porta do estúdio de fotografia de Grundig. Lá dentro, quase todos os móveis haviam sido removidos e uma pequena estufa ao centro dispersava seu agradável calor no espaço vazio. Kitty constatou que suas pinturas continuavam embrulhadas, apoiadas na parede. Havia muito a fazer.

– Aí está você! E trouxe a Henni!

Tilly saiu da sala ao lado e tomou nos braços a pequena, que correra em sua direção. O encontro foi caloroso. Tilly era a tia favorita de Henni.

– Credo, como sua bochecha está grudenta – comentou Tilly, rindo.

– Bala de framboesa – respondeu Henni, com orgulho.

– Quer ajudar também?

Henni queria. Foi encarregada de segurar a caixinha de pregos enquanto sua mãe e Tilly livravam os quadros dos panos que os haviam protegido durante o transporte.

– Tecidos de papel da fábrica – explicou Kitty, rindo. – Não conseguem mais vender, daí eu peguei. São ótimos para embalar.

Tilly dobrou as embalagens de pano marrom com cuidado e observou Kitty dispor seus quadros ao longo das paredes, onde queria que Tilly os pendurasse. Eram misturas curiosas de paisagens e rostos, algo que Tilly nunca vira. Rostos de soldados, com capacetes e quepes. Todos na cor cinza ou azulados, os olhos afundados em covas, a boca muitas vezes distorcida.

– Estou com medo de que ninguém queira comprar essas pinturas – disse Kitty. – Muitas pessoas até as acham incríveis, mas isso não significa que as pendurariam sobre o sofá. E o pessoal gosta de tudo combinando, que nada destoe das cores da mobília... Coloque mais para cima, Tilly... Mais... para a esquerda... Ótimo.

Tilly desceu e pegou um prego da caixa, em cima de uma cadeira. Curiosa, Henni observava a tia subir na escada e, com poucas marteladas, empurrar o prego para dentro da parede.

– Perfeito! – exclamou Kitty. – Você é incrível, Dra. Bräuer!

– Não fique gritando isso, Kitty. Ainda tenho um longo caminho pela frente.

– Você consegue, Tilly. Primeiro fazer a prova para a faculdade de medicina e depois se mudar para Munique. Eu ajudo, já tinha lhe prometido.

– Ah, Kitty... Para mim não é fácil depender tanto de vocês.

– Não diga asneiras... Depois poderá nos atender de graça e economizaremos uma fortuna.

Tilly deu um suspiro e pegou o quadro que Kitty lhe passou para pendurá-lo no prego. Ela vinha estudando para a prova de admissão, que prestaria como aluna externa, vinculada ao ginásio de moços de Santa Ana, no início do ano – era o único jeito de uma mulher ingressar na universidade. Se tudo corresse bem, ela iniciaria os estudos no inverno do ano seguinte. Mas só se os Melzers a apoiassem financeiramente, pois, como já se previra, ela e a mãe haviam ficado sem nada. Moravam na casa da Frauentorstraße graças a Kitty, que recebera o imóvel como presente de Alfons logo depois do casamento. A nora não cobrava aluguel, muito pelo contrário, às vezes lhes dava pequenas quantias do dinheiro que ganhava com a venda de suas pinturas. Oficialmente, o valor destinava-se a reformas na propriedade.

– Sra. Bräuer?

A Sra. Grundig surgiu na fresta da porta, lançou um olhar crítico para as pinturas de Kitty e logo viu Henni. Um sorriso caloroso surgiu em seu rosto.

– Ah, trouxeram a pequenina. Elise vai adorar. Ela pode vir?

– Se ela quiser...

Henni afastou-se contrariada da caixa com os belos pregos, inclusive porque, conforme Kitty sabia, Elise lhe dava um pouco de medo. Por mais que fosse muito amável e fizesse barquinhos e passarinhos de papel para Henni, tinha olhos estranhos.

– Alguém quer falar com a senhora, Sra. Bräuer.

A Sra. Grundig proferiu essa frase em voz baixa e quase conspiratória e, então, levou Henni para o apartamento ao lado, deixando a porta aberta. Tilly desceu da escada e hesitou por um momento. Explicou que iria à loja de ferragens comprar alguns ganchos de metal, vestiu seu sobretudo e saiu.

Kitty ficou sozinha, com uma mistura de sentimentos. Que vergonha. Em plena luz do dia. Ainda por cima em uma loja onde podia ser vista pela vitrine. Por um momento, viu-se tentada a simplesmente fugir, mas era tarde demais.

– Só uns minutinhos, Kitty – disse Gérard. – Não quero partir sem lhe dizer adeus.

Ele fechou a porta e se deteve, sem saber como ela reagiria ao inesperado encontro. Kitty o encarou de olhos arregalados.

– Vai voltar para a França?

– Não faz sentido continuar aqui.

Ela se calou, abalada. Claro, Gérard tinha razão. Os dois vinham se encontrando secretamente havia meses, quase sempre no pequeno café na periferia da cidade, que contava com apenas duas mesas e quatro cadeiras. Eram encontros corridos, horas muito curtas, nas quais falavam toda sorte de maluquices, mas jamais expressavam o que realmente sentiam. Muitas vezes, eles se viam também no parque ou na rua, caminhavam juntos, conversavam amenidades e logo se despediam com uma frase alegre. Kitty não via maldade naquilo, pois não passava de encontros com um velho conhecido, um bom amigo. Nada de romance ou algo do tipo. Mas isso havia passado. Naquele momento, entendeu de súbito quanta falta sentiria dele.

– É... é uma pena mesmo – disse ela, embora soubesse que não era só aquilo que sentia.

– Não tem jeito, Kitty. Me partiria a alma ficar...

Ele ousou dar alguns passos até ela, e Kitty precisou se conter para manter a calma. Milhares de vezes já dissera a si mesma que era uma idiota. O que havia nele que ela ainda não conhecia? Tempos antes, em Paris, os dois se amavam diariamente, até mais. Ah, como faziam loucuras quando estavam juntos... No entanto, era uma menina à época – e se transformara em uma mulher, em uma mãe. Tinha uma filha.

– Não! – exclamou ela, nervosa. – Não se aproxime... De jeito nenhum... Nem um passo!

Obediente, ele se deteve, olhando-a com semblante desesperado, e logo depois sorriu.

– Não precisa ter medo de mim, Kitty – murmurou ele. – Não sou o mesmo de antes. Meus anos rebeldes são coisa do passado. Veja só...

Colocou a mão na vasta cabeleira ondulada e mostrou-lhe os fios brancos em suas têmporas. De fato, ele ganhara cabelos grisalhos, embora ainda tivesse 30 e poucos anos. Kitty não o achou menos atraente, muito pelo contrário.

– Nós dois crescemos – afirmou ela, assentindo seriamente com a cabeça.

Sorridente, ele continuava encarando-a. Ela se sentia desconfortável, pois percebia que era cada vez mais difícil manter o controle. De fato, Kitty sentia falta de ser abraçada por um homem, mas não se tratava apenas daquilo. O que a impelia a Gérard era outra coisa. Uma familiaridade estranha, o desejo de chegar a um lugar que por muito tempo estivera procurando em vão. Chegar em casa...

– Sim, somos adultos – respondeu ele. – Mas a guerra foi o que mais nos mudou. Nós dois tivemos experiências amargas...

Durante seus encontros, conversaram algumas vezes sobre Alfons, ou sobre o pai dela. Gérard lhe dissera palavras de consolo, mas quase nunca falava de si mesmo. A única coisa que Kitty sabia era que a fábrica de seda de seus pais também sofrera um grande baque e que os alemães eram odiados na França por tudo o que fizeram ao país.

– E quais são seus planos agora? – perguntou ela. – Voltar para sua família?

Sim, ele devia isso aos pais. Apesar de todas as desavenças, ficariam felizes em revê-lo com saúde. O resto decidiria depois. Ele já lhes havia escrito, comunicando o retorno.

Kitty mal sabia o que dizer. Certamente Gérard não sentia muita saudade dos pais, do contrário não teria permanecido meses em Augsburgo em vez de voltar imediatamente à França. Como ele vinha se mantendo financeiramente era um mistério. Uma ou duas vezes ela havia lhe oferecido dinheiro, mas ele recusara.

– Então...

Um nó na garganta a fez pigarrear.

– Então é... a última vez que nos vemos?

Sua voz soou frágil, quase lamuriosa. Os grandes olhos negros de Gérard pareciam ainda maiores, como se quisessem tragá-la, abraçá-la, cobri-la de beijos. Irradiavam amor e desejo...

– É isso que você quer, Kitty?

Ela engoliu em seco, passou a mão no cabelo e, depois, no rosto. Era impossível esquivar-se do poder daqueles olhos negros.

– Não – sussurrou. – Queria que você ficasse, Gérard...

O inevitável aconteceu. Foram dois passos e logo ela se viu envolta por seus braços, soluçando em seu peito e pedindo-lhe que não a deixasse. Só se calou quando seus lábios encontraram os dele. O beijo foi mais maravilhoso que a lembrança que tinha em seus sonhos. Era um beijo novo, diferente, cheio de paixão e ao mesmo tempo contido, amargo e de uma ternura infinita.

– Não posso, meu amor – sussurrou ele em seu ouvido. – Nunca me senti tão próximo a você como agora, Kitty. Nunca a amei tanto como nesses meses, pois a percebia como inalcançável. Mas não temos chance. Não agora, depois de a guerra ter envenenado a alma de nossos povos com ódio...

Ela o abraçou com força, respirou seu perfume que lhe era tão familiar e, ao mesmo tempo, tão novo. Deslizou os dedos por seus cabelos, percorreu com delicadeza os contornos de suas sobrancelhas.

– Não é verdade – retrucou ela. – Ninguém na minha família se importaria por você ser francês. Principalmente Marie, que está na diretoria da fábrica com Klippi. Você entende de seda, venha trabalhar conosco...

Ela sentiu que seu corpo tremia. Gérard estava rindo. Mas Kitty falava sério – não era uma ideia fantástica? Gérard como vice-diretor da fábrica de tecidos dos Melzers?

– Você é uma sonhadora – murmurou ele, antes de beijá-la. – Não, minha querida. Se for possível, quero reconstruir nossa fábrica em Lyon e voltar ao mercado com nossas sedas.

Por um momento, Kitty flagrou rostos no outro lado da vitrine – um grupo de crianças pressionando o nariz contra o vidro. Mas, como só viram quadros, rapidamente perderam o interesse e foram embora.

– Tudo bem – disse ela, fungando ofendida. – Se é o que você quer, então passar bem. Tinha esperança de que aceitasse minha proposta.

Ele a puxou e, embora ela fingisse resistência, deixou-se abraçar. Ah, ela não queria perdê-lo novamente. Se ele fosse para a França, jamais voltaria a vê-lo. Não diziam que a fronteira estava fechada para os alemães?

– Escute, meu amor – disse ele, com seriedade. – Você se transformou em uma artista e eu a admiro infinitamente. Mas eu sou o quê? Um nada. Um ex-prisioneiro de guerra tentando fazer a vida no mercado ilegal. Um homem que não pode ser visto em público com a mulher que ama. Que não pode falar com ela em lugar algum... Quer que eu continue?

Tapando os ouvidos, ela balançou a cabeça energicamente e protestou que ele não a escutara com atenção. Quando ele virasse diretor da fábrica de tecidos dos Melzers...

– Calma, minha querida – sussurrou ele, com ternura. – Apenas me diga se você quer esperar por mim. Mesmo que demore meses, talvez anos.

– Anos? – repetiu ela, abalada.

– Você é meu único amor, Kitty. Nada mudou. Você nunca saiu de meus pensamentos, mesmo quando eu acreditava que iria morrer. E se estou indo agora, é só para um dia ter o direito de pedir sua mão.

Um grito estridente interrompeu suas palavras. Vinha de Henni, aparentemente entediada e chamando pela mãe. Gérard sorriu e despediu-se de Kitty com um beijo no nariz.

– A coitada da Tilly deve estar congelando em frente à casa de ferragens – comentou ele, com um misto de graça e compaixão. – Hora de ir.

Kitty sentiu frio quando ele a soltou. Tentou manter o olhar em seus olhos. Pelo menos um pouco mais...

– Esperarei por você – disse ela, em voz baixa. – Escreva-me.

– Vou tentar.

A sineta da loja tilintou quando ele saiu. Kitty correu para a vitrine e o viu desaparecer como uma sombra por entre os flocos de neve que caíam em redemoinhos.

45

Ai, que lindo, pensou Elisabeth. É assim mesmo que eu quero. Um pinheiro de verdade. E todos vamos decorá-lo juntos.

Parada ao lado da entrada, de sobretudo e chapéu, ela observava Gustav e Humbert levarem o grande pinheiro até o átrio. As crianças os seguiam guardando a devida distância, pois Gustav lhes dissera que quem tocasse no pinheiro antes que fosse colocado no lugar acabaria grudado nele até o Natal.

– Tia Lisa, tia Lisa! – exclamou Dodo, abraçando Elisabeth e deixando seu sobretudo claro marcado com manchas úmidas. – Todo mundo vai poder pendurar uma bolinha. Você também!

Elisabeth a ergueu e explicou que no dia 25 também pendurariam pães de mel de verdade na árvore, mas Henni já havia contado isso à prima.

– É verdade que você vai embora para longe, tia Lisa?

– Quem disse isso?

– Auguste disse para Else.

Lisa devia saber. Os empregados tinham ouvidos pela casa inteira. Auguste, aquela velha linguaruda.

– Não acredite nelas.

Elisabeth colocou a menina no chão e Dodo saiu correndo, reconfortada. No alto da escada, Marie finalmente apareceu. Após trocar algumas palavras com a Srta. Schmalzler, ela desceu até o átrio e teve que desviar do pinheiro tombado no chão, esperando para ser fincado no pedestal de madeira.

– Onde você estava? – perguntou Lisa, em tom de crítica. – Vamos chegar atrasadas...

Marie não respondeu, pois naquele momento os gêmeos se lançaram sobre ela, fazendo mil perguntas. Onde estavam as bolas coloridas? Os passarinhos de vidro? E as guirlandas prateadas?

– Sabem de uma coisa? Por que não vão lá em cima no quarto da vovó? Ela vai mostrar tudo...

– Ebaaa!

Liderada por Liesel, a pequena turba subiu a escada. A pobre Alicia teria que suar para acalmar as crianças.

– Mamãe não está sabendo de nada? – perguntou Elisabeth, em voz baixa.

– Não contei nada. Não queria que ela criasse expectativas só para, talvez, se desiludir.

Elisabeth percebeu que Marie não pregara os olhos na noite anterior. Ela própria também havia dormido mal. Kitty padecia de uma terrível dor de cabeça e seguia deitada.

– Ele virá, Marie. Estou sentindo – disse ela. – É hoje que o traremos de volta à Vila dos Tecidos!

– Deus permita isso, Lisa!

Na tarde do dia anterior tinham recebido a notícia de que um trem com prisioneiros de guerra libertos chegaria da Rússia na estação de Augsburgo. Ainda não havia confirmação oficial e o jornal não publicara nada a respeito. Contudo, praticamente toda a cidade estava em polvorosa e já se esperava que a estação estivesse lotada de pessoas ansiosas para receber seus entes queridos.

Enquanto desciam a escada da saída, Lisa e Marie sentiram os olhares sobre elas. A notícia sobre aonde iam já havia se espalhado entre os empregados – todos estavam nervosos e cheios de esperança. Humbert já preparara o carro: tinha abastecido o tanque, completado o óleo e limpado os vidros. Na tarde anterior, Gustav e o avô removeram a neve do caminho que dava acesso à rua sem que ninguém lhes pedisse.

Lisa dirigiu o carro sem pressa, com todo cuidado para não sair da pista ou cometer outro erro bobo. No portão do parque, tiveram que esperar vários caminhões passarem com nabos e batatas em direção à cidade. Marie ia sentada ao seu lado, tensa e em silêncio, olhando a rua. Tampouco ocorria a Lisa algo sobre o que pudessem falar. Seus dedos estavam gelados, ela devia ter levado as luvas de couro.

Como esperado, a estação estava rodeada por uma multidão, de maneira que tiveram que estacionar na Prinzregentenstraße e percorrer o último trecho a pé. A polícia havia sido acionada para evitar que a multidão se descontrolasse. Era possível ouvir ordens surgindo de todas as partes: "Andem devagar", "Não empurrem", "Deem a mão às crianças".

– Já são onze horas – disse Marie, olhando para o relógio da estação.

– Eu disse que iríamos nos atrasar!

Angustiada, Marie se deteve na entrada e perguntou a Lisa se não seria melhor esperar. Mas logo foram empurradas pelos que vinham e se viram obrigadas, querendo ou não, a seguir até a plataforma, onde as pessoas se acotovelavam, sobretudo mulheres. Jovens e velhas, esposas, mães, avós, muitas acompanhadas por adolescentes com olhos arregalados, assustados, e crianças chorosas. Algumas estavam bem-vestidas, outras usavam casacos surrados e sapatos com solas de madeira, mas o que unia todas elas era a esperança estampada em seus rostos.

Impulsionadas pela força da multidão, Lisa e Marie passaram por inúmeras pessoas e finalmente encontraram um lugar na plataforma diante dos trilhos vazios. O trem estava atrasado, o que não era de se admirar, se todas as estações onde o comboio parasse estivessem daquele jeito.

Como vamos encontrar alguém neste mar de gente?, pensou Lisa, aflita. *Estamos tão atrás que não conseguiremos ver os soldados desembarcando.*

Ela agarrou a mão da cunhada e a apertou para encorajá-la.

– Devíamos ter ficado em casa – disse Marie. – Quanta gente! Vamos ser esmagadas.

De fato, ocorriam empurrões, gritos de ofensas, e havia crianças chorando. Contudo, a maioria mantinha a calma e tentava, na medida do possível, ter cuidado com os demais. Aqueles que estavam mais atrás perguntavam aos da frente se já conseguiam ver o trem, mas a resposta que esperavam teimava em não chegar.

– Você se lembra de quando estávamos aqui, cinco, seis anos atrás? – perguntou Marie. – Você distribuindo sanduíches e eu correndo atrás do trem para entregar café quente aos soldados pelas janelas...

– Nossa... – murmurou Elisabeth, lamentando-se. – Nem me lembre. Os colegas de escola de Paul foram os primeiros a ir para o front. E depois o pobre Alfons...

– É verdade – confirmou Marie, com amargura. – Como estávamos entusiasmados. Tão certos da vitória. Os rapazes riam e acenavam felizes e nós nos sentíamos ótimas dando pão e café aos futuros heróis.

– Achávamos que todos voltariam no Natal – murmurou Elisabeth. – No Natal de cinco anos atrás...

Uma onda de movimento atravessou a multidão, e na beirada da plataforma houve gritos nervosos.

– Para trás! Cuidado. Segurem as crianças!

Pisaram no pé de Lisa, Marie foi empurrada para trás junto com outras mulheres, e as duas se perderam de vista. Então, Lisa viu a fumaça cinzenta da locomotiva e seu coração palpitou de nervoso. Paul. Seu irmãozinho querido. Ela só queria que fosse verdade.

– Meu Deus – sussurrou para sim mesma. – Meu Deus...

Lentamente, o trem entrou na estação. Muitas janelas estavam abertas e os homens se acotovelavam para ver quem os esperava na plataforma. De todos os lados, escutava-se um grito, um nome, um choro. Alguém reconhecendo o marido, o filho, o irmão. Até que o chiado dos freios eclipsou qualquer outro ruído.

Algumas mulheres empurraram Lisa para a frente, e ela se chocou com um poste de luz. Ficou ali, aguardando. Não muito longe, haviam aberto uma das portas, e homens com calças e casacos esfarrapados desembarcaram – os rostos fundos e cinzentos, e alguns tinham os pés envoltos em trapos no lugar de sapatos. Lisa estremeceu. Eram aqueles os mesmos rapazes que tinham partido tão otimistas? Como estavam envelhecidos e esqueléticos... Muitos mancavam, outros usavam ataduras, vendas nos olhos ou avançavam a duras penas com muletas. Ao sair, a maioria se detinha, perplexa, mas logo se movia para dar espaço aos que vinham atrás. Poucos felizardos recebiam o abraço da esposa. Lisa tentava imaginar o aspecto que Paul teria após tantas agruras. Será que o reconheceria? Ela fitava os repatriados que passavam, mas nenhum era seu irmão.

Que caos! Lisa decidiu ficar parada e simplesmente esperar até que a multidão se dispersasse um pouco. Em toda parte, via pessoas chorando abraçadas, mulheres soluçando, crianças berrando, homens que mal podiam acreditar que estavam de volta. Pouco depois, sentiu uma mão em seu braço – era Marie, que a encontrara.

– Ele deve ter descido em algum lugar e está nos esperando – disse ela. – Com certeza sabe que viemos...

De mãos dadas, elas acompanhavam o movimento na medida do possível. Aqueles que haviam se reencontrado se dirigiam à saída. Outros seguiam parados, assim como elas, esperando com ansiedade. Os repatriados que não tinham quem os recebesse percorriam lentamente a plataforma, alguns carregando trouxas com o pouco que lhes restara. Instantes depois, soou o apito da locomotiva, novamente envolta em vapor. Portas se fecharam, os rostos nas janelas desapareceram, um cobrador fechara os vidros.

Marie e Lisa esperaram o trem deixar a estação e andaram devagar pela plataforma, olhando atentamente ao redor, detendo os olhos em cada repatriado, e continuaram desapontadas. Pararam por alguns momentos no saguão da estação, andaram por entre as pessoas, procurando, erráticas, tentando manter viva sua última esperança.

– Pode ser que não o tenhamos visto – sugeriu Lisa, em tom neutro. – Não me admiraria, em meio a essa gente toda. Talvez ele tenha ido para casa de bonde.

– É possível – respondeu Marie, derrotada.

Era um fio de esperança ao qual ambas se atinham com todas as forças. Como Paul riria delas quando chegassem em casa. Horas esperando em vão na estação, quando ele já estaria tomando seu café.

Correram pelas ruas em direção ao carro, passaram por famílias felizes reunidas, mulheres com expressão de desamparo, crianças que não entendiam o que estavam fazendo ali. No caminho, encontraram Tilly, que também correra até a estação, mas, quando chamaram seu nome, ela não se virou.

– É verdade que o Dr. Moebius está desaparecido? – perguntou Marie, aflita, quando já estavam no carro.

– Acho que sim – respondeu Lisa. – Mas, mesmo assim, ela ainda tem esperança.

Esperança. Elisabeth dirigia devagar pelas ruas, parando sempre para ceder passagem a pedestres ou ciclistas, seguindo sem pressa os veículos puxados a cavalo. Quando cruzaram o Portão de Jakob, a neve começou a cair e, ao chegarem ao parque, viram a entrada já coberta por um manto branco. Lisa contornou o canteiro no meio do pátio e parou pouco antes dos degraus do pórtico. As duas permaneceram alguns instantes dentro do automóvel, aferradas à última ponta de esperança que conservavam. Então Humbert abriu a porta e ao seu lado surgiu Auguste. Seus olhos esperançosos ditaram a sentença.

– Talvez ele ainda esteja a caminho – falou Elisabeth.

Cansada, Marie balançou a cabeça.

– Temo que não, Lisa. Que bom que não contamos nada à mamãe.

– Uma hora ele há de chegar – retrucou Elisabeth. – Tenho certeza, Marie!

Elas se abraçaram antes de descerem do carro. Em seguida, subiram a escada externa, sentiram o aroma natalino do pinheiro no átrio e chegaram a ver Else, a cozinheira e Hanna correrem de volta para a cozinha. Estariam ali para saudar, em conjunto, o "jovem senhor"? Bem, àquela altura já estava claro que Paul Melzer não estava naquele trem.

– Ah, aí estão vocês! – Era a voz de Alicia. – Kitty já estava perguntando. Vocês foram à cidade resolver algo para ela, não é?

Sem desconfiar de nada, Alicia acompanhava do alto da escada os esforços de Gustav para dar ao pinheiro já erguido a elegante forma piramidal, usando tesouras de podar e uma serra.

– Já vou falar com Kitty – disse Marie. – Só tenho que ligar um instante para a fábrica.

– Hoje não é dia de ir à fábrica, Marie – repreendeu Alicia. – Amanhã é noite de Natal e temos que decorar a árvore. As crianças já estão ansiosas.

Sem responder nem que sim nem que não, Marie subiu as escadas com um sorriso simpático para fazer a ligação no escritório.

– Diga ao Sr. Von Klippstein que será um prazer recebê-lo nas festas de Natal – disse Alicia, ainda a tempo de ser ouvida.

Em seguida, virou-se para Elisabeth como se tivesse se lembrado de algo repentinamente.

– Ah, sim. O professor está esperando. Pedi que o acomodassem no salão dos cavalheiros e lhe disse que almoçaremos por volta de uma hora.

– O Sr. Winkler? Meu Deus, mamãe. Por que não falou logo?

Alicia respirou fundo e comentou, com ligeiro ar de reprovação, que considerava aquela visita um tanto inadequada. Não causava boa impressão que a família Melzer mantivesse contato com um socialista condenado e ex-membro da república de conselhos.

Apressada, Elisabeth despiu o sobretudo, tirou o chapéu e subiu. Diante da porta do salão dos cavalheiros, deteve-se alguns instantes para recuperar o fôlego. Chegara o momento da verdade. Era preciso manter a calma. Ser simpática, gentil e disponível com o amigo necessitado...

Ele estava sentado em uma poltrona, folheando o jornal. Quando ela surgiu na porta, ele deixou o exemplar na mesa e se levantou. Como continuava magro! A maldita Maria Jordan lhe permitia juntar-se às refeições no orfanato, que mal forravam o estômago de um homem adulto. Sem dúvida as preocupações com o futuro o atormentavam. E talvez o amor por uma mulher inalcançável também...

– Sebastian! Sinto muitíssimo ter feito você esperar. Estávamos na estação, minha cunhada e eu.

Ele entendeu de imediato. Era evidente que escutara os boatos sobre os prisioneiros de guerra que voltariam da Rússia. O semblante preocupado de Lisa logo revelou que seu irmão Paul não estava entre eles.

– Não perca a esperança, Elisabeth – disse Sebastian. – Vão chegar outros comboios. E no que diz respeito a mim, não me importo de esperar. Só fico preocupado em ser um incômodo para a sua mãe...

Ele falava devagar, fazendo pausas ocasionais para repensar a frase seguinte, encontrar a expressão adequada. Elisabeth adorava sua personalidade prudente, o sorriso tímido que se esboçava em seu rosto sem que ele se desse conta. E admirava a determinação que se escondia por trás de sua aparência tão comum.

– Mamãe está um pouco baratinada – respondeu ela, sem dar muita atenção. – Os preparativos para o Natal a tiram um pouco do sério. Mas deixemos isso de lado, Sebastian. Vamos nos sentar.

– Se me permite.

Ele esperou que Elisabeth se acomodasse primeiro. Ela sentia o rosto ficando quente. Não era muito decoroso o que ela propusera. Não, com certeza não. Sob vários aspectos...

– Demorei um pouco para refletir sobre sua proposta – disse ele, hesitante. – Foi muito inesperado e eu temia acabar machucando você, caso aceitasse. Era minha maior preocupação, Elisabeth. Jamais me perdoaria se manchasse sua reputação, da maneira que fosse...

Quanta consideração. Ela sentiu vontade de tomar sua mão e acariciá-la, de envolvê-lo em seus braços... Mas tais demonstrações de afeto só o confundiriam.

– No que diz respeito a isso, pode ficar tranquilo – replicou ela. – Ninguém ficará sabendo de nada. E a Pomerânia é longe...

Ele sorriu e assentiu com a cabeça. Mas não parecia estar feliz. E tampouco deveria. Seu Sebastian deveria estar se sentindo em uma encruzilhada. Ela o estava mandando para um lugar distante.

– Pois é, Elisabeth – disse ele, pegando um lenço para secar a testa. – A Pomerânia é longe, mas eu não podia esperar por mais.

Estava sentado, inclinado para a frente, e abaixou a cabeça. Quando voltou a olhá-la, aflito, o coração de Elisabeth quis saltar pela boca. Mas era preciso ser forte. Ele jamais se sujeitaria voluntariamente àquele jogo. Ela precisava cuidar da felicidade dele de maneira ardilosa.

– Pensei que você gostaria da ideia de organizar a extensa biblioteca de minha tia – disse Lisa, esperançosa. – Ela foi iniciada por meu bisavô e todas as gerações seguintes a aumentaram. Há tesouros escondidos lá, Sebastian...

Embora soubesse que ele era um aficionado por livros, viu que não estava muito entusiasmado. Claro, a propriedade dos Von Maydorns era isoladíssima: para chegar a Colberga, era preciso passar três horas em uma charrete. E os correios só passavam uma vez por semana...

– Se aceitar esse cargo, Elisabeth, é só pelo meu desejo de, um dia, entregar-lhe a biblioteca na mais perfeita ordem.

O coração de Lisa acelerou. Ela vencera.

– Então você vai aceitar? – perguntou ela, alvoroçada.

– Como poderia recusar uma proposta tão amável e generosa?

Embora se sentisse derrotado, ele esboçou um sorriso. Sua sentença fora declarada, estava sendo enviado ao desterro. À Pomerânia, onde Judas perdera as botas. Elisabeth lutava contra seu remorso e, por fim, disse a si mesma que estava agindo pelo bem dele.

– Fico muito feliz, Sebastian – afirmou ela, com um longo suspiro. – Obviamente espero relatos regulares sobre como o trabalho está progredindo.

Era a deixa para uma troca de cartas. Aparentemente, a ideia o animou, pois a olhou com gratidão. Segundos depois, seu semblante enrijeceu e seus olhos se detiveram no nada.

– Houve uma época, Elisabeth, na qual os planos mais loucos passavam pela minha cabeça. Sonhos com um mundo no qual um magnata da indústria e um pobre professor pudessem se olhar de igual para igual. E eu acreditava mesmo que poderia unir meu caminho ao seu...

Ele balançou a cabeça, como se, em retrospecto, não pudesse acreditar na própria inocência.

– Também tinha esses sonhos, Sebastian – murmurou ela. – Mas a realidade nos fez despertar. O mundo é o que é, não vale a pena tentar se opor. Foi o que aprendemos com os últimos acontecimentos.

Sua confissão foi recompensada com um olhar demorado, que a penetrou e a encheu de calor. Repentinamente, viu-se envolta em dúvidas quanto às próprias intenções. Ela poderia mesmo exigir-lhe tal coisa? Ele era uma pessoa tão decente. Um homem com princípios. E se perdesse o amor dele?

– Você acabou desistindo do divórcio, não foi? – perguntou Sebastian, de repente.

Ela insinuara isso muito por alto, mas sabia como aquela notícia o preocupava.

– Sim – admitiu ela. – Meu marido foi gravemente ferido na guerra e não tive mais coragem de insistir no divórcio. Nós, mulheres, somos criaturas compassivas. Ficarei ao lado dele, por mais que esse casamento, para mim, não signifique nada além de solidão e frieza.

Ela percebia o quanto ele lutava para não a tomar em seus braços. Dar-lhe consolo e calor, todo o carinho que ela tanto desejava. Mas não o fez e ela tampouco deu qualquer sinal que o encorajasse.

– A Srta. Schmalzler, nossa governanta, também vai em janeiro à Pomerânia, onde passará sua aposentadoria. Talvez possam ir juntos.

Ele assentiu, resignado, e acrescentou que seria, de fato, bastante prático, uma vez que a governanta conhecia a região. Em seguida, pegou o chapéu da poltrona e se levantou.

– Pode contar comigo, Elisabeth – disse ele, fazendo uma breve reverência. – Farei de tudo para ser-lhe útil.

46

— Meus caros...

Alicia fez uma pausa e pigarreou, pois sua voz estava embargada pela emoção. Era a primeira vez que proferia o discurso no almoço de Natal. Em todos os anos até então, a tarefa sempre coubera a Johann.

– Meus caros convidados – prosseguiu ela, olhando para a plateia tão solenemente vestida.

Ela não estava feliz no seio de sua família? Sem dúvida, era muito agradecida a Deus por aquilo. Ainda que tantos rostos queridos faltassem à mesa.

– É uma grande alegria vê-los todos reunidos neste Natal. Queremos celebrar, com devoção e gratidão, o nascimento de Jesus pela primeira vez após os horríveis anos de guerra, portanto...

Um grito raivoso a interrompeu. No outro lado do salão, onde Rosa se sentara com as crianças, um garfo caiu no chão.

– Henni, largue isso. Por favor! Devolva essa colher para Leo. Henni, se você não obedecer, vovó vai ficar triste... – sussurrou Rosa, nervosa.

– Nããão! Me dááááá...

Os adultos começaram a murmurar e balançar a cabeça; tia Helene comentou que teria sido melhor deixar as crianças no andar de cima. Kitty levantou-se da cadeira e tomou nos braços a filhinha birrenta.

– Quieta! – ordenou à pequena. – Senão, vou te botar na cama!

Henni fungou, mas se tranquilizou ao sentar-se no colo da mãe. No outro extremo da mesa, Leo empunhava a colher de sobremesa com ar triunfante.

Franzindo a testa, Alicia acompanhou a cena. Como era possível que as crianças dessa época fossem tão respondonas? Ah, devia ser a ausência paterna.

– Sobretudo me alegra receber novamente meu cunhado Gabriel com sua esposa Helene e, assim, manter viva nossa antiga tradição natalina.

Kitty usou o guardanapo de tecido engomado para limpar o nariz da filha chorona. Ela nunca conseguira suportar tia Helene e tio Gabriel e, na verdade, ficara bastante contente quando os cancelamentos de trens nos últimos anos impediram a visita dos dois. Mas, naquele dia, sentia pena deles. A guerra levara seus filhos mais velhos, e o terceiro morrera de pneumonia. Tudo que lhes restara era a filha doente. Na visão de Kitty, os tios pareciam acabados, quase encarquilhados. Seria interessante desenhá-los com todas aquelas rugas e as pálpebras caídas do tio. Não, ele não tinha nada a ver com o pai dela, por mais que fosse seu irmão mais novo. E a tia sempre cobria a boca ao falar, porque lhe faltava um dente.

Enquanto Alicia saudava o monsenhor Leutwien e o Dr. Greiner, queridos convidados de longa data, Kitty fitava Marie. Ah, ela podia imaginar o quanto a cunhada estava infeliz. Na missa de Natal no dia anterior, a esposa do diretor Wiesler, aquela fofoqueira imprudente, afirmou com lágrimas nos olhos que o pobre Paul Melzer estava nas mãos de Deus. Seja lá o que quisera dizer com aquilo.

Ao lado de Marie estava Ernst von Klippstein, seu braço direito. Para aquela tarde, mandara fazer um terno claro que lhe caía perfeitamente. Ele era um homem muito bem-apessoado, voltara a usar um bigode fino e seus olhos azuis tinham adquirido um ar triunfal. Na opinião de Kitty, era um tanto prussiano demais, mas havia quem gostasse... Ultimamente, vinha sendo visto com frequência próximo a Tilly, que parecia pouco interessada nele. Talvez ela ainda chorasse a morte do Dr. Moebius. Quantos rapazes como ele – inteligentes, talentosos e cheios de esperanças para o futuro – a guerra vitimara!

– Mamãe? Quando chega o pudim? – disse Henni, arrancando-a de seus pensamentos.

– Depois de comer a sopa, o peixe, o assado e os legumes – sussurrou Kitty.

A filha fez uma careta e respondeu que não queria comer os legumes. Peixe e assado, sim. Legume, não!

– Sem legume, nada de pudim!

Sua filhinha pensou por um momento e aconchegou-se no colo da mãe, sorrindo com ar angelical. Henni sabia que a mãe não pensava duas vezes: ela seria capaz de levantar-se e trancá-la no quarto. Coisa que Rosa jamais faria.

– Sua grudenta – murmurou Kitty, dando-lhe um beijo na bochecha.

As três crianças foram cobertas de presentes. Klippi, principalmente, se superara. Era bem possível que, insistente como sempre, quisesse comprar o apreço de Marie. Ele trouxera para Leo uma caixa de blocos metálicos de montar e, para Dodo, uma cozinha de bonecas com forno que funcionava de verdade, além de panelas, colheres, um serviço de café e um livro de receitas para mães de bonecas. A cereja do bolo, entretanto, fora o presente de Henni – um imenso cavalo de balanço, realista e revestido de pelúcia marrom, do tamanho de um cordeiro. Como era de se esperar, os gêmeos também quiseram cavalgar no animal e Henni, a pequena monstrinha, divertia-se muito quando os dois lhe pediam permissão.

– Nasceu Jesus – disse Alicia, em tom solene. – Vamos comemorar este novo começo. Que Ele traga paz na Terra, para nós e para toda a humanidade, que cure todas as feridas e anuncie tempos bem-aventurados...

Todos a aplaudiram e Von Klippstein levantou-se para reverenciá-la, afirmando que ela havia expressado o que todos à mesa sentiam. Kitty considerou o gesto um tanto exagerado, mas a mãe, de fato, fizera seu melhor. Os discursos do pai sempre foram mais breves, sem rodeios, e no final frequentemente havia alguma piada. Kitty fechou os olhos por um instante para dominar a iminente tristeza. Como o pai lhe fazia falta... Seu jeito direto, ranzinza. Sua mão desajeitada quando acariciava seu rosto. No Natal anterior, ele ainda estava ali, ao lado da mãe. Quem poderia imaginar que aquela seria a última vez?

Humbert esperava junto à porta e aplaudiu com os demais convidados. Ao sinal de Alicia, começou a servir a sopa. Caldo de carne com ovo. Todos haviam colaborado para possibilitar aquele opulento banquete natalino. As coisas iam mal na fábrica. Aquele americano miserável desmontara e levara embora algumas das melhores máquinas, e tanto a polícia quanto a justiça lavaram as mãos. Os prejuízos para a fábrica foram enormes. Até onde Kitty sabia, as máquinas expropriadas faziam falta e não podiam ser substituídas.

E como sentia raiva por Gérard ser tão cabeça-dura! O que ele queria fazer em Lyon? Em Augsburgo, poderia ser bastante útil. Estava mais do que claro que precisavam de um homem na fábrica. De alguém que entendesse de tecidos e fios e impusesse respeito perante os operários.

– Olha só, Henni – disse Kitty, em tom enfático. – Humbert já serviu seu prato de sopa. Volte para o seu lugar e mostre-nos que já sabe comer sem sujar a roupa.

Henni tinha esperanças de poder ficar no colo da mãe, então resmungou um pouco, mas acabou lhe obedecendo.

Com uma expressão firme, Kitty observou a filha até ela começar a comer. Como sopa não era exatamente sua comida favorita, Humbert serviu-lhe uma pequena porção. Ela suspirou em silêncio. Era uma lástima que aquela criatura tão amável e um tanto esquisita fosse deixá-los em breve...

– Que linda a decoração da mesa! – elogiou Gertrude Bräuer, quase gritando. – Esses pinheirinhos e as coroas, sem falar nas rosas brancas. Tudo de muito bom gosto. Ontem colocamos uma coroa de hera e lírios brancos do túmulo de Edgar, não foi, Tilly?

Tilly enrubesceu, como de costume, quando a mãe falava tão alto e irrefletidamente. Gertrude Bräuer praticamente só saía de casa aos domingos, quando Tilly a acompanhava até o cemitério para decorar a sepultura. Foi um esforço imenso convencê-la a aceitar o convite para o almoço de Natal na casa dos Melzers.

– Isso mesmo, mamãe – respondeu Tilly, com cordialidade. – Mas não vamos falar de cemitérios e túmulos hoje. Por favor.

Gertrude arqueou as sobrancelhas e comentou que a filha andava muito "mandona" nos últimos meses.

– Ela está estudando para entrar na faculdade, acho que o senhor já está sabendo – disse para Von Klippstein, em tom de confidência. – Está aprendendo latim e grego, veja só! Uma moça, toda bonitinha, se metendo com essas coisas. Minha Tilly não é feminista, nem nada disso. O senhor não acha que ela é uma graça?

Kitty quase se engasgou com a última colherada do caldo de carne. Deus do céu. Coitada de Tilly. Com certeza já estava se arrependendo de ter levado a mãe.

– Mamãe, pelo amor de Deus!

Tilly estava vermelha dos pés à cabeça, envergonhada daquela clara tentativa da mãe de aproximá-la de um homem. Mas Gertrude não se deixou intimidar e fez questão de contar em alto e bom som que a filha já recusara inúmeros pedidos de casamento.

– A menina encasquetou de virar médica. O que acha? Deixaria uma médica colocar as mãos no senhor?

Kitty vinha observando Von Klippstein há alguns instantes. Ele também parecia incomodado com a tagarelice de Gertrude, mas divertiu-se com sua última pergunta.

– Não seria um inconveniente para mim – respondeu ele, lançando um olhar provocante para Tilly. – As mãos de sua filha sempre me fizeram muito bem.

Inesperadamente, Gertrude emudeceu. Tia Helene e tio Gabriel, que não conheciam as circunstâncias daquele comentário, encaravam, constrangidos, o prato de sopa vazio. Tilly não sabia se devia sentir vergonha ou raiva, mas apressou-se em explicar a situação.

– O senhor está falando da época em que estava ferido no hospital de campanha, Sr. Von Klippstein?

– Claro, Srta. Bräuer.

– Então fico muito agradecida pelo elogio.

Seu semblante severo o fez baixar os olhos, e Kitty, surpresa, constatou que quem enrubescia era ele.

No outro lado da mesa, Marie conversava com o Dr. Greiner sobre o consultório que o Dr. Stromberger alugara recentemente. Tinha uma localização ótima, no centro da cidade, e o último inquilino havia deixado todos os instrumentos e o mobiliário completo, além de três funcionários.

– De um dia para o outro, ele já estava com a sala cheia de pacientes – contou o Dr. Greiner, com certa inveja. – Mas o valor das consultas é salgado. O tratamento com ele é só para quem pode...

Hanna – em seu vestido preto com avental rendado branco – retirava os pratos de sopa da mesa. No elevador da cozinha, a carpa assada na manteiga, com legumes e batatinhas cozidas, já esperava para ser servida.

Como Hanna fica bonita com esse vestido, pensou Kitty. *Tão adulta. Mas ainda um pouco tristonha. Que bobeira aquela história com o prisioneiro de guerra russo. Mais que uma bobeira, uma verdadeira desgraça. Ela poderia posar para mim. Pois é, seria uma boa ideia...*

– Eu não estou nem aí – disse Gertrude Bräuer, interrompendo os pensamentos de Kitty. – Por mim, deviam tê-lo entregado. Esse aí tem que ser preso na torre. A pão e água!

Ela recebeu acaloradas críticas. Sobretudo de Klippi, revoltado com suas palavras.

– Um monarca não pode ser tratado como uma pessoa normal, Sra.

Bräuer. Por mais que tenha cometido um erro, ele continua sendo Guilherme II, o kaiser alemão, e estou muito aliviado por não ter sido entregue pelos holandeses aos Aliados...

Começaram a discutir o assunto com entusiasmo, quando Alicia opinou que a república recém-estabelecida era frágil. Klippi concordou. Por toda parte, pululavam os tais democratas, fundando associações e partidos, e já não se sabia quem era quem. Comunistas, espartaquistas, socialistas... todos brotavam do chão como mato.

– Como se nosso pobre país já não tivesse problemas suficientes! – exclamou ele. – Nos obrigaram a entregar toda a frota mercante. Perdemos todas as colônias. Como poderemos avançar se não temos sequer uma liderança de verdade? Uma mão forte, um homem que nos leve ao futuro...

Até então, Elisabeth mal abrira a boca, mas se viu obrigada a intervir enfaticamente.

– Nosso país não precisa de frota nem colônias – retrucou ela, encarando Von Klippstein com ar beligerante. – Nosso país precisa de distribuição justa dos meios de produção.

Pronto, começou, pensou Kitty. *Agora ela vai falar como uma socialista. Essas coisas que aprendeu com o Sr. Winkler, tão apaixonada que estava. Que bom ter desistido da ideia de ganhar a vida como professora.*

O tom da discussão subiu ainda mais, pois a declaração de Lisa acirrara os ânimos. Sobretudo a mãe e Klippi lhe contradisseram enfaticamente. Gertrude também opinou que Elisabeth estava divagando, enquanto tio Gabriel atreveu-se a comentar que era preciso restituir o kaiser, do contrário tudo iria ladeira abaixo. Apenas Marie e o monsenhor Leutwien colocaram-se ao lado de Lisa, dizendo que era preciso dar uma chance à república – na América, por exemplo, estava funcionando.

– Vamos ficar em paz, meus queridos – disse Alicia, achando que a discussão passara do ponto. – Por favor, é Natal!

– Não importa! – vociferou Gertrude. – Com os índios lá na América, essa demo...

Um repentino ataque de tosse a impediu de prosseguir. Levou a mão ao pescoço, como se lhe faltasse ar.

– Pronto – decretou o Dr. Greiner, em tom de especialista. – Uma espinha. Abra a boca, Sra. Bräuer. Não se assuste. Srta. Bräuer, dê-lhe água...

– Pelo amor de Deus! – clamou Alicia.

– Nisso que dá ficar brigando – disse a tia Helene.

Tilly a fez beber um copo d'água. Gertrude ofegava, afirmando que a carpa estava atravessada em sua garganta e que com certeza acabaria morrendo.

– Não diga besteiras, mamãe. Coma uma batata. Mais uma. Engula bem. É, eu sei que dói. Mais uma batatinha...

Assim como os demais, Kitty saltara da cadeira. *Ai, que horror,* pensou. *Justo no Natal...*

– Ela é boa mesmo – comentou Klippi. – Vejam como mantém a calma.

– Verdade – opinou Marie. – Tilly é uma mulher fora do comum. Acho que Gertrude já está melhor.

– Humbert! – exclamou Alicia. – Traga mais batatas.

– Perfeitamente, senhora.

A cozinha estava a todo vapor. A ceia natalina sempre fora o evento culinário do ano. Mesmo com a necessidade de improvisar, uma vez que muitos ingredientes continuavam em falta, a cozinheira mostrava todo seu talento. Ela sabia de cor a complicada sistemática, que incluía a preparação de todos os processos, tempo de marinada, de cozimento e apresentação de todos os pratos, tudo na sequência exata. Por isso virava bicho quando Hanna, Else ou Auguste não seguiam ao pé da letra suas instruções.

– Batatas? – esbravejou ela, inclinada sobre a panela com o assado. – Para que tantas batatas? Preciso delas para o prato principal.

– A situação está crítica – respondeu Humbert, enquanto enchia a travessa com os fumegantes tubérculos recém-descascados por Auguste. – A Sra. Bräuer está se engasgando com uma espinha.

– Pois que se engasgue até morrer, mas não bagunce meu menu – rosnou a Sra. Brunnenmayer, furiosa.

– Fazer o quê? – disse Auguste, dando de ombros. – Temos que levar as batatas. Pelo menos já vão estar na mesa quando servirem a carne.

Sem se dignar a responder, a cozinheira afastou da boca do fogão a panela com o assado. Por que se demoravam tanto lá em cima? A carne acabaria ficando seca e dura. E as cenouras com repolho já estavam mais que...

– O que você vai fazer com a lã azul que te deram de Natal? – perguntou Auguste.

Enquanto lavava a louça, Else respondeu que mandaria fazer um casaco.

– E desde quando você usa casaco? Olha só, Else. Não quer trocar pelas botas que eu ganhei? Eu bem que poderia fazer umas calças e até um casaco para Max com essa lã.

Else queria provar as botas primeiro. Pois, se elas machucassem seus calos, seria um mau negócio.

Também naquele ano, os presentes dos funcionários haviam deixado a desejar. Tecidos do armário da senhora, alguns vestidos e sapatos sem serventia, desenhos feitos pela Sra. Kitty Bräuer e uns colares e broches de pouco valor, oriundos da caixinha de joias das senhoras. Quanto ao valor em dinheiro que costumavam receber nos Natais anteriores, nem mesmo Eleonore Schmalzler ganhara.

– Vocês viram os presentes das crianças? – perguntou Auguste, enquanto jogava a última batata descascada na travessa. – É uma coisa impressionante. Que bom que os três lá em casa não ficaram sabendo de nada. Pelo menos por ora, mas quando todo mundo for brincar junto, vai ser difícil esconder tantos tesouros.

– Foi o tenente que trouxe aquilo tudo – disse Else. – Ele nem sabe o que fazer com tanto dinheiro.

Hanna, por sua vez, comentou que sentia pena do tenente Von Klippstein. O cavalheiro se apaixonara e não tinha qualquer chance de ser correspondido.

– São coisas do amor – opinou Auguste, displicente. – Mas se o senhor, de fato, não voltar, quem sabe a senhora não aceita o tenente? É melhor do que nada. E ele já colocou tanto dinheiro na fábrica...

– Chega pra lá, tenho que fatiar o assado! – vociferou a cozinheira, colocando a tábua de madeira na mesa. – E só para vocês saberem: o senhor vai voltar. E Marie Melzer sempre lhe será fiel. E se você não parar com essas baboseiras, vai se ver comigo, Auguste!

Auguste enxugou as mãos na toalha e comentou que não ficaria muito tempo a serviço da Vila dos Tecidos. Gustav contratara vários funcionários para começar a lavrar a terra e fazer canteiros. No ano seguinte, já estariam vendendo flores e hortaliças.

– Nossa, deve estar chovendo na horta de vocês, então – comentou Else, com sarcasmo.

Humbert apareceu na cozinha para avisar que haviam salvado a vida de Gertrude Bräuer. A mulher estava deitada no sofá do escritório e não queria comer mais nada.

– Não me admira – comentou Else. – Depois de ter devorado todas as batatas da casa...

– Hanna, pode ir retirar os pratos. E então já poderemos servir o prato principal.

– Louvado seja! – exclamou a cozinheira, suspirando aliviada. – Traga essas travessas de prata para cá! Rápido, rápido! Auguste, jogue o molho nas fatias de carne. Esse aí na panela do lado do caldeirão. Vá colocando devagar, não jogue tudo de uma vez...

Após afiar o facão, cortou a grande peça de carne em fatias finas com mão firme. Os legumes também iam acompanhados de vários molhos e da compota de frutas vermelhas com aguardente de ameixa e cogumelos em conserva.

A Srta. Schmalzler apareceu na cozinha para inspecionar o andamento dos trabalhos. Faltavam garrafas d'água na sala de jantar, assim como suco de uva para as crianças. Em seguida, subiu para preparar o serviço de café no salão vermelho, onde os patrões descansariam após o banquete. Se Else estivesse livre, seria bom que subisse para varrer depressa o tapete. As folhas do pinheirinho de Natal trazido pela Sra. Von Hagemann começavam a cair.

Mediante o pedido, ela se retirou, enquanto Auguste e Else esperavam junto ao elevador da cozinha para recolher a louça usada e substituí-la pelas bandejas e travessas com o próximo item do menu.

– Está tudo nos conformes – disse a Sra. Brunnenmayer, bastante satisfeita, enquanto Humbert subia o prato principal. – Pena que as batatas vão estar frias.

Após secar o rosto com a ponta do avental, permitiu-se uma breve pausa, antes de chegar a hora da sobremesa. O pudim já tinha sido distribuído nas fôrmas de porcelana, só faltava colocar em banho-maria e desenformar. E despejar a calda de frutas em compota com conhaque. Para as crianças, o álcool seria obviamente substituído por granulado colorido.

Else e Auguste também se permitiram alguns instantes de repouso junto à mesa – a louça suja poderia esperar, Hanna teria que primeiramente raspar os pratos e descartar as espinhas, do contrário elas cairiam na água com sabão e espetariam seus dedos.

– Jesus amado! Ontem vi Maria Jordan na missa – contou Else. – Estava sentada com os meninos na igreja de São Maximiliano. Os órfãos estavam um brinco, davam até gosto! E ela lá, vestindo um sobretudo com gola de pele. O que vocês me dizem?

– Aquele com pele de raposa? – perguntou Auguste, com certo desdém. – Foi presente da senhora, anos atrás, parece que os pelos estavam caindo.

– Ai, acho que era esse – admitiu Else. – Mas o Sr. Winkler, por sua vez, estava passando frio. Nem um casaco tinha...

Às risadinhas, Auguste comentou que o Sr. Winkler parecia estar morando fazia tempos no orfanato. Será que a velha Jordan finalmente teria arrumado um namorado?

– Como você fala besteira! – exclamou a cozinheira. – O Sr. Winkler vai para a Pomerânia assim que passar o Natal. Arrumou trabalho por lá...

Auguste se negou a acreditar. Como ela sabia daquilo? Pela boca de Maria Jordan?

– Foi a Srta. Schmalzler quem me disse. Parece que vão pegar o trem juntos. Ela está toda feliz, porque ele é um bom rapaz e ela não queria viajar sozinha. Até porque a mala dela é bem pesada...

– Ai, que bom – comentou Auguste. – Então o tal do Sr. Winkler arrumou trabalho como professor. Talvez perto da fazenda.

Na verdade, a Sra. Brunnenmayer não era chegada a fofocas. Mas aquele dia estava sendo muito cansativo e ela ainda tinha que preparar o café, além de dispor os *petits fours* recém-assados nas bandejas de prata.

– Nada disso – resmungou ela, secando o rosto mais uma vez. – Ele vai trabalhar na fazenda mesmo. Na biblioteca.

A surpresa quase fez com que Auguste derrubasse a colher com a qual raspava o resto do molho na panela. E então ela começou a rir sem parar, até soluçar. Else bateu nas suas costas.

– Mas... mas... mas que matreira! – disse Auguste, ofegante. – Bancando a boazinha... a esposa fiel... a mulher piedosa... – Ela voltou a rir e prosseguiu: – Não estavam dizendo que Elisabeth von Hagemann assumiria a propriedade na Pomerânia? O tio Rudolf morreu e parece que o filho que deixou não quer saber da fazenda...

Hanna também compreendeu. Então a Sra. Von Hagemann se mudaria para a Pomerânia, levando marido, sogros e, de quebra, o Sr. Winkler.

– Vai precisar do marido para tocar a fazenda, os sogros ela vai enfiar em qualquer casinha no terreno, e com o Sr. Winkler poderá se encontrar no meio dos livros. Ela não dá ponto sem nó!

Auguste estava admirada. Quem imaginaria algo assim de Elisabeth von Hagemann?

– Vai pagar na mesma moeda – comentou Else, com um sorrisinho.

– Muito merecido – disse a cozinheira. – O marido é um pobre diabo. A senhora o convidou com a família para o Natal. Mas como ele não quis vir, os pais também ficaram em casa.

– E por que ele não quis vir? – perguntou Else.

– Mas você é burra mesmo – retrucou Auguste. – Porque está todo desfigurado. Eu, pessoalmente, não conseguiria nem comer com alguém assim sentado à me...

Humbert entrou na cozinha para descansar um pouco antes de subir para atender os patrões.

– Aplausos para a cozinheira – anunciou ele. – O assado está macio e suculento e o molho, divino.

Fanny Brunnenmayer aceitou o elogio como algo óbvio. Ela, melhor do que ninguém, sabia se estava satisfeita com seu trabalho ou se um prato dera errado. Naquela ocasião, o único problema haviam sido as batatas – o ideal teria sido servi-las com manteiga derretida e salsinha seca.

– Humbert, coloque o tabuleiro de metal na mesa – ordenou ela. – Despeje a água quente da chaleira, Else. E vocês dois, vão pegar as fôrmas de pudim e os três vidros de compota de fruta na despensa. Andem, andem! O que deu em você, Auguste? Ficou grudada no banco?

Ela bateu palmas e voltou ao trabalho, sua grande paixão. A sobremesa era o ápice do banquete. Só faltava torcer para que o pudim desenformasse direito, sem despedaçar.

– Daqui a pouco só vai sobrar a Else para a senhora infernizar, Sra. Brunnenmayer – comentou Auguste, com deboche. – Porque Humbert vai para Berlim e levará Hanna junto.

Hanna trouxe as duas fôrmas com o pudim para a mesa. Uma em formato de coração, a outra de trevo.

– Vou ficar aqui – disse Hanna para a cozinheira. – Não vou para Berlim. Não posso fazer isso com a Sra. Melzer.

– Cada um sabe onde seu calo aperta – grunhiu Fanny Brunnenmayer, colocando as fôrmas de pudim na água quente.

47

Após o Natal, a neve começara a derreter, restando apenas pequenos montinhos brancos na grama do parque da vila. Quando eles enfim desapareceram, somente os dois bonecos de neve feitos pelas crianças resistiram às temperaturas mais altas. Porém, após a chuva, nada restou dos formidáveis homenzinhos brancos além de algumas pedrinhas que formaram a boca e os olhos.

– Desgraça gosta de companhia – afirmou Alicia, enquanto tomava o café da manhã. – O volume do rio Lech continua alto por causa da neve derretida e está chovendo há dias.

Marie comentou que o canal Proviantbach já transbordara em alguns pontos, mas não havia riscos para a fábrica.

– É só não andar na grama – disse ela, sorrindo. – Para evitar atolar na lama.

Elisabeth pegou o bule e serviu mais café a todos. De novo café de cereais – após a farta celebração de Natal, economizar era a ordem do dia na vila.

– Hoje não é possível andar em lugar nenhum mesmo – observou ela, apontando para a janela. – Não dá para ver um palmo diante do nariz.

Uma neblina espessa envolvia o parque e as estradas, o que provavelmente também impossibilitara o carteiro de trabalhar, pois até o momento a correspondência ainda não chegara.

– Pelo menos parou de chover – comentou Marie. – Para não molhar as malas. Mas é bem possível que o trem atrase.

Lisa passava a imitação de manteiga no pão e invejava Kitty, que àquela hora ainda estava quentinha na cama. A pequena Henni também integrava o time das dorminhocas; só os gêmeos já haviam acordado e estavam no banheiro, tirando Rosa do sério.

– Queiram me perdoar, meninas – disse Alicia, com a mão na testa. –

Preciso me deitar. Acho que estou com febre. Provavelmente um resfriado, o que não me admira com esse tempo tão frio e úmido.

Lisa e Marie lhe aconselharam ir para a cama o mais rápido possível.

– Vou mandar Else subir com um chá de camomila – falou Elisabeth. – Ou prefere leite com mel?

– Não, não – respondeu Alicia. – O melhor é chá de folha de lilás, tenho que suar este resfriado.

– Vou chamar o Dr. Greiner – avisou Marie, voluntariando-se, mas Alicia recusou, afirmando que seria muito trabalho e, além do mais, uma visita do médico não caberia em seu orçamento naquele momento.

Marie fez um sinal para que Lisa não discutisse a respeito da decisão da mãe. De todo modo, ela deixaria o médico de sobreaviso. Alicia já vinha tossindo fazia dias. Não podiam permitir, de maneira alguma, que ela contraísse uma pneumonia.

– Quer que eu suba com você, mamãe? – perguntou Lisa, preocupada, quando a mãe se levantou.

– Não, não, meninas. Acho que vocês devem ir logo, para não se atrasarem. Eleonore não tem costume de viajar, está com medo de perder o trem.

Marie a observou saindo da sala de jantar a passos lentos. Só na segunda tentativa conseguiu fechar a porta.

– Ela está emocionada – disse Elisabeth, suspirando. – Foram mais de trinta anos da Srta. Schmalzler na Vila dos Tecidos. Não entendo por que ela cismou de ir para a Pomerânia. Tomara que não se arrependa.

Marie reprimiu seu comentário irônico. A decisão de Elisabeth de assumir a fazenda na Pomerânia, no mais tardar na primavera, era igualmente questionável. Claro, havia alguns pontos positivos. Tia Elvira estava feliz em entregar a responsabilidade pela propriedade a "mãos competentes". Até porque ela mesma jamais se encarregara da administração do lugar. Já Klaus von Hagemann estaria tirando a sorte grande, pois seu futuro parecia mais do que sombrio após o grave acidente. De maneira geral, poder viver em uma fazenda era um presente dos céus para a família Von Hagemann. Afinal de contas, já haviam perdido seus terrenos. Por outro lado, Marie duvidava que Lisa suportaria a vida rural por muito tempo. E ainda tinha a história com o bibliotecário... Não, Marie não gostava nada daquilo. Mas Lisa era adulta e devia saber o que estava fazendo.

Else abriu a porta e acabou batendo nela com a bandeja de madeira que estava segurando.

– Perdão, senhora. O Sr. Winkler já está no átrio. Ele disse que a neblina na cidade não está tão forte como aqui.

Enquanto recolhia a louça não usada por Alicia, ela perguntou se iriam querer mais café.

– Obrigada, Else. Já terminamos. Kitty e as crianças estão vindo...

– Muito bem, Sra. Melzer.

A porcelana tilintou quando ela levantou a bandeja. Ao sair, voltou a bater com ela na porta exatamente no mesmo lugar.

– Acho que será melhor pedir para Hanna servir – comentou Lisa, com um suspiro.

Marie tinha outra opinião, mas preferiu não discutir. Ela queria que Hanna fizesse um curso de costureira, seria uma possibilidade para a moça ascender na vida. Era uma pena deixá-la como ajudante de cozinha e auxiliar de serviços gerais na vila.

Lisa levantou-se, olhou para a janela e sentiu um arrepio.

– Gente, que tempo horrível! Com certeza o trem vai chegar atrasado. Vamos ficar congelando na plataforma.

– Que gentil o Sr. Winkler ter vindo até a vila em meio a essa neblina – comentou Marie. – Vocês podiam muito bem tê-lo buscado no orfanato.

– Ele não estava mais morando lá nos últimos dias – respondeu Lisa, contendo a raiva. – A Srta. Jordan vinha dizendo que a presença dele no orfanato podia manchar sua boa reputação.

– Nossa! – comentou Marie. – Só agora ela se deu conta disso?

Ela acenou para Lisa e foi até o segundo andar ver os gêmeos. Eles se lançaram em seus braços, vestindo apenas camiseta, mas já de banho tomado e penteados às pressas.

– Ela limpou nossa orelha. Bem forte. Com sabão!

– Todo dia tenho que vestir essas meias de lã!

– Nosso boneco de neve fugiu...

Marie prometeu aos dois que à tarde, quando voltasse da fábrica, brincaria com eles e leria o livro novo.

– Mas só se vocês arrumarem os brinquedos!

Os gêmeos fizeram careta. A fartura dos presentes de Natal tinha suas desvantagens, pois Rosa insistia que cada parafusinho, cada panelinha, cada colher de brinquedo estivesse em seu devido lugar já no começo da tarde.

– O que papai vai pensar se encontrar essa bagunça quando voltar para a casa?

– Ahhhhh.

Dodo fez bico e Leo revirou os olhos.

– Papai! Papai não existe!

– Shhh! – repreendeu Dodo, dando um empurrão no irmão. – Você não pode dizer isso, Leo!

Marie ouviu o som do carro sendo ligado no pátio e deixou a repreenda para depois. Era difícil manter viva a fé no retorno do pai, até porque os filhos nem sequer se lembravam de Paul.

No átrio, os três viajantes já estavam reunidos. Tinham resolvido tomar o mesmo trem para Berlim. A Srta. Schmalzler e Sebastian Winkler pretendiam pernoitar em algum hotel da cidade e, no dia seguinte, seguir viagem na direção nordeste, enquanto Humbert já estaria em seu destino final.

– Venha cá! – exclamou a cozinheira para Humbert. – Tome. Fiz este lanchinho para você. Cuidado com as garrafas, tem café com leite dentro. E ovos cozidos na sacola.

Marie se deteve junto à escada e percebeu o clima de despedida apossar-se dela também. Fanny Brunnenmayer sempre tratara Humbert como um filho; vê-lo partir certamente era muito difícil. Mas a mulher não era do tipo que deixava transparecer sua dor e, até onde Marie sabia, a própria cozinheira chegara a encorajar o rapaz a dar aquele passo.

– A Sra. Von Hagemann falou para vocês descerem, por favor. O motor já está ligado e ela quer colocar as malas no carro...

Else estava com as bochechas coradas, sentindo-se muito importante naquele dia, pois, com a partida de Eleonore Schmalzler, ela seria a funcionária mais antiga da Vila dos Tecidos. Muito em breve, Marie conversaria com Alicia sobre a nova distribuição de tarefas entre os empregados. Mas como Alicia estava adoecida, Marie teria que decidir sozinha.

– Está na hora – disse Eleonore Schmalzler, e em seguida se dirigiu a Marie para despedir-se com um aperto de mão. – Desejo toda a sorte do mundo, Sra. Melzer. Sei o quanto o futuro da Vila dos Tecidos depende da senhora. Levarei todos em meu coração e rezarei pela senhora.

Marie sentiu a mão dela fria e enrugada e disse qualquer coisa que esqueceu depois. Como a antiga governanta parecia estranha naquele sobretudo cinza e com o antiquado chapéu. Na noite anterior, ela se despedira de Alicia. Marie não sabia sobre o que as duas tinham falado, mas percebeu que a conversa havia sido discreta e afetuosa. Na entrada da cozinha, Humbert e a Sra. Brunnenmayer se abraçavam. Auguste estava ao lado deles, cobrindo o rosto com um lenço. Hanna também soluçava sozinha.

– Que pena você não querer vir comigo – comentou Humbert, sem querer soltar sua mão. – Mas quem sabe? Vou mandar notícias, e talvez você acabe indo. Me faria muito feliz, assim eu não ficaria tão sozinho...

Sebastian Winkler, com ar compadecido, permanecia parado entre todas aquelas pessoas que se despediam. Ao perceber que o ignoravam, pegou a mala de Eleonore Schmalzler para levá-la até o carro. *Ele não tem nem um sobretudo de inverno*, pensou Marie, com pena. *E sua única mala é uma trouxinha.*

Mas era uma pessoa encantadora, sem dúvida. Ela torceu para que tudo desse certo, de maneira que o Sr. Winkler pudesse viver satisfeito e, inclusive, feliz.

– O que está havendo aí? – Era a voz contrariada de Lisa. – Desistiram de pegar o trem? Desçam logo!

Humbert correu na direção de Marie para se despedir, pegou a mala e o farnel e saiu apressado.

Marie andou lentamente até a porta e observou os passageiros distribuindo as malas no carro, tomando assento e fechando a porta. Viu a mão da Srta. Schmalzler acenando enquanto o automóvel se afastava. A imagem foi se tornando desfocada à medida que a neblina se misturava aos contornos do veículo escuro, deixando-o cada vez mais pálido, até engoli-lo por completo.

– Já foram! – exclamou Auguste, na entrada da mansão, junto com Else e Hanna.

– E jamais voltarão – completou Else com voz de enterro.

Na cozinha, a Sra. Brunnenmayer já distribuía ordens. Onde Hanna se enfiara? Ela tinha que picar as cebolas. E descascar as batatas!

Marie não conteve o sorriso. A cozinheira havia buscado refúgio no trabalho. Aquele de fato era o melhor método para afugentar a tristeza.

– Hanna, diga à Sra. Brunnenmayer que hoje o Sr. Klippstein vai comer conosco. E cuide da minha sogra, que não está muito bem. Tomara que o Dr. Greiner possa vir à tarde, vou ligar para ele da fábrica.

– Perfeitamente, Sra. Melzer.

Marie desceu os degraus até o pátio e Auguste fechou a porta da entrada. A caminhada até a fábrica não seria exatamente agradável. Por precaução, ela calçara botas fechadas, mas que não lhe garantiriam pés secos, considerando as inúmeras poças. O pior de tudo era a neblina, que pairava como uma nuvem cinzenta sobre o parque e as ruas e teimava em não se dissipar. Marie caminhou devagar pela larga pista em direção à saída do parque e tratou de afastar a impressão de que as árvores desnudas, com seus galhos sinistros, eram assombrações que a espreitavam por trás do nevoeiro. De vez em quando, um vento fraco deslocava o véu cinzento, desenhando silhuetas femininas na névoa do caminho e, só por um momento, Marie avistava um pedaço do gramado, um banco, um cedro azulado. Ela se esforçava para manter o olhar fixo no chão, tentando evitar pelo menos as poças mais fundas e os fios de água, a fim de não chegar ao escritório com os pés encharcados.

Não havia muito o que fazer por lá, uma vez que a produção estava parada. Tinham adquirido vários caminhões de algodão cru, mas as *selfactor* que lhes restaram sempre entravam em pane. A sugestão de Ernst von Klippstein de investir em novas máquinas era bastante razoável. Mas em quais? Afinal de contas, ainda tinham os projetos de seu pai e poderiam, a partir deles, montar máquinas modernas de fiação por anéis. Contudo, aqueles desenhos eram difíceis de ler e entender: além dela e de Paul, ninguém jamais conseguira.

Marie se deteve e olhou para trás. A mansão havia quase desaparecido em meio ao nevoeiro, distinguia-se apenas um pedaço do telhado cinza e, muito parcamente, o pórtico. No andar de cima, três janelas estavam iluminadas; provavelmente era Kitty, arrumando-se para trabalhar. Em breve, ela faria uma exposição em Munique e vinha materializando suas ideias com afinco. Ah, como Kitty estava feliz por poder dar asas ao seu talento!

A tristeza voltou a se apoderar de Marie. Devia ser o tempo. Aquela névoa maldita. O clima da recente despedida no átrio. Até a primavera, Lisa também deixaria a vila e ninguém podia prever o paradeiro de Kitty no futuro. Restaria apenas ela, Marie, sozinha com Alicia e os gêmeos.

– Chega! – disse a si mesma, furiosa.

Independentemente do que acontecesse, ela deixaria a fábrica para os filhos. Era sua missão de vida e a cumpriria.

Após dar as costas à mansão, dirigiu-se com passos decididos até o portão. À esquerda e à direita, as árvores fantasmagóricas balançavam, estendendo seus galhos em direção à neblina, como se também reclamassem daquele tempo soturno. Marie tinha pressa, estava atrasada e Von Klippstein provavelmente ligaria em breve para a mansão, perguntando se não seria melhor buscá-la de carro.

Pronto, finalmente ali estava o portão, suas largas bandas de ferro fundido escancaradas. Gustav estava muito ocupado com os próprios projetos para fechá-lo depois que o carro saíra.

Ela parou ao ver a silhueta de um homem junto ao beiral. O nevoeiro só permitia distinguir seus contornos. O carteiro? Não, ele não carregava nenhuma bolsa. Talvez algum operário com problemas? Sim, talvez. Ele usava chapéu e, até onde podia perceber, não vestia sobretudo, apenas um casaco.

– Bom dia! – exclamou ela, para disfarçar o medo. – Em que posso ajudar?

Ele se aproximou com passos lentos, ignorando as poças. Marie estava aflita, pois o estranho se movia rígido como um sonâmbulo. Ao mesmo tempo, aquela figura lhe parecia estranhamente familiar. E, no entanto, tão diferente...

– Marie...

Ela ficou paralisada. Estava sonhando? Seu coração disparou. Por favor, que aquilo não fosse um sonho.

O rosto do homem surgiu em meio à névoa. Pálido e esquálido. Os olhos fundos. Mas o sorriso continuava o mesmo.

– Paul... – sussurrou ela.

Mais tarde, ele lhe contaria que ela gritara a plenos pulmões. Puderam escutá-la até na mansão. Se ele não a tivesse abraçado no ato, certamente teriam chamado a polícia.

Sua boca, seus lábios quentes, as lágrimas salgadas, risos, soluços. Balbucios sem sentido. Os apelidos ternos que apenas os dois conheciam. E mais lágrimas. Seus braços a envolveram, o cheiro de seu cabelo, sua pele. Paul. Seu amado. Seu marido.

– Você está vindo de onde? Por que não ligou? Diga, você está bem? E seu ombro? Meu Deus, mamãe vai ficar tão feliz!

Ele falou pouco, limitando-se a abraçá-la com o rosto mergulhado nos cabelos da esposa. Em seguida, a envolveu com o braço e os dois caminharam lentamente até a mansão. Os espíritos sombrios das árvores os acompanharam pelo caminho, escoltando a chegada do casal com cerimônia, como se fossem um destacamento de veteranos de guerra.

Quando enxergaram os contornos da mansão, ouviram vozes agudas e infantis. Avistaram Rosa no pátio, envolta em seu largo sobretudo, que a deixava parecida com uma xícara gigante de ponta-cabeça. Ao seu lado estavam Dodo e Leo, brigando por causa de uma bola vermelha e, obviamente, pisando em todas as poças. Quando Marie e Paul se aproximaram, viram a água respingando.

– Esses são... nossos dois...?

Da última vez que vira os filhos, eles ainda engatinhavam e balbuciavam as primeiras palavras. Após tanto tempo, já tinham quase 4 anos e corriam, saltavam e jogavam bola.

Marie sorriu ao ver como ele estava perplexo, observando os filhos brincando, enquanto balançava a cabeça, tomado por imenso orgulho e pela alegria. Tudo seria muito estranho e novo para ele, mas ela estava ao seu lado. Aos poucos, introduziria Paul à sua nova vida, até que ele estivesse forte o bastante para caminhar sozinho.

– É minha!

A bola vermelha rolou até os pés de Paul e ele a pegou. Sorriu para as duas crianças, que o olhavam assustadas.

– Quero ver quem pega! – exclamou ele, lançando a bola no ar.

Leo pulou um pouco mais alto que a irmã e agarrou o brinquedo. Dodo fez birra.

– Quem é você? – perguntou ela ao homem que aparecera de surpresa com sua mãe.

– O papai de vocês.

Marie prendeu a respiração. O que aconteceria? Eles se assustariam? Duvidariam? Teriam medo? Resistiriam?

Dodo inclinou a cabeça e olhou para o irmão, pensativa. Leo empinou o nariz e abraçou a bola vermelha.

– Então você vem brincar com a gente? – perguntou ele, em dúvida.

– Mas é claro...

– Então vamos!

LEIA UM TRECHO DO PRÓXIMO LIVRO DA SÉRIE

O legado da Vila dos Tecidos

I

Setembro de 1923

Leo estava apressado. Na escada, abriu caminho por entre os alunos do primeiro ano e cruzou com um grupo de meninas conversando – até que se viu obrigado a parar, quando alguém o agarrou pela mochila.

– Olha a fila – disse Willi Abele, com escárnio. – Os bem-nascidos e os amiguinhos dos judeus vão atrás.

Referiam-se ao seu pai. E a Walter, seu melhor e único amigo. Por estar doente, ele não estava ali para se defender.

– Me larguem ou vocês vão ver! – advertiu.

– Vamos ver o quê, orelhudo? Você não é nem besta...

Leo tentou desvencilhar-se, mas o outro o segurava com força. O mar de alunos descia à sua esquerda e à direita, indo em direção ao pátio para inundar a calçada da Rote Torwall. Leo conseguiu arrastar seu adversário até o pátio, quando uma alça de sua mochila rasgou. Foi preciso virar-se rapidamente e agarrá-la, antes que Willi a pegasse, levando todos seus livros e cadernos.

– Melzer... Bebê chorão, tira as calças e cai no chão! – espezinhou Willi, enquanto tentava abrir o fecho da mochila de Leo.

Leo estava vermelho. Ele já tinha ouvido isso – as crianças dos bairros operários faziam questão de dizer-lhe aquelas maldades, por ele ter sempre roupas melhores e por Julius às vezes buscá-lo de automóvel na escola. Abele Willi era cerca de um palmo maior que ele e dois anos mais velho. Mas pouco importou. Um chute bem dado no joelho de Willi e o menino abriu o berreiro, soltando sua presa. Leo mal havia recuperado sua mochila quando seu algoz se lançou sobre ele. Ambos caíram no chão. Leo recebeu uma bordoada de socos, seu casaco rasgou, mas ele seguiu lutando contra o mais forte, enquanto o escutava arfar.

– O que está acontecendo aqui? Abele! Melzer! Parem agora!

O ditado de que os últimos serão os primeiros provou-se verdade, pois Willi, que ganhava a luta, estando por cima, foi o primeiro a levar um sopapo do professor. Leo, por sua vez, foi apenas levantado pelo colarinho – o sangue em seu nariz o isentou da bofetada. Sem dar um pio, ambos escutaram a reprimenda do professor. Mas o pior foram as risadinhas e cochichos dos colegas, que haviam se reunido em círculo ao redor dos galos de briga. Principalmente as meninas.

– Ele foi com tudo para cima...
– É covardia bater nos mais novos...
– Bem feito para o Leo... metido do jeito que é...
– Esse Abele Willi não vale nada...

O sermão do professor Urban entrou-lhes por um ouvido e saiu pelo outro. Era sempre o mesmo. Leo pegou seu lenço, assoou o nariz e percebeu que a costura do seu casaco havia rasgado na manga. Enquanto enxugava o rosto, viu os olhares de pena e admiração das garotas, o que lhe causou enorme constrangimento. Foi quando Willi afirmou que Melzer havia começado e levou do professor Urban uma segunda bofetada. Merecida.

– E agora apertem as mãos...

Eles conheciam o ritual reservado a todas as brigas físicas, que jamais surtira o menor efeito. Mesmo assim, cumprimentaram-se com a cabeça e prometeram tolerância mútua dali em diante. A tão maltratada pátria alemã necessitava de jovens sensatos e não de garotos brigões.

– E vão para casa!

Estavam liberados. Leo colocou a mochila arrebentada sobre o ombro. Sua vontade era sair correndo, mas ele não queria de forma alguma causar a impressão de que estava fugindo do inimigo e, portanto, caminhou em passos regulares até o portão da escola. Só então apertou o passo. Deteve-se brevemente na Remboldstraße e, tomado de ódio, olhou para trás em direção à construção de tijolinhos. Por que ele precisava ir àquela escola horrível na Rote Torwall? Papai contara que, no seu tempo, frequentara o ginásio São Estevão. Em uma turma preparatória. Só com rapazes de boa família, que tinham permissão para usar boinas de cores. E não havia meninas. Mas a república queria que todas as crianças frequentassem a mesma escola nos primeiros anos. A república era péssima.

Todos reclamavam, principalmente vovó. Ela sempre dizia que tudo era melhor na época do kaiser.

Ele assoou o nariz novamente no lenço e logo constatou que, felizmente, já não havia sangue. Era preciso apressar-se, já estavam esperando-o. Passou pela basílica de Santo Ulrico e Santa Afra, subiu a ladeira e atravessou algumas vielas até a Milchberg, para entrar na Maximilianstra... E então parou como que fincado na terra. Som de piano. Alguém tocava uma música conhecida. O olhar de Leo subiu pela parede do edifício de apartamentos. A melodia vinha do segundo andar – a janela estava aberta de um lado. Não se podia ver nada, a cortina branca estava fechada, mas seja lá quem estivesse tocando, estava sublime. Onde ele escutara aquela canção antes? Talvez em algum dos concertos do clube de arte aonde mamãe sempre o levava? Era lindo e, ao mesmo tempo, triste. A força dos acordes atravessava seu corpo, ele poderia ficar ali por horas, mas o pianista interrompeu a execução para pensar no próximo trecho. Ele começou a repeti-lo à exaustão.

– Olha ele aí!

Leo estremeceu. Era, sem dúvida, a voz aguda e penetrante de Henni. Ah, elas estavam vindo ao seu encontro. Que sorte, pois ele podia muito bem ter entrado em outra viela. De mãos dadas, as duas corriam pela calçada, Dodo com suas tranças louras ao vento, Henni com o vestido rosa que sua mãe lhe fizera. Em sua mochila pendia um pequeno apagador, pois era seu primeiro ano na escola e ela estava aprendendo a escrever na lousa.

– Por que você está com esse olhar de peixe morto? – perguntou Dodo, enquanto as duas, ofegantes, pararam diante dele.

– Ficamos esperando uns cem anos! – exclamou Henni, em tom acusatório.

– Cem anos? Vocês já estariam mortas há tempos!

Henni ignorou a observação. Ela só escutava mesmo o que lhe convinha.

– Na próxima vez, vamos sem você...

Leo deu de ombros e olhou Dodo de relance, mas ela não parecia disposta a defendê-lo. De qualquer forma, os três sabiam que ele só as buscava por vontade da vovó. Na opinião dela, meninas de sete anos não tinham idade para sair pela cidade sozinhas. Menos ainda naquela época tão conturbada. Portanto, Leo recebera a missão de, após a aula, correr para a igreja de Sant'Ana e acompanhar sua irmã e a prima de volta à mansão com toda a segurança.

– Olha só para você – disse Dodo quando percebeu a manga rasgada. E também a mancha de sangue em seu colarinho.

– Para mim? Como assim?

– Você brigou de novo, Leo!

– Iiih! Isso é sangue? – Henni tocou a gola da camisa com o indicador. Não estava claro se ela achava os pontos vermelhos nojentos ou emocionantes. Leo afastou a mão dela.

– Me larga. Vamos logo.

Dodo o escrutinava com os olhos franzidos e fazendo bico.

– De novo o tal de Abele Willi?

Ele assentiu, contrariado.

– Se eu estivesse lá, ia puxar aquele cabelo bem forte e... cuspir na cara dele!

Ela falava muito sério e acenou duas vezes com a cabeça. Leo estava tão comovido quanto constrangido. Dodo, sua irmã, era corajosa e sempre o defendia. Entretanto, não passava de uma garota.

– Vamos logo! – gritou Henni, já enfadada do assunto da briga. – Tenho que ir à Merkle.

Seria desviar-se muito do caminho e o tempo urgia.

– Hoje não. Já estamos atrasados...

– Mamãe me deu dinheiro para comprar café.

Henni sempre queria se impor. Leo prometera a si mesmo não cair mais em sua lábia. Mas não era fácil, pois Henni sempre encontrava um motivo aparentemente razoável. Como naquele momento: comprar café.

– Mamãe disse que não pode viver sem café!

– Quer que cheguemos atrasados para o almoço?

– Quer que minha mãe morra? – retrucou Henni, indignada.

Mais uma vez ela conseguiu. Os três entraram na Karolinenstraße, onde a Sra. Merkle ofertava "café, geleias e chá" em uma loja pequena. Nem todos podiam permitir-se tais delícias; Leo sabia que muitos de seus colegas comiam apenas um prato de sopa de cevada no almoço e sequer levavam merenda para a escola. Ele costumava sentir pena e chegava a dividir seu pão com patê com os demais. Normalmente com Walter Ginsberg, seu melhor amigo. A mãe dele também tinha uma loja na Karlstraße e vendia partituras e instrumentos musicais. Mas os negócios iam mal. O pai de Walter morrera na Rússia e ainda havia a inflação. Tudo ficava cada vez mais caro e – como mamãe sempre dizia – o dinheiro já não valia nada. No dia anterior, a Sra. Brunnenmayer, a cozinheira, reclamara por ter pagado 30 mil marcos em um quilo de pão. Leo sabia contar até mil. Era trinta vezes mil. Que bom que desde a guerra só havia notas e mal se usavam moedas, do contrário a Sra. Brunnenmayer teria precisado alugar uma carroça.

– Olhem só, a loja de porcelanas Müller fechou – disse Dodo, apontando para as vitrines cobertas por jornal. – Vovó vai ficar triste. Ela sempre compra as xícaras aqui quando quebram.

Aquilo já era comum. Muitas lojas em Augsburgo estavam fechando e as que se mantinham abertas só exibiam itens encalhados nas vitrines. Recentemente, papai dissera no almoço que aqueles vigaristas estavam retendo os produtos melhores, enquanto esperavam por tempos mais favoráveis.

– Veja, Dodo. Ursinhos dançarinos...

Leo olhou com desdém as meninas pressionando o nariz contra a vitrine da padaria. Aqueles ursinhos pegajosos de goma vermelha e verde, com sabor de fruta, eram uma das comidas favoritas das duas.

– Vai comprar logo esse café, Henni – resmungou ele. – A Merkle é logo ali.

Ele gaguejou quando se lembrou de que ao lado do pequeno negócio da Sra. Merkle encontrava-se a loja de louças e metais de Hugo Abele. Propriedade dos pais de Wilhelm Abele. Willi, aquele canalha. Será que ele já estava em casa? Leo avançou alguns passos e, ainda à distância, tentou olhar para dentro da loja. Não havia muita coisa exposta na vitrine. Apenas algumas mangueiras e torneiras. Mais ao fundo, distinguiu um vaso sanitário de porcelana branca. Protegendo os olhos do sol baixo de setembro, constatou que a refinada peça ostentava um logotipo azul e estava coberta de poeira.

– Vai comprar uma privada? – perguntou Dodo, que o seguira até ali.

– Não.

Dodo também aguçou a vista e fez uma careta.

– É a loja dos pais do Willi Abele, não é?

– Hmm...

– Willi está lá?

– Pode ser. Ele sempre ajuda os pais.

Os irmãos se entreolharam. Havia um brilho nos olhos azul-acinzentados de Dodo.

– Vou lá dentro.

– Para quê? – perguntou, preocupado.

– Para perguntar quanto custa a privada.

Leo balançou a cabeça.

– Não precisamos de privada nenhuma.

Mas Dodo já se adiantara e logo ouviu-se a campainha da loja de louças e metais. Ela entrou e sumiu de vista.

– O que ela foi fazer lá? – indagou Henni, enquanto exibia para Leo o saco de papel cheio de moedinhas de alcaçuz e ursinhos dançarinos.

– Ué, assim não vai sobrar nada para o café. – Ele pegou uma moedinha de alcaçuz, sem desviar os olhos da loja. – Ela está perguntando sobre a privada.

Henni o fitou revoltada, pegou um urso de goma da bolsa e o levou à boca.

– Você está achando que sou boba – reclamou.

– Pergunte você, então...

Ao longe, viram a porta se abrir e Dodo sair da loja, após fazer uma educada reverência. Ela esperou enquanto um veículo a cavalos cruzava a rua e correu em direção a eles.

– O pai do Willi está na loja. Um altão com bigode grisalho. Ele é esquisito, parece que vai comer a gente viva.

– E o Willi?

Dodo sorriu. Willi estava sentado logo atrás, enchendo caixinhas de parafusos. Ela se virara para o garoto um instante e lhe mostrara a língua.

– Deve ter ficado furioso. Mas não disse nada, porque o pai estava lá.

E o vaso sanitário custava duzentos milhões de marcos. Preço especial.

– Duzentos marcos? – perguntou Henni. – É muito caro para uma privada tão feia.

– Duzentos milhões – corrigiu Dodo.

Nenhum dos três dispunha de tamanho valor.

Henni franziu a testa e, de longe, contemplou a vitrine que já refletia o intenso sol de meio-dia.

– Vou perguntar...

– Não! Você fique aqui... Henni!

Leo tentou agarrá-la pelo braço, mas ela se esquivou por entre duas senhoras, deixando Leo sem ação. Com semblante de reprovação, ele observou a prima desaparecer dentro da loja, com seus cachos loiros e vestido rosado.

– Vocês duas endoidaram? – rosnou para Dodo.

Dando-se as mãos, eles atravessaram a rua e olharam através da vitrine. De fato, o pai de Willi tinha bigode grisalho e parecia mesmo estranho. Talvez alguma inflamação nos olhos? Willi estava sentado bem atrás, junto a uma mesa coberta de caixinhas de papelão de tamanhos diversos. Só dava para ver a cabeça e os ombros dele.

– Mamãe me mandou aqui – disse Henni, quase piando, enquanto dedicava seu mais lindo sorriso ao Sr. Abele.

– E como se chama sua mamãe?

Henni sorriu mais ainda. E simplesmente ignorou a pergunta.

– Mamãe queria saber o preço da privada...

– Aquela na vitrine? Trezentos e cinquenta milhões. Quer que anote?

– Seria muito amável..

Enquanto o Sr. Abele procurava um papel, Henni virou-se rapidamente para Willi. Não viram o que ela fez, mas os olhos de Willi se arregalaram como os de um sapo. De posse do pedaço de papel, Henni saiu orgulhosa da loja e achou absurdo o fato de Dodo e Leo a estarem observando por trás do vidro.

– Mostra!

Dodo pegou o papel da mão de Henni. Lia-se o número 350, seguido da palavra "milhões".

– Que safado! Ainda há pouco eram duzentos milhões! – disse Leo, indignado.

Henni sequer sabia contar até duzentos, mas logo entendeu que aquele homem era um embusteiro. Um pilantra de marca maior!

– Vou entrar de novo! – exclamou Dodo, decidida.

– Deixa isso para lá – advertiu Leo.

– Agora eu faço questão!

Leo e Henni detiveram-se na frente da loja e espreitaram pela vitrine. Foi preciso aproximar-se bastante e fazer sombra com as mãos, pois o sol refletia com intensidade no vidro. Ouviram a voz enérgica de Dodo e o tom grave do Sr. Abele.

– O que você quer aqui de novo? – resmungou ele.

– O senhor disse que a privada custava duzentos milhões.

Ele a encarava fixamente e Leo percebeu as engrenagens no cérebro do Sr. Abele girando devagar.

– Eu disse o quê?

– O senhor disse: duzentos milhões. Foi isso, não?

Ele olhou primeiro para Dodo, depois para a porta e, finalmente, para a vitrine onde o vaso sanitário se encontrava. Lá, flagrou as duas crianças coladas no vidro.

– Seus pivetes! – vociferou, furioso. – Sumam daqui. Vão fazer outro de palhaço. Fora! Antes que eu mesmo te ponha na rua!

– Mas estou falando a verdade! – insistiu Dodo, intrépida.

Logo, teve que dar meia-volta, apressada, pois o Sr. Abele aproximou-se ameaçadoramente, chegando a esticar o braço para pegá-la pelas tranças. Ele já estava prestes a agarrá-la junto à porta quando Leo a abriu por fora e se interpôs entre o homem e a irmã.

– Moleques malditos! – esbravejou o Sr. Abele. – Acham que eu sou idiota, é? Você vai ter o que merece, rapazinho.

Leo se agachou, mas o Sr. Abele o segurou pela gola do casaco e a bofetada acertou sua nuca.

– Não bata no meu irmão! – berrou Dodo. – Senão, vou cuspir na sua cara.

E, de fato, cuspiu, atingindo o Sr. Abele, mas também a nuca de Leo. Naquele meio-tempo, a mãe de Willi aparecera na loja, uma mulher esmirrada, de cabelo preto. Willi vinha logo atrás.

– Eles me deram a língua, papai! Esse é o Leo, dos Melzers. Foi por causa dele que o professor me bateu hoje!

Ao ouvir o nome "Melzer", o Sr. Abele se deteve. Leo se debatia, pois ele não soltava seu colarinho.

– Dos Melzers? Os da Vila dos Tecidos? – perguntou o Sr. Abele, virando-se para Willi.

– Ai, meu Deus! – exclamou a mulher, cobrindo a boca com a mão. – Não arrume problemas, Hugo. Coloque esse garoto no chão. Por favor!

– Você é um Melzer da Vila dos Tecidos? – gritou o proprietário da loja.

Leo assentiu. Em seguida, o Sr. Abele soltou o casaco dele.

– Aqui não aconteceu nada – sussurrou. – Me confundi. A privada custa trezentos milhões. Pode dizer para o seu pai.

Leo esfregou a mão na nuca e ajeitou o casaco. Dodo observava o homenzarrão com desprezo.

– Pode deixar que na loja do senhor... – disse ela, com pompa. – Na loja do senhor, pode deixar que não compraremos privada alguma. Nem que fosse de ouro. Vamos, Leo!

Leo continuava atordoado. Sem resistir, deixou-se levar pela mão de Dodo em direção ao portão de Jakob.

– Se aquele sujeito contar para o papai... – gaguejou ele.

– Ah, que besteira! – Dodo o tranquilizou. – É ele quem está morto de medo.

– E onde foi parar Henni? – perguntou Leo e deteve o passo.

Encontraram-na na loja da Sra. Merkle. Com o dinheiro que sobrara ela ainda conseguira comprar cem gramas de café.

– Porque somos ótimos clientes! – disse, orgulhosa.

CONHEÇA A SÉRIE AS SETE IRMÃS, DE LUCINDA RILEY

As Sete Irmãs

Filha mais velha do enigmático Pa Salt, Maia D'Aplièse sempre levou uma vida calma e confortável na isolada casa da família às margens do lago Léman, na Suíça. Ao receber a notícia de que seu pai – que adotou Maia e suas cinco irmãs em recantos distantes do mundo – morreu, ela vê seu universo de segurança desaparecer.

Antes de partir, no entanto, Pa Salt deixou para as seis filhas dicas sobre o passado de cada uma. Abalada pela morte do pai e pelo reaparecimento súbito de um antigo namorado, Maia decide seguir as pistas de sua verdadeira origem – uma carta, coordenadas geográficas e um ladrilho de pedra-sabão –, que a fazem viajar para o Rio de Janeiro.

Lá ela se envolve com a atmosfera sensual da cidade e descobre que sua vida está ligada a uma comovente e trágica história de amor que teve como cenário a Paris da *belle époque* e a construção do Cristo Redentor. E, enquanto investiga seus ancestrais, Maia tem a chance de enfrentar os erros do passado – e, quem sabe, se entregar a um novo amor.

A irmã da tempestade

Ally D'Aplièse é uma grande velejadora e está se preparando para uma importante regata, mas a notícia da morte do pai faz com que ela abandone seus planos e volte para casa, para se reunir com as cinco irmãs. Lá, elas descobrem que Pa Salt – como era carinhosamente chamado pelas filhas adotivas – deixou, para cada uma delas, uma pista sobre suas verdadeiras origens.

Apesar do choque, Ally encontra apoio em um grande amor. Porém mais uma vez seu mundo vira de cabeça para baixo, então ela decide seguir as pistas deixadas por Pa Salt e ir em busca do próprio passado.

Nessa jornada, ela chega à Noruega, onde descobre que sua história está ligada à da jovem cantora Anna Landvik, que viveu há mais de cem anos e participou da estreia de uma das obras mais famosas do grande compositor Edvard Grieg. E, à medida que mergulha na vida de Anna, Ally começa a se perguntar quem realmente era seu pai adotivo.

A irmã da sombra

Estrela D'Aplièse está numa encruzilhada após a repentina morte do pai, o misterioso bilionário Pa Salt. Antes de morrer, ele deixou a cada uma das seis filhas adotivas uma pista sobre suas origens, porém a jovem hesita em abrir mão da segurança da sua vida atual.

Enigmática e introspectiva, ela sempre se apoiou na irmã Ceci, seguindo-a aonde quer que fosse. Agora as duas se estabelecem em Londres, mas, para Estrela, a nova residência não oferece o contato com a natureza nem a tranquilidade da casa de sua infância. Insatisfeita, ela acaba cedendo à curiosidade e decide ir atrás da pista sobre seu nascimento.

Nessa busca, uma livraria de obras raras se torna a porta de entrada para o mundo da literatura e sua conexão com Flora MacNichol, uma jovem inglesa que, cem anos antes, morou na bucólica região de Lake District e teve como grande inspiração a escritora Beatrix Potter.

Cada vez mais encantada com a história de Flora, Estrela se identifica com aquela jornada de autoconhecimento e, pela primeira vez, está disposta a sair da sombra da irmã superprotetora e descobrir o amor.

A irmã da pérola

Ceci D'Aplièse sempre se sentiu um peixe fora d'água. Após a morte do pai adotivo e o distanciamento de sua adorada irmã Estrela, ela de repente se percebe mais sozinha do que nunca. Depois de abandonar a faculdade, decide deixar sua vida sem sentido em Londres e desvendar o mistério por trás de suas origens. As únicas pistas que tem são uma fotografia em preto e branco e o nome de uma das primeiras exploradoras da Austrália, que viveu no país mais de um século antes.

A caminho de Sydney, Ceci faz uma parada no único local em que já se sentiu verdadeiramente em paz consigo mesma: as deslumbrantes praias de Krabi, na Tailândia. Lá, em meio aos mochileiros e aos festejos de fim de ano, conhece o misterioso Ace, um homem tão solitário quanto ela e o primeiro de muitos novos amigos que irão ajudá-la em sua jornada.

Ao chegar às escaldantes planícies australianas, algo dentro de Ceci responde à energia do local. À medida que chega mais perto de descobrir a verdade sobre seus antepassados, ela começa a perceber que afinal talvez seja possível encontrar nesse continente desconhecido aquilo que sempre procurou sem sucesso: a sensação de pertencer a algum lugar.

CONHEÇA OS LIVROS DE ANNE JACOBS

A Vila dos Tecidos
As filhas da Vila dos Tecidos
O legado da Vila dos Tecidos
O regresso à Vila dos Tecidos

Para saber mais sobre os títulos e autores da Editora Arqueiro,
visite o nosso site e siga as nossas redes sociais.
Além de informações sobre os próximos lançamentos,
você terá acesso a conteúdos exclusivos
e poderá participar de promoções e sorteios.

editoraarqueiro.com.br